U0500921

猎手信条

新世界

梁柯

著

北京联合出版公司
Beijing United Publishing Co.,Ltd.

一未文化　　非同凡响

北京一未文化传媒有限公司
www.bjyiwei.com
出品

献给生命里的每一次久别重逢

图书在版编目（CIP）数据

新世界 / 梁柯著 . — 北京：北京联合出版公司，
2022.5
（猎手信条）
ISBN 978–7–5596–6013–8

Ⅰ . ①新… Ⅱ . ①梁… Ⅲ . ①幻想小说—中国—当代
Ⅳ . ① I247.5

中国版本图书馆 CIP 数据核字 (2022) 第 034229 号

新世界（猎手信条）

作　　者：梁　柯
出 品 人：赵红仕
策划出品：一未文化
版权统筹：吴凤未
监　　制：魏　童
责任编辑：刘　恒
执行编辑：如　意　徐雷嘉
封面设计：尚艳萍
封面绘画：魍魉 Ran

北京联合出版公司出版
（北京市西城区德外大街 83 号楼 9 层 100088）
北京美图印务有限公司印刷　新华书店经销
字数 255 千字　710 毫米 ×1000 毫米　1/16　18 印张
2022 年 5 月第 1 版　2022 年 5 月第 1 次印刷
ISBN 978–7–5596–6013–8
定价：98.00 元（全两册）

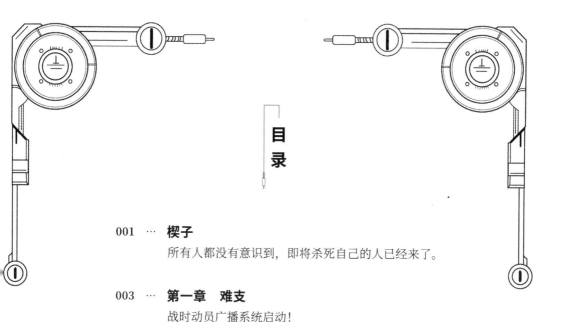

目 录

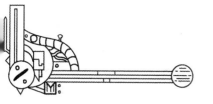

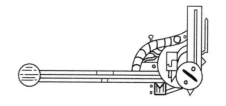

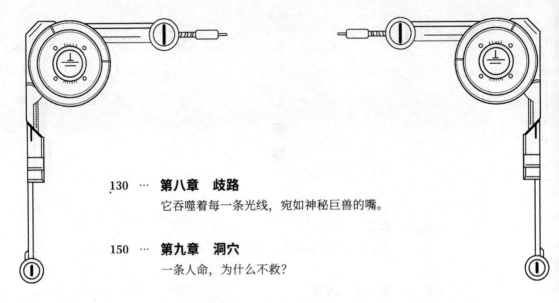

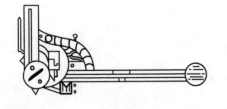

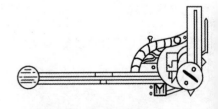

楔子

所有人都没有意识到，即将杀死自己的人已经来了。

所有人都没有意识到，即将杀死自己的人已经来了。

凌晨两点，夜风沿着山脊呼啸而下，像出洞觅食的巨兽钻进无边的森林。白色的林间小路上，手电光像两点孤独的渔火，在咆哮低吼的墨绿海洋里漂流。光点忽然一顿，两名保镖缓缓移动到别墅大门前。

铁栅栏门上，一个由暗红色构成的一人高的大洞正散发着高温。

"这……这是什么？！"

别墅变成了受惊的蚁穴。

监控室里，保安总监抱着双臂，看着每个监控画面上的人在走动、奔跑。被照得亮如白昼的草坪上，闯入者缓缓走向正门，对从四面八方赶来的保镖视若无睹。

一阵亮光，令瞳孔猛然收缩。镜头上火花乱溅，所有的探照灯同时炸裂。画面黑了下来。

"发生了什么？"对讲机里乱成一团，"C组！C组！听到请回话！你们怎么了？！"没有回应。

保安总监好像忽然明白了什么，抓起对讲机就要下达命令。

地板忽然猛地震动起来。耳畔仿佛有一面大鼓在轰鸣，却听不到任何声音。画面上，墙壁轰然倒塌，闯入者踏着瓦砾、穿过烟尘，走进客厅。保镖们立刻举枪把他团团围住。

"快跑！"保安总监绝望地下着为时已晚的命令，"不要掏枪！"

刺眼的强光突然爆发，枪声连珠炮一般传来。保镖们一个个抓着手腕，在地上号叫翻滚。闯入者迈着稳健的步伐从他们身边走过。行经之地，惨叫声渐次停止，好像镰刀拂过茅草，剩下满地没有生命的残骸。

保安总监跳起来，飞奔到安全门边，用背顶住门板，双腿用尽全力，直到听见咔嚓一声。

"怎么回事？！"别墅主人终于被惊动，从二楼下来。

咚。

几寸厚的不锈钢门板连着门框一起震了一下。保安总监觉得背上像是中了一锤，五脏六腑说不出地难受。然后，他被尖叫声吓了一跳。抬头看去，女主人也抱着孩子出现在楼梯上，歇斯底里地尖叫着，好像猫在抓黑板。

一股焦臭味传来，整个世界在眼前倾覆——保安总监和门一起，纸一样被斜切成两截。刺耳的金属摩擦声中，上半截门板沿着切线滑落，如同断头台的刀口。一个人影露了出来。这下连男主人也跟着尖叫起来。赤面獠牙，那人长着一张鬼一样的脸。

咚……咚……那人迈着沉稳可怖的步伐，朝着无助的一家人走去……

第一章　难支

战时动员广播系统启动！

01

一切办法都已用尽了……

凌晨，郊外的路边静谧无声，只有树叶偶尔发出瘆人的轻响。每隔几秒，他就拿出手机，确认一下时间。

不会是弄错了吧……

终于，刺眼的车灯出现在远方，打断了他的胡思乱想。他下意识地掏出一支烟，手却抖得怎么也点不燃——毕竟，今天要谈的生意可不是废品回收。来的人要买的，是他的肾。车子慢慢停在面前。这是一辆黑色商务车，车灯崭新、轮毂闪亮。拉开门，里面没有亮灯，黑洞洞的，像个矿坑，看不清有几个人。

"上来吧……"低沉的声音传出来。

虽然下过无数次决心，可事到临头，他还是迈不动步。除了麻醉、流血、失去一个身体零件，他更怕的是另外一个风险——这个买家有点怪。配型检查不露面、自己找主刀、在哪里做手术都不肯透露，还要求每个"供体"写一份详细的生平简介。最关键的是，他出价高得不正常。

"这里头可能有封口费……"中介曾这样安慰他,"没准儿是个名人、明星……"

其实,还有一个更加简单合理的解释,那就是这帮人的身后没有病人。他听说过这一行的终极噩梦:人被拉去体检,从此音信全无。过了几天,只剩空壳的尸体在山里被发现……

叮。

短信提示音把他吓了一跳——是医院的催款通知。还差 176872 元。这个数字把他拉回现实,就像几个月前的那张诊断书。一切都变得如此简单和无情:肾并没有想象的那么值钱。出得起他需要的数目的人,只有这一个。

他把烟头一扔,上了车。

车门关上了。车厢里还是一片黑,只能隐约看到对面坐着三个人。

"说说你自己吧。"车发动了,坐在中间的人开了口。

"我……我叫李南枝,"他结结巴巴地复述着那些瞎话,"身体健康,无不良嗜好……"对方叹了口气,他紧张地停了下来。

"我想听的,不是这个……"

两个人从黑暗里扑过来,紧紧抓住他的双臂。脖子上一凉,一针不明液体打了进去。

麻醉剂?真是抢器官的!

剧烈的喘息中,对面的人上身前倾,露出一张苍老的脸。

"昏过去之前,你有大概四分钟。我来提问,你给我老老实实回答……"他想挣扎,手脚却不听使唤;想骂,却一阵阵喘不上气来。他只能眼睁睁地看着老人,等待着恐怖的结局降临……

02

9月19日　周一

李南枝大叫一声,坐了起来。四下张望一阵,他满身大汗地靠在床头,等待胸口的起伏平息下来。几个月了,噩梦一直不肯放过他。毕竟,那天晚上的经历太吓人了。好在最终一切正常,钱拿到了。

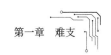

当然，也不是百分之百正常。

李南枝打开灯，看着床对面的镜子。前胸、肚子、手臂……到处是不起眼的暗红色伤疤。这些刀口愈合得都不错，但是分布位置越看越奇怪：要么客人找的医生技术实在太差，找遍上半身才找到肾在哪儿；要么他们拿走的，不止一个肾。

"管他呢，"他现在实在没精力操心这个，"没死，拿到钱，就是赚了。"

手机闹钟响了。看看日期，他想起什么似的开始在抽屉里翻找。在无数药瓶、胶囊和荣誉证书下边，他终于找到了那张照片。照片上的小男孩捧着冠军奖杯，笑得那么开心，对以后的人生会给自己下什么绊子一无所知。他拿起电话，把当时随手写在小男孩脸上的号码输进去。

"你好你好……马所长给我的……我知道他退休了，他说我可以每个月打一次问问……对，对……还是那个找人的事……1999 年，10 月 14 日晚 11 点，她在洛阳路遭遇了歹徒袭击……不是——找到这女的我才能证明我是见义勇为对不对……要不，那什么，你去问问马所长……什么才算大事？！我白蹲了三年大狱这不是大事？！"

电话挂了。他气呼呼地在床上躺了一会儿，又不得不爬起来。客厅里遍地垃圾，发黄的墙壁上挂着几面尘封的锦旗，不是"妙手回春"就是"见义勇为"。锦旗中间，有一幅黑白照片。李南枝点燃香烟，自己抽了几口，又捏在手里，冲着父亲的遗像鞠躬。

"老爷子，眼看就是你孙女骨髓移植的大日子，帮我照看着点啊……"

从猫眼里观察了几次之后，他轻手轻脚走出家门，发现门口的喷漆又换了一茬。这批人文化素质显然不行，"欠债不还断子绝孙"，八个字错了俩。"字写得也不如上一波……"自言自语中，他走进电梯。

一阵刺耳的电钻声穿透天花板，这是楼上的新房主在装修。原先的户主老李被车撞了，肇事司机家里死活不掏钱，要把他熬死。他儿子没办法，只好先卖房子救命。想到这里，他心里一阵刺痛，因为他家老爷子的遭遇也差不多，只是运气更差：大清早行人稀少，没有目击者。他在马路上躺了好几个小时，直到观者如堵，也没有一个敢把他扶起来……

几声咳嗽把他的思路打断。一个光头胖子在旁若无人地抽烟。旁边的中年妇女和她怀里的小孩被呛得不停咳嗽。她身边的男人在望着地板出神。

"怎么着啊?"李南枝忽然发现光头大哥在看着自己发话,"你有意见?"他明白自己又引起误会了——出狱以来,凭空多了个没事挤眼的毛病,看了多少大夫也找不到病因。正想解释,肚子上已挨了一脚,后背撞在了电梯壁上。

"误会误会,"李南枝的脸僵了一下,然后挂上硬挤出来的微笑,指着自己依旧在抽搐的眼睛,"我有毛病……"

李南枝低着头出了楼门,快步走了几百米才停下来点了根烟,一直到抽完,手都在颤抖。他再次确认,身体里的某个角落,那个旧日的少年还在。他永远活在夺得全省少年武术冠军那年,永远鲜衣怒马、快意恩仇,受不得委屈。假如他碰上今天这种事……

假如那个傻小子碰上今天这种事……

李南枝赶紧晃晃脑袋,把一些危险的念头甩出去。他永远无法忘记,自己曾经付出了什么代价。有些事情,再也不敢了。

03

二院的儿童病房区在六楼。到头往左一拐,墙上开始出现一个个大玻璃窗,窗后就是所谓的无菌舱。那扇窗就是李南枝能够到达的离女儿最近的地方——大概由于工作原因,他整天不是感冒就是各种炎症,人家不敢让他进。

李开心今年8岁,这孩子生下来就浑身毛病,从月子里开始天天嗷嗷哭到下半夜,动不动就发高烧。喂药、降温,把爹妈熬得两眼血红,走路发飘,脾气跟炮仗似的,因为鸡毛蒜皮的小事就能吵翻天。

后来,老婆跟一个同乡厨子跑了,女儿就成了李南枝疲劳时唯一的慰藉、茫然时唯一的目标、屈辱时唯一的借口、绝望时唯一的导航……这种心理被李开心发现之后立即加以利用,经常借口头疼脑热不去上学。去医院检查了20多次没查出什么毛病之后,李南枝开始长心眼,规定以后只要不发烧一律假定是装病……

父女俩就这样在斗智斗勇中相依为命。她的个头蹿得很快，每次她发现自己又能看到一颗不同的扣子、抬头嫣然一笑的时候，李南枝的脑壳里就仿佛灌满了蜜。当时他没想到，女儿的症状有一项可能不是装的……

李南枝站在窗前，正对着一张被各种仪器包围的病床。白色被子上的凸起勉强可见，让人知道下面还躺着一副单薄的躯体。目光移到床头，视野一下子就模糊了。女儿的头发和睫毛早已掉光，苹果般的小脸缩到还没有巴掌大，嘴唇苍白、瘦小枯干，活像一具木乃伊。

李开心脸上唯一没变的就是那双眼睛——由于消瘦，睁开后反而显得更大。她看到李南枝，咧嘴一笑，伸手拿起床头的电话。

"爸爸！"虚弱的声音里透着熟悉的甜美和狡黠。李南枝觉得自己的心一下子化了，糖汁慢慢浸润着无数的伤痕。

"宝贝！"他的声音变得柔和而尖细，"你今天感觉怎么样？"

"挺好的……刚打完药，我一声都没出……"

她开始绘声绘色地描述着昨天经历的苦难，以及自己是如何以大无畏的精神蔑视并战胜它们的。同以往一样，李南枝不停夸奖着，心里越来越难受。

以前，白血病对他来说只是概念而已——知道不是好事，但除了"会死人"之外也说不出怎么个不好。然而现在他明白了，这到底是什么样的折磨。

想要活命，必须接受骨髓移植；想要骨髓移植，必须先化疗——4倍于正常剂量的化疗药剂，把白血病细胞连同她的造血功能和免疫功能一起摧毁。她不能接触任何病菌，只能待在无菌环境里，每天独自一人面对一次次的输液、服药和呕吐……

电话忽然从小手中滑落。李开心猛地抓起床边的硬纸盆，哇哇吐了起来。一个用无菌服武装全身的护士冲进病房，帮她捶背、擦嘴。李南枝低着头，把电话攥得咔咔作响。等他抬起头，护士已经出来了。

"她拿不动电话了，你们用手机聊吧——不过你也不用太担心，第四期了，属于正常反应……"护士翻看着值班记录，"你给她讲讲故事吧！她得睡觉，补充体力……"透过玻璃窗，他看到开心已经戴好了耳机，虚弱地笑着看过来。李南枝逼着自己也回应了一个笑容，接通了语音聊天。

"冒险要开始了——这位女侠，准备好了吗？"

李南枝的本职工作是收废品。上班的时候，李开心没处放，只能带着押车。每当看到女儿在车里百无聊赖，他就不得不施展自己唯一的哄孩子技巧——讲故事。

李老爷子虽然自称中医世家，但平时挂在嘴边的却全是年轻时如何拜师学武、如何在全国各地出差时抱打不平的故事。在他的熏陶和传授下，李南枝小学就练了一身硬功——什么肚皮吸碗、单手劈砖，全都不在话下——后来上了几年武术学校，更是如鱼得水。不难想象，他擅长的故事都大同小异，主角全是英雄好汉、江湖侠客。讲来讲去，李开心一个小姑娘愣是被培养得跟鲁智深差不多，一年级上学期就打哭了五个欺负同学的坏小子。李南枝去给受害者家长赔礼道歉完了，批评她，她还不服。

"路见不平，拔刀相助，我哪里做错了？"说这话的时候，小丫头怒目圆睁，双脚站定丁字步，左手叉腰右手前伸，要是添副髯口，就可以直接去演窦尔敦。李南枝这时候才惊觉，女儿有重蹈自己当年覆辙的趋势。然而下次她再要听故事，他讲的还是这些——别的他也不会。

"终归是个女孩儿，以后可能就文静了吧……"他暗暗劝自己看开点。

不过事到如今，他脑子里存的那些评书演义、武侠经典早就讲完了，全靠现编。他不是作家，所以故事颇有拼凑抄袭的嫌疑：黯然销魂掌单挑吸星大法，北斗七星阵迎战武当七截阵，郭靖大战东方不败，张无忌单挑小李飞刀……

女儿的声音越来越轻，终于睡着了。李南枝缓缓把手放在玻璃上，好像在轻轻拍抚。良久，他猛然转身，朝张主任办公室走去。他再也受不了了，恨不得立刻定下移植的时间。然而事与愿违，一拐弯，他就碰到了最不想见的人。

"老南，"老韩又用那种偏执夹杂癔症的眼神直勾勾地盯着他，"你怎么不回我微信呢？"

老韩想干什么，李南枝心知肚明——无非就是去找那个姓姚的。此人是某著名私立医院的创立人，很多在网上瞎搜孩子病情的家长去了那里就被套住，一个疗程一个疗程地把腰包掏空。他的药的确能让孩子减轻病痛，因为主要成分就是止疼药。但是对某些患儿，瞎止痛的后果是致命的。比如韩婷婷、李开心，以及他们微信群里 30 多个家庭的孩子。

"找着了是吧？好事。"李南枝一阵头疼，信口敷衍，"赶紧报警……"

"我们家家底差不多了，立案、追缴，我闺女恐怕等不到了……"老韩的声音依旧飘忽在精神分裂与正常之间，"我准备组织咱们群的家长再去一趟，至少把钱要回来一部分……"

"你忘了上回你们被人家亲戚揍了一顿了？"

"李哥，我听说，你会武功？"

李南枝的眼睛顿时眨得像摩斯电码，逃命似的走开。他永远不敢忘记，这身武功给自己带来了什么。

当时他被特招进大学还不到两个月，有天晚上坐错车在老城区迷了路，隐隐约约听到一声"救命"。循声钻进胡同，没跑几步就看到一个女人的脖子被一个男人掐住，衣服被撕开，鞋子和包散落在地上。

他想也没想，跑上去一脚把男人踹开。这一脚的代价是赔偿 50 万、入狱 3 年——他把人打成了重伤二级……

多年过去，无论是受害者还是加害人，长什么样子李南枝都记不清了。他只记得教练来探监时恨铁不成钢的臭骂：全国决赛啊……你个混账东西管什么闲事……你傻啊……

李南枝步子越来越大，不自觉地跑了起来，仿佛这样才能甩掉紧追不舍的厄运。一步迈空，他的人生从此便成了自由落体，越坠越快。

刚出狱时，他憋着一股劲要从头再来，可几次碰壁，最后还是得老爷子提前退休，让他进那个老破厂接班。他终于意识到，自己只是个低学历、有案底的人。他在车间兢兢业业、勤学苦练，干得有声有色。然而几年里学到的一切，随着工厂倒闭变得毫无用处。

为了赔钱，家里的老房子卖了，只能租房，挣不出房租就得睡大街。而案底却让他什么好工作都找不到。他干过建筑工、装卸工，送过快递，开过长途，统统挣不到钱，最后在狱友指点下找到收废品这么个生计。他每天要开着大头车转遍半个城区和整个工业区，把成吨的废纸箱、饮料瓶或者废铁搬上车，开到收购站再搬下来。

他左肩有关节炎，腰肌有拉伤，怎么也好不了。顿顿饭都只能拣最便宜的凑合，肠胃也有毛病。

每天在外边干14个小时，晚上最多睡5个钟头，闹钟就会响起，提醒他来这个该死的医院——因为那场不幸婚姻的唯一遗产、自己这辈子唯一的骄傲、这混蛋世界里唯一令他割舍不下的人，得了白血病……

"你的孩子等到移植了，就不管了！"老韩那带着哭腔的声音还不肯放过他，"我呢？！我们家婷婷呢？！"

李南枝捂上了耳朵，逼着自己想些好事：李开心唯一的活路就是骨髓移植。然而他不匹配，前妻有肝炎，只能干着急。好在天无绝人之路，配型符合率百万分之一的骨髓库居然找到了合适的HLA（人类白细胞抗原）配型。

"百万分之一……"站在张主任办公室的门口，他已经开始畅想未来：女儿再次背起小书包，蹦蹦跳跳地重返校园；她坐在副驾驶座上，口若悬河地讲述今天在学校的所见所闻。日子就这么一天天过去，直到她长大……

十几年来，他第一次觉得自己应该感谢这万恶的命运。

"可能我倒霉，就是为了孩子攒点运气吧……"

他推开了门。眼前出现的，却是张主任死人一样难看的脸。

"捐赠人反悔了……"

05

天又开始下雨，桑园路堵得一塌糊涂。破旧的大头车里，李南枝叼着烟，眼睛被熏得半睁半闭，费力地在手机上拨着号码。等待接通的时间里他仰着头闭着眼睛，权当休息。然而脑子里却总有些声音让他静不下来。

"你不能这样啊！"

"孩子都进无菌舱了！4倍药量！"

"已经开始了！不能停！出不来……"

他只记得当时舌头像打了结，脑子里没有任何思路，一些水草一样的杂念把自己死死缠住：

她的免疫系统已经被破坏了……

她经不起任何感染……

她随时可能……

最后这个可怕的念头猛拉一把，把他拖入了浑浊的水里。视线模糊不清，耳朵里全是不可分辨的嗡嗡声，唯一能听清的，只有对方的最后通牒："不能白给你——我们要 8 万块钱。"

"嘟嘟嘟嘟——"对方没接。李南枝一边骂骂咧咧一边拨打下一个号码。自从早上得到消息开始，他就没闲着。能上的门都上了，没有一扇肯开。电话其实是下下之策，可他不得不试。因为每次四周稍微一静，早上跟张主任的对话就会像催命鬼一样钻进脑子里。

"开心还有多少时间？"

"不算今天，最多 7 天……"

7 天。8 万。

听起来不多，可他已经没有另一个多余的肾可以卖了。

"喂，是我啊，老南！"

"我是谁？"他嗓子冒着烟、双眼充着血。

"你怎么能想不起我呢？我替你出头，打了张任泉！"

"咱俩一个监号！刘大疤要搞你，我替你摆平的，你忘了？"

"你进厂的时候，我带的你啊！那次涨工资没你，我去主任那里帮你闹的……"

嘟嘟——嘟嘟——

无情的忙音中，小本子上的人名被一个个划去，最终全军覆没。车窗外的鸣笛声、喧闹声渐渐隐去，四周陷入了绵长的寂静。这静默像水，慢慢浸润着一切，过了好久，终于漫到了脖子，令他喘不过气来。

他扭过头，看着副驾驶座。这曾是女儿的专座。刚开始的时候，她是个说话奶声奶气的小丫头，结结巴巴地诉说着幼儿园的见闻。再大点，她开始在车上进行才艺表演，不看她她能连说二十遍"爸爸快看"。再后来，她成天操心班级管理工作，每天历数班里小朋友的不文明行为。等到上学了，又开始插手家族生意：李南枝收饮料瓶，她帮着数个数；李南枝收废旧设备，她盯着尺子在旁边读出尺寸；李南枝有时候还收纸箱子，她在旁边看着秤，李南枝给老客户把零头凑整她就喊"爸爸算错了"……

　　毫无征兆地，他爆发了。

　　"你他妈要怎么样？！"他疯狂地捶打着方向盘，歇斯底里地破口大骂，"你凭什么？！我作了什么孽，得到这样的报应？！你有本事冲着我使劲！你折腾孩子干什么？！你他妈这不是混蛋吗？！"

　　他泪流满面，口吐白沫。父亲的形象恍惚出现在车外，怜悯地看着他。

　　"你！"他指着前方，双眼血红，"你为什么要给我讲那些狗屁故事、狗屁道理？！什么路见不平？！什么见义勇为？！什么天地良心？！我都信了！你看看我现在！你看看啊！你为什么要骗我？！"

　　"还有你！"他看着反光镜里那个满脸是泪的人，爆发出来的却是夹杂着怪笑的哭声，"你怎么就没钱？你怎么连借钱的办法都想不到？你一辈子为了别人……怎么自己的孩子都救不活啊？！你他妈有什么用啊……"

　　"咚"的一声。肩膀和胸口被安全带勒得生疼，李南枝像被一只大手攥住摇晃着。后视镜里，三个壮汉从一辆黑色轿车上走了下来。

06

　　李南枝一直确信，天上有个王八蛋在折腾自己寻开心。没想到的是这家伙心眼儿突然变得这么小，说两句都不行。

　　"没事没事！"眼皮飞快地跳着，他擦干眼泪，满脸堆笑地下车，"不用走保险了……"

　　话音未落，他被当胸一推，趔趄着连退几步。

　　"你瞎了？怎么开的车？！"

推他的人五大三粗，头发剃得极短，嘴里喷着酒气，表情跟那条从胳膊肘文到手腕的龙一样凶恶。

"大哥，大哥，冷静……"李南枝赶紧掏出烟往前递，"我没动啊，你撞的我……"

"冷静你妈！"耳边一个炸雷响起，脸上像被泼了一碗滚水，又疼又热，"你他妈……说谁撞你？"

李南枝的脸肿得老高，耳朵里脚步声、鸣笛声、发动机的轰鸣声混成一片，眼前的一切也开始变得扭曲、模糊。他看到无数的路人走过，瞥来一眼，然后匆匆加快脚步。后边的车小心翼翼地转向、绕路，风驰电掣般驶去。没有人愿意停下来，没有人关心出了什么事。

李南枝尝到了嘴里的血腥味，心底久久埋藏的火焰烧了起来。一股力量瞬间散布到四肢百骸，顶得太阳穴生疼。一种原始的冲动令他心跳加速，浑身发热，双手不自觉地紧紧握成拳头。

可这种状态只持续了一瞬间，就被硬生生压了下去。他明白，自己已经不年轻了，身上背的也不只是自己这条命这么简单。

"大哥，"李南枝的嘴也肿了，说话含含糊糊，"这个事吧，要不咱通知交警……"

"我的车六十万，你他妈赔得起吗？！"

又是一个耳光抽来。李南枝知道没法跟醉汉讲理，更何况他身后还站着两个同伙。可他也不能让对方这么抽下去。抬起胳膊挡了一下，结果对方火了，拳头雨点般落下来。

"还敢还手？！"光头大哥一边打一边咬牙切齿地质问。

"我没还手……我没还手……"李南枝捂着头，弓着身子到处躲，极力辩白，像条可怜的虫子。

"抬起头来！"大哥终于抓住他的领子，"你说，是你的错还是我的错？"

"我的错我的错……"李南枝只想稳住这个疯子，抬起头赔着笑脸。

"你的错你躲什么？！"

第三个耳光不依不饶地落在脸上。血从嘴角甩出来。

李南枝的脑子又开始嗡鸣。交通灯已经变红。十字路口的车又堵成一排。百无聊赖的司机们纷纷打开车窗，朝这边望过来。人行道上，有些人也开始停下脚步，好奇地围观。

没有一个人说句什么。

所有人像看戏一样看着他。

第四个耳光落在脸上。李南枝下意识地抬手，但是慢了半拍。

第五个。

"还敢还手？还手？还手！"大哥又爆发了，嘶吼着，一个个耳光抽下来。李南枝觉得眼前的一切都变慢了。世界像是一场默片，彻底消了音。唯有脸上的神经还保持着正常的功能，忠实地传递着外来的信号。

疼痛。

肿胀。

恐惧。

耻辱。

耳光的力度一个比一个大，好像动手的不是人，而是掌管一切、玩弄一切的命运。他的力量有千斤重，手掌后有整个现实世界的无情作后盾。

你没错，我要打你。

你不服，我还是要打你。

你躲，要挨打。

你招架，要挨打。

不情愿，也得挨打！

除了挨打，你无处可逃。

除了心服口服地挨打，你别无选择！

与此同时，心里一个声音在呼喊，越来越响，越来越清晰。

凭什么？

凭什么？！

我他妈凭什么？！

"我去你妈的！"

第十个耳光没有如约响起。大哥惊讶地发现，自己的手腕被对方抓住。

"你他妈……"李南枝满脸都是血、汗水和污秽，两眼通红、咬牙切齿，好像愤怒的公牛，"也太欺负人了！"

一拳过去，大哥口鼻流血，仰面摔倒。他的两个跟班都愣了，一时忘了上前。李南枝也没有跟上去补拳。他站在原地，大口喘息着，像是刚跑完一个马拉松。他忽然意识到，这是十几年来，自己第一次跟人动手。

大哥爬起来，大声叫骂，回头朝车跟前跑去。

"这就完了？"李南枝有点心存侥幸，"难道……这人就这么尿了？"

一秒钟之后，他发现自己错了——大哥手里提着把一尺多长的砍刀，嗷嗷叫着冲了过来。李南枝知道，自己此时应该害怕。可恐惧早已逃得无影无踪。他觉得自己疯了、傻了，变成了另一个人。积聚了十几年的怨气火山般爆发出来，彻底控制了他的身体，令他不顾后果、不管成败，只想用男人的方式，弥补自己枉称男人的十几年！

他冲着挥过来的刀伸出双手。他要抓住刀，然后捅死这个王八蛋！要是抓不住，死了也就认了！

嗞啦一声，李南枝双手握住刀身的同时，蓝色的光弧凭空出现，在刀刃上跳跃。大哥浑身抽搐，好像跳着一种过时的迪斯科，摔倒在湿漉漉的马路上。

整个街口清静了。只剩李南枝抓着刀，站在原地喘息。

他的脑子里一片空白，只剩一句话不停地闪回：

死人了……

死人了……

死人了！

"我……"过了大概十秒钟，大哥呻吟着从地上爬起来。他的两个跟班手忙脚乱地把他扶起来。三人连滚带爬地钻进轿车，飞一般倒车、掉头。

"哎！"李南枝忽然醒过来似的把手一扬，车窗里飘出几张钞票。车子在轮胎的尖叫声中违章转弯，逃得飞快。李南枝愣了一下，然后饿狗一样扑上去捡起钞票，上车、起步。开出五个街口之后，浑身的汗水像开了闸一样，倾泻而出，把浑身的衣衫浸透。

"电！"李南枝大口呼吸着空气，"他妈的……那好像是电！"

07

灯光昏暗的客厅里，李南枝坐在桌前。凌乱的桌面上摆满了各种零件、线圈、灯泡，配上鼻青脸肿的外形，活脱脱一个刚从酒吧斗殴中全身而退的法拉第。

自打回家，他就一门心思验证自己的特异功能。然而几个小时过去，灯泡没有亮起，线圈没有转动，测电笔毫无反应。

"没错啊……"李南枝在客厅里走来走去，"声音，还有头发……绝对是电……"

声光电热，他不是专家，但都是搞过的，至少基础知识没问题。

难道一切只是幻觉？难道我疯了？

考虑到经历过的一切，这的确是最好的解释。可是再一想，那些人、那些车、手掌的刺痛、雨点落在身上的感觉，不可能都是假的。

难道是昙花一现的灵异现象？再也不可重现了？

也有可能……就跟厄运一样，没来由地找上门，无论造成什么后果，然后把你丢下不管，让你用一辈子去收拾残局……

想到这里，李南枝宁愿自己真的疯了。

就算你真能放电，又有什么用？你能凑齐那8万块钱吗？

他弯下腰，双手紧紧拉扯着自己的头发。

过了几秒，他身子一僵，缓缓直起腰来——他闻到了焦臭味。小心翼翼地把粘在手指上的头发放在鼻子底下细细观察，他眼中放出久违的光彩，身体微微颤抖——头发弯弯曲曲，被烧焦了。

"动作！对，动作！我揍那个混蛋之前，这么挡过他的耳光……"李南枝双手拿着灯泡，用各种角度在脑袋周围比画着，像个正在祈祷的教徒，"难道说，手臂摆到一定的角度才会有电……或者是力度？我当时哪里用力来着……"

终于，他的思路和动作一起断掉：肩胛用力时，手指一阵轻微的刺痛，灯泡亮了起来。

脸上的表情变了又变，他缓缓坐下。沉思了一刻钟，他猛醒过来似的低头，盯着自己的肚子。

他飞快地拿出手机，拨打了中介的电话。然而就像两人事先说好的那样，号码早已变成空号。他骂了一句，又打开相册，一张张翻了半天，终于找到了要找的东西——自己刚被送回来时的照片。

暗红色的血迹。棕色的缝合线。黄色的碘伏痕迹。青色的淤血……照片是中介拍的。初衷他没解释，但并不难猜——万一出了人命，他可以向警方证明，人不是自己害死的。李南枝的目光停留在伤口旁边两行黑色的文字上——他早就注意过，可是一直没上心，以至于有这么明显的答案到现在才想明白："这是个国际电话号码啊……"

08

"00——1——215——"他看着手机里的图像，一个数字一个数字地输入座机，"怎么这么长，还有括号……"

忽然，电话里的声音变得又高又尖，持续了几秒，又化为一片寂静。他屏住呼吸等待着。

"Sorry！"电话里猛然传来这个词，把他吓了一跳。随之而来的是一长串又快又冰冷的英语，把他砸蒙了。他抓着话筒瞠目结舌，直到电话那边变成嘟嘟的忙音，才做贼一样快速挂上电话。

"就算有东西也听不懂啊……"他悻悻地点上一支烟，"上回说英语还是高三……"

他忽然愣了。那时候真好啊，什么都有可能，什么都还来得及……

李南枝倔强地再一次拿起电话。拨通后，他闭上眼睛，调动全部的神经和记忆，仔仔细细地听着。十几秒后，他挂上电话，看着天花板发呆。这次真的听懂了——只要是高中的单词，他都听懂了。

"什么 number 什么 message 什么 up……"

现实再一次揪着他的耳朵，把道理灌输了一遍：有些事，错过了就是错过了。比如全国决赛，比如大学学位，比如本可以一帆风顺的生活……

"我还不信了……"李南枝咬牙切齿地戳着一个个号码键，"来来来，说！不就是英文吗？给老子说！"

然而这回接通之后，提示音变成了中文。

"请——输入——个人——识——别——码。"

"识别码？"李南枝蒙了，然后马上反应了过来，"括号里最后6位数字！"

输入完毕，他大气也不敢出，手指微微发颤。会发生什么呢？那个老头会跟我说话？忽然，电话里传来尖细的噪声，刺得耳膜生疼。李南枝把听筒换到左耳时，那边又变成了语音。这回语速更快，他唯一听到的单词就是"ten"。

"十？十什么？喂？喂？"电话断了。再拨，一点反应都没有。

"得了，认了吧……"

又试了十几次之后，他叹了口气，回到客厅。呆坐在桌前，他开始为自己无谓浪费时间感到内疚和悔恨。

他忽然怔住了，两眼放光，身体发颤，脑袋被一句黄钟大吕般的棒喝震得发晕："有什么用？你傻啊，可以用这个赚钱啊！"

李南枝并不知道，他挂掉电话的同时，在相距几百数千公里的地方，不知多少手机疯狂振动。手机的主人们无一例外地立刻停下手中的所有事情，小心翼翼地躲到无人的角落，按下接听键，收听着一个谁也没想到的消息。

"战时动员广播系统启动！它刚刚在中国激活了一个人！"

09

吉隆坡国际机场。

振动的手机被拿出，屏幕的倒影在双眸里亮起，又渐渐转暗。消息被删除，手机被放进传送带上的盒子里，她整理衣物，快步走过安全门。

"请这边走。"工作人员看着指示灯说。她顺从地走到一旁的隔间，脱下鞋，高举双手站在台子上。工作人员仔细搜了一遍身，什么都没发现。

"今天机器敏感度调得太高了。"那人跟同事抱怨着。一转头，女人已经不见了。

4号航站楼东翼的尽头。凌晨3点，几乎没人。窗边，一个肤色黝黑的老者看着外边黑暗里的飞机轮廓发呆。黑影掠过，他抬起了头，发现一个年轻女子坐在了对面。她一袭黑衣，皮靴底很厚，嚼着口香糖，脸上带着浅浅的微笑。

"嗨，西蒙，你好吗？"她问。

老人凝视片刻，摇了摇头："我想你认错人了。"

"不会错的。"她向前探身，双肘撑在大腿上，"虽然你改变了发型、鼻子和下巴，可我还认得出来——西蒙·阿托贝，我找了你两年。"

老人伸开双臂，拦住身旁两个要站起来的保镖。

"女士，"阿托贝斟酌着言辞，"我不清楚你是谁——警察？特工？私家侦探？"

女孩保持着没心没肺的笑容，嘴里的口香糖嚼得更香了。

"我不关心，好吗？我不关心。"阿托贝眉毛一扬，摊开双手，"我觉得你也不应该关心。事实上，我觉得没有人真的想要抓我，就连新政府也不想。要不然，他们不会只悬赏3万美元……"

"还是有人关心的。"女孩目不转睛地盯着他的脸，"受害者一号，19岁，优等生，他的父亲打四份工供他上学。受害者二号，18岁，班里的笑话大王，即将成为毕业舞会的主持人。受害者三号，18岁，学校的足球明星，国家青年队已经给他发了试训邀请。受害者四号，独生女，16岁……"

"我可以给你省点事，"阿托贝表情毫无变化，"65人。我，首都的秘密警察总监，在任6个月——其间全国到处是游行示威，军队哗变——亲自下令抓的，只有65人。你觉得多吗？"

"受害者四号，独生女，16岁——她叫艾莉莎……"女孩充耳不闻，继续背诵着，"她的母亲生她的时候，已经37岁了。这个女人独自把女儿养大。只要再过两个月，她就要去英国留学。然而因为一次网上的发言，她被逮捕、强奸、活活打死……类似的事情，在你的审讯室里发生了40次。你想告诉我，你没有罪？"

"我也有命令啊！"阿托贝有些激动，"难道法律是我写的吗？"

"法律没有要求你使用酷刑。现在新政府成立了，你是通缉犯。"

脚步声风吹落叶般聚拢过来。8个高大的男人把女孩团团围住。

"你把40个人拷打致死，其中还有5个未成年人。现在你却什么事都没有，带着贪污款享受生活？"女孩对威胁的目光熟视无睹，缓缓地摇着头，"世界不应该是这样。也不会是这样。"

两人的目光隔着人墙相碰。一时谁也没有说话。

"对于法律，我们有不同的看法。"阿托贝站起身来，拍了拍衣服，"可是有一件事，我想我们应该看法相同。那就是你什么都做不了。"

他环视四周，用手虚画了一个圈。

"首先，这个国家，与新政府的外交谈判还没有结束，两国还没有建交，所以我在这里，是无罪的。第二，我要乘坐的是私人飞机。你不知道我要去哪里。第三，这里是机场。你进来的时候也通过了安检，身上连把刀都没有。你告诉我，当着我的这些保镖，还有无数的摄像头，你能做什么？"

"原来你也有点人类的常识……"她夸张地鼓着掌。

"走！去私人候机室。"阿托贝扣上西装的扣子，对保镖挥了挥手。他决定一起飞，就让飞行员去南美。

眼前忽然一黑，又是一亮。他停下了脚步。举头四望，所有的顶灯都在闪烁。

"十！"

"你说什么？"扭头回望，女孩就在后方不远处。

"我说，我给你十秒钟，最后体会一下自由的感觉吧。"

"疯子……你是个疯子……"阿托贝用手指着她笑了。

可是他发现自己无论如何努力，声音都提不上去。

"走！快走！"他自己也不明白，为什么要怕一个手无寸铁的女孩。

砰。

天花板上忽然火花四溅。阿托贝带着难以置信的表情捂着胸口，跪倒在寸步不离的保镖中间。

"先生！"保镖们争相试着把他扶住。

"心脏病？"

砰砰声连成一片，所有的摄像头都冒着火花炸裂。一抬头，那个疯女人已经近在眼前。她双手伸开，两眼紧闭，宛如教堂壁画里的圣母。双眼睁开时，气息随着几乎听不到的话语从嘴唇中轻轻呼出。

"时间到。"

第二章　七天

穿着废铁打造的盔甲，暂离被病痛折磨的孩子，踏上征途……

01

9月19日　周一

距离移植最后期限还有 7 天零 8 小时

经费缺额 80000 元

　　尽管混得不怎么样，但李南枝自认为并不笨，这一点有不少佐证。比如说他平时对潮流不感兴趣，但是急着凑钱的时候，什么办法都能无师自通。网络募捐，他自己写文案，博得眼泪无数；网贷平台，他手机里下载了几十个，借了一个遍，还举报了其中一些利率过高的，成功赖掉了欠款。跟这些相比，学会直播的性价比并不高——爱看收废品的观众可能不多，收获的打赏寥寥无几。然而今天，李南枝觉得自己投入直播的时间和精力是值得的。这个东西就是搞钱的希望。

　　等待直播间打开的时候，他相当忙碌，边整理头发边念念有词地复习套话，同时手里拿着灯泡，练习一些"猴子献桃"之类的动作。

　　"各位老铁，欢迎来到我的直播间。我今天就给大家表演一招绝活：手点灯泡……"直播开始了，他仍在精益求精地雕琢细节，"是不是直接说特异功能比较好……不好，容易被以为是骗子……可是只说灯泡，会不会太普通了……"

系统提示有人进入直播间。他立刻打了鸡血一样振奋起来。

"晚上好！我今天给老铁表演一个……"

话还没说完，对方已经退了。

"你倒是看看啊……"李南枝骂骂咧咧。不过扭头看了一眼镜子，他开始理解对方：脸上除了青肿就是污渍，不知道的还以为是直播要饭。

"得捯饬捯饬……"他自言自语地走进卧室。再出来时，他已经换上了老爷子当年穿过的功夫衫，戴上口罩。照照镜子，形象好了一点——像个招摇撞骗的气功师。

"凑合着吧……"眼看着直播间里进了人，他不再折腾，直接来了一段欢迎词贯口，然后肩胛用力下压，手指一痛，灯泡登时亮起。李南枝仰头看着灯泡，脸上不知不觉露出微笑。尽管不知已经重复了几十次，但是那束耀眼的光，他还是看不够。它是那么纯粹，那么简单，比生活中的一切都好得多。

然而转过头来一看手机屏幕，好心情顿时化为碎片。

"什么玩意儿……"

"低级……"

"本周最差。"

"速成班一礼拜就来直播吗？"

"这不是魔术！"李南枝气不过，辩解起来，"我这是真本事……"

根本没人听他的解释。直播间又空了。

"魔术？这怎么说明白呢……"本来觉得挣钱手到擒来的李南枝无比失望，摩挲着头顶，苦思冥想。过了一会儿，他有了主意——他脱光了上衣。

"看清楚咯，我身上没有电线，没有什么隐藏机关，灯泡就这么亮了！"又有人进入直播间的时候，李南枝光着膀子转着圈展示身材，"怎么样？服不服？"

叮！

这响声令李南枝激动不已。有人打赏了！

叮叮！

这条路走得通！

"打赏不抽成但需要交35%的税，到手65%，"李南枝飞快地心算，"礼物平台再抽成50%……听说新主播需要刷人气，到5000的话需要……"

算了一会儿，他开始泄气：这样攒钱，不知道要到猴年马月才能凑齐8万……

与此同时，评论里也开始有些想不到的言论出现。

"不要脸，抄袭我们家马哥的好吗？"

"你给我说清楚！"李南枝有点急，"什么抄袭？谁是马哥？"

评论的人显然不买账，两人吵了起来。吵了一会儿，李南枝终于搞清楚，马哥是本平台一个挺有名的魔术主播。

"魔术？！"李南枝今天真是听够这个词了，"我再说一遍！老子不是变魔术的！什么马哥？我没听说过！魔术再牛，那都是假的！我这是真本事！"

静默了一会儿，直播间顿时炸了。

"已录屏。"

"我去传话。"

"准备吃瓜。"

李南枝困惑地看着这些话。等他猜出大概是什么意思，一个陌生的、浑身带闪光的ID已经进入了直播间。

"听说这里有个大神，"马哥没有自我介绍，直接进入正题，"说我的玩意儿都是假的，他的才是真本事。"

"不是……"李南枝明白自己的话被曲解了，"我的意思不是针对你，我是说啊，你们变魔术的，都是假的……"

"嘿嘿，"马哥打出一串表情，"行，老子学魔术十几年，没听说还有正宗不正宗这一说呢。这样吧，你敢不敢跟我打个赌？"

"什么？"事情的发展已经把李南枝搞蒙了。

"咱们见个面。我能拆穿你的魔术，你给我2000。我要是拆不穿，我给你5000！全程直播！敢不敢？！"

李南枝目瞪口呆，说不出话。

"问你呢！敢不敢？！"

02

一个半小时之后，宝城广场。

购物中心大部分店铺的灯已经熄灭，人潮像倒在地面上的水，流得不剩几滴。李南枝坐在驾驶室里，观察着外面。看看表，他开始怀疑自己被耍了。

轰鸣声由远而近。三辆摩托驶过来停在广场边上，每个后座上都坐着一个穿着短裙的姑娘。

"冷不冷啊……"李南枝目不转睛地看着。

紧接着，一辆商务车开过来，下来五六个年轻人，个个都是夹克加瘦腿裤。

"哪个是马哥？"李南枝纳闷地挠着头。

这些人慢慢聚拢在一起，开着手机外放，一边聊天一边随着音乐浑身哆嗦，像是同时着了虱子。

"管他呢，下去再说。"李南枝整理了一下衣服。

刚推开车门，又一辆宝马开了过来。车开得很慢，似乎是为了给先来的人留出足够的时间欢呼喝彩。一个身着西装、袖子裤腿都裁得极短的年轻人下了车。

"马哥！"大家都簇拥过去。马哥热情地跟每个人击掌、撞肩。

"照这边！"他朝身后的女孩打了个响指。

女孩嚼着口香糖，拿着手机走到他面前。

"我已经到了，大师呢……还没来，哈哈……"马哥对着直播镜头谈笑风生，"欸，你们不要胡说啊，谁说人家屄了？年纪大了，说不定有个什么病耽误了，比如说便秘……"

直播间里无声的哄堂大笑还没结束，大家就听到了车门猛然关闭的声音。转过头，一个男人从一辆脏得几乎看不出原色的大头车上下来，朝这边走过来。

"哎哟，大师来了！"马哥夸张地冲着李南枝鼓掌，"大家看看啊，大师就是大师，这车……我去！限量版！个性啊！"

说完这话，马哥不再理会直播镜头，转而面向李南枝，开始展示才艺。扑克牌在双手间划出一道弧线，落下来时，双掌一捻，全部消失不见，化为一束玫瑰。欢呼声中，马哥把玫瑰交给一个女孩，然后冲着李南枝招了招手。手指攒拳，然后猛地一张，一束火焰绽放开来，照亮了决斗场地。

李南枝停了下来。两人相距不过两米。

"大家看，大家看，大师的打扮，"马哥的跟班开始对着直播镜头解说，"工装、球鞋，黑配绿，哎呀新潮！这一身下来，得——50块吧？还有这妆化的！太朋克了！"

李南枝被四下围住。每个人都竭尽全力地朝他吹口哨、起哄。他面无表情，一动不动。

"大师，怎么着，先表演一下暖暖场？"马哥轻蔑地看着他。

李南枝把手伸到口袋里，马哥一瞬间变得严肃起来。

结果他掏出的是烟。

"你这些把戏啊……"打火机快没气了，李南枝打了50多下才把烟点着。马哥无奈地等着。结果他点着烟，说出的下半句却是干脆的"我不会"。

"我去……"马哥松了一口气，"那你来干什么？"

"我不跟你玩儿花活，"李南枝笑得轻松，但是夹烟的手指不住打战，"直接见真章。我让你看看我的活，你能拆穿你就赢，拆不穿你就输！"

马哥笑着点了点头。

李南枝把烟掐灭，脱下上衣，往地上一扔。

马哥严阵以待，仔细地看着他的一举一动。

李南枝紧接着脱下T恤，扔在脚下。

马哥神色一凛，不由自主地往前迈了一步。

李南枝开始解裤腰带……

"你等会儿！"马哥终于忍不住制止了他，"你想让我被举报是吧？是不是老于派你来的？粉丝差2万多他至于吗？！"

"不是。"在四周小姑娘的笑骂声中，李南枝慢悠悠褪下长裤，脱了鞋子，浑身上下只剩一条大裤衩，"我知道你要在我身上找机关，我让你省点事……"

不等对方回应，李南枝把手中的灯泡高高举起，肩膀用力下压，同时大喊一声"嘿"。

灯泡亮了。

它一共亮了不到两秒，围观的人还在插科打诨，但是马哥没有笑。他走上前去，绕着李南枝转了好几圈。

"看出来了吗？"李南枝回过头问。

"你再来一遍。"马哥缓缓地说。

灯泡再次亮起。马哥几乎把眼睛贴在李南枝身上。

"你把灯泡给我，我要检查一下。"马哥生硬地冲李南枝伸出手。

李南枝干脆地给了他。马哥端详着灯泡，一时不知该如何下手。他招了招手，一个跟班从口袋里掏出一只手电，照着李南枝的脸。

"你检查一下。"他把手电递了过来。李南枝摆了摆手，直接把灯泡卸下来，高高举起。又亮了。

这下起哄声和笑声低了很多。马哥的脸色很不好看。

"这么着吧，买一送一。"李南枝怕对方耍赖，直接走到一个长发青年身边，把手放在离他头顶20厘米的地方。

"走！"话音刚落，那人的头发脱离了地心引力的束缚，翘起来冲向李南枝的手心。

"你活腻了！"小伙子急了，揪住李南枝的脖子。李南枝抓住他的手腕，嘿嘿一笑。那人大叫一声，抓着手腕朝后退了好几步，疼得龇牙咧嘴。

"怎么样？"李南枝对着还在直播的手机吆喝，"你来解释一下！你能拆穿，还是不能？"

周围鸦雀无声。

马哥脸色苍白，说不出话来。过了许久，他终于张开了微微发颤的嘴唇。

"我输了……"

李南枝心中一块石头轰然落地。

"那什么……"他忽然不好意思起来，"咱们的约定……"

"给钱！"马哥挥了挥手，身子跟着打晃。

"支付宝还是微信？"跟班走到李南枝面前，小心翼翼地问。

"你得给我取点现金。"他挠着头回答——由于欠债太多，他早已不敢用自己的账户了。

跟班回头看着马哥。

"给他取！"马哥咆哮起来。

跟班赶紧小跑着去找 ATM 机。

李南枝尴尬地笑了几声，开始穿衣服。几分钟后，他揣着钱，浑身颤抖着朝大头车走去。

"喂！"马哥赶了上来，压低声音，"我给你一万！教我！怎么样？"

李南枝的眼中先是一阵发亮，然后又满脸为难。

他摇了摇头。

马哥长叹一声，转身离去。

车队静悄悄开走，直播间里吵成一片。据平台数据显示，这场决斗的观看人数创了这礼拜的纪录。所有人都在讨论，把魔术大神挑落马下的人到底是何方神圣。所有人并不知道，这时候故事的主角正猫在驾驶座上，从怀里掏出钱，一遍遍地数着。

"开心，"他笑得流出了眼泪，狂喜地捶打着方向盘，"我有办法救你了！"

03

吉隆坡。

跑道上风很大，吹得人睁不开眼睛。一个戴着棒球帽的男人看着不远处的紧急出口，默默抽着烟。忽然，门打开了，黑衣女孩走了出来，手里提着一个目测体重起码有 100 公斤的胖子。

他扔下烟头，推着轮椅跑上前去。

"咚"的一声，胖子像个麻袋一样被扔在轮椅上。

"那些人怎么处理？"棒球帽遥指着她身后问。七八个壮汉像倒伏的玉米一样躺在地上，不省人事。

"不用管，雇佣兵，醒了也不敢见光。"

他点了点头，掏出针管，把麻醉剂注射进猎物的脖子，推着轮椅直奔不远处的登机车。她一直站在那里，直到看着飞机消失在天空里，才缓缓转身，坐在墙角，点燃一支烟。她拿出手机，找出那些令她难受了许久的录音和视频，点击了删除键。

"您确定吗？"

系统弹出对话框。一通电话忽然打了进来。联系人的头像是一只鱼鹰。

"马上买机票去中国。"电话里传出不带一丝情绪的声音。

"中国？"她一时没反应过来。

"紧急情况。你离得最近。稍后给你详细简报。"

"任务是什么？"她开始意识到这次的指令有点不寻常，"是不是之前那个消息……"

"不，是S7级任务。"

"地区总动员？我？"她皱起了眉头，"到底是什么紧急情况？"

"达默你知道吗？"对方叹了口气，"昨天在日本，他一家子被杀了。"

她的呼吸为之一滞。

"总之，抓不到凶手，就意味着战争。"

04

李南枝一夜未眠。战胜马哥之后，他直接把直播昵称改成了"魔术决斗狂人"，挨个拜访本地有名的魔术直播间，言语挑衅。大部分人不理他，但禁不住他撒网太广，总有沉不住气的大V上当。午夜时分，他又赢了4000块钱，正想着乘胜追击，却发现自己被全市的魔术主播拉进了黑名单。

"你们这些尿货……"发现甚至周围市县都没有主播敢搭理自己之后，李南枝破口大骂。好在抽了一盒烟之后，他想到了一个好主意。

天刚亮，他就把老吴从黑名单里放出来，主动要求见面。老吴惊喜万分，一个小时之内就带着三个小伙子赶到了会面地点——他的利息很高，李南枝还欠他十几万。也正是看在这十几万块钱的分上，李南枝好话说尽，他点了头，打了个电话。不一会儿，一个满脸堆笑的秃顶就开着一辆九吨半的双排卡车停在门口。

"看在孩子的分上，这车便宜包给你。不过说好了，回来马上还钱！"老吴回头朝司机吆喝着，"钥匙给他！免你们公司点利息！"

事情进展之顺利，令李南枝喜出望外。又忙活了几个小时，他联系到了三批货，最远的目的地是内蒙。这趟下来大概能挣一万多。紧接着，他马不停蹄地直奔劳务市场，请到一位自称陪护经验丰富的护工刘姐。医院的电梯里，他一边滔滔不绝地介绍孩子的情况、叮嘱做饭洗衣的注意事项，一边在心里算账。

"本地的不敢跟我比，我沿路挨个城市找人单挑。跑这趟车，除去油钱、过路费、包车费、一路上的吃喝拉撒，来回能挣个2万，还差6万。赌一场5000，从这里跑到内蒙，我不信凑不齐12个傻子！"

这个计划看起来是如此完美无缺又简单可行，令他有些沾沾自喜起来。

"运气啊，"他在心里默念着，"你就沾我一次吧！"

电梯门打开了。迎面碰见的却是满头大汗的护士。

"你怎么才来啊！快！开心病危！"

人影挤成一团，白大褂飞舞，仪器的灯在闪烁。趴在隔离舱外看了一会儿，李南枝的心脏越跳越快，五脏六腑如遭火焚。终于，他夺路而去。

在走廊里枯坐了不知多久，张主任坐在了他身边。李南枝抬起头，嘴唇哆嗦着，却死活不敢问。

"我们已经在骨髓库继续寻找了，但是……"张主任的声音低得几不可闻。

"要是找到一个……再变卦怎么办？"李南枝泪水长流，扯住他的袖子。

张主任咂着嘴，没有回答。

"她醒了。"护士一句话，李南枝猛地站起身来，趔趄着跑到无菌舱外，把脸贴在玻璃窗上。里边的护士把听筒放在开心耳边。

"爸爸……"她的声音若有若无。

李南枝一个字都挤不出来，喉咙哽得生疼。

"我……想回家……"

他的嘴张了几下，却没发出任何声音。他知道自己似乎应该说点"坚强""坚持"之类的话，却说不出口。对于女儿已经要求够多了。关键时刻没用的人，是自己。

"我想我的房间……我想睡自己的床……"他只好任由女儿絮絮不止，"我想张奶奶家的猫……我想你哄我睡觉……我好难受……"

"好……好……"李南枝用尽浑身力气，终于能够开口说话，"咱们就……就快回家了……"

"爸爸……"开心终于哭了，"我是不是要死了……"

"别……别瞎说……"李南枝噙着眼泪，"这么多医生、护士……还有爸爸……不会让你死……"

"那为什么……今天不是要骨髓移植吗……"

张主任低下了头。在场所有护士的眼圈也跟着红了。

"今天……手术室装修……"他自己都不知道自己在说什么，"药也过期了……等两天再做……"

"爸爸……我不想死……"开心看样子也没听进去。

"你不会死……"李南枝把手放在玻璃上，仿佛要把孩子抓住，不让她被夺走，"你绝对不会死……我一定要救你……"

"我要跟张叔叔说话。"开心突然提出一个令人意外的要求。

李南枝跟张主任对视了两秒，把电话递了过去。

"张叔叔，您从来不骗我，"开心煞有介事地压低了声音，"您告诉我，我能活下去吗？"

张主任喉头上下滚动。他看了一眼李南枝。后者乞求地望着他。

"你一定能活下去，"张主任郑重地答复，"我们和你爸爸，都会想办法……"

"那我就放心了，"开心的声音骤然轻松，"加油……你们一定行的……我爷爷说过，好人有好报。他和我爸都是好人，我一定会有好报……"

张主任把电话塞给李南枝，好像那东西烫手，然后他把头别过去，望向别处。

"爸爸……对不起，你没骗我，我却一直在骗你……"她的声音几乎杳不可闻，"你讲那些大侠……我早就听够了……"

李南枝想笑，嘴一咧，眼泪一下子涌了出来。

"我其实更喜欢……钢铁侠……"开心的声音变得轻飘飘的，像一只停在花瓣

上、随时要飞走的蝴蝶。

李南枝愣了一下——这个名号他当然听说过，但压根儿不知道那人是干啥的。然而此刻，悲愤好像助燃剂，使创造力的火苗一瞬间变成升腾的火焰。眨眼之间，他已经编出了一个背景：一个被生活逼得只能收废铁的人，突然获得神奇的武功——或者叫超能力——穿着废铁打造的盔甲，暂离被病痛折磨的孩子，踏上征途……

讲着讲着，他自己也陷了进去，仿佛回到了童年的夏夜，跟父亲一起听着那些似乎永远也讲不完的评书。侠客在耳中上天入地、无所不能，肌肤感受着凉爽的晚风和坚硬的凉席，嗅到的是蚊香和西瓜的味道。那时候的父亲健壮如牛，声音洪亮，腰杆挺得笔直。那时候的时间过得很从容，好像还有无限的机会来证明自己的人生不会是一场辜负……

听筒里传来轻轻的鼾声。李南枝看到，女儿已经睡着了。

"7 天？"他擦干眼泪，望着张主任。

"7 天。"

他用最简单的语言跟陪护刘姐交代了一下，转身朝着医院外边飞奔。爬进卡车驾驶室，他闭上眼睛，深吸了一口气。这是一场没有退路的征途：赚到的 9000 块钱，扣除包车费、给老吴的一点利息、给刘姐的 2000 块预付，以及油钱，他已经不名一文。就连那辆功勋卓著的大头车都留在老吴手里作为抵押。钥匙转动，发动机轰鸣，车身震动，像一辆即将奔赴战场的坦克。

"李开心！"他系上安全带，坚毅的目光穿过挡风玻璃，"我不会输，你也不许输！等着我！爸爸一定能救你！"

黑暗的房间里烟雾缭绕，几个人歪在沙发上，看着手机里的直播回放，冷笑连连。

"你说他是真傻还是假傻？"

"应该是真傻——谁会这样暴露自己呢？"

"那就搞他？"

"搞他。"

05

九安。洪园小区。

一袭黑衣的女子在无数奄奄一息的筒子楼间游荡，不时走进一个楼道，用手在墙上抚摸着。手指拂过一张张小广告，不是通下水道就是开锁。忽然，她的手停了下来。她开始撕着一层层的广告纸，直到找到一张撕不烂的。她走出楼门，用手指夹住那张招贴，微微用力。电火花一闪，猛地高举过头。

过了足足两个小时，终于有辆摩托车开了过来。

那人摘下头盔，"还真有人来！"

"怎么这么慢？"她有些不满。

"这套系统多少年没人用了，遇到我这样认识的算你运气不错了……"

"我有一个 S7 任务，"女子打断了他，"给我个名单……"

车手给了她一张纸条。

"就这么几个？"

"还有人做就不错了，"车手边说边戴上头盔要走，"线人都没几个了……"

"再去给我找！"她抓住车把，满脸怒容。

"别着急别着急，"车手有些害怕，"真找不着了，我都好几年……欸——"

他若有所思地停下来，随即满面红光。

"前两天我在网上看见一个！"

"什么叫你在网上看见一个？"

06

"干！"

城郊的低档酒馆里，李南枝面对敬酒，满脸通红。在第一个送货地点卸完货之后，他轻松地赢下首次客场对决。过程跟以前两场如出一辙：不管对方表演多少惊世骇俗的绝技，他只管把衣服一脱、灯泡一亮，然后等着对方检查、揣摩、怀疑、抗拒，直至无可奈何。

这次的输家叫邓海，据说以前获得过全国性的魔术比赛奖项，在直播平台上粉丝数名列前茅。高人就是高人，输了之后不羞不恼，痛快给钱，完了还坚持请吃饭。

"在这一行摸爬滚打这么多年，大部分的活，我看一眼就知道大概怎么回事。但今天，你，嘿嘿……"邓海站起身来，恭恭敬敬地端起酒杯，"我确实想学你这一招。作为交换，我的把戏，不管是什么，我教你十招，你看怎么样？"

李南枝脸上颜色变了又变，最后却只能叹一口气。

"没法教啊……"

邓海愣了一下，然后哈哈大笑。

"我理解，南哥你是老派人，讲规矩。"他酒杯没有放下，也没有落座，直接双手过头，一躬到地，"那咱就按老规矩来，我在这行个拜师礼，你教我这一招。钱好商量！"

哐当声中，椅子倒地。李南枝像触了电一样跳起来，连拉带拽把邓海扶起来。

"兄弟，你真是……我确实不是那个意思……"

然而他还是不知道该怎么把事情讲清楚。

桌上另外7人的目光变得很复杂，像一根根刺朝李南枝脸上扎过来。他再也承受不了，离席奔向洗手间。他打开水龙头，把脑袋冲了又冲，然后抬起头来，看着镜子里湿淋淋的自己。

邓海看着洗手间的门，冷笑不止。他发了个信息，一群壮汉走了进来，围坐在旁边桌上。邓海对他们一点头，带着人起身离席。

"哎，要走？"李南枝从洗手间出来了。热情了半句，他就看到了那群壮汉，脸色顿时变了。傻子也能看出是怎么回事。

"我们先走了，"邓海板着脸回过头，"我去结账。后会有期。"

他语气里带着报复的快意，仿佛刚刚在直播间里嘲笑自己的观众全在眼前。他并没有想到，李南枝此刻心里充满了狂喜。

揍我，揍我！没想到，连省都没出，8万就要凑齐了！

领头的壮汉大声咳嗽，一桌人齐刷刷掏出了甩棍。李南枝心里咯噔一下——这里没有摄像头。

"对方要是打完了我就跑，人都找不到……万一拿不到钱，胳膊或者手被打折，开不了车、比不了赛……我只有 7 天啊……"

眼皮又开始抽搐起来，他开始慌了。眼睛飞速扫视着四周。没有紧急出口。没有退路。没有胜算。

"海哥，有……没有商量？"他已经退到了墙根。

"我可不认识这些人，"邓海笑了，"但是我觉得，要是你直播下跪，承认自己是个骗子，然后注销账号，我们说不定能劝劝架……"

说罢，他跟同行的人一起笑弯了腰。

"等等！"李南枝这声呐喊好似猛兽嘶吼，把所有人都震住了。几个斗殴老手不约而同地嗅到了危险：这是要拼命啊……

"你说话算数？"众目睽睽下，李南枝庄严地抬起头，"你给我 8 万，你让我说啥我就说啥！"

所有人都被这句话闪了一个趔趄。

"你他妈……"邓海气得手都哆嗦起来，"你跟我要什么滚刀肉……"

忽然，一阵嗤笑声从人群后传来。邓海和所有打手一起回头望去。他们惊讶地发现，酒桌上不知什么时候多了一个黑衣女孩。

07

邓海打量着这个不速之客。20 出头，黑夹克、黑皮靴，马尾扎得很高。没人知道她是什么时候溜进来的，又怎么悄无声息地坐在那里的。

"你们都是变魔术的？"女孩冲邓海一笑，双手摊在桌上，露出修长的手指。邓海心里一沉：这是典型的同行的手——难道是那家伙一伙儿的？

"这是你朋友？"他回头问李南枝，后者茫然摇头。

邓海冷笑一声："美女怎么称呼？"

"姓赵，赵仙迪。"她站起身，走到李南枝身边，"你的灯泡呢？给我看看。"

李南枝迟疑了一下，递了过去。

"Wow！"她夸张地捂着嘴，"用这个都能挣钱，天才……"

李南枝觉得她有点奇怪：中国人的五官，表情却怎么看怎么像个外国人。

"怎么？你也会？"邓海冷眼看着她。

"你说这样？"赵仙迪把袖子高高撸到肘部，两根手指夹着灯泡往前一伸，邓海和李南枝的眼睛同时瞪了起来。

灯泡亮了！

一个词在脑子里炸开，震得李南枝脑袋里嗡嗡直响。

同类！

然而他马上就发现其实是不一样的：这个灯泡在她手中已经稳定地亮了十几秒，却丝毫没有要变暗的意思。他正要问赵仙迪是怎么做到的，却被一阵掌声打断。

"我明白了。"邓海把身子靠在墙上，懒散地鼓着掌，"你们俩串通好了，想把我饭碗砸个彻底是吧？"

这话本来是动手的暗号，可是说完之后，几个壮汉都不由自主地后退了一步。因为他们看到赵仙迪手臂平伸，十指间跳跃着若隐若现的蓝光，嗞嗞作响。

"怕什么？魔术是怎么回事你们不知道吗？都是假的！"邓海把手往空中一劈。

话音未落，"嗞啦"一声，长约半米的紫色电弧从她手指发出，打在一根甩棍上。火星四射，塑料把手砰地炸裂。壮汉惨叫起来，捂着手半跪在地上。邓海瞪大了眼睛，嘴里像塞了一个鸡蛋。李南枝急促地呼吸着，一句话都说不出来。

"还有吗？"赵仙迪好整以暇地抱着双臂。所有人都不由自主地朝后退去，好像她声音里也带电。

"滚！"

偌大的偏厅瞬间变得空空荡荡。李南枝小心翼翼地扶起一张椅子坐下，偷偷打量着这个来路不明的女人。但左看右看，除了衣着有点像搞摇滚的，其他一概判断不出来。

"你……你刚才……"他几次组织语言，都没找到一个听起来显得不傻的表达方式，"那不是魔术吧？"

赵仙迪"扑哧"笑出来，连连摇头。

"这么说……"李南枝的嘴唇微微发抖，"咱们是同类？！"

"也对，"她似乎觉得这个说法有点新鲜，"咱们确实应该算是同类。"

李南枝心里一阵激动，他有一肚子的问题要问，却一时堵在喉咙里，不知该先问什么。

"你刚才说你叫李南枝？"赵仙迪先开口了。

"对对对，南北的南，树枝的枝，"他赶紧伸出手，"叫我老南就行……"

然而他的热情没有得到回应。赵仙迪一丝要握手的意思都没有，身子反而往后微微一缩。他有些尴尬地把手收了回去。

"你平时就在这里活动？"赵仙迪有些心不在焉，掏出手机，似乎在回复消息。

"活动？"

"就是挣钱，工作……"她飞快地打字。

"不是不是，"李南枝一本正经地解释，"我的本职工作呢，是物资回收业务……"

"物资回收？"她抬了一下眼皮。

"对，业务主要在九安那边……"李南枝硬着头皮没有解释该行业俗称收废品。

"找不到你。"过了一会儿，赵仙迪忽然想起对面还有人似的抬起头，扬了扬手机屏幕。

"嗯？"李南枝被这没头没脑的话搞愣了。

"姓名、活动区域、掩饰身份，全都搜不到。难道说……"李南枝看到她眯着眼不停打量自己。

"Oh right，"她忽然打了个响指，"你是新加入的吧？"

"我……"李南枝一愣，"我加入什么了……"

"这一行。"

"哪一行啊？"

李南枝发现赵仙迪又开始若有所思地看着自己。

"哦，你说这个！"眼角的余光扫到桌上的灯泡，他恍然大悟，"怎么说呢，我也不算是这一行的人……刚发现自己有这个本事没多久……"

"还真是新人，"赵仙迪松了一口气，往嘴里扔了块口香糖，"你到底有多新？"

"我昨天下午才发现自己会放电的！"终于说到了想问的话题，李南枝精神抖擞，"你说说，我到底……"

这回轮到赵仙迪发愣了。

"Oh my god……"她的头垂了下去，用英文低声咕哝着。

"新人就新人吧，"过了一会儿，她抬起头来，脸上勉强有了笑容，"只会弱电怕什么呢？重要的是有责任感……你师父是谁？"

这话使李南枝变得更像一块木头。因为这提醒了他，事情还有一个从未想过的角度。

"这……"他的声音颤抖着，"这还能学？你是跟谁学的？"

他眼巴巴地看着赵仙迪，口干舌燥，心跳加速，仿佛又回到了那个目睹中国队世界杯出线的夏天，等待一个奇迹在眼前呈现。

然而对方却一点儿不着急。她跷起腿，上上下下打量着他，抿嘴一笑。

"这样吧——你的车停在哪里？咱们路上说。"

<h1 style="text-align:center">08</h1>

月暗星稀，夜风微凉。李南枝领着赵仙迪走在老城区狭窄的胡同里，不时觉得有点冷。

"你刚才想问我什么来着？"

"我到底为什么会放电？"马上能看到谜底，李南枝激动地咽了口唾沫。

"答案很简单，"赵仙迪的声音却轻松得像个给小学生讲解应用题的老师，"你的体内，有导线。"

李南枝的脚步停住了。他慢慢转身，满脸的难以置信。

"我的体内……怎么会……怎么会有那玩意儿？"

"有人给你放进去的呗，"赵仙迪用手指在他身上轻轻划着，"微创手术，从腹部肌肉穿过，绕到背部，沿着双臂，到手腕、掌心、手指……"

"那电是哪来的？"李南枝的眼皮抽搐着，"电线也不能发电啊……"

"压电材料。导线的某些节点，肌肉挤压就会发电。比如这里，"她伸手往他肩胛骨上一点，"就是你的一个电阀，也叫作发电穴位……"

李南枝猛然明白过来，伸手去摸肩膀后边。压电材料？这玩意儿他当年在厂里是接触过的——某些材料被挤压变形时，其表面会产生电荷……

"不过，你的方法是错误的，"赵仙迪笑得有些阴冷，"电阀发的电，不是让你直接用，而是要存起来……"

"存起来？存在哪？"

她的手往肚子上一戳，李南枝浑身微微一颤。

"我动了手术……"他的声音逐渐下沉，最终跟心脏一起沉到无尽的深渊。

"对，通过手术装进去的，"她的手忽然贴了上来，按在李南枝肚子上，"全身300多个电阀发的电，都会通过电脉导入这里，存起来。这东西叫作电胆。电要从电胆释放，才会有高压和杀伤力。就像这样……"

蓝光闪烁，寒鸦惊啼。李南枝胸前衣服冒着烟，猛地撞在墙上。脑子里一片混乱，恶心疼痛混在一起涌了上来，他"哇"地吐了一地。

她电我？

他像一只被扯断若干条腿的昆虫，忍着剧痛在地上慌乱而又不协调地爬着。然而赵仙迪的皮靴又出现在前方。

"你可能还有问题要问，比如说，这套东西有什么用，"李南枝抬不起头，只能听到坚硬的靴底踩在石板路面上的声音，以及同样冰冷的嗓音，"很简单，有了这个，你就可以不带任何武器通过任何国家的机构和机场的安检，当着警察和摄像头杀死一个人，却没人能够察觉。只要你愿意，你可以成为世界上最好的职业杀手……"

李南枝想说什么，舌头却好像被铁丝穿过，一个字都吐不出来。

"开车？收垃圾？没有师父？"她冷笑着蹲在李南枝面前，"装得太傻了一点，过了。准备好了吗？"

他绝望地摇着头，眼睁睁地看着赵仙迪右手五指张开，电火花在掌心嘶嘶作响，像一尊大炮一样慢慢移过来！

"去死吧，你这败类！"

第三章　猎手

像你我这样的人，还有成千上万！

01

9月20日　周二

距离移植最后期限还有 7 天

经费缺额 70600 元

"爸爸接电话了！爸爸接电话了！"

手机铃声回荡在寂静的巷子里。赵仙迪双目圆睁，头发被静电荡得四下飞扬。电话铃声每响一遍，她的手就放低几厘米，最终，她一咬牙，揪着李南枝的衣领子把他提起来摔在墙上。

"这是谁？"她拿起手机，端详着屏保上的小姑娘。

"我……我女儿……"李南枝终于恢复了说话的能力，"求求你……让我跟她说话……她有病，随时都有可能……"

"你老实跟我说，你的电胆是怎么弄到手的？你的同伙是谁？他们在哪？！"

"我真不知道啊……"李南枝带着哭腔，"我女儿病了……需要骨髓移植……我只是想弄点钱……"

他壮着胆子讲起了自己的遭遇，讲得事无巨细、声情并茂，语调随着故事的进展越来越高、越来越尖，宛如夜半的惊鹊，直冲天际。

"说实话，要是没有孩子的事，你杀了我，我真没二话。混成这个样子，死了真比活着好受啊……"他抬起头，望着赵仙迪，"可是……我闺女才 8 岁啊……她又做错了什么？"

嘶哑的质问回荡在夜空，好像在等待一个永远得不到的回答。

李南枝的语言和力气一起用尽。他蹲在地上，抱着头，无声地痛哭着。出乎意料的是，心里居然好受了一点。他忽然意识到，这是第一次把遭遇讲给别人听。赵仙迪低着头不看他，用靴尖踢着地上的小石子。

"开免提，"终于，她把手机递给李南枝，左手顶着他的心口，"别耍花样。"

李南枝点点头，胆战心惊地点了回拨键。结果里边传出的却不是女儿的声音。是护工刘姐。李南枝的心一下子提了起来。

"开心？开心？！"

吼到第五声的时候，他终于意识到刘姐也一直在试图说话。她表示开心睡了，情况有点恶化，但是也没恶化多少。每天进出无菌舱很辛苦，事情完了要加钱。李南枝连连应允。最后，她对李南枝的资金流提出了自己的看法：听说你还欠医院钱？那我的工资你最后能结清吗？

李南枝低声下气地解释、撒谎、求情、对天发誓。等到终于能挂电话时，他才意识到自己胸前没有顶着一只会放电的手。

巷子里陷入了沉寂。赵仙迪背着双手，来回踱步，步伐时而紧凑、时而舒缓。牙齿紧咬着嘴唇，她几次想说什么，却又把话咽了下去。最终，她抬起头来，望着久久不肯露面的月亮，轻轻叹了口气。

"你走吧。"

李南枝浑身一震，没敢动。

"开上你的车，快走！以后千万不要再干这种事！"

李南枝如梦方醒，起身拔腿就跑。

"等等！"跑出去不到二十米，她的声音忽然从背后传来。李南枝的双腿不受

控制似的停了下来。他浑身僵硬，汗不敢出，眼睁睁看着她走到自己面前。

"我突然有个好主意，"她打了个响指，"你不是缺钱吗？当我的司机吧。"

02

卡车在金茂源服务区不远处拐下国道，驶过岔河，朝德州开去。李南枝打了个哈欠，把车速降下来，偷偷瞟了赵仙迪一眼。一路上他都没敢说话，毕竟，这是个差点弄死自己的女人。

"我抽根烟行吗？"他赔着笑脸问。

赵仙迪点点头。尼古丁被贪婪地吸入体内，李南枝的胆子大了一些，又开始好奇了。

"你，不是咱中国人吧？"

"我算华裔。"

"你，到底是干什么的？"

"猎手。"赵仙迪瞥了他一眼。

"猎手？"李南枝怀疑自己听错了，"打兔子的？"

赵仙迪哈哈大笑，笑完了之后又开始打量他。

"你要么是个白痴，要么是个撒谎的天才。"

李南枝没敢应声。

"好吧，我总共抓三类人。第一类，是通缉犯。第二类，是越狱犯。第三类嘛……"她盯了他一会儿，"保释金你知道是什么吗？"

李南枝摇摇头。

"比方说，你犯罪被抓了，要被关起来，等着开庭。对不对？"

"那个叫看守所……"李南枝终于有机会当一回专家。

"在有些国家，法庭有时候会允许你交一笔钱作为押金，回家等着开庭，不用蹲看守所。开庭的时候你来受审，钱就退给你。"

"跑了怎么办？"李南枝觉得这简直是天方夜谭。

"当然有人会跑。所以，才需要我这样的人。"她用大拇指指着自己的胸膛，"这些杂种可不好抓。他们一般都藏在没有引渡条约的国家，山沟里、森林里。很多国家武器管理很严格，我又不能带着家伙坐飞机。他们还可能有同伙、有保镖。这时候怎么办呢？"

李南枝茫然摇头。

"Bang！"她一拍大腿，吓了李南枝一跳，"那就是把武器植入体内！在后脑一按，电晕了带走——怎么样？刺激吧？"

想象中李南枝肃然起敬的画面没有出现。他面无表情，一言不发。

"怎么了？不相信？"赵仙迪有点不满。

"你们……是协警？联防？外聘？临时工？"李南枝自作聪明地提出好多概念，结果又得自己给赵仙迪解释。解释完了，她统统摇头。

"那……有编制吗？"

这回解释花的时间之长，让李南枝发誓不再提任何中国特色太浓的概念。

"这么说，你们跟警察完全没有关系……那……那抓人干什么？"李南枝开始有些戒心，生怕自己不小心卷进什么非法行为里边，"这些人，不是该警察抓吗？"

"警察要是忙得过来，还悬赏干什么？尤其是跨国追捕，对他们来说很麻烦……"

"可是，"李南枝不由自主地开始劝人少管闲事，"多等等，警察总能找到人吧？"

"那受害者的家人呢？他们可不一定能活到那一天……"赵仙迪显然不太高兴，"还有问题吗？都说出来。"

"不不不，挺好挺好，做好事嘛……"李南枝极力掩饰着自己对她的事业的真实看法：干这个的，要么是精神病，要么是傻子。

德州跟运河关系匪浅，这点可以从经过村子的村名中看出来——新堤村、陈公堤口村、池家堤口村……等到这类地名全部被抛在车后，李南枝在南苏庄附近一拐，沿着大道跨过京杭运河大桥。城区的灯光开始浮现。

"Anyway，"没人说话，赵仙迪觉得很无趣，"你带我，也算为抓捕服务。我把酬金分一些给你，算是车费。然后你爱干什么干什么去吧……"

"酬金？"李南枝眼睛一亮，"你不是白干？"

"OK，我明白了，你不是天才，"赵仙迪笑了起来，"猎手的正式名称是'赏金猎手'，当然有赏金！抓到一个犯人，我可以拿到保释金或者悬赏的10%到50%。"

"那是多少？"

"看情况吧，"赵仙迪皱着眉头，"一般是几万美元，高的上百万。"

车胎吱呀怪叫，李南枝差点把车开到沟里去。

"美元？"

"美元。"

"那……那你抓过几个？"

不知为什么，她的脸一下子拉了下来。

"机密。"

"那咱们……这是去抓人？"

"机密。"

"这回你要抓谁？"

"这个不是机密，"赵仙迪扭过头来，"但是你知道了我就得杀了你。"

"别别别，"眼皮抽搐着，李南枝结巴了，"别跟我说……"

赵仙迪终于大笑起来。

"你这人真好玩。"她往嘴里扔了一块口香糖。

一个巨大的明式牌坊出现在视野里——那是苏禄国东王墓。

"不能往前开了，"李南枝为难地指了指交通标志，"我这车太大，不能进市区。"

"不用，"赵仙迪看着手机，"前边往左拐，找个地方停车。"

03

风铃声响，门帘晃动。小店主人扶了扶老花镜，抬头看了一眼进来的女子。她不是附近的住户，衣着上甚至不像本地人。

"请问是邓先生吗？"

风铃声又响。两个可能是刚下晚自习的半大孩子一前一后冲了进来，嬉笑打闹之间，两人各自挑选了几包零食，走到柜台前。

"一共十五块六。"老邓和蔼地笑着。

"老邓，"付完钱，一个孩子忽然想起什么，摘下眼镜，"能给洗一下吗？"

老邓习惯性地接过来，然而马上又看了看那个女人。眼镜在手里掂了又掂，他终于恢复了笑容。

"没问题。"

他把眼镜放在一个饭盒大小的不锈钢盒里，左手托着放到水龙头下。眼镜被水漫过，无数气泡从无到有，慢慢从水底冒出来。几秒钟的时间，水烧开了似的沸腾，却没有任何蒸汽。不到一分钟，老邓把眼镜拿出来，镜片清洁如新。

"哇！"孩子戴上之后赞叹不已，"怎么我自己洗不了这么干净？"

"嘿嘿，"老邓眨了一下眼睛，"商业秘密。"

孩子扔下两块钱，飞奔而去。店铺里恢复了宁静。昏暗的灯光下，女子轻轻走上来，行了一个古老而古怪的拱手礼。

"行啦，我当然猜到你是谁。"老邓拍拍衣服站起来，依样回礼，"怎么称呼？"

"赵仙迪。总会来的。"

"总会？"老邓嘿嘿一笑，"不瞒你说，姑娘，每年都有几个人来跟我自称是总会的。我怎么知道哪个是真的？"

赵仙迪把一张名片放在柜台上。银色的高档纸背面，画着一只扑击的鱼鹰。

"这么说……"老邓表面上满不在乎，身体却微微前倾，"咱们……你们赢了？"

"没有赢。当然也没有人输。大家……讲和了。"

"哦……"老邓的声音又变得低沉，只顾闷头抽烟。

"前辈，恭喜，"赵仙迪的表情有些僵硬，似乎知道不会有什么好结果，"你被征召了。"

老邓打量着她，摇着头笑了。

"什么前辈不前辈的，我现在就是老邓，一个杂货店老板，靠街坊邻居照应，混口饭吃。"他抬手指着门口，"招牌上写得很清楚，日用百货、零食饮料、小家电维修。你要是照顾我生意，我说声谢谢。要是这些以外的生意，我不做。"

他掏出一根烟点上。烟雾缭绕中，赵仙迪一动不动。

"第三条第一款后果是什么，你比我清楚……"

烟雾在目光的对峙中升腾，消失。过了好久，老邓苦笑着摇了摇头。

"什么案子？"

赵仙迪打开手机里一个加密的相册，把受害者的照片一一展示给他看。他的眉头慢慢皱起，若有所思。

"有点不对。"

"哪里不对？"赵仙迪问。

"这里。"他指着照片，赵仙迪凑了过去，"按理说，这个伤口不该是这样的……"

嗡！

蜂鸣声大作，浑身的血液一下子被输送到头部，所有肌肉同时收紧。刀一般锐利的风擦脸而过。眼角的余光能看到的，只有老邓杀气腾腾的脸庞！

停在路对面的李南枝傻了，赵仙迪好端端走进一个杂货店，几分钟不到，里边电光阵阵、怪声轰鸣。空气中充满了奇怪的噪声，令人从颅骨到心脏都不舒服。

要出人命了！

往日所有的经验教训都在脑海中重现。每一条血管、每一根神经、每一个细胞都在朝他呐喊：快跑！

他吓疯了一样发动卡车，飞快驶去。

04

9月21日　周三

距离移植最后期限还有 6 天

经费缺额 70140 元

乌云像被糖浆吸引的蚂蚁，几分钟就聚成黑压压的一片。下午 2 点，暴雨如一张厚厚的塑料布，把一切都罩了起来。朦胧中，两辆车从一闪一灭的霓虹招牌下驶过，开进一个离高速出口不远的大院子。

"宁乡饭店。"下了车，李南枝回头冲另一辆车讨好地一笑，"这里饭挺好的，我来过。"

从德州逃跑后，李南枝开车狂奔了100多公里才敢停下来喘息。他像面条一样瘫软在驾驶座上，却清楚地意识到，还远不到休息的时候。一个艰难的抉择还在等着：约好的决斗还有三场，去还是不去？

海哥的圈套，赵仙迪的从天而降，使这个生活了30多年的世界忽然变得很陌生，处处透着诡异和神秘。但是看着手机屏保上女儿的照片，他最后还是发动了汽车。

"一条贱命，挣不着钱，留着有什么用？"

宁乡饭店在地图上查不到，外观看起来跟一座工棚也差不多，一碗面要75块钱，连个葱花都看不见。李南枝选择这里，是因为他认识老板老范。早年跑车的时候，他曾有幸目睹这孙子由于坑人太过分被一群司机追着打。为了避免出人命，他喊了句"警察来了"。多年过去，两人的交情早已淡化为敬烟之交。不过李南枝至少可以肯定，这里不会有海哥那样的圈套。即使有，他也会给自己提个醒。

餐厅很大，空气中有股霉味。顶棚大概是铁皮搭的，雨点砸在上面像是敲鼓。30多张桌子全部空着。几个服务员在自选台后边聊天、打瞌睡。

"你这地方够偏的！"甫一落座，戴着红色棒球帽的年轻人弹着冲锋衣上的水珠，"当年我们'熊猫哥'去达人秀海选都没这么费事。"

李南枝刚想道歉，旁边戴黑色棒球帽的正主摆了摆手。

"来了就开始吧——按你说的，现金。"他捏着鼻子把一个信封放在桌上，"你的钱，也放桌上，咱们避免一些事后的麻烦。"

李南枝从包里点出5000块，用报纸一包，放在桌上，同时拿出准备好的灯泡交给对方检查。然后他开始脱衣服。

"其实不用，"熊猫哥笑了笑，"得多外行的人才会在身上藏东西？"

听完这话，李南枝开始对这个人有好感。然而下一句他就蒙了。

"我们的担心在这玩意儿上，"他指了指灯泡，"不能用你的。"

"兄弟，"李南枝顿了顿，小心地斟酌着措辞，"那我怎么知道，你们带的灯泡，会不会，这个……"

"这你不用担心——咱们用第三方提供的。"

"第三方？"

"用这个。"熊猫哥指着脑袋正上方天花板上的吊灯。

"这？"李南枝没想到还可以这么玩，"人家不让吧？"

事实证明他多虑了。熊猫哥出了50块钱，服务员就兴高采烈地搬着梯子把灯泡拧了下来，拧完还问"再要一个吗"。李南枝暗暗发誓待会儿要向老范举报他。

"怎么？"熊猫哥似笑非笑地看着他，"能行吗？"

李南枝把灯泡拿在手里端详着。这是个大家伙，直径有七八厘米，全白色，拿在手里还有余温。

"行，"他抬头一笑，"没问题！"

"吾可生津将腭抵，鼻能调息觉心安。两拳缓缓收回处，用力还将挟重看……"

呜呜呀呀的低语声中，李南枝开始装模作样地比画。这也是他总结出来的经验教训之一：之前太没有仪式感了，很容易导致对方不服。于是他把老爷子当年练气功的一些口诀和架势搬出来，装神弄鬼。

看着对面两人莫名的眼神，他知道时机差不多了，暗暗把肩膀向后舒展，肩胛狠狠一收，同时把灯泡往上一举。

"起！"

三人的目光同时向上望去。

灯泡没亮。

05

李南枝心里咯噔一下。

"那什么，热身不够，有时候就这样……"他脸上保持着勉强的笑容，心里却一个个惊雷不断：

怎么会这样？

灯泡刚才还亮，不可能有问题……

我哪里做错了？

李南枝心急如焚地一次次暗暗用力，肩膀肌肉都抽筋了，灯泡还是没有变化。

"这是怎么回事？！"他双眼血红，"我不能输啊！难道是灯泡？刚拆下来的，不应该有问题啊……"

忽然，一个从未注意到的细节火星般迸出，把谜底照得通明。

那是灯泡底部的文字。

AC220V。

"我真是傻了！"李南枝在心里大骂着自己，"这是窄压 LED 灯！"

LED 灯泡一般来说分为宽压和窄压。宽压接受电压范围比较大，通俗点说就是不管多少伏都能亮。但是窄压就没那么好说话，它只能在特定的电压下才会亮。

AC220V……浮动不超过 10%，最少要 200 伏才能亮！我怎么可能发出 200 伏的电？！

然而灯泡马上就不再是他的关注重点。突然，肚子里好像有什么东西被点着了，热得像一块烧红的烙铁，在不停翻滚。

咚！

他的手砸在桌子上。对面两人疑惑地看着他捂着肚子趴在桌上，浑身抽搐着。

"浪费时间。"熊猫哥摇着头。

"别演了，"红色棒球帽摇摇头，把手伸向那叠钱，"这么大岁数还玩这一套，丢不丢人……"

啪，他的手被李南枝按住。

"别……别……"李南枝的脸整个扭曲了，豆大的汗珠满脸都是，嘴唇跟脸皮一个颜色，"求……求……"

"兄弟，本来你的钱我也看不上，但是认赌服输，不拿不行。"熊猫哥伸手拉开李南枝的手。钱被红色棒球帽抓在手里。

"开心……"

视野开始一阵阵发黑。两个人的背影像老式电影的结尾，越来越模糊。

他们即将消失。同时消失的，还有希望。

"别走！"

06

凉丝丝的感觉仿佛清泉浇进肚子，烈焰登时为之一挫。李南枝的眼睛勉强睁开，看到身旁多了一个人，正把手放在自己肚子上。

"吸气，肋骨下压，把气往下送，增加腹压，明白了吗？听我口令，三、二、一！"

那人的声音像是一根救命的稻草，李南枝用最后的意志力紧紧抓住它，拼命把那口气往下腹压过去。说来也怪，渐渐地，肚子里的火一寸寸后退，最终消失。他喘息着直起腰来，看到面前坐着一个40来岁的男人。

又是个同类！

"两位，请留步！"那人朝已经走到门口的熊猫哥吆喝着，"不是打赌吗？还没分输赢，你们拿了钱就要走？严格来说，你们这算抢劫了。"

熊猫哥和红色棒球帽相视一笑，有恃无恐地坐回原位。

"一伙的？想耍赖？你们以为我没有准备吗？我告诉你，我的人就在路口等着，一个电话就能叫来。"

"谁耍赖？我师弟只不过是岔气了。你给我5分钟。"

那人说完，把脸转向李南枝。

"你听我说，"他把声音压到最低，"不要再用肩膀的力量了。按我刚才说的，吸气，再试试看。"

李南枝半信半疑地吸了口气，顿时肚子里又热了起来。

"腹压不够！收腹！"

李南枝把气死死憋住，然后拼命收紧腹肌，把肚子绷得像个崭新的篮球。一股热流刷地从小腹丹田蹿出，瞬间穿过腹腔、胸腔、肩头……

"哎哟！"他被这种崭新的感觉吓了一跳，叫出声来。热流渐渐消退，最终消失不见。

电阀发的电，不是让你直接用，而是要存起来……

"电胆？！"李南枝叫出声来。

"对喽，腹压到一定程度才能启用电胆。"那人笑眯眯地看着他。

"可这玩意儿是窄压，"李南枝小声向陌生人解释着，"电胆电压够吗……"

"窄压电器，其实看的还是电流大小。"那人摇摇头，"你把电胆的电导到手上，电流自然就够了。"

"怎么导？"

"我问你，电流怎么选择路径？"

很多人把电比喻成水、电线比喻成河床，因为它们的确有些相像——水会优先流到阻力小的河道，而电会涌向电阻最小的路径。换句话说，想要控制电流的流动，就要制造一条电阻最小的电路。

"电阀受力的时候，电阻会变小……"

那人一句话，一切都像在正午阳光下读报纸的特大字标题一样简单。李南枝启动电胆，同时用尽全力让胳膊上的每一块肌肉都紧张起来。电阀受压，电阻骤降，电流像一条温热的蛇，毫无阻碍地从丹田直通手指。

"哎哟！"李南枝捂着手大叫。灯泡落在腿上，差点摔个粉碎。但是熊猫哥这次没有笑。因为在那之前，灯泡亮了起来！

"服了吗？"

07

餐厅里，两人面对面坐着。按照李南枝的性格，此刻早该满嘴"大哥"，敬酒递烟。可是刚才发生的事把他的脑子弄得很乱，半天说不出话来。陌生人抱着双臂，微笑着打量他。

"我肚子里……"过了不知多久，李南枝没头没尾地开口，"这个电胆……到底是个什么东西？"

"什么叫什么东西？"陌生人乐了，"特殊材料外膜，里边是电解质。其实就是个电池……"

李南枝"哦"了一声，又开始皱着眉头冥思苦想。

"在哪？"过了一会儿，他又没头没脑地问。

"一般是小肠。"对方指了指他的肚子，"这是可选择的容积最大的器官了。"

"胃不是更大？"李南枝头脑开始渐渐变得清晰，眼睛终于开始审视陌生人的长相：方脸剑眉，背头锃亮，一丝不乱。一身西装虽然领口袖口有点旧，但当得起仪表堂堂四个字。

"装在胃里你怎么吃饭？"那人笑出声来。

"装在肠子里怎么不会堵住？"

"不是直接塞进去，"那人像个耐心的老师，用手蘸了点洒出来的啤酒在桌上画着，"人的小肠只要不短于一米五，就能活……有好几种安装办法，但最常见的是保留大部分，剩下做成一个旁路，把电胆装在里边……"

"我说肚子老觉得坠得慌……"听完解释，李南枝仰着头，自言自语地心算了一会儿，觉得还是有点不对，"电解质是液体？就算它跟水一般沉，也得十几二十公斤吧？怎么没把我坠死？"

"这我就不能回答你了，"那人微微摇头，"电解质的配方、性质，我也不知道——我只能说，非常非常轻。"

"这么轻，容电量又这么大，"李南枝依旧半信半疑，"这么好的电池，怎么专利没卖给手机公司？"

"它发明的时候，还没有手机呢，"那人大笑起来，"技术上的事，我也不太懂。我只知道，它的稳定性和持续性，不太适合民用。再说，专利再值钱，也是一次性的钱，哪比得上无穷无尽的赏金……"

李南枝调动自己所有的理化生物知识，终于没挑出什么问题。逻辑上一通，思维也理顺了。眼前的世界渐渐从模糊到清晰，脚下的地面也渐渐从棉花一般柔软变得坚实。胸中的塞子忽然被拔开，他大口呼吸着并不好闻、却真实无比的空气，完完全全回到了现实。他接受了自己体内有个大号蓄电池这个事实。

"哎呀，你看我，真是……"李南枝又恢复了平日里社会人的模样，站起来咋咋呼呼地敬烟，"大哥，刚才多亏你了！怎么称呼？"

"于振恒。"对方摆了摆手，"都是同道中人，不必客气。"

"于哥，"李南枝把椅子往对方身边挪了挪，"我刚才那是……短路了？"

"不是短路——短路的话你早死了，"于振恒微微一笑，"新手吧？"

李南枝点了点头。

"很常见的现象。电胆刚启动的时候，就像水库开闸，会发散一些热量。你呢，又启用了肩贞电阀，这就很危险。要知道，电胆激活之前，电阀发的电会流向手。但是激活之后，它会首先流向电胆——一锅开水满满的，你又往里倒了一碗，会怎么样……"说到这里，于振恒忽然想起什么，"我问一句你别介意啊：这些东西，你师父没跟你讲过？"

"我没……"说了半句，李南枝意识到在同类的语言系统里，那个买肾的老家伙就是自己的师父，"他……什么都没说……"

"什么都没说？"于振恒吃了一惊，"你一个人在外面，他知道吗？"

"其实吧，我只见过他一面……"李南枝挠着头，"这可说来话长了……"

"那你是怎么激活电胆的？"于振恒眯着眼睛看着他。

"我……我也不知道……"李南枝茫然地摇头，然后一个激灵，终于想明白了到底是怎么回事，"对了，我打了个电话！"

于振恒先是出手相救，又毫无保留地讲解原理，显然比赵仙迪可靠得多。于是李南枝放下戒心，把事情原原本本地讲了一遍。听完之后，于振恒一脸茫然，默不作声。

"于哥，是不是电话的原因？我到底打给谁了？"李南枝小心翼翼地问。

"嗯？哦！"于振恒好像走神了，"你打给的不是人，而是一个系统。"

"系统？！"

"一个广播系统，"于振恒颇有些大学教授的气质，一边讲一边用手指敲着桌面，"你前两次没拨通，应该是它的防误拨设置——就算是醉汉，也不会一个空号连拨3遍吧？拨通之后输入密码，核对正确，话筒就会发出特定频率的声波——那就相当于密码。一般来说，你的电胆密码只有你师父才知道……这玩意儿我听我师父提过一次，没想到还真的存在啊……"

于振恒的眼光投向远方，似乎想起了一些往事。

"它……它……"李南枝听得目瞪口呆，"它为什么要设计成这样子？图什么啊？"

"这是一个应急系统，为了以防万一。"

"什么万一？"

"两个可能。一、像你这样，电胆装上，师父没了……"

啪！桌上的啤酒瓶被碰倒一个。李南枝脑子里嗡的一声：对啊——他为什么再也没联系我？为什么要把这么重要的信息写在我身上？他八成已经死了！

"那——第二种可能呢？"

"第二种可能，就是短时间内大量的人装备了电胆，师父来不及一个个激活。"

"大量？！"李南枝浑身一震，"你是说……"

"没错，像你我这样的人，还有成千上万！"于振恒自顾自地一饮而尽，酒杯啪地砸在桌子上，"比如说，今天在座的，就全都是！"

李南枝猛地扭头，蓦然发现背后不知什么时候竟然已经宾客满座。一双双眼睛都在盯着自己，如同冬夜里的群狼。

08

雨渐渐停了，餐厅里静得如同灵堂，几十人的呼吸声清晰可辨。

"哎呀，这么说都是自己人啊！"尽管觉得气氛绝无一点友好的成分，李南枝还是硬着头皮站起身，准备敬烟，"各位兄弟，初次见面……"

于振恒一伸胳膊，把他拦住。

"新电胆启用的时候，会间歇性发出脉冲，暴露你的位置。"于振恒端起酒杯，背对着众多不速之客不慌不忙地喝干，"所以这些兄弟们找来，是没办法的事……"

"老范！这这这都是我朋友，菜单……"李南枝用求救的目光朝餐台望去，结果发现那里站着的也换了人。一个穿着军大衣的光头伸手在饭盆里挑挑拣拣，最后拿出一根鸡腿啃着。一个服务员趴在他身边，不省人事。

"他们……"李南枝缓缓坐下，压着嗓子问于振恒，"到底是什么人？！"

"鱼鹰会，"于振恒脸上却丝毫看不出担忧，"听说过吗？"

李南枝摇摇头。陌生人个个好似哑巴，板着脸一动不动，任由于振恒缓缓陈词。

"最初的猎手，跟你水平也差不多，只会用电。后来面对的情况越来越复杂，大家就开始研究怎么提升杀伤力。渐渐地，有些人开始专心研究杀人技巧，走歪门邪道。有去抢金库的，有反过来给逃犯当保镖的，有的甚至当了职业杀手……"

李南枝额头上冷汗涔涔而下。他终于明白自己为什么见了这些人就害怕了。

"干这一行的越来越多，大家就成立了一个组织，这就是鱼鹰会，制定了严格的等级和规则。违反规则的猎手，会被清理门户。"于振恒缓缓站起、转身，"但是总有些人漏网……"

"于……于大哥，"李南枝把声音压到最低，"他们……来报复你？"

"不，"于振恒扫视着对面的众人，"他们的目标是你！"

09

呻吟声中，人影倒地。老邓捂着胸口，喘息不止。赵仙迪走到他身边，俯视着他。

"你的资历很深，超声功夫也不错。真是可惜了……"她往嘴里塞了一块口香糖，"第七条第二款，反抗等于叛道……"

老邓嘿嘿笑了起来。

"你笑什么？"

"你这姑娘，比我这老头还顽固，"老邓一摆手，"醒醒吧，鱼鹰会早就死了！也就你们这些总会的老爷小姐，还拿着那些规章制度当真！"

赵仙迪表情变了，杀气腾腾。

"真是威风啊，"老邓毫不害怕，"你们武功高、本事大，什么都是你们说了算。你们要打内战，就打。赢了的有金钱权力，输了的认赌服输。可我们呢？我们这些抱着一腔热血加入的傻子？没人管没人问。现在你们打够了，缺钱了，又来指使我们跑腿，哪有那么便宜的事？！"

愤懑的言语像一块石头落进水里，各种情绪在赵仙迪脸上泛起涟漪，她抬起手掌，看样子随时可能朝老邓头顶拍去。

"爷爷……"一个小男孩睡眼惺忪地从门帘后边走出来，困惑地看着这一幕。

老邓浑身一震，猛地抬头望向赵仙迪，用眼神祈求着。赵仙迪胸口起伏不定。小男孩跑过来扑进老邓怀里。

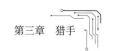

"大家被总会抛弃多年，早就四分五散、自谋生路了，"老邓老泪纵横，"图钱的，已经是干净的了！至于那些不要钱的，他们在干什么你知道吗？我只想平平安安度过晚年，不算伤天害理啊……"

赵仙迪看着他，没有说话。

"入会12年，去过14个国家，执行了30次抓捕。"老邓紧紧抱着孙子，"我受过8次刀伤，2次枪伤，中过3掌，进过2次ICU——我算是对得起鱼鹰会了吧？我求求你，看在这些的分上，放过孩子……"

赵仙迪闭上了眼睛，转身朝门口走去。出了门，她一脚踢飞了一个垃圾桶，然后发现李南枝早就不见了。

赵仙迪大叫着："这个白痴！"

10

刺耳的桌椅拖拉的声音中，对面有人站了起来。

"老于，多年不见，你还是这么一副臭架子——合着你是英雄，我们是败类？"

"吴兄，别来无恙！"于振恒一拱手。

"说不上好，也说不上坏，"姓吴的是个黑脸汉子，身上外卖平台的制服油光可鉴，"可是跟你老兄没法比啊——看你这身行头，跟我们这群穷弟兄过不去，不嫌寒碜吗？"

这话引起了一阵附和声。李南枝这才敢仔细打量这群人。他们衣着打扮五花八门——运动装、工作服、保安制服、快递制服，简直是城市各阶层的横切面。

"这是你徒弟？"老吴指着李南枝问。尽管完全不明白怎么回事，被指到时李南枝浑身一震，牙齿不停打战。于振恒沉吟了一下，摇了摇头。

"你亲戚？"

"也不是。"

"这么说，你找到他的？"

"比各位快了那么一点点——既然是我先找到的，他就是我的人。"于振恒风度翩翩地把李南枝挡在身后，语气陡然严厉起来，"这位兄弟，我保定了！"

"于老板，"这次站起来的人一身快递制服，"你的名号、事迹，大家都听说过。换个时间、场合，我相信在座的都不会选择跟你为难。大家说对不对？"

没有人回答，但是差不多所有人都在轻轻点头。

"你是刘靖宇，"于振恒食指虚点着，"河间的，咱们 11 年前见过，对不对？"

"无名之辈，何足挂齿。"刘靖宇拱了拱手，"我跟在座的大部分人一样，都算你的后辈，不该对你不敬。可是如今这情况，你觉得我们还会有多少顾忌吗？你再厉害，能敌得住多少人？"

一阵衣衫震动，差不多所有人都站了起来。

"于……于哥，"李南枝的嗓子里好像塞了锯末，自己都听不见自己的声音，"他们到底……要对我……"

"各位一拥而上，我当然必死无疑，"于振恒不理李南枝，摊开双手，"不过我也得提醒各位一下，我虽然本事忘得差不多了，可是要带走两三个，还是没问题的。这个大家没异议吧？"

餐厅里再次静了下来。李南枝的双拳紧紧攥着，像是怕绝处逢生的希望从指缝间溜走。

"那又怎么样？"说话的人花白头发，穿着保安制服，看起来比于振恒老十岁都不止，"你就算能打死二十个，还是一样得死！"

"哎哟，老黄！"于振恒的语气亲热起来，"咱们多少年不见了？ 10 年了吧？"

"12 年了……"老黄叹了口气。

"家里还好吗？"

"我哪有什么家？"老黄哑着嗓子笑了两声，"就剩这一条烂命，你是不是也要拿走？"

"这得看你第几个上了，"于振恒背着手缓缓踱步，始终不离李南枝两步之外，"你死我活的厮杀，我还是经历过不少的。有个经验我想分享一下：不管多少人打一个，能动得上手的，只有前边三四个人而已。各位要不要商量一下，谁来打头阵呢？"

老黄哼了一声，没说什么。

"说到这，我想对后边的弟兄说两句，"于振恒故意手搭凉棚，望向后排，"各位我虽然认不全，可是也知道个大概。你们都是非亲非故、无门无派。今天来这

里，无非是想捡漏而已。既然我在这里，你们能捡到什么？白白送命，当了炮灰，有什么好处？就算你们活下来，还有这么多高手在这里，分好处轮得到你们吗？"

"那我们该怎么办？"静默片刻后，有人带着哭腔问。

"回去吧，"于振恒朝着门口一指，"等下次。"

"下次？！"看守餐台的军大衣双眼血红，"多少年了？下次？老子等不到了！"

李南枝只觉得眼前一暗，军大衣已经到了于振恒眼前，挥起右掌，闪电般朝他打去！

11

"啊——"惨叫声中，军大衣倒在地上，捂着胳膊打滚。于振恒若无其事地坐下，给自己倒了一杯啤酒。刚才他根本没躲，闪电般抓住了对手的小臂。厚厚的衣袖直接冒出火苗，胳膊上的烧伤清晰可见。李南枝心情复杂地审视着自己颤抖的双手。后排的人交头接耳，三三两两逃难似的推门离去。

"别上了他的当！"刘靖宇急了，"一起动手！"

他一个箭步，伸手劈向于振恒的脑袋。老黄和老吴也冲了上来。呼喝声中，四个影子猿猴般在桌椅间穿梭游斗。李南枝发现他们用的不是拳击，不是散打，不是任何现代格斗技术，但技术要点出奇地一致——弧形出拳，拼命抓对手的四肢。稍微一想，他就明白了原因：既然手上带电，那么直来直去地出拳就是自杀——不管是胳膊还是手腕，被对方抓住电一下就完了。这是何等凶险的对决。

他们动作越来越快，李南枝刚想明白一个招数的用意，几招又已经拆完。忽然，刘靖宇肋下被于振恒掌缘扫到，大叫着抽搐倒地。老吴跟上一步，左掌打来。于振恒不躲不闪，右掌迎了上去！

李南枝张大嘴巴，却来不及呼喊：对方掌上有电，怎么能跟他对掌？！

啪！电光四射，两人都抓着手腕向后一退。

"啊——"老吴捂着肚子倒在地上。

"倍压！倍压！"有人叫了起来。

李南枝恍然大悟。于振恒不知用什么办法使电压加倍，这样一来，对掌时双方的电胆就等于两个电池并联，电压高的会向电压低的反灌电，产生巨大的热量。

好功夫！好胆识！

然而李南枝并没有心情庆祝，因为他看到于振恒背在身后的双手在剧烈地颤抖着。他也到了极限。

对面的老黄不停打量着于振恒。

"老于，别以为就你会倍压……"他双臂转圈，摆出一个奇怪的姿势，"我也会！"

李南枝心头一颤。于振恒略一思索，走到桌边，拿起一瓶啤酒。轻轻一握，瓶子上裂纹密布，化为碎片。他把手贴在不锈钢桌面上，高声大喝。一个魔术般的情景出现了：桌上的酒沸腾起来。

"超声流！"有人叫道。

在工厂里，李南枝接触过超声波，所以一看就明白了：这东西会让液体发生空化作用，在常温下产生大量的高压气泡。

"你都开始练声系了……"老黄喟然长叹，"我这辈子，是赶不上了……"

他怆然拱了拱手，转身朝门外走去。剩下的人拖着几个伤员，仓皇离去。目送最后一人离开餐厅，于振恒终于身子晃了晃，虚脱一样坐在椅子上。

"于哥！"李南枝跑上来扶住他。

"再等等，等他们走远了……"于振恒说话的声音都在发飘。

"于哥，你……"李南枝感动得热泪盈眶。从记事开始，从来只有他自己奋不顾身、仗义助人，从来换不来一点回报。过了30多年，终于第一次有人为他这样做。

"不过，他们为什么要抓我？"

"你啊，"于振恒大笑了好一会儿，"他们要的是你的电胆！"

第四章　电胆

有我一口气在，就得护着他！

01

9月21日　周三

距离移植最后期限还有 6 天

经费缺额 65420 元

"为什么是我？！"驴嗥般的惨叫从卡车驾驶室里传出来，淹没在车流里。

离开宁乡饭店之后，两人驾车狂奔。于振恒不时看着后视镜，指出哪辆车像是在跟踪，指挥着换道、变速。过了好久，他脸上紧张的神色终于消退，李南枝终于有了发泄情绪的机会。

"他们自己不是也有电胆吗？为什么要抢我的？"

"寿命快到了。"

"电胆……还有寿命？"李南枝脸白了。

"那当然了，电池能没有寿命吗？10 年左右，电解质就不太灵了，存电量越来越少，最后消失。"

"那……那……那些本事……玩意儿……"李南枝一时不知该怎么称呼这种能力。

"其实，你可以把它理解成一种武功……"

李南枝一怔，越琢磨越觉得有道理：它的确跟传说中的武功很像。电，就是内力，驱动一切。至于什么倍压升压，就好像内力修炼……

"对，对……那，武功……就这么没了？"刚才在宁乡饭店里看到的一切，令李南枝很难想象，这群身怀绝技的人能够平静地接受这件事。

"电没了，不就没了吗？"于振恒看起来倒像是全不在意，"那还是好的。麻烦的是时间久了，电胆外膜有可能破损。我不知道它具体是什么材料——听说是什么纳米技术——但这么频繁地充放电，十几年下来，也差不多了。外膜一破，电解质就会漏出来，人就死定了。"

李南枝手一哆嗦，卡车嘶叫着朝左偏过去，吓得几辆私家车鸣着笛逃开。

"我就知道！"好不容易稳住车，他拍着方向盘破口大骂，"好事怎么可能落在我头上？这个老不死，你这是给我肚子里装了个定时炸弹啊……"

"兄弟，你师父的确是有点不负责任。"于振恒缓缓摇头，"这些年来，新手根本不敢一个人在江湖上行走，生怕被同行发现。遇到好人还好说，万一遇到的是那些败类，下场只有一个。"

他用手在自己肚子上一划。

李南枝咬着嘴唇，心里乱得如同前方的车流。

看来跟人比魔术挣钱的路子是走不通了……不，别说决斗，这趟车都没法跑完。因为路上有不知多少狼一样的捕食者，在盯着我肚子里的电胆。8万块钱还遥遥无期，接下来该怎么办？！

"兄弟，要不，先到我家躲几天？"

"不行，"李南枝绝望地摇着头，"我还要挣钱……"

他把女儿的事一说，于振恒唏嘘不已，但左思右想，又表示爱莫能助。

"周围不知有多少猎手败类在找你，你要是再抛头露面，就是自杀……"

"可是我女儿……"李南枝急得直捶方向盘，"他妈的，为什么老让我碰上些缺德的人！他们电胆坏了，就不能去花钱换一……"

忽然，他愣住了。半晌，他迟疑地回过头来。

"于哥，电胆特值钱吧？"

02

卡车停下的时候，已是傍晚。李南枝下了车，随着于振恒走进眼前这个即将被大城市吞噬的村庄。城市的摩天大楼依然在视野之内，而这里到处是各种不合时宜的物件：土路、石磨、黄狗、砖房……

"于哥，咱们要找的这个人，是干什么的？"

"你既然决定要卖电胆，那就得先找个人估估价不是？"于振恒语气轻松，"他鉴定完了，说值多少钱，就是多少钱。"

"一般多少钱？"李南枝忍不住问道。

"不好说，电胆也分好几代，另外还得看充放数、品相、类型……"于振恒摆摆手，"我也不太懂，这个，只有大夫知道。"

"大夫？"

"江湖上，有杀人的，就有救人的，"于振恒笑了笑，"猎手之间造成的伤，电还好说，更厉害的，一般人都不知道怎么治。"

"还有比电更厉害的？"

"真正的高手，哪有直接用电的……"于振恒笑了。

"为什么？"李南枝仿佛回到了当年刚进厂的时候，遇到技术上的事就非问明白不可。

"它的路径不好控制，得看空气湿度、周围有没有导体，甚至你自己有没有出汗……反正弄不好就电到自己，"于振恒耐心地解释着，"另外电也好防——你看那些人都穿了绝缘鞋，我就很难一下子把他们电晕……"

李南枝若有所思。

"再说了，你的手不疼吗？"

李南枝连连点头。以前只是有点刺痛，这回用了电胆的电，只不过点了个灯泡，手掌皮肤就红了。

"你看看我的手。"于振恒展示着自己的手掌，坑坑洼洼，仿佛月球表面。李南枝认出，这就是所谓的电流斑。

"神经早死了，疼倒是不疼。但真要用高压，人没打着，先把自己手给烧了。"于振恒的笑容里掺杂着苦涩，"再加上电系武功耗电量很大，所以声、光、电、热四大流派，电只是基础。真正的高级猎手一般不直接用电。"

"那用什么？"

"我们体内，不光有电脉——也就是电线，这是行话——还有转换器和声学透镜。更高级的武功，是把电转换成波，比如超声波。"

"超声比电好？"李南枝琢磨了一下，还是不大信。

"超声嘛……"于振恒犹豫了一下，"超声波切割你知道吗？"

李南枝连连点头——他在厂里修过相关设备。所谓超声波，就是频率高于20000赫兹的声波。当它连上切刀时，可以使刀刃每秒上下振动几万次，在接触目标的一瞬间把所有能量释放出来，无坚不摧。

"超声流一般都是玩兵器的，"于振恒草草解释，"或者戴着特制的手套。挨上一拳，等于一秒挨两万下，谁也受不了。所以算是第二档的高级武功……"

"那第一档呢？"李南枝咽了口唾沫。

于振恒莫名地沉默了一阵子。再开口时，他压低了声音，好像怕人偷听。

"第一档，就是次声流——什么叫共振你懂吗？"

任何物体，不管是人还是建筑，都有一个共振频率。一旦遇到跟这个频率吻合的声波，就会发生共振。当声波的能量够强、共振的振幅超过物体的抗压力时，就会化为碎片。

"次声，就是频率在 20 赫兹以下的声波。人体大部分器官的固有共振频率都在 20 赫兹以下，"于振恒心有余悸，似乎想起了什么可怕的往事，"次声流的武功，可以把你五脏六腑炸成肉酱，外表却还是好好的……"

"于哥，你会这个？"李南枝忽然有点怕他。

"我一点也不会，"于振恒两手一摊，大笑起来，"次声需要巨大的能量，否则根本没有杀伤力。我可没那个道行……"

"那……那些人怎么那么害怕？"

"他们大概以为，超声把频率降下去就是次声，所以就怕了……"

李南枝一愣，两人相视大笑。笑完之后，于振恒朝前方一指。

"到了。"

03

两人在低矮的院墙前停步，敲着铁皮焊成的大门。大门旁边白灰写着的"中医按摩"几个字让李南枝心里一酸——他想到了父亲。一阵狗叫声过后，铁门慢慢开了一条缝，露出一张满是皱纹的脸。

"小于？"那人开口露出一嘴黄牙，"干什么？"

"徐老，"于振恒一抱拳，"进去说句话？"

老人上下打量着他俩，半天没动。

"带个朋友，介绍你认识一下。"于振恒急忙介绍，"李南枝。新人。"

"新人？这年头还有新人……"老人自言自语地开了门，背着手，慢悠悠穿过院子。李南枝跟于振恒身后，亦步亦趋。这是一个典型的农家小院。红砖绿门，门口挂着一个巨大的木制锅盖和几串辣椒。进了堂屋，霉味扑鼻而来，熏得他睁不开眼。

"徐老过得还是这么随性啊……"于振恒扫视着狗窝一般的房间，笑容依旧恭敬。这里的陈设更加复古：绿漆暖瓶、搪瓷脸盆、青砖地面。所有家具都像是30年前从大街上捡的。门口甚至还有个巨大的带着风箱的灶台。这玩意儿李南枝这辈子只见过两次。

"没儿没女，孤老头子一个，还不想怎么过就怎么过吗？"老徐径直走向屋子一角。李南枝吓了一跳——墙角摆着一张按摩床，上面趴着一个光着膀子的中年男人。

"有朋友来找我。咱们继续。"老徐说着，把双手按在那人背上，用力摩擦着。

"这是……"李南枝尴尬地小声问道。

"徐老平时也从事一些副业……"于振恒一边说一边左看右看，死活找不到坐的地方。

老徐闭着眼睛，双臂微微颤抖。病人开始呻吟，丝丝蒸汽从背上冒了出来。

"他也是猎手吧？"李南枝压低声音，"怎么不去抓人，却来按摩？"

"徐老视金钱如粪土，悬壶济世，是世外高人。"于振恒提高了嗓门。

"你啊，别跟我来这一套，"老徐的双手按在病人肩胛骨上，不时改变力度，"小本生意，赊欠免谈！10个点，老规矩。"

"那当然。"于振恒笑了笑，不再说话。

"要钱？"李南枝顿时有点舍不得，"于哥，那什么，多少钱？"

"不是钱，你别操心了。"于振恒笑着摆摆手。

"得了！"过了大概10分钟，老徐把手收起来，"起来试试，还疼吗？"

病人坐起来，活动了一下胳膊，喜笑颜开："还真管用！徐大爷，您真是神医啊！"

"什么神医，一点祖传的本事，混口饭吃。50。"

病人离开了。老徐端起一个黑乎乎的茶杯，慢慢喝着茶。

"他怎么了？"

"这位老兄昨天刚刚激活了电胆。"于振恒急忙指着李南枝的肚子解释。

"昨天？"老徐的茶杯停在了半空，"谁给他激活的？"

"没人，他自己，他打了个电话……"于振恒把事情大概说了说，"总之，这位兄弟没师父、没门派，孤身一人进了咱们这个圈子。现在他等钱用，所以我就带他来，请您鉴定一下。"

老徐盯着李南枝看了半天，最后点了点头。

"我明白了。"他慢慢把茶杯放下，"坐那儿吧。"

李南枝点头哈腰地客气了两句，走到按摩床边，坐在上面。刚把上衣脱掉，老徐的手就放了他的肚子上。

"不要动……"老徐的手慢慢移动着。

"这是干吗呢？"李南枝被摸得很不自在。

"超声诊断。"于振恒笑了起来，指了指旁边一个破旧的电视似的东西，"见过产检吗？"

李南枝心里一酸——他见过。那时候，开心还在她妈妈肚子里，他和前妻的

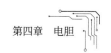

感情还能凑凑合合维持。那时候，他们都相信，一个新的生命，能够拯救他们的生活……

"跟那个原理一样，"于振恒以为他没听懂，"徐老这样的神医，可以用它来探测人体内部电脉的布局……"

"别说话。"老徐一声呵斥，两人赶紧闭口不言。大概过了一刻钟，老徐的手离开了李南枝的手腕，转身找出一张纸，在上面写写画画。李南枝想问什么，于振恒却专心看着老徐作画，没有理他。

"线走得很标准，是个高手给装的。"过了一会儿，老徐把纸交给于振恒。李南枝凑上去，看到那是一幅中医用的人体经脉穴位图，上面加了一些红色的线。

"这是……"

"你的体内走线。"于振恒把图递给李南枝，然后跟老徐低声讨论着什么。

红色的线从肚脐起，到手腕终，蜿蜒盘绕，遍布整个上半身。

这……这不就是一个电路图吗？

这东西除了画成人形，其他跟工厂里的是差不多的，甚至用的都是标准电工图示：电源、导线、电容……当然他也不是全认识。

"这个符号是什么意思？"李南枝凑到于振恒身边，指着图上最粗的那道线问。

"这是主电脉，也叫中脉。"于振恒被打断，但是没有介意，"可以说，这就是电路的大动脉。"

"后边怎么这么乱？"李南枝指着中脉上边的那团乱麻问。要是哪个电工把线走成这样，就等着被开除吧。

"这些啊，讲了你暂时还理解不了。"于振恒沉吟了一下，"总之也有它们的用处……"

"开始吧，"老徐不耐烦地打断两人，"还有完没完？"

"开始什么？"李南枝一脸疑惑。

"是这样，"于振恒和颜悦色地示意他坐在床上，"你的电胆激活后，会间歇性发射信号，你还记得吧？"

李南枝点了点头。

"有些居心不良的人会跟着信号找到你，所以我们要赶紧把信号关掉。"

"怎么关？"李南枝的问题似乎永远问不完。

"开关是由超声波控制的。徐老接下来会用超声指力把一些电脉封闭，信号就发不出来了。"

李南枝还没来得及点头，肚子上忽然一痛，老徐的食指已经戳在腹部右侧。

"别动！"老徐闭着眼，浑身都在使劲。

李南枝忍着痛，一言不发。过了大概半分钟，老徐的手指收了回去。他吐了口痰，浑身大汗。

"不行，封不住。"

"什么？"于振恒吃了一惊，"怎么会封不住？"

"超高频，还是多频加密组合开关，"老徐很不高兴，"这个电胆型号，我没见过。"

"不是，徐老，"于振恒迷惑不解，"怎么会有你没见过的电胆呢？到底是什么型号？"

"谁知道！不是高级货就是老古董。"老徐气呼呼地拿起脸盆和毛巾，朝着院子走去，"快带着他给我滚！要不然引来些乱七八糟的人可怎么办……"

于振恒追了上去，跟老徐说着什么。李南枝往前跟了两步，又茫然停在屋子中央，不知所措。

忽然，四周漆黑一片。脖颈被一只手猛地一压，他扑通一声半跪在地上。

"别出声！"于振恒的声音在耳边响起，"你听。"

嘭！

声音微小而清晰，就像深夜里有人在十条街之外甩上车门。李南枝心头微微一颤。少年时代的斗殴经验告诉他，有人翻墙进来了。

04

"吱呀"一声，屋门慢慢开启，寒气裹着月光涌进来。李南枝和于振恒蹲在大衣橱后边，屏息等待着。时间一分一秒过去，门口始终没有人影。

"徐老，徐老！"于振恒轻声呼唤着。

老徐的哼声从附近传来。

"要不您说两句？说不定是您从前的病人……"

李南枝还没琢磨明白这句话，老徐开腔了。

"十下五，百上二，二五三五四三界。"他声音洪亮，跟苍老干瘦的外表很不相称。

李南枝一愣：这不是电工口诀吗？

一秒，两秒。一阵阴森森的笑声终于响了起来。

"请问外面是哪路朋友？"老徐又朝门外喊道，"尊师是谁？贵派如何称呼？"

"徐神医，咱们认识。"那人这次回答得很快，"3 年前您给我修过线路。今天不是冲着您来的。"

"哦？"老徐挺直了腰杆，"那我挂零？"

"对，您今天挂零。要是我说话不算，让我出门碰上血狼子。"又是一个声音。外面至少有两个人。

李南枝还没来得及问"血狼子"是什么东西，老徐的身影已经出现在门口。

"那就对不起了，照规矩，两不相帮。我出去凉快一会儿。"他转身朝于振恒和李南枝一拱手，走出门去。李南枝隐约听见他嘱咐对方，别弄坏屋里的东西。

"这……这怎么回事？"李南枝焦急地问。

"江湖规矩，一般不动医生。"于振恒的声音还是那么沉着，"也怪不得徐老。"

"里边的是衡水于哥吗？"外面的人有恃无恐地朝屋里叫嚷。

"我是于振恒。你要干什么？"于振恒大声回答。

"您这事办得不地道。有个香饽饽，怎么不想着兄弟们呢？"

李南枝心里咯噔一下。

"我找到的，就是我的人！"于振恒朗声答道，"有我一口气在，就得护着他！"

李南枝心头和眼眶同时热起来。

"于老板，我们都听说了，"另一个人说话了，"下午你一夫当关，搞定了几十条杂鱼，威震中原啊！"

"是啊，快出来露几手，让我们开开眼啊！"

两人嘻嘻哈哈笑成一片，竟然一点不把于振恒放在眼里。

于振恒的呼吸开始变得沉重起来。在宁乡饭店里，他独自面对二三十人都没有这么紧张过。

"于哥，"李南枝说着就要站起来，"要不……"

"你在这里等着！"于振恒一把把他按住，"无论发生什么，都不要出去！"

说罢，他大步走出屋门。门口人影晃动，脚步声骤然急促。李南枝犹豫了一下，弯着腰蹑手蹑脚挪到灶台旁边。透过玻璃，他看到院子里刺眼的大灯下，于振恒背靠大树，面对着两个陌生人。这两人穿着、个头都差不多，只是夹克的颜色不同。

"于兄，"说话的人穿着灰夹克，头顶有点秃，"还认识我吗？"

"原来是张清泉老兄，"于振恒一笑，冲他身后的黑夹克拱了拱手，"这位是你大徒弟刘清河吧？沧州派两大高手一起来，真是我的荣幸。"

"我们不行，跟你们衡水派没法比。"张清泉点了根烟，摆了摆手，"当年你老兄第一个掌握了四倍压，可是风光一时……对了，你那两个徒弟呢？"

"别提那俩不成材的东西，"于振恒笑了笑，"让他们出去加油，这么久还不回来……"

"加油？"张清泉古怪地大笑起来，"我们跟了你几个小时，他们什么时候去的？对吧，刘清河？"

"于师叔，你一个人，正好。"身穿黑夹克的刘清河左手在胸口点了三下，又斜着划了一道，"当年我师弟那笔账，今天要算算……"

风声呼啸，一掌打来。两人身影交错，霎时间已经换了三招。刘清河出拳如箭，掌风夹杂着电弧，如雷暴般声势骇人。于振恒以拙制巧，背靠大树，始终用带电的掌心对着来掌，逼得对手变招。当当声中，刘清河袖子化为碎片。李南枝看到，他的小臂上套着黑色的硬质护臂，应该是刷了绝缘涂料的金属制成。

两人相斗越来越急，张清泉却一直在旁边抽烟，毫无参战的意思。忽然，于振恒侧步一滑，避开了刘清河的进攻，右掌直推出去。两人掌心硬碰硬地撞在一起。

赢了！

李南枝猛地挥了一下拳头，期盼着出现那熟悉的一幕：对手被于振恒的电压烧得连连后退，俯首认输。

　　一阵闪光。刘清河被爆出的电火花向后弹退了一步，却没有倒下。他揉着手掌，若无其事地朝地上吐了口唾沫。于振恒眼神空洞地喘息着。

　　他也会倍压！

　　"于哥，我可是个念旧的人啊！"张清泉哈哈大笑，"你的同款电胆，我给了徒弟，一升压，你们的电压一模一样！"

　　"不就是升压吗？"张清泉向前走了两步，"你保密不往外说，我们就不会自己琢磨吗？不就是点几个穴位、打通几条升压电路吗？"

　　说着，他左手在身上点了几下，右手一抬，一条几十厘米长的电弧嗡地从指尖射向铁窗。

　　"我自己做的，能承受八倍压，好玩吧？"张清泉笑嘻嘻地摘下手套，露出几束电线，"我以为这么多年不见，你怎么也该琢磨出来了。没想到，你还在玩四倍啊……"

　　"四倍、八倍……"李南枝哆哆嗦嗦拿出那张电脉图，终于明白了升压是怎么回事，"可能是……倍压电路……"

　　他的手指在乱七八糟的走线里寻找着。眼下是不折不扣的绝境。连刘清河都能跟于振恒斗个平手，再加上他师父，绝无胜算。他看着于振恒被汗水浸湿的后背，心里不住地感到愧疚。与此人相识短短几个小时，却见识了过去十几年没有体会过的正直和侠气。他觉得，这才是自己一直向往成为的样子。

　　我要学会升压，我要助于振恒一臂之力！

　　然而没时间继续进行学术探索了。噼啪声中，张清泉手中的电弧时隐时现。师徒俩同时朝于振恒逼过来。

05

　　"嘿！"

　　笑声忽然从屋顶传来，所有人一起抬头。一个人影从墙头一跃而下，站在院中。有那么一瞬间，李南枝以为自己要得救了——此人穿着一身小区保安制服，猛一看特别像警察。

"我以为谁呢！"张清泉冷笑起来，"马革言，对吧？"

"张老板好记性，"马革言看起来岁数不大，说话速度很快，"你们也太着急了，这种事不等我，自己就动上手了？"

"你？"张清泉不屑地一笑，"你师父违规收徒，搞得自己都被除名。你们兄弟俩想掺和这种事，先给自己搞个正式身份再说吧……"

马革言怒容顿现。

"革言？"于振恒一拱手，"没想到你也来凑这热闹啊……革真呢？"

"死了。"马革言没事似的一笑，"电胆漏了。"

一阵沉默。

"你们装什么假慈悲？我不是还活着吗？"马革言扭头冲于振恒拍了拍身上脏兮兮的制服，"凑热闹？嘿嘿，你们入行早的，都发了大财。你看我混成什么样了？再不争取，能行吗？"

"发财的是于老板，"张清泉微笑着摆摆手，"我也就干了三五单生意，早花光了……"

"革言，"于振恒语气诚恳，"我给你透个实底：我这么多年出生入死，一共也就挣了300来万人民币，除掉花销、医药费、设备折旧、更换，到手200万多一点。就这么点，我撒谎一个字，天诛地灭。你觉得多吗？更何况现在整个行业都垮了，你就算拿到电胆，也挣不到钱了啊……"

李南枝终于意识到于振恒不是个完人——听得出来他是想劝退一个敌人，但这话只会起反作用。

怎么不多？

连他都想回去找赵仙迪，看看能不能找个活干。

"不过什么叫整个行业垮了？"他脑子里又冒出个问号。

"几百万几百万的，你们说得像是小钱一样，"马革言语气喟然，"我要是有100万，不，20万，我哥也不用拔管子了……"

一时间，大家都沉默了。所有人都知道，没有人会退让。张清泉猛抽一口烟，把烟头一扔。

没有任何征兆，张清泉师徒便朝着马革言扑了过去。兔起鹘落之间，马革言右

臂如大枪，朝着两人横扫过去。

"啊——"惨叫声忽起。

刘清河连连后退，左臂软塌塌地垂了下来。李南枝目瞪口呆——马革言的右拳仅仅擦了一下，就把护臂和胳膊一起震断！

"还行吧？"马革言扬扬得意地端详着右拳上的黑手套。

"超声凿拳……"张清泉声音嘶哑，"小马，你什么时候学会的？"

"其实，我还会点别的……"

马革言伸出拇指和食指，模拟一把手枪，对准张清泉的头，顽童般发出一声"啪"。张清泉捂着头往后连退几步，像个怕继续挨打的孩子似的弯着腰，不敢抬头。李南枝跟于振恒对视一眼，两人脸都白了。

次声？

"怎么样？张老板，要不要再试试？"马革言怪笑不止，"不过，有个事儿我有点想不明白，你读过书，替我参谋一下，你的电还剩多少？你就算打赢了我，还能从于老板手上把人抢过来吗？"

张清泉师徒对视一眼，冲着马革言点了点头。三人同时转身，面对于振恒。显然，他们结成了暂时的同盟，要先收拾共同的敌人。于振恒面不改色，依旧背靠大树，右拳向天、左拳指地，像一个老兵，沉着地面对着必死的战斗。空气中充满肃杀的味道，所有人屏住呼吸，等待着雷霆万钧的一击。

"别动手！"忽然，一声大喝打破了寂静。所有人惊诧的目光中，李南枝跳到院子里。

"你来干什么？！"于振恒大声怒斥。

"于哥，有你这样的朋友，我值了！"恐惧化作热血，让李南枝进入喝醉了的状态，他展开双臂，好像一个在欢迎观众的马戏团老板，"你们想要我的电胆，没问题！我给你们！"

"哦？"三人迷惑地打量着他。

"不过话说回来，我不能白给你们。"李南枝咽了口唾沫。现在是关键的一步。对方如果直接拒绝，他一点办法都没有。

"8万！"他伸出拇指和食指，"兄弟我这回出来闯荡，就是因为缺了点钱。这样，咱搞一个拍卖！8 万起拍，钱归我，至于电胆，你们谁出价最高，就归谁！"

"拍卖？"饶是见多识广的高手也都傻了，他们面面相觑：还能这么玩？

"对，就是拍……"李南枝一句话没说完就被于振恒猛地拉到树下。

"你傻啊！"于振恒气得嘴唇哆嗦，"他们要是有钱，早就出国去换了，还会来抢你吗？！再说……"

"再说你的电胆今天反正跑不出我的手心，"马革言补充道，"我们为什么要掏钱呢？"

06

叮铃！叮铃！

一声清脆的铃声忽然从墙外传来。音色是普通的铜铃，但音量却大得惊人。所有人都被声音吸引，朝门口看去。于振恒捅了捅李南枝，两人一起往屋门移动。

铁皮门缓缓打开，一只脚迈进来。脚上穿着的是那种只有在电视上才能看到的十方鞋——黑色鞋帮上开着十个孔，寓意云游十方、无量度人。

"道士？"

真是个道士。道袍、发髻、白色的棉布云袜上扎着黑色麻绳，手里还举着个布幡，上面画着八卦，两旁有两行字：神机妙算；心诚则灵。

"这是哪一出啊？"马革言哑然失笑。

"算命的，你还没死啊。"见到来人，一直没说话的神医老徐哈哈大笑起来，"终南山那么远，你都闻着味跑来了？"

"嘿嘿，"道士笑呵呵地朝所有人行礼，"跟不认识的朋友介绍一下，在下计三连，终南派。这阵子正好在附近看相，就顺道来拜访一下。"

说着，他把一个金光闪闪的东西扔在地上。李南枝看到，那是门上的锁，已经裂成了七八块。

"什么顺道，你也看中这傻小子的电胆了吧？"老徐很不屑地在一旁抽烟，"一个个嘴上说得好听，其实跟野狗差不多馋……"

"徐神医，这话我不爱听。"计三连笑呵呵地指着老徐，"不管哪条野狗，抢到

了食，最后谁喂给他？不都是经过您这神医的手吗？要论干净，谁看不起谁啊？”

这话说得李南枝肚子隐隐作痛。他明白，只要失败，今天自己的下场就是在老徐那张脏兮兮的按摩床上被开膛破肚。

“大家不要紧张，我是出家人，”老徐还没来得及还嘴，计三连又是一笑，“今天来，只是给各位同道算算命。”

“甭来这套。”马革言冷笑一下，每个字都说得咬牙切齿，“谁的刀快，谁的命就好！”

“革言对吧……《象》曰：革言三就，又何之矣。操切行革，反以招败。”计三连捋着下巴上的几根长须，娓娓道来，“马老板，你天资上乘，头脑灵活；但行事过于激进霸道，最后下场恐怕不会很好。”

马革言的脸色慢慢变得铁青。

“你会算命，好，那你算算，咱俩动手，你能挺过几招？”

“一招吧。”计三连还是笑嘻嘻的。

“这么谦虚？”

“一招，你输。”计三连指着马革言。

李南枝吃了一惊。马革言的武功刚才有目共睹，要说有人能一招打败他，不管是张清泉还是于振恒，都决计做不到。

“猎手武学，不外乎声光电热。”计三连提高声调，侃侃而谈，“超声，属于声系武功里的高振流；次声，属于低振流。练好了，威力是很可观的，最起码境界上不是这些只会用电、升压的粗人能比的……”

被他指着的张清泉微微变色。

“你年纪轻轻，能到这个程度，算是不简单。可惜，就是不精。”

“怎么才算精呢？”马革言的脸色越来越不善。

“电乃万功之源，升压乃内功之本。本源没解决好，流得再远，也是无根之木……”计三连大摇其头，“次声是高级武功没错，可是升压不够，能量不够，又有什么用？你连升压都做不好，却急着用次声去伤人，真是可笑啊——让人看着，就像用跑车拉砖、用好酒冲厕所一样……”

“冲你妈！”马革言怒喝一声，突然暴起，双掌如野马脱缰，直奔计三连的胸口。忽然，亮光一闪，院子里凭空出现一个太阳。所有人被闪得两眼生花。

这是什么武功？

视力恢复时，计三连已经窜到马革言身后，背着手，对身后的对手看也不看。马革言转过身子，惊魂未定地检查身上有没有伤口。摸了几下，他用拇指和食指捏着一个闪亮的东西放在眼前。李南枝看到，那是一根大号缝衣针。

"针？针？"发现虚惊一场的马革言放声大笑，"一根针就想……"

忽然，他的笑声被凭空剪断。众目睽睽之下，他身子一僵，脸在刹那间变成灰白色，喉咙里发出嘶叫。

"一招。"计三连伸出食指，扫视着在场的活人。

马革言像一块木板一样拍在地上，再无声息。

每个人心头都是一颤。

李南枝张大了嘴巴，脑子里一片空白。

"道长，"过了半晌，于振恒说话了，"你这超声钢针，不是鱼鹰的武功吧？"

"对啊，"张清泉也一拍大腿，"这是从'血爪'的武功变化来的……叫什么来着……"

"'沸血指'！"于振恒语气平淡地补充。

沸血……超声……

李南枝琢磨了一下，顿时寒战不已。

"还是空化效应！钢针插进身体，只要针刺破静脉，超声波就会沿着针尖传导进去，在血液中形成大量气泡，流进心脏，造成空气栓塞……"

所有人的脸上都写着同一行字：好狠毒的招数！

"衡水于师傅是吧？我也给你算一卦如何？"计三连朝着大树走来。于振恒把李南枝挡在身后，浑身肌肉紧绷，双臂严守门户，周身微微颤抖。

李南枝理解他的紧张：只要血管被刺中就完了，谁知道该怎么防？

"振恒，恒卦第六爻。《象》曰：振恒在上，大无功也。往日名声不错，可惜遇到真正的考验又摇摆不定、无法坚守，大凶！"

计三连停在了离于振恒不到3米远的地方，全然不管身后的张清泉师徒。

"道长，我记得你。"于振恒对挑衅的卦辞充耳不闻，"你是有前科的人，对不对？你连护照都办不下来，要电胆干什么？不出国你能抓谁？你能挣什么钱？”

完了……

虽然没听懂，但李南枝估计道士一定会发火。没想到计三连却哈哈大笑起来。

“钱？咱们这样的人，钱怎么来不了？我要的，不是钱！”计三连的笑声停住，他的表情第一次变得这么严肃，“我戒不掉的，是这种感觉！超越芸芸众生、想杀谁就杀谁。这种感觉，你体会了一次，就永远也不想失去！两位，这个，你们不会不懂吧？”

“得！”张清泉忽然把烟一扔，“咱们就拼一把吧！要不然，谁也活不了！”

于振恒跟他眼神相碰，嘴唇紧闭。

“老道，”张清泉在胸前点了几下，朝着计三连一招手，“我还不信了，我们三个……”

“是四个！”

李南枝从阴影里走出来，站在于振恒身边。

“我也能打！”

作为前武术冠军、准职业运动员，李南枝的武学素养可不是吹的。他精通十几种拳法，每一种都凝结了数百年来无数武人的智慧和经验。猎手们的武学虽是新鲜东西，但站在这样的理论基础上，他完全有资格对它做一个相对客观的评估：设计非常易学易懂、简单有效，但可以改进的地方也太多了。

刘清河、马革言出拳的时候只要稍加巧劲，就可以绕过对手的防御，击中目标。那个道士出手虽然快，但是步法一看就是野路子出身，只要你伸腿伸对了地方，什么都不管就能把他绊倒……于哥和张清泉，听对话也是成名高手，这么简单基础的事情，他们竟然没看出来？

李南枝深吸一口气，摆出一个形意拳的起手式。往日所学风暴一样在头脑中掠过。他盯着计三连，一瞬间已经想好了怎么接手、拆招、上下盘同时反击的招式。可是准备越充分，心脏跳得越快。

“哈哈哈哈……”看着眼前严阵以待的四个对手，计三连忍俊不禁，仰头大笑。

“诸位，你们会点儿电、会点儿升压、会点儿点穴、会点儿……天知道你会什么……”他挨个调侃着对手的绝活，直到被李南枝难住，“就以为能对付我？”

一阵风吹过，树叶的沙沙声中，计三连的笑容消失不见，手指拈花般一抖，指间多了一根钢针。

"超声的威力，你们都还没摸着边呢！"

银光一闪，钢针飞了出去。墙上砖屑飞溅，已经多了一个小洞。

"这也是……超声……"喉结不停上下翻滚，张清泉已经说不出一个完整的句子。这一针的力道，可以把几个人全部穿透。计三连歪着头欣赏着他的表情，微笑着点了点头。

李南枝顷刻间汗流浃背：这怎么打？！

他把目光投向于振恒，看到的是他坚毅的眼神。

"放心吧，"他点了点头，"绝对可以！"

"好，我信你！"李南枝闭目片刻，摒除杂念。吸气、收腹，电胆接通了。感受着从丹田升起的热流在体内激荡，他放声大喝，好像要把所有的恐惧喝出去。

"来吧！"

啪！

浑身骨头都是一震。火山在两耳中无声地爆发。眼前的世界如瓦砾般碎裂、坠落，然后慢慢变黑。李南枝拼命想爬起来，然而半途忽然头晕目眩，又摔倒在地。

我中掌了！

什么都没看见，就中了？！

他像一片叶子，被拍在地上。

"我要死了……"

这句独白像车间里的那台空压机一样震耳欲聋。

"开心……"他感觉不到疼痛，只能感到心酸，"于大哥……"

忽然，更加骇人的画面映入眼帘。站在前方 2 米远、吃惊地看着自己的，是计三连！

"得！别打了！"那双熟悉的皮鞋走到视野里，"这个电胆，咱们分了它！"

那一掌，是于振恒打的！

第五章　人魔

北斗九星，七明两暗。杀生最多者，破军也！

01

9月21日　周三

距离移植最后期限还有 6 天

经费缺额 65470 元

扑通！李南枝被扔进漆黑的屋里，脸抢在肮脏的地面上，一动也不能动。

"兄弟我之前的确做得欠妥，"于振恒的声音从院子里传来，"张兄、道长，咱们别伤了和气，这个电胆，我不独吞了。但是比例咱们得商量一下……"

被背叛的愤怒像一团火在心里燃烧。他的手想抓泥土，可是却只能在潮湿的地砖上留下浅浅的痕迹。

"一个电胆，四个人，怎么分？"说话的是张清泉。

"你的徒弟，就算了吧。"计三连的声音依旧油滑而刻薄，"小辈没资格……"

"你……"

"计道长，您内力这么强，估计换过了吧？"于振恒制止了刘清河，转移了话题。

"没错。换过一次。"

"在哪？我们派的小徐失踪几年了，是不是你干的？！"张清泉突然提高了嗓门。

"不是不是，"计三连笑了笑，"是九江的一个女人。没来得及问叫什么……"

"那外膜您就……"于振恒急忙再次岔开话题。

"行，"计三连沉吟了一下，"不过老道我大老远来一趟，电解质也得看着分点……"

听着这群人像谈论分猪肉一样谈论着自己，李南枝浑身发抖。他咬着牙不肯呻吟，用尽全力想站起来，却一动都不能动。整个躯干的肌肉像在被烧红的针扎。

"我说，"张清泉忽然想起什么似的提高了声调，"他在里边没人管能行吗？"

门"吱呀"被推开，李南枝停止了扭动。

"没问题，"是老徐的声音，"小于把他的悬枢、命门都打开了，绝对动不了……"

门又关上了。李南枝睁开了眼睛，继续忍痛挣扎。然而不管怎么努力，却始终连手指都移动不了。终于，剧痛和绝望使他崩溃了。黑暗中，压抑的哭声像烟一样朝着房梁飘上去，大滴的眼泪掉下来。

"妈的，不能哭！"李南枝训斥着自己，"不能让这帮畜生看扁了！"

他赌气似的指挥着全身唯一能动的器官——眼皮——把眼睛瞪得滚圆。他想好了，待会儿死的时候，要一直盯着于振恒，至少让他做两天噩梦。然而保持了不到两秒，他的眼睛又眯了起来。大概是刚才开门的时候，风恰好把一张纸吹到了眼前。

那是老徐画的电脉图。

"悬枢……"看着上面密密麻麻的电脉和电阀，他不禁开始回味刚才听到的话，"这不是穴位名吗？"

02

别看现在混得寒碜，李南枝小时候也跟其他孩子一样，是父母眼中的希望。李老爷子得了这个儿子，就像人在饥荒时得到了一头猪，一会儿觉得它适合红烧，一会儿又觉得还是应该整头烧烤——李南枝不光学过武，还被逼着学过针灸、田径、足球、无线电。其中，背穴位图是让他挨揍最多的科目。更令他郁闷的是，父亲揍完了也从不解释这玩意儿学了有什么用。然而现在，他觉得这个问题有答案了。

"悬枢，我记得是在……第一腰椎棘突之下……"

李南枝抱着死马当作活马医的态度在图上研究着。

如果老徐没故意画错的话，悬枢相当于一个旁路的开关。这条电脉一头连着电胆，另一头连着乱七八糟的一堆线路。至于命门，它控制的电路则遍布电容，消失在背部和腹部的大肌群里……

"有病啊？这么走线？！"李南枝越看越迷糊，气急攻心，差点破口大骂。不过气了没多久，忽然又凝神不动。几秒钟后，他几乎要喊出声来。

原来如此！

这两个穴位控制的旁路是保护电路的一部分。当系统认为电路过载时，就会关闭中脉，同时在这里持续释放弱电，提醒主人彻底关闭电胆。

而于振恒通过点穴，控制电流异常流动，让系统进入保护模式，电胆却没有关闭，反而向这个旁路供电。这样一来，它就以规格数倍的电压持续电击背部和腹部肌肉，使人在剧痛之下动弹不得，就像戴上了无形的镣铐。

"好歹毒！"李南枝心里暗骂。不过骂归骂，他同时承认自己对这种武学的复杂程度低估了。这招设计得何等巧妙。电脉设计和穴位的利用，其中必还藏着更多的技巧。

当务之急，是减小电胆的放电量。

既然放电需要增加腹压，那么我现在应该反其道而行之……

李南枝强迫自己放松，舒缓呼吸。腹压渐渐降低，肌肉的剧痛终于减轻了，几次之后，他甚至可以在地上虫子似的蠕动，用手四处摸索，寻找着可以当武器的东西。然而摸来摸去，找到的只有几根针灸用针。

"不行，根本扎不死人……"在电路图上试了试银针的硬度，李南枝又泄了气。不过骂了没两句，他忽然愣住了，目光落在银针留下的小洞旁边的穴位上。

梁门穴。

李南枝像是抓住了一根救命稻草，目光拼命观察着一条条电脉。

"它连通的是……这里……这里……这样的话……没错！绝对没错！"

经过多次审视，多年的电气经验终于帮他确认：只要接通梁门电脉，旁路就会跟主电路连通，电就能流回主回路，行动就自由了！

"计道长，您看这样行吗？"门外的声音骤然变响，"张师傅要外膜，电解质要一成。剩下的，你七我三！"

不能再犹豫了！

李南枝心一横，比着肚脐估算着梁门穴的位置，慢慢把银针扎了进去。当年出狱后生计没着落的时候，他跟着老爷子练过一阵子针灸。老徐的银针跟普通针灸用针不太一样——粗一点，针体上还有一层涂层——不过用起来手法是一样的。银针慢慢深入，提插捻转，肚子里开始肿胀，有了所谓"针感"。然后他开始慢慢挪动针头，试探着寻找电脉的位置。才试了3次，果然感觉到了阻碍。李南枝屏住呼吸，捻着银针再次缓缓扎下去。

不知道电脉的表面是什么材料……肯定得有层绝缘材料吧……不知硬度如何……

正想着，拇指边缘忽然一阵轻微麻痛。定睛一看，拇指触摸到了没有涂层的部分。他心头一震——连上了！

同时，他也明白了自己不是第一个这样做的人——针上的涂层是绝缘涂层，这种针是专门用来干这个的。

接下来，只要再搭上太乙电脉，然后把两根针……

"好！"屋门忽然被推开，"一言为定！开始吧！"

李南枝浑身一颤，仍旧没有放弃，拼了老命捡起另一根银针，要扎进自己身体里。可是心里一慌，呼吸急促起来，输出电流骤然变大。电流噬咬着肌肉，疼得他呜呜直叫。黑影笼罩了视野。三个人把他翻过来，抓着手脚抬起来。

"手术室在灶台底下。"于振恒看起来似乎轻车熟路。

"你……你……"李南枝死死盯着他，含混不清、咬牙切齿地重复着。

"兄弟，别怪我，"于振恒丝毫不怕他的目光，"你自己没武功，又什么都不懂，没师父没门派，我不抓你，别人你也躲不过啊……"

李南枝的头像脱线的木偶一样垂摆着。他看到老徐站在灶台边，手边的布包被抖开，寒光闪闪，里面全是手术刀。

"我……我……"李南枝眼睛几乎瞪出血来，"放……放……"

老徐推了一下风箱的拉杆，灶台轰鸣着慢慢移开。一个黑洞洞的门在地上露了出来。灯光从下边透出来，活像地狱的入口。李南枝呜呜叫着，徒劳地扭动身体，却什么也阻止不了。他只能在剧痛与恐惧中，像待宰的生猪一样，被架上屠宰台……

"放下他！"

03

一声清啸从门外传来。李南枝停在了半空中。于振恒向人脉最广的老徐投去求助的目光，后者摇了摇头。

"姑娘，"于振恒彬彬有礼地朝门外一拱手，"请问您是……"

"赵仙迪！"

虽然心里早已有了答案，可是等到亲耳听到，李南枝还是差点高兴得哭出来。

一张银灰色的名片优雅地旋转着从众人面前飞过，无声地插入墙皮一寸多深。

"咔嚓"。计三连手中拇指粗的算命幡断为两截。李南枝被扔在了地上。几个人不约而同地后退了一步。

"是总会……"离墙最近的张清泉把名片拔下来，读着上面的字样。大家听了都面面相觑。首先冷静下来的还是于振恒。

"请问……总会……"他小心翼翼地向前一步，"又……回来了？"

"你们这帮变态杂种，还记得总会？"赵仙迪怒目圆睁，"我问你们，第一条第四款，处罚是什么？你们觉得自己配得上这身武功吗？配得上猎手身份吗？你们配当人吗？！"

振聋发聩的质问并没有引起几人的羞愧和恐惧。计三连用食指按着耳后，闭目倾听良久，睁开眼摇了摇头。其他人看到后，都是一副如释重负的表情。

"一个人，你牛什么？"刘清河首先放肆起来。

"总会还记得我们的时候，我们有饭吃、有活干，自然不会忘。"张清泉哈哈大笑，"可是八九年没动静，请问，我们难道就活活饿死？眼睁睁等着电胆破裂，送掉性命？"

"是啊，"于振恒也摊开双手，"那年我们集资去瑞士找联络人都找不——道长！"

于振恒身子倏地闪开。银光一闪，钢针嗖一下从计三连手中飞出，朝赵仙迪打去！

"小心！"李南枝无声地喊着。

叮！

赵仙迪身形一闪，钢针像是中了邪一样打在身后的铁门上。几乎同时，鞭子似的电弧从半空中猛抽下来。"啪"的一声，屋子里亮如白昼。李南枝像个包裹一样被凌空提起。回过神时，他发现自己已经在院子里，瘫在赵仙迪身后的地上。

李南枝呜呜地说不出话。心里庆幸的同时也在纳闷：她怎么力气这么大？

一指点在脊柱上，电击着四肢的电流消失了。李南枝大声咳嗽，手脚恢复了活动能力，却一时爬不起来。

"好功夫！"屋子里的几人走出来。于振恒少了一条袖子，但仍旧很有风度地鼓着掌。

"这个臭婊子……"张清泉胸口的衣服被烧了一道三寸宽的口子。

"赵小姐，"计三连躲得最快，毫发无伤，"这事根本用不着总会操心。难道就不能睁一只眼闭一只眼吗？"

"你们这是叛道，就算我放过你，别人也不会。"赵仙迪冷冷地说。

"叛道？"计三连哈哈大笑起来，"这些年，江湖乱成一团，比我们缺德的多了。血爪、银盾那帮人也是叛道，你们杀光了吗？"

"扶我起来……"李南枝撑着地，气喘吁吁，"我也能……帮忙……"

"你可省点劲吧，"赵仙迪一脸不耐烦，"你的中脉还得一两个小时才能打开……"

"别跟这婊子废话！"张清泉大怒，摆了一个拳架，"管她是几级高手，拼了！"

"动手？"赵仙迪嘴角微微一撇，"你们？"

　　嗖，一颗石子似的东西擦着计三连的衣襟飞了过去，把窗户玻璃打得粉碎，几根树枝似的东西从道袍里掉了出来。李南枝仔细一看，是焊条。他顿时明白了计三连的把戏：偷藏焊条，动手前用电点燃，晃人眼睛，然后一击毙命。果然是老江湖，卑鄙狠辣！

　　"哈哈哈……整天装神弄鬼，原来就是个焊工啊……"张清泉跟徒弟没憋住，大笑起来。

　　"张兄！"于振恒喝止了他，"现在不是开玩笑的时候！"

　　他看得清清楚楚，赵仙迪刚才扔的不是暗器，只是一块口香糖。她武功之高，令人胆寒。

　　"大家一起上，赶紧了结了这事！"计三连一声令下，几人小心散开，对赵仙迪形成了包夹之势。

　　"赵小姐，你武功很高，佩服佩服。可是，一个人，能同时对付四种武功？我看不见得吧。"计三连向左迈了几步，加入了包围圈，"围剿'血爪'，我也是参加了几回的。再高的武功，面对声、光、电，外加暗器，也是死路一条！"

　　尽管明知道没用，李南枝还是跟赵仙迪背对背站着，护住她的后背。

　　"徐老，"于振恒对着老徐一拱手，"形势很清楚：我们干的事，你都有份。就算我不说，她也能猜到。今天要是我们被清理，你觉得过后她能放过你吗？"

　　老徐点了点头，几步迈回到赵仙迪的右后侧。

　　他们被包围了。

　　"计道长、老徐、张兄，咱们对付这个妞！剩下的对付那个新手！"于振恒指挥着大家，"速战速决！"

　　"先说好了，"计三连狞笑着双手交叉，做好了发暗器的准备，"这婊子的电胆归我！"

　　突然，一阵鸦鸣从天际传来。循声望去，远处村口的大槐树上，几十只老鸹一起在空中盘旋。

　　"次声！"于振恒失声叫道——次声波处于人的听觉范围以外，但是某些动物可以听见，比如说鸟。

　　"又有人来了！"张清泉气得直跺脚，"这女人有后援！"

"抓紧料理了她！"于振恒大声喝道。

扑通！

一只乌鸦掉在院子里。

"你们看！"张清泉呆呆地望着天际。最后一抹晚霞的背景下，乌鸦像中了邪似的，一棵树接一棵树，成群地挨个惊起，又纷纷下坠。不多时，鸦尸下雨般掉进院子里。

"这是……这是……"张清泉双手发颤。

"快关门！"计三连喊道。

老徐飞奔过去，把大门关死、闩上。

"是不是血狼子？"刘清河声音都变调了。计三连正要说话，忽然被一阵轻响所吸引。院墙忽然嘶嘶作响。红砖水泥上，蛛网般的裂纹浮现、蔓延，最终轰的一声，破开一个2米见方的大洞。灰尘散去，一个人影出现在墙洞里。

04

红砖和水泥的碎屑被踩碎。沙沙声中，那人闲庭信步般走进院子。

此人身高起码一米九，古铜肤色，五官似乎刚到中年，一头长发却已花白。他肩上背着一个包，脸上伤疤纵横，络腮胡子杂草般乱长。他在院子中间站定，扫视着在场的所有人。那双眼炯炯有神，不怒自威，每个人被他的目光一扫，心中都是一颤。

"您是……"纵是计三连这样的高手，也被来人的神功和气势镇住了，"我是终南……"

"不用报名了，"那人轻蔑一笑，"死人要什么名字？"

几人都是一怔。

"不过你不用怕，"那人指着老徐，又拍了拍肩上的背包，"我不会先杀你——几副电胆，待会儿都要你检查一下，把电解质抽出来提炼好了给我。"

此言一出，在场的人都是一惊：好大的口气！

"这位……前辈，"于振恒依旧彬彬有礼，"我是衡水……"

"于振恒，我知道，"那人摸着胡子一笑，"第二代猎手。当年你也是个不大不小的人物。你出头组织人去总会讨要医药费、退休金，算是干了件人事。可惜，集资的款子被你贪了不少……"

"你……"于振恒被戳到痛处，终于失态，指着来人，又不敢骂。

"近几年，你假仁假义，一副伪君子面孔，骗了多少江湖新人，剖了多少电胆？怎么今天轮到自己，就害怕了？我问你，你们衡水派其他人呢？你那两个徒弟，都哪里去了？你肚子里吧？"

说罢，那人哈哈大笑。笑声好似铁砧摩擦、钢板撕裂，震得李南枝两耳生疼。但是更令他难受的是刚才听到的事情。这个猎手的世界里，难道到处都是如此黑暗残酷吗？

"你……你到底是谁？！"于振恒冷冷地盯着那人。

"至于你，"那人根本不理他，转头看着计三连，"终南派的第一高手，高振流、外功路子，练得还可以，也算是中原猎手的泰斗。"

"过奖。"计三连眼睛始终不敢离开那人的双手。

"可惜，不择手段、冷酷无情。几年前，杀死自己的情妇，剖取电胆，简直猪狗不如！"

张清泉吃惊地看着计三连。

"还有你们，"那人的目光移到张清泉师徒身上，"沧州派上层没什么人，为了生计堕落，我也能理解。可是盗亦有道——你们抢劫、盗窃，从不顾忌伤害无辜。这些年，光是被你们失手电死的人有多少？"

"去你妈的！"张清泉再也忍不住，纵身朝那人扑过去。

"上！"于振恒大喝一声，跟计三连和老徐紧随其后，向陌生人扑过去！

形势变化之快，令李南枝一时没反应过来：到底应该帮哪边？

他伸手想拍拍赵仙迪问她的意见，却蓦然发现，指尖有蓝色的火花在跳动。

轰！小院里忽然亮如白昼。只见张清泉浑身一僵，红色的火焰像爆竹爆炸一样从他身体各处冒出来。头发瞬间化为一个火球，身体冒着浓烟，他像一棵被雷击的树一样倒了下去。焦臭味扑鼻而来，李南枝弯腰吐了一地。

"超高压！别动！小心跨步电压！"于振恒冷静地指挥着大家，"双脚并拢，往后跳！"

李南枝抬头看着那个陌生人，心中全是恐惧。这种惨烈程度的触电，他早年只在高压变电站见过一次。当时的电压是 6 万多伏。

"你到底是谁？"计三连浑身颤抖，大声喝问，好像是在替自己鼓劲。

"我是谁？"那人旁若无人地看着初升的群星，用悲凉的声音吟唱着，"北斗九星，七明两暗。杀生最多者，破军也！"

"你……"计三连的手指颤抖着，"你是……'破军'贺摇光？！"

"是你？"赵仙迪也失声叫了出来，"Alkaid！"

李南枝虽然听不懂破军星的英文名，但是心里却燃起一丝希望：他俩是熟人？不对，是熟人早就认了……长辈亲戚？那就有救了！

然而赵仙迪下一句话令他所有的希望化为泡影。

"你这个叛徒！"她咬牙切齿，"你杀光了整个犹他派！"

"你又是谁？"贺摇光听到自己的国际代号，转头看着赵仙迪，"让我猜猜，这么嫉恶如仇，还记着那群平均每人五个老婆的混球，恐怕也只有总会了吧？"

"没错！"赵仙迪面无表情地一拱手，"鱼鹰的绝杀令上，你排第一！"

"哦？"贺摇光微微一笑，"我的悬赏到多少了？"

"三百万美元。"

"低了，低了。"贺摇光笑着不停摇头，指着计三连等人，"不过，对这些人来说，也是一大笔钱。你何不援引第十七条，颁布临时赦免令，让这几个杂碎一起对付我？那样的话，说不定还有一丝生机……"

"不，谢了！"赵仙迪把口香糖吐在地上，"我需要人，不需要畜生。"

"果然，自恃身份、不知变通，就是贵派的痼疾。"贺摇光信步走着，"整个鱼鹰会的衰落，就是你们的这种作风造成的。"

"这位又是谁？"他看到了李南枝。

李南枝把腰挺直，想把名字报得硬气一点，结果发现自己一个字都说不出来。

"怕我？没必要。"贺摇光哑然失笑，"我不会动手杀你们。"

他在诧异的目光中走到院中大树旁，伸出右手，轻轻放在树干上。片刻之后，整棵树开始瑟瑟发抖，成片的树皮蛇蜕皮似的脱落，半抱粗的树干嘭地爆裂，在众

目睽睽中断为两截。

"你们不值得我动手！"贺摇光把手一挥，"挨个自杀吧！免得受苦！"

05

时间一分一秒地过去，没有人敢说话。李南枝看到，赵仙迪的后背也被汗水浸透。

嗞啦！

一道闪电突然凭空出现。惨叫声中，计三连袖子冒烟，无数火星从右手迸射出来。李南枝瞬间就明白了发生了什么：这是尖端放电现象。计三连偷偷拿出钢针想要偷袭，可是贺摇光周身电压实在太高，这种情况下在他附近手持尖锐金属物体，就等于在雷暴中高举避雷针，是自寻死路。

眨眼之间，贺摇光已到了计三连面前，一掌打在他肚子上。计三连捂着肚子，喝醉了一般朝着李南枝的方向连退七八步，最终跪在地上。他张着嘴，发了疯似的咳嗽着，最后一口鲜血吐出来，扑通倒地，身上藏的焊条滚落一地。

终南第一高手，竟连一招都不能招架。

"胃……"于振恒盯着地上血迹中的块块碎肉，梦呓似的自言自语，"他的胃被震碎了……"

"走！"刘清河朝墙边冲过去。嗡嗡声中，贺摇光一掌凌空打出。刘清河的脑袋忽地炸开，脑浆喷得到处都是。

这次连赵仙迪都面色苍白。院子里鸦雀无声。慢慢地，抽泣声清晰可辨。李南枝看到，老徐靠在墙上，绝望地哭着。

"你别过来！"老徐忽然从口袋里掏出个东西，指着贺摇光。那是一把手枪。

李南枝差点当场欢呼，但是马上又意识到，等干掉了贺摇光，他又会用枪来对付自己和赵仙迪。

绝望的同时，他也有点不明白老徐这人脑子怎么回事：你有枪怎么不早用？你有枪你哭什么？

一声巨响，院子里骤然变亮。老徐开枪了。李南枝下意识地挡着脸。枪声消失时，他发现贺摇光依旧伸着右手，屹立在原地，身上半点血迹都没有！

这是怎么回事？！

老徐像一个被猛兽逼到死角的猎人，连连扣动扳机。李南枝这才看清发生了什么：子弹在贺摇光手前一尺以肉眼可见的速度减速、振动、扭曲，最后爆裂化作金属碎屑，掉在地上。

这神话般的一幕令李南枝瞠目结舌。他万万没想到，共振的威力能到这个地步！

咔嚓。咔嚓。

老徐还在徒劳地扣动着扳机，希望弹夹里能再变出一颗子弹。

一道闪电劈过去，五根手指和枪一起冒着烟落地。

老徐的惨叫声中，贺摇光把目光转向于振恒。后者艰难地咽了一口唾沫，根本不敢动。贺摇光冷笑着把手伸进兜里，掏出了一叠纸牌。

"看在你以前还干过两件人事的分上，给你个机会……"他的口气轻松得像闲聊，"抽一张吧。碰碰运气。"

于振恒还是纹丝不动。

"不抽？那我替你抽吧。"贺摇光自言自语，手一抖，一张牌飞出，插在地上。

那是一张黑桃 K。

"十三招。要不要碰碰运气？"

贺摇光大笑起来。李南枝惊讶地看到，于振恒的眼泪流了出来，拼命摇着头。

良久，笑声停了。

"得抓紧了，待会儿肠子坏死了对电胆可不好……"

于振恒呆呆看着直奔自己而来的贺摇光，忽然大叫一声，回身狂奔。

"跑？！"贺摇光轻蔑地一笑。

然而于振恒脚下忽然一转，一掌朝老徐打过去！

老徐额头中掌，一声不吭地委顿于地。

"贺前辈！"于振恒转身面对贺摇光，扑通双膝跪地，"我上过医学院！虽然是内科，但是老徐这些年动手术，我都在旁边看着！我可以给你换电胆！他们几个人，您想要哪个都行！"

李南枝被这种无耻惊呆了，但心里阴暗的一角却在呼喊着：这是唯一可以保命的办法！

"伪君子，名不虚传！"贺摇光啐了一口，"不过谢谢，我怎么敢把性命交到你手上！"

挥掌一劈，于振恒身体猛地僵直。血慢慢从双眼、双耳中流出来。李南枝呆呆地看着这一幕，直到肉体倒地的声音传来，一切才像又活了过来。咔咔几声响，他身后墙上的几块红砖化为碎片，剥落处一个拳头大的坑。

"我说你们俩，"贺摇光若无其事地转过身来，慢慢捡起纸牌，"要么抽一张，要么自杀！还在等什么？"

06

李南枝的脑子一片空白。他感觉自己此刻面对的不是人，而是有生以来见过的最接近鬼神的东西：他强大到让你无计可施，你只能膜拜、畏惧、五体投地，把所有的希望寄托在他善念一动、手下留情上。他现在无比理解，老徐刚才为什么要哭。

"费事……"贺摇光哼了一声，朝着两人走过来。

"我拖住他，"赵仙迪小声对李南枝说，"你走！"

然而李南枝却没有反应，木然地盯着脚下的地面。

"听见没有！"赵仙迪觉得他是被吓傻了，大喊着。

"一个也走不了！"贺摇光一步踏地，整个人飞起来，凌空一掌朝两人打来。人未到，次声波先隔空袭来，赵仙迪觉得两耳嗡嗡作响，恶心欲呕。

"快跑！"她用力发出呐喊，挥掌迎了上去！

"闭眼！"喊声中，小院里瞬间亮如白昼。闭眼前的一瞬，赵仙迪从地上的影子看到李南枝站在自己身后，双手高举着两根焊条。贺摇光人在空中，躲无可躲，被晃得双目生花。

这个计划诞生于计三连被打死之后、刘清河被震死之前。李南枝把银针插进太乙穴附近的电脉，与还插在梁门电脉上的银针并在一起，跳过还在封闭的主脉，构成一个振荡升压电路。电路一通，点燃焊条，令贺摇光都着了道。

赵仙迪拉着李南枝朝大门冲过去。

"哈哈！振荡升压！"死里逃生的狂喜在李南枝胸中回荡着。忽然，一阵阴风从身后袭来。回头一看，贺摇光蒲扇般的手掌已经近在咫尺！赵仙迪猛地转身，手掌跟贺摇光硬碰硬对在一起！

砰的一声，两人被贺摇光的掌力震得一起飞了出去。李南枝觉得肺部好像钻进了一只刺猬。他忍痛狂奔，耳边风声呼啸，夹杂着嗖嗖几声，大概是赵仙迪往身后扔了一些暗器。终于摸到卡车门把手的那一刻，感觉就像是潜水一公里，刚从水下出来换气。

他钻进驾驶室，手忙脚乱地掏出钥匙。然而越是着急，手越哆嗦得厉害，死活插不进钥匙孔。

"他来了没有？"好不容易发动了，他扭头一看，才发现副驾驶座依然是空的，他这才意识到：自己承受的，只是透过赵仙迪身体传过来的余力。她肯定受伤了。扭头一看，反光镜里，她已经步履蹒跚。与此同时，他也看到了最不想看到的：贺摇光追上来了！

"上来！"李南枝做了目前自己唯一力所能及的事——倒车——同时把头伸出窗外朝她喊着。

"快走！"赵仙迪终于爬上了副驾驶座。他疯了一样踩下油门。轮胎尖叫着把车身往前推。

反光镜里，贺摇光在车后狂奔，竟然越追越近。

"快啊！"赵仙迪吼着。

"已经够快了！"

转速表的指针已经打到底了。在发动机的哀鸣声中，贺摇光跟车尾的距离终于开始变大。

李南枝大口喘息着，正要说什么，却忽然看到贺摇光两大步跨起来，超人一样整个人横在空中，朝卡车飞来。

"电磁！"赵仙迪大叫一声。

闷响从车尾传来。驾驶室里，两个人都不敢说话。

"他……"良久，李南枝才小心地问，"是不是被甩下去了……"

赵仙迪却没有回答，弯着腰剧烈地咳嗽起来，捂着嘴的指缝间血迹若隐若现。

"你……你怎么了？！"李南枝手足无措。

话还没说完，两人同时听到了"咚"的一声从上方传来。李南枝浑身一凉。赵仙迪想挣扎着起来，却又咳出更多的鲜血。

咚。

咚。

缓慢而沉重的脚步声越来越近。李南枝觉得自己喘不上气来。最终，又是一声巨响，驾驶室的顶棚凹了下来。

"他进不来吧……"李南枝手指哆嗦着指着上面。

话音刚落，车顶整个晃动起来。

共振……

李南枝呼吸急促，浑身都是汗。他知道，用不了多久，这个怪物就能把整个驾驶室顶棚震碎。

"该怎么办？！"他绝望地吼着。然而赵仙迪已经不能给他答案，她已经昏了过去，生死不知。

心里有个声音不停重复着：我要死了……我要死了……

手机忽然响了起来，把李南枝从万念俱灰中惊醒。他看到了手机屏幕上女儿的照片。原来，到了开心睡觉的时间了……

眼眶中的泪水忽然模糊了整个世界。心中一团火蹿出来，烧得他龇牙咧嘴。他不再说话，眼睛死死盯着前方的路面。脚下的油门被踩到底，心中积聚的恐惧和决心也到了极限。

"我不能死！绝不是今天！"他狂叫起来。

吱——

刹车被死死踩住。卡车尖叫着急停。一个黑影从前方飞了出去。这证实了李南枝的一个猜想：人毕竟不是电脑，调动电路发出次声的时候，大概很难分心同时发出电磁……

又是一脚油门，卡车启动，李南枝冲着贺摇光撞了过去。

没有震动。

没有颠簸。

没有撞到。

反光镜里，贺摇光闪身滚到了路旁的草丛里。这一下摔得不轻，他终于没有追上来。李南枝不敢懈怠，以最高速又疾驰了一个多小时才在一个休息站停了下来。发动机熄火了，浑身的汗水库开闸似的倾泻出来。他想扶起赵仙迪问问情况，双手却死死焊在方向盘上。他运了运劲，拼命拉着胳膊才解放了左手，然后一根手指一根手指地把右手从方向盘上掰下来。

大口喘息了一会儿，他猛然开门下车，弯着腰狂吐起来。等到胃里没了东西，他才坐回座位。

"喂，喂！"他推着赵仙迪。

没有反应。试了试呼吸，他才如释重负。

"活着就好，活着就好……"他把头靠在椅背上，喃喃自语。

眼睛闭上，又带着惊悸睁开。

泪水没来由地涌出。

他哭了起来。

第六章　鱼鹰

鱼鹰会不是公司，是世界上最大的赏金猎手联盟！

01

9 月 21 日　周三

距离移植最后期限还有 6 天

经费缺额 65470 元

远处的霓虹灯招牌闪烁着，给车里的一切加上灰暗的彩色花边。

"怎么办……怎么办……"驾驶座上，李南枝像个精神病人一样不停地自言自语。肾上腺激素退去，回想起刚才在老徐院子里发生的一切，他浑身不停发抖。

他不是没见过死人——跑车的时候，惨烈的交通事故他见过四五次。但那种场面，跟今天根本没法比……

"为什么？！"此刻想起所谓的师父，他只有刻骨的仇恨，"为什么要把我拖进这潭浑水？！我还不够惨吗？！"

他揪着自己的头发，好久才平静下来。目光再次移到赵仙迪身上，他发现自己已经无法直视她。

他像个刚从动物园熊山上逃出来的不幸游客，看见穿翻毛大衣的就有种想尿裤子的冲动。他不想见到任何一个带电胆的人。他掏出香烟，可是手哆嗦得打了十几下也没着。他气急败坏地把烟扔掉，强迫自己思考。

带着她的话，别说那个疯子，就是碰见警察也不好交代……赶紧扔到医院去……

李南枝发动了汽车，却又久久没有开出去。过了一会儿，他把发动机关掉了。

她伤得重不重？有没有生命危险？万一有人报警怎么办？警察问东问西，我又有前科，不知要扣我几天……只剩6天了……

李南枝盯着赵仙迪看了好久，终于下了决心。他下了车，走到副驾驶那边。四下张望了一阵子，看中了加油站值班室的后边——放在那里，应该几个小时之后会有人发现她。手放在门把手上，可是不知怎的，却良久没有力气打开。

她昏迷着，万一出个什么事怎么办？万一有人图她的电胆怎么办？

纠结半天，还是下不了决心。他骂着自己，朝远处走去，掏出手机调出女儿的照片一张张地看。渐渐地，责任感又绞索般勒紧，提醒他当务之急是什么。

"妈的，仗义了一辈子，亏心就亏一回吧……"

他转身朝卡车走去。

然而没走几步，他又停了下来，盯着手机出神。锁屏壁纸上，李开心歪着头，守着桌上的生日蛋糕，笑容把换牙留下的豁口暴露无遗。下面还有一行字：祝老李生日快乐！你永远是我心中的大侠！

他的手紧紧攥着手机，眉头紧锁着，浑身肌肉紧绷，抽筋似的微微颤抖。良久，他长出一口气，身体松弛了下来。

"得，得……"他自言自语，摇着头慢慢转身。刚转过身，手机差点掉在地上——赵仙迪正站在面前。

"你、你，你醒了……"李南枝后悔自己为什么要张嘴。

"贺摇光呢？"她捂着脑袋，眉头紧皱。

"被……被我甩下车去了，"李南枝尽力表现得无所畏惧，"甭怕！"

"你在干什么？"

"打……打电话，"李南枝尽量冷静地把手机屏幕给她看，尽管上面根本没什么

证据，"给……给我闺女打……"

赵仙迪面无表情地从上到下打量着他。李南枝被看得心里发毛，因为他不知道这女人刚才是真的昏过去了还是装的。终于，赵仙迪用下巴指了指卡车。李南枝如蒙大赦，点头哈腰地迈开步。

"等等！"剧痛忽然袭来。赵仙迪出手如闪电，在他胸腹之间连戳三指。李南枝啊呀一声，倒在地上。

完了，她刚才是装的……

他头脑里一片空白。然而片刻之后，他就发现自己没受什么伤。

"你的电胆脉冲，我已经关掉了。现在，跟我走。"

02

夜渐渐深了。路牌上石家庄的字样出现得越来越频繁。一直沉默开车的李南枝渐渐开始坐不住了，晃动身子，抓耳挠腮。

"咱们……到底去哪儿？"

话出口之后，他才意识到自己在给赵仙迪递烟。仔细想想，好多年没跟年轻姑娘独处过了，难怪脑子有点抽。

赵仙迪看了他一眼，没有搭理。他马上意识到，她还在介意自己把她扔在德州的事。

"你那个高压电弧真厉害，"李南枝讨好地竖起大拇指，"那么高的电压，手怎么不疼？我看你也没像张清泉那样外接一条电线出来……"

"我有根手指头是假的，"赵仙迪似笑非笑，"你猜猜是哪一根？"

李南枝受宠若惊地扭头去仔细观察她的手，结果发现她竖起的是中指。

"哎呀，那什么，我本来是要回去接你的，"他明白躲不过去了，"结果半路上碰见于振恒，给我一顿胡侃，我就上当了……发现你来找我的时候，我这个感动啊，我这个愧疚啊……你真是个好人！是不是不放心我的安全？是不是还需要司机？"

"其实找你也没别的事，"赵仙迪露出迷人的笑容，"就是想一掌打死你。"

"别别别，我错了我错了，以后再也不敢了……"眼皮狂跳不止，李南枝赶紧讨饶，"我当时主要是刚被你收拾了一顿，有点怕你……"

"现在呢？"

"现在不怕了，"他脸不红心不跳地撒谎，"知道你是干什么的了，我还有什么好怕的？你是鱼鹰的猎手嘛，替天行道的大侠，能随便杀人吗？对吧？"

此言一出，赵仙迪脸上的凶神恶煞还真收起来了。

"你知道鱼鹰会？"

"我听于振恒说过，是抓逃犯的公司……"

"OK，打住！"赵仙迪失望地扶着额头，"鱼鹰会不是公司，是世界上最大的赏金猎手联盟！所有有电胆的猎手，都是它的成员，服从它的管理……"

"于振恒他们怎么也是猎手？"李南枝的问题很煞风景。

"他们是叛徒。"

"贺摇光呢？"

"也是叛徒。"

"叛徒……人数不少啊……"

"总有猎手经不起诱惑，去抢劫、盗窃，甚至当职业杀手。这叫作叛道！"赵仙迪像个耐心即将用尽的班主任一样，把脸凑到他脸上，"不管他们有多少人，我们都有义务把他们清除。明白了吗？！"

李南枝识趣地点头，闭上了嘴。与此同时，她又开始剧烈地咳嗽。

"要不要去医院？"他看到她捂嘴的手上全是血。

"不行！"她虚弱地摇头，"贺摇光会排查最近的大医院。他会找到咱们。"

"他不会光盯着咱们吧？"提起这个名字，李南枝浑身就是一哆嗦，"那个院里……应该够他用了吧？"

"那几个混蛋的电胆要是还能用很长时间，他们也不会盯上你了。"

"可是，我看他电量不是挺足的……"李南枝艰难地咽了口唾沫。

"次声很耗费能量，"赵仙迪咧着嘴，忍痛从靴筒里拔出一个注射器，撩开衣襟下摆，给自己打了一针，"那个狗娘养的今天用了那么多电，要是放过你，岂不是很亏？"

李南枝脸色苍白，一言不发。几分钟后他回过神来，发现闭目养神的赵仙迪脸上恢复了少许血色。

"不要用这种眼神看着我，我又没死。"她一脸嫌弃地坐了起来，左脚踩在车座上，"这点伤算什么——来，放点音乐，闷死了。"

李南枝赶紧点头。结果手机连上，放出来的全是儿歌。

"你等等，这是我闺女的歌单……"李南枝赶紧切换成以前跑车的时候存的歌单——那时候一开十几个小时，不听歌熬不下来，他攒了不少对大部分人来说已经过时的歌曲——地动山摇的摇滚前奏之后，谢天笑狼嚎一样的歌声响了起来。

凌晨时我离开了人群　迷迷糊糊来到森林里

这里的人告诉我要用树叶当作衣

……

这时有个陌路的人正匆匆路过这里

哎！我着急地问他是谁把我，带到了这里

赵仙迪显然对这种曲风比较满意，跟着节奏摇摆起来。

"那么，贺摇光……"看到她心情好了一些，李南枝小心翼翼地问，"是不是猎手里边最厉害的？子弹他都能震碎……"

"标准子弹的共振频率就那么几个。不是什么难事。"

"你也能？"李南枝惊讶地打量着她。

"再练几年你说不定都行……"她没轻没重地给了他一拳，"怎么，被吓到了？嗯？"

李南枝尴尬地笑了笑，没有回答。

"其实，你被吓到也是正常的。贺摇光不是普通的叛徒。"

李南枝扭头看着她，等着下文。

"他本来是会里资历很深的猎手。但是有一天，忽然就……"赵仙迪的五指在脑袋旁边张开，模拟着爆炸，"总之，他疯了，失去了踪迹。每次出现，就是杀人。只要是猎手，碰到他，没有人能幸存……"

李南枝背后一阵发凉。恐惧像是一柄大锤，把大脑从无所适从的状态下震醒，使他意识到自己本来的计划有多么荒唐：贺摇光既然已经盯上了自己，就算把电胆取出来卖掉，他肯定还是要来看看的……

到这份儿上了，你怕死有用吗？他在心里骂着自己的愚蠢，电胆虽然危险，但是带着它铤而走险，才是救活开心的唯一机会！

"问你个事，你在鱼鹰会里，是个领导吧？说话好使吧？"李南枝像是下了很大决心似的开口。

"我是总会委任的亚洲特别行动主管，五级权限，按照会规，你见了我应该……算了……"

她摇了摇头，兴致索然地看着窗外。

"我说主管……"李南枝语气倍加殷勤。

"叫我仙迪就可以。"

"仙……小赵，"李南枝试了试，还是觉得直呼名字有点肉麻，"我的意思是啊，你看我的电胆，虽然不知道是谁装的，但肯定是你们的人对吧？"

"应该是的。根据加密方式判断……"

"这就对了——你们得对我负责啊！"李南枝哭丧着脸，"我闺女的事我跟你说过啊！就因为这倒霉玩意儿，到哪儿都有人狼狗一样追我……"

赵仙迪皱着眉头，不知他想表达什么。

"我的意思其实是说啊，"李南枝的语气拐了个弯，"你到这儿来，是不是为了抓逃犯的？"

赵仙迪点了点头。

"是给钱的活吗？"

"当然给了。"

"你们还缺人吗？你看我行不行？"

03

"你？"赵仙迪大感意外——这是她此次任务遇到的第一个自告奋勇要帮忙的人。

"对啊，我。"李南枝讨好的笑容猥琐得无以复加。

"行啊！"

"真的？"

"不过录取你之前，我得先到养老院看看，有没有更合适的。"赵仙迪笑的时候嘴老是有点歪，看起来好像随时准备讽刺人，"你？线人、清场、掩护、运输，你干过哪一行？"

李南枝茫然摇头。

"什么都没干过你凑什么热闹？"

"我虽然没干过，但是我在这方面，出类拔萃……"

"什么意思？"赵仙迪打断了他。

"什么什么意思？"

"你说的那个词，四个字的，什么意思？"

"出类拔萃？"

赵仙迪点了点头。

"你知道'杂种''狗娘养的'，"李南枝又确认了一下，"但是不知道'出类拔萃'是什么意思？"

"都是跟别的男猎手学的，"赵仙迪丝毫不引以为耻，"小时候上周末中文学校没怎么听。"

"哦——"李南枝谨慎地表示理解，"这个叫成语。意思就是，我是天才。"

赵仙迪仰头大笑起来。

李南枝清了清嗓子，口若悬河，声情并茂，把自己在老徐家的表现复盘了一遍。

"从发电到升压，无师自通——就是没有老师，全靠自学。我这样的，你见过吗？你不觉得我挺有天分吗？"

赵仙迪抿着嘴没说话。

"不过提个技术问题——每次升压都得这么弄？"李南枝拉开衣服，露出胸膛，"这个办法好是好，就是针太烫了……你看针眼都黑了……"

赵仙迪扑哧笑出声来。

"你先别说了，"她捂着心口连连摆手，"止疼药还没完全起作用，我有点受不了……"

李南枝讪讪地点头，点了根烟等她缓过劲来。

"你脑子挺快的，"赵仙迪擦着眼角，"用针连接电脉，这个办法我确实没想到。"

她这一夸，李南枝反而浑身不自在，急忙想谦虚两句。结果她下一句就不中听了。

"不过我得提醒你，不要再这样做。被别的猎手看到，搞不好直接弄死你。"

"为什么？"他被吓了一跳。

"电胆的电，是直流交流？"她忽然提出了一个怪问题。

"当然是直流。"这点电学基础自然难不倒李南枝——电池出来的电都是直流电。

"你记住：直流升压的，一般都是叛徒。"

"直流怎么就叛徒了呢……"好不容易找到的天赋被抹杀，他很是不服。

"直流电没法升压，用处不多。高级武功都要先把直流电变成交流电，然后再升压。这些东西，只有高级猎手经过授权才能传授。很多被开除会籍的败类没人教，只好自己瞎琢磨、乱尝试。直流振荡升压简便、省电，所以这些人最先琢磨出来的，大多是这一招……"赵仙迪嘴角浮现出幸灾乐祸的笑容，"这些蠢货——正常使用，电胆撑十几年没问题。像他们这么乱来，四五年左右，寿命就到了——偏偏电胆、电脉，只有总会才能制造。这些狗娘养的，叛道的时候把这一点给忘了……"

她忽然发现李南枝的表情很怪。

"又怎么了？"

"不大科学。"李南枝撇了撇嘴。

"什么不科学？"

"都什么年代了，还师父徒弟、传内不传外那一套？"李南枝低头点烟，"这样行业根本发展不起来。应该跟拳击、无限制格斗一样，全都公开，你学我我学你，这样大家技术水平才能越来越高……"

"你觉得你比我们都聪明是吧？"赵仙迪又变得浑身带刺。

"没有没有没有，"李南枝的眼皮顿时开始跳，"我就是说点我的想法……"

"你说的那些行业，玩的是钱。我们这个行业，玩的是自己的命。"赵仙迪没好气地说，"所以要对武功传授严格控制。公开？公开了多制造一些于振恒、计三连吗？"

李南枝点头如捣蒜。

训斥完了，赵仙迪陷入了沉思，不时捏着鼻梁，低声自言自语，似乎在为什么事作难。

"好吧——"过了一会儿，她清了清嗓子，努力使自己看起来认真一点，"你加入了任务，要遵守一切规则，尤其是保密义务。你能做到吗？"

"你同意了？"李南枝喜出望外。

"我们的行当，在有些国家被允许，有些国家不允许。各国政府哪怕是在机场装个 X 光机，这个行业就不会存在了。"赵仙迪眯着眼睛看了他一会儿才回答，"所以你一定记住，让外人知道猎手的存在，是一等一的大罪。所有猎手，都会想办法杀你。就算进了监狱，也躲不过！"

李南枝打了个寒战。他突然意识到这些人的难缠之处——监狱总不会给每个进去的犯人都照一遍 X 光。

"来，跟我说，"赵仙迪忽然把手放在李南枝肚子上，"'我自愿加入鱼鹰联盟……'"

"你刚才那是干什么？"李南枝稀里糊涂跟着念完誓词，指着自己的肚子问。

"量你的电胆振动频率。"

"为什么？"

"你没有师父，我让你加入行动，就成了你的引路人。"赵仙迪似乎无法正襟危坐超过 10 秒钟，又歪靠在椅背上，"以后你要是叛道，我是要负责任的。"

"啥责任？"李南枝开始觉得这个组织事儿太多。

"亲手废了你。"

李南枝好一会儿才缓过来。他吭哧了半天，终于问出了那个难以启齿的问题："这次任务……多……多少钱？"

"三百万，美元。"赵仙迪抱起双臂。

李南枝张着大嘴，半天没说话。

"当然，想得到相应的分成，你要绝对服从命令，做出相应的贡献……"

"我服从！绝对服从！"李南枝一拍胸脯，"说吧，去哪？抓谁？"

赵仙迪拿出手机，调出照片。

"这个人15号——也就是上周四——在日本杀了20个人。其中还有一个孩子。全球的猎手都在找他！"

李南枝瞥了几眼。一张张的照片，全是尸体，大部分带着烧伤，只有个别完整。最惨的就是被困在卧室的那一家三口……

"他妈的……这个孙子在哪？"他现在见不得孩子受伤害，手都在发抖。

"你真的服从命令？"

"真的！"

"那好，"她吸了一口气，"我要抓的，是贺摇光！"

吱的一声，卡车在路面上画出几条粗大的"蚯蚓"。李南枝差点把车撞到电线杆上。

"抓他？"停车之后，李南枝扭过头来看着赵仙迪，眼睛瞪得有乒乓球那么大，"你疯了？！"

"你去不去？"赵仙迪又把脸拉了下来。

"一百个不去！一万个不去！"李南枝满脸通红地朝她吼着，"你失忆了？！刚才咱俩差点死了！你要抓他？！就咱俩？！"

赵仙迪一愣，随即放声大笑。

"怎么可能只有咱俩……"笑完之后，她打了个响指，"按我说的坐标开。我带你去看看鱼鹰真正的实力。"

04

一盏盏路灯把长桥照得如同白银打造，下方，滹沱河灰蓝色的水奔流而过。

按着赵仙迪的指引，卡车绕过市区，进入了北边的正定县。后视镜里，澄灵塔和凌霄塔一一消失，赵云庙出现在路边。李南枝这才想起，这里是赵子龙的故乡。又开了一阵，黑咕隆咚的田野里出现了一些烟囱。在工厂区的边缘，赵仙迪让李南

枝把车停在一座土山后边。

"人呢？"这里别说人影，连路灯都没有。要不是有月亮，根本视不见物。

"原地待命。"她看着手机，"待会儿会有人给咱们发消息。"

"什么消息？"李南枝生怕援兵不来了。

"开会的地点。"

"你带我来这里，你不知道地点？"

"附近有好几个据点。这种级别的会议，提前半小时才确定是哪一个。"

"我说，"又等了一会儿，李南枝越发惴惴不安，"要抓人了，你是不是也教我两招？反正现在闲着没事，对吧？"

见识了猎手之间的搏斗之后，他始终觉得自己像只丢了壳的蜗牛，没有丝毫的安全感。赵仙迪抱着双臂，若有所思。

"好，那先从最基本的开始吧，"过了好一阵，她终于缓缓点头，"能不能学会，看你是不是真有天分了——逆变你知道是什么吗？"

李南枝连忙点头——任何一个电工都知道——就是把直流电变成交流电。

"逆变原理你懂吗？"

这个也难不倒李南枝。最简单的逆变电路，就是两条线路，四个开关。不同线路上的任意两个开关以一定的频率不停开合，电流方向就会有规律地反复，就形成了交流电。

赵仙迪讲授的原理基本跟这个相同，只是用上了纳米材料制造的高强度齿轮组来控制开关的开合频率，以调节逆变后的交流电频率。

"为什么不用芯片呢？晶体管也行呢？"李南枝听罢，觉得整个系统设计上确实巧妙，但原理非常原始，现实中任何20世纪中叶以后发明的仪器几乎都不会用，"程序一编，一通电，想干啥都行……"

"机密。你的保密级别不够。"赵仙迪不耐烦地一撇嘴，"你废话怎么这么多……首先，你试着深呼吸，制造腹压，然后……"

李南枝还没等她说完，就通过憋气激活了电胆，然后得意地朝赵仙迪一笑。然而赞许没得到，得到的只有猛力一戳。

"你轻点，这是人肚子！"李南枝猝不及防，疼得直咬牙。

"记住，"赵仙迪神色严肃，"电胆电压快速改变会产生脉冲，暴露你的位置！所以一定要慢慢改变腹压……来，通电，然后用手按下这几个穴位：璇玑、外陵……"

李南枝无比认真地照着做，不料腹中忽然一阵刺痛，"哎哟"一声叫了起来。

"哈哈哈……"赵仙迪笑得直拍大腿。李南枝愣了一下，立刻明白自己上当了。

"这可不是闹着玩的！这是电！"他有点生气。

"好了好了，sorry！"赵仙迪抹着眼泪，"这下，德州的事我彻底不生气了。"她清了清喉咙，尽量摆出一副为人师表的样子，指出了用到的穴位。

"不要用手！用手指压，是幼儿园小孩才干的事。要用腹肌挤压——我知道，这些地方的肌肉平时用不到，需要艰苦的锻炼，才能……你——在干什么？"

赵仙迪最后一句问得很不客气，因为眼前的景象——一个中年猥琐男人突然若有所思地把手往裤腰带里伸——实在是太诡异了。更何况他还面色发红，呼吸急促。

"你是说，这样？！"李南枝激动地撩开衣服下摆。长期的重体力劳动，皮下脂肪很少，因此赵仙迪清楚地看到，他在控制腹肌波浪一样地滚动。

"硬气功的底子！"他一拍脑袋，把座椅靠背后调，挺着腰尽力平躺，把一枚硬币放在肚皮上。硬币像是被施了魔法，随着腹肌块的起伏前进后退，几乎是随心所欲。看着赵仙迪脸上的表情，李南枝志得意满地意识到，小时候下的苦功没有白费。

"我说，你们一个外国组织，怎么走电路还按照穴位？"他坐起来时依旧合不拢嘴。

"鱼鹰会的创始人是华人，他设计了初代电脉，所以很多设计都保留了下来。"赵仙迪上下打量着他，"穴位是神经密集的点，把电阀设在这里，大概比较容易用肌肉来控制——来，你试试用腹肌激活那几个穴位——别担心，你要是不成功，我就帮你。"

她伸出手指。

"别别别戳，我自己能行……"李南枝缓缓激活电胆，然后用手指的宽度量出穴位的位置，凝神静气，靠着肌肉记忆去引导自己控制穴位周围的腹肌。

"怎么位置都这么别扭呢？"试了几次之后，李南枝抱怨着，"安排在二头肌这种常用的肌肉上不好吗？"

"这是设计上的保险，"赵仙迪嚼着口香糖，一脸看热闹的表情，"为了防止你这样的菜鸟一不留神把自己电死……"

李南枝不再说话，一次次尝试着。忽然，肚子里一阵麻痒，仿佛钻进了几只蚂蚁。

"这是……"李南枝带着不安和兴奋看着赵仙迪。话音未落，肚子里麻痒更甚。热流开始飞速涌出，感觉跟之前有些类似，然而细细体会，又有所不同。片刻之后，腹中开始发出类似老式吊扇的那种嗡嗡声。他先是一愣，然后马上欣喜若狂：这是方波交流电产生的声音！

05

"你……"赵仙迪再次打量着李南枝，"还真可以啊……"

"说了是天才嘛……"李南枝自得地笑着，心里却也明白，这要归功于多年的气功修炼。肌肉记忆远比大脑可靠。就像骑自行车，哪怕你学会了之后十年不碰，再给你辆车你还是会骑。

"OK，天才，这还只是第一步。"发现学生是块材料，赵仙迪当老师也认真了许多，"现在你发出的电是交流电，但还是毫无用处——因为频率不稳。所以下一步要学的，就是变频。频率稳定了，电能才能通过声学透镜变成超声或者次声……"

她打开车门，拉着李南枝走到一棵碗口粗的树前。

"要把树震断，"赵仙迪把手放在树干上，右臂一用力，连带着胸口疼，又换成左手，"就要发出跟树一样的振动频率，引起共振，当能量够大时……"

忽然，树干啪啪作响，裂开一道两寸宽的竖纹。李南枝看呆了。

"这是白梧桐。"赵仙迪让他把手放在树干上，"固有频率比较低。你要把逆变后的频率往下降。调频的基本原理是用腹压……"

把电调频，然后变成声波，她说起来不过简单几句，但实践起来并不容易。李南枝付出腹肌几次抽筋的代价，也没折腾出个结果。

"加油，加油！"赵仙迪在一旁比他还投入，好像在看一场自己下了重注的球赛，"你一定行！"

足足10分钟后，李南枝忽然浑身一震，手木然地收了回来——手心感觉就像贴在一台巨大拖拉机的引擎盖上。沙沙声中，几片树叶落下。李南枝低头看着落叶，痴痴地半天不说话。

"天哪，你真的学会了！"赵仙迪愣了半晌，突然大笑着抓住李南枝的衣领摇晃。逆变、变频、电转波，是正宗猎手武学的门槛。没有人指导，很多人一辈子也学不会。就算有人手把手地教，新手练到这一步至少要用几个月时间。

"你这王八蛋，还真可能是个天才……"

车灯下，李南枝欢呼着，怪叫着，实验着各种顽童的把戏。他把手放在水坑里，水没有变热，却冒出丛丛气泡。他把石头放在手中，石头纹丝不动，上面的灰尘却跳蚤一般跳个不停。他把手放在树上，片刻之后，一大块树皮化为碎片，掉在地上。

赵仙迪摇着头看着他。她并不理解一个男人一生都在被否定、被打击，却忽然找到自己长处的感觉。她只是再次坚信，男人不管什么岁数，都能把一切当成玩具。

"玩够了吗？"赵仙迪指了指亮起来的手机屏幕，"该走了！"

李南枝朝着车跑过来。

"梦想成真的感觉怎么样？"赵仙迪笑靥如花。

"什么梦想成真？"

"突然拥有超能力，不是每个人的梦想吗？难道你的不是？"

李南枝一愣，然后低下了头，意味深长地苦笑起来。

"怎么？"

"没事。"他摇了摇头，要跟着上车，却发现留给自己的是副驾驶座。

"你开？"他看着正在发动卡车的赵仙迪。

"对啊，我开。"她嚼着口香糖，"开会地点是高级机密，你的保密级别还不够。"

"这玩意儿你会开吗？"

李南枝这么问绝非因为赵仙迪的性别——重型卡车可不是普通车辆，光挡位就12 个，甭管男女，只要没碰过，绝对开不了。

赵仙迪不屑地一笑，把变速挡杆往左一搂，轻轻前推。轰鸣抖动中，卡车二挡起步，缓缓前进。

"比直升机还是要简单一点……"她朝李南枝一笑。

李南枝还没来得及夸奖两句，她递过来一条黑布。

"把眼蒙上。你还要过最后一关。"

第七章　群雄

咱们这个考核不能出人命吧?

01

9 月 21 日　周三

距离移植最后期限还有 6 天

经费缺额 65540 元

呼吸声沉重,眼前一片漆黑。

"我要给你揭开眼罩了,你把嘴给我闭紧。"赵仙迪严肃地在耳边告诫着,"前辈不说话,你不能说话,要不然是大大的不礼貌。"

"什么前辈?"

"这次行动中资格最老的猎手,大中华地区常务总裁,江门派掌门,亚太区七大长老……"

李南枝被镇住了,连连点头——赵仙迪自我介绍的时候可没有这么多头衔——她都威风成那样,这位前辈得什么派头!

正在想象,黑布揭开,双眼被刺得生疼。他发现自己身处一间狭长的房间,四

壁洁白，桌椅也全漆成白色，跟不锈钢桌椅腿一起反射着灯光。等到视力恢复正常之后，他的嘴又失去了控制，把嘱咐忘得一干二净。

"你就是……前辈？"

李南枝的惊诧是有原因的——这人的外形跟想象的实在相去甚远。50来岁，拖鞋、大裤衩、老头衫，头顶秃得锃光瓦亮。

"唔紧要唔紧要……"老者笑容满面，一口粤语市井气十足，"我哋中国猎手，有咁多讲究……"

"我来介绍一下，"赵仙迪瞪了李南枝一会儿才开口，"这位是陈文昌陈先生。他有几个问题要问你。"

"您好您好，幸会幸会……"李南枝知道自己不配递烟，急忙站起来握手。

"你坐你坐……"陈文昌笑着摆了摆手，切换成了普通话，"李南枝，对吧？"

"您叫我老南就行了……"

"我听仙迪说了你得到电胆的过程。"陈文昌的普通话水平比外表高多了，听起来比赵仙迪更像北方人，"怎么说呢，完全一样的情况的确是没听说过，不过类似的还是有的……"

"真的？那我可能是哪种情况？"

"不重要。咱们以后有时间再说。"陈文昌哈哈一笑，"当务之急，是搞清楚一件事：你跟银盾，到底什么关系？"

李南枝一脸茫然。

"兄弟，"陈文昌弯下腰，盯着他的眼睛，"说起来，银盾鱼鹰，本是一家。如果你是银盾派来的，咱们就不算是外人。有些事解释清楚，大家绝不会互相为难——不就是一个动员电话嘛，无伤大雅。你说实话，我就当是个玩笑，大家都不会说出去……"

陈文昌语调轻柔，好像长辈在跟晚辈聊家常。但是每个字都像锥子，刺得人耳膜生疼。眼前的一切越来越模糊，李南枝呼吸越来越急促，脑仁震荡剧痛，胃里翻江倒海。

"我……"他想站起来，却一口气上不来，跪倒在地上。他拼命想说点什么，却无法思考，只能任由思维像自来水一样从口中流出去。

"不知道……真不知道你在说什么……我什么都不知道……"

不知过了多久，不适感终于渐渐消失。抬起头来，映入眼帘的是两张笑脸。

"我看这人不像银盾派来的。"陈文昌点了点头。

"我就说嘛……"赵仙迪大咧咧一笑。

"我看啊，这位兄弟只是出现得不巧，一个电话，把双方搞得很紧张。"陈文昌伸手把李南枝从地上搀扶起来，"对不住了，兄弟。不过有些程序，不得不走……"

李南枝摸不着头脑，又不敢问，只好赔着笑脸坐回沙发里。赵仙迪递给他一包纸巾，让他擦汗。

"刚才怎么回事？"一开口，他发现自己嗓子哑了。

"超声测谎。这是必需程序。"

"超声波能分清真话假话？"他不记得任何专业书籍讲过这个。

"不能。但是它能让你的大脑暂时不会撒谎。"

"银盾？"李南枝记得以前好像有人提过，"银盾到底是什么？"

"一伙叛徒。"赵仙迪斩钉截铁，"过去 11 年来，鱼鹰会一直在跟他们作战……"

02

11 年？

李南枝开始有点惴惴不安：这叛徒听来挺厉害啊，自己是不是站队太鲁莽了？

"仙迪啊，真是女大十八变，"陈文昌笑得五官挤到一起，"上次见你，你还是个小姑娘……"

"前年咱俩刚见过，"赵仙迪有点尴尬，"在清莱。"

"想起来了，想起来了，"陈文昌一拍脑门，"对对对，你跟会长一起来的是吧？你老跟在他后边，我都没机会跟你聊聊——不过，你那时候还是内卫啊，怎么现在就负责 S7 了？"

"我也想不通啊，"李南枝发现赵仙迪不但脸上藏不住事，嘴上也没个把门的，"我当时就问，你们脑子坏了吗？派一个内卫负责大洲级任务？"

"哎呀，你这话说的——这不正说明你厉害吗？"陈文昌赶紧打个哈哈，"年纪

轻轻，就成了内卫主力，干这个，肯定也没问题！虎父无犬女！"

他爸爸也是猎手？

李南枝吃惊之余，越发觉得这个组织都是些狠人——将心比心，他绝不忍心让李开心动手术装上电胆，从事这么危险的工作。

赵仙迪勉强一笑，没有接茬。

"快说说吧！你带来多少人？"陈文昌兴奋得直搓手，"我跟你说，听到这个消息，我激动得没睡好！这么多年了，总会终于重返亚太大区了！我们的苦日子，总算要到头了！丢！这些年我们穷成什么样了——哎，你动员的人都在哪儿呢？"

李南枝这才明白赵仙迪为什么要自己拉着她去德州，以及她一直在忙什么。他还发现，她把目光转到自己身上，似乎是需要一点鼓励。

"就他一个。"终于，她厚着脸皮开口了，说完了不自觉地咽了一口唾沫。

"不是说，给你的任务是 S7 吗？不是 S6 啊……"陈文昌抱着最后一线希望对她进行科普，"S7 包含动员……"

"我什么办法都试过了，"赵仙迪叉腰低头，沮丧地一口气吹动着自己的刘海，"讲道理、威胁，甚至动手，但是……"

陈文昌张大嘴巴，好一阵才缓过来。

"那……欧美各派会增援吗？"

赵仙迪摇了摇头。

"他们知不知道，"陈文昌的表情悲愤而迷惑，"如果抓不到贺摇光，会发生什么……"

"Yeah……"赵仙迪的声音低到很难听清。

两人木然对坐，长久无语。

"其实……我能理解，能理解，"陈文昌到底是见过大风大浪的人，首先振作起来，呵呵一笑，"正是因为后果严重，所以才更应该让主力回防各大总部，亚洲自己抓捕贺摇光，这是万全之策。生死存亡的事，不能孤注一掷……"

"意思就是说啊，"李南枝立刻就明白了她没听懂的是哪部分，"不这么干大家全玩儿完。"

翻译完毕，他朝陈文昌殷勤地点头。

"我相信总会必定有它的道理！无所谓，'有咁大条鱼打咁大个晕'，"陈文昌走向门边，"局部动员令，东亚各派也响应了。咱们去看看，都有谁来……"

03

穿过一楼巨大无比的仓库，卷帘门外，是一望无际的停车坪、繁星般的路灯、整齐的集装箱。李南枝终于认出，这是正定附近的某个物流中心——以前来拉过货。

"你干吗？"赵仙迪发现他一直在整理衣服，还用手机前摄像头当镜子照。

"他不是说有高手要来？"他在手上吐了口唾沫，当摩丝顺了顺发型，"第一回见高手嘛，得有点派。"

"我不是高手？"

"咱俩见面时我就那熊样，捯饬也白搭啊……"

耀眼的车灯出现在远方。一辆奔驰 SUV 平稳驶来。车门打开，走下来三个年轻人，个个身材修长、腰背挺拔、长发马尾，猛一看还以为是三胞胎。

"前辈！"三人走到陈文昌面前，一起恭恭敬敬地拱手鞠躬。李南枝赶紧跟着赵仙迪回礼。结合学过的东西，他此时已经明白这些人为什么这么打招呼：手心朝着自己，表示不会偷袭对方。

"新加坡东陵派，整个亚洲最好的侦察型猎手。"陈文昌微笑着还礼，"这位是总部的赵仙迪，这次行动的主管。"

"萧北河。"为首的年轻人冲赵仙迪一拱手。此人剑眉英目，潇洒大方，令李南枝觉得他应该去参加个男团选秀节目。赵仙迪显然看法也差不多——她破天荒地整理了一下头发、衣服，回礼之后还偷偷转过头来，用口型说了句"哇哦"。

李南枝觉得她有点饥不择食了——人家萧北河身穿神父的衣服，还一手拿着《圣经》、一手捻着念珠。

巨大的轰鸣声中，一辆大得夸张的黑色皮卡横冲直撞过来。萧北河看着车头上硕大的公羊头，微微皱眉。皮卡在很近的地方骤然急刹，一个外形奇特的人走下车来。他身高一米七，三围目测也都是一米七。络腮胡子，肌肉发达，似乎是为了让

脑袋比脖子显得粗一点，一头卷发蓬松着，活像个上世纪 70 年代的嬉皮士。

"大马古晋派，庞砺石兄弟！"陈文昌笑得无比开心，"贵派的音爆流拳法，名震婆罗洲！你们来了，我就放心了！"

"老陈你可过奖了，我们算什么，在有些人眼里，不就是猴子吗……"庞砺石说着含义不明的话，掏出一根雪茄，瞥着新加坡的三个人，冷笑不止。

李南枝隐约觉得此人似乎有什么情绪，又不敢问。陈文昌权当什么都没听见，跟庞砺石同行的猎手寒暄，说的是英语和潮汕话。李南枝懂一点粤语，但是潮汕话就不行了，连猜带蒙只听明白这几个人来自越南、大马和印尼。

"问个事，"他凑到赵仙迪身边，"派到底是什么意思？"

"其实就是……就是分公司，"赵仙迪想了一会儿用什么词汇才能解释清楚，"每个派负责一个地区的逃犯。"

"那为什么不同的派，武功还不一样？"

"分部之间有时候会配合，但大部分时间各干各的。时间长了，对武功的理解和用电的习惯渐渐跟别的分部有了差异——有的喜欢用电，有的喜欢用波，有的喜欢这样升压，有的喜欢那样升压……"

刺耳的发动机声打断了两人的交谈——李南枝觉得那声音活像医院临终病房里肺癌患者的咳嗽——这回驶来的是一辆老款丰田，车门一开，大家才发现里边居然能塞七个人。

"哈哈，你们可来了！"陈文昌热情地迎上去，跟他们挨个拥抱。

"这都是……"赵仙迪怔怔地看着这群人。他们从面容到衣着，比叫花子强不了多少。

"都是些忠心耿耿的老猎手啊，"陈文昌唏嘘不已，"什么龙岗派、福清派、天门派……等了总会这么多年，一听说有事做，凡是能喘气的都嗷嗷叫着要来……"

"他们……他们知道要干什么吗？"

"只要有钱，霸王龙他们也敢抓……"

"还有别人吗？"

"应该是没了……"

赵仙迪又在低头吹着自己的刘海——显然，她需要减压。陈文昌的这些老弟兄武功低微，指望不上。古晋派和东陵派的猎手实力很强，但众所周知，两派有着20年的世仇，根本无法合作。她不明白自己运气怎么这么差，赶来的偏偏是他们。

"要不，咱们进去吧……"又等了好一阵子，再也没车来，陈文昌建议道。赵仙迪叹了口气，正不知如何是好，不远处又响起了引擎声。她满怀希望地望过去，发现一辆比亚迪正飞驰而来。停下之后，后车门里迈出一只脚，然而上半身却迟迟不出来——每隔几毫秒，此人就会停止下车，全心全意地跟司机争执着什么。

"你爱要不要！"

吵了半天，那人撂下这句话朝这边走来，同时高举右手，朝身后的司机竖起了中指。

"Sandy——"他换上笑脸，张开双臂，朝赵仙迪奔来。李南枝终于看清，这是个年轻人，包着头巾，裤裆几乎垂到脚踝，衣服上的银链子哗哗作响。赵仙迪原地不动，冷着脸瞪着他。那人走到跟前也没敢抱，却依然没脸没皮地笑着。

"现在是执行任务，用化名或者代号，OK？"她语气冰冷。

"好好好，"那人夸张地举手认输，"记住了记住了。见了你一激动……"

"你怎么来了？"

"你在的地方，我怎么会不来呢？"那人朝她一挤眼，"早就到了，一直在附近等你消息……"

"这位是……"饶是见多识广的陈文昌也不认识这人。

"菲律宾奎松，"那人也嚼着口香糖，"李千帆。"

"怎么了？"陈文昌指了指不肯开走的车。

"手机没法付款，"李千帆一脸无所谓，"现金不太够……谁借我点？50块就行……"

"好了，"赵仙迪摇着头转身朝大楼走去，"来的人够多了……"

04

会议室里灯火通明。众多高手围着椭圆形长桌就座。陈文昌的座位在主席，却没有一点耆宿宗师的气度，围着桌子溜达，挨个找人聊天。

三个新加坡人温文尔雅，喝茶时端茶杯的速度不紧不慢。

他们正对面，大马来的庞砺石一条腿蹬着椅子，跟身边所有人高谈阔论，不时哈哈大笑，震得玻璃嗡嗡直响。

至于李千帆，还在千方百计地跟赵仙迪搭话，可后者根本不理他……

房间里充斥着中文、英文、马来文、粤语以及其他各种语言的高声谈笑和窃窃私语。李南枝跟谁也不熟，对话也大半听不懂，小心地贴墙坐着，默默观察——在他看来，这一屋子满满的不是人，而是十多个高压变电器，还是不要乱说乱动安全些。

穷极无聊中，他开始研究会议室最显眼的装饰——墙上挂着的一幅黑白照片。那是一张 12 寸大小的半身像，拍的却不是正面，而是一个背影。照片两旁还写着对联一样的两排字。李南枝眯着眼睛看了半天，才勉强认出是"明心守道，护法求仁"。

"这是谁？"他下意识地问赵仙迪。

"梁天枢先生。"赵仙迪随口回答，"鱼鹰会的创始人。"

"那两句话啥意思啊……"

赵仙迪扭头看了看他，神秘地压低声音："忘了告诉你了——这是暗语，讲的是鱼鹰会规第一条。"

"什么规矩？"李南枝开始担心是让交入会费。

"新加入鱼鹰的人，要切掉一根手指。"

"啊？！"

"不会升压的，切两根。"

他差点从椅子上滑下去，再回头，却看到了赵仙迪的坏笑。笑完了，她似乎从紧张烦躁的情绪中解脱出来，抖擞精神，走到投影屏前。

灯光变暗，房间里渐渐静了下来。

"Hi，各位……"她的表情依旧不太自然，看得出没怎么在这么正式的场合说过话，"我叫赵仙迪，来自总会，是这次特别行动组的总负责人。"

还好，开会说中文……李南枝松了一口气——他之前内心深处一直有个担忧，那就是这帮人暗地里商量一下，最后决定不分给他钱。

"之前我一直负责内卫工作。领导行动，这是第一次。我想，抓捕跟打仗是一样的，都要依靠大家一起努力，抓住那个狗娘养的……"赵仙迪尴尬地一捂嘴，赶紧朝身后一指，"我的意思是，这次行动的目标，就是他。"

贺摇光的头像被打在投影屏上，会议室里霎时一片安静。李南枝看到，大部分人的眼睛在黑暗里烁烁发光。

"我就说嘛！"庞砺石一拍桌子，"神神秘秘地把我们招来，还不告诉要抓谁，我早就猜到是条大鱼！"

"哥们儿，"赵仙迪还没说什么，李千帆先忍不住站了起来，"这是开会，不是打牌。她是主管，你先让她说完。"

"你在跟我说话？"庞砺石转过头来，眼神很是不善。两人互相瞪了起来。

"Richard He，原名，机密。国际代号 Alkaid，中文化名贺摇光，"赵仙迪加快了语速，声音变得坚定有力，"第一代猎手，原费城派。10 年前叛道，杀死猎手14 人。之后潜逃，到处流窜作案。我们多次对他进行追捕，都没有成功……"

她又停了下来。原因是庞砺石的兴奋劲还没下去，不时跟身边的同伴击掌相庆，吵得人根本说不下去。

"到底是林子里钻出来的，"桌对面的某个新加坡猎手不屑地低声自语，"不看会内新闻的吗？这么大的事，这才知道……"

"新闻我也看，"庞砺石立刻掉转枪口，用夹着雪茄的手指着新加坡人，"报纸上说哪国的神父又性骚扰儿童了——哎，你们有没有份？"

新加坡人立刻拍案而起。

"贺摇光出现在日本北海道，杀了 20 个人。"眼看要打起来了，赵仙迪赶紧抛出谜底，"死者全是银盾的人，其中包括银盾最大的股东之一，达默先生一家……"

会议室刹那间静了下来。片刻之后，爆发出哄堂大笑。笑得最响的就是庞砺石。

"哎呀，真是没想到，"他擦着眼角，"老贺偶尔还干点人事嘛……"

"好笑吗？你们是猎手吗？"赵仙迪的脸色很不好看，"达默是个商人，跟咱们没有仇。而且受害者里还有孩子。就算你们恨银盾，他不值得同情吗？"

她发狠似的按着屏幕，一张张惨不忍睹的尸体照片像一勺勺的水，把房间里的狂热一点点浇灭。最终，那个男孩残缺不全的尸体让所有人都陷入了长久的沉默。

萧北河在胸前画着十字，语调平和优雅，但不难听出强忍的愤怒："他的行踪查清楚了吗？"

"他就在附近。"赵仙迪把幻灯片关掉。

"消息可靠吗？别像前几次那样，"庞砺石冷笑着摇头，"鱼鹰会什么都强，就是情报太烂。有的派别打架不行，就说自己是情报型猎手……"

话音刚落，萧北河身后的两个同伴一起站了起来。

"请庞先生再说一遍。"萧北河没动，长发却好像被风吹了一下，猛地往后一飘。李南枝咣当一声从椅子上摔了下来——这是电胆启动的迹象。

"我都说了一百遍了，也不在乎再重复一遍，"通红的雪茄头指着萧北河，蓝色火花开始在庞砺石指间出现，"你们这些……"

"4个小时之前，"赵仙迪甩出重磅情报，"我跟他交过手！"

争吵停止了，所有人都怔怔地看着她。

05

"……总之，我在对掌时，指间夹了追踪针头。示踪剂已经进入了贺摇光的体内，他的行踪逃不出我们的监控。"赵仙迪把事情大概说了说，然后亮出一个手机大小的东西。

所有人都用全新的眼神审视着这个不熟悉的姑娘。李南枝也在内——他没想到，赵仙迪看起来大大咧咧，居然一直留了一手。人们开始交头接耳，每说完一句，就抬头看看她，赞许地点头，连李南枝也跟着沾了光。

"我以为是新人，没想到是高手啊！入行几年了？师父是谁？"

"我是刚入行，"李南枝不认识问话的人，但依旧殷勤还礼，"我师父……"

他不敢节外生枝地提太多细节，于是用目光请示赵仙迪，结果却发现李千帆在瞪着自己。

"哎哟，收徒弟了……"他冷笑起来。

人情世故虽非李南枝所长，但毕竟岁数在那摆着，两人之间那点关系还是看得出来的。他刚要急忙解释，却被赵仙迪打断了。

"怎么，不行吗？"她似笑非笑，口气要多气人有多气人。

"就这货？"他目光很是不善，"你怎么挑都不挑呢？哪里冒出来的东西……"

"他自己选择装上电胆，加入鱼鹰。你呢？"

不明不白的一句呵斥，李千帆脸上红一阵白一阵，说不出话来。

"不对啊，"庞砺石琢磨了半天，忽然不停地摇头，"你跟贺摇光对掌？那你怎么活下来的？"

此言一出，赵仙迪脸上微微变色。

"你什么意思？"李千帆扭头就要发作。

"你是觉得我上了他的当，"赵仙迪也火了，把口香糖吐在地上，直视着庞砺石，"还是觉得我跟他串通好了骗你们过去？"

"他为什么没用最高功率？"庞砺石不依不饶。

"一来是因为他在全速奔跑，没能全力升压聚能。二来是他不清楚李南枝的能耐，怕他偷袭。第三……"

"第三就是他感觉到了你用针。"庞砺石不屑地摇头，"如果他知道你用了追踪针，还有什么意义？"

"对掌的时候手是麻木的，"赵仙迪激动起来，"再说就算他知道了，也没有办法——我用的是第五代追踪针剂，沾血就会迅速流遍全身。除非把全身的血液排空，否则不能躲避追踪。"

"第五代针剂代谢时间只有 8 小时。为什么不用第四代？这个都没搞清楚，怎么做主管？！"

李南枝觉得这帮人聊起天来简直不是正常人，一句客套没有，个个直来直去，专拣难听的说。他的感觉就像生活在父母冷战家庭里的孩子，生怕力大无穷的大人随时会打起来。

"时间紧迫，大家应该通力合作……"陈文昌赶紧打圆场，"卫星快来了，不要无谓地争吵……"

李南枝再一次震惊了。他没想到自己还是低估了鱼鹰会——他们居然还有颗卫星？

"我不是针对她，我是信不过所有费城的人——贺摇光以前也是费城的。"庞砺石似乎对激怒别人感到很有成就感，又指着李千帆，"这个人也是。"

李千帆脸一红，冲着他走去。陈文昌赶紧拉住他。

"这个活，可以说是百年不遇。他杀了银盾的财神爷，银盾能不重金悬赏吗？"陈文昌满脸的老成持重，"你们闹什么？抓住了，个个当百万富翁不好吗？"

此言一出，气氛果然缓和下来。大家都兴致勃勃地等着答案，连李南枝的耳朵也竖了起来。毕竟，这是他愿意冒生命危险的唯一理由。然而赵仙迪却犹豫起来。

"银盾没有追加悬赏。"她深吸了一口气，"他们给了一星期时间。到9月26号，如果我们抓不到贺摇光，就撕毁停战协议，重新开战！"

06

怒吼声几乎把屋顶掀翻。

"贺摇光早就跟鱼鹰没关系了，凭什么这么威胁？"

"打就打！欺人太甚！"

"谁怕他们？！"

"各位，各位！"陈文昌站起来大声疾呼，"这不是谁怕谁的问题！就算银盾不出钱，总会还有300万的赏金呢。有生意总比没生意好……"

"这不是生意！"庞砺石双目尽赤，须发皆张，"打了11年，我们古晋派牺牲了几十个兄弟，我唯一的徒弟都搭进去了！我们流血，不是为了有朝一日给银盾当狗！"

"陈先生是前辈猎手，请你不要这么对他说话。"萧北河冲着庞砺石提高了嗓门。

"这时候了还不忘拍马屁？你们东陵派还真是野狗成精！"庞砺石直接跳上桌子，"满嘴上帝、制度、各种大道理，其实鼻子比谁都灵，整天抢我们的生意！"

"难道东南亚的罪犯，只准你们古晋派抓？"另一个新加坡猎手怒吼着。

"你们想分婆罗洲的生意，好啊！可银盾坤甸派的狗东西找上门来，你们躲到哪里去了？！"

"别吵了！"赵仙迪大声喊着，却没有人听。她万万没想到，自己主持的第一次行动，开会阶段就谈崩了。

"都住口！"

呼喝声突然从门口传来。这声音不算大，却像火车相撞、轮船刮擦，让李南枝心脏一颤，五脏六腑都难受不已。循声望去，几个人正从大门外走进来。为首的是个消瘦的男人，灰猎装、牛仔裤，两颊如刀削斧砍，一双眼睛藏在高高的眉骨下，闪着寒光。

"崔前辈！"几个低级猎手站起来，九十度鞠躬，"您来了！"

片刻间，喧嚣都停止了，只有一些窃窃私语传到李南枝耳中。

"是'催命判官'崔敏孝！"

庞砺石愤愤地从桌子上跳下来，坐回座位。整个会场，只有陈文昌还站着。

"华城派崔敏孝兄弟，"陈文昌显然有些惊讶，旋即又满脸堆笑，"没人通知你要来啊……"

"既然银盾下了最后通牒，厉前辈亲令，亚太大区重新进入战时状态。按照会规，战时行动超过5人，必须有监察委员监督。"崔敏孝语气中不带任何情绪，径直走到赵仙迪面前，"你是行动主管？"

赵仙迪脸一红，点了点头。

"开个会怎么搞成这个样子？"他的目光在每个人身上扫视一遍，"行动的时候怎么办？"

赵仙迪无话可说，脖子上青筋暴露。

"这是总监察厉司危前辈的手令。"崔敏孝盯了她一会儿，终于掏出一个信封，"你我必须一起看。"

信封打开，两人把头凑在一起，共同阅读。命令似乎不长，但是李南枝看到，读完之后，赵仙迪脸上有些迷惑。

"最后一句什么意思？"她低声问。

"厉前辈的命令，不用你理解，记得执行就够了。"崔敏孝冷冰冰地回答。手一晃，信纸燃烧起来，化为灰烬。

然后，他缓缓扫视着现场每一张脸，现场鸦雀无声。

"庞砺石、萧北河兄弟，你们都是对鱼鹰有巨大贡献的猎手。"崔敏孝彬彬有礼，但是面无表情、声音冰冷，像个机器人，"古晋派是对银盾作战的主力之一，东陵派是鱼鹰东亚的主要情报来源。但是……"

他把双手撑在会议桌上，像是一匹凶狠的狼。

"你们更应该知道我是谁，是干什么的！我是亚太区最高纪律监察会执行委员，负责监督、纠察、清除叛徒。今天，不管是谁，但凡耽误了抓捕贺摇光，我都有权直接处决。而且，我绝不会犹豫！"

大家都不说话了。

"小崔的意思啊，就是这次一定要成功，不能再打了！"陈文昌本来是要打个圆场，但是一说起这个话题，情绪便激动起来，几乎声泪俱下，"大家想想，内战前，过的是什么日子，现在呢？我们江门派，当年也有十几号高手，现在就剩我一个人。十几年，一共接了不到 10 单生意。要不是老宋给我几个泰国的案子，我早就要饭去了。我也是老资格猎手，一把年纪，过年见了亲戚头都抬不起来，那娘们儿张嘴就是你没本事，我要跟你离婚……"

"诸位，"看到底下有人开始憋不住偷笑，崔敏孝打断了他，"现在是鱼鹰会生死存亡的关键时刻，我希望每个人能够捐弃前嫌和杂念，齐心合力，一起抓住贺摇光这个败类！都明白了吗？"

07

巨大的卫星图片被打在投影屏上。这是一颗水文卫星，每 115 分钟绕地球一圈。它扫描的图片经过特殊处理，可以显示出示踪剂的位置。

"这是你们交手之后拍的？"崔敏孝的口气完全是询问下属。

"交手完毕之后 50 分钟，卫星第一次经过时拍的。"赵仙迪指着图片，"10 分钟之前刚刚分析完。"

"你为什么要用第五代示踪剂呢？"崔敏孝提出了跟庞砺石一样的问题，"第四代更好，有效期是 10 天。"

"第四代针剂副作用太大，被注射的人很容易觉察到……"

"大错特错！"崔敏孝一点面子都不给，"第五代示踪剂是为了敏感抓捕开发的，为的是即使抓捕失败，警方也查不出什么痕迹。第四代才是战争用的！抓贺摇光，就是一场战争！这一点搞不清楚，绝不可能成功！"

赵仙迪牙咬得咯咯响，最终没有说话。

"衡水附近……往西走了……"崔敏孝的手指在图片上慢慢移动，最终停留在那个清晰的红点之上，"他一开始从什么方向来的？怎么来的？开的什么车？他身体状况如何？"

一连串的问话之后，崔敏孝抱着双臂，闭目沉思。

"附近能换电胆的医生有几个？"他忽然又问。

"在忻州附近有一个，"陈文昌赶紧补充，"但是已经脱籍七八年了，所以资料上没有。我记得他姓林。"

"分队。"崔敏孝睁开眼睛，"分成三队，200公里半径，在他活动范围的极限建立集合点，分头等候。一旦下一张卫星图片分析完毕，马上会合围捕。"

"明白！"

所有人鱼贯走出会议室。崔敏孝以不容置疑的口吻念出名字，把人分成了三队。李南枝心中喜忧参半。喜的是抓捕工作终于有了主心骨，这么多人去抓贺摇光，十拿九稳；忧的是就连他都看出来，赵仙迪被夺权了，不知她承诺的分钱还算不算数。

"崔监察！"赵仙迪忽然站出来。

"怎么？"崔敏孝转过身来，"还不够？"

这话讽刺意味很重：萧北河、庞砺石、李千帆，甚至陈文昌都在赵仙迪麾下。崔敏孝要走的都是无名小卒。

"不，够多了，"赵仙迪的表情决绝而坚定，"所以我要求把李千帆分到别的队去——我要换人。"

此言一出，大家都是一愣，然后议论声像马蜂炸窝一样笼罩四周。李千帆先是目瞪口呆，然后脸色铁青地看着赵仙迪。后者也不避开他的目光。人群中，两人旁若无人地对视着。

"你要换谁？"崔敏孝依旧面无表情。

"这就是我之前提过的那人……"赵仙迪一把把李南枝拉到身边,"既然你也是主管,那么就不需要投票了,只需批准一下……"

"没别人反对的话,我也没什么意见。"崔敏孝看起来毫无兴趣,转身就走。李南枝心里一块石头落了地。然后他发现赵仙迪好像比自己还兴奋。

"Yeah!"来到这里之后,她似乎是第一次忘了拘谨,喜笑颜开,高举右手。

啪,两人响亮地击掌。

"我反对!"

怒吼把李南枝吓了一跳。回头一看,李千帆大踏步走到圈子中央,脱了夹克往地上狠狠一摔。

"你干什么?!"赵仙迪顺势跟他翻了脸。

"凭什么?!"看到她为这么个外人动气,李千帆更加恼怒,"你凭什么这么羞辱我?你怎么就针对我呢?!咱俩认识这么多年……"

"6年。"赵仙迪面无表情地更正他。

"对,对,6年。"李千帆怒极反笑,"6年,咱们一起出生入死那么多次……"

"什么死不死的,那是你的工作,"赵仙迪冷笑起来,"反正你就是这么看的对吧?一份工作。"

其他人看着两个费城出身的人针锋相对,丝毫没有上来劝架的意思。李南枝站在一旁,手足无措。

"你真的要用个菜鸟取代我?"李千帆一字一顿。

"他比你强。他的心思不光在女人和钱上,"赵仙迪丝毫不给他留面子,"银盾不是请你加入了吗?年薪多少?你什么时候入职?"

李南枝终于恍然大悟,为什么大家都对他阴阳怪气。李千帆把头扭到一边摇晃着,好久才调整好情绪,嘴角抽搐着望向赵仙迪。

"对,我就知道女人,"他忽然提高了嗓门,"我犹豫了那么久,就是为了个女人!没想到,还是个错误的女人!"

他一把抓住李南枝的肩膀。

"你干什么?!"赵仙迪急了。在猎手的规矩里,不经允许接触别人的身体就等于袭击。

"崔监察！"李千帆松了手，却冲崔敏孝喊了一声，"按照会规，我有没有提出质疑的权利？"

"当然有，"崔敏孝不耐烦地看看表，又看着三个人，"四级以上猎手有权质疑队员会影响行动成败，可以申请对其进行考察。"

"好，"李千帆指着李南枝，"我现在质疑这个新猎手夸大自己实力，骗取奖金！"

崔敏孝打量了两人片刻，点了点头。

"崔监察！"赵仙迪惊呼。

"就这么定了，"崔敏孝看了看表，"给你们 5 分钟时间。"

08

"过来！"赵仙迪气急败坏地把李南枝拉到一边。

"对，对，好好教教你的新徒弟！我倒是要看看，他有什么能耐！"李千帆在一旁叫嚣着。

"怎么考察？"李南枝傻傻地问。

"就是比武……"

耳朵里"嗡"的一声。

"不不不，不是，"他结结巴巴地擦着汗，"大……大家好好说说，不打行不行？"

"你必须迎战，必须坚持 5 分钟！否则他们就销你的籍，取出你的电胆！"

李南枝眼睛圆睁，大汗淋漓，一个字都说不出来。

"你别怕！"赵仙迪的声音低得像压到底的弹簧，其中的张力让人揪心，"他武功也不怎么样……"

"再不怎么样也比我强啊！"李南枝终于驴叫出来，他满脸通红、青筋暴露，浑身打摆子一样，"我怎么跟他打？我才……"

"听好！"赵仙迪狠狠推了他一把。看着她狮子般凶狠的表情，李南枝终于清醒过来。

"我看出来，你有格斗功底，对不对？"

"对……南拳不行，长拳、推手都没问题……"

"Boxing？"这些武术锦标赛专业名词赵仙迪根本听不懂，"那就够了。记住，第一，憋住一口气，保持电胆输出，电千万不要断……"

李南枝慌乱地点了点头。

"第二……第二……"可能是要嘱咐的太多，她一时语塞。

"好了没有？"李千帆在不远处挑衅地不停跳动，"派出来吧，别舍不得！"

赵仙迪一把把他推了出去，"记着给我狠狠地打就行了！"

"开始吧！"崔敏孝一声令下，李南枝机械地走向圈子中央。两个男人面对面，开始慢慢转圈。

"来啊，来啊！"李千帆猴子一样在跳动，面孔因为兴奋和仇恨而变形，"第一招我让你打！"

"等等！"李南枝忽然举起手。

"怎么了？"崔敏孝皱了皱眉头。

"我说……领导，"李南枝点头哈腰地干笑着，"咱们这个考核不能出人命吧？"

其他猎手哄堂大笑。赵仙迪无奈地捂着额头。

"怎么？"庞砺石笑着吐了个烟圈，"你害怕打死他？"

"不是不是……"李南枝赶紧摆着双手。

赵仙迪急火火地跑上来，出手如电，点了他几个穴位。

"你干吗？"李南枝一激灵——于振恒那事之后，他最怕别人乱点自己穴位。

"电胆其实是个电池组，"赵仙迪似乎比他还紧张，"切磋的时候可以封住其他的，只动用其中一个单位能量的几分之一。这样可以避免危险，也不让外人感知到脉冲。所以你不用担心，他打不死你……"

"考察比武不能升压，不能放电超过半秒，不能电击心脏和后脑。"陈文昌看出他什么都不懂，于是大声重申规则，"总之不会出人命的。打到对手算一分。最后看谁得分多。"

李南枝长出一口气，甩甩头，强迫自己摒弃杂念，认真审视着对手。

不让用高压，你电不死我，我就不用怕……不就是疼吗……疼算什么……

脚步乱七八糟，明显没有拳击的底子……

耳朵轮廓正常，没有练过摔跤……

可他是资深猎手啊，肯定有什么绝技吧……

恐惧逐渐发酵，压力层层加码，最终把李南枝压得双腿发抖、呼吸不畅。他知道，自己必须立刻进攻。否则，不知道还能撑几秒。

"啊！"一声怒吼，李南枝右掌闪电般挥了过去。李千帆身子一晃，右手变戏法一样搭在了他的手腕上。

电！

剧痛像蛇一样沿着右臂朝肩膀钻了过来。李南枝觉得半边身子一麻，重重地摔在地上。

"一比零！"陈文昌宣布。

"暂停！"赵仙迪的脸出现在眼前，"你没事吧？！"

剧痛也压不住的感动令胸口热了起来：多少年的奔跑、跌倒、再奔跑，从没人这样问过一句。

"没事！"他大喝一声，爬了起来。

"刚才怎么搞的？！"赵仙迪的温柔消失得无影无踪，扭头朝李千帆怒吼，"你要电死他吗？你犯规！"

"我犯什么规？！"李千帆也不甘示弱，"你没证据不要血口喷人！"

"都有电流斑了！"赵仙迪抓着李南枝的胳膊向大家展示。

"行了行了，"崔敏孝不耐烦地一挥手，"接下来只准用声波。"

"啥？"李南枝傻了。

"我不是教过你吗？！"赵仙迪还没平静下来，说什么都像吼。

"不是……那是树，"李南枝觉得她脑子坏了，"他怎么可能站在那里让我慢慢调频……"

"你听我说，把频率调到 6.7 赫兹……"

"我哪能调到这么精确？"李南枝终于也急了。

赵仙迪二话不说脱下夹克，露出战术背心。

"把手放在这里！"她不耐烦地抓着李南枝的手贴在自己赤裸的肩膀上。

在场的猎手都愣了。李千帆气得浑身哆嗦。

"闭上眼睛，指尖保持放电……上腹压升高，频率升高，下腹压升高，频率降低……"赵仙迪像个瑜伽老师一样指导着，"再低、再低、再低一点……停！"

她忽然伸手指着李南枝的手："你感觉到了吗？"

李南枝点了点头，手指明明没有离开过她的肩膀，感觉却好像狠狠推了她一把。

"这就是测频！这个是电测法！"赵仙迪按住他的手背，"共振一次，你的系统就自动把声波调到这个频率。"

她用手指在李南枝几个穴位上暗暗一压。

"我把你的变频电路锁了，这样你的频率就只能到这么高，"她压低声音，让李南枝意识到这样做大概是犯规的，"李千帆的肩膀，共振频率比我稍低一点，打的时候往下调一点就行。来，你再打我几次！"

"你疼不疼……"

"快他妈做！"

测频、推掌。李南枝闭上眼，一次又一次地尝试着。终于，几乎每一次他都能感受到掌心的震动。他高兴地睁开眼睛，却看到赵仙迪咬着牙在忍着。

"记住这个频率！"赵仙迪怕他又要浪费时间问自己疼不疼，"这就是每个猎手最大的秘密！"

"那你怎么能让我量你的？"李南枝心头一震。

"废话，因为我信任你！"赵仙迪毫不客气地朝他背上一推，"上！给我打他！"

09

再次站在圈中，刺来的是李千帆要杀人的目光。

"镇定，镇定……"李南枝心里默念着，屈膝下蹲，右手前伸，调动肌肉挤压几个穴位。电流从电胆流出，逆变、调频……

然后他马上就发现了另一个问题：躯干一直用力，打人的时候用不上劲。

"这可怎么……"

脑子里忽然灵光一闪，喜上眉梢。

以前，他并不喜欢别人叫他武林高手，因为他觉得自己不配——他是套路冠军，换句话说，他招式使得比别人漂亮、比别人快，并不意味着打起来就比别人强。后来学了散手跟人真打，越发发现传统武术有其难以克服的短板——论命中率和速度还成，但是说到力量，真的比不上散打、拳击。

然而现在，他忽然发现，这个短板不存在了：有电、有声波，还要力量干什么？快、准，就是一切！

吼声惊雷般炸响，李千帆已经冲到眼前，右掌斜劈下来。只一招，在场的猎手对他纷纷刮目相看：快速凶狠、简洁严整，不愧是名门出身。啪的一声，两个身影交错、分开。大家惊讶地发现，李南枝还站着。他居然挡下了这一击，并且在一瞬间跳到了3米之外。

"仙迪，"陈文昌有点不敢相信，"他真是新人？"

"还跑？！"李千帆双掌如刀劈斧砍，攻势如疾风暴雨。李南枝见招拆招、闪转腾挪，虽然狼狈被动，却总能跟他的手掌保持三五十厘米的距离。大家脸上的表情越来越惊奇，纷纷开始讨论李南枝的武功由来，并且猜测他还能撑多久。

"Come on!"最激动的就是赵仙迪，她攥紧双拳，全神贯注，嘴里不停地大声呐喊，"给我坚持住！打！有机会就打！"

李千帆万万没想到自己居然到现在还拿不下这样一个菜鸟。眼角的余光瞥见赵仙迪的样子，热血猛然冲到了脑门。他双眼发红，双耳蜂鸣，放声怒吼，使出了看家本领，几招之间就把李南枝挤到了人墙边缘。

"死吧！"左手如长刀般劈了下去！

李南枝无处可躲，无处可退，只好左手抬起，硬接这一掌。

"别硬挡！"赵仙迪万念俱灰地叫喊着。

啪！

她闭上了眼睛。

一切都完了。她知道，李千帆这一掌足以打断他的手臂。

"看！"在旁人的惊呼声中，赵仙迪猛地睁开眼，看到了一幅令人难以置信的画面——李南枝的左臂好像忽然有了磁性，魔术般粘住了李千帆的手臂。他腰胯用力，翻转引化，顷刻间把对手的重心引偏。一个趔趄，李千帆失去了平衡，与此同

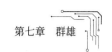

时，一掌拍在了他的肩头！

这一招，正是标准的形意炮拳！

嗡！

李千帆半边身子一震，连退两步。

"一……一比一。"在众人震惊的目光中，陈文昌再次宣布比分。现场对李南枝表现不满的人只剩赵仙迪。

"怎么回事？！这么简单的降频都没调准？！"发现李千帆没被震倒，她像个家长会上拿回成绩单的母亲一样拍着手心大声质问，"你能不能用点心？！"

"最后一分钟！"陈文昌的声音令她的表情顿时一变。

"坚持一分钟，决不出胜负，你就通过考察了！"她抓着他的双臂，"要防守！你会擅长防守的拳吗？"

"咦？"

再次进入圈中，李南枝摆出一个在场人都很陌生的架势——双手成钩，一前一后，弓步下沉。

"哎哟，"只有陈文昌扶了扶眼镜，"这不螳螂拳吗？"

螳螂拳是北方拳种的一个大宗，最突出的特点就是快速凶猛，尤其擅长截断对方的拳掌进攻——也就是专业术语里的"接手"。

大喝声中，李千帆又扑了上来。然而这次，李南枝没有躲——他右手快如闪电，砍向对手的手腕。噼啪声中，两人寸步不退、近身快打，四只手快如流星，腕、肘、臂相碰之声连绵不绝。李南枝身体摇摆躲闪，如风中枯叶，仿佛随时会被对手的掌风撕碎，然而任凭多少狠辣招数从身边擦过，就是拿他无可奈何。时间一秒一秒过去，大家都看愣了。谁也不敢相信，一个新手，能跟李千帆这种成名猎手对攻这么久。

嘀嘀！嘀嘀！

闹钟声音响了很久，陈文昌才叹了口气，把它关上。四下里一时鸦雀无声。李千帆无地自容，捡起衣服，气呼呼地消失在门口。

"一比一。平局。考察通过。"

第八章　歧路

它吞噬着每一条光线，宛如神秘巨兽的嘴。

01

9 月 22 日　周四　凌晨

距离移植最后期限还有 5 天

经费缺额 65540 元

引擎轰鸣，车灯炫目。一辆目测 30 多吨的集装箱卡车驶出物流中心，几辆黑色轿车紧紧跟随。

"这车好。"停车场，李南枝胳膊架在车窗上探出头来，啧啧赞叹。

"当然好了，换成人民币好几百万呢。"

一扭头，陈文昌也趴在后排窗户上看。

"这么贵？"

"不是车。贵在那个集装箱上，"陈文昌指着耀眼的尾灯，"里边是全套的指挥通信设备，可以跟全球加密联系，就是个移动的指挥部。刚从日本运过来的……"

"你听见了吗？几百……"李南枝满脸新奇地扭头想跟副驾驶座上的赵仙迪分

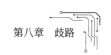

享，却发现她在嚼着口香糖出神。他马上就意识到明明她才是行动主管，总部为什么没给她配这么一辆呢？

"陈前辈……"由于没有架子，陈文昌成了第一个李南枝敢于闲聊的前辈猎手。

"叫我老陈就行。"

"老陈，"李南枝壮着胆子叫了一声，"这个韩国人，是什么来路？"

"他啊，本来是华城派掌门家的老二。武功很好，大概是第三代猎手中的第一人。人不坏，就是跟着那个日本娘儿们儿搞监察工作时间长了，有点不近人情……"

"仙迪，"他看出赵仙迪脸色不好，"小崔这人可能说话办事让人不舒服，但其实没有恶意——他真的只是太想抓住贺摇光而已。不信你看看分队，明显是照顾你……"

此言不虚。这一队虽然只有6个人，但除了李南枝，全是高手。崔敏孝挑走的只是6个不入流的猎手。

"再说他也不算抢了你的位子——最后算起来，你还是指挥，他最多算个监军，分成要比你少起码5个百分点……"

陈文昌对于怎么分奖金这件事似乎非常熟悉，各种数据信手拈来。赵仙迪扭过头去想说点什么，一时插不上话。忽然，车门打开，一个熟人上了车。

"先说清楚，"李千帆大咧咧坐在后排，把萧北河挤到陈文昌身旁，"厉监察把我分配来的。我还不想来呢。"

"你到底想怎么样啊？！"她满脸的无奈和不可思议。

"后边那辆车比较空。"萧北河不明白他为什么要来这里挤着——由于没人愿意跟庞砺石同车，所以他自己开着辆硕大的商务车跟在后面。

"你怎么不去？"李千帆嬉皮笑脸地拍了拍椅背，"开车吧！"

卡车发动，缓缓驶离物流中心。广播里放着俗不可耐的流行歌曲。换了几次台，偏偏没有路况播报。广播关掉之后，驾驶室里依旧没人说话。最后李南枝实在受不了压抑的气氛，又开始放自己的歌听。

"老陈，"他挑了个安全话题开了口，"你在鱼鹰会里，是个元老吧？"

"元老说不上，"陈文昌哈哈一笑，"我入会比较早而已……"

"那你能不能给我讲讲，银盾到底是个啥玩意儿？"

驾驶室里安静了两秒，然后爆发出笑声。

"'银盾是个啥玩意儿'，"陈文昌指着李南枝，跟李千帆一起笑得前仰后合，"行，万一真打起来，你这话可以当咱们的口号了……"

萧北河也忍不住露出笑容。

"我说哥们儿……"李千帆拍着驾驶座靠背，想补充两句笑话，可是旋即就想到自己刚刚因为这个新手丢了面子，强忍着闭口不言。

"你这新手还真是货真价实……"陈文昌笑容渐渐收敛，"这么说吧，银盾跟咱们，本来是一家。"

02

"鱼鹰会的创始人叫梁天枢。他发明了电胆、电脉，还有整套的应用方法。不管怎么说吧，他算是咱们的祖师爷，所以鱼鹰基本都是华裔。银盾老一辈也是。现在不一样了……"

"对，他们各种人都收。"李千帆连连点头，随即撇了撇嘴，"不像咱们，太保守……"

"不过这位祖师爷岁数也不大，"陈文昌继续说道，"他干那些事，也就是30多年前——那时候，是赏金猎手的黄金年代，光靠着抓逃犯，鱼鹰会就发了家，扩展很快。可是人一多，想法也就不一样了，很多人觉得，我一身本事，凭什么只能抓逃犯挣钱呢？多危险！其他路子，比如说，当保镖不是来钱更容易吗？"

李南枝一愣，然后也不自觉地开始琢磨——等这事过去，是不是也可以这么挣钱？

"按理说，这也不是不能商量——最起码在我看来，当保镖也不算伤天害理，更不违法。可是梁天枢却不肯通融，他下了一道死命令：猎手，只能以捉拿逃犯为生。否则就算叛道，立刻开除，收回电胆！

"这道命令一下，会内可热闹了，大家吵得不可开交。很多老弟兄都劝他，不要这么死板保守。可是梁天枢非但不通融，还采取了一系列的强硬措施来执行这道命令：武功必须师徒相传是一条……监察委员会也是那时候建立的……最后，他还

亲自开除了鱼鹰会的几个创始人……"

"内战就是这么打起来的？"李南枝恍然大悟。

"不是，不是。"陈文昌苦笑着不停摇头，"还没开始打的时候，梁天枢就死了。他一死，猎手们就分成了两派。坚持梁天枢主张的，留在了鱼鹰。不同意的，出走，成立了银盾。鱼鹰会就此分裂了……"

陈文昌叹了口气，眯起眼睛，好像在回忆往事。

"其实啊，分家也没什么，"过了一会儿，他回过神来，"各走各的路，挺好。但这里边有一个问题：一个抓人，一个保人，总会出现巧合是吧——我抓的人，是你要保护的，你说咱们怎么办？打呗……"

"这事可没这么简单，"赵仙迪终于忍不住插话，"那帮狗娘养的把总会的电胆全偷了，还放了火……"

"可事情的起因不还是英国那事？"陈文昌不以为然，"反正打起来了，一打11年——硬生生把咱们这个行业从日进斗金，打成了现在这个鬼样子……"

手机铃声忽然响起。陈文昌拿出手机，满脸紧张地接听。

"死老嘢，系边度啊？！"一个很泼妇的声音不开外放都听得一清二楚。接下来的半个小时，就是陈文昌跟这个女人对骂。李南枝广东话不怎么样，但最后也听懂了主要内容：女人问他在哪里，陈文昌说自己在赚钱，女人说你个废物能挣个屁钱——上万字的通话，剔除脏话之后就是这三句在一直重复。

"气死我了……气死我了……"陈文昌挂电话的时候手都在哆嗦。

"怎么了老陈，"李千帆有点幸灾乐祸，"出轨被老婆发现了？"

"出个鬼！一个都烦死了，"陈文昌脸色铁青，"就知道钱钱钱，专拣人多的时候闹，搞得我过年都不敢跟亲戚聚会……"

"我说靓女，"陈文昌拍着赵仙迪的座椅靠背，"这次一定要成功啊。真的不能再打了。再打，我们猎手就没活路了……"

"放心吧，"赵仙迪转过身来，嚼着口香糖郑重承诺，"一定成功。"

"面对21个猎手，他绝对没有机会。"萧北河带着同情的目光补充道。

"300万，21个人……"陈文昌又高兴起来，拿出手机开始算，"不对，亲手抓到的那队才是双倍，辅助的减半……"

算来算去，总是以摇头告终。

"弄不好连股市赔的钱都填不上……"他不停地摇头叹息，"……我当年怎么就干了这一行呢……"

这话头脑正常的没人敢接。但是李千帆显然不在此列。

"对啊老陈，你怎么当了猎手呢？"

"这事我知道，"赵仙迪忽然兴致勃勃地转过头来，"他加入鱼鹰，是为了一个女人。"

"你怎么知道？"陈文昌吃了一惊，"你爸跟你说的？"

"我也知道。"萧北河也一脸钦佩，"我在费城培训的时候，读过你的案例。"

"嘿嘿，你的案例，女学员都喜欢……"赵仙迪大咧咧地抬起一只脚踩着座椅，"你在泰国，一个人干掉了一个绑票团伙，救出了你的女朋友，对吧，大情种？后来你们怎么样了？她现在在哪里？"

陈文昌愕然。

"哦，明白了，花花公子，"赵仙迪像个酒吧里的醉鬼一样笑着，"没事偷偷联系一下嘛，我爸告诉我，每当怀疑当猎手值不值的时候，就去跟你救过的人谈一谈……"

"联系，怎么不联系？"陈文昌哭笑不得，"刚才不是才打完电话吗？"

驾驶室里的空气霎时结了冰，然后被李千帆的狂笑击得粉碎。

"什么都是假的，就钱是真的……"陈文昌最后也跟着笑起来，"不管你干过什么丰功伟绩，都会被忘掉，都没法让人感谢一辈子……我这辈子，干过的好事可能不算多，也得有几十个案子……可几十岁的人了，怎么就混成了这个样子……"

他把头靠在椅背上，视线消散在半空中，好像在回味一场梦。

03

社会就是　人和人之间的战争

自身利益　是人唯一　可靠的动机

在这场关于生存的竞争中

我既不成功　也不自由　十分疲惫

……

尹吾颓废的歌声中，陈文昌不再说话，静静听到结尾。

"行了，也该你们说说了，"他勉强恢复了笑容，"为什么加入鱼鹰会？"

"我以前是个律师。"萧北河很认真地回答。

"律师？"李千帆打量着他的神父袍和手里的念珠，"那你这身打扮是什么意思？万圣节打折买的？"

"我现在的确是神父。但在那之前，我也的确是个律师。"萧北河说话一个多余的停顿、重复都没有，"在多年的工作实践中，我发现了司法体系的一些弱点，或者说急需补强的地方。我做猎手，就是为了解决这些问题……"

他讲了半天，没人回应——没人知道他在说什么。

"你呢？"陈文昌赶紧问李南枝。似乎是怕萧北河再补充两句。

"我是……"李南枝犹豫了一下，"为了钱。"

"这你可来错地方了，"陈文昌苦笑着，"鱼鹰穷啊，猎手出去抓人，还要先自己掏腰包，抓住了才给赏金，抓不住自认倒霉。亚洲大部分案子赏金都不高。好不容易碰上个高的，还有好多人分……"

"我只需要8万块钱。"

卡车堵在车流里，走走停停。趁着这工夫，李南枝把自己的故事讲了一遍。他讲了自己干傻事毁掉前途，讲了自己多管闲事进了监狱，讲了自己不幸的婚姻，讲了父亲，讲了女儿的病，讲了手术在即毁约的捐赠者。一开始只是简略说说，可是越讲越详细，越讲心中的气越足，最后滔滔不绝，事无巨细，把一切都和盘托出。

"总之吧，就是这么个事。我不图发财，只是我闺女……"他好像忽然从醉酒中清醒，发现卡车早已在高速上飞驰，同时开始觉得刚才说的话那么难为情，"嗐，大战临头，我说这个干吗？"

闭嘴之后，周围的沉默令他更后悔讲了这些屁事。然而扭头一看，李千帆的眼圈红了。

"这他妈叫什么事？！"他一巴掌拍在车门上，"没人管管吗？！"

李南枝被吓了一跳。一般人——包括他自己——提起这事，用到的关键词只有"傻""冲动""管闲事"以及"不懂法"。听到李千帆的怒喝，他一时说不出话来。

"也不能说判错……"萧北河双臂交叉抱在胸前，"在很多国家这样做的确是要负法律责任的……"

"这么判还没错？"

"你要想想立法的初衷和可行性。"萧北河没有丝毫的情绪起伏，"如果每起肢体冲突都要考量介入者的初衷，法治的成本和低效便是这个社会无法承受的。一个简单的例子：群架。每个人都可以说，自己动手是为了保护同伴……"

"那也不能乱判啊？"李千帆似乎完全忘记了半小时前跟李南枝的恩怨，"见到坏事还不能管了？"

"他可以报警。"

"要是没带手机呢？"李千帆寸步不让。

"其实我……"

"他可以叫人。"

当事人李南枝的话反而没人听了。

"要是叫不到人呢？"

"他可以把作案者吓跑。"

"那人知道他不能动手还跑什么？"李千帆较上劲了。

"对正在进行的恶性犯罪，是可以使用暴力阻止的。但是时间点很关键，"萧北河手托着下巴，"假如他干预的时候，犯罪尚未开始，那是不行的——这叫事前防卫；同理，如果已经结束或者中止，作案人只想逃走，他也不能使用暴力，否则就是事后防卫……"

"对对对，我就是不懂法……"李南枝已经形成条件反射了，每次提到这事最后都要补充这么一句。

"对，你不懂法——但那不是你的错！"李千帆寸步不让，"都动手了，还不能早不能晚，人怎么能掐得那么准？"

"就算时间点对了，防卫也不能超过侵害的程度，"萧北河已经看出李千帆就是来抬杠的，只是淡然一笑，"比如说，你不能把小偷打死，不能撞死偷车贼。

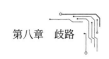

他下手太重了。那人是个人渣不假，但他的犯罪行为本来也不会直接造成人员死亡……"

"那——捐赠反悔的人法律怎么拿他们没办法？"李千帆渐入佳境，进入了一种找乐的状态，"他们的行为可是会造成别人的死亡。"

"法律没有规定。没有规定就拿他没有办法。"

"就这水平？"李千帆冷笑不止。

"法治是有代价的。"萧北河没有生气，只是叹了口气，"人类社会能逐渐变得文明，是有代价的。"

"代价就是他的一辈子？！"

04

如此生活三十年

直到大厦崩塌

一万匹脱缰的马

在他脑海中奔跑

……

不知过了多久，李千帆抬杠抬累了，驾驶室里只剩"万青"在反复吟唱。李南枝心里久久不能平静。这个世界上终于有人站在他的一边，说了句"你没做错什么"，然而他感到的却不是欣慰或者感动，而是害怕。他怕得要命。他实在接受不了这话后面可能掩盖的残酷真相：难道我这辈子被毁了，是因为我没做错任何事？

"这帮人都不是正常人，说的话哪能当真……过去的就过去了，别想那些没用的……"

李南枝不停在心里对自己进行催眠。然而李千帆还是不肯放过他。

"哎！"大概是耐不住寂寞，他捅了捅驾驶座的椅背，"哥们儿，比武时说的话，不会往心里去，对吧？"

"不会不会，"李南枝受宠若惊，"你跟我打，那是指点我……"

"对，男人嘛，还能因为打一架记仇吗？"李千帆嘿嘿一笑，"我跟你说，你不用担心。抓住贺摇光，8万？80万也都不是问题！"

"80万悬——工龄也是个坎……"陈文昌头也不抬，用手机上的计算器算着。

"我就说嘛，鱼鹰挣钱不行，分钱也不行，"李千帆又来气了，"还搞论资排辈这一套……"

"要是有一天血爪给钱比银盾还多，"这话成功地引起了赵仙迪的反应，"你是不是还要再跳一次槽？"

"8万就够了，我只要8万……"李南枝怕两人吵起来，也不敢问"血爪"是什么，赶紧接过话茬。

"那这事过去了，你怎么生活？"李千帆压下火气，继续问道。

"我平时做点物资回收生意……"

"哎哟，可以啊！"李千帆对他刮目相看，"开垃圾回收站的？不对，那你怎么会缺8万块钱？"

"我……那个……"李南枝不得不说了实话，"不是收购垃圾，是收垃圾……"

李千帆愣了一下，又狂笑起来。

李南枝默默在心里把对此人的定性下调了一档：并不坏，可能只是脑子有点不好使。

"你来当猎手吧，"李千帆笑完了，一副很惋惜的样子，"猎手挣得再少，比收垃圾还是强点……"

"那个……"李南枝赶紧推辞——他早就打定了主意，这事完了之后再也不用电胆，"这行有点危险啊，我还有孩子……"

"一般的活无非就是抓个诈骗犯、杀人犯什么的，很简单。"李千帆不以为然地摆摆手，"别被贺摇光吓坏了，像他这么硬的茬子，一般人一辈子也遇不到。再说，今晚过去，他就不在了。不过……你的武功确实差了点……"

"那是那是……"现在想起之前的比武，自得之情已经烟消云散，李南枝越想越觉得后怕。手臂上的伤还在隐隐作痛，要是没有规则放开打，李千帆第一招就能把他废了。

"你招式不错，但是内力真的不行。赵仙迪，你不是他师父吗？怎么教成这样？"

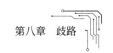

李千帆顽强地又找到个搭讪的机会，但赵仙迪还是没理他。

"内力？"

李南枝忽然觉得这个比方很好——这些东西跟武侠小说里的内力确实很像。内力可以灌注在拳脚或者兵器上增强威力，就像超声；内力可以用掌力施放，造成人的内伤，就像次声；内力的强弱由它经络运转的路径决定，就像电流、电脉、电阀之间的关系……

"其实……"他不好意思地挠挠头，"我学会发电才两天……"

"什么？"李千帆像打量外星人一样打量着他，"两天？"

"不过电胆装了两个多月了。"李南枝尴尬地补充道。

"你的招式也是两天内学会的？"

"不是，"李南枝尽量把语气压得客观而不自满，"我年轻的时候，学过几年武术……"

"哦，难怪……"李千帆点了点头，然后忽然想起了什么，"老陈，以前香港也有他这样的对吧？"

"对，"陈文昌还在头也不抬地算着什么，"最初的那批都是练南拳出身……"

"有意思，"李千帆琢磨了一会儿，莞尔一笑，"有空教教我好不好？"

"不敢当不敢当，"李南枝赶紧谦虚一下，"你比我强多了……"

"互相学嘛。首先，你得学学升压。"

05

说到升压，李南枝当然想学，却没敢直接答应。原因很简单：还没来得及问猎手之间的师徒传承有什么规矩，怕赵仙迪不高兴。

"你看她干吗？"李千帆急火火地指着前方，"好好开车。光听我说就行了。不管是超声还是次声，光频率对了是不够的。瞬时功率不够高，给人挠痒痒都不行，还不如直接用电电人。要提升功率，就要提升能量；要提升能量，就要提高电压。所以你记住了：猎手武学，升压几倍，就是招式威力提升几倍……"

"这个原理对吗……"李南枝记得电工学课本上可不是这么讲的。

"差不离！反正咱们的电路就是这样，你这么理解就行了。"李千帆理论基础看来学得也不好，"来，第一步：要升到二倍压，需要打通的电阀就是CV16和左右LI115……"

"啥？"他说的是穴位的国际标准代码，李南枝听得一头雾水。

"你要说电阀的中文名，"赵仙迪不屑地摇摇头，"是不是鱼鹰教的东西全都忘了？"

"谁说的？"李千帆很不服气，冥思苦想了半天，终于报出了李南枝能听懂的名字：中庭、左右肩髃。

"还要加穴位？"李南枝听懂了，反而更加头疼：加上发电、逆变，打个人要控制多少穴位？浑身使劲，还能动吗？

"不是让你全用呼吸控制，"看到这个"奇才"悟性也就这么回事，李千帆满意地笑了，"看好了！"

说着，李千帆腹部内收、双肩前耸。

"我这么一使劲，是不是肩膀两个穴位就被肌肉挤压、激活了？"

用动作协助调动肌肉……

李南枝恍然大悟，立刻握着方向盘就开始尝试。李千帆在旁边指点了几句，忽然愣住了。

"你感觉到没有？"他用胳膊肘捅了捅萧北河。

"当然……"萧北河轻轻点头，"电场变化强烈——他升压成功了。"

驾驶室的气氛热络起来。两人相互击掌、恭维。李南枝觉得自己回到了当年的学生宿舍。

"嘿嘿，这是鱼鹰七大起手式之一：费城式开局。最基础，也最简单。"李千帆得意扬扬，"这么基础的东西，也不知道有些人怎么不教你……"

"我怕教得太多，"赵仙迪懒洋洋的声音从前排传来，"一不小心打败了某些资深猎手，对方心理上承受不了……"

两人又要吵，忽然嗡嗡声响起，大家的表情顷刻凝固：贺摇光的位置出来了？

06

"有病吧你……"赵仙迪拿起手机，看了一眼，一边回复一边骂，"有了我能不告诉你吗？"

李南枝一看，是崔敏孝发来的消息，重申有了贺摇光的位置一定要第一时间告诉他。

"这韩国人什么毛病？"李千帆早就看他不顺眼。

"他们华城派，本来有十几个人，现在就剩他一个了。"陈文昌的表情好像在犯牙疼，"贺摇光干的……"

李南枝心头顿时阴云笼罩。

"银盾要死的活的？"李千帆忽然紧张起来。

"正式通知上没说。但郑天权私下的口信说是要活的。"

"哎呀，咱们得看好这个人，"李千帆急得直搓手，"万一他为了报仇，把贺摇光弄死了，人家银盾能同意吗？"

赵仙迪冷笑一声。

"怎么了？"李千帆终于被她的态度搞得受不了了。

"真是模范员工啊！"她声音里充满嘲讽，"还没入职，就开始替银盾操心。"

"你有完没完？！"李千帆终于受不了了，猛地一推她的椅背。

"我说得不对吗？"赵仙迪回过头去直视着他，"你本来这个月底就要离开鱼鹰，去那边报到了。看到银盾的最后通牒，你是不是觉得天都要塌了？你是不是恨贺摇光，弄不好会毁掉你发大财的机会？"

李千帆的脸变得通红，嘴唇颤抖，用杀人的眼神瞪着赵仙迪。

"当初我还犹豫了好久……"他的头忽然垂了下去，一边笑一边不停地摇着，"现在看看真是傻……"

这种姿态使赵仙迪脸上显出一点内疚。这时，李千帆却爆发了。

"我为鱼鹰会干了多少脏活苦活？赏金高的活，没人想着我！不禁枪的国家，我跑了多少趟？！这么多年来我对你！我……我受了多少苦，遇到多少危险，没人替我流眼泪！"他拍着自己的胸膛，"费城这样，菲律宾还是这样！等我混出了名气，银盾来请我，我倒成了罪人了？！以前打仗的时候那么艰苦我都坚持下来了，现在两家和平了，我跳个槽还不行了？！"

赵仙迪想说什么，又被他的咆哮打断。

"我告诉你，费城不行，是有原因的！因为他们个个跟你一样，铁石心肠、自以为是！当保镖怎么了？加入银盾怎么了？到了你们嘴里，这个是叛徒，那个见钱眼开！你倒是睁开眼看看啊！什么电脉、电阀，人家银盾早就用上芯片了，培养个会用次声的人跟养头猪一样容易！别说跟银盾比，就是跟鱼鹰会里的其他门派比，哪个门派跟咱们关系好？哪个还听咱们的？咱们就剩一个老大的虚名了！醒醒吧！"

赵仙迪咬着牙听着，到最后，两眼几乎要冒出火来。李千帆终于停顿了一下。

"是啊，鱼鹰不好、总会不好，我没良心……"赵仙迪抓住机会以更大的嗓门吼了回去，"可是你想想，前辈、师父……还有我，为了培养你，曾经付出过多少？！结果换来了什么？刚停战，你就急不可耐地辞职，去投奔银盾！全派死在银盾手下的人有多少？你都忘了吗？"

李千帆被她的气势压住了，一时没接茬。可赵仙迪却没放过他。

"是啊，鱼鹰的人确实越来越少了。可干这活的人越少，才越不该离开！论赚钱，总会的确不行，但是说到抓捕人数，没有别的门派比得上！你也见过那么多受害者家属，他们的脸，你都忘了吗？我没忘！我永远也忘不了！

"我忘不了那个被奸杀的女孩。我忘不了那个父亲，因为15块钱被人捅死在地铁站，朝着家的方向爬了150米才断气。我忘不了那对夫妻，被入室抢劫的人逼着选择谁先死。我更忘不了那些孩子……"说到这里，她的眼圈红了，"他们那么小、那么无辜，本该玩着玩具、打着游戏、听着音乐，等待圣诞节，等待长大，等待第一次遇到一个爱的人，去体验这个世界有多美好……可是这个世界给了他们什么？失去亲人、失去自由、失去……"

李南枝惊呆了。他从没想到，这个女人居然还有这么一面。

"你说总会做错了那么多，可你告诉我，那些人，他们又做错了什么？如果没有我们，凶手逍遥法外，谁又能为他们做些什么？都去给有钱人工作，谁又去管他们？"

李千帆被彻底打垮了，低着头不说话。

"我从小就在鱼鹰……不管它什么地位、赚不赚钱，我都会一直追随它到死……你要去银盾赚大钱，我不高兴，也拦不住你，"赵仙迪似乎也累了，声音越来越低，像是自言自语，"但是我要守在这里，就算总会只剩我一个人，我也要守在这里！我绝不离开，绝不！绝不……"

车内的空气像冻结的大海，然而李南枝心里却是一个接一个的巨浪。他从未想过，有人对别人的痛苦如此在意；更从未听过，有人如此正大光明地把这种在意说出口。在他原来的生活中，这样的想法如同大小便一样需要避人。因为这意味着你脆弱，意味着你傻。一旦被人知道你有这样的弱点，你就离倒霉不远了。

"我向你道歉，"李千帆欲言又止，"咱俩……那时候我的确是跟很多女孩……"

"Oh my god……"低声叹息中，赵仙迪以手扶额，哀叹自己为什么要对牛弹琴。

"我这辈子没怕过什么，可这两天，真的要走了，我……"他想伸手拍她的肩，却一时不敢，"我怕有朝一日，内战再爆发的话，我该怎么……怎么……"

"我不怨你，"赵仙迪用手掌很快擦了擦眼泪，"真有那么一天，该怎么办怎么办……"

"我怎么能……"李千帆乞求一般地看着她。

"我能！"赵仙迪咬着嘴唇，望向窗外，"谁跟鱼鹰为敌……你也不例外！"

驾驶室里的气氛就像一个加油站。任何人都小心翼翼，生怕摩擦出一颗火星，点燃万劫不复的烈火。李千帆的身体整个僵住，嘴唇颤抖，鼻翼翕张。

"好！"他猛地一拍大腿，"要是真有那么一天……"

然而这句话他并没有说完。他同驾驶室里其他人一样，在一瞬间化为石雕。隐约的嗡嗡声一遍又一遍地回响着，直到赵仙迪用颤抖的手拿出手机。只看了几秒钟，她猛地抬起头，声音也跟着一起发颤。

"卫星图片出来了！贺摇光找到了！"

07

路边的山林里，两辆车一前一后停着。猎手们挤在商务车旁，研究着卫星图片。

"这家伙怎么偏偏跑到那里去了……"庞砺石揪着胡子，骂骂咧咧。

红点在苦水泉附近——地图上，这几个字位于茫茫的太行山脉中间，是方圆几十里唯一的地名。虽然直线距离近，但是要开过去，需要往回绕过整座山。

"他知道我们的搜捕方法，所以躲到山沟里，就是要我们集结不方便。"萧北河抱着双臂，眉头微皱。

"那里连车都进不去，他准备逃到哪儿？"李南枝不解地问。

"这个狗娘养的不是逃，是拖时间。"赵仙迪抿着嘴唇，"他真的发现我用追踪针了——再过 2 个小时，药剂就代谢完了。"

"崔敏孝离得近，直接能开到贺摇光身边去……"李千帆盯着手机地图，"新加坡人那一队……也有点悬。咱们最远，肯定没戏了，绕过去就要 2 个多小时。"

队伍顿时被失望的情绪所笼罩。李南枝想偷偷问下赵仙迪，要是崔敏孝自己把贺摇光抓住还能不能分钱了，能分多少，却见她在痴痴地盯着地图，眼神里充满了失落和不甘。

"其他两队对付贺摇光应该没问题，"萧北河耸了耸肩，"谁抓住他还不是一样？"

"不一样！"庞砺石瞪着他，"直接参与的奖金比不参与的高 5 倍！哦——我忘了，你们'侦察型猎手'一直是这么参与任务的……"

赵仙迪赶紧隔开两人。

"明明直线距离离咱们更近啊……"李千帆垂头丧气地坐在一旁骂骂咧咧。过了一会儿，他忽然意识到有点不对——最需要钱、这时候最该骂街的人似乎一直没有出声。回头一看，陈文昌正望着黑乎乎的大山轮廓，若有所思，嘴里喃喃自语着，"直线距离……直线距离……"

李千帆看了一眼赵仙迪，发现她也在习惯性地望向自己。目光相接，两人仿佛又成了一起执行任务的队友，心中一阵暖意。李千帆正要上去问陈文昌，却见他走

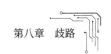

到了赵仙迪身边。

"怎么了，老陈？"

"没什么。只是忽然想起，这个地方我以前来过……"陈文昌压低声音，"你愿不愿意冒一个险？"

08

"这里是小有名气的岩洞探险区。再往前，是中国最早的煤矿矿区之一。"两人走到僻静处，陈文昌小声介绍着，"到了二战，太行山又是著名的抗日根据地，挖了好多地道。一来二去，有些废弃矿坑、地道和天然岩洞就连通了，四通八达，成了穿山的坑道。以前忻州派还在的时候，他们很喜欢走这些地图上没有的近路。我第一次走坑道，还是陆开阳领着我……"

"对了，"陈文昌忽然想起了什么，"陆开阳有消息吗？"

赵仙迪遗憾地摇了摇头。

"算了，好几年了，他看来是死了。"陈文昌叹了口气，"总之，坑道几公里的样子，走过去也就半小时。"

"太好了！"赵仙迪眼睛一亮，"你刚才怎么不说？"

陈文昌看着她，摇着头笑了。

"仙迪，你猜崔敏孝是谁派来的？"

"监察委员会啊……"赵仙迪一愣。

"监察委员会的头儿是谁？"

"旭川派，厉司危前辈。"

"对，就是那个日本娘们儿！"陈文昌斩钉截铁，"这些年，总会没有余力来管亚太大区，旭川派已经成了这里最强大的门派。他们一直有取代费城，领导鱼鹰的心思……"

"那……那不大可能吧？"赵仙迪显然早就听说过这个说法，但除了否定它的可能性，也说不出什么具体内容，"章程规定，只有……"

"总会真的没人跟你们讲过？"陈文昌不可思议地看着她，"是，旭川派需要

80% 的绝对多数。但是这些年，你以为它一直闲着吗？"

陈文昌一口气说了二三十个门派的名字，然后一一分析它们这些年来是怎么被旭川派拉拢过去的，以及它们这么做的动机：某某派是求财；某某派是为了跟邻居门派争地盘；某某派是单纯跟总会有仇；某某派正在观望，只要这次抓捕失败，他们肯定要跳出来提议开会，把开战的责任推到总会头上……

赵仙迪听完之后，有点怀疑他口中的鱼鹰是不是自己熟悉的那个——虽然在总会对各派的恩怨略有耳闻，但她之前绝没想到，各门派的盘算却是这么复杂。

"厉司危也派人来找过我。我直截了当地告诉她：只有费城领导下的'鱼鹰'，才是鱼鹰。其他门派根本没有那个信念、能力和威望。一旦他们掌权，鱼鹰只有再次分裂和灭亡两个下场！我当了近 30 年猎手，发大财的机会已经不多了。不管是跟银盾再打一场还是鱼鹰再次分裂，我这辈子就穷到死！不光是我，大部分亚太猎手，也是一样！只有总会复兴、再次掌控全球猎手业务的时候，才是所有猎手再次过上好日子的那一天！"

赵仙迪钦佩地看着陈文昌。虽说初衷听起来不怎么样，但这样的忠诚还是令她感动不已。

"但是，总会已经落后了！论资源、技术、武功理论，费城首屈一指不假，"陈文昌话锋一转，"但是论人才，尤其是第二三代人才，你觉得还有优势吗？"

赵仙迪不服气地摇了摇头。

"所以，现在必须有新人能脱颖而出，在年轻一辈中建立权威。"陈文昌的声音骤然变得低沉而激昂，"我的看法跟总会一样：你，就是最佳人选！"

"我？"赵仙迪一惊，连忙笑着摆手，"我可不行。我好几个师父都说我不是那块料，他们说我这人太……太……那个词叫什么来着……"

"浑？"

"对对，"赵仙迪高兴得像个终于从兜里翻出家门钥匙的醉鬼，"就是这词儿。"

陈文昌大笑起来。

"人，是会成长的，只要逼自己一把。这次任务，就是再造费城权威的最佳机会，决不能浪费。这回我给你搬架梯子。但是以后，就得靠你自己了……"陈文昌的语气平缓下来，眼神里似乎掺杂了很多东西，"我也是费城出身，很多前辈——

包括你爸爸——都对我有大恩。我希望它能够继续领导鱼鹰会。天璇兄留下的担子，你要接得住啊！"

赵仙迪犹豫再三，终于点了点头："告诉我该怎么做！"

"不，你要告诉我怎么做！"陈文昌忽然一改和蔼可亲的表情，变得严肃异常，"你马上去告诉他们，这条密道你走过，是我们唯一的机会。不要搞投票，不要在别人面前征求我的意见！你要当下一代的领导者，就必须从现在起，习惯评估风险、承受风险！我们必须走坑道，来赌一把！就是错了，也要有胆量去承受！现在，你去亲口宣布这个决定！"

09

晃动的人影在刺眼的车灯和斑驳的树木间忙碌着。几个大箱子被从商务车里抬下来。箱盖打开，大家都围了上去。李南枝忽然意识到手机在振动，拿出来一看，好几个没接听的视频通话。

正要接听，一个沉甸甸的东西飞过来，差点砸在他脚上。

"手机放下。"赵仙迪已经穿戴完毕，正嚼着口香糖，叉着腰看着他，"里外衣服、鞋子全换掉，一点金属东西都不能有。"

对不起宝贝，挣到钱我第一时间告诉你……

李南枝悻悻地把手机放回车里。回来把脚下的东西拎起来一看，有点像防弹背心。

"护甲。"赵仙迪整理着腰间的搭扣。

"这是什么味？"刺鼻的味道让李南枝想起童年时家旁边那个制药厂。

"绝缘材料就那个味。晾一会儿就好了。"

听到能绝缘，他欣喜不已。然而穿上之后，肩膀上却像挑着两桶水。

"怎么这么沉？"他早年运过报废的警用重型防弹衣，那玩意儿也比这个轻。

"硬性装甲，两层钢板中间抽成真空——是唯一能防住次声的东西，"她戴上一副浅绿色镜片的护目镜，"沉就沉点吧，能救命就行。"

"怎么是这种老古董？"不远处，李千帆驴叫般的抱怨声传来，"新式的呢？！"

"知足吧！"陈文昌在一旁数落着，"要不是我以防万一带着这些，咱们就只能裸奔了……"

李南枝走了两步，发现这玩意儿不光沉，设计还很别扭——领口里边有护颈，肩胛有翼展，下边有甲裙，要多不舒服有多不舒服。

"第一次穿会感觉有点重，过会儿就习惯了……"赵仙迪扎起头发，拦腰给他整理着搭扣。

"你们……不，咱们平时抓人也穿得这么麻烦？"李南枝有点不自在，没话找话说。

"不，抓逃犯用不着护甲，海关也过不去，"赵仙迪给他整理护颈，差点把他勒死，"猎手之间的战斗才会用到——小心，闭嘴！"

话音刚落，一个口罩似的东西啪地从护颈里弹出来。

"这是什么？！"李南枝觉得嘴唇差点被削掉。

"护脸。"

"护住半边脸有什么用？"

"你不是会打拳吗？"赵仙迪嬉笑着模仿拳击跳步，一拳打在他下巴上，"你武功再高，下巴上挨一下也会晕啊……"

陈文昌的目光投了过来，她咳嗽一声，强迫自己严肃起来。

"还有护目镜。开关在这里。"

李南枝戴好，在镜腿上的一个凸起上一按，镜片亮了起来。

"你声音怎么了？"李南枝觉得她的声音既像在耳边低语，又像在菜市场讲价。

"骨传导耳机，"她指了指镜腿，"我可以用很小的声音说话，声音在你那里转换成超声波，振动你的头骨，让你听见——夜视开关在这里……"

眼前的世界忽然变亮。李南枝能够清楚地看到四周。陈文昌在打电话，萧北河在扎起长发，李千帆在仔细用绷带包手，然后戴上手套。庞砺石从一口大箱子里拿出一块巨大的盾牌，满意地端详着，像个偷井盖的。最后，他的目光停留在几米开外的洞口上。它吞噬着每一条光线，宛如神秘巨兽的嘴。

"紧张？"赵仙迪往嘴里塞了块口香糖，大声地嚼着。

李南枝点了点头——听得出，她也紧张。

"对了，你的裤子拉链是不是金属的？"她忽然问，"要剪下来，要不然遇到电弧——Bang！你就只能去唱女高音了。"

李南枝叫声"好险"，连忙低头检查。可是穿着笨重的护甲，却不是件容易的事。忙活了半天，耳中却传来赵仙迪的笑声。一抬头，她正笑得浑身乱颤。李南枝明白又上当了，然而又想了想那个场景，自己也笑了。

"放心吧，"她的语气终于正常了，"有我在，绝不会失败！"

刷的一声，她的护颌升了起来。李南枝看到，上面画着一个骷髅头，一枝玫瑰从眼窝里探出来。

"准备好了吗？"她深吸一口气，"跟我来！"

她第一个钻进了洞口。

第九章　洞穴

一条人命，为什么不救？

01

9 月 22 日　周四

距离移植最后期限还有 5 天

经费缺额 65600 元

　　黑暗和阴冷慢慢沉淀，充满霉味的空气刚吸进鼻孔就开始凝结，让人感觉好像要淹死在一池子过期墨水里。坑道有的地方很窄，人只能弯着腰在里边走——这是小煤窑的矿道。它偶尔又会变得比体育馆还宽敞，因为那是被打通的天然岩洞。不过不管宽还是窄，路况都非常糟糕——地上遍布尖石，墙上满是苔藓。

　　6 个猎手鱼贯成队，缓缓前行。队伍的最后，李南枝艰难地跟着。他汗流浃背、双腿发软，可是又不想拖大家的后腿，只好强撑着。

　　"停！"那个期待已久的声音终于传来。李南枝双手撑着膝盖，不停喘息。过了好一会儿，他才有余力观察四周。这又是一个天然岩洞，地上有人类活动的痕迹——碎砖、断钢筋、木头支架。石壁上有好多直径一米左右的洞口，不知通向何

处，如同一只只眼睛瞪着大家。

"怎么了？"陈文昌笑呵呵地坐在他身旁。

"你们体力可真好啊……"

这话不是拍马屁。其他人就算了，可他这么大岁数，也健步如飞，大气不喘。

"没事多打打坐，时间长了就好了。"陈文昌拿出水壶喝了口水。

"打坐？"

"对，就这样，"陈文昌挺直了腰，用手指在身上比画着，"肌肉能够给电胆充电，这个过程也可以反过来：让电胆放弱电去刺激一些肌群，就相当于锻炼肌肉。"

"这样……管用吗？"李南枝有点蒙。

"管用。不光能提升力量和耐力，还不会让肌肉变得很大，影响速度。"陈文昌呵呵一笑，捡起一根生锈的钢筋，双手一掰，半寸粗的钢筋面条似的被折弯。李南枝接过钢筋端详着，又惊又喜，终于明白了为什么自己挂在赵仙迪身上她都能跳那么远。

"你快教教我，怎么弄……"

"别说话！"耳机里赵仙迪的声音打断了两人的教学，"你们听！"

李南枝努力了半天，终于明白了赵仙迪在说什么。空气流动的声音中，一丝蚊鸣般的女人声夹杂其中。

"救……命……"

赵仙迪高举右手，抓握成拳。猎手们迅速组成一个五角阵，面朝外戒备，唯独把李南枝保护在中央。然而这几乎没能给他带来任何安全感。这环境，这声音，太像闹鬼了！

"是银盾吗？"说话的是萧北河，"他们怎么会知道这条路？"

说话间，求救声更清晰了。

"救命……我的腿……我的腿断了……"

"会不会是……"李南枝鼓起勇气，小声补充自己的意见，"真的有人需要救命？"

大家想起了赵仙迪介绍这里时说过的话：这里是小有名气的天然岩洞探险区。

"我们以前走的时候，"陈文昌沉吟起来，"发现过穿着冲锋衣的骷髅……"

"这些吃饱了撑的……"李千帆嗤笑着，"怎么办？谁去？"

一阵沉默。夜视画面下，李南枝看到陈文昌在盯着赵仙迪的眼睛。

"谁也不去。"她缓缓开口，"我们继续走。"

"对啦，晚了就没钱了……"陈文昌如释重负地指了指手表，"抓紧吧……"

沙沙声中，大家开始移动脚步。

这就走了？

虽然是多管闲事吃过亏的人，但这样的决定还是让李南枝有点吃惊。他开始想象，在这样一个潮湿阴冷的地方，忍着剧痛，缓缓迎接死亡是一种什么样的感觉……

"嘻，少操点心！"他硬起心肠，跟着挪动脚步，"就因为人家不管闲事，才能干大事。你看看你……"

咚，他跟黑暗中的人影撞了个满怀。抬头一看，一个人站在队伍前边。是萧北河。

"一条人命，为什么不救？"

02

"小萧，时间不太够啊，"陈文昌笑呵呵地劝他，"声音在洞里会传很远，天知道那人在哪里。抓捕贺摇光是优先任务嘛……"

"这怎么能跟人命相比？"萧北河不为所动。

"这个你可就不懂了——会规上明明白白写着，任务主管有权做出抉择。"陈文昌语气和气，但是寸步不让，"你要不成文案例吗？2011年你们东陵派在阿根廷的行动就有过类似的情况……"

赵仙迪一言不发，在看着别处。

"就算救了她，后边怎么处理？报不报警？怎么跟警察解释？不报警，带着她，怎么去抓贺摇光？就算她不碍手碍脚，事后怎么让她保密……"陈文昌看看表，又指着李南枝，"小萧，在车上讨论他的案子的时候，你不是这么个婆婆妈妈的人啊……"

"我只是说法律没有判错，并没有说他不应该去做！我们这一生，真正要面对的审判不在此岸，而是在彼岸！"萧北河指了指天上，"那场审判，没有法官，没有律师，甚至没有法律条文。唯一衡量你行为的准则，就在这里——"

他指着自己的胸口。

"面对一件事，其实每个人内心深处都知道，怎么做是对的，怎么做是错的。但并不是每个人都有勇气接受良知的召唤。所以，通往圣堂的路，才会是一条窄路！"他又看着声音来源的洞口，"法律，它只是道德的底线。它可以审判我，但是不能让我忘掉良知。我愿意放弃我的那一份，把她护送出去。"

他朝大家一拱手，转身朝着声音传来的方向走去。

"站住！"陈文昌第一次在人前翻了脸，厉声呵斥，"这不是钱的问题！这次抓捕关系到鱼鹰会的生死存亡，我们需要每一个人的力量——你怎么能走？！"

"我当年加入的鱼鹰，是不会为了自己的生存而要求猎手做这种事的。"萧北河语气依旧不卑不亢，"前辈，如果我们以后非要这样生存，那鱼鹰存不存在，有什么区别？我们跟银盾有什么区别？"

"有区别！我们可以为了胜利不惜一切代价，这就是区别！"庞砺石火了，压着嗓子咆哮着，"别说外人，就是自己兄弟，我也抛下过，因为我们要的是胜利！换作我，要是受了伤拖累行动，我也绝不会让任何人为我浪费一秒！还有一个区别，那就是银盾的废话比你少……"

庞砺石越说越激动，眼看就要动手，被陈文昌拦住了。

"陈前辈！"萧北河朝陈文昌一拱手，"我记得您当年在东陵总部说过的话：我们加入鱼鹰，为的就是救困扶危……这些，难道您也只是说说吗？"

"时代变了啊……"陈文昌长叹一声，"如果时代还需要我们，它为什么要让扶危济困的人吃亏、受苦？杀人放火金腰带，修桥补路无尸骸。这还看不明白吗？"

"你呢？"萧北河失望地问一直没说话的李千帆。

"我……"看得出，李千帆有些于心不忍，却也不敢挑头反对，"我听主管的！"

他指着赵仙迪。

"你呢，赵小姐？"担子终于还是压在了赵仙迪肩上，"你也是女人，易地而处，你希望我们怎么做？"

赵仙迪嘴唇微张，似乎要说什么，可是旋即又闭嘴忍住。她的目光在萧北河和陈文昌之间跳跃，久久停不下来。

"你呢？"萧北河把目光投向李南枝。放在以前，答案非常简单，那就是不管。他还能给出一大堆理由：人家获救了在医院赖上你怎么办？救人打伤了坏人怎么办？人到医院死了，你脱不清干系怎么办？

然而现在，这些话他说不出口。阻止他的，是赵仙迪提起受害者时的激昂，是李千帆为了自己的案子暴跳如雷的模样，是萧北河此时平静而激昂的话语。

他犹豫着。

"你有 15 分钟。事后赶上来。"赵仙迪的声音忽然响起来。

"仙迪！"陈文昌失声叫出来。

"这就是我的决定，"她平静地看着他的眼睛，"希望你能继续支持我。"

一阵沉默。

"好，但他不能自己去，"陈文昌无奈地点了点头，手指在空中缓缓划过。

"你跟他去！"

被指到的人是李南枝。

03

"'通往天堂的路，是一条窄路。'可这条路也太长了吧……"

闷热潮湿的石洞里，李南枝挥汗如雨地抱怨着。他和萧北河已经跋涉了很远，却仍一无所获。

"你肯定在怨我对不对？"萧北河忽然笑着问。

"真没有，"李南枝犹豫了一下，"不过……我确实不明白，车上你分析我的案子的时候，好像不是这么个人啊……"

"很无情，是不是？"萧北河回头一笑。

"哪能呢……"李南枝赶忙否认。

"没事，你那样想很正常。我说过，我以前是律师，你记得吗？"萧北河灵活地翻越了一块大石头，回身拉他。

"那时候，法律就是我的信仰。我根本不认同、也不理解人们面对法律纠纷时的冲动、反抗和愤怒。我曾以为，只要人人都按照法律的安排去生活，这个社会就有一天会变得完美无缺……"

说到这里，他叹了口气。

"你也该猜到，有一个案子改变了我，对不对？"他自嘲地一笑，"确实有。"

李南枝认真地听着。

"那一年，我是新加坡胜诉率最高的律师之一。从年初起，我甚至没有输过一场。年底的时候，我接到一个案子：警察指控一个家伙杀了人，而我被那人请去做辩护律师。警方说，嫌疑人喝醉了酒，把自己的女朋友从 22 楼扔了下去。但是那人说，他被下了药，一觉醒来，发现女朋友不见了，而阳台窗户开着。你觉得哪个可信？"

"这可难说了，"李南枝想了一下，"得看现场吧？"

"对。可是警察现场勘查做得很不好，血样、DNA、足迹、皮肤组织残余……你能想到的一切证据，要么密封有问题，要么化验程序有问题。这样的一团糟很不寻常，于是我就深入调查了一下，结果发现，死者的亲戚也是警察，他竟然在调查组里……

"我还记得那是个秃顶的中年人，"坑道开始转弯，变得开阔，萧北河的步子加快了，"他约我私下见面，警告我不要影响他把这个案子办成铁案。他还说，他跟律师协会的人很熟悉，要是我不识抬举，他就要动用一切关系，找我的茬，吊销我的执照。"

"你没听是吧？"李南枝知道这种愣头青的通病，暗暗替他担心。

"当然没听，"萧北河笑了，"这样的威胁反而让我斗志昂扬。我一天工作 20 个小时，打几百个电话，最终靠证据瑕疵把案子翻了过来。宣布被告无罪那天，好多警察在法庭门口盯着我，我看都没看，昂着头走了出去……"

"然后你被吊销执照了？"李南枝猜到了情节发展。

年轻气盛、飞来横祸、事业全毁、出家传教。挺合理的一条人生道路。

"不，"萧北河的回答却全然出乎他的意料，"我的执照没事。那个警察只是吓唬我。但是过了 10 个月，我的委托人——那个我全力辩护、让他无罪走出法庭的被告——把另一个女孩扔下了楼，然后逃走了。我辞了职，当了猎手。我走遍全球，寻找着那个人的踪迹，搜集到的每一条情报，都记在这本《圣经》上，从不离身。可是，到今天我还没找到他。"

李南枝说不出话，只听到岩洞中的空气在耳边平静地轰鸣着。

"到今天，我也可以说，从技术上讲，那个案子的辩护我做得完美无缺。可是内心深处我知道，还是缺了点什么的。我甚至没有认真逼问过委托人一次：'是不是你干的？'因为那时候我的心中没有绝对的善和恶、对和错。我只想着赢……"

萧北河的声音随着呼出的白气，消散在潮湿的空气中。李南枝觉得心中有什么东西被触动，无数问题在一瞬间涌了上来。他想跟萧北河谈谈，谈谈对错、谈谈选择、谈谈彼岸的审判。他发现自己从未对赚钱糊口以外的事情如此好奇。然而刚刚张开嘴，脚下一空，他身子一歪，"哎呀"一声从石壁上的洞口滑了下去。

04

岩洞豁然开阔，好像一个巨大的脸盆。怪石犬牙般向上噬咬，在洞顶聚集交错，空出一个缺口，暗淡的星光和月光从中漏了进来。"脸盆"边缘，李南枝躺在地上，呻吟了好一阵子才慢慢爬起来。

"萧神父？"他小声叫着。没有回音。

"萧北河？"他加大了音量。依旧没有回音。

我不会被困死在这里吧……恐惧开始慢慢攥住他的心脏。

忽然，哭声清晰地传入耳中。扭头望去，差不多就在光柱的中央，一个女人趴在地上。

"找到了！"李南枝兴奋地挥了挥拳头，朝女人快步走去，"我找到她了！"

"姑娘？大姐？"他呼唤着。这里的氛围令人发毛，他只想尽快回去赶上赵仙迪他们。平整的地面上布满了碎石，好像很久以前被夯过。脚下有时会传出沙沙声，应该是干枯的落叶。

岩洞口有树？

胡思乱想着，李南枝走到女人身旁。哭声不知什么时候已经停了。重伤者身上

156

常见的味道——比如血液、伤口化脓或者大小便失禁带来的恶臭——全都没有。只有一种淡淡的熟悉的味道。

是什么味儿呢？

他伸出手，轻轻推了女人一下。还是没反应。

死了？

他开始觉得头大。

我的脚印……以后尸体被发现了，不会有什么麻烦吧……

他慌张起来，低头检查地面。鼻子靠近护甲领子时，李南枝浑身一颤。他终于明白，女人身上的味道为什么会让他觉得熟悉。

那是绝缘材料的味儿！她穿着护甲！

眼前火星四溅，李南枝发现自己飞了起来。落地的闷响声中，他觉得自己变成了那个被开心摔散架的乐高。恐惧令他飞速把自己拼起来，忍着弥漫上半身的剧痛爬起来。低头一看，胸前的护甲外层像是着了一场草原大火，燎出一个黑色的、炽热的手印。

猎手！

窸窸窣窣中，那个女人像个老式木偶一样，一个关节一个关节地慢慢撑起来，抬头望了过来。李南枝汗毛倒竖，跳起来扭头疯跑，然而脚下一绊，又摔倒在地。那个女人缓缓爬过来，长发披散，一垂到地。李南枝手脚瘫软，竟一动都动不了。

一张男人的脸从长发中露了出来。

"救命……"他两指并拢贴在喉咙上，那个熟悉的求救声又出现了，"我不想死……我不想死……哈哈哈哈……"

尖厉的笑声忽然炸响，那人动物一样骤然跃起，直扑过来！

嗖！

那个不知是人是鬼的东西像是中了一枪，头猛地把身体往后一拉，仰面摔倒在地，不再动弹。又是三声尖啸，三个不知从哪里蹿出来的人也倒在地上一动不动。一个人跳了过来，挡在李南枝身前。

是萧北河！

"是血爪！"他紧张地环视四周，低声说。

"血……血爪……是……是……"李南枝爬了起来，吓得直结巴。

"银盾里分裂出来的极端分子，一群职业杀手！"

李南枝这才看清，他手中的念珠早已拆散，一颗颗子弹一样夹在手指之间。他马上明白，这是超声暗器。

"这是个圈套，分兵之计！我们必须马上回去！"

嗖，又一个人影倒下。萧北河拉着他钻进一个洞口，朝着来时的方向飞奔。

05

李南枝任由自己像风筝一样被拉扯着向前跑着，磕磕绊绊，几次摔倒。他们穿过分手的岩洞，向前不远，又进入了一个更大的岩洞。赵仙迪等人的身影终于依稀可见——他们背靠石壁，严阵以待。

"小心！"赵仙迪看到他们，声音里却没有任何惊喜，"上边！"

抬头一看，李南枝双腿顿时发软。石壁上，二十几个人影正像壁虎一样爬下来！

萧北河拉着他冲刺一样钻进阵中。几乎同时，无数钢针已经带着野兽磨牙般的噪声从四面八方飞来。赵仙迪一脚把李南枝踹倒，然后跟其他同伴一起转身、下蹲。带着护翼的后背组成一个巨大的龟壳。叮叮的轻响连绵不绝，钢针下雨般落在地上。

暗器雨停了。"血爪"们号叫着冲过来。喊声尖厉，如猿啼鹰啸。护颚几乎把整个脸挡住，大白底上勾画着紫眶红牙，好像地狱之门猛然打开，恶鬼蜂拥而出。

"Sagittarius（射手座）！"赵仙迪一声令下，所有人同时转身，正面对敌。陈文昌双掌猛推，看不见的高能次声如狂风怒号、惊涛拍岸。敌人的冲锋为之一顿，身上护甲的绝缘表皮旧报纸般碎裂飞散，闪亮的真空层露了出来。

"次声炮！"有人惊呼。

次声对能量要求极高，即便是一流高手，也很难在一米之外用它隔空杀人。但是在这个距离把人震倒、震退，或者破坏物体，很多人都能做到。这种远距离的攻击，就是所谓的"次声炮"。

　　一道闪电从赵仙迪手指发射出去，在每个敌人胸口暴露的金属板之间跳跃，霎时间连成一张耀眼的网。高压电引起的高温瞬间引燃了敌人的护甲内衬。尖叫声中，敌人乱作一团。

　　"连锁闪电！哈哈，我就爱这一招！"

　　李千帆的大笑声中，庞砺石横持大盾，挡在身前。狂飙突进的次声掌力被盾牌的凹面反射回去，把出掌者自己震了个跟头。只有两个敌人冲到了阵前。李千帆以手作剑，左右开弓，手指直接插进两人的肩头。超声波沿着手指传入血管，血液立刻沸腾。两人大叫一声，试图伸手按住静脉，然而庞砺石的盾牌已经横扫过来。在超声的加持下，盾牌以每秒 3 万次的频率重复着每一击。鲜血如波涛拍在船舷上，溅了所有人一身。

　　"左边！"

　　"堵住！"

　　"破甲！"

　　呼应声中，电弧、超声波、次声波纵横震荡，鲜血、火焰和金属的闪光交相辉映。将近 20 名血爪猎手潮水般涌上来，拍在鱼鹰的战阵上，浪花般四散消失。李南枝看傻了，觉得自己之前完全是杞人忧天：这些人武功之高、配合之默契、战术之高明，一个贺摇光何足惧哉？！

　　当！

　　萧北河的暗器为这次战斗画上了完美的休止符。念珠打在脸上，面具碎片和牙齿一起飞到空中。李千帆上前手刀横扫，头颅落地。

　　"你们俩干什么？！"本来离那人最近的庞砺石急了，"怎么一起跟我抢？！"

　　李千帆耸了耸肩。三人互相看着，突然不约而同地开始肩膀颤动着低声笑了起来。

　　照明模式被打开，大家互相看着，开怀大笑。最后，连李南枝也跟着笑起来。大家放下戒心和芥蒂，互相握手、拍肩——就连庞砺石和萧北河也差一点握手。不过两人也没再互骂——经历了并肩作战，再也没有人怕对方会偷测自己的振频。

　　"血爪怎么会出现在这里？"只有陈文昌愁眉不展。

　　"是啊，他们一向不喜欢大规模活动，只会偷偷摸摸偷袭落单的……"赵仙迪也觉得奇怪，"而且你看他们的护甲，新旧款式都有，像是临时拼凑的。"

"等等！"萧北河忽然右手搭耳、左手食指贴在唇边，"你们听！"

李南枝自然是什么都听不到。但其他人脸色都渐渐变了。突然，他们一起抬头。

"小心！"

一声巨响，尘土飞扬。巨石从天而降，砸在鱼鹰的战阵当中。呼哨声中，几条缆绳从高处垂下，石崖上人影绰绰，从无数石洞里涌出来。

"我去！这是……"陈文昌汗如雨下。

血爪是个神秘的组织，但各种情报来源都指出，他们总人数在 300 到 500 人之间。现在，这里至少有一二百人！

"Auriga（御夫座）！"赵仙迪再次下令。猎手们两两结阵，背靠背互相掩护，朝着原定的出口且战且退。人人心里都开始对赵仙迪刮目相看。这个年轻女孩作战时的稳重跟平时判若两人。有战斗经验的人都知道，这样一个临危不乱、意志坚如钢铁的主心骨在苦战时是多么难得。

"等等！"她心里忽然咯噔一下，猛地转头，环视四周，"李南枝跑到哪里去了？！"

06

李南枝茫然站在原地，愣愣地看着一块巨石耸立在自己先前站立的地方。血爪的人已经迅速填满了他和同伴之间的空隙。

"其……其实……"不友好的目光中，李南枝哆哆嗦嗦指着远处，"我跟他们也不熟……"

尖啸声炸响，几个血爪猎手同时冲他奔过来。李南枝半步都挪不动，只能眼睁睁看着面具上的獠牙朝自己逼近。

嗖！嗖！嗖！

几个人全部倒地，不省人事。

"过来！"十几米之外，萧北河在朝这边喊着。

李南枝眼眶和心头同时一热，撒腿就跑："他回来了！他们回来救我了！"

念珠的呼啸声和惨叫声中，萧北河像空中的无人机一样掩护着他。这种高调表现成功地引起了敌人的注意，他们几乎全部朝着萧北河杀了过去。掩护没了，李南枝也不含糊，当即倒地装死，朝岩壁爬去，找到一块比较大的石头作掩护，一边喘息一边偷看着战况。

"要不要冲过去？有点危险，但总是个机会……"

一阵窸窸窣窣打断了他的思路。缓缓回过头，一个受伤的血爪猎手从地上爬了起来。他吐了几口血，扯掉残破的护甲，望向这边。目光如电，扫到李南枝身上，令他剧烈颤抖。那人咧嘴笑了，右拳一握，4根20余厘米长、五六厘米宽的刀刃"唰"地从手套里伸出来。

嗖！

银光化为巨斧，直劈过来。李南枝弹簧一样蹦出去2米多远，连对手都对他的动作之快感到不可思议。白光闪耀，刀刃再次直刺，雪片般迎面扑来。李南枝绝望地躲闪，脑子里全是各种各样的杂念。

只要一蹭，只要扎进一根血管，就死了！

付出过那么多，有过那么多梦想，到头来，就这样了？

没做成事业，没挣到钱，没享受过一天……只有一个女儿，还救不活……

这，难道就是我的一生？

"你给我坚持住！"耳机里，赵仙迪咬牙切齿的声音响了起来，"敢死的话看我怎么收拾你！"

她说过，我是个好人。

李千帆说，我没做错什么。

萧北河说，那样做才是对的……

我早就知道，那不是个错误！

我只是不敢细想！因为我付出了太多！

凭什么？凭什么，我要落得这么个下场？！

我不服！

火花四溅，刀刃在石壁上留下十几厘米深的伤痕。血爪猎手把它拔出来，回头一看，李南枝已经站了起来。他昂着头，双目中散发着从未有过的神采，瞳仁里似乎藏着一条喷火的龙，在无声怒吼："我，绝不就这样死去！"

含胸拔背、气沉丹田、双肩微耸，一个完美的费城开局。升压完毕，他发现自己浑身的汗毛都竖了起来。虽然这点电压在高手看来可能不值一提，但是对他来说，这是此生第一次掌握如此之大的力量——这力量令他心神不宁，浑身躁动，充满冲动，要去破坏，要去释放，要去砸碎一切骑在自己头上的恐惧和蛮不讲理！

李南枝骂了一句，主动朝对手冲了过去！

07

跟影视剧和武侠小说里的刻画不同，中国的武术在初创时并无任何神秘浪漫的色彩。这是一种完全来自草莽的搏击术，初衷绝不是为了争霸天下或者修身养性，而是适应各种朴实无华的工作环境：某打手需要对付一个左撇子宿敌；某镖局经常碰上一群使用叉子的土匪；某江湖人士找到一份在茶馆看场子的工作，能使用的武器只有长凳；某杀手必须乔装醉汉去伏击目标……

就这样日积月累，它变得博大精深、纷繁芜杂，论奇招、怪招数量之丰富，恐怕没有什么搏击术能与之相提并论。然而随着社会发展，这些应用场景都已不复存在。再往后，跟一年吃不上几顿肉的古代老百姓相比，现代人结实得几乎成了一个不同的物种。大家开始觉得这些招式除了怪，一无可取之处——巧归巧，但打中了人家也受不了多大伤，有什么用？于是，它们被遗忘了，变成化石，沉睡在一个个套路、拳谱里。即使在传承时，大部分人也说不清这些招的实战价值是什么。直到现在。

这……这到底是什么打法？！

血爪猎手陷入了困惑和恐慌。他发现这个对手的招数不在任何猎手武学门派之内——不像以次声见长的门派，追求直线进攻、一击必杀；也不像专研超声的门派，大开大阖、弧线劈砍；更不像杂修的小门派，漫天花雨、守中带攻——此人出手快如闪电、角度刁钻，甚至不遵守猎手的常识，一有机会就想钻进来近身格斗。十几招之间，他处处被动，攻不进、躲不开，先后被击中几次。全靠李南枝测频不准才没有丢掉性命。

血爪猎手的脸因为愤怒而越来越红。终于，他大叫一声，左拳的尖刺也伸了出来，双手舞动，像一台行走的绞肉机轧了过来。李南枝凝神一望，立刻切换了拳路。他两腿如剪刀，迈步如穿针，行走如蹚水，绕着对手飞快地转起来——正是八卦掌。

刀刃寒光闪闪，织成一个发光的球体。李南枝则像一颗卫星绕着它飞速旋转，无论恒星多亮，都不会被触碰、不会被吞噬。时间一秒一秒地过去，血爪猎手越打越急，身法渐渐散漫。就在他松懈的一瞬，李南枝忽然从一个不可思议的角度挤了进来，两人的左臂实打实地碰在一起！

碰撞的一瞬间，李南枝左臂蛇一样一缠，赢得半秒的空当，身体浮游般借力一转，整个人到了对方侧面，一掌拍在他后颈上！

"避正打斜，滚钻挣裹！"他从没有把八卦掌的精髓理解得如此透彻！积攒已久的电流如野马脱缰，倾泻奔涌。对手浑身颤抖着，抽搐着，直到头发冒出青烟、身上发出焦臭味才像朽木似的倒下。

李南枝大口喘息着，用呆滞的目光一遍又一遍审视着自己的双手。他始终不敢相信，自己居然在生死相搏中独自击败了一个猎手！

08

"过来！"赵仙迪的怒骂声像闹铃一样把他叫醒。他抱头飞奔，终于再次跑进了鱼鹰的战阵，受到了热烈的欢迎。

"他妈的，下次别乱跑！"赵仙迪一巴掌差点把他打聋，然后用聋子都能听见的音量喊了一声，"撤！"

救出李南枝的代价是高昂的。此刻血爪大部队已经全部下到了地面，从四面八方包围过来。至少有十几个人从唯一的退路涌出来。萧北河手中的念珠如同一挺机关枪扫射着，他们才没有立刻一拥而上。

"我的……电胆过热……"萧北河忽然停止了发射，满脸是克制的痛苦，"我要休息一下……"

没有人表示吃惊。显然，他们的情况也差不多。长时间大功率的输出，本来就不是电胆和电脉系统的设计初衷。

"Scorpius（天蝎座）！"赵仙迪咬牙大吼，"最后拼一次！"

猎手们同时动了起来，嘴里报数，或屈膝或侧身，以不同的姿势与赵仙迪一起站成一个菱形。他们闭气升压，周身电流涌动，准备用最高的功率发出超声掌力。

当不同频率的超声波以特定角度相遇时，会相互作用，化为超高频超声和低频次声。后者的频率是两波之差，但包含的能量却是两个发射源之和，杀伤半径可达数米。这种学名为"差拍式次声发生阵列"的合体式攻击，是猎手武学中最具威力的远程杀伤方式。

"Now！"

几人同时大喝。功率骇人、但是频率经过计算的几束超声波以排山倒海之势喷薄而出。它们以精确的角度交叉汇集，在空中摇身一变，化为恐怖的高能次声，像一只巨大的攻城锤，朝着退路上的敌人直撞过去。没有惨叫，没有骚乱，只有骨骼碎裂和鲜血喷涌的声音。凡是没有护甲保护的部位，全部化为血雾。十几个血爪杀手保龄球瓶一样四散倒下。

萧北河从《圣经》上撕下几页，揉碎了迎空一扬——李南枝这才发现，这本书有些地方不是纸做的，而是某种铝箔片——碎片由超声带动，四处纷飞，如同银色的蝴蝶，霎时间布满空中。

"你来！"他朝着赵仙迪大喊。后者右掌一挥，高压电流奔腾咆哮，死死咬住空中的每一片上佳导体，霎时间连成一张明亮的网。网眼中的一切，不管是空气还是人体，全部被击穿。

惨叫声中，追兵被拦住了。猎手们踩着尸体跑进洞口，沿着狭窄的洞穴狂奔。身后，野兽般的咆哮声时远时近，始终不可断绝。

"前边那个洞口！"陈文昌忽然叫道，"过去就是最后一段坑道！"

　　李南枝抬头望着这段起码有 30 度的上坡。狭窄的石路两侧，是狰狞的岩石。求生的欲望使他的潜力好像无穷无尽，一口气跑完了百米陡坡。面对那个狭窄石洞的时候，他觉得自己要虚脱了。

　　陈文昌第一个钻了进去，然后是赵仙迪、李千帆。轮到李南枝的时候，追兵的脚步声已经清晰可辨，令人胆战心惊。可是这洞口里边是一条天然隧道，虽然只有十几米长，却狭窄逼仄，根本爬不快。

　　身后忽然传来呼喝之声。回头一看，洞口外人影晃动，血爪追上来了！头一个追兵被殿后的庞砺石打翻，又是三个扑上来。萧北河毫不犹豫地往回爬出隧道，冲了过去。

　　"你管我干什么？！蠢货！快走！把洞口震塌！"庞砺石愤怒的喊声传来。李南枝想回去帮他俩，又没那个胆子。一时间，他愣在了原地。

　　一阵呼喝声过后，外边静了下来。萧北河近身格斗显然也不是吃素的，瞬间撂倒几人，把庞砺石拽了进来。

　　"多管闲事！"庞砺石不想领情，但也没有拒绝由萧北河殿后。

　　李南枝松了口气，继续向前爬。就在这时，忽然听到萧北河"哎"了一声。

　　"怎么了？"庞砺石问道。

　　一阵不祥的沉默，然后是剧烈的闪光。

　　"快走！"呼喝声中，萧北河的喊声传来，"把隧道震塌！"

　　喊杀呼喝声中，庞砺石一时转不过身——石洞太窄了。萧北河打倒几个对手，钻进隧道，可是只钻进半个身子，就再也无法前进——两个电胆被烧毁的"血爪"用最后的力气抱着他的腿，死死不肯松手。

　　"抓住我的脚！"庞砺石还是转不过身，只好把脚探下去。可是萧北河却根本没有余力伸出手。一阵急促的脚步声、呼喊声，血爪大部队来了！几秒钟之后，就要占领洞口外的空地。庞砺石和李南枝只能眼睁睁看着萧北河死死抓着岩石的手一点点地松开。

　　"给！"一个东西落在脚下。萧北河腾出一只手，把《圣经》扔了过来。他本可以用这些力气多坚持一会儿的。

　　"帮我找到他！"

他松了手。洞内骤然变亮。亮到李南枝可以看清庞砺石脸上的僵硬和眼角的闪光。

"妈的，假洋和尚，"一秒钟的沉默之后，他捡起《圣经》，往李南枝手里一塞，"到底把老子害死了！"

李南枝觉得自己像鱼雷一样穿过隧道，摔倒在松软的泥土上。他被庞砺石推了出来。脑后传来的，只有岩石碎裂和岩洞坍塌的隆隆声。庞砺石真的把出口震塌了。

月光下，几个筋疲力尽的影子跌跌撞撞钻出石洞，跟跄着倒在林间的空地上。事实证明，庞砺石封死隧道用的功率过头了。他们冒着洞顶雨点般的落石逃出来，还没来得及喘息，就眼睁睁看着洞口在滚滚烟尘和骇人的闷响中坍塌。

赵仙迪疯了似的扑到洞口的碎石堆上，用手扒翻着。李南枝上去劝她，被她一膀子甩到一旁，于是大家只好默默地看着。她嘴里念念有词，好像一个重操旧业的巫师，试着一个个过时的咒语，坚信没准儿哪一个就能把死去的灵魂救活。

不知过了多久，她突然停了下来，用鲜血淋漓的双手捂着脸慢慢蹲下，跪在不复存在的出口前。看着她微微起伏的肩膀，人人都知道她在哭，但是没人上前去安慰。他们是男人，他们是战士，他们不会这个。更重要的是，他们知道，赵仙迪也是自己中的一员。对一个勇士最大的尊重就是在他流泪时假装没看见。

忽然，她浑身一震，缓缓站起，从口袋里掏出了什么。

哔哔。哔哔。

方盒子在她手中有规律地响着。

屏幕上，一条醒目的黄色弧线指着南方。

贺摇光，就在1公里以内。

呼啦一声，猎手们聚到赵仙迪身边，背靠背组成战斗阵形。李南枝这才听到，有窸窣声从林子里传来。

贺摇光？！

"是野兽吧……一定是野兽……"他强忍战栗，凝神倾听，在心里拼命祈祷着。

然而窸窣声渐渐接近，化为清晰的脚步声！

"来吧，来吧……"陈文昌的声音在发抖，像是在安慰自己，"死了就不用回家受气了……"

　　"嘞"的一声，亮光划出的弧线在眼前一闪而过。一抱粗的参天大树微微一颤，然后哀鸣着，沿着45度的整齐切线下滑、倒塌。几个人影露了出来。李南枝脸都白了。然而他的同伴们却如释重负。

　　"崔敏孝！你终于来了！"

第十章　狩猎

击穿四层钢板、震碎人的五脏，只需要一掌。

01

9月22日　周四

距离移植最后期限还有 5 天

经费缺额 65600 元

　　灰色的小径像植物的根须，沿着山林的缝隙不断延伸。暗淡的月光下，若干蚂蚁似的黑点缓缓移动，最终消失在山坳边缘的草丛中。鸟兽偶尔鸣啼，除此之外，一片寂静。李南枝趴在草丛中，胸口贴着地面，觉得自己的心跳声格外刺耳。

　　赵仙迪小心地拨开眼前的草茎，观察着下方一座废弃的农家小院。院子似乎废弃很久了，院墙完整，但是门已经被人用石头垒死，里边的房檐上长满茅草。

　　仪器哔哔作响。贺摇光真的在里面。

　　"不太对，"她把探测器递给左边的崔敏孝，"目标一动不动。而且反应量级也不对……"

　　韩国人依然面无表情。会合的时候，陈文昌本以为他会借着在山洞里损失两个人的机会，给赵仙迪安上个"指挥不力"之类的罪名，抢夺领导权，结果他什么都没说。然而此刻，看着仪器的表盘，他的嘴唇紧绷着，腮边的肌肉不停颤抖。

忽然，他猛地站起身，飞一般朝着院墙奔去。赵仙迪目瞪口呆。其余人也是一样的表情——鱼鹰有史以来最严苛的监察委员做出违反战场纪律的行为，的确没人见过。回过神来，崔敏孝已经到了院墙前，右手一挥，一道灰尘构成的斜线出现在墙面上。砖墙上半截滑了下来，摔成碎片。崔敏孝消失在烟尘里。

"这个疯子！"赵仙迪骂了一句，回身一挥手，"一起上！"

所有猎手齐声应和。这声低吼像是魔咒，令李南枝机械地起身冲锋，想停都停不下来。耳中蜂鸣，小院里、山洞中血腥的一幕幕在脑海中重现。奇怪的是，这些回忆似乎不再像几个小时之前那么令人害怕。他这才意识到山洞里的那次对决意义有多么重大：单独面对对手，在生死相搏中战而胜之，这种宝贵的经历就像翅膀，让人从此可以站在不同的高度看待世界。

院墙缺口近在咫尺，李南枝学着其他猎手，大喝一声，冲了进去。

院子里没有打斗，所有人都站着。月光明亮，能清楚地看到地上几道一人宽的血迹延伸到屋里，像几条暗红色的蟒蛇盘在一起。院子中央，赵仙迪正指着崔敏孝的鼻子大喊："你疯了吗？万一他在这里，你已经死了！"

崔敏孝充耳不闻，眼睛直勾勾地盯着血迹。不一会儿，陈文昌从屋子里走出来，手里拎着几件被血浸透的外衣。

"土炕上有破碎的电胆外膜。至于血样……"他拿着一张沾满血的试纸，小心地放在追踪终端机的测试盒里。几秒钟之后，仪器一阵震动，屏幕上打出几个英文字母。

"血型一致，是贺摇光的血！"

"怎么回事？"李南枝大惑不解。

"这种事我见过。"陈文昌一副过来人的样子，"他发现自己被注射了跟踪药剂，以为是四号药剂，可以通过放血稀释，结果放多了……"

"这说不通，"李千帆在一旁连连摇头，"他要放血的话，为什么要逃到这里才放？卫星经过的时间他很清楚。"

"你别急啊，还有第二个可能呢——他不是要他的电胆吗？"陈文昌指着李南枝，"这说明他自己的电胆可能寿命已经到了极限。他拿了另外几个人的电胆，跑到这个自以为安全的地方，自己给自己动手术换电解质，结果意识到止不住血的时候已经太晚了……"

"不是，"李南枝打断了他们的争论，"贺摇光到底怎么了？"

两人大笑起来。

"你算赶上好事儿了，"陈文昌拍了拍他的肩膀，"贺摇光死了！"

突如其来的幸福感如同滔天巨浪，迎头砸得李南枝双腿发软、两眼发直。本来想象中无比惨烈可怖的一场血战，居然不用打了？！他觉得自己好像挣扎着从一场噩梦里醒来，又好像刚刚进入了一个予取予求的梦幻仙境。

"我……我是不是……"心脏狂跳、嗓子干燥，他竟然一时说不出连贯的话，"这……这就能拿到钱了？！"

02

"不可能！"崔敏孝的叫喊吓了大家一跳，"我不信！他怎么会死？他怎么能死？！"

这声音是如此绝望和伤心，仿佛死的是他自己。在所有人同情的目光中，崔敏孝劈手夺过追踪终端，追着血迹跑出院子。

"你们倒是跟上啊！"陈文昌朝其他猎手喊道，"他一个人怎么行？！"

大家乱哄哄跑了出去，他自己倒是不着急。

"走快走慢一个样，"陈文昌点了一根烟，招呼李南枝和李千帆跟自己一起跟在最后，"待会儿分钱咯……"

"老陈，"李南枝惴惴不安地压低声音，似乎是怕声音大了会把自己从美梦中惊醒，"你算出来了吗？我……我能分多少？"

"不多，"陈文昌拍了拍他的肩膀，"70万吧。"

扑通，李南枝一个趔趄，自己把自己绊倒在地。抬起头来，他的脸把陈文昌和李千帆吓了一跳：双眼通红，头发似乎根根竖起。一开口，声音尖厉滑稽，听起来好像动画片里的人物。

"7……70万？！"

李南枝不记得自己接下来几分钟是怎么度过的。他觉得体内有一股火苗蹿上来，沿着血管，把五脏六腑和脑子都烤得烫人。

70万？除了给医院缴费的时候，这辈子没见过这么多钱！

70万！这下开心有救了！

70万啊！不光她，这个家也有救了！

他双拳紧握，嘴里呜呜作声，却没人能听懂他在说什么。脑子里的美好画面是那么的绚烂夺目，令他无法转换成语言描述出来。

给开心治好病，把欠款还上，剩下的钱说不定还能买套房子——位置可能会偏点儿，但是无所谓，反正收购站也偏……

车也换一辆大的，小卡车吧，让开心押车的时候坐得舒服点……

座位弄个高级点的，对腰有好处——对了，有了钱，正好把腰和胃都看看——不过都是慢性病，会不会挺花钱的……

嘻，死不了人，看个球！开心不是一直惦记着去迪士尼吗？去！每年暑假去一次，到她初中毕业都够了！

回家！

拿到钱，今天晚上就回家！

"哎，你没事吧？"李千帆用胳膊肘捅了捅他。

"哦，没事没事，"李南枝清醒过来，发现自己已经离开了山坳，再次走在林间小路上，"咱们……这是去哪儿？"

"应该不远了，"陈文昌吐了个烟圈，"看那个出血量，贺摇光也走不远。"

"老陈，这下回家威风了吧？"李千帆调侃着，"这可是天下第二通缉犯啊……"

"天下第二？"李南枝一愣，"第一是谁？"

李千帆和陈文昌对视一眼，又笑了。

"你说我说？"

"你说吧，"陈文昌吐了个烟圈，"我嫌不吉利。"

"好——当然就是血狼子！"

"血狼子到底是谁啊？"第三次听到这个名字，李南枝终于忍不住了。

"血爪的一把手，"李千帆的表情里有种身为名人亲戚的优越感，"论杀人，他是公认的天下第一！"

7年前，银盾在对鱼鹰的战争中占据优势，盈利达到了史无前例的高度。谁也没料到它春风得意的时间即将到此为止：在汉堡举行的高层会议上，十多名高级领导——包括号称"鱼鹰银盾武功第一"的三号人物彭右弼——几乎全部被杀，二号人物郑天权都差点丧命。作案者只留下一个血手印。

那以后，这个血手印成了天下猎手的噩梦——他不时鬼魂般地冒出来，每次出现，都会带走十几甚至几十名猎手的生命。此人凭着一己之力，令全球猎手惶惶不可终日，而不管是鱼鹰还是银盾，连他长什么样子、叫什么都搞不清楚。这么多年来，他只留下过一个被吓得精神失常的幸存者。那人余生唯一能说的，就是一个含义不明的名字：血狼子……

"找到了！"耳机里突然传来赵仙迪的声音，"他就在东边山坳里！"

03

地势渐渐升高。黑暗的树林里，十几个人影在飞奔。土块、落叶和枯枝一起被皮靴碾碎，跟零星的鸟鸣以及山下若有若无的犬吠一起，把黑夜衬得更加静谧。

终于，队伍停了下来。李南枝双手撑着膝盖，不停喘息——他的能量在山洞里消耗得差不多了，这会儿又狂奔了几分钟，身体早到了极限。目力所及，四下全是一望无际的树林。呼出的白气在空中飘散、下沉，消失在潮湿的空气里。雾像稀疏的棉花，轻轻盖住地面。前方，一个缓坡从白色中凸显出来。

贺摇光就在山坡的那一边。

"我认为，一定要等第三队！"赵仙迪的声音响了起来，"我们还不知道他的状况……"

李南枝一抬头，才发现她在离大家几米远的地方，似乎是要跟崔敏孝私下谈什么，结果吵起来了。崔敏孝一言不发，脱下护甲，一颗颗解开纽扣。接下来的景象令所有人都吃了一惊。他的上半身布满各种缝合的疤痕，看上去简直像是日式文身。最触目惊心的伤疤在他的胸口——暗红色的皮肤紧绷着，没有纹理，一看就是严重烧伤之后痊愈留下的疤痕——而它的形状怎么看怎么像一只手。

"这都是贺摇光留下的，动了5次手术，我才活下来。"崔敏孝说话依旧毫无感情，"而华城派每个人的尸体，都比我更惨。"

他伸出左手，猛地把手套扯下来。所有人都低声惊呼。赵仙迪确认了几次才敢相信，同辈第一高手的右手，是假的。

"贺摇光……干的？"

机械假肢是银盾发明并广泛使用的，一直被鱼鹰看作是奇技淫巧、下三烂的伎俩。崔敏孝在众人面前袒露这一切，无疑是冒了名誉扫地的风险。

"不是，"崔敏孝戴上手套，破天荒地笑了笑，"我自己砍掉的。因为我发现，凭我的天赋，要用华城派的武功打死贺摇光，基本不可能。只有舍弃一只手，才能把次声剑气的杀伤范围扩展到2米。这是唯一的路。"

赵仙迪说不出话。

"我只是要你知道：为了杀死那个狗杂种，我愿意付出任何代价、冒任何风险。这一路都是血迹，他最多只剩一口气。现在你不让我去，等着他断气，你觉得可能吗？"

两人对视着，眼神的碰撞中，赵仙迪无话可说。崔敏孝穿好护甲，转身就走。陈文昌第一个跟上。然后是李千帆。赵仙迪失落地看着一个个猎手离开，最后只剩下在原地扭捏的李南枝。

"要不……"他讨好地笑着，"咱们——也跟着去看看？"

沿着山坡向上，雾气和树木变得越来越密，队伍却渐渐分散开来，只能凭着脚下树叶破碎的声音互相识别方位。忽然，李南枝停下脚步，发现身边一个人都没有。一阵寒意袭来。举目四望，贺摇光似乎隐藏在某一棵树后，随时都可能跳出来。

赵仙迪像猫一样轻盈，越走越快。李南枝尽力跟着，脸被各种植物的枝叶抽打得生疼。越往前走，四周的白雾越浓，最后他觉得吸进去的空气已经把肺变得沉甸甸的。赵仙迪忽然停下，李南枝没看见，差点撞在她身上。

"那里……"她的声音把他的心和周围的雾气震得微微颤抖。

坡顶的地势陡然凹了下去，形成一个巨大的盆地，底部似乎有个小水洼，四周树木倒伏，好像这里不久前刚被陨石击中。一个人影跪在水洼边上，双手撑地，纹丝不动。

真的是他。

李南枝心头一颤，跟贺摇光初次相遇时的恐怖景象瞬间在脑海中就变得清晰无比。身体控制不住地发抖，恐惧铺天盖地地压过来。

赵仙迪把护目镜调到红外模式。不一会儿，镜片屏幕上读出了目标的体温。

"不到三十三摄氏度，"她松了一口气，"刚死不久……"

"看来，血流干了……"陈文昌在耳机里感慨万千，"没想到，一代枭雄，竟落了这么个下场……"

李南枝浑身瘫软。终于板上钉钉了！他第一次确信，自己也不是永远跟运气绝缘。

"什么枭雄，刽子手！"崔敏孝大骂着砍断了一棵巨树，大步朝前走去。其他猎手应声而动。雾气在洼地里沉淀，那个模糊的影子几乎全被白色包裹。他一动不动，然而在李南枝眼中却好像在不停生长，直到变成一座云雾缭绕的高山，投下足以把一切覆盖的阴影。他第一次见识到，一个人可以比肩象冢、鲸落，即使死去，依旧能凭着以前的巨大力量而令人敬畏至此。

他犹豫再三，终于跟了上去。然而越往前走，速度越慢。他停了下来，蹲在地上喘息着。他发现自己像是被噩梦魇住了，明明胸口发闷，却无论如何都做不到大口呼吸。他不明白，为什么会被一具尸体吓成这样。

扫视一圈回来，李南枝发现赵仙迪已经把他甩下好几米，几乎消失在浓雾里。他觉得脸上火辣辣地发烫。

"一个死人，怕什么？"他在心里给自己下了死命令，"数三个数！数完就上！"

"三……"洼地边缘到处是影影绰绰的黑影。大家从四面八方朝着贺摇光的尸体大踏步前进。

"二……"最前面的两人离贺摇光只有几步之遥。他们已经能够看到，灰白的发丝在雾中微微颤动。

"一！"李南枝猛地站起身来。剧痛突如其来，击中头顶。

贺摇光？！

他被吓得魂飞魄散，抬头一看，才发现脑袋撞到了一根树杈似的东西。

"吓死我了……"他恨恨地往树杈上一拍，扭头就要冲上去。然而只迈出一步就停了下来。

他感到有点不对——树杈，是铁的。

"钢筋？"他摸到了上面的螺纹。

"不对！"他心里忽然一片冰凉。

"不对！"最前面的猎手也发现了一件怪事：贺摇光的双手插在水坑里。

"不对！"真相劈头打来，令人无处可躲：这白汽不是雾！是超声制造的水汽！

"哈哈哈哈！"

震耳欲聋的大笑声冲天而起，盖在身上的冰袋落地破碎，"尸体"一下子站了起来！双手一伸，两道巨大的闪电猛地射出，击穿左右两个猎手的身体。他们的头发在瞬间开始燃烧，火苗从眼眶和耳朵里猛地蹿出，整个身体原地炸起十几厘米，然后冒着浓烟落下来。

"趴下！"赵仙迪吼了起来。李南枝一头扎进潮湿的草丛里。

他明白了，一切都明白了！

贺摇光把树木震倒，造出一片空地，在四面的树上钉上钢筋，用惊人的超声能量把水坑里的水全部汽化。洼地使水汽聚集，令空气格外潮湿，会轻易被高压电击穿，跟树上的钢筋连成致命的巨大电弧！

他不是在逃跑，他是在狩猎我们！

04

怒吼声刺穿充满焦臭味的空气。贺摇光的身影撞破浓雾，一掌拍在某个猎手胸前。"咔嚓"一声，铁甲破片从后背飞溅出来。那人导弹一样向后直飞出去，跟几升鲜血一起拍在地上。

李南枝嘴大张着，脑子一片空白：击穿四层钢板、震碎人的五脏，只需要一掌。这是何等的武功！

狂喜的笑声中，当空亮光一闪，崔敏孝的"大钢刃手"在潮湿的空气中划出一弯肉眼可见的新月。贺摇光躲过这一击，转头飞奔。崔敏孝紧追不舍，次声剑气把一棵棵参天大树拦腰砍断，却始终没有伤到贺摇光分毫——他速度奇快，再加上没穿护甲，所有人都比他慢一拍，那场面像是十个手指去捉一只跳蚤。

"小心！"

贺摇光突然扭身两掌，打向与崔敏孝完全无关的方向。一名猎手猝不及防，当场被电弧刺穿，另一人惨叫着倒地，右臂像面条一样挂在肩膀上。

李南枝的手颤抖着，心中一个熟悉可怖的声音再次响起：不管你是谁，你都战胜不了他；不管你们有多少人，你们都会死！

"抢位！"耳机里传来赵仙迪声嘶力竭的命令。瞬间被打死打伤5人，她首先醒悟过来，这样乱追是不行的：贺摇光的实力远在档案记载之上。

"Pegasus（飞马座）！"

陈文昌、李千帆和赵仙迪一起上前，跟崔敏孝相互掩护，你追我堵。这样一来，其他猎手终于得以抢占位置，组成一个飞马菱形阵。

"Take one！"赵仙迪喊出口令，所有猎手忽地扑向圈子正中，"啪啪"几声，又跃回原位。李南枝看到，有人又负了伤，不过活动两下，似乎又没事了。这是第一次有人中了贺摇光一掌之后没有残废。

"Take two！"

又是一阵衣袖震荡之声，攻击再次被贺摇光硬碰硬击退，但是他也因此失去了逃跑的最后机会。现在，每个猎手跟他的距离只有不到4米；他攻击任何一个人，身后和两侧都会受到其他三个人的进攻。

大网终于落地，他被网住了。

大家都在喘息着，等待着时机。李南枝小心翼翼地跑到赵仙迪身后，伸着脖子观望着。包围圈中央，贺摇光背着双手，仰头望着天空，旁若无人。

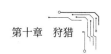

"龟儿子，终于困住你了！"说话的人是个四川口音的年轻人，"叛徒！败类！还不快投降？！"

贺摇光动了。他像个钓鱼被打扰的老者，转头看着说话的人。

"你是什么东西？"他的眼睛眯起来，脸上怒色浮现，"也配跟我说话？！"

"贺摇光！"兴奋使崔敏孝的脸都扭曲了，"你还记得华城派吗？！"

"华城？不记得。"贺摇光全无惧色，"踩死几只蚂蚁我哪会记得？"

"当年你杀了我父亲、我师父、我所有的师兄弟，"崔敏孝丝毫不受嘲讽的影响，"可惜你犯了一个错误。"

他脱下护甲，扔在地上。没有人阻止他，反而有人跟着这样做——大家都看明白了，跟这种人交手，护甲根本没用，只能让你跑得更慢。

"原来是你……"胸口的掌印露出来时，贺摇光嘿嘿一笑。

"这么多年，我每天都在祈祷，你不要死在别人手里！"崔敏孝屈膝沉肘，摆开拳架，"今天，咱们俩只有一个能活着离开！没有了阴谋诡计，我倒要看看是你还是我！"

李南枝这才发现，崔敏孝刚才并不是在盲目追逐。一圈的树——不管是带钢筋的还是不带钢筋的——都已经被砍倒。贺摇光的高压陷阱没法再用了。

"贺前辈，"陈文昌对他依然很尊敬，"看在都是鱼鹰老人的分上，跟我们回去吧，不要打了。"

"回去？"贺摇光哼了一声，脸上悲怒交加，"我早就发过誓，这辈子，我只会回去一次：那就是去拿刘玉衡的脑袋的时候！"

猎手们全都怒了——刘玉衡，是鱼鹰会现任会长。

"高压！别动！"有人刚要上前动手，结果被耳机里严厉的指令制止。仔细一看，大家都发现贺摇光的长发在微微向上飘。

"小心跨步电压！检查绝缘鞋底有没有破口……"耳机里，大家互相嘱咐着。贺摇光环视众人，看着一副副护目镜里自己的影子，声音阴森低沉：

"要我死？我把话放在这里：今天，你们一个都活不了！"

看到大家没什么反应，他哈哈大笑。

"不信？那好，咱们来做一个游戏……"

他伸出食指，指着众人，缓缓画着圈。虽然明知是空言威胁，可发现贺摇光正指着自己的时候，李南枝还是觉得胸膛里咯噔一声。好在手指继续滑行，直到停在那个四川猎手的方向。

"我数到三，第一个倒下的，就是你。"

05

四川猎手浑身一震，然后又放声大笑。其他猎手也谨慎地笑了。人人都知道，即使是次声武功的极限，也不可能隔空4米伤人。而要扑过来近身格斗杀人，未免也太小看其他猎手了。

"一……"贺摇光居然真的开始计数。大家都被这种赤裸裸的狂妄惊呆了。但没人敢百分之百确信，这是信口开河。

"二……"大家把电压升到最高，全神贯注地戒备。李南枝睁大眼睛，不敢错过任何一秒。

"三！"低沉的喉音如闷雷滚地，隆隆碾过所有人。一切沉寂如旧。四川猎手满头是汗，但还站着。

"哈哈，你倒是……"李千帆第一个笑出声。然而他的笑声却被一阵细微的声响打断。

咔嚓。

蛋壳碎裂似的声音中，鲜血从四川猎手耳中狂喷而出。他捂着脑袋，倒地打滚。

李南枝觉得自己的头发根根竖起——这是武功？这明明是妖术！

"摘掉护目镜！"赵仙迪第一个反应过来——贺摇光知道鱼鹰骨传导耳机的标准超声频率，而人类的头盖骨振动频率都是差不多的。他故意口出狂言吸引大家的注意，装神弄鬼用手指着对方，其实是用指尖暗中发出超声波，与耳机的频率叠加，化为频率正好能击碎头骨的次声波！

这是何等的心计和武功！

护目镜纷纷落地，一阵冷风吹来，空气中的白色消退。怒吼声如龙吟虎啸，贺摇光杀了过来！

"啊——"惨叫声中，站在四川猎手对面的猎手成了第一个牺牲品，被贺摇光一掌打在胸口，七窍流血，被生生震死。李千帆从侧后方疾冲过来。贺摇光躲都不躲，回身一掌，隔空命中。赵仙迪的尖叫声中，李千帆的护甲、拳套一起被震碎，整个人横飞出去，狠狠砸在地上。

李南枝双腿一软，跪在地上——跟别人不同，李千帆的厉害他是领教过的。刹那间，他好不容易建立的一点自信再次烟消云散。

"小心！"陈文昌喊声未至，贺摇光已凌空接住李千帆手套的残骸，转身猛掷。手套的钛合金内衬像炮弹一样击中试图给自己打急救针的四川猎手。他像一截木头似的朝后倒去。

眨眼之间，又倒下了3人！环顾四周，李南枝发现不知道名字的猎手已经一个不剩——抓捕队伍只剩4个人了！

他觉得五脏六腑都被一只大手紧紧攥住，无法呼吸，也无法逃走，脑中只剩一个念头：他到底是人是鬼？！

"畜生！"赵仙迪和陈文昌同时出掌。贺摇光杀戮太急，放着难得的破绽没有跳出包围圈，终于付出了代价：他被两人的掌风逼到死角，与此同时，一把看不见的刀划着地面、分开尘土，闪电般劈了过来。

低吼过后，打斗暂停了。贺摇光站在三大高手中间，傲然子立，明眼人都留意到，他刻意藏在背后的左袖口有鲜血滴下来。

他受伤了！

06

"次声剑气？"贺摇光对崔敏孝的态度明显改变了，语气中没有了蔑视和嘲弄，"华城派的武功，达不到这种威力。"

"只要你豁得出去，"崔敏孝咬着牙笑着，"就能练到任何程度！"

啊！

手刀上撩，一道剑气狂飙突进。4个绝顶高手终于开始了正面对决。只见落叶飞扬、泥土四溅，3人像一支护航车队包围着贺摇光，飞速奔走。他们互相隔着至少一米的距离，闪转腾挪、进退交替，隔空相搏。

陈文昌步法稳重、掌法绵密，贺摇光几次想靠近突围，都被他滴水不漏地逼了回去；崔敏孝双掌如长剑利斧，砍削刺撩，刚劲凶猛；赵仙迪身法轻盈、脚步灵动，双掌如繁花飘落，铺天盖地。

3人的战术非常简单，那就是陈文昌作网，赵仙迪和崔敏孝为刀，把猎物活活戳死在网里。掌风把脚下的草吹散，高压电令贺摇光须发皆张，犹如厉鬼。他以一敌三，毫无惧色，手臂在空气中带着残影，把四面八方的拳掌，或硬或巧一一化解。一旦抓住先机，立刻如疯似癫，大开大阖，招招如长枪大戟，凌厉骇人。

陈文昌头上渐渐云雾缭绕，全是汗水蒸发而来。3人之中，他的责任最重——要把贺摇光这么个人困住，可不是人人都能办到的——而他一丝喘息的机会都没有。贺摇光不停逼近，每次两人都要在方寸之间格挡拆招，这简直是对人类反射速度和胆量的极限考验。脆弱的出现就像鲜血滴进海水，会立刻被鲨鱼捕捉到。贺摇光开始更加频繁地近身紧逼，消耗他的体力，而且不时利用他作掩护，让崔敏孝劈砍时投鼠忌器。

突然，陈文昌脸色一变，腹中火烧般痛了起来——电胆过热了。倘若在平时，这不是大问题，休息几分钟就可以了。但是此刻却千难万难。现在以三敌一，也只不过是个平手；假如有一个人支撑不住，今天的局势就是必败！

继续打，就是自己死；收手，就是大家死！

"生死朝昏事一般……"

耳边忽然传来了陈文昌的吟诵，令赵仙迪心里咯噔一声。她明白，这是一种形成于战争期间的习俗。互相信任的猎手会私下约定一个暗号，在危急关头，一个人会舍身诱敌，为同伴争取致命一击的机会——这就是舍身技。这种暗号可能是一种招式、一个表情、一个动作。而在陈文昌和赵仙迪父亲之间，是这首诗。

幻泡出没水常闲……

眼泪瞬间充盈了眼眶。暗号其实念一句足够了，可她却忍不住在心里默默念下去。作为二代华裔，她懂得的汉语书面语其实非常有限——别说古诗，就是大部分中文战术口令她都是按读音死记下来的。然而此刻，她却把每一个字都理解得明明白白。

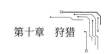

微光见处跳乌兔……

不……不……她在无声地祈求着。

"真是年轻啊……"看着她英气勃发、此刻却因为激动和悲伤而变红的脸庞,陈文昌不禁感慨,"我们是不是最后一代猎手,就看你们的了!"

玄量开时纳海山!

陈文昌深吸一口气,正要攻上去,却看到了一个惊人的画面:赵仙迪就地一滚,朝着贺摇光的腰抱了过去!

她抢先使出了舍身技!

07

陈文昌眼前变成灰白。他又看到了近 30 年前,那个失去一切的年轻人在最绝望的时刻,有人走到他身边,轻声说:"我可以帮你把她找回来。加入鱼鹰吧,我叫赵天璇!"

他永远也忘不了亲手救回最爱的女人的心情。也永远忘不了,跟赵天璇喝酒时一起许下的心愿:让鱼鹰发扬光大、让所有逃犯无处躲藏!

然而现实却无情地嘲弄着他,嘲弄着所有心怀善良梦想的人。内战开始了。明明都是猎手,却分为两个阵营,自相残杀、不共戴天。当年激励着所有人加入鱼鹰的梦想,被所有人遗忘。这一切,为的只是钱。

是啊,这个世上,一切在金钱面前都不堪一击。包括理想,包括爱情。他也爱钱。然而夜深人静时,他最怀念的却不是挣钱的日子,而是当年获得的荣誉、信念和肯定。他每一天都在期盼鱼鹰的复兴。此时此刻,他终于肯定,现在,就是一切的关键!

所有的画面一起沉寂。只剩那个声音在脑海里一次次地回荡。

"加入鱼鹰吧,我叫赵天璇。"

他清啸一声,把所有失意、憧憬、遗憾和希望全部抛到九霄云外。他像个疯子一样,用尽浑身力气,朝着贺摇光扑了过去。

我要拯救赵天璇的女儿。

我要拯救鱼鹰会的希望。

我要让猎手的黄金时代再次回来。

虽然那一天我看不到了，但我要让以后的猎手，再也不用受我受过的罪！

砰！

巨响和闪光过后，陈文昌捂着自己的肚子，踉踉跄跄，连退五六步，终于跪倒在地。他的身后，赵仙迪捂着胸口，浑身颤抖着，一时坐不起来。李南枝也不知哪来的勇气，飞奔到她身边。

赵仙迪嘴角流着血，望着陈文昌的方向，泪水长流，却说不出话来。陈文昌就跪在不远处，面如金纸，嘴角却挂着笑容。

"断流指！"他用嘶哑的声音高叫着，"他中了我的断流指！"

所有人心中一凛。"断流指"是江门派的独门绝技，是猎手最惧怕的武功之一。因为它攻击的，是体内的电脉。

"他的降频电路断了，他发不出次声了，你们一定……"

声音陡然断掉。陈文昌脸上带着笑容，额头慢慢贴地，再也不动了。他全力一指击中贺摇光、救下赵仙迪，可谓天神般的表现。可是，自己的电胆外膜却烧破了。

不远处，最后两个还有战斗力的人相隔 2 米，喘息着对峙。两人的神情似乎调了个个，贺摇光面无表情，而崔敏孝却如醉如狂。赵仙迪想要站起来，却吐了一口鲜血，委顿在地。

"上！"她推了李南枝一把，"这是最好的机会！"

李南枝喘着粗气，机械地朝贺摇光跑去，然而双腿却越跑越沉重。好在贺摇光看了他一眼，忽然扭头朝林子里钻去。

"别跑！"崔敏孝厉声怒喝，纵身紧追。他速度奇快，右手高高扬起，次声剑气眼看就要劈出去。就在此时，贺摇光忽然回身。月光下，那张本就吓人的脸居然变成了血红色！

一惊之下，崔敏孝动作慢了半拍。贺摇光一步抢上，双掌齐出。两人如骑士决斗，不躲不闪，互相攻向对方的要害。电光石火之间，贺摇光的手先碰到了崔敏孝

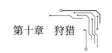

的身体!

赢了!

这两个字瞬间在李南枝脑中闪过。既然贺摇光无法发出次声,而超声掌力即便造成外伤,也绝对无法跟崔敏孝的次声剑气相提并论。

他必死无疑!

一声巨响,隐约的闪光从崔敏孝的小腹爆出来,又消失得无影无踪。他浑身一僵,左手停在空中,像喝醉了似的慢慢退开,摇晃两下,终于双膝一跪,倒在地上。鱼鹰第三代的首席高手,倒下了!

"这……这不可能!"

赵仙迪脸色煞白,不敢相信自己的眼睛。李南枝如同雕像,站在原地一动不动。他看到,贺摇光不知用什么把额头割了一道几寸长的口子,满脸满手都是血。

"空……空化效应……"他终于明白了。

超声波在空气中的确无法造成致命伤害,但是在液体中却可以——当频率和功率达到一定高度时,它能够发出亮光,产生高达几千个大气压强度的冲击波。贺摇光以自己的血为液体介质,利用崔敏孝的不知情,居然使用空化效应反败为胜!

崔敏孝在地上痛苦地挣扎着,跟陈文昌死前几乎一模一样。他的电胆被震破了。

"老南!"赵仙迪的惊叫把李南枝惊醒。抬头看时,贺摇光正大步走来。他就像中了定身法,双腿发抖,牙齿打战,只能看着这个怪物一步步来到自己跟前。

一指戳在胸膛上。电流穿过,李南枝当场倒地,抽搐不止。

"真快没电了……"看到他居然没死,贺摇光摇了摇头,吹着口哨继续慢慢走。

"又见面了……"他站在赵仙迪面前,露出瘆人的笑容。后者脸色苍白,挣扎着向后退,拼命想站起来。

"你怕什么?"贺摇光不紧不慢地追着,"我会先电死你,再挖你的电胆。我又不是虐待狂……"

赵仙迪突然紧咬牙关,回身一掌。贺摇光轻蔑地一笑,闪身躲开。赵仙迪口吐鲜血,再也动不了。贺摇光扬起手掌,骨节咯咯作响,猛地朝她天灵盖拍下去!

忽然,一个身影跳了上来,死死抱住了贺摇光的双腿。一阵电流,两人一起倒地。

"走！"

是崔敏孝！

他忍受着电解质腐蚀内脏的痛苦，用最后的电量和力量，拖住了贺摇光！

"快走！"

赵仙迪站都站不起来，只能眼睁睁地看着贺摇光双掌像斧头似的一下下劈在崔敏孝的背上。

最后一刻，她流下了眼泪。不是因为恐惧，而是因为对自己的恨。她恨自己为什么不能多一丝力气，先是辜负了陈文昌，然后是崔敏孝……

突然，一个影子冲了上来，抱起她撒腿就跑。

李南枝脑子里一片空白，眼前一片漆黑，抱着那具像火炭一样烫人的躯体朝着山下狂奔。天上的星星不停摇晃，他从山林中间穿过，从陡坡上滑下。嘴里开始发苦，肺像炸了一样疼，他依然从骨头里榨出最后一丝力气，继续跑着。好像过了一千年，公路的轮廓终于远远出现在前方。

就快得救了！快了！

一阵杂音从身后传来。李南枝脑袋里"嗡"的一声，身子晃了几晃，几乎瘫软：贺摇光？！

第十一章　往事

……所以说，我根本不算猎手啊——我就是倒霉催的！

01

9 月 22 日　周四

距离移植最后期限还有 5 天

经费缺额 65790 元

"让开！让开！"邢台市附近的某个医院，一个男人狂奔进来，焦急地敲着急诊室的窗户。

"怎么了？"值班医生看着他怀里抱着的姑娘。

"她……受伤了！"

"什么伤？"医生扒开她的眼皮检查着。

"冲击伤……"

"爆炸了？"医生奇怪地看着他，"你是哪个矿的？怎么还有女人下井？不对……她怎么没外伤？"

"她……"这些问题男人一个也答不上来，"我又不是大夫，你给她看啊！"

2 小时之前，李南枝如惊弓之鸟，抱着赵仙迪狂奔。一路上风声鹤唳，他几次被身后的声响吓得要心脏病发作。好在回过头去，都没有贺摇光的影子。更幸运的是，冲到公路边上，正好有辆小货车停在那里——司机在撒尿。

"她怎么了？"司机警惕地看着他怀里不省人事的赵仙迪，"死人我可不拉！"

"死？不会不会，"李南枝把头差点摇下来，好像要说服对方，更是要说服自己，"到了医院就好了，她不会有事……"

然而司机还是不敢让他们上车。个中原因李南枝也能理解——他怕到了医院被讹上。夜风吹动山林，每一片树叶响起来都像贺摇光的脚步声。

"大哥，我求求你了，"李南枝崩溃了，"你不用拉我们去医院，你带我们几公里就行啊……"

就这样，他们被拉到了当初停卡车的地方，自己开车来了这里。

医生让他把赵仙迪放在床上，简单检查，打了一针，然后让他带赵仙迪去做个CT。

"1500？"听到价格，李南枝心疼得号了出来。医生和外边的病人都用谴责的目光看着他。

"没事，没事，我就是问问……"

咬牙交了费，李南枝推着赵仙迪直奔三楼放射科。门前排队的人有十好几个。他一屁股坐在椅子上，把头埋在双膝之间。身体松懈下来，刚才经历的一切开始反噬，恐惧瞬间爆发出来。

他听到一阵咚咚的声音，发现是自己的鞋跟不停地敲打地面。他把一只手压在腿上，却毫无作用，用了两只手、拼了老命才把腿压住。

"你这是在干什么啊……"心里有个声音在对自己大骂，"为什么要掺和这事？70万？你也不撒泡尿照照自己！你这辈子，你这运气，你有这个命吗？"

"开心还在等着你！只剩4天了！她的救命钱你攒齐了吗？你死了，她怎么办？！"

他捂着脸，几欲哭泣。过了一会儿，他抬起头，咬着牙，好像有一个决心要下。

日光灯把赵仙迪苍白的皮肤照得几乎透明，仿佛一碰就会破碎。过了好一会

儿，他才鼓起勇气开口。

"谢谢你那次救了我……"他抿着唇，每个字都说得很艰难，"谢谢你为我做的……所有事。按理说，我应该……可是……我女儿等着我的救命钱，我……"

他停了下来，沉默了半天。

"你是个好人，我也不是个坏人，可这是没办法的事……"他声音低得几不可闻，也不知是在对她解释还是在劝慰自己，"我帮不上什么忙，我不是那块料，我也不能……"

他缓缓站起身，想把手放在她手上，可半途又缩了回来。

"保重，再见！"

他猛地转身，一口气奔出大门。他本想直接去停车场开车走，但是身体和精神却莫名地支撑不住。

他气喘吁吁地停下，手哆哆嗦嗦掏出烟，点燃了大口吸着，结果第一口就被呛得直咳嗽。

"你这也算仁至义尽了，她又没有生命危险，剩下的事你也帮不上忙……"他拼命安慰自己，"这世道，不能太好心了，想想你以前，都落得什么下……"

他抬起头，看着自己在玻璃门上映出的影子。那张脸一如既往地灰暗、浮肿、虚弱。不同的是，眉宇间多了一种往日从未见过的、令他自己都感到恶心的神色，像滴在白衣服上的柴油，怎么都擦洗不掉。他低下头，不敢再看。他知道，那是虚伪、自私和残忍的神色。

事已至此，他逼着自己硬起心肠，思考下一步该怎么办。魔术是不敢搞了。光是开车去内蒙的话，就算平安到达，钱还是不够。一切又回到了起点，只是变得更糟。

"妈的，你到底要把我逼成什么样子你才甘心？！"他仰头望着漆黑的天空，恨不得大声叫骂，"你不是要老子做坏人吗？那我就做！"

刹那间，就像没了气的打火机在深夜里打出火花，他理解了于振恒、张清泉、马革言等人的心路历程，同时也明白了梁天枢为什么一定要求猎手不能自由选择挣钱的路子：有了电胆，想搞点钱，还算什么难事吗？

思路顿时变得无比灵活，甚至一瞬间就锁定了目标：老马问过我，愿不愿意去帮他收账……

不行，这人抠得很，恐怕不会给我预支工钱……

等等，他的手下好像说过，他的保险柜里，常年放着几百万……我只需要8万！

不对，还有医药费、营养费什么的，既然干了，就多拿点，20万吧……

人都打晕了，一次到位怎么样……那就100万！

我要真拿了100万，老马可不会善罢甘休……要不……

他抬起头，看着大楼玻璃里的自己，双眼充满了凶狠和决绝：要做，就把事情做绝！

手指一阵剧痛，"哎哟"一声，燃尽的烟头掉在地上。他骂骂咧咧地掏出烟盒，却发现已经空空如也。正要把空烟盒丢掉，却忽然发现里边有张纸。

是高速公路的称重单据。

这些天钱没挣着，过路费倒是花了不少……

他摇了摇头，想把这玩意儿塞回兜里，可是眼角的余光却瞥见了一个不寻常的细节。卡车每次上高速都要过磅，单子上的结果显示，车比初次上路时重了将近300斤。就算有误差，真实重量也至少有150斤。

"她有这么沉？抱着没觉得啊……"

忽然，脑子里一道闪光，一个恐怖的猜想如同高压电弧，穿胸而过：车上除了我们，还有一个人！

几声悲鸣突然从天上传来。在路灯的照射下，白杨树上的喜鹊惊起，一个个撞在窗户上。呼吸变得像岩浆一样缓慢而灼人。李南枝鼓足勇气，缓缓回头，然后马上像挨了一耳光一样把头扭了回来。

眼角的余光里，贺摇光正从停车场的方向走过来。

他一直在车上！

李南枝的脑子里一片空白，身体像打摆子一样剧烈抖动。

咚。

咚。

沉稳的脚步声从背后传来，每一下都像一场地震。李南枝站在原地，像是被一个噩梦魇住。他知道自己该逃，却迈不动脚步；他知道自己该呼救，却一个字也喊不出来。他痴痴地看着斜对面玻璃窗里的倒影，眼睁睁看着死神离自己越来越近。

贺摇光在他身后不远处停了下来。李南枝想闭上眼睛，却死活做不到。他一动不动，死盯着那个背影走进了医院大门。

02

跑，拼命跑。

李南枝以最快的速度跑进停车场，打开车门，爬进驾驶室。

"快！快！"他连骂汽车都不敢大声。电瓶不知怎么电量不足，努力了一分多钟引擎才启动。他系上安全带，刹车、挂挡，眼看就要走了，压在变挡杆上的手却停了下来。

"放下他！"

"你……还真可以啊……"

"天哪，你真的学会了！"

"你没事吧？！"

赵仙迪的声音没来由地在耳畔响起。随之而来的，是两人一起经历的一切。她救了他的命，她教他武功，她从不吝惜赞誉，她为了他跟李千帆反目……

"Yes！"想象中的她再次雀跃着奔来，跟自己击掌。手不由自主地伸到虚空中，好像再次接触到了她肩头的肌肤。

"这就是每个猎手最大的秘密！"

"因为我信任你！"

不知不觉，眼前的世界模糊了。唯一清晰的，只有她的脸。

"叫我仙迪吧……"

"叫我仙迪吧……"

"叫我仙迪吧……"

李南枝的两腮抽搐着。他抬起头。反光镜里，那张被生活折磨得消瘦变形的脸怔怔地看着自己。

"你还算个人吗？"

台阶一级级消失，三楼越来越近。李南枝后背紧贴着墙，抬头看着上方，一步一顿地前行。他的嘴唇不停地哆嗦着，呼吸越来越急促。

"你他妈真是个傻子……"他想给自己鼓劲，可是心里响起的，却全是完全相反的声音，"你就算是上去，又能干点什么？！"

猛地拉开门，他不给自己犹豫的机会，闷头跑到放射科等待区。视野停止了晃动。赵仙迪还孤零零地坐在轮椅上。李南枝欣喜若狂，三步并作两步跑上去。

一只手忽然从她的脖子后边出现。贺摇光的脸从轮椅下面升了上来。眼前的一切都在摇摆、破碎。李南枝像受了电击似的停住脚步，一步也移动不了。

"过来。"贺摇光朝他招手。李南枝像听到巫师的咒语，身不由己地挪过去，一屁股在长椅上坐下。他的腿已经软了。

"你居然回来了，"贺摇光的声音像是轮胎压过碎煤块，"我赌对了。"

李南枝看了看赵仙迪，咽了口唾沫。贺摇光的手搭在她的后脖颈上，只要一发力，就能把她置于死地。

赵仙迪忽然呻吟着醒了过来。

"我……"她的声音很虚弱，"我在哪……"

"别怕别怕，"李南枝急忙把手放在她肩头，小声安慰着，"我在这儿呢，我不走！"

"你好啊……"贺摇光拍了拍她的后颈。赵仙迪浑身一僵，没有回头。

"李南枝！李南枝家属！"护士拿着单子，在 CT 室门口吆喝着。

"走！"贺摇光站起身来，手始终没有离开赵仙迪的脖子。

李南枝一言不发，推着轮椅朝电梯走去。平时怎么叫都不来的电梯这回按了一下门就打开了。3 人进了电梯，来到一楼，走出了医院大门。

"去哪？"反正也看开了，李南枝这回问贺摇光声音都没打战。

"上你的车。"贺摇光推了他一下，"咱们要开很远。"

03

卡车在夜幕里飞驰。赵仙迪上车后又陷入了昏迷。贺摇光坐在后排，双掌抵着座椅靠背。李南枝心里一直琢磨他还剩多少电量、隔着座椅能不能杀人。但是猜归猜，他却不敢轻举妄动。

"咱们这是去哪？"开了半个多小时，李南枝实在忍不住了——哪怕说错话被当场打死，也比这样提心吊胆地沉默着好。

"云台山。"贺摇光的声音依旧低沉粗糙，令人不寒而栗。

李南枝知道这个地方。那里寺庙众多，当年跑车路过的时候，他还去烧过香，祈求转运。从今天的效果来看，那香火钱是白花了。

耳边传来低声呻吟，扭头一看，赵仙迪醒了。李南枝心里放松了一些，然后又马上沮丧地意识到，这一次，就连她也救不了自己。

"你……贺……"她虚弱地开口，语音不清、眼神涣散，似乎是想确认昏过去之前发生的一切是不是一场梦。

"我在这儿呢，"贺摇光瞥了她一眼，"这回不必麻烦偷偷用追踪针了。"

赵仙迪浑身一颤，然后倔强地紧闭着双唇，把头缓缓歪到一边。

"追踪针……"贺摇光摇头冷笑，"那东西我用过多少次，怎么会觉察不出来？卫星的经过时间我怎么会不知道？我立刻偷了一辆冷藏车，先向西北开，等卫星拍完第一次照再向南，你们的队伍果然散了……"他收敛笑容，"我解释得够详细了吧？现在该你跟我说说了：你们一共有多少人？其他人现在在哪里？"

赵仙迪闭上眼睛，没有回答。

"贺先生！"李南枝看到他脸上怒色忽现，一时忘了害怕，叫了出来。

贺摇光放过了赵仙迪，冷冷地盯着他。

"您……您……您能不能……我就是想啊……"插嘴之后，他才发现自己没想好要说点什么。可是被那双狮子一样的眼睛盯着，脑子里一片空白。

"冷藏车！对，"就在贺摇光要翻脸的前一秒，他终于想出个问题，"您为什么要偷——不是——拿一辆冷藏车呢？"

"很简单，"贺摇光的神情喜怒难辨，直到把他盯得浑身直冒冷汗才开口回答，"我要保存计三连那几个人的尸体。"

"这么说，您不需要电胆了？"李南枝忽然找到一丝生机——他的思维已经适应猎手世界了——在这里，要敌人的尸体不会有别的目的。

"你装傻吗？"贺摇光的手在椅背上一按，令他浑身一哆嗦，"那几个废物的电胆也老化了，要是能用，他们还找你干什么？"

"那是……那是……"李南枝失望地继续敷衍着，"那您是……"

"我放了自己的血，"贺摇光漫不经心地说着，"跟他们的掺起来，再把几个电胆扔在旁边，这帮只认机器读数的白痴就会以为我放血把自己放死了，或者自己给自己动手术移植电胆出事故了。然后，就简单了……"

然后，他找到洼地，打造完美的陷阱……不对，往前推一下：他肯定是先找好洼地才开始布置假死现场的……不对，再往前推一下：他偷冷藏车的时候肯定就想好用冰降低体温骗过红外扫描了……

李南枝在心里越复盘越绝望。这个人不但武功高强、手段残忍，心思更是缜密。要从他手底下逃脱，简直不可能。

"高！实在是高！"他决定放手一搏——马屁先拍上再说，"您老人家真是厉害啊，我们这么多人，全都被您给耍了……那我跑下山的时候，您肯定早追上了吧？"

"我一直跟着你。我把自己吸在底盘上，跟着你换车，来了医院。"贺摇光手里拿着几根银针似的东西，"用车上的电瓶充了充电，我才去找你们的。"

"我……服！"李南枝费了好大劲才忍住一句话，"您真是高人啊！跟您比起来，我就像……就像……嗐，我连人都不算，我就是一只小蚂蚁！您大人有大量，不跟我一般见识，居然没当场把我……哎呀，这么一说，您简直是我的救命恩人哪……"

"你给我好好开车！"一声呵斥，正在动情鼓掌的李南枝吓得赶紧收敛笑容，把双手放回方向盘上。

"我不杀你，是需要你开车。我也是在逃跑。"贺摇光根本不吃这一套，"你们一定有援兵，我不能留在原地等死。"

"哎哟您这话说的……"李南枝一拍大腿，"您这一身武功，再来多少也不够啊……不过我说，您为什么就盯上我们俩了啊？林子里，不是好多……那什么吗？"

这话说完，李南枝没敢瞟赵仙迪。他知道，这个提议太下作了。

"多是多，不过——"贺摇光忽然凑上来，狞笑着双手同时拍着两人的肩膀，"既然有你们俩，我何必留在原地冒险呢？"

李南枝的五脏六腑随着肩头的拍打震颤着。这种坦诚令他的心脏险些承受不住。缓了好大一会儿，还是没法开口说话。

"你这么爱说话？"没想到，贺摇光开始主动发问，"那你来说说，你们到底有多少人？"

李南枝真想抽自己一嘴巴子。

"赵小姐是总会精英，大概不会轻易开口，"贺摇光硕大的脑袋凑到他脸旁，"但是你呢？你是哪年的猎手？你的忠诚，值几万伏？"

04

"……所以说，我根本不算猎手啊——我就是倒霉催的！"李南枝用最快的语速把自己得到电胆的经历大概一说，"你们之间的过去、恩怨，跟我完全没有关系啊……"

他拼命解释，试着看能不能先摘清自己，再替赵仙迪求情。但这套说辞根本不管用。

"人在江湖，身不由己。有关没关，哪是你说了算的……"贺摇光把脸一绷，"快说！"

脸皮一紧，似乎有清风拂过。但李南枝知道，这不是风，是高压电。

"还有 9 个人！"答案带着哭腔从喉咙里涌出来，"从北边来！其实打起来的时候都快到了！"

"还有没有别人？"

"没了……真没了……"李南枝垂着头，低声答道。

"快赶到了？赶不到！"贺摇光哈哈大笑，坐回原位，"来的时候我就把那条路用石头堵上了。看来没堵错！"

李南枝霎时间觉得自己完全失去了反抗和侥幸心理。这个人从武力到智力的全方位优势令他觉得自己面对的不是同类，而是高一等的生物。看着他，就像待宰的牲畜看着屠夫。

扑哧。

赵仙迪忽然笑出声来。

"你笑什么？"贺摇光把目光移向她。

"当然是替你感到高兴，"赵仙迪费劲地往嘴里扔了一块口香糖，若无其事地干笑着，"祝你拿了……拿了我们的电胆，从此成为天下第一……"

李南枝已觉得她逞强得有点刻意——傻子都看得出来，她在忍着痛。

"首先，我不是天下第一，"贺摇光很认真地纠正她，"当年鱼鹰的陆开阳、银盾第一高手彭右弼，都比我强很多。现在嘛，像厉司危那样的，我也说不好能不能赢。第二，我要你们的电胆，也不是为了成为天下第一……"

"嗯，明白了，"赵仙迪费力地拖着长腔，"是因为你怕……"

"我怕什么？"贺摇光眯起眼睛。

"作恶太多，"赵仙迪居然还笑得出来，"怕失去武功，遭报应……"

贺摇光双目一瞪，杀气毕露。

"别别别，"李南枝急忙插话，"大家都好好说话……"

贺摇光盯着她看了一会儿，冷笑不止。

"离开鱼鹰会这么多年了，你们一个个还是这副臭德行！自以为是、眼高过顶……"

赵仙迪怒目圆睁，却不得不扭头向李南枝求助。

"就是说你态度不好……"李南枝胡乱翻译着，心里却不停地翻腾：离开鱼鹰会？对了，他以前也是鱼鹰会的。怎么把这茬给忘了……

"贺先生说得有道理！"李南枝摆出一副教训晚辈的架势，"小赵你多大岁数？人家贺先生多大岁数？你起码得尊重长辈，对吧？大家既然以前是同事，有什么深仇大恨说不开啊，对吧？"

还是没人理他。

"我作恶多端？你们是正义化身？"贺摇光不再生气，反而露出笑容，"你以为你是鱼鹰猎手，就高人一等？你以为鱼鹰会，就是什么好东西了？"

"说得太对了，我们没什么了不起，"赵仙迪笑着鼓掌，"我们不过是在过去几十年，抓了些杀人犯、强奸犯、恐怖分子。请问，这些年你又在做什么？"

李南枝心惊胆寒，甚至忘了打圆场。

"抓几个罪犯，你们就了不起了？"贺摇光居然没生气，"银盾会收钱当保镖，血爪收钱替人杀人，鱼鹰会抓人，还不一样是为了钱？"

"我们挣的，是……保释金提成，是悬赏，"赵仙迪有点喘，但依旧不肯示弱，"是……是干净的钱……哦，不对，不干净的当然也有——比如说分给你的那 1000 多万美元奖金……"

"干净？"贺摇光哼了一声，"我从这个组织成立那天就在里边，我看，它不比别人干净多少！"

05

争吵以赵仙迪的剧烈咳血告一段落。路灯渐渐稀少，黑压压的群山开始出现。

"真像啊。"看着窗外的夜景，贺摇光感慨起来，"我和天枢当年认识的地方，跟这里几乎一模一样……"

"天枢？"李南枝刚才听得很仔细，"您是说……"

"对，就是鱼鹰会的创始人，梁天枢。我们当年，是生死之交。"

赵仙迪虽然一时说不出话，却还是投来一个愤怒的眼神。

"梁天枢又有什么了不起？你以为是天上掉下来的神仙吗？我们一起当兵的时候，你还不知道在哪里！"

李南枝被自己的口水呛到了，跟赵仙迪一起咳嗽起来。

"我们是在军队里认识的。我们两家都没什么钱，为了上大学，我们都选择了军队的奖学金。那时候，军队里华裔不多，我们互相照应，一起上过战场。退伍后，他去大学继续进修，我当了警察……

"我这人自由散漫，谁也不服，被停职次数多了，就干脆辞了职。没多久，我就接到天枢的消息——他请我去费城。去了一看，他已经白手起家，创立了公司，还拿到了投资。他极力请我留下，给我的报酬比我当警察时还高，我知道他是想帮我。我既然在战场上救过他的命，拿他的钱也没什么不好意思的。我们那时候亲如兄弟，不分彼此……"

贺摇光的眼神开始变得飘忽起来。

"胡说八道！"赵仙迪终于缓过劲来。

"胡说？"贺摇光嘿嘿一笑，从口袋里掏出一张照片，"你看看这个！"

李南枝用眼角的余光一瞟，看到上面是两个穿着迷彩军服的男人搂着膀子。右边那个正是年轻时的贺摇光。

"梁……梁先生是名人！谁知道你这合影是怎么骗来的。"

"名人？"贺摇光笑了，"他可没这么风光。他的财神爷是国防部。当时军方在搞新一代武器的研究，声波、微波什么的——他的公司负责的是纳米材料与能源供给。一搞几年，项目被取消。他差点崩溃——你想象一下，一个中年男人，身上背着债务，事业又全部泡汤，是一种什么样的绝望？"

赵仙迪没什么反应，李南枝却连连点头。

"天枢去找军方代表，争辩说这个项目还有希望。可人家一句话就把他堵了回来：'你们研制的电池外膜、导线、电解质的确合格，但问题不是出在这里——无论是什么形式的能量武器，一旦射得远，能量就无法集中在一点，从而失去杀伤力。'这话说得没错，可是老梁无法承受——公司破产，他将一无所有。不过同样是这句话，令走投无路的他灵机一动。他意识到，计划失败的关键在于杀伤距离。如果不计较射程，其实技术已经非常成熟了。也就是说，用于近身伤害是毫无问题的！"

李南枝"哦"了一声，若有所思。赵仙迪咀嚼口香糖的声音停止了。

"这个时候，他就来跟我商量，看这种东西有什么其他可能的用途。我想到有战友在赏金猎人公司打工的经历……"

"住口！胡说八道！"赵仙迪第一次乱了方寸。

李南枝心惊肉跳。他不明白，这姑娘平时大大咧咧，但至少是个正常人，怎么一提鱼鹰会什么的就炸毛呢？

"赏金猎手，是一个有上千年历史的行业，"贺摇光对她不理不睬，"往身体里植入武器，早就有人这么干过。梁天枢的天才之处在于敢想敢干！他用自己做实验，成为第一个内置电胆、能够输出电流的人。在几个战友的帮助下，他在某个没有引渡条约的国家，神不知鬼不觉地制服十几名保镖，抓获了逃亡10年之久的著

名金融罪犯，获得数百万美元酬金，名震业内！"

李南枝听得入神，赵仙迪却呼吸急促，似乎预见到了什么不可接受的下文。

"首战告捷，我们大受鼓舞，开始招募一些朋友和信得过的业内精英。一个专精于在海外禁枪国家、安全禁区内抓捕通缉犯、弃保潜逃嫌疑人的组织诞生了。它就是费城鱼鹰猎手公司！也就是今天总会的前身！而那几个战友，加上我，就是鱼鹰会的九大创始人！"

06

"你……你闭嘴……"赵仙迪气喘吁吁，身子靠在椅背上，止不住地往下滑。

"这就受不了了？"贺摇光看上去分外高兴，"9个人，分别是梁天枢、赵天璇、岳天玑、郑天权、刘玉衡、陆开阳、我、邱左辅、彭右弼。没错，岳天玑，就是银盾的创始人！郑天权，就是银盾的二把手！"

李南枝虽然没听说过这些名字。但从赵仙迪震惊的表情上来看，应该都是闻名遐迩的人物。

"我们啊，那时候太年轻，"贺摇光又进入了一种独白的状态，"觉得兄弟情谊，比什么都可靠，还傻了吧唧地按北斗星取了代号——你们现在升到六级之后选星官名作为假名，就是我们留下的传统——北斗星在古代有9颗，这还是天枢告诉我的……"

"全是中国人？"李南枝听得入神，忍不住问道。

"那个年代，参军的华人不多，"贺摇光丝毫没有因为被话语打断而生气，"我们信得过的都是自己的战友、老乡。最初的几大高手，自然都是华人。就算到了今天，猎手里面还是华人居多。

"那时候是鱼鹰会的黄金时期，业务遍布全世界，从单独的协会，变成了联盟。不同的业务有不同的需求，大家开始自己试着改造电路，研究新的武功。一个隐秘的江湖开始形成……"

讲到这里，贺摇光停了下来，看着窗外沉默不语。星月的微光经过车窗的过滤，洒在他脸上，把戾气和凶残冲淡，令他暂时看起来不再像一个杀人狂。这一瞬间，他只是个凭窗远眺的老人，在回忆着一生中最美的时光。他的目光里满是不舍和忧伤，让李南枝难以想象，这么一个人，当初为什么会背叛鱼鹰会。

"贺先生，"李南枝忍不住问，"您以前也是猎手，也抓过坏人吧？"

"'破军'贺摇光，"赵仙迪出人意料地接过话茬，"可是当年鱼鹰会里抓获过百的第一人呢。"

"过百？"

"我的猎手生涯，"贺摇光的声音里却听不出自豪，只有无尽的疲惫和失落，"一共抓了 584 人。"

李南枝被这个数字震住了。

"都……都特坏吧？"

"那当然，"贺摇光嗤之以鼻，"难道以我的身份，还去抓超速的吗？"

"有多坏？您给我讲讲。"李南枝来了兴致。

"多坏？我告诉你，这个世上，最坏的不是别的，"贺摇光的声音像雨林在燃烧，充满着呛人的烈焰，"就是人心！"

"萨米·多普勒，"赵仙迪再次插话，"这个狗娘养的变态强奸幼女 20 多人。你在日本抓到了他。他最后被判 300 年徒刑。"

贺摇光看了她一眼。

"怎么不死刑啊！"李南枝是有女儿的人，恨得牙根痒痒。

"那个州没死刑……不过也差不多，"赵仙迪冷笑一声，"进去没两年就被犯人折磨死了……"

"该！"李南枝解恨地吐了一口烟。

"何塞·山德士，76 帮头目。他让新加入的人试胆子，砍死一个 12 岁的少年……你在智利抓住他。他被判 35 年。"赵仙迪又补充了一个案例。

"这个怎么才 35 年？"李南枝有点不理解。

"还有巴沙尔·法赫德，恐怖分子，炸死包括婴儿在内的 16 人。你一个人追踪到阿联酋，打败十几个保镖，把他抓回来。他去年已经被执行死刑了。"

"你对我挺了解啊……"贺摇光淡淡地笑了笑，看着赵仙迪。

"这个案子，到现在还是鱼鹰会新人的必修案例……"赵仙迪叹了口气，"你的

每个案子，我都研究过……可惜啊，可惜……"

"有什么可惜的？"贺摇光两眼一瞪，"你算什么东西？顶着个鱼鹰的头衔，就觉得有资格对我指指点点了？"

"论抓人，我的确不如你，"赵仙迪坦然地看着他，"论武功，我更是不如……但有一点，我不会输：我绝不会变成叛徒！"

"你别说了，歇会儿……"李南枝发现每次贺摇光变得正常一点，她就迫不及待地把他激怒，让人直想抽她。

贺摇光却哈哈大笑起来。

"叛徒？"

他猛地拉开衣襟，袒露胸口。李南枝浑身一哆嗦。上面到处是蚯蚓般暗红色的伤疤，层层叠叠，蜿蜒曲折。

"你们现在有各种纳米零件、高强度陶瓷，电脉布局、电路走法都有了成规，动个微创手术，就能吃一辈子。我们当年，一切都靠摸索。想要实验什么新理论新技术，只能对自己动刀子——第一代九大猎手，个个都是这样。"贺摇光不屑地看着她，"我做这些，不是图什么回报，我只是为了天枢。他是我兄弟，鱼鹰会是他的，也就是我的。需要我，我就干。叛徒？真正背叛这一切的，不是我！"

赵仙迪又想说什么，刚张嘴就咳嗽起来，手上全是血。

"你行了……先别说话……"李南枝庆幸自己不用捂住她的嘴，"让我说，好吧？贺先生您接着讲。我挺爱听您讲以前的事的……"

贺摇光却没有理他，目光死死瞪着赵仙迪，许久没动。忽然，他把手伸到李南枝面前。

"给我根烟。"

07

烟雾喷到空中，缭绕盘旋。贺摇光靠在椅背上，长长吐了一口气，又继续讲下去。

"鱼鹰会扩大到一定规模，人员开始有进有出。终于，开始有人想把电胆武功用在邪路上。一开始，是些无伤大雅的讨论——我们能不能做临时保镖？能不能押运一趟货物？能不能给赌场做几天保安？大多数人都觉得无所谓，可是天枢坚决不同意。他不顾大家的反对，在盐湖城大会上强行通过了两个很有争议的规定。第一个，叫作'传承令'，规定武功不可以私自修习，只能通过严格的师徒制秘密传授。师父同时兼任徒弟的入会介绍人和担保人，徒弟叛道或者违纪，师父一同担责，要么把徒弟交给监察委员会处置，要么亲手把徒弟废掉，否则同样按叛道处理。"

"这……"听到这里，李南枝都忘了害怕，忍不住插了一嘴。这个规矩先不说有多么保守过时，光是残酷无情这一点，就跟梁天枢开山宗师、宅心仁厚的形象不符。

"你也觉得不合理，对吧？"贺摇光自嘲地一笑，"我当时不懂事，第一个跳出来反对。我那时候对人没有戒心，处事很随便，喜欢跟同行喝酒，高兴了大家一起交流武功。这能有什么错？"

李南枝也是这么想的，可是又不敢贸然表态。

"第二个，叫作'护法令'：电胆武功只准用来抓捕逃犯，不准干别的。违反这条，就是叛道，其他猎手可以把他跟罪犯一视同仁，该抓就抓、该杀就杀。这一条引起的反对声更大。就连我们9个创始人都有不同意见。嚷嚷得最响的，就是岳天玑。可是天枢不管，他顶住压力，亲自开除了300多人，为此跟岳天玑吵得天昏地暗，多年的好友，基本闹翻。我那时候对天枢的固执，其实也不太理解。后来我才明白，他是对的……"

烟已经抽完，李南枝很有眼力地又递上一根。赵仙迪看着他殷勤的样子，不可思议地直翻白眼。

"天枢开创了鱼鹰之后十年就死了——癌症。"不知是因为烟草还是回忆，贺摇光的声音变得更加低沉嘶哑，"他没看到后来发生的一切，也是一种幸运。他死后，'传承令'还好，但是'护法令'——我们哥儿几个一没有那个威望，二来也没决心继续维护它——没过多久，它就形同虚设。猎手们的私活越来越多，也越来越没有底线。他们开始当私人侦探、全职保镖，后来，又发展到替人有偿复仇、押运毒品，甚至为黑帮除掉竞争对手。最终，有人开始明码标价，参与政治暗杀——直到这时候，我们才明白天枢的苦心：人啊，贪得无厌和得寸进尺，这两点是胎里带来的。有些欲望，你就不能给它开一点口子，否则，它就会生根发芽，哪怕上面压着一块大石头，也早晚会被顶碎……

"这时候，我们终于开始试着再次贯彻'护法令'——人人都清楚，一旦沾上政治，鱼鹰会离完蛋就不远了——可是已经晚了！"贺摇光神情变得严肃而痛苦，"我们谁也没有天枢的威望、魄力和手腕。开了一次会就吵崩了，岳天玑正式退出。转过年来，费城的仓库突然起火爆炸，所有电胆毁于一旦。谁干的呢？到今天也不知道。但是当时大家互相怀疑，吵成一团。多年的老兄弟反目成仇，郑天权一怒之下，带着人投奔岳天玑，加入了银盾。他在鱼鹰很得人心，一下子就带走了将近一半人马。目睹这一切的赵天璇心力交瘁，死了……"

贺摇光的语气和表情突然变得柔和，"你不说，我也早就知道，你是天璇的女儿。"

李南枝吃惊地看着赵仙迪，她倔强地擦着满脸的泪水。

"上次见你，你才7岁——你大概忘了吧？天璇这个家伙，看上去冷冰冰的，跟谁都不深交，也从来不谈论自己的家庭。实际上，他是个一等一的人才。他和郑天权，是最能服众的两个。假如他不死，一定能让两派和平解决问题，带领鱼鹰复兴——可惜啊，他这一死，内战无穷无尽。很多国家的江湖被隔绝、遗忘。时间一长，很多人退出了，但更多人不甘于失去武功，开始各自为战、不择手段。猎手的世界成了一个丛林社会，大家都隐匿踪迹，否则技不如人的话就只能被当成电胆来源。留在鱼鹰会里的各派也互相不服。鱼鹰会成了一个松散的组织，没有往日的实力了。"

赵仙迪蜷缩在阴影里，一声不吭。

"祸不单行。转过年来，英国的伯明翰派在抓捕逃犯时发现，对方的保镖居然是银盾的人。双方大打出手，银盾死了一个人。这个人，偏偏就是英国银盾三号人物的侄子。银盾独立之后，专营安保业务。岳天玑的老上司在军界混得不错，又帮他拉了一些军事承包的活，财源滚滚。他们自然不肯善罢甘休，气势汹汹来要人。鱼鹰呢，虽说一盘散沙，但名门正宗的臭脾气还在，自然不能给。双方一言不合，当场动手。那一夜，伯明翰派被整个屠灭……内战就此开始。"

山路蜿蜒，好像永无尽头。李南枝静静地开车，脑子里却不停地思索：这到底谁对谁错？虽说鱼鹰的宗旨更加高尚，可是这年头，谁能拒绝挣钱的机会呢？

"你说的这些……"赵仙迪积攒了好久，终于有了说话的力气，"我不知道真假……我知道的是，你绝不像你自己说的那么无辜！要不然，第一次停战谈判……怎么会被你一个人破坏掉？！"

贺摇光猛地抬头，目光如电。嘴唇微动，最终却变成一抹自嘲。

"我做事的理由，何须向别人解释？！"他抱起双臂。

"你……你突然杀死两派 6 个高手，"愤怒给了赵仙迪力量，令她毫不畏惧，直视贺摇光的眼睛，"失踪一个多月，又……又突然出现，灭掉了鱼鹰会犹他派……和银盾会的勒万派！和谈立刻破裂，内战又进行了 9 年！你到底为什么要这么做？！"

"贺前辈，"她第一次用上了敬称，真诚地问，"你有没有看过医生？你是不是疯了？"

"二位，听我说一句成不成？"李南枝对赵仙迪的情商彻底绝望了，"大家以前都是同事，有什么深仇大恨？人各有志，又何必闹得……"

"什么叫人各有志？！"

"人各有志就是说啊……"

"我听得懂这个词！"赵仙迪火了，"他过去几年杀了多少猎手？他就是个杀人狂、叛徒、变态，他有什么志向？！"

李南枝绝望地闭上了眼睛。

"啪"的一声，贺摇光的手重重地拍在汽车座椅上。几声脆响，弹簧被他生生拍断。他怒目圆睁，须发皆张，好似疯魔一般。

"真当我不敢杀你吗？！"他伸手掐住赵仙迪的脖子，"别说你是老赵的女儿，就是老赵本人，我也一样杀了！停车！"

贺摇光一掌打在驾驶座椅背上，李南枝顿时觉得胃里如同翻江倒海，差点当场呕吐。刹车被踩下，卡车停在了山路上。贺摇光探身抢过车钥匙，跳下卡车，拉开副驾驶的门，一把把赵仙迪拉下车去。后者被他抓着头发在地上拖着，毫无还手之力。

"别……贺……别……"他想开口高呼，声音却总是被恐惧卡在嗓子眼里，说出的话自己都听不见。他眼睁睁看着赵仙迪被拖到路边树丛。他要在那里动手了！

"贺先生！贺前辈！"李南枝一急，终于高声喊了出来，"贺大侠！"

贺摇光停了下来。

"你说的那些，我全信！"李南枝忘了害怕，跑上前去，"我知道，你本……你是好人！鱼鹰会的，也是好人！大家都是好人，又何必你死我活呢？"

贺摇光冷冷地看着他，脸上依旧喜怒不定。

"小赵她年轻啊，很多道理不懂，"李南枝逼着自己直起腰来，却总是做不到，"再说她现在受了伤，脑子不清楚！以你的身份、武功，绝不会杀没有抵抗能力的人，你绝对不会！大家都是猎手，我求你大人不计小人过，高抬贵手，就饶了她这一回吧！我求你了，求你了！"

李南枝双手合十，一躬到地。汗水一滴滴打在地上，他不敢抬头也不敢擦。贺摇光打量着他，又看看赵仙迪，突然哈哈大笑。

"过来！"

李南枝犹豫着走了过去。贺摇光抓住他的衣领，跟赵仙迪一起扔了出去。

"大侠？猎手？我最讨厌别人这么叫我！"他怒发冲冠，"猎手，连我在内，都是一群自以为是的白痴！过去10年，鱼鹰每年才办几个案子？结果怎么样？人们的生活就过不下去了？呸！猎手存不存在，根本就没人关心！

"就说于振恒，他当年也是抓过十几个通缉犯的人物，可是他落得什么下场？我调查过他，他负债累累、离婚出户的时候，有一个人因为他做过好事去帮他吗？那个计三连，当年也办过不少案子，可是他电胆出了问题、百病缠身的时候，有一个人想过他该怎么养老吗？还有我！我抓了584人，我又落得什么下场？！"

山路上，像是一场海啸过去，波涛声到处回响。

"你们两个，本来我是打算活着取出电胆的，"贺摇光咬牙切齿，每个字都让李南枝汗流浃背，"可是你们既然自己找死，那就在这里杀了吧！"

08

脑子里一片空白，李南枝体若筛糠。四周树木随风摇曳，如同贺摇光手下的无数冤魂一起低语：轮到你了……轮到你了……

"谁先死？"贺摇光眼如铜铃，目光在两人身上扫来扫去。

李南枝看着怀里的赵仙迪。她面白如纸，站都站不稳，嘴唇不停翕动，却发不出声音。

"谁先死？！"贺摇光疯了一样怒吼着。

赵仙迪忽然握住李南枝的手，把他往身后拉。

"你干什么？"

"在医院……你没有丢下我……"她的双唇已经毫无血色，"我也绝不能……丢下你……"

李南枝心口一热，想把赵仙迪扯到背后，却一时拉不动她。

"不要争，"贺摇光大踏步朝两人走来，"一下打死两个，我也办得到……"

李南枝疲惫地咽了口唾沫，闭上了眼睛。山风静静地吹着，树叶沙沙作响，惊鸟悲鸣着归巢。他抓住了赵仙迪的手。

"哈哈哈哈……"赵仙迪忽然大笑起来，把李南枝吓了一跳。

"笑什么？"贺摇光停下脚步。

"笑你！"赵仙迪把口香糖吐在地上，一挑大拇指，"杀我一个受伤的女人和一个不会武功的新手。真有本事！真有出息！"

"你一个小孩，想对我用激将法？"贺摇光哑然失笑，"我怎么可能放你们走！"

"我有那么幼稚吗？我只是想要一个公平的机会。"

李南枝心中一凛，马上明白了她的想法：纸牌。

他并不知道，这是贺摇光标志性的传说：他会给穷途末路的对手一次抽牌的机会。谁能坚持足够的招数，谁就能保住性命。

贺摇光眯着眼睛，端详了她一会儿，摇了摇头。

"你们不配。"

李南枝叹了口气。他不明白，为什么赵仙迪要把简简单单的死弄得这么一波三折。

"什么'破军星'，依我看，就是个下三滥！……"赵仙迪将珍藏的中文脏话成筐地抬出来，南腔北调、旁征博引，令李南枝都叹为观止，"专杀没有抵抗能力的人，连对手最后的挑战也不接受，不愧是'血爪'的人……"

"你说什么？"贺摇光明显生气了，"这也是刘玉衡他们告诉你的？"

"这不用别人告诉，"赵仙迪毫无畏惧地回瞪着贺摇光，"那些在半路埋伏我们的'血爪'，难道不是你的同伙？"

她把经过大概一说，贺摇光的表情第一次变得迷惑起来，"'血爪'？这么近的地方？"他走来走去，低声自言自语，"我说怎么会有脉冲……"

"你都干出来了，还装什么装？"赵仙迪火力全开，"如果有个东西看起来像鸭子，走起来像鸭子，叫起来像鸭子，那它就是鸭子——不对，堂堂猎手，投靠'血爪'，还不如去做鸭子……"

"你再说一遍？"贺摇光的眼神阴森可怖。

李南枝绝望地捂住脸，他觉得待会儿可能不会死得很痛快。

赵仙迪没有回嘴。她所有的能量都耗尽了，身子轻轻打晃。贺摇光站在车灯前，令人看一眼就觉得双眼刺痛，不可直视。终于，他的手伸进口袋，连同李南枝的心，一起沉入深不见底的未知。

纸牌被拿了出来。

"好，看在赵天璇的分上，我就给你们一个机会……"

李南枝心脏猛跳，浑身大汗。

"这不是牌，这是命——抽到几，你就要跟我过几招。能扛住，就活；扛不住，就死。"贺摇光的声音忽然变得苍凉沙哑，"人这一辈子，最重要的就是命；对你最狠的，往往也是命。它不可抗拒，不能改变，不讲道理……"

贺摇光开始熟练地洗牌。李南枝觉得毛骨悚然，好像看着一个食人魔在把玩人骨。

一点预备时间都没有，一张牌已经飞了过来。李南枝下意识地伸手接住，他咬咬牙，慢慢把牌面翻过来。纸牌缓缓地翻转，心脏似乎也在胸膛里翻滚着。

"1！1！"他咬牙切齿地低声喊着。

虽然他也不确定赵仙迪能不能接一招，但这总是个希望。

嗒。

尽管不可能，但李南枝发誓，自己听到了空气震动的声音。

红桃 9。

他的脑子顿时一片空白。

贺摇光想了想，又拿出一部手机，定了闹钟，摆在地上。李南枝发现，那是自己的手机。

"看在赵天璇的面子上，给你一个格外优待。"他指着手机屏幕，"9 分钟内，我不用电胆。"

扑通。

赵仙迪强撑了那么久，终于油尽灯枯，再也站不住了。

"你怎么了？"李南枝抱起她摇晃着。

她吐得胸前全是血，不省人事。

"给你机会，你自己把握不住，"贺摇光不停摇头，要把手机收起来，"这可不能怨我……"

"等等！"

李南枝肩膀剧烈起伏了一会儿，把赵仙迪轻轻放下，转过身来。

"9 招，对吧？"他朝地上吐了口唾沫，"我来跟你打。"

第十二章　云台

我只能先考虑我女儿，她比我的命重要……

01

9月22日　周四

距离移植最后期限还有 5 天

经费缺额 65790 元

嘀嘀。嘀嘀。

病床旁边的监控仪器又响了。刘姐按了铃，跟她一样身穿防护服的护士走进来，麻利地换了吊瓶。刘姐跟护士聊了两句，然后舀起一勺鱼汤，送到病床上的小姑娘嘴边。

"我不饿……"她摇了摇头。

"嘻，这孩子，"刘姐笑着劝慰，"这么点事，不能气得不吃饭啊。"

小姑娘抱着双臂，把头扭到一旁。

"李开心，怎么了这是？"护士假装板着脸问她。

"他爸没接电话，没给她讲故事。"

"当爸的都这样，"护士逗她，"等他回来，罚他给你买好吃的。"

"他爸这人也挺有意思，"刘姐又舀了一勺鱼汤，"我干陪护六七年了，老人是什么情况都有，但是把孩子单独留下的，还是第一次见……"

"所以说啊，宁要要饭娘，不要当官爹……"

"我爸才不是那样呢！"李开心眼睛瞪得乒乓球一样大，"我爸可好了！他开车带我去过好好多地方——陈家庙、平沙河、姑丈山，你们都去过吗？！"

两人连连摇头——不卖废品的人的确很难有机会去那些地方。

"他教给我好多东西——算账、过磅、折扣——没有他，我数学能考那么好吗？他……他还会武术，他是武林高手，以前拿过全国冠军！他一个人带我去过那么多医院，他是我们家的大英雄！"

"哎哟，真的啊，"刘姐赶紧跟上，"那你还生他的气？待会儿大英雄忙完了，一问，我闺女怎么没吃饭啊？跟我急了，你说怎么办？"

李开心被挤对得没话说，赌着气喝了半碗鱼汤。刘姐完成了任务，心情却好不起来——家里催着汇钱。儿子的女朋友又吹了一个，闹着要盖新房。晚上还有一家老人需要陪护守夜。相比之下，陪这个小姑娘是一天中难得的轻松时光。

临出门时，她看着那张稚嫩又老成的脸，舍不得离开。

"阿姨，怎么了？"李开心发现她看自己的眼神有点怪。

"没事。"刘姐挤出笑容，摸了摸李开心的脸，"睡吧。"

李开心再也绷不住，嘴一撇，哭了。

"孩子，你怎么了？跟阿姨说说……"

"阿姨，"李开心咧着嘴，眼泪流得像两条小溪，"我爸爸到底在哪儿啊……"

02

吸气。

收腹。

电胆启动。

穴位依次激活。

交流电奔涌进入升压电路，电压翻倍，然后再次逆变……

说实话，假如换个人，李南枝可能早已声泪俱下、下跪求饶。但是面对贺摇光，他决定省省力气。此人是个魔鬼，是只野兽，是台机器，唯独不是人。他不会同情、不会妥协、无法谈判。

他就是死亡。

当你真正意识到并理解死亡的不可避免性之后，你就会变得异常坦然，平静接受——人人从小就知道自己会死，但是很少有人因此崩溃。最多努力一下，让自己死得好看点。

李南枝猛地睁开眼，跨步上前，左臂势如风雷、劲如长鞭，朝着贺摇光头顶抡过去。

"劈挂？"贺摇光冷笑着，"有些年没见过了……"

劈挂拳是北方的主要拳种之一，以猛劈硬挂、放长击远为主要特点，擅长中远距离打击。李南枝选择这套拳几乎是本能——面对贺摇光，保持距离是每个人的自然反应。

啪！胸口好像狠狠挨了一锤，李南枝猛地向后跌出去，坐在地上。疼痛袭来，他才体会到自己跟贺摇光的差距有多大——贺摇光什么时候出掌，他看得明明白白，然而就是躲不开——就算不用电，他也是高手。

"你最好能多撑几招，"贺摇光不耐烦地看着闹钟剩下的时间，"要不然这几分钟可太无聊了……"

李南枝打量着对手，发现自己策略有问题——他身高臂长，用劈挂效果肯定不理想。

那我们就来比快……

他一个鲤鱼打挺跳起来，插掌、齐掌、切掌，机关枪般朝贺摇光打去——螳螂拳以快著称，连击速度可以达到每秒十几次。他估计纵然是贺摇光，也不可能比这快到哪里去。

"一招！"贺摇光大喝一声，两人手臂重重相碰。李南枝觉得小臂好像被木棍狠抽了一下。

"两招！"又是炸雷般一声吼，贺摇光的右拳砸了下来。李南枝双臂交叉，稳稳架住，然而膝头却是一软。

好重！

"三招！四招！"招式丝毫不变，却一拳重过一拳。李南枝像一匹累瘫了的马，双腿失去了控制，坐在地上。

"让你这种人出四招，我已经对赵天璇仁至义尽了……"贺摇光不屑地俯视着他，"你还要打吗？"

李南枝使劲摇头，把一些劝自己不要垂死挣扎的声音甩出去，强迫自己思考。他意识到，不管速度如何，远距离进攻可能没有机会。抵近对手，趁乱取胜，才有一丝生机。

那么……

李南枝猛地跳起，右脚前踢、左脚跟步，左右转折，如毒蛇腹行。

"八极拳？"贺摇光眯起眼睛。

八极拳是一种近身拳术，刚猛暴烈，杀伤力极强。但是显而易见，拿这个来跟猎手对决，50%的概率等于自杀——另外50%的概率是同归于尽。

呼的一声，李南枝抬腿直踹，如大斧开路，上边双臂交叉，护住头就往里硬闯。他用八极拳当然不是活腻了，而是利用规则：既然你不能用电不能用波，我近身你也没法一下子弄死我对不对？说不定我挨上几下，9招就凑齐了……

惊天动地一声吼，贺摇光双臂一抖，高举过顶，活像狗熊发怒，狠狠拍下来。啪！李南枝双手架子没散，但整个人像一棵被飓风拍打的树，从树梢到树根摇晃着，轰然倒地。

"利用规则耍无赖的，你不是第一个，"贺摇光看起来有些生气，"但肯定是武功最差的一个——还有别的本事吗？"

李南枝觉得浑身的关节都在灼烧，他大口喘息着，努力摒弃杂念，同时在心里思索对策。

"远不行，快不行，近身不行……你总得有点什么缺点吧？"

"你还打不打了？不打的话赶紧自杀吧！"

来不及思考了。李南枝一跃而起，继续缠斗。他先后试了形意拳、六合拳、通臂拳、查拳、洪拳，却始终无法突破5招。试到八卦掌的时候，贺摇光终于失去了耐心，招数一变，避正打斜、滚钻挣裹，用的竟然是正宗八卦掌。两人像同门师兄弟一样，用一模一样的招数你攻我拆。李南枝一惊之下，当头挨了一掌，被打了个跟头。

"我会的，他都会……我该怎么办？！"

李南枝这回在地上呻吟了半天才爬起来。他真的绝望了。贺摇光似乎没有缺点，完全无法撼动。9招，像马拉松的终点一样遥不可及。

"只剩一分钟了，"贺摇光伸了个懒腰，"快点吧。"

60秒！

李南枝脑子一片空白，机械地又冲了上去。一着急，迷迷糊糊地用了一招迷踪拳的"金豹靠山"。

"不好！"几乎同时，他反应过来，这招用过了，贺摇光也会！心惊胆寒中，他拼命收招猛退，脚下却踩到石子一滑。身体站稳时，他忽然发现，自己不自觉地站成了一个六合拳的"反弓摇闪把"。

嗡！贺摇光掌风已至。往日千万次练习形成的肌肉记忆瞬间做出反应，他左手封住来拳，右手低位回击，正是六合拳中与摇闪把相配套的招式——"穿心掌"！

呼！右掌擦着衣襟打在空气里。贺摇光大叫一声，一记不讲理的横打重捶，李南枝飞了出去。

李南枝缓缓爬起来，擦干鼻血，与贺摇光对视。山风猛吹，衣袂飘荡，两人一言不发。虽然不敢相信，但是李南枝认为自己找到了制胜之道。因为刚才贺摇光取胜靠的是蛮力，而不是招数、速度和预判。他熟知武术套路……所以对混杂使用的招式不适应！

"嘿！"地上烟尘滚滚，李南枝再次使出劈挂拳，如同一辆火车撞了过去。一拳打出，却中途变为形意钻拳，朝着贺摇光的下颌捶过去。贺摇光以攻为守，转身横劈；李南枝用脚猛地一扣，转向躲过，以八卦掌中的换掌打法又扫了过来。

一招！两招！三招！

贺摇光发现他好像变了一个人，武功路数奇怪无比：步法是一种武功，到了跟前必定换成另一种。出掌看起来像一种拳法，中途又换成另一种。就算身法拳法根本不匹配他也不管。根本猜不到他下一步要从哪里来。

四招！五招！过半了！

忽然，李南枝的左臂被震得向上飞去。他顺势换成插掌，朝着贺摇光的太阳穴刺过来——这正是通背拳里的"劈砸豁挑"。贺摇光没有躲，大吼着左手横劈。两人的手掌同时朝着对方脑袋拍去。

嘀嘀……

闹钟声像电流，瞬间穿过两人的脑子。忽然之间，阴风拂面，李南枝心里一片冰凉。9 分钟到了。贺摇光已经开始用电了。

"死了！"一栋摩天大楼在心里轰然倒塌，尘烟滚滚，淹没了头脑中的一切，"我要死了！"

"达默！"赵仙迪的叫声忽然在背后响起。

李南枝浑身一震，却没有感到痛苦。贺摇光的手掌一抓，拎着衣襟把他扔了出去，一个箭步跳到赵仙迪面前。

"你说什么？！"他掐住她的脖子。

"弗林·达默。"赵仙迪抓着他的手腕，费力地一个字一个字往外挤。

"他在哪里？！告诉我！"贺摇光疯了一样摇晃着她。

"放了他……我就告诉你！"赵仙迪的眼光石头一般坚定。

"不说我就活活烧死你！"贺摇光嘶吼着，左手把赵仙迪提起，右手挥在空中，一运气，掌心蓝光闪耀，继而开始发红。

"贺大侠！"李南枝不知那是什么邪门武功，只能绝望地大喊。

"良辰美景，风清月明！"一个声音忽然从不远处传来，"几位光临云台，却不知欣赏，可惜可惜！"

贺摇光的手停在了空中。李南枝喘息着循声望去，看到前边不知何时出现了一个人影——四五十岁年纪，光头，穿着不合时宜的墨蓝中山装，叼着烟卷，手里拿着一只手电。

"老贺！"光圈移到贺摇光脸上，那人笑了起来，"你怎么又来了？"

"好久不见……"贺摇光也跟着大笑，"'云台神医'林徇齐！"

03

清晨的第一缕阳光姗姗漫过地平线。云台山附近某个不知名的山峰上，李南枝下了卡车，呆呆地看着眼前这座魔术般出现的建筑。金顶辉煌、朱门铜瓦；晨钟声声，香烟缭绕。这深山老林里，居然有座庙。推开院门，迎面是上千平方米的禅院。巨大的香炉后边，主殿斗拱交错、气象庄严。

"好气派！"贺摇光不禁伸出大拇指，"老林，不买房，改买庙了？"

"不是说了吗，"林徇齐笑了笑，"是我承包的，赚点香火钱……"

"你赚的可不是一点啊，"贺摇光环视着四周，"还缺和尚吗？收我一个不？"

"收不起收不起……"两人一起哈哈大笑。

两人身后，李南枝和赵仙迪相互搀扶着，看着这个所谓神医，心情复杂。此人身材瘦长，走路步伐稳重，说话温文尔雅，再加上面容慈祥、白须飘扬，怎么看都是个有道高僧。可是另一方面，他跟贺摇光这个杀人魔王谈笑风生，语气亲热，看上去完全是至交老友。

待会儿贺摇光一开口，他会怎么做呢？直接把我和赵仙迪开膛破肚、取出电胆？

李南枝不敢想。他越发觉得这个猎手江湖神秘和恐怖。任何一个人都有能力杀你。任何一个人都有不为人知的理由杀你。

"这两位是……"林徇齐终于回身指着他们俩问。

"李南枝……"贺摇光彬彬有礼地介绍着。被点到名，李南枝下意识地行了一个拱手礼。

"赵仙迪——这两位，都是总会的。"

"总会？"林徇齐一愣，扭头看着贺摇光，"难道你们……"

"你想哪儿去了，"贺摇光微微一笑，"进去说。"

空空荡荡的主殿里，三人在巨大的铜制佛像前落座。这座佛像是纯铜制成，足有4米多高。佛祖闭目盘腿，慈悲肃穆，右掌举于胸前。李南枝隐约记得，这种手势好像叫"无畏印"。

正想着，林徇齐从隔间走了出来，手里端着茶盘："今天休息日，我就让几个帮工不用来了。"

茶水滚烫，茶香四溢。贺摇光很有风度，先让给赵仙迪，然后是李南枝，最后才给自己。从山下到这里，不过半个多小时车程，此人已经摇身一变，举止儒雅有礼，全没之前那个杀人狂的影子。

"看来你生意兴隆啊，"贺摇光对着热茶吹了几口气，把茶杯放回桌上，"一座庙，包下来可不便宜。"

"还行，也不是很贵。"林徇齐用茶碗盖撇着浮沫，"风景区里边的贵，咱根本包不起。不过这里也不错。清静，有江湖上的朋友来找我治伤，也比较方便。"

"现在江湖还这么热闹？"贺摇光斜着眼睛瞟着他，"修电脉的生意这么好？"

"怎么可能——我的钱是前些年房地产赚的……"茶碗和轻叹一起落在桌案上，"大部分猎手都自谋生路去了，有仁人的就算大门派了。国际生意没渠道，中国的悬赏数量少、赏金低，没法靠这个吃饭。

"没改行的，也没几个走正道的。偶尔来找我的，嘴上不说，我一看伤，就知道是抢别人电胆被打的……"林徇齐不停摇头，"也有老老实实拿着钱来问我买电胆的。我能怎么说呢？早没库存了，你得去瑞士或者费城找人试试。他们走出去的表情，跟癌症病人简直一模一样。我心里也不好受……"

"最近，难道就没点新情况？"贺摇光显然没兴趣听他哀叹世风。

"最近……"林徇齐一愣，然后忽然想起了什么，"你这么一说，还真有点不同：前几天有个广州的来找我，让我修补一下电脉。我一看，电胆寿命早就到了，每次充电也就能充个百分之一二。我说你这情况修了有什么用？他说凑合着能用就行，最后赌一把。可是赌什么，他却不肯说……"

贺摇光若有所思。

"然后，又有好几个老病人跟我联系，说受伤了。他们说，最近抢电胆的人又多了起来。隐居多年的猎手、消失多年的败类，都重出江湖，你抢我杀你，闹得很过分。我就想，他们这些放弃希望多年的人，怎么忽然都这么上进了？难道是又有大生意了？"说到这里，他瞟了贺摇光一眼，"老贺，你这回来，是又做了什么大案子了吧？"

"没有……"贺摇光若无其事地摇摇头，"我只在缅甸杀了几个人，不算什么大案子……可是忽然之间，好像全江湖的猎手都在找我……"

李南枝和赵仙迪互相看了一眼。

"不是一直在找你吗？"

"这回不同。"贺摇光摇摇头，"以往都是三个五个的，要么想报仇，要么想发笔横财。那样的我根本不用费事用什么计谋，直接引到郊外解决。可是这回……都是大部队……"

林徇齐端起茶杯想了想，终于又放下。

"老贺，这些年……怎么样？"

"还能怎么样。"贺摇光哼了一声，不愿细说。

"你……还在忙那事呢？"

"那当然，"贺摇光嘿嘿一笑，"我这辈子，还有什么事？上次分手之后，除了亚洲、北美，我在欧洲找了5个月，南美找了8个月……鱼鹰在找我，银盾在找我，血爪也开始找我……管他的，谁找到我，我就杀了谁……在找到那个人之前，我绝对不能死……"

"那……你找到了没有……"林徇齐踌躇着问。

"一无所获，一无所获……"他的声音骤然变得苍凉沙哑，"10年了……"

"老贺，"林徇齐面露不忍，"你想开点，事情过去这么久……也该放一放了……"

"放一放？"贺摇光眉毛一压，眼神变得凶狠起来，"就算我肯放，鱼鹰会答应吗？"

贺摇光余气未消，指着李赵二人。

"几小时前，他们十多人围攻我一个。要不是我运气好点，哪能活着来见你？"

"其他人呢？"

贺摇光笑而不语。林徇齐长叹一声。

"怎么？不打算继续教育我了？"

"我说了，你也不会听，"林徇齐摇摇头，"我只是在想，你还要来找我多少次……"

"应该不会很多次了……"贺摇光抬手指着李南枝，"这小子，虽然没怎么动手，但电胆脉冲听起来很不错。等我找到那人，再大的恶战也够用了……"

李南枝打了个冷战。他觉得这种夸奖听起来很不对味——就像正在被屠夫推销的猪。

林徇齐充耳不闻，眼皮都不抬。

"老林，给句话啊……"贺摇光的表情和语气都变得柔和了许多。

"必须如此吗？"他看着李南枝。

"我的电胆，老化得厉害，最多能充百分之十的电……要不然，我也不会来找你。"又等了一会儿，贺摇光再次试着讨好神医，"以前几次是信口胡说，但这次，应该是最后一次了……"

"你每次都这么说，"林徇齐忽然激动起来，"老贺，现实点吧！"

"我要怎么现实？"贺摇光的语气充满嘲讽的意味。

"整个银盾在保护他，你能找到？你还要找多少年？"

"哈哈哈……"贺摇光仰头大笑，笑完之后，他激动得满脸通红。

"说实话，本来我也是这么想的。可是，老天爷有时候也不那么瞎！"他猛然抬手，指着赵仙迪，"我真的不用再找下去了！这个小妞，知道达默的下落！"

04

林徇齐吃惊地打量着赵仙迪，李南枝也跟着琢磨，一个人名，怎么就能让贺摇光饶了自己不杀。

"老林，我不骗你，所以有些话，我得说在前头，"贺摇光傲慢而冷酷地开口，"这位赵小姐，是赵天璇的女儿。"

林徇齐的手重重拍在椅子把手上。桌几晃动，茶杯在地上摔了个粉碎。贺摇光看着他这副样子，大笑起来。

"怎么？你怕了？"

"怕？"林徇齐直视着他，"老贺，你当年当着我的面杀了 6 个同事，我求过一句情没有？"

贺摇光笑着摇了摇头。

"问题是你不能太过分……"

"什么叫过分？"贺摇光声音低沉，喉音震颤，"谁先过分的？"

林徇齐又陷入了沉默。

"大侄女，"贺摇光回过头来，目光如电，"把达默的下落告诉我。"

赵仙迪好像没听见一样，一动不动。咔嚓，椅子被贺摇光一掌拍得粉碎。他大步走到赵仙迪面前，伸手罩住她的脑门。

赵仙迪还是一言不发，冷静地看着他的手心。贺摇光冷笑着一掌打向桌子。李南枝不自觉地一闭眼，却没听到木器破碎的声音。掌心按在桌子上，轻轻一碾。片刻之间，桌面忽然漆皮卷曲、木纹断裂。火苗和烟一起冲出来，整张桌子咔嚓断为两截。可以看到，整个桌板中间的一层已经成了木炭。

李南枝目瞪口呆。

"怎么样？"贺摇光把手挪到离赵仙迪的脸只有几厘米的地方。

"大开眼界——高能超声聚焦，让物体内部生热，"赵仙迪的身体在微微颤抖，嘴上却毫不服输，"这是你从美容院的超声刀里悟出来的吧？"

"这一招聚热太慢，打架用不上，但是拷问很合适！"这种不合时宜的幽默感令贺摇光摇头狞笑，"我问一次，你不回答，我就烧你一次。从腿开始。我偏偏不打你的头，直到你告诉我达默的下落为止！"

这种狠毒令李南枝嘴唇发颤。

"你放老南走，我就告诉你。"赵仙迪额头上也见了汗，但眼神还是岩石般坚定。

"不可能。"贺摇光摇了摇头，"我说过了，我需要一个新鲜电胆来对付对手。"

"你用我的。"赵仙迪说出的每个字都令李南枝五脏震动。

"你撒个谎，一死了之怎么办？我要带着你去找。"贺摇光轻轻摇着头，"换个条件。"

"那好，"事到如今，赵仙迪居然还能笑出声，"放我们走。你自己接着找达默。"

"啪"的一声，贺摇光给了她一个耳光。

"好，这条路，是你自己选的……"臼齿摩擦的声音令耳膜生疼。李南枝从来没见过有人对自己的牙这么痛恨。

赵仙迪双手紧抓着椅子把手，仰头长啸。啸声持续了足有 10 秒钟，凄厉刺耳，如悲鸣，又如战吼。

"好了，"她安静下来时，满脸是汗，双眼瞪着贺摇光，牙关紧咬着，"动手吧……"

"等等！"

林徇齐一个箭步跃过来，伸手拦住贺摇光。

　　"赵小姐，我跟你爸爸当年……不提也罢，我叫你一声侄女，不算是充大辈。"他目光里露出急切，"侄女，你要是知道那个人在哪，就赶紧告诉他吧！"

　　"林先生，我认识你——你去过我家好几次，我透过门缝，看见你跟我爸爸谈事情——你是资深猎手，应该知道，不能拿别人的性命做交易。这是原则问题，最好不要妥协。否则，"赵仙迪额头上豆大的汗珠冒出来，却依旧挤出笑容，看着贺摇光，"弄不好哪天，就会变成一个狗娘养的叛……"

　　又是一个耳光。

　　"老贺！"林徇齐伸出双手，好像在安抚脱笼的猛兽，"你还记得吗？你当年答应过，我可以求你三件事。我用过一件了，这回算第二件：放过她行不行？"

　　"什么承诺？！"贺摇光怒发冲冠，双眼通红，"为了这事，我命都可以不要！就算整个世界陪葬，我也要办成！"

　　"他在哪？！"他失去了耐心，咆哮着把手放在赵仙迪的膝头。赵仙迪紧咬牙关，毫不示弱地回瞪着他。

　　"老贺！"林徇齐声音嘶哑，"鱼鹰对不起你，可赵天璇怎么对不起你了？"

　　贺摇光没有理会，但是动作却停了下来。

　　"那年你去沙特出任务，伯母发病晕倒，还是赵天璇发现的，送到医院，出钱出力，这才救回一条人命，你忘了吗？"

　　贺摇光依旧盯着赵仙迪，胸膛起伏。

　　"当年你有赌瘾，欠下百万赌债。赵天璇替你还了，还一天 24 小时跟着你，不管好说歹说，甚至翻脸动手，都不肯放你去赌，最后你才戒掉。这些，难道你都忘了吗？"

　　贺摇光鼻翼和手掌一起颤抖着，双目要喷出火来。

　　"还有，你在巴西受伤，赵天璇背着你在雨林里走了一天一夜，终于赶上飞机，你们俩一起昏迷了两天，"说到这里，林徇齐已是老泪纵横，"难道，这些你也全忘了吗？！"

　　"别说了！"贺摇光一脚踩下，把青砖踩碎了几块。他喉咙里嘶嘶作响，双手在空中抓握、撕扯，好像要找个把手，把天扯下来摔个粉碎。

"啊——"最终，他像个不胜疼痛的动物，纵声惨呼。

"那她们，"吼声像火山一样喷出来，"又对不起谁了？！！"

房间里一片寂静。贺摇光似乎用尽了浑身的力气。他捂着脸，慢慢走了两步，然后背对大家，蹲在地上，双肩剧烈地起伏着。

"侄女，"林徇齐慢慢扭头看着赵仙迪，"这个达默，干过什么，你知道吗？"

05

"那是 10 年前的事了……"贺摇光的声音在恢复平静的大殿里回荡。他坐在赵仙迪身旁的椅子上，语气平和而舒缓，像一个与世无争的老人，在讲述无关紧要的旧事。

"内战进行到第三年，双方损失惨重。尤其是楚格峰之战，让大家都清醒了一点。那次和谈还是我牵头组织的。当时犹他派总部在盐湖城，离银盾的勒万派不远。两边都是熟人，所以内战在犹他几乎没有真的打过。我去了勒万几次，又去了费城几次，把双方明面上不好说的话一一带到，终于促成了第一次停战。"

李南枝和赵仙迪还没从震惊中缓过来，都静静地听着。

"大概谈了四轮，基本达成了共识。大家决定不再打了，从此井水不犯河水，各自挣钱。这个结果虽然不是最理想，但也都能接受。我很高兴，以为又能回到以前正常的生活。千不该万不该，圣诞节前，我接了个案子……"

他叹了口气，一时说不下去。

"那个案子的细节，我这辈子都忘不了：妻子被杀，丈夫被怀疑，但是没有证据。检察官用间接证据起诉，但是自己都不太有把握——他们准备的认罪协议我看过，才 8 年有期徒刑。检方都这样，法官更是宽松。再加上那个丈夫连张超速罚单都没吃过，于是他直接就批准保释，保释金 5 万。"贺摇光说到这里，扭头看着赵仙迪，"很简单的案子，对吧？"

赵仙迪迟疑地点了点头。

"谁也没想到，那个丈夫交了保释金，立刻就逃跑了。"

"那个丈夫是达默？"李南枝失声问道。

林徇齐急忙示意他闭嘴。

"案子，本来轮不到我出马，可法官是我朋友，选举年临近，他怕影响自己的仕途，求到我头上。我就在圣诞节前一天离家，去抓那个丈夫。当时我妻子还怀着孕……我真不该走……我为什么要走啊……"

贺摇光喟然长叹，仰着头看着屋顶，久久无言。

"就在我走后的第二天，三个嗑了药的小畜生闯进我家……"说到这里，贺摇光忽然张大了嘴，好像要失控号哭，可是发出的只有不知是哭还是笑的嘶哑声响。他就这么梦魇似的低吼了好几分钟，令李南枝和赵仙迪都觉得浑身发冷。他们都猜出，发生了什么。

"她！我进门就看到了她！"贺摇光猛地提高嗓门，把两人吓了一跳。

"她躺在卧室床下，浑身赤裸，中了35刀！"他双目血红，两行热泪沿着脸庞流了下来，"我那还有一个月就要出生的女儿，被生生从她肚子里剖出来……"

贺摇光就此哽住，涕泪横流。他喉咙里呜呜作声，几次努力，都说不出话来。李南枝觉得脑中有一面大锣猛地敲响，所有思绪都消失不见。他扭头看着赵仙迪，发现她也是一样的震惊。

"这是真的，"林徇齐看到了她询问的目光，"我拿性命担保。卷宗就在总会存着。档案编号0G—1224—89……"

赵仙迪低下头，久久没有说话。再次抬起来的时候，李南枝惊讶地发现她也流下了眼泪，身体微微颤抖着，与她平时坚强的外表毫不相称。

"贺……前辈，"她第一次不带鄙视地看着贺摇光，"那三个畜生，抓住了吗？"

贺摇光癫狂地大笑起来。

"抓住了，"他嘴角颤抖着继续讲下去，"三个畜生都自首了。我疯了一样，要冲进警察局杀了他们。可是总部劝我相信法律。检察官也给我保证，要按一级谋杀罪起诉这三个畜生，建议死刑。我一时糊涂，就相信了他们……"

"结果没判死刑？"李南枝震惊得双眼圆睁。

"三人都未成年。"贺摇光冷笑不止，"带头的那个，家里有钱有势，请了好律师，三个人被交给了少年法庭，借口犯案时神志不清，最多的才判了8年。他，就是达默！"

"8……"李南枝两眼发热，不由自主地重复着，"8年？！"

"嘿嘿，你以为这就完了？"

赵仙迪好像知道后来要发生什么，手紧紧抓着椅子。

"过了两年，他就假释出狱了！"贺摇光转头看着她，双目如血，"你说什么法律？什么正义？我问你，正义在哪里？这样的法律，维护它有什么意义？！"

赵仙迪沉默无语。

"还有更精彩的。"贺摇光冷笑中带着泪花，"我后来才知道，三个畜生本来没有自首，当晚从我家出来，还去抢了烟草店，当场被抓。达默的父亲，听孩子说出当晚的罪行，第一时间保释了三人，然后让他们一起自首，成了轻判的借口。达默的父亲还聘请了银盾的人，保护三人去自首！他们为什么知道银盾？因为达默的父亲，是银盾最大的投资人！"

"那……那总会……是怎么……怎么……"赵仙迪嘴唇颤抖着，声音低到几乎听不见。她似乎知道，一个难以接受的答案在等着自己。

"总会？我这就告诉你他们是怎么做的！"贺摇光音量骤然提高，"审判还没结束，他们就把我骗到一个安全屋，说是让我冷静。派了4个高手守在门前，实际上是软禁我！老林，你就是其中之一，你告诉他们，是不是这么回事？！"

林徇齐叹息着点了点头。

"贺前辈，"赵仙迪的声音第一次如此犹豫，"总会也不能……也不能眼睁睁看着你去警察局杀人啊……那是自杀……"

贺摇光哈哈大笑："老林，你告诉她！"

"我奉犹他派之命和3个兄弟一起去监视老贺，叫上我，是因为我们是同乡，而且我也算是他招揽进来的，让我去稳住他，"林徇齐的目光盯着地面，头始终不抬起来，"去了一看，还有3人已经在那里等着。是银盾勒万派的人……"

"你明白了吗？"贺摇光紧握双拳，似乎是在控制自己的怒气，"两派怕破坏了好不容易才达成的和平，联手把我软禁起来！和平真的这么重要吗？我看，是他们怕失去挣钱的机会！钱！什么正义！他们只要钱！"

李南枝的胸口起伏着，好不容易对鱼鹰会建立起来的好感和归属感顷刻间崩塌。

"我被软禁了半年，就在那个木屋里，我在电视上看到了宣判结果。我眼睁睁看着自己爱过的、相信的、信仰的一切，变成碎片……"

房间里谁也没勇气说话。

"我醒了！"贺摇光忽然拍案而起，双手对着眼前的虚空挥舞着，"我彻底醒了！什么鱼鹰会、银盾，什么猎手、法律，都给我去他妈的！我要报仇！"

"我假装喝醉，当晚半夜起来，把看守我的6个人一一打死！"他指着林徇齐，"要不是我还有一丝理智，我连他也不饶！"

林徇齐看着他，眼中含着泪水。

"我躲进深山老林，这些混蛋找不到我，以为我跑了。一个月之后，我潜回犹他，杀掉了犹他派和勒万派所有人！"贺摇光又进入了癫狂状态，"那两个从犯躲了5年，最后都被我找到，烧成一堆焦炭！路上阻止我的，不管是鱼鹰还是银盾，我全都杀！我不管后果，我不管代价！我要报仇！报仇！"

李南枝止不住地瑟瑟发抖。

"现在，"贺摇光慢慢回过身，面对赵仙迪，"我没找到的，只有达默。他出狱后，全家都被银盾保护起来，消失得无影无踪。我上个月才好不容易打听出来，他躲在中国附近……"

赵仙迪咬着嘴唇看着他。

贺摇光嘴角一撇，微微摇着头，"天璇跟我亲兄弟一样。可是大侄女，你也该知道，为了报仇，我什么都干得出来！你今天不告诉我达默的下落，我绝不能让你活着走出这里！绝不能！"

他的脸色一变，再次像饿虎一样瞪着赵仙迪。

"我就问你，你想好了吗？告不告诉我达默的下落？"

06

三人的目光落在赵仙迪身上。她目光复杂地看着贺摇光，几次张口，又几次作罢。

"必须放了他！这个没得商量。"她突然双手抬起，一手对准自己的太阳穴，一手对着小腹，"你不同意，我就自杀。达默的下落，你自己慢慢找吧……"

这一招谁也没想到。贺摇光没想到她伤得那么重，还能发电。李南枝没想到的是她刚才还那么同情，转眼就翻脸，用自己的生命相要挟。而想到她这是为了谁，眼眶里好像倒进去一碗热水。

贺摇光看着赵仙迪，心里反复揣测。虽然看起来伤得很重，可是要说她连电都放不出来，却也不敢肯定。两人之间距离不算远，可他也没有把握能同时阻止她电死自己，或者破坏电胆把自己毒死。

"你自杀，我还是能得到他的电胆。假以时日，我未必找不到达默。"贺摇光眯着眼睛看着她，手指着李南枝。

"你说的没错，"赵仙迪的眼神无比坚定，"可是我死了，最多一天，总会就会知道，银盾也会知道，达默会被立刻转移。你永远也找不到他。"

贺摇光脸上阴晴不定，在地上走来走去。

李南枝知道，一旦赵仙迪自杀，自己的生命也要搭进去，可是他却没有感到害怕。忽然之间，他觉得一阵解脱，什么都想开了。

"贺前辈，"他忽然开口，令大家都是一愣，"咱们商量个事。"

赵仙迪脸上顿时变色。她想告诉李南枝，欺骗这么个人，是行不通的。然而李南枝说出的，却不是随意编造的谎言。

"你特有钱吧？"

"你想怎么样？"这个问题把贺摇光问愣了。

"咱们做个三方交易：你不杀小赵，她领着你去找达默那个王八蛋，"李南枝坚定地看了一眼赵仙迪，"我把电胆给你。"

"不行！"赵仙迪叫了出来。

"但是……"他没理她，"你得给我点钱。"

贺摇光沉默了几秒，哈哈大笑起来。

"要钱不要命！这样的真小人，也比伪君子强得多！好，你说个数！"

"林神医，"李南枝无力地坐下，"你说说，有没有办法把电胆取出来，还让我不死？"

"兄弟，"林徇齐迟疑着过来补充说明，"没有助手，我没法保证……"

"没事没事，那就先算修不好的情况。"李南枝的口气像是在说一台旧冰箱，"移植、医药费、上学……"

他看着屋顶，嘴里念念有词，算了好久，犹豫着伸出一根手指。迟疑了一下，又换成两根。

"两千万人民币？好大的胃口！"贺摇光声如洪钟，"我没那么多——500万，爱要不要！"

李南枝脸上一红，然后赶紧点头——他本来的意思是200万。

"李南枝！"赵仙迪一急，又吐了一口血。

"我这边同意了，"贺摇光冷笑着看着他，"可是你劝得动她吗？"

李南枝慢慢走到赵仙迪身前，半蹲下来。

"不行！"赵仙迪把脸歪到一边，口气狠得像要吃人，"我知道你想干什么，但是不行！"

"你听我说，我这么做，不是因为你，我是为了我自己……"

"你别说了，一定有别的办法的……"她的声音变了声调，"一定有的……"

然而两人都知道，没有别的办法。今天，必须有一个人做出牺牲。她只能看着他，无声地流泪。

"真的不行啊，就算有，时间也不够了。"李南枝伸出手，轻轻擦去她的眼泪，"5天，我不可能凑够钱……我只能先考虑我女儿，她比我的命重要……

"其实，活着对我这样的人来说，根本就是受罪！只是为了女儿，我才不敢死……你问过我，这样的超能力是不是我想要的？我现在可以告诉你，不是！我想要的超能力是眼前开一个门，钻进去就可以有一个别的人生！不管什么样的都可以，我眼都不眨就会钻进去！我告诉你，这就是我这样的人能有的唯一的梦！"

说到这里，李南枝哽咽了。

"算我求你，好不好？我替我闺女李开心，求你！"

李南枝身体一动，膝盖就要着地，双臂忽然被赵仙迪扶住。

"好，我答应你。"

四手相持，泪目相对，赵仙迪心里不断重复的却只有一句不相干的话：李千帆！你快一点！

第十三章　交易

猎手之道，在德不在武。

01

9 月 22 日　周四

距离移植最后期限还有 5 天

经费缺额 65790 元

电光。鲜血。风声。惨叫。模糊的视线里，一个影子贴了上来。手掌温柔的触感，从胸口爬到脖子，熟悉的体温令心脏加速跳动。

"醒醒！"

是她，真的是她的声音。

"混账东西，别死！你给我起来！"

"Sandy！"李千帆大喊着睁开了眼睛。幻象和赵仙迪都消失了，眼前只剩白色的屋顶。一歪头，他看到了床边的吊瓶、屏幕闪烁的仪器，还有周围坐着的一群黑衣人。他触电一样坐了起来。

"李先生，你醒了。"说话的人金发碧眼，下颌宽阔，一口欧洲腔的英语，"你受伤不轻，幸好我们及时发现了你……"

李千帆起身猛了，疼得龇牙咧嘴。环顾四周，他发现自己身在一座篮球馆一样宽敞的建筑里。上千平方米的大厅，自己的病床摆在当中，像是一件珍贵的展品。

"你们是谁？！"更吓人的是，一低头，他发现自己穿的是手术病号服，大开叉到腋下的那种，"谁他妈的给我……我的衣服呢？！"

那人嘴角动了动，像是笑了，又好像没有。李千帆终于看清，他和其他人一样，衣服上都别着一枚银色的盾牌徽章。

是银盾……

"你们怎么会在这里？！"

"李先生，"银盾的人微笑着示意他冷静，"我是银盾六级猎手，中文代号魏平道。根据我们与鱼鹰的协议，这次行动我们可以派出观察团监督行动细节。我就是第三观察团的负责人……"

"观察团？"李千帆半信半疑。

"贺摇光杀了银盾极为重要的人物，我们自然要监督这次抓捕。"魏平道不慌不忙地解释着，"必要时，我们还可以提供帮助。当然了，我们不能直接出手。贺摇光必须由你们抓获，才符合最后通牒的条件……"

"我怎么没听说过有这么一条？"李千帆还是不信。

"这是天权先生跟鱼鹰的口头约定，"魏平道微微一笑，亮出一张文件，"你总信得过天权先生吧？"

李千帆接过文件，把超声调成外交标准频率，手往上一按，文件果然发声了：一个声音在念年月日时间，以及命令编号。那声音任何猎手一听就能分辨出来，就是郑天权。由于岳天玑身体不好，银盾多年来实际上是由这位二把手来负责日常事务的。作为温和派代表，他一直试图跟鱼鹰和平共处。上次停战，就是他费了九牛二虎之力压服激进派达成的。

李千帆开始冷静下来，意识到自己对这些人的不信任多半是由于缺乏安全感——一睁眼，发现自己光着屁股披着件病号服，周围十几个老爷们儿围着，是很容易反应过激。

"你们找到我的？"

"有人告诉了我们战斗发生的位置。"

"谁？"

"我！"

远处的门忽然开了，几个人大步朝这边走来。为首的是个女人，一身笔挺的黑西装，满头银发向后梳得一丝不乱。她大步流星，衣襟带着风，一手摘下墨镜挂在胸前口袋上，一手整理着高高的衬衣硬领。

"厉前辈！"李千帆费力地从床上下来，拱手施礼。这个人，就是崔敏孝的上司，旭川派掌门人、亚太大区总裁、鱼鹰会总监察，厉司危。

"厉夫人，"魏平道带领所有银盾成员恭敬行礼，"一路辛苦！"

李千帆激动万分。这是他第一次见这位传奇猎手、鱼鹰会东半球实际上的掌权者。多年来听到的关于她的各种传说一瞬间涌上心头：她带领旭川派经历9场大战，硬生生地从一个小门派，发展到东亚第一，同时把银盾在日本的势力压缩到东北一隅；她运筹帷幄，在亚太区取得一次又一次胜利，令欧美诸派的战绩相形见绌；银盾视她为眼中钉，几次设伏，都被她以惊人的武功和计谋挫败；对马一战，她以7人突破银盾100多人的包围圈，又反身杀回，亲手击杀银盾28名一流高手，名震江湖……

李千帆感觉吃了颗定心丸——有她在，赵仙迪肯定有救！

"魏先生，久等了！"左手一拂，西装扣子应声而开，厉司危径直在魏平道身边的座位上落座。右手两指伸在空中，身后的随从立刻递上一根香烟。

"你是李千帆？"烟雾和问题一起飘到空中。

李千帆连连点头。

"醒过来多久了？"

"也就几分钟，"李千帆指了指魏平道，"刚跟他们聊了两句，您就来了……"

"书记员，"厉司危打了个响指，"记下来：时间、地点。银盾观察员询问鱼鹰猎手，获得鱼鹰全力支持。见证人名字，不要漏了。"

"魏先生，"她把头转向魏平道，"我们的第三抓捕队赶到时，你们已经在现场了对吧？"

"是的，我们正好离得不远，监控到了脉冲……"

"书记员！"厉司危又打了个响指，"着重符号：时间、地点。鱼鹰对银盾观察团勘察现场予以允许和协助。"

"深表感谢。"魏平道侧过头，微微鞠躬。

"你们发现了几个活人？"李千帆急不可耐地打断了他们的官场对话，声音紧张得要变调，"有没有……有没有……一个女的……"

"你说的应该是赵仙迪小姐吧？"魏平道顿了一下，然后遗憾地摇了摇头，"活的，只发现了你一个……"

李千帆腿一软，坐在了床上。

"不过也有尸体——9 具尸体，全是男性。两名失踪。一名是赵仙迪小姐，另一名资料不详——书记员！"解释完毕，魏平道主动抬起手，"记下来，以上信息由鱼鹰主动提供。银盾观察团表示感谢。"

厉司危笑了一下，吐了个烟圈。

"走！我去找她！"李千帆二话不说就下了床。

"李先生！"魏平道拦住他的去路，"所有人都在找。附近所有的医院已经排查完毕，没有发现。你现在能帮上忙的，就是尽可能详细地把事情经过给我们讲明白。我们知道得越多，就越容易找到她！"

02

"不行！"

"不行！"

"不行！"

达成协议之后，几个人都体力耗尽。在林徇齐的建议下，赵仙迪和李南枝吃了几片药，一觉睡到晚上——当然了，为了安全起见，赵仙迪坐在门边，后背抵着门睡——然后三方开始商量细节。这么简单的协定，细节本来不多，可没想到第一步就卡住了——怎么付钱。作为一个国际流窜杀人犯，贺摇光可不用信用卡，更没有支付宝和微信。他提出用加密货币，李南枝又不同意——被骂了这么多年傻子，他对一切看不见摸不着的新事物心存警惕。至于赵仙迪的提议——通过鱼鹰账户中转——又被贺摇光看作是圈套，嗤之以鼻。三人争吵了将近一小时才最后妥协：贺摇光通过加密货币提现，由第三方转给赵仙迪的私人账户，然后由她转账付给李南枝。

"这是最后的方案了，"贺摇光很不耐烦地指着赵仙迪，"你信不过我，总该信得过她吧？"

然后他就开始了漫长的网络联系和加密转账的过程。过了足足一个小时，他把转账记录给赵仙迪过目，后者终于点头，确认钱进了她的账户。只要她出去后打个电话，就可以转到李南枝账上——贺摇光不让她现在打。

接下来进行的是第二个议题：赵仙迪要求找助手，确保李南枝手术后能活下来。双方再次发生了激烈的争吵。林徇齐说找助手需要三四天，贺摇光坚决不肯等。

"那怎么办？让他去死吗？"赵仙迪咄咄逼人。

"我来当助手，我会外科。"贺摇光拍着胸脯，"取出电胆，他走了，再移植给我。"

"真的？"这话连林徇齐都表示怀疑。猎手口中的"外科"跟普通人概念中的不一样。这是一门包含麻醉、解剖和电路的艰深学问。

"我读过你所有档案，"赵仙迪更是不信，"从来没看见过这条。"

"我们最早的那批猎手都会这个——电脉布局什么的都是我们在自己身上试验出来的嘛，"贺摇光对两人的孤陋寡闻很不屑，"再说，我一个人被你们围追堵截了这么多年，要是不自学点这个，怎么可能活下来？"

赵仙迪半信半疑，还没来得及表示反对，忽然双腿一软，倒在地上，不省人事。林徇齐立刻上去，在赵仙迪脖子上摸了摸，然后把她拦腰抱起，直奔佛像，"快！去手术室！"

就如没想到林子里还有庙一样，李南枝也没想到佛像背后的地上还有个暗门。贺摇光拉开重达一百多斤的铁板，他沿着楼梯走下去，再次被震惊了——地下这层几乎跟主殿一样大。长长的走廊两旁分布着许多房间。有的是仓库，装满了医疗用品、电子元件；有的像是宿舍，有双层床、冰箱、炉灶。最大的那间足有三四十平方米，空空荡荡，正中央摆着一张极其专业的手术台，上面吊着无影灯。李南枝看得这么清楚是因为贺摇光疑心重，让所有人走在前头，把每个房间都转了个遍。

"这都是你建的？"贺摇光觉得自己小看林徇齐的财力了。

"不不，基础早就有，我只不过扩建了一下，只有那个是我找人建的。"

走廊尽头的门银光锃亮，好像电影里银行的金库。林徇齐掏出钥匙打开门，露出4米见方的一个小房间。地板、四壁、天花板，全是不锈钢，完全是个铁棺材。

"哟，这监狱不错嘛！"贺摇光终于松弛下来，露出了揶揄的笑容，"比以前那个还大。"

"说了多少次了，是避难所。"林徇齐表情不大自然，"有些不好惹的人来找麻烦，我就在这王八壳里躲一阵子。从来没用这个关过人……"

贺摇光的疑虑打消之后，治疗终于开始了。手术室里，林徇齐把赵仙迪放在病床上，手离她身体两寸远，缓缓移动。过了好一阵，他转身拿起毛巾擦了擦汗，然后拿出一张纸，写写画画。李南枝看到，他画的果然又是电脉图。

"怎么样？"这回贺摇光比李南枝还要关切——毕竟，她还没说出达默的下落。

"电脉断了两根，"林徇齐若无其事地回答，"有点内出血、脑震荡——这都问题不大。麻烦的是有个淤血块压制着迷走神经，导致呼吸困难、四肢无力和晕厥。得做个手术……"

似乎是为了证实诊断的准确性，赵仙迪醒了过来。

"那赶紧做吧……"贺摇光松了口气。

"麻药还没配呢……"林徇齐用责备的眼神看着他，"她是天璇的闺女，小时候你抱过她。我都记得呢……"

"没事……"赵仙迪咬着牙回话，"我撑得住……"

"好，"林徇齐沉吟几次，板起脸来转身对贺摇光指了指楼梯，"得麻烦你出去。"

"为什么？"贺摇光的目光又开始充满了怀疑。

"她得保持情绪稳定，你在这儿，她容易激动！"

贺摇光打量着所有人，一时没动。

"这里连个窗户都没有，你还担心我把他们放走吗？！"

贺摇光哼了一声，悻悻地走了上去。

"电脉不用接，"他中途停下，嘱咐了一句，"这是为了她好，免得动一些没用

的脑筋。"

　　门关上了。林徇齐调整情绪，拿着两件无菌服走了过来。

　　"去洗洗手，"他冲着李南枝指了指洗手间，"然后咱俩把这个穿上。你得给我帮把手。"

　　准备完毕，走到病床前，他看着赵仙迪，微微一笑。

　　"大侄女，你胆子真大！"

　　赵仙迪无所谓地一笑。林徇齐指的是她用自杀威胁贺摇光的事——她的主脉没断，但是早已供不上电，根本不可能空手自杀。

　　"放心，我不会告诉他。"林徇齐微笑着指了指楼上，"现在这个协议，对大家都好。"

　　"谢谢！"她轻轻地点了点头，"准备好了就开始吧……"

03

　　李千帆坐在病床上，详述整个抓捕过程。一开始还能说清楚，越到后面越控制不住舌头。回忆的画面纷至沓来，恐惧像浑浊的水，渐渐漫了上来。他比画贺摇光的出招方位角度，竟然几次情不自禁地躲闪，好像一个噩梦里的梦游者。讲完后，他发现自己出了一身虚汗。

　　然而听众的反应却令他大失所望。似乎并没有人对赵仙迪表示出关心，所有的问题都集中在贺摇光的武功特点和电压高低上。银盾还有人提出让他演示一下贺摇光的起手式，厉司危也没反对。

　　"然后你就晕过去了？之后呢？"事无巨细地讲了半小时之后，魏平道仍在反复确认。

　　"我都晕过去了，还他妈能记住什么？"李千帆终于失去了耐心，"你们去不去？不去拉倒！我自己去！"

　　他忍痛从床上跳了下来，三两下撕掉针头和贴在皮肤上的电极贴片。

　　"我衣服呢？还给我！"

　　忽然，李千帆觉得自己迎面撞上了一堵墙，整个人横飞起来，又跌回病床上。

银盾的人触电一样跳起来——厉司危突然发掌，放在以前，就意味着有人要死。

"不用怕，现在是停战期，我不杀人。"厉司危冷冷一笑，然后，李千帆听到了这辈子最令他意外和绝望的命令。

"不准去。"

"你说什么？！"他一时忘了礼节，直愣愣地问。

"她在贺摇光手里。贺摇光想躲起来，你是找不到他的。既然医院、停尸房都找不到，那就是找不到了。"

银盾的人吃惊地互相看了一眼。

"难道……"李千帆不敢相信自己的耳朵，"难道就扔下她不管？！"

"放肆！"厉司危身后的侍从长呵斥道。

"厉监察！"李千帆几乎声泪俱下，"总得试试啊！总不能眼睁睁看着贺摇光杀了她……"

"贺摇光不会杀她。"

"为什么？"

"他需要她指路。"厉司危站起身来，竟然准备离开，"我事先给了她备用计划，希望她真的看了……"

"什么备用计划？"李千帆跟上一步。

"她会把贺摇光引到我们的埋伏地点，"厉司危又掏出一根烟，侍从急忙点上，"在那里，我会带着足够的好手等他——这才叫百分之百的把握……"

李千帆愣在原地，呼吸急促——他参与过这样的行动，诱饵没有一次能活下来。

银盾的人都在窃窃私语。

"银盾对这次和平，本来就不是很情愿。郑天权费了不少力气，才压制住激进派，跟我们达成了协议……"厉司危丝毫没有压低音量，似乎银盾观察团不存在，"你提出离职申请，要去银盾，这么快就批准了，你以为是正常的吗？总会不过是想通过你这个案例，表达和平的诚意，让郑天权压力少一点……可偏偏就在这个节骨眼上，贺摇光这个疯子，杀了那么重要的人……"

魏平道低头看着地面。李千帆双眼圆睁，目光空洞地沉默着。

"这次抓捕留给鱼鹰，是郑天权好不容易争取来的。"厉司危掏出一根烟，点上，"她是赵天璇的女儿，应该有为鱼鹰牺牲的觉悟……"

李千帆站在原地，嘴唇哆嗦着，想要走，却又迈不动步。反复几次，他忽然扑到厉司危脚下。

"厉监察！我求求你！试一次吧！这个计划等于是要她的命啊！"

"起来！"厉司危厌恶地看着他，"像个男人的样子！跟我走！"

"去哪儿？"

"你也要去埋伏地点！"

李千帆脸色苍白，继而变得通红，跳了起来。

"你……你……"他像个醉汉一样指着厉司危，说不出完整的话，"我真是……真是……"

几秒之后，他突然忍痛转身，朝门外走去。

"你去哪儿？！"

"没人管，我自己去！"

"站住！"厉司危厉声喝止，"你不服从命令？知道后果吗？"

"你是不是忘了？"李千帆转头朝厉司危一笑，晃了晃手表，"一小时前，我已经不是鱼鹰的人了。到明天中午，我才是银盾的人。现在，我不用听任何人的命令！"

厉司危双目慢慢瞪起来。过去十几年，还没有人敢跟她这样说话。李千帆强迫自己挺直腰杆，假装一副铮铮铁骨。可是厉司危的目光就像焊枪的白色火焰，可以把一切熔化烧穿。

额头上汗水止不住地往下流。李千帆终于想起，自己面对的是一个同时保持着击杀敌人、叛徒、违纪者三项纪录的人。换句话说，她是有史以来杀人最多的猎手。

厉司危右手一抬，几米外的两扇大门砰地脱离门框，飞了出去。她头也不回，领着手下走了出去。

李千帆身子晃了几晃，终于一屁股坐在地上。身上的疼痛让他想死，他却觉得远不如胸口里边那么疼。他抓着头发，绝望地抽泣起来。

脚步声在身后响起，李千帆赶紧擦干眼泪。抬起头，他发现是魏平道。

"你干吗？"

"我有一个建议，是跟救赵小姐有关的……"

04

"咬住毛巾……小李你抓住她的手，按住她肩膀……你腹部要放松，腿部要紧张……"

手术室里，林徇齐不停交代着注意事项。他掀开赵仙迪的衣服下摆，用酒精和碘伏擦了擦，然后拿起一个很长的、像镊子似的东西。赵仙迪的眼神变了。这是接电脉的工具。

"手术台上，我说了算。"林徇齐挤了挤眼睛，"好了，开始！"

手被猛地一握。李南枝看到，林徇齐熟练地在赵仙迪肋骨下方开了一个小口，鲜血涌了出来。

"忍着点，"手骨被握得咔咔作响，他不得不从牙缝里挤出几个字安慰着她，也鼓励着自己，"很快就完事了……"

林徇齐一手放在赵仙迪腹部中央，用超声监测体内情况，另一只手拿着镊子，从切口慢慢伸了进去。

"别动啊……"

赵仙迪一声不吭，但是面部已经扭曲变形。李南枝用另一只手紧紧按着她的额头，好像这样就能把能量输给她。林徇齐手稳得像铁铸的一般，镊子精确地钳住电脉，将其复位，然后运气升压。超高压的电流激活了镊子头部的微型焊机，电脉断头被熔化、接上，外膜被熔化，严丝合缝地把电脉重新包裹。一切做完，他把镊子麻利地抽了出来，开始缝合。

"把她扶起来。"

林徇齐盘腿坐下，右掌顶住赵仙迪的后背，闭目运气。不多时，两人背上都冒出了丝丝蒸汽。赵仙迪的头猛地仰了起来。

"行了！血块也打散了，"林徇齐轻轻把她平放回去，然后看了看表，"你休息一会儿。一两个小时之后就可以走动了。"

"这就完了？"赵仙迪恢复得显然比估计的还要快，已经可以脸色苍白地逞能了。

"怎么了宝贝儿？"她看到了李南枝关切的目光，啐了一口，然后噘起嘴唇，做出一副哄孩子的表情，"噢，是不是妈妈把你的手捏疼了？捏得你想哭吗？"

李南枝被逗笑了，对她最后一点惧怕心理也终于彻底消解，同时再次确认了对她的判断：人是好人，就是长了个狗脑子。两人嬉笑着互相打了一拳，赵仙迪开始身子打晃。李南枝赶紧扶住她。

"有镇静剂……"林徇齐指了指针管，"让她休息一下……"

"神医，您刚才那是超声波诊断？可是怎么也没个屏幕啊？"李南枝观察着手术用具，又好奇起来。

"这就是屏幕。"林徇齐用镊子敲了敲左眼珠，铮铮有声，"装个假眼挺方便的，反正早瞎了……"

他清理完工具并没有上去叫贺摇光，而是开始烧水，泡茶。李南枝百无聊赖，拿着赵仙迪的电脉图看来看去。这一看就入了神。抬起头来，发现林徇齐正朝着自己微笑。

"我见过那么多猎手，"林徇齐小口啜着茶水，"没几个对电脉图感兴趣的。"

"我就是觉得挺有意思……设计得真是……"李南枝兴奋地抬起头，"神医，我要是时间多点，真想好好研究一下这玩意儿……"

时隔多年，他终于再次感受到这种无忧无虑地投入带来的快感，就像当年跟着教练学武、在学校被班主任盯着备考、出狱后在厂里学技术决心好好过日子时一样。然而现实总是不肯让他有放松的机会。楼梯声响，贺摇光等得不耐烦，走了下来。

"完事了？那就把她弄走。该给我接电脉了……"

病床被推向避难室。颠簸中，赵仙迪咳嗽着醒了过来。

"大侄女，你好好休息……"林徇齐拍着她的手背，调节着吊瓶的点滴速度。

"林神医……"赵仙迪缓缓抓住他的手，"你一定要保住他的命……要不然我可要找你算账……"

"放心吧……"林徇齐勉强一笑，"我尽全力……"

"你要活下来……"赵仙迪闭上了眼睛，说话开始口齿不清，对话对象也变了，"你自己去接你女儿出院……"

李南枝握住她的手，觉得那温暖如同冬夜旷野上的一把火，难以割舍。终于，赵仙迪睡了过去。陷入昏迷前，她觉得自己飘在空中，离李南枝越来越远。

"再见了，傻子……"

她知道，这是两人的永别。手术固然有风险，但她相信，他应该能活下来。唯有自己，是绝不可能生还的。

达默，只是厉司危在命令里提到的一个可以保命的名字。

她根本不知道他在哪里。

05

"你说什么？你再说一遍？"李千帆瞪着魏平道嚷嚷着。他其实听清楚了，但对方的提议实在是难以置信。

"你没听错，"魏平道笑了笑，"我有人手，可以帮你去救赵小姐。"

"我刚才说的你都没听见吗？"李千帆哭笑不得，"我们 11 个人，围剿贺摇光一个，还败了，你是哪门哪派？你们有这么多好手？"

魏平道笑了起来："你真不认识我？"

李千帆再次端详了他一会儿，摇了摇头。

"也对，认识我的鱼鹰，大部分都……"魏平道嘿嘿一笑，挽起袖子，小臂上赫然露出一个标枪图案的文身。

"你……"李千帆打了个寒战，不自觉地后退了半步。

"没错，"魏平道做了个压帽檐致敬的动作，"我们是 PILA 突击队。"

PILA，即重标枪。2000 年前，罗马军团凭借着方形大盾和这种锐利投枪横扫欧陆，所向无敌。PILA 突击队当得起这个名号。这是银盾最近几年组建的特种部队，完全由脱产高手组成，战功赫赫，令人闻风丧胆。

但是明白了这一点，李千帆反而更加犹豫。

"你？你们观察团不是不能动手吗？"他连连摇头，"再说了，你们摆平了这事，不还得打仗啊？"

"这个你不用担心……"魏平道明白他在想什么，"我的队伍，是 PILA 第十一大队，直属于总部。这次我们来当观察员，银盾内部没人知道我们在中国。这是天权先生批准的绝密行动。我们不是韦宗正的人！"

韦宗正，是银盾少壮派的领袖。一直叫嚣着把战争打到底、消灭鱼鹰的人就是他。

"另外，对于战斗，我们也有准备。"魏平道指了指远处的卡车，"中国边境控制严格，武器不好带，但是各种装备一应俱全。我们还有直升机，只要你提供位置，我们立刻就可以出发。"

"可是……"李千帆完全不信，"你们为什么要帮我？你们跟鱼鹰可是有血海深仇啊……"

魏平道仰头叹了口气。

"没错，这些年跟鱼鹰打仗的，主要是我们。但这不是个人恩怨，只是工作。银盾从世界各地的贫民窟挖掘了我们、训练了我们，让我们能挣到别人几辈子都挣不来的钱。死伤的兄弟，家里拿到的抚恤金更是天文数字——换作是你，你觉得是私仇重要，还是这种大恩更重要？"

李千帆心中暗暗感动，同时又有一点庆幸：选择银盾，果然没错。

"也不怕告诉你——我账户里也有几百万美金。你说我盼不盼着和平？到时候拿到全部津贴，太平洋上找个小岛，好好过日子……"魏平道把烟头一扔，"我们真的打累了……银盾内战中大部分的血，都是我们流的……"

李千帆从未想过，穷凶极恶的敌人，原来也是一些会流血、有欲望的普通人。

"你知道吗？"魏平道似笑非笑，"天权先生很看重你……"

"行了，"李千帆先是一愣，然后摇着头冷笑，"不就是想让我当个吉祥物吗？两派和平友好特使，什么东西……"

"赵小姐也很重要。"魏平道倒是没有否认，"她的父亲在鱼鹰内部有很高的威望。我们希望这个举动，能让双方和平友好，永不再战。"

"你听！"他指着天空，"直升机来了。你要是点头，我们就再冒最后一次险，然后回家享福去。你要是不信我，我们就坐它离开。你就当我没说过。"

螺旋桨带着巨大的轰鸣声越来越近，李千帆的心乱得像是被风吹动的草叶。他反复踱步，目光一会儿投向魏平道，一会儿投向远方。良久，他终于跺了一下脚，朝着魏平道伸出拳头。

啪！两个拳头相碰，李千帆豪气干云。

"干！"

06

贺摇光从手术台上起来，接过毛巾，擦干了满脸汗珠。他的电脑修起来不像赵仙迪那么简单。尽管是微创手术，林徇齐也忙活了一个多小时。两人都满身大汗。

"你还真行，"林徇齐朝着贺摇光竖起大拇指，"身体还撑得住……"

"老了，"贺摇光一笑，"再过几年，真混不动了……"

"可别这么说，"林徇齐笑着喝了口茶，"我还指望着再给你保修三十年呢。"

"老林，"贺摇光突然严肃起来，"我在这世上，信得过的人，只剩你了……"

林徇齐惨然一笑，拍了拍他的肩膀。对于这份信任，他心知肚明。今天的小手术，不打麻药是可以的。但明天换电胆，绝对不可能。能让贺摇光放下所有戒备、坦然进入全麻状态的人，的确没有第二个。

"放心吧，你今晚、明天好好休息，养好状态，给我当助手。你们俩都要活下来……"

贺摇光低下了头，似乎在纠结着什么。

"不，"他抬起头，声音冰冷，"你马上给他做手术。"

"麻醉剂哪有那么快就配好……"林徇齐觉得他太心急了，"再说不光你，我也需要休息啊，要不然手会抖……"

"不，什么都不用做——"贺摇光声音有点嘶哑，但是仍直视着林徇齐的双眼，"给他镇静剂，划两刀，再缝上……"

林徇齐猛地睁圆了眼睛。

"过几个小时，把他推到赵仙迪眼前，让她看看。"贺摇光说话的气息终于稳住，"就说手术完了，他活下来了。然后，你取出电胆，给我装上。之后我带着她离开。她要是问，你就说他走了。这事跟你再也没有关系。"

林徇齐双手颤抖着，眼中的神色一变再变。

"我当然不会外科，我骗她的……"贺摇光摇着头，"这小子，必死无疑。"

林徇齐依旧一言不发。

"没错，我撒谎了！我用了下三滥的手段！那又怎么？"贺摇光咬咬牙，在空中猛地挥挥手，"为了报仇，我什么都愿意做！我的名誉算什么？就是我的命，我也不在意！"

两人对视着，最终，林徇齐长叹一声。

"你出去。"他指着手术室的门。

贺摇光一动不动地看着他。

"我让你去上边客房休息！"林徇齐有点火了，"我要跟那小子在这里准备手术！"

"什么时候做？"

"明天早上。"

"这么久？"

"我累！就这样！"

贺摇光想说什么，最终却一言不发地离开了地下室。林徇齐醉酒一样蹒跚着，走到避难室的门口，却始终没有勇气进去。猎手向来重承诺、轻生死。他万万没想到，贺摇光会玩这种把戏。

犹豫良久，他叹了口气，打开了门。赵仙迪依旧在昏睡。李南枝坐在她床边，在看电脉图。

"到我了？"他小声问。

"那什么……还有点时间，咱们……先去准备一下……"林徇齐朝他招了招手。李南枝蹑手蹑脚跟了出来。

"这玩意儿，"一进手术室，李南枝就忙不迭地继续钻研电脉图，"真是越看越觉得有意思……我这辈子，恐怕弄不明白这里边的很多原理了，有点可惜……"

林徇齐没有回答。他甚至没法看他。

"稀里糊涂活了30多年，没想到这时候了，反而找到自己喜欢、擅长的东西……"李南枝放下电脉图，苦笑连连，"都说造化弄人，我这才明白是什么意思……"

林徇齐挤出一丝笑容。踌躇良久，他走过去坐在李南枝身边。

"明天才动手术。你有什么不懂的，尽管问我吧……"

07

手术室里，两人像男生钻研游戏攻略一样，抛开近在眼前的生死，专心探讨起来。李南枝提了几个问题，专业性令林徇齐有点吃惊。

"哎呀，你搞过电啊——穴位你怎么也懂？"

"我练过气功……"李南枝有点自得地介绍了自己的经历，"我爸教的。"

"认穴很准啊……"林徇齐上上下下打量着他，"你父亲看来是真行家，可惜没机会请教一下——我教过徒弟，但是太费劲了，都放弃了……"

"他也没啥秘诀——记不住就揍，谁不会啊……"

但是李南枝又提出了一个问题，林徇齐就傻了。

"贺摇光那样的高压，是怎么升上去的？人怎么能控制那么多穴位，还能上蹿下跳、出拳踢腿？"

"你是怎么升压的，你跟我说说……"林徇齐愣了半天，死活琢磨不透他基础这么好的人怎么会提出这种问题。

李南枝把几个穴位一说，林徇齐立刻报出了学名："费城式开局，'十三孤星'基本式——然后呢？"

"什么然后？然后憋着一口气去打人呗……"

林徇齐哈哈大笑起来。

"神医，我是不是练错了？"李南枝很不好意思。

"没错没错，"林徇齐赶紧摆摆手，"只是有一个重要的知识，没人来得及跟你说——升压电路，可不止一条。"

他拿起电脉图，用指甲沿着电脉慢慢画着线，连接着几个穴位。李南枝沉默着看了好久，然后猛地一拍大腿："这也是个升压电路！"

"对咯！"林徇齐连连点头，"这是个小三度升压电路。"

"小三度？"李南枝弱弱地提问，"什么意思？"

"升压用到几个电阀，就叫几度，"林徇齐有点明白他是怎么回事了，笑着解释，"你看，这一条，三个穴位，升压两倍，这叫小三度；这一条，三个穴位，升压三倍，这叫正三度；这一条升压四倍，这叫大三度；这一条呢，升压五倍，这叫大三增二度……明白了吗？"

顺着林徇齐的手指，一条条升压电路显现出来。电脉图仿佛成了一道熟悉的数学题：连接以下点，可以得到多少个 N 边形？惊喜之余，李南枝忍不住对梁天枢佩服得五体投地——从一个电工的角度出发，这些电路的设计巧妙到了极处，也节约到了极处，最大限度地利用了最少的资源。

"好了，回到你的问题：越高级的升压法，需要调用的电阀越多。那么多肌肉紧绷着，人还能动吗？答案很简单：分成几次。"

"分成……几次……"李南枝不自觉地跟着重复，似懂非懂。

"我问你，控制穴位的肌肉松了，电立刻停了吗？"

"不是，"李南枝回忆着，"有大约……3 秒的时间，不管我干什么，电流都不变……"

"是 2 秒半——升压电路每次启动，电脉都会保持通畅 2 秒半，"林徇齐打断了他，"这 2 秒半你干什么了？"

"打人啊……"李南枝不知他想说什么。

"一掌打出去、收回来，总共也用不了一秒。"林徇齐比画着，"你应该利用它，继续升压！"

李南枝如同半夜被大钟惊醒，双目圆睁，说不出话来。

"这是'十三孤星'的第二变式，以及它的几个后招。你注意看。"林徇齐亲自用慢动作演示，"为什么我出掌，胳膊肘要先画个半圆？很多余不是吗？"

李南枝点点头。

"原因很简单——肩膀这么一转，我才能激活'抬肩穴'，跟之前的 3 个穴位一起，组成一个大四度升压电路，升压五倍！"

李南枝瞪大眼睛，心跳一阵快过一阵。

"为什么要掌心横转？为了小臂用力，再激活手三里，升级成正五度升压，升五倍！

"大四度、正五度，都是升压五倍，我为什么要多余加一个穴位呢？为了衔接下一步——控制手三里的肌肉，还控制着上廉和下廉——一下就变成了大七增二度，升压九倍！

"小腹收缩，加上了腹节穴，大八度增四度！升压十二倍！

"也不要忽略左手，这一动，就加上了左肋下大包穴，又成了正九增七度！升压十六倍！

"这叫阶梯式升压。"终于，林徇齐看着李南枝做梦一般的表情，满意地点点头，"只要延迟时间不到，就这么一个个穴位加上去、一级级地加倍。就像踢皮球，只要这口气不泄，就不落地，下一脚，踢得更高。你想想，这样升下去，还嫌电压不够高吗？"

08

"你再仔细想想！"魏平道的声音在空旷的室内回响着。

"真的全说了……"李千帆痛苦地坐在地上，揪着自己的头发，"真的不记得更多的事了……"

"我们要救赵小姐，必须先找到她！我们能依靠的只有你！你是最后见过她的人！"

魏平道的耐心显然也快耗尽了。李千帆看了他一眼，站起来一把把他推开。环顾了一下，他气呼呼地走向门口，赌气似的把几个白色塑料盒子一翻，衣服摊了一地。

"浪费时间……妈的，浪费时间……"李千帆边找衣服边骂，"我就不该信你，浪费宝贵的时间……"

"李先生，"魏平道试图安慰他，让他冷静下来，"我们假定赵小姐还活着……"

"她肯定活着！"李千帆内裤穿了一半，转过身来怒吼着。银盾的人都不自在地把目光移开。

"对，她可能被俘了。她这样训练有素的猎手，只要有机会，肯定会试着留下某种踪迹。所以我们需要知道一切。比如说，她给你说过什么话、留过什么暗号。甚至偷偷打过什么手势……"

"我再说一遍，我他妈什么都跟你说了！"李千帆指着魏平道和他身后的队友，"你们没听见吗？我说话的时候你们在梦游吗……"

忽然，他没了动静，苦苦思索。

"梦游……梦……那个，是不是梦呢……"他自言自语了一阵，手在自己身上比画着，最终停在了胸口。

就是这个位置……她不光用手摸过我的心跳，还把手伸进我衣服里……

李千帆猛地动起来，扑在地上，把衣物翻得乱七八糟。过了好久，他终于在上衣内衬口袋里找到了想找的东西，大步走到众人面前。

"追踪药剂瓶？"魏平道轻轻摇头，"贺摇光体内的同位素早就代谢没了……"

"不，不！"李千帆双眼发亮，"那一瓶，她早就扔掉了。这是她在我快晕过去的时候，塞到我怀里的！这就是她留的暗号！"

"你是说……"

"她带了不止一瓶！"李千帆手指抽筋般地指着小瓶子，话塞在喉咙里，结巴了半天才抖出来，"她给自己打了追踪剂！"

09

9 月 23 日　周五

距离移植最后期限还有 4 天

经费缺额 65790 元

灯火通明，两个身影你来我往，时而萧随曹规，时而激烈对攻。李南枝在林徇齐的指点下，进步飞速。控制穴位、导引电流都已轻车熟路，掌握了好几种常用开局、后招和相应的升压法。渐渐地，不管手上招数多么刚猛暴烈，他的内心都能进入一种半冥想的状态，用全部意念去寻找那些不易感知的神经和半随意肌肉。打着打着，微弱的嘶嘶声忽然在耳边响起，连绵不绝。低头一看，地上的灰尘都被吸了过来。

"差不多了！"林徇齐露出了满意的笑容。

"你已能升压二十倍了，江湖上一般的高手，也就这水平。"

"别的高手……"李南枝观察着自己的双手，半信半疑，"也是一晚上就能练出来？"

"当然不能！"林徇齐笑了，"你懂电，又懂气功，所以，你修炼猎手武功，有着巨大的优势。"

李南枝做梦也想不到自己这辈子还能有比别人幸运的地方，所以全神贯注地听着。

"猎手修炼，在练些什么？无非是控制穴位四周肌肉的能力。很多肌肉不属于牵动手脚骨骼、可以随意调动的随意肌，也不属于控制内脏毛孔、不受大脑控制的不随意肌——在我们武学概念里，它们叫作'半随意肌'——平时用不到，也几乎不受大脑控制，但并不是不可调用。受过长期训练的人，可以用意念的力量给它们下命令——气功，就是一个很好的训练方式……"

林徇齐从一张活动病床侧面拿下控制板，按了一个按钮。"呼"的一声，一个巨大的铁笼子从天花板上落了下来。

"错了，不是这个……"他赶紧把笼子升上去，换成另一个按钮。这回，墙角的地板上慢慢升起一个跟手术室很不协调的东西——格斗训练用的人形靶。一米多高，几十斤重的样子。

"你打打这东西试试。"

李南枝回忆着赵仙迪传授的测频方法，缓缓抬起手，把指尖放在上面。测出振频后，他后退两步，一板一眼地以费城式开局，四级升压相连，一掌拍在上面。啪！灰尘飞散。靶子晃都不晃，直接化为碎片。李南枝看着满地狼藉，又看着自己的手，反反复复，如在梦中。

"怎么样？够用了吗？"林徇齐拍着他的肩膀，"剩下的，就急不得了。高级数升压心法，需要长时间的练习。就像走钢丝一样，练的时间长了，一些平时用不到的肌肉自然就听话了。"

李南枝胸中巨浪滔天，激动得满脸通红。正要按照江湖规矩行个大礼，林徇齐却走开了。他走到墙边，摘下一面镜子，露出一个小保险箱，输入密码，从里边拿出一本书。

"刚才我教的，就等于实验课，但是归根到底，理论不学是不行的……"

李南枝接过书，看到封面上印着几个楷体字："电路技术基础纲要"。

"这书我好像在哪见过啊……"他小心试探着问——没记错的话，这玩意儿新华书店 30 块钱一本。

"你翻开看看。"林徇齐笑了起来。

"陆开阳……编著？"李南枝抬头问。

"对，"林徇齐感慨万千，"就是我师父，鱼鹰会的第一高手、人称'武曲星'的陆开阳！"

李南枝看看他，又看看书。这个名字，已经不是第一次听到了。

"阶梯式升压的基础讲完了，你应该明白一件事：第一招，也就是所谓开局，决定了你的升压路线——总不能你这一招穴位在前胸，后边去加上后背的穴位，对不对？所以，采用什么开局招式，是非常重要的。每个门派都有自己的开局、后招、升压路线……而鱼鹰和银盾绝大部分武功开局，都记在这本书里！"

李南枝手一震。他万万没想到，这么珍贵的东西，林徇齐竟然交给了自己。接下来，两人开始愉快地翻阅《纲要》，浏览其他开局和升压法。

"电学不是玄学、巫术，原理都是明摆着的，所有内功外功，就算没人教，也早晚有人能研究出来。但是如果能系统地吸取前人的经验，就可以节省大量的时间、打下坚实的基础。只可惜如今两派都觉得金钱、谋略比武功更好用，所以没人愿意下功夫研究这个了……"

林徇齐讲解着各个开局的由来、特点，擅长此术的高手，以及相关的逸闻。李南枝听得津津有味，不时哈哈大笑。有时候林徇齐还会亲身演示，告诉他这一招的特点和弱点。

不知几个小时过去，一本《纲要》已经翻完。李南枝从未想过，猎手武学的每个动作、每个细节都隐藏着这么多学问和讲究，只觉得精妙神奇、高深莫测。觉得自己像一个第一次见到大海的孩子。一夜没睡，他丝毫不感觉疲劳。能够再次心无旁骛地从事自己最喜欢的运动，探索一个新奇的世界，这种纯粹的快乐，是什么也比不上的。

"这本书就送给你了，我反正用不着了……"林徇齐和蔼地笑着。

"我……我……真是……"李南枝努力了几次，始终说不出什么整话，最后双手捧着那本《纲要》，一躬到地，"谢谢先生！"

"从今天起，你就算是摸到武学正道的门槛了。想继续提高，你今后……"

说到这里，林徇齐的笑容忽然僵住：他哪还有什么今后呢？

"神医，"李南枝看出了什么，"是不是我的手术……挺麻烦？"

林徇齐没有回答，背过身去，双手撑着手术台，好像浑身的力气不足以支撑他站立。

"我懂，我懂，"李南枝反倒来安慰他，"钱到位了，我也就不怕什么了。再说，就算真有个三长两短，这辈子能发现自己擅长的事、弄懂自己喜欢的事，死而无憾。就像那句话说的，朝闻道……什么来着……"

林徇齐还是不说话，也不回身看他，肩头微微发颤。

"神医，你相信来世吗？"

林徇齐摇了摇头，想了想，又点了点头。

"我本来相信……因为我觉得这辈子啥都没干，呼的一下，已经一半过去了……"他声音沙哑，伸出的两根手指不停颤抖着，"17 年了……17 年来，我居然从没像现在这么轻松！我第一次不用担心以后怎么吃饭，怎么给孩子治病，怎么供她上学，让她以后不要再混成我这样……"

林徇齐低下了头，看着别处。

"所以我就想，可能是我来之前选了极难模式，下回投胎前长个心眼，应该就不会干傻……碰见那些事，我也能好好活一回……"他的声音低下去，头却抬起来，看着天花板，叹了口气，"可是又一想，万一他妈的没法选，又是这么一辈子……那可怎么受得了……"

他不停摇头，然后掏出那本《纲要》，把封面抚摸了无数次，依依不舍地放在手术台上。

"这本书，还是您留着吧，"他笑了笑，"说不定以后还有人需要它。猎手现在少了，我觉得以后还是会多起来。这个世上，要全是您和赵仙迪这样的人，该多好……"

林徇齐低下头，望着《纲要》的封面上陆开阳三个字发愣。一时间，师父的音容笑貌、训格之言，好像又回到了眼前。

"猎手之道，在德不在武。武学之道，在仁不在力。想明白这两点，才有资格当我的徒弟。否则，武功再高，你也不过跟你追捕的人一样……"

林徇齐猛然转过身，把李南枝吓了一跳。

"你想不想活？"

"我……"李南枝被问愣了，"什么意思？"

"贺摇光在骗你！他根本就没打算让你活着出去！"林徇齐抓住他的双肩，"还有不到一小时，他就会下来。你要是想活，就跟我一起，把他干掉！我问你，你敢不敢？！"

第十四章　偷袭

给她留个言，然后过来受死！

01

9 月 23 日　周五

距离移植最后期限还有 4 天

经费缺额 65790 元

直升机的晃动中，李千帆不时看着手中的卫星图片，焦躁不安。他的身旁，坐着十几名全副武装的银盾突击队员。

"不对啊……"李千帆反复对比，忍不住说出了自己的担忧，"最近两次卫星扫描，她好几个小时没动过了……"

"想开点，说不定是手术前的麻醉。"魏平道嚼着口香糖安慰他。他按着护目镜边缘的按钮，调试参数，然后把插头插进耳后的插孔里。

"对人体改造的偏见，你要尽快克服，"魏平道看到了李千帆的眼神，微微一笑，"真空管，就算是纳米材料的，到底还是真空管。武功的进展，终究要靠芯片、集成电路、机体移植。鱼鹰这么保守，也难怪韦宗正那样的战争贩子想继续打

下去……"

"还有 20 分钟！"耳机里传来驾驶员的声音。

魏平道举起两根手指，突击队员纷纷戴上护目镜，开始试压。机舱里顿时一片嗞啦声。李千帆感觉到，他们的升压整齐划一，推测起始电压至少是 15 千伏。试压完毕，他们开始各自整理装备。大把的碳素针在各人之间传递着。

"准备好了吗？"魏平道反而来问李千帆。

李千帆坚定地点点头。

"你到时候就在后边待着，"魏平道拍了拍他的肩膀，"贺摇光就交给我们！"

Sandy！李千帆望着正在逼近的山脉，在心里不住默念：坚持住！我来救你了！

02

手术室里，无影灯打开。贺摇光一身无菌服，装模作样地准备着手术用具。林徇齐站在手术台前，装模作样地检查着各种管线。两人的目光都不时投向一个人，那就是坐在手术台旁的李南枝。他低着头，一言不发，好像事不关己，其实心都快从嗓子眼儿里跳出来了。

"你打得过他？"一个多小时以前，震惊过后，他傻傻地看着林徇齐。

"当然打不过！"

李南枝不知道该说什么。

"我们将计就计！"林徇齐指了指天花板，"还记得那个铁笼子吗？我把你的麻醉剂换成了生理盐水。贺摇光在一旁等着你睡过去的时候，我争取让他站在下面。只要笼子能扣住他，你就跑……"

"那你呢？"李南枝愣了好一会儿才问。

"我也趁机跑啊！过个几年，他也会原谅我的……"

"要是他不站在那底下呢？"李南枝又谨慎地提出了一个问题。

"兄弟，那就得靠你了，"林徇齐拍着他的手背，"等贺摇光推着你去骗赵仙迪的时候，听我咳嗽，你就突然袭击，打他的'神封穴'——或者'胃上''关门'，随便哪个都行……"

"我？"李南枝以为自己听错了，"我这水平打他哪里都白搭啊！"

"你听我说：这几个穴位，是他的死穴！"

"死穴？"李南枝一愣，不停地眨着双眼，"什么意思？一碰……他就死了？"

"当然不是。"林徇齐压低了声音，"你来看！"

他拿出电脉图，用手指画着升压回路。

"他们九大创始人的内功，是最高机密。陆开阳也没记载他那几个兄弟的升压到底是怎么运行的。但是我给他治了这么多回，多少也了解了一点——这几条升压电路，是他常用的。而这几个穴位，都是衔接两级升压之间的过渡穴位！只要这些穴位的肌肉一松，电阀关闭，升压就断掉了。这就是破招法！"

"他就算只完成一级升压也能打死我啊……"李南枝绝望地提醒他。

"不，你突然醒来动手，他猝不及防，第一反应绝对是往后躲，这时候我就把笼子放下来……"

"万……万一他不躲呢？"李南枝咽了口唾沫。

林徇齐意味深长地看着他。

"有时候，就得赌一把……"

"不行！"李南枝急了，"你怎么能指望我？！一失手就会连累你……"

"没有退路了！"林徇齐一把揪住他的领子，"赵仙迪，我已经放走了……"

人影在树林间闪过，逢沟跳沟、逢坎跃坎，拼命向山下奔跑。粗重的呼吸声中，长发散乱地向后飘着，跟树木间的一缕缕晨雾混一起，把所有念头越缠越紧。

时间还够不够？

他还能不能坚持到我找来援兵？

李南枝，你是怎么说服林徇齐把我放出来的？

赵仙迪醒来后，一直在房间里四处寻找漏洞——她不相信贺摇光会信守承诺，更不相信他找到达默之后会让自己活命。可是这铁盒子建得像无缝钢管，毫无破绽。就在她即将放弃之际，一个奇迹出现了——一块地板忽然缓缓下降，露出一米见方的一个洞口。她看着那个漆黑的洞口，犹豫了一下。她不知道这东西通向哪里，不知道这个门是谁打开的，更不知道这是林徇齐或者李南枝要放自己走，还是贺摇光的另一个阴谋。犹豫再三，想到李南枝的处境，她还是毅然钻了进去。半个小时之后，她从出口爬出来，发现自己已经身在山林中。

最近的集结点在哪里来着……

她一边跑一边焦急地计算着距离、时间。所有联络设备都丢了，又不可能用手机跟总部联络，去集结点找人是唯一的办法。

可是来得及吗？要不然用脉冲？他们能监听到吗？

突然，一阵天旋地转，双腿发软。她趔趄着伸手去扶一棵只存在于自己想象中的树，结果沿着山坡滚了下去。

剧痛传来，视线终于稳住。一棵树和它旁边的几块大石头形成了一个天然的大勺子，把赵仙迪兜在里面。她咬牙坐起来，发现这一跤摔得还是值得的——树根上方不到半米，有一条土路。她松了一口气，想站起来，却总也使不上力气。于是只好倚着石头，半躺着喘息。

"快点恢复力气……"她勉励着自己，"快点……快点……"

"快点！"压低的声音从不远处传来，吓了她一跳。她转身从树和石头的缝隙里望出去。

草丛、落叶、石头……

忽然，她的心差点从嗓子眼儿里跳出来。

是李千帆！

她没有叫他，反而猛地把头缩了回来。因为她看到李千帆身后，十几个银盾的人从树丛里钻了出来。

03

李南枝头也不敢抬，愣愣地看着贺摇光的身影在地上不停晃动，仿佛在给自己准备后事——还没商量好细节，他就闯了进来。李南枝和林徇齐连一次演练的机会都没有，就直接投身到这次疯狂的阴谋中。

"开始吧？"那个令人恐惧的嗓音传来。

"好，开始。"林徇齐答道。

无影灯刺得两眼生疼，脑子里一片混乱，李南枝双拳紧握着，身体微微颤抖。

"很快的，很快的……"林徇齐左手轻拍着他的肩膀，让他躺在手术台上，嘴里念叨着只有两人才明白的话，"不用怕……"

针头刺破皮肤，冰冷的生理盐水涌进血管。李南枝浑身一激灵，用眼角的余光盯着地面，偷偷看着贺摇光站立的位置。

站过去……再往后点……我可不想再跟你动一次手……求你了……

贺摇光好像听见了他的心声，又往后退了一小步。李南枝心脏一阵狂跳。可马上就发现，位置还是差了一点。

"怎么还没晕？"贺摇光忽然一句话，吓得他赶紧闭上眼。

"还差一针呢……"林徇齐敷衍着。他在做着最后的努力——一会儿找手术刀，一会儿找药棉，拼命想让贺摇光往后挪一下。

"你打个针，到底要找多少东西？"贺摇光似笑非笑地看着他。

此言一出，林徇齐别无选择。

"准备好了，最后一针……"他拍了拍李南枝的手臂。

后者心头一震。最怕的还是来了。

我必须自己动手，偷袭贺摇光！

针头再次扎进皮肤。李南枝闭上眼睛，尽量控制着身体，一动不动。没过多久，林徇齐宣布，麻醉生效了。房间里忽然静了下来。然后，脚步声接近。

李南枝觉得眼前一暗，马上明白，是贺摇光在俯视着自己。凝视时间之长，令他心里开始发虚：他发现了？

"这就搬？"是贺摇光的声音，"不在手术台上割？"

"唉，你看看我……"幸亏林徇齐及时发声，李南枝才没有当场哆嗦穿帮，"老贺，你去上边，大门左边那个房子，那是仓库。架子后边有个小冰箱。你把里边那桶碘伏拿来。"

"你怎么不自己去？"

"因为我要准备麻醉剂！给你用的！"林徇齐火了，"你会配吗？"

　　贺摇光离开了地下室。

　　"你冷静！"林徇齐的手哆嗦着，抓起一瓶药水，倒在纱布上，就往李南枝肚子上绑，"你肯定能做到！"

　　李南枝还想说什么，贺摇光已经推开了门。他赶紧闭上眼。脚步声响像远处的闷雷，一个接一个在云层下炸裂。他觉得自己的心脏要受不了了。

　　"假手术做完了，走，推着去给赵仙迪看看？"林徇齐的演技还是可以的，语气里满含着不情愿，还有那么一点讽刺。贺摇光什么也没说。李南枝在一片寂静中等待着。

　　床动了。

　　他没发现……

　　李南枝松了口气。可是他马上意识到一个问题：贺摇光在哪一头？

　　"轮子有点锈……"又是林徇齐及时开口，令他明白了两人的方位。

　　他在床头。一切跟计划的一样。李南枝心中稍定，但是心理压力一点也没减轻。光是想着一睁眼看到那个杀人狂跟自己面对面，就够让人崩溃的了，更不要提还要对他发起突然袭击……

　　"冷静！冷静！"他恨透了自己的不中用，"为了开心，冷静下来……"

　　病床忽然猛地一颤，李南枝浑身肌肉一紧。就在他要睁眼的前一刻，才意识到林徇齐没有咳嗽——大概轮子压到了什么东西。这场虚惊使他脑子里一片混乱，充斥着贺摇光的身影：贺摇光在杀人，贺摇光在逼供，贺摇光在叙述当年的悲惨往事，贺摇光在……

　　突然，一个细节闪电般在脑子里炸开，把他惊得肝胆俱裂：碘伏是手术消毒用的……可林徇齐没等贺摇光回来，就假装给我包扎完了！

　　砰！

　　病床猛地一动，林徇齐被撞飞出去。巨大的铁笼从天而降，把他关在了里面。李南枝被巨大的惯性甩到床尾，狠狠摔在地上。

　　他发现了！

04

李千帆怎么跟银盾的人混在一起？他们要干什么？

赵仙迪疑惑的目光中，李千帆停了下来，左顾右盼。

"咱们怎么走这里？"他回头问，"为什么不降落得近一点？找辆车开上去也行啊……"

"不能打草惊蛇……"一个人走上来笑着拍了拍他的肩膀，"别走这么快，你身上还有伤。"

"没事，别管我，"李千帆甩开他的手，"你不是说你们突击队打个贺摇光没问题吗？那你还怕他发现？"

让银盾动手？这会引发战争的你知不知道……

赵仙迪连连暗骂李千帆不识大体。不过转念一想，心里又疑窦丛生：鱼鹰的人为什么不来？

"我理解你的心情。"那人伸手指着一块石头，示意李千帆坐下休息，"其实你根本不用跟着来，把那个给我看看就行了。"

赵仙迪看到了李千帆手中的卫星图片，又出了一身冷汗。追踪剂的成分，以及卫星的频率，是双方的机密。虽然一张图片看不出什么，但是假如拿到的多了，加以对比，是可以破解的。

"我不是告诉你坐标了吗？你要图片干什么？"

"我是说你背包里的探测器，你一直在摸的那个。"那人坐在他身旁，指着他的背包。

"这个蠢货……"赵仙迪又在心里开了骂。要是李千帆把这个交给银盾，鱼鹰的新一代追踪剂就完全泄密了。

"这个……"李千帆犹豫了一下，摇了摇头，"是鱼鹰的东西，我不是鱼鹰的人了，不合适……"

"好吧，"那人拍了下膝盖，无所谓地笑笑，"不过你至少查一下她的方位。近距离还是探测器准。卫星图片有时候会有偏差。在这山里，差一点有时候说不定就是一个山头……"

这时候，他转过了头。

"魏平道……"赵仙迪认出了那人。

说起来李千帆恐怕不会信——对于魏平道，赵仙迪比他要熟悉得多。一个是银盾的长矛，一个是鱼鹰的坚盾，两人曾交手数次，身上都有对方留下的伤痕。

他怎么会来这里？

赵仙迪紧紧攥着拳头，不知是吉是凶。

05

"你们两个鬼鬼祟祟，以为我傻吗？！"贺摇光大笑不止，"教他升压？教他武功？你以为这样就能打败我？就凭他？！就凭你们两个？！"

林徇齐拼命地摇晃着笼子栏杆，却不能动其分毫。李南枝绝望地看着这一幕。唯一的希望被关了起来。留下自己，单独面对这个煞神。

"老林！"贺摇光背着手，眼中充满寒光，"没想到，你也有背叛我的一天……"

"老贺！"林徇齐豁出去了，隔着栏杆大喝着，"不是我背叛你！是我没法看着你这么走下去！"

"你住口！"贺摇光目光狼一般凶狠，"你跟其他人一样！说！他给了你什么好处？！"

李南枝瞬间觉得冷风扑面，脸上像蒙了一张蜘蛛网，挣不脱，擦不净，无比难受。他知道，这是高压交流电导致汗毛反复竖立产生的特有感觉。

"老贺！你醒醒吧！"林徇齐的嗓子好像在滴血，"你想想你这些年为了报仇，都做了什么？！"

"我做了什么？！"贺摇光眼睛一斜，"我不管做什么，都是被你们逼的！我受冤屈，没人站出来，我就让你们都尝尝我的苦！老天不开眼，我就代替它，来求一个公道！"

"没人说你不冤！可你也不能不择手段！"林徇齐毫不退缩，"你杀人如麻，说是追兵，不得已，我信了；你绑架猎手、酷刑逼供，说是为了情报，我信了。可是，这回又是为了什么？你连猎手基本的尊严都不要，红口白牙骗一个年轻姑娘，算什么？为了一个电胆，你先是要杀赵天璇的女儿，现在又要这个无辜人的命，算什么？他也有女儿，等着他回去救命，你想过没有？别说猎手，你连个普通人都不如啊你……"

苍老的声音振聋发聩，在四壁间回荡。贺摇光一言不发，怒目圆睁。

"老贺，你原来不是这么个人啊！"说到这里，林徇齐已是声泪俱下，"当年你为了抓那个恋童癖，追踪上千公里，差点病死在丛林里，回来之后把酬劳全都捐给受害者家庭，你还记得吗？还有那个患有创伤后应激障碍的老兵，他发疯伤人，荷枪实弹躲在山上。你孤身一人进山找到他，面对枪口跟他谈了几个小时，护送他出来自首，你还记得吗？当年在鱼鹰，提起你，哪个不挑大拇指，说你是顶天立地的真英雄、好汉子？可是现在你看看你！还有你干不出来的事吗？你这样就算报了仇又有什么意义？！世上真的会少一个恶棍？不会！因为到时候，又多了你这么一个！嫂子和侄女看到你，她们会怎么想？你还有脸去见她们吗……"

"闭嘴！"一声怒吼，手术室里次声震荡，贺摇光右掌势如奔马，直奔李南枝胸口而来。

"小心！"林徇齐绝望地大叫着。他知道，别说一晚上的突击培训，就是正经训练10年，李南枝恐怕照样不是对手。这一击，就算躲开要害，八成也要身受重伤。

身影交错，一切静止。林徇齐惊讶地发现，眼前站着的依旧是两个活人。李南枝没有招架，而是直接一掌打向贺摇光胸腹之间的神封穴。后者当即中途收掌。

"你把破招法教给了他？"贺摇光的表情与其说是吃惊，不如说是伤心和失望。转瞬间，他脸上杀气毕露，瞪着林徇齐。

"对，我教了！这一招使得好！"林徇齐击节赞叹，"我跟你说，这小子，是武学奇才！"

"奇才？"贺摇光冷笑着看着李南枝，"好，那我就来领教一下。我明白告诉你，这一次我不变招，还是一样的升压法、一样的招式，我倒要看看你拿不拿得下我的项上人头！"

怒吼声中，贺摇光再次出掌。然而李南枝却没有再次施展破招法，而是右手撑着手术台高高跃起，在空中一掌朝着贺摇光的脑门劈过去。

"躲啊！"林徇齐绝望地闭上眼睛。猎手过招，离开地面是大忌，因为这样一来等于任人攻击，无法躲闪。然而他马上发现，李南枝不是自杀——他身体正对贺摇光手掌的，是小腹！他像个跟人吵架的怀孕泼妇，挺着肚子朝着贺摇光手掌撞去。

"电胆！"他终于明白了，"他在赌，赌贺摇光还是想要他的电胆！"

他赌赢了。贺摇光偏转手掌，中断了进攻。与此同时，李南枝右掌快如流星，八倍压发出的次声隔着十几厘米已经令肌肤开始紧绷、颤抖。

贺摇光心头一惊：这小子几个小时之前还是个只会二倍压的门外汉。这么短的时间，内功竟然精进如斯！

只听惊天动地一声吼，贺摇光变戏法般整个身体向后滑了两米，后背撞在墙壁上。林徇齐目瞪口呆。他真的做到了。他几乎打伤了天下闻名的高手贺摇光。

房间里寂静如墓穴。林徇齐完全没有了心情庆幸。他知道贺摇光的脾气。这个电胆他八成不准备要了。

果然，贺摇光大喝一声，须发皆张。

"本来想带你去另找个医生，让你多活几个小时……"

李南枝看到他胸膛一震，浑身微光迸发，次声波已经若有若无地在室内振荡，令他眩晕欲呕。他扭头看了看林徇齐，后者脸上露出了勉励、赞许，但双眼却带着惋惜和同情，缓缓闭上。

没有机会了。李南枝能活到现在，完全是因为贺摇光怕弄坏了电胆。一旦没了这个顾虑，这场比武就只剩下一招。

"这是你自找的！"贺摇光狮子一般吼了起来，"受死吧！"

06

"脉冲！"

魏平道突然回头，朝山上望去。他的身边，十几个队友都调整着护目镜的参数，试图确定准确位置。

赵仙迪心中一惊：难道，李南枝他……

"走啊！"李千帆大声吆喝着，"还磨蹭什么？！"

一片唰唰声中，突击队员的护颌全部弹出来。

"全体注意！方位点八七，距离五！"魏平道大声下令，然后转过头吩咐李千帆，"你看看你的女人信号还在不在那里，免得我们误伤！"

李千帆伸手从背包里拿出了探测器。赵仙迪浑身的汗毛开始慢慢竖起。她完全不确定，要是银盾发现自己，事情会怎么发展。不过李千帆显然还是有点警惕性的。他费力地站起来，想离魏平道远一点。他并不知道，自己正在慢慢接近赵仙迪。

"她可不是我的女人……"李千帆焦急地敲打着探测器，"图像呢？这破机器……"

嘀。

屏幕终于亮了。李千帆先是一愣，然后双眼圆睁，脸色发红。

"咦——"

他不敢相信，信号就在身前一米。

嘭！

李千帆突然口吐鲜血，猛地前扑，摔在大石头上。赵仙迪捂着嘴，险些叫出声来。

人影从他背后露出来。出手的人是魏平道。

"我让你别下飞机，你非不听……"魏平道挥了挥手。李千帆并没有断气。他的嘴里、眼睛里全是血，但神智是清醒的。他知道自己上当了，也听到了十几个PILA突击队员正在围过来。他却没有动。因为石头和树间的缝隙里，他正在跟赵仙迪对视！

赵仙迪几乎瞪裂了眼眶，一咬牙就要出来。

"别！"李千帆用尽浑身力气大吼着。

"不好意思……"魏平道以为他是求饶，大笑起来，"可你说我还能怎么办？"

扑哧！

扑哧！

李千帆不停抽搐着。每抽搐一次，就是一根碳素针刺进了他的身体。他却咬紧牙关，用乞求的眼神死死盯着赵仙迪。

别出来……别出来……你会死的……

赵仙迪眼前瞬间模糊一片。她的手紧紧抓着地上的草，牙咬得咯咯出声。她的心在流血，她的血在燃烧。可是李千帆却死活不肯把眼睛挪开。他在等一个承诺。

眼泪决堤一般一泻千里。赵仙迪点了点头，张着嘴，无声地痛哭着。

李千帆笑了，把手伸出来，伸向赵仙迪的脸。而她，这次没有躲避。然而最终，他的肩膀卡在了石头中间，死活无法再向前。

"哈哈，哈哈！"在赵仙迪反应过来之前，李千帆突然转身，用最后的力气运气、送电。手中的追踪仪冒着烟，化为一团焦炭。魏平道不耐烦地一挥手。一个银盾突击队员走上前，一掌拍在他胸口。鲜血从他口中喷出来一米多高，洒在赵仙迪的头上，如同火山的熔岩，烫得她痛不欲生。

李千帆再也不动了。他的身体依旧死死挡住树和石头间的缝隙。

魏平道带着手下继续前进。他对着无线电的话语随风传来。

"我们这边要动手了！祝你们一切顺利！"

07

"爸爸接电话了！爸爸接电话了！"

一个谁也没想到的声音打断了这场生死对决。李南枝循声望去，发现自己的手机不知什么时候被贺摇光随手扔在洗手池旁的桌上，正在振动。他想去接，却又不敢动。他也搞不懂，为什么贺摇光的进攻会被电话铃声阻止。两人就这么对峙着、对视着。时间好像凝固了。

手机铃声响到第10遍时，贺摇光终于动了。他吐出气息，走到手术台前，拿起李南枝的手机端详着。他把背部完全暴露给李南枝，丝毫不担心偷袭。

"给我！"李南枝实在受不了这个杀人狂打量着女儿的照片。

贺摇光转过身，看看照片，看看李南枝，反复对比。

"这是你女儿？"他居然问了这么一句。

李南枝点了点头。

出乎所有人的意料，犹豫再三，贺摇光把手机扔了过来。

他声音低沉而凶狠："给她留个言，然后过来受死！"

说罢，他抱起双臂，有恃无恐地等着。李南枝拿着手机，不知这是不是个圈套。

"你当我姓贺的是什么人！"贺摇光冷笑一声，"偷袭？你也配？！"

李南枝略一思索，点了点头，解锁了屏幕。可是看着联系人头像上的那张笑脸，他的手指却始终按不下去。他不知道该怎么跟女儿解释，自己将一去不回。过了好久，他才犹豫着开始对着手机说话。

"开心，爸爸这次，可能要离开很长一段时间。你的9岁生日，我可能赶不上了……"刚说了一句，他就开始抹眼泪，"你也不用担心我，那个……我出国挣钱去了……朋友介绍的，不累，就是不知道什么时候回来……你要好好听医生的话，移植完了，好好吃饭、好好睡觉。你记得吗，你有三个愿望：战胜白血病、环游世界、挣大钱买奔驰……爸爸这辈子没本事，能帮你实现的，只有第一个了……"

眼泪无声地在脸上流淌，林徇齐眼圈也红了。

"开心，以前我也骂过你，没收过你的手机……爸爸向你道歉……我不是个合格的爸爸，但你是世上最棒的女儿！也许等你上了大学，有一天你开门，我会突然站在你面前……"

他再也说不下去了，把手机放在身旁的手术台上。

"贺前辈，等会儿要是我死了，帮我把这条语音消息发出去。"

他深吸一口气，闭上了眼睛。一切照旧。眼前依旧站着这个魔鬼，自己依旧没有希望。结局已经不可改变。可是不知为什么，心中却如春天的泥地，被草叶拱得生疼。

他发现，自己的心境竟然恢复不到几分钟之前。

他发现，哪怕是看女儿的照片一眼，自己竟然如同换了一个人。

所有的自卑、自责、疲惫、厌倦，都像被海啸卷走。

唯一剩下的，只有岩石般坚硬的棱角：我要活下去！

我要活下去！

我要陪着她长大！

　　我不能把她抛下！

　　李南枝猛地睁开眼，手臂一前一后，屈膝下蹲，闭口运气。完美的费城流开局！两步之间，他完成两级阶梯升压，电压陡升九倍，一掌朝着对手胸膛拍过去。贺摇光身子一晃，已然不见。李南枝心头一惊，正要回身变招，却发现贺摇光的右掌已经泰山压顶般朝着自己的面门打了过来！

　　呼的一声，掌风拂面而过。手掌停在了离脑门只有两厘米的地方。李南枝双眼圆睁，一动也不敢动。他不明白这个杀人不眨眼的疯子，为什么不杀了自己，为什么浑身发抖、两眼放光。

　　两人僵持良久，贺摇光终于大叫一声，把李南枝扔了出去。

　　"啊——"他仰天长啸，一掌朝墙壁打去。一阵咔咔声过后，砖墙轰地爆裂，落下一堆碎屑。他对着墙上的黑洞一言不发，浑身随着粗重的喘息起伏着，朝身前的虚无伸出了手，仿佛在抚摸一张看不见的人脸。

　　李南枝爬起来，站在原地，茫然无措。

　　"滚！"若有若无的声音从贺摇光那里传来。

　　李南枝和林徇齐面面相觑，都不知道自己是不是听错了。

　　"滚！"贺摇光嘶吼着。

　　李南枝转身就跑。跑了两步，又壮着胆子回过身来，拿起病床的控制板按了一下。笼子升了起来。林徇齐恢复了自由。两人都不解地看着那个背影。

　　"你们两个……"贺摇光依然背对着两人，声音低沉，"别让我再见到你们……"

　　"老贺，"林徇齐缓缓朝他走过去，"你……"

　　"我的……我的……我的……"贺摇光转过身，抬头看着并不存在的天空，死命控制着嘴角，可是总有一些肌肉，就算绝顶高手也无能为力，"要是活着，也该这么大了……"

　　李南枝看到，这个杀人不眨眼的恶魔，竟然泪流满面。他觉得自己被冬日的海水浸透，从里到外一片冰凉。

　　"你们都给我滚！"贺摇光像一头受伤的狮子，癫狂地咆哮着，"趁我没后悔，快滚！"

　　"你走吧，"林徇齐小声对李南枝说，"他的电量快到底了，我看看能不能想想办法……"

林徇齐走到贺摇光身边，试图把手按在他肩上，却被他一把推开。尝试到第三次，贺摇光终于没有拒绝。李南枝犹豫着慢慢转身离开。最后一次回头时，他看到昏暗的灯光下，两个老男人搂着肩膀，其中一个孩子似的哭泣着，像沙子砌成的城堡，慢慢分崩离析。

山下。

赵仙迪一直等到声音全部消失才慢慢爬出来。她看着李千帆的尸体，泪眼滂沱。她想用手把他尸体上的针拔出来，可是每次一接近他的身体，她就浑身抽搐，好像那一根根碳素针全部刺在了自己身上。良久，她终于鼓起勇气，把李千帆的尸体从石头上搬下来。

然而尸体一动，她就愣住了。下面还压着一堆断掉的碳素针。她停止了哭泣，一根根地数着。

37 根。

赵仙迪的眼神变了。她咬着牙，用袖子狠狠擦干了眼泪，从李千帆身上搜出急救针，给自己打上。然后原地坐下，开始运气养神。

"你等着……你看着……"她的嘴唇颤抖着，胸口不停起伏着，眼睛红得像是要喷出熔岩，"他们一个也活不了！"

01

9月23日　周五

距离移植最后期限还有 4 天

经费缺额 65790 元

　　庙门打开，一个男人走了出来。他双目呆滞、脚步轻浮，好像一夜没睡，又好像刚从噩梦中醒来。他茫然张望了好久，终于像个在海里漂了三天才看到陆地的水手一样朝着停车的方向跑去。然而路途过半，他却越跑越慢，最终停在原地，又着腰踌躇不定。

　　现在的情况是这样的：林徇齐早就放走了赵仙迪；贺摇光电量将尽，不会来追。按理说，每一个都是好消息，可他却觉得心里有块石头堵着。刚才那个杀人狂痛哭流涕的场面，比这些天来看过的所有鲜血都更令他震撼。

　　赵仙迪一定是去叫人了……要不，在这儿等她？他在心里盘算着，跟她解释一下，看他们能不能手下留情？

可是怎么留情？贺摇光虽然电量快没了，可他武功那么高，谁知道他疯起来会干出什么？另外，谁肯听我的呢？他手上毕竟沾了那么多血……

他左右为难，始终不知自己该往哪里走。就在这时，他听到了脚步声。抬头一看，一团黑影从不远处路边的树林里钻出来……

轰的一声，耳边像有一千只马蜂在盘旋，视线缩到只有碗口大，最终化为漆黑一片。再次醒来时，他死活想不起到底发生了什么，只是发现自己又回到了大殿里，四周十几个人在翻箱倒柜，似乎在找什么。

"贺摇光在哪里？！"一个声音终于变得清晰可辨。问话的是个高大的白人。李南枝终于想起，刚才就是这个人，走过来戳了自己一指头。

"你……你们……"李南枝像喝醉了一样，舌头变得有平时两倍大，"是银盾……"

"没错，"那个白人笑了笑，让两个手下把李南枝架起来，"我是银盾PILA突击队魏平道。赵仙迪、李千帆合谋把猎手引到这里，让贺摇光伏击。好在，鱼鹰的阴谋被识破，李千帆已被当场击毙！"

李南枝的目光猛然定在他脸上。

"你和赵仙迪，都有机会活着去长滩，老实招供，鱼鹰是怎么破坏停战协议的！这一次，我们要彻底灭掉鱼鹰！"魏平道轻轻拍着他的脸颊，"但问题来了：人证，只要一个就够了……"

一指头戳在肋骨上，剧痛刺透皮肤钻了进来。

"想好了吗？是你，还是赵仙迪？"惨叫声结束时，魏平道平静地问。

李南枝呻吟着，不肯回答。魏平道提高了电压，又是一指。李南枝猛地抬头，脑袋剧烈晃动着。但这次，他没有开口叫一声。他从没想到，自己会如此坚定地站在贺摇光一边。

电了四五次之后，李南枝的头发都打了卷，但就是一个字也不说。魏平道皱了皱眉头，换成了次声波，采用跟肝脏很相近，但是有偏差的振频，慢慢加大功率。李南枝的拳头猛地攥了起来，浑身抽搐着、扭动着。过了足足几十秒，魏平道把手掌收了回来。他怕时间再长会把电胆震破。

李南枝吐了一口带血的唾沫，还是不说话。他也不知道自己怎么了。然而一想

到贺摇光哭的场面，他就觉得自己还能再忍忍。

魏平道琢磨了一下，让人把李南枝放在地上。

"我刚才可能没说清楚，"他的语气客气了不少，"你说出贺摇光的下落，不会让你白说。他的悬赏是 300 万美元，我们银盾内部还有 600 万。你只要开口，保证能过上不一样的生活。"

李南枝慢慢抬起头。

"几……几百万？"

"没错。"魏平道小心地安抚着他，"你要人民币还是美元，现金还是转账，都可以……"

他欣慰地看到，李南枝的双眼以肉眼可见的速度迅速变亮，像喝醉了一样，摇头晃脑，哈哈大笑起来。

"怎么样？"魏平道耐心等了一会儿，强忍着怒火问道。

"你……你蒙谁呢？"李南枝的笑声反而更加响亮，好像一个首次看猴戏的观众，"你怎么不说让我当美国总统……哈哈哈哈……"

魏平道的脸色变得很难看，李南枝的笑声也渐渐停歇。

"以前，有人跟我说……当好人会有好报……我信了，然后倒了一辈子霉……"他看着魏平道，一字一顿地说，"现在，你又跟我说，缺一回德，我能有好报——你他妈以为我真傻啊……"

魏平道终于怒了，揪着李南枝的头发把他拖到大殿门口，五指成爪，抓在他大腿上。超声波透过皮肤，在脂肪层中聚焦，温度急剧提升。李南枝纵声惨叫。

"你不说，你就会从里到外烧起来！"魏平道恶狠狠地咆哮着，"我再给你 10 秒钟！"

"我他妈就是不说！"李南枝的叫声变了调，仰头向着上方号叫着，"我他妈就是不服！"

"不用找了！"大喝声如同晴天霹雳，跟人影一起旋风般从大殿里冲出。啪啪啪，连续八掌，逼退了 8 个突击队员。李南枝觉得自己像一根羽毛，不由自主地飞上了天，然后缓缓落地。

视线终于稳住了。魏平道等人站在两米开外，目瞪口呆。而身旁扶着自己胳膊的，正是贺摇光！

02

"早就听见你们在上边吵闹，我出来晚了。"贺摇光的声音震得大家耳膜嗡嗡作响，"兄弟，你是条汉子！可我不领你的情——他们问，你就告诉他们嘛！"

李南枝鼻子差点气歪了：你他妈不是快没电了吗……

"哈哈哈……"贺摇光大笑起来，佛像前的烛火猛然变暗，"活就活、死就死，我姓贺的岂受人怜？！"

魏平道一挥手，15名突击队员错落结阵，个个沉膝含胸，双目如炬。微弱的噼啪声中，双方的电压都升了起来，空气中的战意能熔化钢铁。

"贺摇光，"魏平道把食指对准他，"想活，就自断中脉，跟我们去长滩。"

"想让我去长滩？容易！"贺摇光旁若无人地看着天花板，"你们留一个活人，给我带路！"

"阿弥陀佛，不要动手……"李南枝扭头一看，差点笑出来。神医林徇齐双手合十、身披袈裟，像个有道高僧一样从贺摇光身后走了出来。

"林医生……"突击队里有人认出了他。

"没错，正是在下，"林徇齐笑眯眯地对所有人施礼，指着对面的人以不容置疑的口吻挨个相认，"捷克，对吧——你是在捷克治的——伤怎么样了？还有你——在泰国我不是跟你说得退役了吗？怎么还在打打杀杀……"

魏平道的脸色很不好看。他不是傻子，当然看得出林徇齐要袒护贺摇光。

"各位既然认识我，那就好办了，我长话短说，"打了一圈招呼之后，林徇齐面沉似水，语气和善，"大家都知道，我是鱼鹰出身，但我早就退籍了。那以后我在江湖上行医，不属于任何一派，治过鱼鹰的人，也救过银盾的人，我是绝对中立。这一点，在场的朋友不少都能证明……

"各位大驾光临，蓬荜生辉。不过呢，有点不巧：这位贺施主，早就来了，我一直在下边给他治伤，他非要上来凉快一下……不好意思，先到先治，大家不要为了挂号伤了和气……"

李南枝这下真的笑了，只是马上疼得变成了呻吟。

"林先生，"魏平道恭敬地拱了拱手，"久闻大名，今日一见，不胜荣幸。不过，你名气再大，有些规矩也不能不讲。这位贺先生杀了我们银盾几十人，我们必须带他回去。如果他不配合，我们也只能动手。不过请林先生放心，破坏的东西，我们一定会赔偿。规矩，我们是尊重的……"

"哦，是这样啊……"林徇齐假装恍然大悟，语气依然不急不躁，"既然讲到规矩，那有些话我得补充说明一下——刚才，我的中立性大家都认可了，现在来说第二点：我已经出家，这里就相当于我的公司。你们银盾会规第八条第三款规定，行动不能干扰中立猎手的谋生职业。所以我的佛堂，是绝对的禁武区。你们要是在这儿动武，就是叛道。"

魏平道皱起了眉头。这条规矩确实存在，不过那是从鱼鹰会继承过来的陈年旧规。银盾财大气粗，根本没人需要兼职，所以这条一直没人注意到，也就没废除，没想到此时被人钻了空子。

"林神医，我们是绝对不想动手的。只是你要是坚持规矩，我也要坚持使命。"魏平道语气里杀气森森，"这两个人，要跟我们离开！"

"他们俩，来我这里治伤，是我的病人。治完了自然会走。只要离开这个院子，你们之间的恩怨我就不管了。你们可以出去等。"

这个提议显然出乎所有人的意料。连贺摇光都忍不住朝他看了一眼。唯有李南枝心花怒放——他早就想明白了，赵仙迪既然能跑出去，那避难室一定有密道。

魏平道双眉紧皱，来回踱步，犹豫不定。

"我现在退休了，回到中国，无非是清净一下。不过……"林徇齐趁热打铁，"以前满世界行医的时候，银盾的人我也认识不少。比如说你们副会长郑天权，岳天玑会长，跟我也有一面之缘。今天我说的你们要是不服，我可以跟他们联络一下，或者找你们的监察委员会来评评理……"

魏平道死死盯着林徇齐，表情变了又变，最终，他莞尔一笑。

"好，就按神医说的办。"

这就走了？

看到魏平道领着手下缓缓后退，李南枝心情忐忑，既不敢相信能如此轻而易举地退敌，又无比希望这是真的。

快点！别磨蹭！他开始在心里给对方鼓劲，再往前就是门，你犹豫什么？！

哨子般尖锐的啸声响了——可惜，这并不是一场足球赛——魏平道与手下猛地转身，一团黑云铺天盖地地压了过来。

03

碳素针蜂群一般穿过大殿，打在铜铸大佛上，叮叮当当响个不停。李南枝被林徇齐一把按在地上。抬头看时，贺摇光早已跳进广阔的禅院，飞速游走。拳掌如林、追兵景从，他像龙卷风从海上刮过，吸起一条人龙——这一幕何其熟悉，然而这次，李南枝无比期待他的雷霆一击。

"咚"的一声闷响，贺摇光急刹骤停，如同一根钢钎猛地插进地里，回身就是一掌。跑在最前头的追兵猝不及防，正中胸口。

"好！"

李南枝忍不住欢呼起来——看起来他电胆还能用——既然这样，这场战斗的结果就没有悬念。在他心目中，贺摇光就是最接近神的人！

然而，一个匪夷所思的画面出现了：中掌的突击队员后退了一步，身子晃了晃，又纵身向前追去。李南枝震惊地看着林徇齐——他觉得这一掌就是大象也该打死了。

"坏了，"林徇齐皱着眉头，"反应护甲！"

次声波传播距离远、穿透力强——动辄绕地球几圈、穿透几米厚的混凝土——但并不是不可防御的。除了真空，它还有另一个克星，那就是另一束次声波。

"就像你把两颗石子同时扔进水里，两圈水波会互相碰撞，产生叠加。当这道水波的波峰与另一道的波谷重叠时，振幅就会最小化，双方的能量完全互相抵消——这叫作摧毁性干涉。"林徇齐打着比方解释。

"所以刚才……贺摇光的掌力波峰遇到了对方的波谷？"

"对，但不是巧合——你一掌打过去，护甲里的芯片立刻测出频率，然后控制护甲发出次声，波长、频率跟你完全一样，唯独波峰波谷相反，把你的掌力完全

抵消……"

两人的对话被贺摇光的呼喝打断。他依旧像卡车一样高速奔跑着，每次稍微减速或者停顿，都会面对四面八方的次声掌力。突击队员们互相配合、互相掩护，拧成一股没完没了的麻绳，永无止境地夹击。围堵的圈子越来越小。

"不行……"林徇齐双拳紧握，汗水布满额头，"这样下去，老贺坚持不住的……"

李南枝以为他说的是体力，其实不止于此：猎手过招，招式会打空，但是发出的次声波却不会这么快消逝。像贺摇光这样陷入围攻，就像身处次声漩涡，没准儿哪一股经过衰变或者调频稍有偏差，就会碰巧引起某个器官共振。时间越长，受伤的概率就越大。这种现象猎手称为"漩涡伤"。

果然，贺摇光开始频繁眨眼。林徇齐心头一沉：最容易受到漩涡伤的部位就是眼睛。因为大部分招式攻击的目标——胸腔——跟眼球的共振频率非常接近。打着打着忽然双眼爆裂的惨象，他见过不止一次……

"你无论如何不要出来！"林徇齐突然把袈裟一脱，燕子一样跃了出去。长长的念珠凭空一甩，108颗珠子魔术般盘在一起，组成一个圆盘，直指战阵。

"阿弥陀佛！"林徇齐大喝着。

这句话如同发令枪，贺摇光步伐猛地转折，回身一掌。惨叫声中，一个突击队员身上的护甲爆裂，身体像气球似的猛然一胀，然后纸片般瘫在地上。

李南枝傻了——不是什么反应护甲吗？怎么不管用了？

紧接着有人叫了一声，他才恍然大悟。

"脉冲炮！"

电磁脉冲，是一切电子元件的克星，可以使覆盖范围内的一切半导体、集成电路和芯片顷刻间被摧毁。林徇齐刚才显然是以念珠为天线，协助贺摇光远距离发出电磁脉冲杀敌，使护甲的芯片失灵。

为什么不用芯片呢？

对于这个自己问过的傻问题，李南枝终于明白了答案：就是为了防御电磁脉冲！

"中立？"魏平道冷笑着伸手一指，一个护领上画着虎头的突击队员朝着林徇齐冲了上来。

04

"神医小心！"李南枝的惊呼声中，林徇齐来不及收起念珠，当即左手挥掌，迎头痛击。"虎头"不躲不闪，出掌硬挡。砰！两人对了一掌。

李南枝猛地攥了一下拳头。无论何等招数，练到极致，姿势上必定简洁美观、赏心悦目。林徇齐只一招，已经令他折服。相比之下，"虎头"这一掌僵硬仓促，甚至来不及做任何升压动作，必败无疑。

然而接下来的画面使他目瞪口呆。响声过后，"虎头"毫发无伤，上步又是一掌。林徇齐猝不及防，正中肋下，口吐鲜血，向后飞去！

李南枝不敢相信自己的眼睛——从头到尾，"虎头"只是抬手、出掌，没有开局，没有后招，没有任何升压动作！好不容易学到的所有武学知识都在这一瞬间崩塌。

"虎头"朝着林徇齐走过去。不知哪里来的勇气一下子涌上来，顶得李南枝脑门发胀。他狂奔过去，挡在神医身前。

"快……快跑！"林徇齐不停吐血，"这是全自动作战控制系统！他们的掌力频率，也是程序控制的……"

分家后，银盾对繁复低效的传统电脉控制技术热情不大，一直在研究微型芯片、传感器和智能技术。而全自动作战控制系统就是这条路线的最新成果：数显护目镜侦测对手的掌力频率，进而调控护甲甚至猎手本身发出的次声——这就是为什么"虎头"可以用对掌的方式中和林徇齐的掌力；它还能估算出对手各个身体部位的共振频率，进而调整猎手出招的频率和能量。他们根本不需要操心逆变、升压、测频、变频，他们只需要进攻、进攻、再进攻。

李南枝没有逃走，坚持站在原地，哆嗦着升压。

"最高只有2000伏的垃圾……""虎头"看着护目镜上的读数，轻蔑地一笑，继续前行。李南枝绝望地看着这个人。他不怕次声，不需要升压，不需要调频，简直是刀枪不入，无法战胜……

"嘟嘟嘟！"警报声骤然响起，护目镜上的数字变红了。一个高压源在接近！"虎头"大吼着躲开贺摇光的偷袭，同时出掌反击。贺摇光忽地化掌为拳，赢得了一寸不到的空间，抢先击中了他的胸口。一阵类似汽车轧过树枝的声音里，"虎头"的脸色忽然变得煞白，鲜血从口中和眼眶里狂喷出来。李南枝目瞪口呆，觉得贺摇光就像个顶级魔术师，总能干出违反物理定律的事来。

魏平道脸色大变，抢上一步，朝着"虎头"的后背就是一掌。贺摇光被间接传来的掌力震得连退几步。"虎头"像一只被拍扁的虫子，瘫在地上。

好像有人按下后退键，一切又重回原样。贺摇光又被逼回到大殿门口，傲然看着对面不敢上前的突击队员。

"老林，你死了没有？"他气喘吁吁地问。

"小心你自己吧……"林徇齐躺在李南枝怀中，虚弱地笑着，"我最近恐怕……做不了手术了……"

"不简单，不简单……"魏平道慢条斯理地鼓着掌，"先用电磁拳摧毁芯片，然后换成次声致命一击，贺先生名不虚传。"

"你们才是好样的，"贺摇光伸出大拇指，"全自动作战控制系统，居然被你们搞成了。"

"只是实验品罢了，而且从今天的效果来看，还是有不少需要改进的地方……"魏平道敲了敲自己的护目镜，"不过，电磁流武功，耗能太大。你不用天线，更是加倍浪费了宝贵的电量……贺先生，你的电量，还够一次吗？"

"你自己来试试不就知道了……"贺摇光哈哈大笑。他背靠着大殿门口的柱子，不知是要节省体力，还是需要支撑才能站住。

笑声戛然而止。一声咳嗽，鲜血从嘴角流出来。刚才为了把能量升到最高，耗费了巨大的脑力和体力。魏平道的掌力已经把他震伤，无异于雪上加霜。他此刻已经接近油尽灯枯，再也掩饰不住了。

"贺先生，"魏平道打了个响指，"我猜，你不会投降，我就不废话了……"

手下立刻两两一组，手掌相碰，如同一尊尊大炮，准备发射差拍式次声。李南枝心如死灰。看得出，贺摇光挪动步子都费劲，这回，大家无论如何都躲不过的。

"听我指令……"魏平道的声音拖得很长。把天下第一通缉犯的生死玩弄于股掌之间的感觉太好了。他简直舍不得把命令下完。

然而就在此时，他觉得自己看到了一抹不知从何而来的微光。

铝箔片？

05

嗡——

好像一只巨大的马蜂振动翅膀，刺眼的电弧凭空出现，沿着每一片铝箔跳跃着，织成一张炽热的网。砰砰声中，护目镜纷纷冒烟、爆裂。网中的每个人都捂着脸乱作一团。一个人影从墙头跃下，闯进银盾阵中。

"赵仙迪！"

双目圆睁、薄唇紧闭，她像一只深海里从不说话的水母，在暂时失明的敌人中间无声地穿梭游弋。手指绕过紧紧捂着双眼的手臂，搭在对手脑门上。

"小心！"一个突击队员想提醒同伴，但是已经来不及了。嘭，那个倒霉蛋的脑袋化为一团血雾。赵仙迪满头满身都是鲜血，眼中的杀气跟贺摇光简直一模一样。

突击队毕竟是银盾精锐，几乎立刻就恢复了冷静，两两相互掩护，站定战术位置。他们换上了随身携带的备用数显护目镜，镜片上的指数由黄到红，最后变绿。系统迅速算出了最佳致死频率和功率。一瞬间，每个人的电压都升到了数万伏，一股股超声波喷薄而出，交汇、叠加，像一支支长矛，朝着赵仙迪刺过去！

一个人影以惊人的速度把赵仙迪撞开，两人一起摔在地上，又是贺摇光。

"掩护我！"贺摇光大喝一声。赵仙迪迟疑了一下，甩手打出一把铝箔片。高压电网在空中出现，挡住了突击队员的视线。贺摇光抓住这一瞬，抱起林徇齐、拖着李南枝跑进大殿。

"老林！"贺摇光的吼声中，林徇齐颤巍巍朝门口一指，一道超声波射中了门顶的传感器。两扇殿门轰地关闭。魏平道抓住转瞬即逝的机会，又朝里边扔了一丛碳素针。空中顿时血花乱飞。贺摇光扑在林徇齐身上，抱着他躲在一根柱子后边。

"你没事吧？！"另一根柱子后，李南枝兴奋地摇着赵仙迪的肩膀。她咬着牙

摇摇头，没有回答。她身上全是血，已经分不清哪些是手术伤口流出来的，哪些是刚才被暗器扎的。

"什么时候跑出去的？"贺摇光衣服上也有不少血洞，却满不在乎地笑着，"老林对你可不薄啊……"

林徇齐苦笑着想说什么，可是体力消耗过大，只是咳嗽。

"妈的，几年不跟突击队的兔崽子交手，他们还玩儿出花来了……"贺摇光喘着粗气倚在柱子上，紧捂着腰间，朝地上吐了口唾沫。李南枝心里一凉。他这样绝顶骄傲之人都这么说，无异于承认没有获胜的希望。

踹门声和骂声接踵而至。突击队已经发现，精美的雕花门板只是伪装。去掉木头，里边是坚固的不锈钢闸门。

"你们快……快从密道走……"林徇齐费力地试图把手伸进怀里，"钥匙在我……"

"别找了，早被我偷了……"贺摇光从兜里掏出一把金属碎片，"刚才被震碎了……"

"我还有一把备用的……在……"

"储藏室是吧？"贺摇光苦笑不止，"我怕你把我麻醉了，去把赵仙迪放出来害我，已经偷偷藏到大门外边的树下了……"

林徇齐哭笑不得地看着他。

一阵轰鸣声从门口传来，李南枝探出头去，发现裂纹在门的四周延伸、变宽。他终于意识到，门的确是震不坏，但是门框周围的水泥可以！

大门轰然倒地。一阵静默，然后是叮叮当当一阵乱响——贺摇光把头伸出去想观察情况，结果刚露头就被暗器逼了回来。

"碳素针，电磁吸不住，"贺摇光目光投了过来，"再引一次，他们的暗器快用光了。"

赵仙迪没来得及拉，李南枝探出头去，差点被打瞎眼睛。

她对贺摇光怒目而视。后者却不以为意地哈哈大笑。

"消耗一下他们的针嘛……"

脚步声在接近。赵仙迪屏住气息，闪身出去，手猛地一挥。几个想进门的突击队员大叫一声，又退了出去。

"你带针了？还有多少？"贺摇光小声问。

"我一根都没带，"赵仙迪的声音冷过世上所有的刀刃，"这是我从李千帆身上拔出来的！"

李南枝这才看到她手中每一根针上面都沾着黑血。一阵心痛意外地袭来。他这才意识到，那个二愣子是他这 30 多年来唯一叫得上名字的心直口快的好人。

"各位不想出来？没问题！"魏平道的笑声从门口传来，"林神医，你的地砖用料真不错，我借一块！"

魏平道脚尖一戳，一块砖从地上跳了起来，掌力一震，直接在手里化为粉末。突击队员们在他身后站成一线，右手依次搭在前边同伴的肩头。魏平道把粉末往大殿里一扬，随后一道电弧打了进来。电弧击中粉尘，发出强烈的光芒。

大殿里凭空多了一个跳跃的光球，几厘米直径，光芒刺眼。除了李南枝，所有人都像见了鬼一样紧张地把身体紧贴在柱子上，大气也不敢出。

"千万别动……"赵仙迪用耳语般的声音说道，"球形闪电……"

06

光球像水母一样悬浮在空气中，优雅而平和地游荡。

"这玩意儿……可以做出来？"李南枝一直以为是外星人搞出来的。

"用超高压汽化硅就可以，"赵仙迪吐了口带血的唾沫，"石头、沙子，材料到处都是。"

李南枝突然不再那么恨魏平道——人家的电压都能汽化沙子，拷打自己才用 100 来伏，简直可算是人道主义标兵了。

其实他也高估魏平道了。这支突击队已经做到了完全的模块化、标准化，任意两个猎手把手搭在特定穴位，就可以把电胆串联——魏平道用来制造球形闪电的，其实是全队电压之和。

"这东西受到电荷吸引就会贴上去放电，"赵仙迪小心地越过柱子看了一眼，"所以千万别做大的动作……"

第一个光球早已熄灭，第二个又飞了进来，在墓穴一般的大殿里巡游。突然，一串吱吱声不知从哪里冒出来。一只被香油喂得滚圆的硕鼠爬出洞，沿着墙角飞快地爬行。光球在所有人的视网膜上留下一个彗星状的亮斑。巨响过后，老鼠不见了，地上留下一片巨大的黑迹，空气中弥漫着刺鼻的焦味。

李南枝浑身被冷汗浸透。只要有这东西在，几个人就算彻底困死在这里了。他把目光投向对面的贺摇光，却发现对方也眉头紧皱、一言不发。破解目前的困局，办法明摆着只有一个，那就是用电磁脉冲摧毁对方所有的芯片。然而魏平道的预测是对的。他的电量，仅仅还够用一次。

光球不停地飞进来。大家眼睁睁被这枷锁困在原地。这时，门外开始传来一阵念经般的声音，由高到低，最后渺不可闻。李南枝正纳闷对方在玩什么把戏，对面的贺摇光忽然双目圆睁，脸色发白。一阵紧张，他发现自己的心跳也变得越来越快。他惊慌失措地想问赵仙迪，却发现她也呼吸急促。

"诸位的心脏频率，不知我们量得准不准？"魏平道哈哈大笑，"不准不要紧，慢慢来更有意思……"

疼痛像一块有毒的冰，在胸腔里慢慢融化，渐渐向腹部渗透。大滴的汗水流下来，李南枝知道自己快支撑不住了，然而却毫无办法。出去、留下、逃跑……不管哪条路都已被封死。

"老贺……"林徇齐终于攒够了力气，张开嘴唇，"你还能……再放一次电磁脉冲吗？"

"还能放一次，但是没有天线，"贺摇光咬牙摇头，"够不着……"

"佛像……是空心的……快进去……"

"躲进地下室……也是一样……"贺摇光苦笑起来。

"不……"林徇齐气喘吁吁，"你听我说……"

然而听完林徇齐的话，贺摇光依然举棋不定。

"老贺……我知道……你怕电没了，报仇就吹了……"他说每个字都用尽了全身的力气，"可是……你总不会甘心，死在这么一群人手里吧？"

贺摇光抬起了头，鼻翼不停翕张。

"老贺，就算是为了我吧……"

林徇齐一笑，双掌在柱子上一推，借着反弹力滑到大殿中央。耀眼的光芒和巨大的响声中，球形闪电全在他身上。

"啊——"

李南枝悲恸的嘶吼在大殿里回荡着。

光芒在贺摇光眼眶中聚焦，瞬间令视野沸腾。他大吼一声，利用这个空当跳到佛像后。紧接着，一阵低吼钟鸣般从佛像里传来。

大佛周身猛地放出微光。霎时间，佛堂里的蜡烛一起熄灭。所有的银盾突击队员都感到似乎有一阵风穿过了身体。护目镜里的数字消失了，连同所有的球形闪电和令人窒息的次声。

"他在释放电磁脉冲！"赵仙迪惊喜交加，"佛像的手掌就是天线！"

"他们的芯片全完了……"贺摇光累得没力气走出来，躺在地上大笑，"上吧，一个也别让他跑了！"

07

突击队陷入了短暂的惊惶——所有数显护目镜一起失灵，傻子也知道发生了什么。就在这一瞬，如同飓风穿过隧道而来，几个人同时被次声炮震得七零八落，好像鼓面上的豌豆。

赵仙迪冲出来了！

"Box one！"魏平道大声号令，突击队瞬间兵分两路：7人围住赵仙迪，一个直奔李南枝而来。

李南枝看到有人在靠近，相貌、年龄、体格却一律看不清——怒火使他的视野缩到只有一个排球那么大，脑子里想的只有一件事，那就是这帮孙子打死一个是一个，替林神医报仇！

电压陡升十几倍，他怒吼着像个疯子一样突击到近前，跟对手展开了近身相搏。拆招、格挡、擒拿、抓握，两人招招短兵相接，凶险异常。李南枝知道，作为刚入行几天的新手，面对久经战阵的银盾高手，基本上有死无生。但是他豁出去了，能多撑一招是一招，只要能为赵仙迪争取时间、为林徇齐报仇，他死也愿意！

　　然而一连十几招，两人竟然不分胜负。惊喜之余，李南枝终于发现对方不对劲——出手固然角度刁钻、姿势固然简洁美观，但每招每式都有板有眼，像老师在用慢动作教徒弟。

　　"我明白了！这帮兔崽子离了芯片，升压并不熟练！"

　　他没有猜错。突击队员体内有两套控制系统，也可以进行手动升压。但是几年不用一回，难免有些生疏。出于同样的原因，魏平道那边也打得苦不堪言——7个人围住赵仙迪，竟拿她毫无办法。他焦急地扭头望去，盼着手下能料理李南枝，尽快回来帮忙，然而看到的，却是一幅惊人的画面：那家伙竟然被李南枝打得连连后退！

　　李南枝能打进全国级的比赛，靠的可不只是苦练。他拥有出众的记忆天赋——你让他背历史政治固然不行，但你给他一套没见过的动作，不管是武功还是新一代广播体操，他看一眼就能从头到尾模仿得一丝不差，并且永世不忘——一夜之间，他记住了《纲要》上几乎所有武功。对手的招数，他全认识！

　　呼！

　　一掌从左上方打来。李南枝立刻辨认出这是长滩式开局的第二变式——"天使之落"——这一招得名自洛城别称，是银盾的标志性武功，据说升压完成后可以达到惊人的高压，使人周身放光，如同大天使下凡，见者必死。但是李南枝知道，它有一个不是缺点的缺点——三个变种、六个后招，全都从左上方的虚招开始！

　　双目猛然圆睁，李南枝左臂一绷，磕开对方的实招，右掌炮弹一样轰了出去。这一招叫作"大道之行"，却不是得名自《礼记》，而是梁天枢在费城的富兰克林大道上散步时所创，以形容其升压电路如林荫道般简洁。至于掌力之刚猛，它在费城流中级招式中当属第一。

　　咔！指尖贴身，振频测出，次声掌力穿过失去了主动防御能力的护甲，直接震断了骨头。对手倒在地上惨叫不止。

　　"赢了！"李南枝欣喜若狂。不过他马上发现，对手捂着的是右腿。

　　"妈的，我测频测的不是肋骨吗……"

　　突然，眼前一阵发黑。每根骨头都好像突然长了刺，扎得他痛不欲生。李南枝一个趔趄，撞在树上，一个念头丧钟般在脑子里鸣响：我中掌了！

08

"哎呀！"

碗掉在地上，摔得粉碎。

"对不起啊，阿姨，我没端稳。"李开心抱歉地看着刘姐。

"没事儿，孩子，"刘姐赶紧收拾残局，"我收拾……"

趁着转身的工夫，她跟护士交换了一下眼神——她看得清清楚楚，李开心刚才用了两只手，可还是连碗都端不住。这孩子已经快被化疗榨干了。

"我家那小子小时候啊，三天两头给我糟蹋东西，"刘姐挤出笑容，一边擦地一边试图逗她，"喝水，杯子掉地上；吃饭看电视，碗扣在沙发上；你让他递个东西，不等放你手里他就撒手。结果上了中学，被教练招进校队踢足球。我有一回去接他，想看他踢得到底咋样。结果你猜怎么着？这小子当的是守门员。我回家就问他，这时候你手就不滑了？他说那不行，手滑了教练真揍啊……"

李开心跟着笑了起来。刘姐看着她的笑容，一阵心酸。这几天她虽然没问，但是听医生护士的口风，这孩子怕是没法活着从这个病房出去了。

就剩4天了，孩子他爸能回来吗？他不会是跑了，想赖掉医药费吧？

忽然，一阵拉风箱似的声音从床上传来。抬头一看，李开心张着嘴，大口喘息着。

"不好，你先出去！"护士立刻上来，按下呼叫按钮。

刘姐惊慌失措，夺门而出。离开前，她回头看到，李开心倚在床头，脸白如纸，双眼空洞，呼吸越来越快。

呼……嗬……呼……嗬……

"爸爸……"她在心里呼喊着，"我好害怕……你在哪儿啊……"

吸气……呼气……

吸气……呼气……

吸……呼……

李南枝背靠大树喘息着。他终于确认出现了一个奇迹：自己中掌了，但是没受伤。第二个突击队员背后偷袭成功，然而没有了数显护目镜和芯片的辅助，他的测频、变频显然也失了准。

"这是奇迹！这是天意！"心中一个狂喜的声音高叫着，"我绝不会死在这里！"

李南枝精神大振，扑上去跟对手展开了缠斗。这个对手武功更胜前者，但在李南枝洞悉一切招数的优势面前，同样越打越被动，一筹莫展。李南枝越战越勇，瞅准机会，又是一记"大道之行"当头打去。这一招近身使出，简直一点躲闪、格挡的余地都没有。胜负眼看就要分出！

突然，对方狠狠一脚朝"大巨穴"踢来，李南枝侧身一闪，攻势和升压一起断掉。

"怎么这么寸？"他反应很快，顺势换成了曼谷流的"金山望月"。然而对方猛地伸手抓向"手三里"，他只能收臂躲闪。这一招又被破了。

"破招！"

在对手的亲身示范下，脑中灵光一闪，李南枝终于明白了："我怎么把这个给忘了！"

"唰"的一声，李南枝手掌朝着对方肋下的"京门穴"劈去，角度刁钻、快如闪电。对手猝不及防，不得不扭腰躲闪——这一扭，"日月穴"周围的肌肉拉开，电阀黯然关闭，升压骤然中断。一击成功，李南枝第二掌更进一步——飘忽不定，笼罩了对手四个升压要穴，逼得他不得不含胸后撤，触电一样向后跳出圈外。

李南枝双掌如飞，招数翻翻滚滚，一连十几招，对手竟然无法使出任何一招升压法！

正在艰难应付赵仙迪的魏平道不敢相信自己的眼睛。他怎么也想不通，一个武功低微的新手，怎么能跟自己手下的精英打得难分高下。假如护目镜还能用，他还会观察到一个更奇特的细节——别人都是越打电压越高，这两人却互相破招，电压越打越低，最后成了原始电压，菜鸡互啄。

一分神，魏平道脚下慢了半拍，挡住了队友移位的路径，使得他们挤在一起。狂风忽然迎面吹来，次声掌力铺天盖地，耳畔巨响轰鸣，仿佛置身于巨大的独立钟之下。赵仙迪抓住转瞬即逝的战机，右掌平推，使出了费城流的终极杀招——自由钟鸣！

09

"中！"

终于，李南枝使出了一招《纲要》上记载的对手不认识的招数，取得了胜利——当然了，还是有点小瑕疵，他打中的是下巴，对手却捂着腰在地上打滚。

在他看来，这不重要，重要的是这场胜利的伟大意义。他觉得自己仿佛从水下钻了出来，胸中的呼吸从未如此顺畅，眼前的世界从未如此明亮：这个曾令自己畏惧不已的神秘江湖，忽然间不再幽暗骇人！他终于凭着修炼，获得了在其中自由行走的权利！

阴风扑面，又一个人扑了过来。李南枝抬头一看，突然不那么自信了——这次来的是魏平道！

"小心！"赵仙迪大叫起来。

一招"破壁手"摧枯拉朽般击垮了李南枝的格挡，直指面门。魏平道双眼血红，如同恶鬼。刚才，最后的3个手下被赵仙迪一招震死，他已经一败涂地。现在，击毙挡在大门前的李南枝，是他唯一的逃生之路！

生死瞬间，李南枝别无选择，身体猛然向后一弯，形成一个铁板桥。双眼投向天空，时间突然变得很慢。他仿佛看到父亲在怒气冲冲地指着穴位训斥他不开窍，而工厂的师傅盯着电路图在失望地摇头。

他们想说话……

他们想对我说什么呢？

对了！

背部的肌肉把身体长弓般拉弯，收缩挤压着一系列的穴位：三焦、气海、脊重、悬枢……虽然书里没读到过，但他以自己的电工证发誓，这个电路绝对是通的！

"嗡"的一声，李南枝的电压骤升九倍，带着高能次声的双手猛然合上。魏平道万万没想到，有人这个姿势还能升压，猝不及防，竟然像个新手一样被抓住了手臂！

惨叫声中，魏平道捂住肋下，身体猛然一缩。与此同时，赵仙迪终于赶到，一

280

掌打在他的左肩！

禅院里终于静了下来。李南枝喘着粗气，脑袋缓缓转动，惊愕地望着赵仙迪。他始终不敢相信，两人歼灭了一支银盾的突击队！

"还认识我吗？"赵仙迪擦着脸上的血，俯视着在地上喘息的魏平道。

魏平道忽然哈哈大笑。笑容渐止，他语气森然："我们突击队，何曾出过投降的人？！"

他从腰间掏出一个手电似的东西，狠狠往地上一摔。

"隐蔽！"赵仙迪大喊。

李南枝不明所以地趴在地上。一阵无形的冲击波霎时间充满了整个院落。所有没死的突击队员身体猛地抽搐，然后断气。李南枝茫然地爬起来，看着这恐怖的一幕，一个字也说不出来。

"电胆自毁程序……"赵仙迪缓缓从他身边走过，"这群死心眼的混蛋……"

结束了……

真的结束了……

李南枝觉得身在梦中，眼前的一切都在轻轻晃动。片刻之后，这种晕晕乎乎的感觉就不见了。身体好像破了洞的气球，所有的力气瞬间泄了出去，所有疼痛一起反扑上来。他站立不稳，疼得龇牙咧嘴。不过他马上就因为羞愧而停止了呻吟——鲜血从赵仙迪捂着肚子手指的指缝里渗出来，已经流到了膝盖。

"你没事吧？我看看伤口……"

赵仙迪充耳不闻，走到一具尸体旁边，搜出一件什么东西拎在手里，坚定地朝着殿门蹒跚走去。李南枝赶紧一瘸一拐地跟上。

她跨过殿门，径直走向佛像。李南枝看到林徇齐的尸体，又是一阵难过，脱下外衣，遮住他的脸。抬起头来，赵仙迪已经消失在佛像身后。跟着钻进去，他看到的是颓然靠墙坐着的贺摇光。

"动手吧，还等什么？！"他脸色苍白，笑声里却全是不屑和傲慢。

赵仙迪胸口起伏着，犹豫着，却没有动手。她把手里的东西扔在贺摇光面前。李南枝看到，那是一条皮带似的东西，上面有好几个方块状的突起。

"你电量耗尽，"她听起来体力也到了极限，"系上电脉锁，跟我走吧。"

"你觉得我会让你活捉？"贺摇光啐了一口，"让那些卑鄙的混蛋审判我？！"

他的手抵在了自己的颈动脉上。李南枝看到，他抓着一块破碎的玻璃。

"你以为我不想杀你？"赵仙迪咬牙切齿，"你杀了那么多人，陈先生、崔敏孝，还有那么多人为你而死，萧北河、庞砺石、李……李千帆……还有在日本……你连几岁的孩子都不放过……"

"对，天下的坏事，都是我干的，"贺摇光冷笑一声，跟她对视，"那你还等什么？"

"我要跟你做个交易。"

"什么交易？"

"你跟我走，接受鱼鹰的制裁。我没法保证是什么制裁。"

贺摇光大笑起来。他此时身体极度虚弱，笑完了直咳嗽。

"今天的一切都不对劲！血爪为什么会知道你的位置？银盾突击队是谁派来的？魏平道在跟同伙联系，他们都是谁？我要你回去老老实实交代，帮我们揪出幕后的……"

"关我屁事！"贺摇光呵呵一笑。

"你给我听好！"她似乎在克制着自己的腾腾杀气，"现在是我的条件：我跟你实话实说，我并不知道达默在哪里。但是我把你交上去，至少会升为六级猎手。我以我爸的名义发誓：只要你跟我走，那么不管你之后是死是活，我都会动用一切资源去找达默，替你的老婆孩子报仇！一句话，你干不干？！"

猎手信条

对决日

梁柯 著

北京联合出版公司
BeiJing United Publishing Co.,Ltd.

一未文化　　非同凡响

北京一未文化传媒有限公司
www.bjyiwei.com
出品

献给生命里的每一次久别重逢

图书在版编目（CIP）数据

　　对决日 / 梁柯著 . — 北京 : 北京联合出版公司，
2022.5
　　（猎手信条）
　　ISBN 978-7-5596-6013-8

　　Ⅰ . ①对… Ⅱ . ①梁… Ⅲ . ①幻想小说—中国—当代
Ⅳ . ① I247.5

　　中国版本图书馆 CIP 数据核字 (2022) 第 036183 号

对决日（猎手信条）

作　　者：梁　柯
出 品 人：赵红仕
策划出品：一未文化
版权统筹：吴凤未
监　　制：魏　童
责任编辑：刘　恒
执行编辑：如　意　徐雷嘉
封面设计：尚艳萍
封面绘画：魍魉 Ran

北京联合出版公司出版
（北京市西城区德外大街 83 号楼 9 层 100088）
北京美图印务有限公司印刷　新华书店经销
字数 255 千字　710 毫米 ×1000 毫米　1/16　18 印张
2022 年 5 月第 1 版　2022 年 5 月第 1 次印刷
ISBN 978-7-5596-6013-8
定价：98.00 元（全两册）

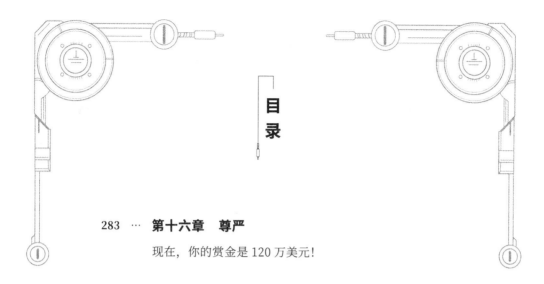

目录

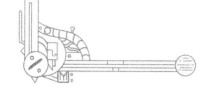

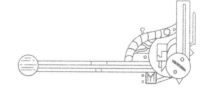

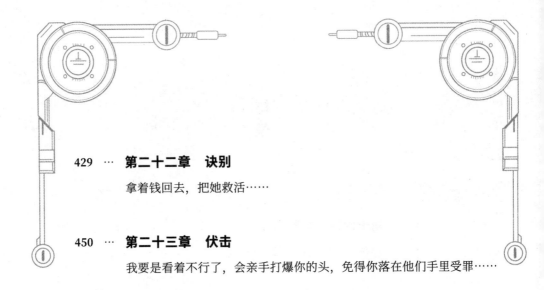

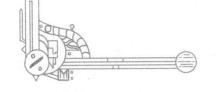

第十六章 尊严

现在，你的赏金是 120 万美元！

01

"我就这一个弟弟啊……"

灯光下，黝黑的脸庞随着嘶哑的声音抽动着。

"3 年了，他被鱼鹰秘密关押 3 年了！我都不敢想，他都经历了些什么……我去找他们，结果他们说，一条人命 10 年……他欠清莱派 5 条人命！"

坐在对面的银发老者下颌微微转动，有人立刻上前递上手帕。

"天权先生，我真是没办法了。要是能换他出来，我就亲自去，可是清莱派那帮王八蛋……"

"老程，"趁着他再次哽咽，被称为天权先生的老者温和地开了口，"你不用担心。银盾，永远不会抛下任何一个人。"

"可是他们说……"

"700 万赎金，我已经交给了鱼鹰。你弟弟明天就坐飞机回来。"

老程一怔，终于泪流满面。

"天权先生，您真是……"他上前两步，跪在地上，"我以前狼心狗肺……"

"别这样，别这样！"郑天权急忙搀扶，"平时工作上有不同意见，很正常，谁也不会往心里去……"

一直到出门，老程依旧是涕泪横流。门关上了，站在郑天权身后的侍从长不屑地撇了撇嘴。

"阁道，你有话要说？"

"整天跟在韦宗正屁股后边嚷嚷着要开战，"侍从长陈阁道一脸鄙夷，"整天影射您是鱼鹰的内奸，结果自己的弟弟被俘了，就来求您……"

"这叫什么话？"郑天权批评人的时候态度也很温和，"我不管的话，都倒向韦宗正那边，银盾什么时候能重回正轨？"

"可您也没必要自己掏钱啊……"

"我跟清莱的宋三师聊过，他们这回是真的想杀人。等会长审批，恐怕来不及，"郑天权叹了口气，"天玑最近神志清醒的时间，越来越少了……"

陈阁道望向身旁的病床。上面躺着的人戴着呼吸面罩，浑身插满管子。假如不介绍，很难有人相信，这就是银盾的创始人之一、一代传奇猎手，岳天玑。

"天权先生，会长这样已经好几年了，您自己批钱，还不是一样……"

"章程的事，不能胡来。"郑天权板起脸，"不管天玑身体状况怎么样，他永远是银盾的掌舵人……好了，下一个吧！"

门开了又关，不停有人进来。他们向郑天权倾诉着自己的难处、困惑和愤怒，请求他的定夺和帮助。

"好，抚恤金可以增加。我来付这笔钱。"

"你们两派的矛盾，真有那么大吗？能不能看在我的面子上，各自退一步？"

"不行，警察不能杀，下黑手也不行。这样吧，他勒索你的事，我来处理。"

"你们派新的总部选址我看了，但是预算有点问题……"

郑天权不停喝着咖啡。后来大概咖啡因也不管用了，他就示意陈阁道给他热毛巾。他越来越频繁地擦脸，只有这样，才能保持清醒。终于，日程表上最后一

个人也满意地离开了。

"休息一下吧，"陈阁道心疼地看着老上司，"下午还有……"

外面的哭声打断了他的话。门开了，二秘钱上丞急匆匆进来，递上一叠信。郑天权打开第一封，扫了一眼，脸色顿时变得很难看。

"生活对我来说，已经成了一种折磨。我决定抛下一切，去寻找生命的真谛。永别了，请不要去找我……"

陈阁道看完，心里也是咯噔一下。这是告别信。每个银盾猎手在执行任务之前都要准备一封。一旦阵亡，这就是家属给警方的交代。

"魏平道？"郑天权缓缓开口，"韦宗正带了这个刽子手去中国？他想干什么？！"

"天权先生，不止魏平道，"陈阁道的手在发抖，"第十一突击队，全部阵亡……"

郑天权缓缓端起咖啡杯，放在嘴边，一口未饮，又放回桌上。

"阁道，还有多长时间？"

"听证会1点开始。"陈阁道看了看表，"天权先生，要不要推迟？您一夜没睡了……"

"不行，检察官已经盯上银盾了，不能给他把柄，"郑天权把手拍在桌上，"阁道、上丞，让突击队遗属都进来，你们马上去准备文件——按照当初签约的条件，给他们钱、地产，动用我们的关系，保证他们的孩子能上名牌大学。这事要立即平息，然后，我再去参加听证会……"

陈阁道点了点头。

"完事之后，我要去中国。"

"您亲自去？"

"我不去，就要出大乱子！"郑天权双眸放出坚毅的光芒，"我不去，这一仗，就万难避免！"

02

9 月 23 日　周五

距离移植最后期限还有 4 天

距离最后通牒到期还有 55 个小时

经费缺额 65880 元

晚风一阵冷过一阵。天黎高速的某个休息站里，李南枝紧裹夹克，对着手机喋喋不休。离开云台山后，他和赵仙迪轮流开车，一路向北狂飙。天色由暗转亮，又由亮转暗。不知不觉，他发现路面好像开始飘起来了，才意识到自己要虚脱了。他把车开进休息站，挣扎着打开车门，像只冬眠初醒的熊，蹒跚着走进餐厅，买了面包、火腿肠和矿泉水。拿到车上，三人一言不发地狂吃起来。大脑终于恢复了运作，他想起自己忘了些事。拿出手机一看，被未接电话和未读消息的数字吓到了。

"你在哪儿？怎么不接电话？！"刚打通，他就被张主任训了一顿。得知李开心经历了一次抢救之后，他差点把手机捏碎。

"还好，情况稳定了。我不是催你，你得抓紧啊……"

李南枝拔腿就要奔向卡车去问赵仙迪，可是电话那边却换了人。他被愤怒的李开心缠住，哄了十几分钟，父女关系才重回正轨。

"爸爸，你在哪儿？在忙什么？什么时候回来？"

李南枝举目四望，只能确定自己在山西，其他的一概不知。至于剩下的两个问题，他也无法回答。好在他还有故事可讲。上次通话之后，发生的事可谓是一波三折、惊险刺激。李开心听得入迷，不时威胁他要是在中途停下就断绝父女关系。结尾听起来还是挺像大结局的：追兵被消灭，"追命阎罗"束手就擒。只要把他交出去，废铁大侠就可以拿到钱，退隐江湖，过上幸福的生活。

"怎么样？！"李南枝讲到这里，都对自己的口才和生存能力有些自得。然

而女儿却没有耍赖让他继续编，而是沉默了起来。

"怎么了？"

"爸爸，你说……"她的声音开始透出跟年龄不相符的成熟，"这个'追命阎罗'，接下来会怎么样？"

李南枝迟疑了一下。他一直逼着自己不去想这个问题。

"可能会被关起来吧……"

李开心"嗯"了一声。

"那你说，他是坏人吗？"

"应该是吧，他杀了那么多人……"李南枝瞥了一眼卡车。

"可是我觉得他也挺可怜的……再说，没有坏人，他也不会变坏——就像我们班的李冉冉，他是打人了，可那是因为韩彬先把他的稀有卡片撕坏的……"

"我懂我懂……"李南枝一听她们班的新闻就头疼，"可打人毕竟不对……"

"这个我知道……可我就是觉得气人……这样一来，那个先做坏事的人就一点事都没有了？"

查房拯救了李南枝。电话挂了。钻进卡车，赵仙迪倒坐在副驾驶座上，两眼直勾勾地盯着贺摇光。这老兄舒服地躺在后边的长座上，呼呼大睡。

"这也能睡着？"李南枝对此人的定力无比佩服。

"他大概十年没睡好了吧，"赵仙迪打了个哈欠，"休息两小时，然后上路。"

"你也睡会儿？"李南枝关上车门。

"我睡？"赵仙迪不耐烦地看了他一眼，"他要是想跑，你拦得住他？"

"你不是说那个腰带……"

赵仙迪说过，这个腰带叫作电脉锁，别号"捆仙绳"，只要监控到电胆启动，就会放出高压电把犯人电死。

"你不光武功不如他，"赵仙迪指了指电胆的位置，又指了指脑袋，"这儿我也不放心……"

李南枝唯唯点头。忸怩了一阵，他终于提出憋了好久的问题："我还能拿到那 70 万吗？"

"不能。"赵仙迪一脸严肃地摇头。

"啊？"李南枝差点跳起来，"为……为什么？"

"因为，你跟我亲手抓住了贺摇光！"嘴一歪，她勉强露出一丝坏笑，"现在，你的赏金是 120 万美元！"

李南枝就觉得耳朵里嗡的一声，浑身都开始哆嗦。

"我自愿放弃领队津贴，咱俩平分。不过还要扣除一些抚恤基金什么的……"

赵仙迪的话成了画外音，虚无缥缈，被疯狂的心跳声完全盖过，根本听不清。

将近 800 万人民币啊……

以前，哪怕是想想没有负债的日子他都会爽得睡不着觉。现在，他觉得自己要疯了，浑身每一个细胞都在躁动，尤其是大脑。

哪怕还完所有债，加上所有利息，甚至是老吴的利息，还能剩下至少 600 万！能他妈买多少东西啊！

多年的贫困严重限制了他的想象力——足足好几秒，他竟然想不出一件要买的奢侈品。

给开心换手机！不对，手机才多少钱……买笔记本！买平板电脑！买台大电视！还有什么游戏机，P 啥的 X 啥的一样一台！

第一轮头脑风暴过后，李南枝觉得羞愧不已——太小家子气了，加一块儿几万块钱的事。

买车！那辆破大头车多少年了？回家就找车场的老张，把它卖了……你有点出息！直接报废！买新的！

一进入这个领域，他的脑子就刹不住车了，无数车型、照片、参数像幻灯片一样在脑子里飞快地放映。

半挂？厢式？还是继续大头车？双排还是单排……一定要有空调……几吨合适呢？解放？重汽？东风？难道……直接买进口的？！

你有病啊，开着奔驰卡车收废品吗？！

咔嚓，思路在这里骤然断掉。他张着大嘴，回忆起很早以前看过的一个笑话：一个掏粪老农说，要是我当了皇帝，就下旨，全天下的粪只准我一个人掏！

李南枝笑出了眼泪：还收啥废品啊，买房子，收房租啊！

十几年了，他终于再次感觉到了活着的滋味。他看到自己和女儿衣着整齐，走在干净的楼道里。他们有说有笑，来到走廊的尽头，打开厚实的不锈钢防盗门。100多平方米的房子、红木家具和好闻的阳光气息一起扑面而来。

"爸爸！"开心兴奋地抱住他，"我太喜欢了！"

"喜欢是吧？咱家还有三套！"

卡车鸣笛声从远处呼啸传来。李南枝猛然睁开眼，一切都不见了，只剩下黑洞洞的驾驶室。又是一阵喘息挣扎声，赵仙迪也醒了过来。他这才意识到，两人刚才不知不觉睡着了。

"不行，"赵仙迪赶紧拉着他下了车，"你去买点啤酒。"

"喝酒不更容易睡啊？"

"那是你，我越喝越清醒。快去。"

03

事实证明赵仙迪没吹牛。干了3瓶之后，她开始亢奋，不停傻笑。休息站的小店外放广播音乐，每首她都嗷嗷跟着唱，让李南枝觉得她杀人其实可以考虑不用次声。喝到第二捆的时候，广播换成了古典音乐台，李南枝松了一口气。结果她信步走到车前开阔地，开始跳舞。

过往的司机都忍不住朝这边看，李南枝想假装不认识她。然而看了几眼，他又不觉得丢人了——跳得真是好。她身姿挺拔、腰肢轻盈，动作轻灵优美。李南枝第一次知道，原来人真的可以像天鹅一样起舞。当然，要是她手里不拎着个酒瓶子会更好一点。

金山在手，美景当前。李南枝想象不出，这辈子还能有更美的一刻。

"怎么样？"一曲舞罢，赵仙迪做了个谢幕动作，蹦蹦跳跳地跑回来坐在他身边。

"太厉害了！"李南枝赶紧鼓掌，"真没看出来……"

"切！"赵仙迪不屑地把酒瓶喝干，"那当然。我练了8年呢。"

李南枝上下打量着她，觉得真是人不可貌相。

"对，8年芭蕾、9年钢琴全荒废了……"赵仙迪还在不停地傻笑，"上次跳舞，还是……"

她的笑容忽然僵住，然后慢慢消失，沉默起来。李南枝猜到，她大概是想到了李千帆。他想安慰她，可又不知如何开口。

"现在想想，我爸让我学这些，大概是从来没想过让我当猎手，"过了一会儿，赵仙迪猛地摇头，似乎是要逼着自己把一些情绪从脑袋里甩出去，"看到现在我这个样子，不知道他会怎么想……还有教我钢琴的那个波兰老太太，要是见了现在的我，肯定要吓死了……"

"你现在这不挺好……"李南枝条件反射般地恭维了一句。

"扯淡，"赵仙迪摇着头，"看到我杀人了吗？不怕我？"

李南枝想点头——她一身衣服都是从突击队员身上扒下来的，原来那身沾满了血——不过最后他还是摇了摇头。

"算了吧，我自己都怕……"

她忽然伸手一拧，把左手小拇指拔了下来。尽管早有心理准备，李南枝还是吓了一跳。

"就这样，钢琴不能再弹了。加入鱼鹰，成了猎手，不停地打仗、杀人……这不是我想要的……"

"武功像你这么好，多少人羡慕都来不及呢！"李南枝觉得她的想法挺奇怪。

"武功？"赵仙迪自嘲地一笑，"你真的觉得我们练的这些武功是好东西？"

李南枝莫名其妙地点了点头。追求强大，是一切格斗术的根本目的。猎手中

的高手，简直拥有比肩神明的能力。

"可是本来不该是这个样子的！"赵仙迪忽然激动起来，"我们本来用不着学这些杀人技术！你说，抓个没有电胆的逃犯，用得着超声吗？用得着次声吗？用得着……"

她激动得哽咽，眼圈都红了。

"梁天枢先生发明的这一切，明明只是用来对付逃犯。可我们，却整天用来对付同类！我当初放弃一切，加入鱼鹰，不是为了这些！"

李南枝看着她，不知该如何反应。

"我加入鱼鹰，先后换了三个师父，个个都说我不适合这一行。"赵仙迪眼神涣散，冲着空气指手画脚，"也许他们是对的——每次见委托人，我都要哭。因为他们的经历，我听完一遍，就会想，假如这些事发生在我身上……我受不了……

"我的第一个委托人，是个单身母亲。她的女儿被同学迷奸。凶手假释，然后跑了。她的女儿熬了6个月，凶手没有抓到，她自杀了。我在那个女人面前发誓，要把那个人渣抓回来！"赵仙迪瞪着李南枝，眼中饱含泪水，"可是，我都干了什么？内战根本停不下来，我一次次执行任务，全是去打银盾、打血爪！打他妈乱七八糟的王八蛋！"

她猛地站起来，把地上的酒瓶踢出去好远，像个醉汉一样咆哮着。路过的司机好奇地望过来，李南枝赶紧起来拉着她上车。可是回到驾驶室，赵仙迪疯劲卸了，反而更像疯子。她蜷缩在座椅上，精神病一样喃喃自语。

"一开始，我还回复她的消息，过年过节给她寄贺卡，告诉她，我没有忘了她的案子……可是后来，我自己都没脸再联系她。直到去年……我才知道，她也自杀了……"

李南枝看到，她浑身都在发抖。他从没想到，像个战士一样从不畏惧的赵仙迪，竟然也有这么一面。

"两个！只有两个！"她忽然回过头来，伸出食指和中指，嘴唇和声音一起颤抖着，"几百个受害者在等着我，等着我把伤害他们的人带回去。我这么多年，却只抓过两个！

"我一直盼着，战争能够早日结束，一切恢复正常。我们猎手才能把本事用在正地方，去抓那些人渣。结果呢？"她摇着头，"血爪出现了，银盾主战派直接出手。就算我们交上贺摇光，他们也还会再找机会。最后通牒，还会有第二次、第三次……我可能永远没机会，去实现对那些受害者的诺言……"

"这不能赖你啊……"李南枝终于能说出句安慰的话，可这只能使赵仙迪的情绪更加猛烈。

"可是我答应他们了！我答应了！他们信任了我，我却辜负了他们！"她再也忍不住了，"我答应过的！我答应过的……"

赵仙迪猛地把头撞在他肩上，失声痛哭。李南枝犹犹豫豫地抱住她，却不敢把手放在她身上。哭声也有自己的频率，渐渐地，他觉得自己跟她同步，身体一起轻轻抽搐颤抖。也是在这种共振中，他才了解到，她到底是个什么样的人。她有一种天赋，那就是天然的、超越常人的同情心。不幸的是，她却从事着最需要人心硬的职业。她把所有委托人的痛苦都感同身受，然后埋在心里，久久背负着。这些东西就像燃料，无时无刻不在煎熬着她。最终，为了不疯掉，她不得不披上玩世不恭的盔甲，好让自己看起来是个混蛋，或者说，让自己相信自己是个什么都不在乎的混蛋……

他再也说不出话。他就这么抱着这具之前以为坚不可摧的躯体，任由她一遍遍重复着那句话，恸哭不止。

突然，后排传出响动。赵仙迪触电一样跳了起来。

"你们俩啊！"贺摇光一副恨铁不成钢的表情，"醒醒吧！有人来了！"

04

贺摇光把身子伏低，指向东北方。赵仙迪把手放在耳后，侧耳倾听。跟两大

高手相比，李南枝反而毫不紧张。

"甭怕，"他看看时间，嘿嘿一笑，"偷油的。"

大车司机睡觉一般不敢离开车，就是因为半夜总有些"油耗子"来偷油。碰见胆小的，你一开车门他就跑了。碰见三五成群的就比较麻烦，弄不好油保不住你还要挨顿揍。不过这回，李南枝毫不害怕这点。他一把推开了门。

嗖。一枚暗器擦着袖口打了过来。碎片乱飞，手腕一痛，他摔下车去。

"猎手！"李南枝脑中响起一个炸雷。一抬头，一个黑影正朝这边冲来。那人足有正常人两个那么宽，像一头冲锋的野猪，势不可当。李南枝拼了老命要爬起来，背上却忽然像是被麻袋砸中，腰又塌了下去。

我被人拦腰抱住了！

巨大的恐惧抓住了他，他脑中一片空白，只能眼睁睁等着对方把自己内脏震碎……

忽然，他闻到了熟悉的气味。一回头，抱摔自己的人果然是赵仙迪。强风劲吹，夜空中的乌云不知去向，月光像是从打开的喷头里洒下来的水。李南枝揉揉眼睛，大叫着跳了起来。

"萧北河？庞砺石？你们没死啊？！"

05

卡车继续向北。跟来时相比，人多了两个，座次也有了变化。开车的依旧是李南枝，萧北河和庞砺石挤在后排。其实这俩人本没想到自己能活下来。一个意外救了他们的命：庞砺石震塌隧道用的功率太大，导致整个岩洞都摇摇欲坠。碎石下雨般倾泻下来，砸在追兵头上。电光石火的一瞬，萧北河看到了不远处的一个洞口，拉着他滚了进去。然后，入口也塌方了。

"我们也没别的选择，只好沿着岩洞一直钻，钻了好几个小时，终于看见了亮光。"说到这里时，庞砺石扬扬得意，"这就叫天无绝人之路！那个洞居然就通着山的另一面！"

然而他们马上就发现，自己的历险跟赵仙迪比起来简直不值一提。

"我来介绍一下，"她缓缓打开车门，"这位就是贺摇光。"

现在，闻名遐迩的通缉犯贺摇光就像个拼车的乘客一样，跟两人一起坐在后排。赵仙迪在副驾驶座上，讲述着事情的经过，李南枝不时补充点细节。即使对于萧庞二人这个档次的高手，这段经历也有点过于惊心动魄。两人的神情好像在坐过山车，一次次在震惊、紧张和始料未及中往复。讲完结局，他们看着赵仙迪，又看看李南枝，眼神中满是敬佩。

"好样的！"庞砺石一巴掌拍得李南枝肩膀生疼，然后歪过头，对着贺摇光左看右看。

"有什么好看的！"贺摇光满脸鄙夷，"虎落平阳被犬欺，有什么难听的话，你就说吧。"

"你当我是什么人？"庞砺石的笑声很像挂错了挡的拖拉机，"我只是觉得有点可惜。"

"可惜？"贺摇光冷笑起来，"你们古晋派什么时候也变得这么假正经？你们执行任务时滥杀的人还少吗？"

"嘿嘿，你这可猜错了，"庞砺石倒不生气，"我可惜的只有一件事：我没有机会跟你比试一场。"

"你？"贺摇光这回真的笑了，"凭你们那马戏团才玩的把戏也想杀我？"

"我只是想比试，可没说一定要赢。抓赏金最高的罪犯，见识天下第一的武功，不是每个猎手毕生应该追求的吗？"

相比之下，赵仙迪和萧北河就比较理智。他们讨论的是问题的关键——银盾。

"八成是韦宗正指使的。"

"没错，"赵仙迪点了点头，"根据情报，那个最后通牒就是在他的主导下投票通过的。郑天权对他很头疼，但是又不好正面压制他，不得不给了他一个观察

员的职位。看来他以这个名义，把自己的人马带了过来。"

事情显然很棘手。韦宗正的坤甸派，本来就是银盾七大门派中实力最强、最激进的一个。长期以来，他本人更是成了银盾少壮派的精神领袖，综合实力已经超过郑天权。

"韦宗正一直想着重新开战，欠缺的，只是一个借口。"萧北河皱着眉头，"幸亏你们打退了突击队，要不然他抓住贺摇光，第一件事就是正式宣战。"

"我听到突击队的通话，他们还有别的队伍、别的计划。我一直想通知总会，可是联系不上。本来还指望你们呢……"赵仙迪焦急万分。她的专属手机被贺摇光随身带着，已经被电磁脉冲摧毁。李南枝的手机在地下室侥幸幸存，但是又无法接入安全线路。她死马当活马医地试着拨打紧急转接号、联系线人，结果全部失败。

"那只能这样了，"赵仙迪捅了李南枝胳膊肘一下，"往东。"

"去哪儿？"

"最近的联络点。"她看着前方，眼神充满担忧，却始终坚毅，"在那里，我们把贺摇光交上……然后，你就能拿到你的钱。"

李南枝如释重负。各种念头夹杂着狂喜卷土重来，血液像加热的汞柱不停地上升，让他觉得浑身燥热、胸膛鼓胀，不大叫一声就浑身不舒服。

忽然，目光掠过后视镜，里面的画面像一根针，戳破了充满了非理性空气的气球——贺摇光坐在那里，一言不发。路灯的光混着空气中飞舞的灰尘洒在他闭着的双眼上，看上去好像一尊等待拆除的佛像。与此同时，手机里开始播放许巍的《两天》：

我只有两天

我从没有把握

一天用来出生

一天用来死亡

我只有两天

我从没有把握

一天用来希望

一天用来绝望

渐渐地，他发现自己有些高兴不起来，甚至有些愧疚感，似乎是因为自己挣了钱，这个人的血海深仇才会没有机会报。他忽然意识到，自己跟赵仙迪其实是同一种人，那就是同情心泛滥的傻子。穷的时候顾不上同情别人。现在有了几个臭钱，傻劲就上来了。

"贺前辈，"有个问题，他觉得必须问个明白，"在庙里，你……是不是当时能跑掉？"

"跑是能跑，但是没有十足的把握。"贺摇光看了他一会儿才回答，"翻墙的时候从背后被打死，丢不起那个人。"

"我说的是他们逼我的时候。"李南枝第一次敢主动盯着他的眼睛看，"你完全可以不出来，或者从密道跑。"

贺摇光轻轻一笑，没有回答。

"贺前辈，"李南枝鼓足勇气，"你……会怎么样？"

"什么怎么样？"贺摇光很不耐烦。

"我们把你交上去……你会没事吗？"

一阵沉默。过了几秒，贺摇光哈哈大笑起来。

李南枝知道自己问错了问题，但总是心存侥幸：鱼鹰会不是必须遵守法律吗？你们不是为了这事，不惜闹分裂、打内战吗？好吧，还有另一件事——可梁天枢的遗言不是也有一句什么"护法求仁"吗？

"他会被摘除电胆，"终于，赵仙迪回答了这个没人愿意回应的问题，"如果他同意保守电胆的秘密，我们会让他自首，承认他犯的某一件牵扯人比较少的命案，在一个没有死刑的州，他会被判处终身监禁，老死在监狱。"

"真的？"李南枝不自觉地咽了口唾沫。有点残忍，但是想到贺摇光杀了多少人，这又算应得的结局。

"怎么可能！"赵仙迪猛然提高嗓门，像是被他的幼稚气到了，"谁敢相信他？他不会有这个待遇。"

"那……他到底会怎么样？"

"上那条船呗！"贺摇光哑然失笑，"我杀了那么多人，早就该上了……"

"什……什么叫上船？"

"鱼鹰会执行纪律，是在公海，"看到连赵仙迪也不愿细说，萧北河终于开口替她补充，"他会被处决。"

李南枝握着方向盘的手一颤。

"你们不是……不是不干违法的事吗？"

"公海杀人，一般来说不适用属地管辖、属人管辖或者保护管辖。实践中，通常援引船旗国管辖原则。"萧北河终于听起来像个律师，用不带感情的语言解释着，"换句话说，除非那条船的注册国——马绍尔群岛共和国——提起公诉，就不算违法。"

萧北河的声音越来越低。赵仙迪面无表情，目光望向窗外，似乎也不以此为荣。李南枝觉得一块磨盘落下来，砸在胸膛上。他无法再看贺摇光一眼。

驾驶室里忽然没人说话，静得像个灵堂。

"行啦，别婆婆妈妈的了。跟你说清楚，救你，是看在你孩子的分上——你也一样，"贺摇光指着赵仙迪，"咱们谁也不欠谁的。你别忘了自己的承诺就行。大丈夫要活得明明白白，死得痛痛快快。死在鱼鹰手下，总比银盾好！来，说话啊！来，再吵吵！"

李南枝抿着唇，张不开嘴。庞砺石想说点什么，可是半张开嘴，萧北河使了个眼色，他又憋了回去。之前赵仙迪把贺摇光妻子遇害的情况说得非常简略，但看来二人受到的冲击却并没有减小。

"得，说说你孩子吧……"贺摇光烦躁无比，最后忽然想起什么，换上了商量的语气，"你女儿……我能再看看吗？"

李南枝犹豫了一下，把手机递了过去。

"长得跟你还挺像的，"贺摇光翻看着相册，"当然，比你是强多了……上几年级了？学习怎么样？"

他絮絮叨叨的，像个居委会大妈，把开心的情况打听了个遍，几次想把手机还回来，却又舍不得。李南枝左右为难。作为一个父亲，他不太想让装满女儿照片的手机停留在贺摇光这种人手里。但是同样作为一个父亲，他也不忍心直接把手机要回来。

"差不多行了……"最后还是庞砺石做了恶人，毫不客气地一把抢过手机。贺摇光没有生气，但是挺直的腰杆塌了下来，贴在靠背上，像是一具被抽走灵魂的皮囊。

"换上吧……"赵仙迪用尽量公事公办的口气招呼了一声，把几件衣服扔给他——这也是从突击队员身上扒下来的。

贺摇光有条不紊地脱下身上布满血迹和洞眼的上衣。上半身完全赤裸时，所有人的脸色都变了。肌肉发达的身躯上，荆棘般缠绕的伤疤中间，有一处巨大的文身，是一个女人抱着一个婴儿。婴儿的脸是空白的。

贺摇光的动作停下了。他意识到大家在看什么，也意识到，大家都猜到了这是谁。

他飞快地把衣服套上，把头扭向窗外，再也不吭声。驾驶室里的空气像混凝土一样慢慢凝结，让人无法呼吸。李南枝再也受不了了。

"要不，"他拼命稳定着声带，向赵仙迪请示，"到地方之前，咱们去吃一顿，送送行？"

06

"得，上齐了！"

深夜，某个小城郊外的路边摊上，李南枝脸蛋通红，对着一桌子空啤酒瓶两眼发愣。这是一家门脸比公厕还小的烧烤店，四周比坟地还荒凉，店里只有四张

桌子，早已全满了。不过跟那些专门针对司机的饭店比起来，总体上还算不错。贺摇光落座之后大模大样地点这点那，好像这顿饭不是给他送行，而是他给别人接风。

"来，一起喝一起喝！"酒上来，贺摇光右手一削，打开瓶盖，一饮而尽。他一口烤肉都没吃，已经灌下去了五瓶啤酒。李南枝觉得有些话该说了，再不说待会儿自己就要倒了。

"贺……前辈，"他举起酒瓶，"我敬你一个！咱们虽说一开始……有点误会，但是到现在，也算是生死之交了……"

"生死之交？"贺摇光嘿了一声，语气唏嘘起来，"我纵横江湖几十年，曾经也是高朋满座、宾客如云，没想到混到最后，愿意跟我称兄道弟的，是个我都不怎么认识的新手……"

这话要是清醒时听，李南枝可能会自惭形秽。但是酒后再听，觉得分外有意思。

"你是我见过的最……厉害的人——说实话，一天之前，我真没想到自己能活着跟你喝酒……"

"你是我见过的……进步最快的人，我也没想到，居然到现在了还没打死你。"

两人一起大笑起来。

"干了！"

不知不觉，外边只剩两桌客人。一桌坐的是几个膀大腰圆的壮汉，光着膀子，划拳之余老拿眼角的余光瞟赵仙迪。李南枝和贺摇光也喝得脸红脖子粗，开始了酒桌互动——递烟、敬酒，间歇性无故发笑。他们聊起早先那场战斗，嗓门越来越大，从互相肯定到互相吹捧，从嘲笑对手到自我揭短，完成了从正常人到醉汉的转变。

"前……前……"

"前什么辈……就叫老贺……"贺摇光舌头也大了。

"来！"李南枝举起酒瓶子，用胳膊肘碰了碰赵仙迪，"一起跟老贺喝一个。"

赵仙迪没动。她双臂交叉在胸前，叼着一根牙签，歪着头看着两人，像在审犯人。

"你叫她干吗……"贺摇光不以为然地撇撇嘴。

"喝一个嘛……"李南枝口齿不清，拽着赵仙迪的袖子，"以前毕竟是同事……"

"我跟他不是同事。"赵仙迪的笑容和语气都很冷，"陈文昌、崔敏孝那些人才是我的同事。还有好多他杀过的人也是。"

桌上的气氛一下子冷了下来。李南枝终于意识到了自己的行为有些不妥：光顾着同情了，差点忘了贺摇光是个什么人——他杀人如麻、凶残暴戾。就在一天之前，自己还目睹了他杀了那么多猎手。他也终于明白，为什么庞砺石和萧北河每人抓了一把烤串就一言不发地回到车上去吃。

不过酒精的最大功效就是让大脑觉得没有什么事是不能解决的，李南枝端着酒瓶，继续劝着："给个面子嘛……"

"我坐在这里，"赵仙迪声音又硬又狠，眼睛盯着贺摇光，"就是给你面子！"

"我……我明白……但是你看啊……老贺，在庙里还救了咱们……不对，不光救了咱们……他没跑，跟着你去投案，制止战争……这是连带着救了鱼鹰会，这也算一大功啊……"

贺摇光突然大笑起来，笑得上气不接下气，额头撞在桌子上。赵仙迪厌恶地看着他。

"救了鱼鹰会？"笑够了，贺摇光仰脖灌下半瓶啤酒，酒瓶往桌上一蹾，"我这辈子，做过的全是没意义的事。当猎手，没意义；打银盾，没意义；要说最没意义的，就是救了鱼鹰。因为它屁用都没有……

"你、她，"他指着李南枝和赵仙迪，"还有赵天璇、梁天枢，你们鱼鹰所有人，都是些傻子！废物！"

赵仙迪起身要走过去，李南枝赶紧拦住，劝她坐在了桌子的远端。

然而贺摇光还不打算闭嘴。

"你们没用，不是因为本事不济，"他指着她，字字掷地有声，"而是因为傻！你们自愿套上脖圈当狗——把法律放在第一位？'护法求仁'？护个屁！梁天枢，我看你聪明一世、糊涂一时！"

赵仙迪故意瞪大眼睛鼓着掌："天才！我怎么就没想到呢？不要法律，大家有什么不满，自己去杀人不就行了……"

"你不信？好，我就给你讲个例子。"贺摇光喝上了头，红着脸继续讲课，"我刚干这一行不久，有个朋友的朋友来找我帮忙。那是一个姑娘，20来岁，长得特漂亮，被前男友纠缠上了。在她家门口堵她、跟踪她，搞得她天天失眠。"

"混账东西……"李南枝口齿不清，双眼呆滞，盯着桌上的木纹，没倒下全靠右手拄着一个酒瓶子。

"我问你，遇到这种情况，你说该怎么帮？"

"报警？"李南枝醉眼乜斜地说。

"报了，警察抓了他几次，教育了他几次，法庭还判了禁止令。结果他还是跟踪她……"

"你动手了是吧？"李南枝一边点烟一边傻笑起来。

"没有，"贺摇光摇着头，"我那时候，还是跟他们一样的傻子，还把法律啊、行规啊当回事。我吓唬了那人几次，他老实了，消失了。我以为，这事就这么了了……"

李南枝哪怕是喝醉了，也听出这事的结果恐怕不妙。于是跟赵仙迪一起屏息等待着结局。

"过了大概三个月，我接到电话。警察找我。那个男的趁她不注意，钻进车里挟持了她，点燃汽油，两人一起被活活烧死……"

李南枝张着嘴，半天发不出声，唯有拳头攥得像块石头。

"你说，"贺摇光看着赵仙迪，"这事要是依着法律，我有办法解决吗？"

赵仙迪没有回答。

"手机给我。"贺摇光要过李南枝的手机，输入了网址，然后放在桌上。手机屏幕上的女孩栗色长发，脸庞丰满，笑得灿烂至极。

"就……就是她？"李南枝的声音颤抖着。

"不是……"贺摇光笑了起来，"这是另外一个人。这个人的遭遇更惨：强奸她的人出狱了，整天跟踪她，搬了四次家都没有甩掉。你说说这事有没有天理：就因为你是受害者、你是守法良民，就活该受伤害的是你、担惊受怕的还是你？"

"他妈的，混账……"李南枝又骂了一句，只是这次的对象恐怕有所不同。

"说得好！"贺摇光一拍桌子，开了一瓶啤酒塞给他。

"这回……你怎么处理的？"

"我还是什么都干不了。"贺摇光眯着醉眼晃了晃手指，李南枝殷勤地递上一根烟，"人家都服完刑了，就是个守法公民，你还不让守法公民搬家了？"

"怎么可能呢？"李南枝脖子上青筋暴露，"你……你武功那么高……怎么可能没有办法？！"

"我能打死那人吗？我能把他打残废吗？都不能。当时跟银盾打了好几年，我们万万不能引起警方的更多关注……"

"你……我……"李南枝舌头直打结，"我还不信了，就没有天理了？！"

"你看，这就是我为什么说鱼鹰会没用，"贺摇光瞪着赵仙迪，"猎手，只有超脱于法律之上，才能帮到需要他帮助的人！

"这个女孩幸运就幸运在，她找我的时机很对——没过多久，我干了那事，脱籍了，成了著名的杀人魔王。"贺摇光怪笑起来，"逃跑之后没多久，一天晚上，我忽然把这档子事想起来了。我当时就笑了：我现在还怕个什么劲？我连夜找到那个变态，一掌把他打了个脑浆迸裂！"

李南枝的拳头砸在桌子上，不知是惊诧还是痛快。

"所以你瞧，"贺摇光拿起手机，一再端详着，"现在，她过得可滋润了，婚也结了，孩子也有了。我没事就上她的社交主页看看，就是为了提醒自己，不要再被一些愚蠢的东西捆住手脚……"

旁边桌的醉汉们又哄笑起来。隐约能听清，大概是有人对赵仙迪的屁股发表了一些有创意的评论。

"我宁愿要法律，"赵仙迪把脸凑上去，跟贺摇光针锋相对，"因为它是文明世界发明的最好的东西。它阻止我们变成你这样的野兽。"

"野兽？"贺摇光不怒反笑，"我是野兽？也许不假。野兽怎么了？我这样的野兽，比你的文明有用得多！"

说着，他瞥了一眼那几个醉汉。几位大哥在互相怂恿着，好像是准备举行一场选举，推举一个代表来跟赵仙迪交涉。

"假如你和老南在这里，你们都不会武功，那些人过来找事，你们能怎么办？报警？荒郊野岭，你觉得警察多久才能赶到？赶不到，你打算怎么办？"贺摇光看着李南枝。后者翕动着嘴唇，无法回答。

"对，在这里，一切制度都帮不了你。只有野蛮人能。他们爱管闲事、专用暴力、不爱废话。但是，现实是你碰不到这样的人……"

说到这里，贺摇光冷笑着看着李南枝。

"你做过的事，也算是路见不平，拔刀相助，你落得什么下场？再给你一次机会，你还敢做吗？"

李南枝缓缓朝桌底吐了口痰，抄起一瓶啤酒喝了起来。

"你说得再好听，也是胡说八道！"过了一会儿，赵仙迪终于再次发起反击，盯着贺摇光的眼睛，一字一顿，"我不是个野蛮人。至少我不杀小孩。"

李南枝酒一下子醒了一半。他终于想起眼前这个人不是普通酒友，而是个杀人不眨眼的魔王，毫无人性、毫无底线。

"什么小孩？"贺摇光却一脸迷惑，"在庙里我还以为你在骂街。闹了半天你当真的？"

"你装什么蒜？"赵仙迪不屑地冷笑一声，"9月15号，星期四，凌晨，札幌。你杀了弗林·达默的父亲、母亲，还有他7岁的弟弟。"

贺摇光猛地抬头看着她。

"你报仇，我理解。"赵仙迪嘴角浮现出一丝胜利的笑意，但口气依旧凶狠，"但是你做事太绝。就是因为你杀了这些人，银盾要我们把你交出去，否则就重新开战。怎么，这你也想否认？"

"哈哈哈哈哈……"

贺摇光痴痴愣了半晌，忽然如癫似狂，大笑不止。

"弗林·达默！你也体会到这种痛苦了吧！哈哈哈哈……"

他看来彻底醉了，说着一些谁也听不懂的话。

就在这时，邻桌的选举结束了。一位腰围起码一米五的大哥站起来，端着酒杯，摇摇晃晃朝着赵仙迪走了过来。

"我去车里等你们，快点。"她往桌上扔了几张钞票，在一阵阵口哨声中起身离去。李南枝赶紧搀扶着贺摇光一起跟跄着走向卡车。醉汉们的声音低了下去——他们这才发现贺摇光个头有多高。但是有个人不知道——就是一直跟着赵仙迪的那位。

"妹妹，妹妹，别走啊……"他伸手按在赵仙迪肩膀上，被一把甩开。想追上去，却看到了打开车门下来的庞砺石。正不知怎么下台，回头看到李南枝走过来，立刻有了主意。

"你看你爹呢？！"

哄笑声中，李南枝身体顿了一下，然后低着头，搀扶着贺摇光继续走。

"对，走，可以走。"贺摇光打了个饱嗝，"警察不来，跑就是了。跑不了，认怂，说点好听的，也问题不大。"

然后，他的表情忽然一变。

"可是你想想，从头到尾，你做错了什么没有？没有，你在这里喝酒，没招谁没惹谁，却要平白担惊受怕、忍气吞声，忍受无端的侮辱。到底是凭什么？"

李南枝抬起头，腮边的肌肉绷了起来。

"的确，这不是大事，你没受伤没丢命，不就是受点气吗？"贺摇光摆着手，呵呵笑着，"可是晚上回家，躺在床上，你能睡着吗？你也是爹妈生爹妈养，体

体面面的大老爷们儿，凭什么受这个气？人活一世，不光是能喘气有饭吃就行了啊……"

　　贺摇光忽然停下，甩开李南枝的手臂，站在他对面。

　　"你想做大侠？你先做个人吧！"手指戳在胸膛，却好像扎在心脏上，"人都有尊严。你的尊严呢？！"

　　"过来，走吧。"不远处，赵仙迪站在卡车旁边呼唤着。可李南枝却没有回应。他站在原地，紧握着双拳，浑身微微发抖。片刻之后，在赵仙迪惊讶的目光中，他抬起头，猛地转身，大踏步朝着那桌醉汉走去。

　　"你跟他说了什么？！"赵仙迪对贺摇光怒目而视。

　　"跟他？没说什么有用的。但是跟你，我有话要说，"贺摇光用欣赏的目光看着李南枝的背影，然后语气严肃起来，"9 月 15 号，我在缅甸边境。那事不是我干的。"

第十七章 叛道

凡我同道，无论何门何派，对以下诸人，可格杀勿论。

01

9 月 23 日　周五

距离移植最后期限还有 4 天

经费缺额 65880 元

大厦礁石般矗立着，面对无边的人海。防暴警察躲在盾牌后面，标语牌随着有节奏的怒吼和跺脚声一起一伏。忽然，人潮向广场西北角涌动，把几个刚从大厦里出来的人围在中间。愤怒的人群挥舞着拳头，怒骂声一浪高过一浪。几个年轻的示威者撞开保镖组成的人墙。

突然，一切静了下来。人们纷纷向后退，在地上空出一个大大的圆圈。圆圈中央，三个急先锋躺在那里，嘴角流血，一动不动……

画面在投影屏上定格。灯光大亮，一张张面孔从黑暗里显露出来。这是一个布局类似圆形阶梯教室的大厅。23 个人居高临下，用复杂的眼神盯着下面一张

孤零零的小桌。一个西装笔挺、头发花白的老者坐在桌后，对上方的陌生人报以友好的微笑。

"证物编号 141 出示完毕，"小桌旁几米处的门口，一个斜倚在墙上的中年男人清了清嗓子，"各位可以提问了。"

"郑先生，请问画面上造成一人死亡、两人重伤的凶手，你认识吗？"一个梳着脏辫的黑人妇女急不可耐地站了起来。

"我看不太清楚，"郑天权掏出一副眼镜戴上，又推到额头上，反复看了几次，"但是多方面信息表明，应该是杨先生和安道尔先生。"

"他们是不是你的雇员？"

"理论上来说不是，因为他们供职的是 BIR 安保公司……"

"BIR 是银盾集团的子公司。"一旁的中年男人突然微笑着插话。

"曾经是，"郑天权顿了一下，然后转过去朝他点了点头，"现在已经不是了，检察官先生。"

"但发生这件事的时候还是。"检察官饶有兴趣地观察着他的表情，"而你是银盾集团的 CEO？"

"是的。"

"他们的职位是什么？"

"安保人员。负责保护客户的安全。"

"就像这样保护？"一个秃顶白人忍不住插话，"你们公司有没有向他们发放致命武器，并授权使用？"

"没有。"郑天权矢口否认，"但是我们无法监控员工是否私自购买武器，并在工作中使用它。那件事以后，我们已经制定了新的规章……"

"什么私自购买的武器？你是说电击枪？"

"比如说电击枪……"郑天权点了点头。

"为什么警察没有找到武器？"

"现场有上千名示威者，"郑天权态度依然耐心和蔼，"我相信是混乱中……"

"什么电击枪能造成这种伤害——"一个老人翻着写满笔记的本子，"'大面积电击伤，胸骨粉碎性骨折'。另一个孩子心脏裂成四片——亚马逊还是沃尔玛能买到？"

这话引起了不好的回忆。几乎所有的陪审员都皱起了眉头。

"我完全理解你们的心情，"郑天权表情沉痛严肃，"这无疑是一起不幸的意外，但是我们对员工私下干的事，了解真的不比各位更多……"

"为什么你们的意外率比一般的安保公司高几倍？"一个戴着黑边眼镜的年轻姑娘举起了手中的笔。这无疑是大学课堂上的习惯。

"这是个常见的误解，"郑天权稍稍松了口气，"原因是算法的错误。我们公布的意外发生率，包括了我们全球所有的业务，其中也包括一些在冲突地区……"

"也就是雇佣兵？像以前黑水那样？"年轻姑娘的声调提高了，"7号证人说过，在叙利亚的战俘营里，曾经有十几个战俘也是这样死的……"

"那是未经证实的……"

"PILA对吧？"一个穿着邋遢的宅男两眼放光，"传说中的……对不起，我重新提问：请问PILA公司是不是你们的秘密武器研发中心？是不是你们跟五角大楼合作，拿到了51区的外星科技，做出了反物质枪？没有声也没有光，一下就把人……"

郑天权难以置信地扭头求助，检察官布兰顿微笑着走到他身边，俯下身子。

"怎么？你要援引第五修正案？"

第五修正案，禁止被告自证其罪。这是个陷阱。

"当然不是。但您不打算说两句吗？"郑天权指着那个还在兴奋比画着的宅男，"这种问题简直是笑话……"

"听着，"布兰顿依然保持着微笑，语气却充满了令人不寒而栗的蔑视和杀气，"这里不是华盛顿，也不是朗利，更不是你们银盾的总部。这里是我的地盘，而且我抓着你的蛋。所以我让你叫，你就叫；我让你打滚，你就给我打滚。听懂了吗，人渣？"

郑天权的表情渐渐凝固。

"大陪审团可以使用传闻证词，"检察官布兰顿大声回答着走回自己的角落，"请回答问题，郑先生。"

02

9 月 24 日　周六

距离移植最后期限还有 3 天

距离最后通牒到期还有 49 个小时

经费缺额 65880 元

"幼稚！胡闹！"卡车里充斥着赵仙迪的咆哮。

后排座椅上，李南枝双手扶着膝盖，像个犯错的小学生低头聆听。他发现手背上的血还在往下滴，大概是某个人的牙硌的——毕竟，一次把 7 条大汉打得爬不起来，受点伤在所难免。

"那样的混蛋，我自己要是想，再多一百个也料理了！用得着你动手？！万一警察来了怎么办？耽误多大事？"

"我错了，"李南枝老老实实点着头，"别生气了……"

贺摇光扑哧一声笑了出来。李南枝再也绷不住了。两人像躲过教导主任巡查的坏学生，笑得人仰马翻。

"你到底跟他说了什么？"赵仙迪朝贺摇光吼道。她琢磨过来了：俩人窃窃私语之前，李南枝不是这样的人。

"没什么，只是一点为人处世的道理……"贺摇光擦着眼角的泪。

这回轮到李南枝扑哧一声。庞砺石也跟着笑作一团——动手之后，第一个跟着掺和的就是他。

"我说，不就是打几个流氓吗？"庞砺石无所谓地拍打着椅背，"在我们那里，这根本不算事儿……"

"这里不是东南亚的丛林!"赵仙迪气得语塞。说实话,李南枝动手的时候,她吓出了一身冷汗,倒不是怕他打不赢,而是怕他控制不好功率打死人。打死平民可不同于银盾和血爪的人——他们自己也见不得光,会抢着处理尸体,掩盖痕迹——万一被摄像头拍下来,哪怕只有车牌号,后果也不堪设想。

然而不管她再怎么生气,后排仨人也听不进去了。他们已经彻底嗨了起来。他们用夸张的语气重现着斗殴的每一个细节,嘲笑着对手的每一个反应。他们的语言越来越简练,笑声越来越长,最后,每句话只剩开头、几个代替形容词的脏话和肆无忌惮的哈哈大笑。他们就这么聊着、笑着,用破锣嗓子唱着不同的歌曲,却一起打着拍子,以为对方是在跟自己合唱……

休息站的霓虹灯下,李南枝扶着轮胎呕吐不止。他不知道自己什么时候睡过去的,只知道自己是被尿憋醒的,下来被冷风一吹,就撑不住了。

唉,老了,这才几瓶……

感慨中,他点燃一支烟,连着凌晨清冷的空气一起吸进肺里。脑子终于清醒了,他开始消化一个重要的信息:贺摇光说日本的事不是他干的,真的假的?

尽管赵仙迪对此的评价是"狗屁",但回想一下相识以来的所有细节,无论怎么看贺摇光,他都不像是一个敢做不敢当的人。

脑仁开始微微作痛。他深呼吸一口气,摇了摇头。远方灯火阑珊,天边微微发亮。他忽然意识到,自己离变成百万富翁只剩不到 24 小时了。

终于熬出来了……至于别人的事,我就不操心了吧……

再说他在庙里,不是还骗赵仙迪了吗?

身后忽然响起声音,回头一看,贺摇光也下了车。驾驶室里的灯早已亮起,赵仙迪警惕地望向这边。萧北河摇下车窗,胳膊搭在窗框上,念珠扣在手里。庞砺石打着哈欠,紧跟在他身后。贺摇光走到旁边,弯腰就吐。

李南枝觉得他其实不用靠这么近。

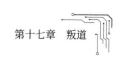

"你干吗呢？"吐完了，贺摇光起身问道，好像看起来不对劲的是别人。

"我睡够了，觉少。"李南枝拿出烟盒，却发现只剩最后一根，干脆连盒带打火机一起递了过去。

贺摇光打开烟盒，看了他一眼，然后点燃香烟，看着远处的灯火，久久地出神。

"能踏实睡觉的感觉真好……"过了一阵，他忽然说，"10 年了，我就要见到老婆孩子了。一家团聚，再也不愁吃不愁喝，永远不用分开，多好……"

他的声音像夜雾一样缥缈而凄冷。李南枝把头低了下去。

"你呢？"贺摇光扭过头来，"他们会分给你多少？够孩子和你下半辈子的吗？"

李南枝被问得很尴尬。萧北河和庞砺石死而复生，他估计分的赏金会少一点，但具体是多少还没好意思问。

"你拿了钱，救了孩子，以后还是要生活啊。药费、护理费、升学、考学、上大学，大概需要多少，你算过没有？"

李南枝摇了摇头。

"你这人怎么不为孩子计划一下呢……"贺摇光把烟抽完，朝远处一扔，"干脆，你当猎手算了。"

"我可不行……"李南枝连忙摆手。

"怎么不行？你天赋又不差。"贺摇光拍着他的肩膀，"兄弟，我这辈子，还没见过像你进步这么快的。"

李南枝心中一阵得意。只是想起林徇齐，笑容又变得有点苦涩。

"不过我得实话实说：如果你今后想干这一行，这样的水平是活不过三年的。"

李南枝连连称是，但心里由衷地希望，猎手都能学学说话的艺术。

"在庙里，你替我挨了一顿揍，我也不能欠你的——说吧，你想学什么，我可以教你。"

03

轻描淡写的一句话，让李南枝心跳骤然加速。他明白，得到这个级别的高手指点，就像在武侠小说里掉下悬崖得到秘籍一样可遇不可求。心中无数的问题挤成一团，把嗓子眼儿堵得死死的。

"你就说你现在最大的问题是哪些吧。"贺摇光等得不耐烦了。

"测……测频不准。"

"有多不准？"贺摇光有点惊讶，"你说你打倒了两个突击队员、打伤了魏平道，不是挺准的？"

"都是蒙的——没有一次部位是对的。"

这回轮到贺摇光沉吟了起来。

"是不是不好教？"李南枝惴惴不安地问。

"笑话，还有我教不会的？"贺摇光挥了挥手，一副不以为然的表情，"只是……测其实不难，难在测完了之后——无论是电测法还是弦测法，测出振频之后，你要把你的整个系统交给回馈信号去控制。但这跟人的本能是矛盾的——你跟人打架，生死攸关，肯定会紧张。越紧张、越用力，对信号的干扰也就越大。你就是卡在这里……"

"我该怎么改呢？"李南枝恍然大悟。

"只能靠一样东西，那就是经验——战斗的经验、放松的经验，还有计算的经验。"

"计算？"

"你测到的，都是静态振频，对方一动，又会变化。这时候就要根据经验，加以微调。这就要用到各种推算公式——皮肤频率有了，那么对方这个身高体重，肌肉的频率加多少减多少，骨骼又是多少……"

李南枝目瞪口呆——这听起来比高考数学难多了。

"测频，从来都是猎手需要一辈子去修炼的技术，"贺摇光面有难色，"三年

五载，方有小成……"

"我明白了……"李南枝大失所望地点了点头。

"但是，你碰到了我，"贺摇光得意地笑起来，"这都不是问题！"

"真的？"李南枝不太信。假如有人告诉他有个法子能让他上清华，他估计也就这个表情。

"很简单，那就是不测！"

李南枝哑口无言。

"人体各部位的共振频率虽然千差万别，但都有个大致的范围，比如，胸壁一般是 50 到 100 赫兹，腹腔一般是 10 到 12 赫兹……"贺摇光说了一长串，"放心吧，老林给你的那本书的最后，有个身高体型和振频对照表，你没事背熟，一般错不了。"

李南枝赶紧掏出《纲要》，翻到最后，还真看到好几页密密麻麻的表格。

"这表准吗？"惊喜之余，他又觉得这个办法有点冒险——这毕竟不是乘法口诀，"要是错了怎么办？"

"你微调啊！其实生死相搏，没人能保证每一掌的频率百分之百准确。所以出掌的时候，大家都会对频率做一些调整。最常用的是'叠频法'……"说着，他摆开架势，虚推一掌，"比方说，对手的胸腔共振频率是 6.86 赫兹。我测不了那么准，但是我知道应该不低于 6，接下来就好办了——我把次声掌力分成几层。第一波 6 赫兹，第二波 6.2 赫兹，第三波 6.4 赫兹……分得越细越好，只要有一股频率差不离，他不死也是重伤！"

李南枝终于明白，为什么他打死于振恒的时候，掌力会在墙上留下痕迹。更吓人的是，那只是他掌力的几分之一。

"但是你想过没有，如果这个办法像听起来这么容易，为什么赵仙迪不教你？"贺摇光摇了摇手指，"你的电压、瞬时功率本来就低，再分成几波，蚊子都打不死。"

"那……那怎么办？"李南枝真心希望他教东西能像当初威胁要杀自己时一

样干脆利落。

"适合你的，是滑频法。"

所谓滑频法，顾名思义，就是在出招的一瞬间，控制次声频率由低到高或者由高到低变化，覆盖目标的共振频率。

"还是那个例子：对手胸腔共振频率 6.86 赫兹。你看他身高体重，判断出应该大于 5、小于 9。于是你在出掌的时候，让次声频率由 5 变到 9 赫兹，这样就覆盖了对方的共振频率范围，照样能打死人！"

李南枝这回没有说话，脑子里像过电一样——猜出大致振频，然后主动控制频率，用滑频法覆盖。这样一来，真不用测频了！

"我怎么没想到！"他兴奋至极，脱口而出。

"兄弟，说到内力，你的确是不行。"贺摇光踌躇满志，"但是说到身手，你绝对称得上是一流！今天我指点你两招滑频法，从今往后，在这个江湖里，没有人敢打包票能赢你！"

04

法院大门打开，郑天权颤巍巍地走了出来。

"杀人凶手！"

"雇佣兵集团！"

长长的阶梯两旁，示威群众在怒吼着。郑天权一行面无表情地走向车队。前方几个记者已经开始在摄像机前摆好姿势，播报本案进入起诉程序的快讯。

突然，一块蛋糕飞来，砸在郑天权脸上。他立刻倒地不起，痛苦呻吟。保镖把他架起来，在一片混乱中狼狈地奔向自己的车队。加长轿车的车门关上了。郑天权立刻腰杆笔挺，目光炯炯，跟刚才判若两人。他的面前，坐着的是几大门派的掌门人。

"苦着脸干什么？"郑天权笑着用手指擦了一块奶油放进嘴里，"免费的公关，

好事。"

　　所有人都低下了头。由于案子事关重大，郑天权也不是孤军奋战——他的耳朵里塞着微型通信设备，用于后台的法律专家听取问题、给予建议。但是同样，陪审员的诘问和检察官的羞辱都被每个人听得一清二楚。他们不能接受，猎手中的传奇、他们心目中的英雄被一帮讼棍用大陪审团的名义传唤到这里，像小丑一样肆意羞辱。

　　"没事，没事……"郑天权和蔼地安慰着大家，"为了银盾，我个人受点委屈不算什么……"

　　他从陈阁道手里接过纸巾，慢慢擦着脸，回忆着刚才摄影记者的站位，能不能拍到自己痛苦的表情，揣摩着照片能不能争取一点舆论同情。

　　"凭什么啊？这群讼棍！乌合之众！您凭什么受这种窝囊气？！我们为什么要受这种窝囊气？！"

　　"在我面前，你们可以抱怨，"郑天权制止了他，"但是在你们徒弟门人面前，一定不要说些过激的话。年轻人，容易冲动。从听证会的情况来看，布兰顿这次志在必得。他盯了我们 3 年了，还不清楚他的背后是地检还是州，甚至是联邦。总之，银盾再也不能出乱子了……"

　　一阵嘟嘟声响起。郑天权拿起遥控器，按下开关。车顶放下一块屏幕。上面出现了一张棱角分明的脸。

　　"天权先生，"那人的嗓音像砂纸在打磨锈铁，"我听说了。"

　　"宗正兄弟，你的消息好快。"郑天权微微一笑，"没错，大陪审团刚刚一致裁定，本案提起公诉。我们暂时输了。"

　　"不，是你输了。"

　　大家脸上都变了颜色。两人素来不对付，尽人皆知。但是韦宗正如此公开指责，实在是有些过分。

　　"我正要通知你，"郑天权却好像没听见，"我准备让老杨和老安认罪。"

　　"认罪？又认罪？"韦宗正手中的酒杯重重地砸在桌上，"出了事，你能做的就是把他们推出去了事？"

"你不要太过分！"陈阁道指着屏幕骂道。

"这是没办法的事，"郑天权把他的手臂按了下去，"银盾上上下下两万多人要吃饭。他们的薪水、奖金、补偿金，我都会交给他们的家属。至于监狱里，我还会……"

"这不是钱的问题！"韦宗正暴怒起来，"老安也就算了，老杨是鱼鹰时期的老人，战功累累！你要他去监狱里，跟他当年抓过的人一起坐牢？！"

按理说这次的态度更不好，但是车上已经没有人反驳。人人都开始在心中理解，为什么那么多银盾成员支持韦宗正，成为不计后果的好战分子。

"宗正，我们还有什么选择吗？这个国家，说到底，就是律师统治的国家。我们没法跟法律体系抗衡……"

"什么法律体系！他们不过是一个个的人！爱钱、爱权、会死的人！我不信你一点办法都没有……"

"那样的话，后患无穷！我们没法承受这种风险！"郑天权终于语气硬了起来。

"我也没法承受这样的侮辱！"韦宗正寸步不让，"怕鱼鹰，怕法律，连普通人也怕。我们个个都有通天的本事，凭什么受这种窝囊气？你愿意过这样的日子，我不愿意！"

"宗正，打住。中国的事……"

屏幕黑了，韦宗正挂了。周围的人谁也没说话。郑天权疲惫地摇了摇头。

"去机场。我去把一切问题了结。"他望着窗外，"该结束了……"

05

啪。

李南枝手一哆嗦，贺摇光递过来的东西落在地上——是那副扑克牌。

"还害怕呢？"贺摇光笑了笑，"这又不是纸钱，它是我们老猎手练功用的——还是当年开阳送给我的，这么多年，就剩这几张了……"

李南枝壮着胆子捡起来，发现还是那张红桃 9。纸牌放在手心上，他意识到这玩意儿很可能不是纸做的，非常厚实、沉重，冷冰冰的。

"这张 9，代表它的共振频率是 9 赫兹。你试试让它动起来。"

这难不倒李南枝。试了两次，纸牌就像蜻蜓的翅膀一样振动起来。

"这张红桃 K，频率是 13 赫兹。你再试试。"

李南枝不明白这是要干什么，不过还是照做了。

"你这人怎么有时候脑子又不好使了？"贺摇光看出他不明所以，"只要你能记住 9 赫兹和 13 赫兹的感觉，不就可以把掌力频率从 9 滑到 13 了？！"

仿佛有一扇大门在李南枝面前打开，里面射出的光令他双瞳发亮。

"快，教我怎么滑！"

贺摇光开始手把手演示滑频法。李南枝听了没几句就已然明白，这是一种类似继电器的系统——当电压、电流、功率、频率或者压力达到规定的要求时，它就会操纵整个系统，执行预先设置的命令——比如说，通电或断电。

两人折腾了一个多钟头，贺摇光终于满意地点点头。正想说些什么，却被笑声打断。扭头一看，席地而坐的庞砺石笑得前仰后合。

"我还以为大名鼎鼎的贺摇光教徒弟会多高明呢，这是啥玩意儿啊……"

"你乱教些什么？"赵仙迪也满脸不满，在一旁抱着双臂。

"他想在这个江湖生存下去，就得学点速成的。"贺摇光口气很是不屑。

"光图快有什么用？滑频是内功大敌，养成坏习惯，会限制以后的水平。"

"你倒是没养成坏习惯，我看水平也没多高……"

两人你一句我一句，听起来就像一对离异的夫妇在争论给孩子报什么兴趣班。庞砺石还在一旁跟着添乱："滑频法对电胆伤害很大，你的电胆是不是就这么折腾坏的？"

这下贺摇光真的生气了。

"你敢不敢跟我打个赌？"他盯着庞砺石的眼睛，"三招，我只要教给他三招，就能打败你！"

"大家别急，"李南枝赶紧打圆场，"老贺教的速成办法挺好，我先学着玩玩，以后再练正宗的……"

"好！"太晚了，庞砺石已经一跃而起，"那就打个攻防局！赌什么？"

"他要是输，我就承认我的武功不如你们古晋派。要是你赢不了，接下来就要负责陪他练功，喂招外加当测频靶子。敢不敢？"

庞砺石哈哈大笑，脱下外套，站在了李南枝对面。

"不不不……"李南枝连连摆手。

"怕什么，攻防局嘛——你攻我十招，然后反过来——又死不了人，"庞砺石跃跃欲试，"赵仙迪，你给他把电胆功率锁上。"

李南枝还没来得及说什么，小腹和后背上的几个穴位已经被点中了。

"你升压到最高，朝他胸膛打一掌。"赵仙迪指着贺摇光。

"真的封住了？"李南枝看看贺摇光，有点不大放心，又回头问她。

"打死算我的。"她灿烂一笑。

李南枝收敛心神，试了几次，掌心终于猛地震动了一下。贺摇光往后退了两步，微笑着伸出大拇指。

"滑频没问题了，打吧！"

"不是说要教我三招吗？"李南枝满心疑惑。对面，庞砺石已经喷气如牛，出拳踏地，发出巨响。

李南枝"咦"了一声。他认出，这不是古晋派的武功，而是他们的死敌——银盾坤甸派的正宗开局——"三神宫"。学这一招的时候，李南枝一直琢磨这个怪名字是哪里来的。其实"三神宫"是印尼最古老的寺庙之一，同时供奉着妈祖、大伯公和三太子。坤甸派的起手式需要用到三个大穴，成等腰三角形分布，于是就以此为名。

"不欺负新手，我用点低级武功就行了。"庞砺石不耐烦地解释着。他的身

后，萧北河无奈地一笑。李南枝点了点头，伸臂弓腰，用的是《纲要》上推荐的应对路数——新竹流开局。

"我先来！"大喝声中，庞砺石攻了过来，三掌连出，笼罩了李南枝五大穴位，新竹流开局的后招全部无法施展。李南枝一愣，肩窝已经挨了一下。

庞砺石忍不住大笑起来，贺摇光却不生气。

"内功问题，我们通过滑频已经解决了，现在来解决一下外功问题。"他好像压根儿没看到刚才的对决一样，继续授课，"你会的招式很多，但是这些成名高手会的也不比你少。一旦他们看出来你用的是什么，比快，你是不可能赢的。"

"那……那我该怎么办？"李南枝有点蒙——你知道我打不过他，还跟人打什么赌？

"你让他们看不出你用的是什么——从现在起，只用你最拿手的！"

06

"你让我……用武术？"李南枝觉得自己听错了。

"我看你形意打得还行，用形意吧。"

"不是……不用猎手武功，怎么升压？"

"升压这么升——第一级，你用'十三孤星'第一层；第二级，用'四面佛陀'第三层；第三级，你用……"

李南枝越听越糊涂：阶梯式升压，你让我每一级都用不同的升压法，能行吗？

贺摇光摇摇头，让他摆出形意拳架，同时用手在他身上点了三下。李南枝心头震了三次——这三个穴位，不正是"十三孤星"基本式的起始穴位吗？

"重要的是穴位，不是招式！你说过，你在庙里的时候，碰巧也打通了升压电路。现在你要做的，就是把这种巧合正规化、合理化……"

贺摇光附耳说了三个形意拳招式，以及它们需要怎样变化、如何衔接，来配合真正要激活的升压电路。

李南枝听着，心中的迷雾渐渐散去，一条从未想过的武学路径在面前出现、延伸，通向霞光灿烂的天边。

"好了，"临场教学完毕，贺摇光把他往前一推，"这三招，足够对付他了！"

李南枝的起手式一摆出来，庞砺石就愣了——三体式是形意拳的基础站姿，但在猎手眼里，这一招就是莫名其妙。他没有看出，李南枝用力的部位是双肩和小腹。三个穴位被激活，"十三孤星"第一层升压顺利完成。

"唰"的一声，李南枝使出跨步熊形，猛地前冲。假如让形意行家来看，可能会批评他双肩太高、肘部过于外张，有违"两肘不离肋，两手不离心"的拳诀。但实际上，他这样是有意的——大包、手五里、关门、天鼎，四个穴位一一激活，正好完成了曼谷流"四面佛陀"升压法的第三层——四面佛神坛，香火之盛冠绝曼谷，而以它命名的这套内功，论升压效率，也在东南亚流派中首屈一指！

嗡！一直在监听脉冲的萧北河耳中闷响不止，李南枝电压陡升二十多倍，一掌笼罩了庞砺石三大穴位。

这是哪个门派的升压法？

庞砺石看不出任何门道，又惊又怒，大喝一声，双臂如无数杆大枪，朝着对手攒刺——正是坤甸派绝技，兰芳十二击。

霎时间，李南枝眼前满天花雨，全是手掌残影。他来不及躲闪，干脆原地硬扛。

"输了！"赵仙迪暗自摇头。即便是高手，能正面化解这一招的也没有几人。

嘭！

手臂相碰，庞砺石心里却猛地一空——他觉得自己碰到的不是人体，而是柔软的羽绒枕、滑腻的鲫鱼鳞。没有摩擦，没有阻力，只有巨大的惯性在后面簇拥着、驱使着。

贺摇光得意地一笑。形意属于内家拳，因此跟太极一样，善于从对方细微的

肌肉动作感知到他的方向和趋势，并借力用力，偏转其重心。一瞬间，庞砺石觉得自己好像悬浮在太空，失去了对身体的控制，腰间却绑着一根若有若无的丝，被向左一拉。

"哎呀"一声，他被巨大的惯性控制，朝着左边滑去！

李南枝顺势探身，胸腹间五个穴位被激活，分布恰如汉堡老城的五座教堂——这正是贺摇光教授的第三招，汉堡流"五塔刺天"的第四层——一拳朝庞砺石腹部打去。

"形意崩拳！"贺摇光击节赞叹。

形意基本拳法分为五种，分别是劈、钻、崩、炮、横，也就是所谓的"五行拳"。其中，以"如箭似电、蓄力隐蔽、短距急发"而著称、近距离几乎无法防御的，就是崩拳！

"嘿！"大叫声中，掌缘擦着庞砺石的肚子打了过去。两人都愣在原地。因为他们刚才都感觉到了腹肌的轻微颤抖。

一比一平。

萧北河满脸诧异地跟赵仙迪对视。

"我就说银盾的武功垃圾嘛！"庞砺石满脸通红，嚷嚷起来，"来，换成我们古晋派的武功，你再来试试！"

"行了行了……"

此时司机们都已下车去吃早饭，萧北河赶紧上去拉住他，左劝右劝。最后庞砺石装作不在意地吐了口唾沫，朝卡车走去。

不知何时，朝阳已经升起，射出万丈红霞。李南枝如梦初醒，激动得说不出话，双手捧着纸牌，弯腰九十度，朝贺摇光行了一个大礼。

"你留着吧，"贺摇光伸着懒腰朝天边望去，"来日方长，你慢慢练，总能学到正宗的绝学。你跟我不一样啊……"

说罢，他慵懒地摆了摆手，像是一个已经完成了所有工作、即将退休的老人，转身走向卡车。

"走吧，我不欠你们什么了。"

07

不知名的旷野里，几辆载重卡车停成一排。大灯射出的强光中，几个人影簇拥着一个坐在折叠椅上的人，如众星捧月。嗡嗡声从天上传来，他们抬起了头，看着直升机由远而近，带着剧烈震荡的空气降落在几百米开外的空地上。一个人下了飞机，朝这边缓缓走来。

"谁也不准跟过来！"那人站起来，踩着一地的烟头朝直升机走去。两人相向而行，隔着数米停步对立。

"厉司危夫人，"对面的人首先打破了沉默，行了一个拱手礼，"终于见面了。"

"韦宗正先生，"厉司危缓缓还礼，"从来没想到，会有这么一天。"

鱼鹰和银盾主战派首席代表互相施礼完毕，又各自向前跨了一步，停在了次声武功的极限伤害距离外。

"我的计划，你考虑好没有？"厉司危点燃香烟，坦然发问。

韦宗正摸着下巴，半晌没吭声。

"厉夫人，恕我直言，我必须先说服自己为什么要相信你，"他从怀里掏出一根雪茄，慢慢剪开、点火，"咱们两派，过往可不少……"

"合作了这么久，"厉司危摇着头，"你现在才想起问我为什么？"

"这次的事，可不是交换情报那么简单。"

厉司危笑了一下，仰起头来，缓缓吐了个烟圈。

"原因很简单，我们有共同的利益。"

"利益？"韦宗正轻轻摇头，"咱们之间，说是血海深仇也不夸张。我们有什么共同利益？"

厉司危看着他冷笑不止。

"厉夫人，"韦宗正指着手表，"我时间有限。"

"停战以来,你感觉怎么样?"

韦宗正一愣。

"不好受吧?"厉司危扔掉烟蒂,用脚踩灭,双手插进口袋,歪着头看着他,"经费被削减,人员被裁汰。在总部说话,再也没有那么多人听。更不要提还要跟以往的敌人和平共处……"

韦宗正的脸色越来越沉。

"我不是在嘲讽你,我是同情你——因为这些感觉,也是我的。"厉司危笑了笑,"我们是战士。打仗,战士才有用。和平了,我们一文不值……"

"但是……"韦宗正表情变了几次,语气依旧控制得很好,"你就不怕我掌权了,真的说到做到,把你们都消灭?"

"我相信你也是聪明人。"厉司危微笑着又点上一支烟,"什么是聪明人?那就是知道怎么得到权力,也知道怎么才能长久地掌握它——敌人存在,主战派才有用,你说对不对?"

韦宗正抽着雪茄在原地走来走去。

"不够!再给我点理由!"他忽然一转身,盯着厉司危。

"我们不但利益一致,敌人也是一致的。"厉司危漫不经心地吐了一口烟,"总会真正不可战胜的地方,不是别的,而是跟银盾最高层直接通话的能力!"

韦宗正眼中开始放出光彩。

"刘玉衡、邱左辅跟郑天权的关系,谁也取代不了。这是他们真正权力的来源——控制战争与和平的能力。只有一个办法可以改变这个事实。"

韦宗正看着她,久久没有说话。

"好,我同意你的计划。"他终于点头,"你给我贺摇光,我给你战争!"

08

卡车停下时,天已经黑了。一路上不太顺,堵车、限行、车祸路段,花了好久。但是李南枝却心情格外舒畅。他没有开车，坐在后排跟贺摇光一起研究，怎么改造形意拳的招式来升压、滑频。每次有了心得，就请庞砺石对练。两人隔着贺摇光，近身短打，你来我往。庞砺石一开始并不情愿，但是后来发现李南枝的新招怪招层出不穷，玩心大起，两人互相启发互相学习，打得不亦乐乎。

等到大家都累了，李南枝也不睡。他总是一边端着扑克牌练调频基本功，一边研究《纲要》，思考着猎手武学的一些基本原则。等车停下，他还一点困意都没有，甚至丝毫没意识到已经开了几乎一天的车。

"就在那里。"赵仙迪指了指远处的山头。李南枝以手遮阳，望向山顶。

"厉司危就在这里？她带着这么多现金？"胡思乱想着，他跟着大家沿着小溪向山上走去。

此时正是初秋时节，到处依然绿意盎然。这座山并不太高，但是山势陡峭，而且几乎全是由石头组成，攀登起来十分费劲。但是李南枝却感觉不到疲劳。他的心跳越来越快，想的全是待会儿拿到钱的画面。

七八百万，不知道有多沉……提不动怎么办？

让赵仙迪帮我？他们恐怕立刻就得走，去处理银盾之类的麻烦事儿……

自己使使劲，应该能行……

越来越强的兴奋感使他跑得比几个老猎手还快，似乎地形对他毫无影响。等到停下来时，他终于发现有些不对劲。山顶上别说人影，连处房子都没有，除了几百米外一个废弃的野长城烽火台。

"这……这是怎么回事？"李南枝蒙了。

赵仙迪右手伸出，朝着烽火台一挥，左手三指贴在耳后，闭目聆听。过了大约几秒，她睁开了眼睛。

"没人。是个联络点。"她很失望，仔细一想，还有点屈辱：先通过联络点联络，再给见面地点，厉司危显然不信任她。

"这里有电话？"李南枝失魂落魄。

"当然不是，"赵仙迪丧气地朝烽火台走去，"电话容易被银盾窃听。"

"那用什么联络？"

"待会儿你就知道了。"

烽火台位于一个石崖边上。山下，黄河平缓地流过，在不远处拐了一个夸张的急弯。另一边，就是一望无际的内蒙古草原。

烽火台有点像老电影里的炮楼，只不过形状是方方正正的。它的一角早已坍塌，形成一个黑洞洞的门。李南枝跟着赵仙迪走进去，发现它只剩一个空壳，朝上看时，能看到方方正正的天空。

赵仙迪平伸右臂，用掌心慢慢扫过四壁。等到手心一震，她走到墙角的一堆乱石前，翻了起来——这段长城可能不是明长城，用的材料是花岗岩而不是砖——过了一会儿，她捧着一块石头转过身来。

"这是……"李南枝迷惑不解地问。

赵仙迪五指一伸，石头被次声波震得支离破碎。一颗锃亮的金属球露了出来。

"通信球。"

保密是猎手工作的重中之重，因此用普通的电话是无法跟总部联系的。但是现实中总会有意外——比如猎手需要汇报紧急情报，或者总部有紧急命令需要发布——为此，他们在世界各地都布置了通信球。这种东西坚固无比，几乎无法摧毁，开启后，可以跟卫星直接联通，收发信息。

"这玩意儿怎么用？"听完解释，李南枝更加好奇，脸越凑越近，几乎贴在那光洁的金属球体上。

"用超声激活。五级以上猎手都有自己的特定频率，就像密码一样……"

赵仙迪小心地调节着频率。几秒之后，她一指戳在通信球上。李南枝目不转睛，等待着见证奇迹的时刻。然而什么都没发生。两人的眉头都皱了起来。

"怎么回事？"

"没调准，你别打岔……"

她赶走了李南枝，又试了一下，通信球还是没反应。

"大侄女，"贺摇光幸灾乐祸，"基本功不行啊……"

李南枝赶紧拉着他走了出来。

"把萧北河给我叫过来！"赵仙迪烦躁地吆喝着。

"好嘞！"李南枝殷勤地答应着。

在外边警戒的萧北河钻进了烽火台，李南枝和贺摇光百无聊赖地坐在门口。贺摇光不时朝烽火台里边望去，几次想说点什么。

"那什么，老贺，你再教教我，"李南枝怕他再跟赵仙迪吵架，"教我……教我怎么听电胆脉冲吧。"

这倒也不全是没事找事干。他确实挺好奇人怎么练出蝙蝠一样的本事来的。贺摇光没拒绝，耐心地教授基本原理和注意事项。这是一个非常特殊的电路，必须用弱电激活，但是太弱了也不行……

"我听到了！"几次尝试之后，李南枝惊喜地叫出声来。然而这声报喜换来的却是诧异的目光。不远处林子里脚步响动，庞砺石跑了过来。

山脚下的远方，一队车灯正在蜿蜒逼近。

"有人来了！"

李南枝慌慌张张跑进烽火台。他大声叫嚷，却没有得到想象中的回应。赵仙迪和萧北河站在原地，愣愣地看着墙。他这才看到，通信球是怎么用的——它像电影里异形的蛋，从中裂开。白色的光从裂缝里射出，投在墙上。

"是个投影仪啊……"李南枝脱口而出。

实际上，它并不是投影仪——因为它显示的信息是直接从卫星接收的。但是没有人给他解释这一点。所有人的目光都被墙上的文字所吸引。一行行红字，每一句都用了中英日西法五种文字，缓缓向上滚动着。

"……综上，中止维持停战协议的一切行动，所有人员立刻回归本单位，提升警戒级别至四级。所有东亚大陆同袍，立刻集合，听从厉司危监察的指挥。白城坐标如下……"

李南枝呆若木鸡，浑身虚脱。他甚至没有力气问出最想知道的问题：那还有

赏金吗？

赵仙迪呼吸急促，汗珠沿着额头流了下来。

"……以下人等，收受贿赂、勾结要犯、伏杀同袍、袭击观察团，破坏停战协议。其同案犯知情不报，定系同谋。即日起开除会籍、取消信息权限、注销银行秘钥、列入绝杀令名单。凡我同道，无论何门何派，对以下诸人，可格杀勿论。兹宣判——"

赵仙迪的双唇颤抖着，李南枝脸色苍白。唯有贺摇光冷笑不止。

"赵仙迪，叛道！

萧北河，叛道！

庞砺石，叛道！

李南枝，叛道！"

09

嗡！

赵仙迪和萧北河长发逆飞，浑身高压电弧闪烁，隔着半米远，互相用手指着对方。李南枝胸前一痛，已经被庞砺石抓住衣襟，推在墙上。

"我就知道你们有问题！"庞砺石一手抵着李南枝的胸口，一手对着贺摇光，"别动！动我就杀了他！"

"你们傻了吗？"赵仙迪声嘶力竭，"这明显是搞错了！"

"这也是搞错了？"萧北河指着屏幕，眼光却死活不离赵仙迪的双手。屏幕上的标题是"罪证"。一张张转账记录单，展示着贺摇光的钱从第三方账户转给赵仙迪的全过程。

"这是……这是误会！"赵仙迪自己都有点蒙，因为细节一言两语实在难以说清楚。

"钱？你为了钱？"庞砺石哈哈大笑，"叛徒我见得多了，像你这么贱的我还是第一次……"

"绝对不是这么回事！"赵仙迪的脸因为激动和愤怒而变得通红，"这是谁签署的文件？让我跟厉前辈说话！我可以……"

"好，你们两个，断掉中脉，跟我去白城解释。"萧北河不为所动。

"老贺戴着电脉锁呢！你们又不是没看到！那个腰带！"李南枝声嘶力竭地大叫，"我们要是跟他勾结，干吗这么费劲地找联络点？"

"我没法确定他是不是受了重伤，为了掩人耳目才这样的。"萧北河却不为所动，"再说，条例规定，必须这么处理。"

"看在都是鱼鹰的分上，"汗水沿着赵仙迪的额头流下来，"就这一回，你别管条例，用你的理智来判断，我们到底像不像通缉令上说的那样？"

"我说，咱们能不能先换个地方？"李南枝汗如雨下，"外边有人来了！"

忽然，一阵烟雾从通信球里冒出来。赵仙迪"啊"的一声，伸手去抓，却已经晚了。

通信球的自毁程序启动了——为了保密，这东西启动后一定时间就会引燃体内的铝热剂——3000摄氏度的高温瞬间熔化了金属外壳，刺眼的白光沿着石墙向上，冲破早已不复存在的烽火台顶，火炬一般刺向天空。

第十八章 背水

两个按钮，一个是释放，一个是处决！

01

9 月 24 日　周六

距离移植最后期限还有 3 天

距离最后通牒到期还有 32 个小时

经费缺额 66210 元

卡车上，赵仙迪徒劳地拨打着每一个电话。可是如同之前一样，那些加密线路直接把她拒之门外。

试了不知多少次，她终于把手机一摔，捂着脑袋，痛苦地弯下腰。

一阵笑声从后座传来。

"你笑什么？！"她回头朝贺摇光吼着。

"你这鱼鹰会的大忠臣，怎么就上了绝杀令呢？"贺摇光坐在萧北河和庞砺石中间，笑得双肩抖个不停，"不过没事，一回生两回熟，时间长了就习惯了——

你看我被绝杀了 10 年，还不是活得好好的……"

赵仙迪伸手朝贺摇光抓去。萧北河赶紧拦住她。坐回座位，她心乱如麻，胸口不停起伏。

"我从小就在鱼鹰啊……我认识他们每一个人……"她摇着头，自言自语，似乎很难相信这不是一场梦。这样持续了一两分钟，她终于醒了过来，嘴唇哆嗦着，眼泪不听话地流出来。

"他们怎么能……怎么能……"

一阵嘶哑的怪声中，李南枝终于醒了。自从上车开始，他还没说过一句话。他只感觉手脚冰凉、双耳蜂鸣，胃里好像几天没吃过东西，空得让人心慌；又好像装了一个好几斤重的铁球，拼命往下坠。

平心而论，不能怨他胆子小——事情的转折太吓人了。刚才还在盘算着上百万怎么花，现在别说钱，命都要没了，换了谁也接受不了。而且这事越想越可怕：就算逃过了今天，以后连家都没法回。他木然地握着方向盘，自己也不知在往哪里开。

赵仙迪的哭声像春雷一样把他从绝望的休眠中惊醒。他恍惚地回头看着她。脑子依旧无法思考，但是空气中的某种气味却让他能够体会到眼泪中的情绪：她不是因为恐惧而哭泣，而是因为茫然和委屈，因为唯一熟悉的世界忽然为了一个难以理解的缘由，把自己无情抛弃了。这种感觉他深有体会。

他伸出手，放在她的肩头。赵仙迪身体一震，哭得更加惨烈。她紧紧抓住他的手，好像一个溺水的人抓住树枝，婴儿抓住母亲的手指，只有这样她才能感觉自己不是孤身一人，才能战胜巨大的恐慌和孤独。

"有人跟上来了……"萧北河说，"是银盾！"

后视镜里，刺眼的灯光连成一片。三辆摩托车冲在最前边，速度越来越快。

"哈哈！"庞砺石怪笑着，"来吧！可以打仗了！银盾的狗崽子，咱们继续干！"

说话间，摩托车赶了上来，开始依次超车。两车并行时，他们扭头朝驾驶室

看过来。李南枝依旧一脸白日做梦的表情，机械地扭头。

黑色的车身，黑色的夹克，黑色的头盔，看上去活似死亡使者，令人心惊胆寒。一阵冰冷刺入胸膛，他猛醒过来。举目四望，后边的车也追了上来，占了两个车道，好像一支护航车队。

"咱们这是往哪开？"贺摇光对付围剿的经验显然比在场的任何人都多，终于忍受不了这种无人领导的状态。

李南枝喘着粗气，指了指赵仙迪——她只说过一句"往南"。

"万家寨。"赵仙迪终于冷静下来，"最近的黄河大桥就在那里。"

"你是想假装过河，然后往东开，走 G209？"

她点了点头。

"不！"贺摇光斩钉截铁，"要过黄河！"

"他们肯定在黄河大桥有埋伏！"几个人面面相觑。

"埋伏上一万人又怎么样？"贺摇光不屑一顾，"几百个摄像头，到处是警察和武警部队，他们不敢动手。"

"闯过去之后呢？卡车的速度根本甩不掉他们……"

"我自有办法收拾他们。"贺摇光笑了起来，脸上全是胸有成竹和不屑一顾，"放心，这个世上最会摆脱追捕的猎手，在你们这一边！"

然而这豪气干云的宣言却没有使李南枝振作起来，反而陷入了更深的绝望。

"老贺……"他的声音充满了惊慌，"没油了……"

02

准格尔旗大城线的某个加油站在午夜迎来了今天最大的客流。30 多辆汽车、摩托扎堆开进来，把夜班工作人员看得惊愕不已。

咚咚！

突如其来的响声把李南枝吓了一跳。扭头一看，是加油站员工在敲车窗。降下车窗，几十双眼睛从各种车辆里射来目光，他出了一头汗。

"你下去，自己加油。"贺摇光忽然开口。

李南枝向赵仙迪投去求助的目光。

"下去！"贺摇光声色俱厉。

李南枝壮着胆子下了车，从加油工手里要过油枪。车门响动，贺摇光也走了下来。所有的车窗都落了下来，露出一张张伸出着护颌的脸。每一双眼睛里都是掺杂着兴奋、紧张和恐惧的眼神。他们都看过贺摇光的照片。但亲眼见到这个传说中的杀神，完全是另一种级别的体验。

"把电胆快速打开，不要遮掩脉冲。"贺摇光突然说。

李南枝傻了——那样追兵岂不是会越来越多？

"快点！"

他咬牙照办。离得最近的两个摩托车手互相交换了一下眼色，争相把车往后挪。他恍然大悟：贺摇光是想告诉那些人，假如在这儿动手，就要用电把汽油引燃，大家一起死。

车门忽然一响，赵仙迪也下了车。她怒气冲冲，朝着追兵的车队走去。李南枝觉得她是情绪崩溃了，想追上去拉住她，却被贺摇光阻止。她走到最近的一辆越野车前，对车上的人怒目而视。

"你们也想来捡便宜？"她怒吼起来，猛地一拍前车盖，然后指着周围的猎手破口大骂，"有本事在这里动手啊？动手啊？！动手啊！"

她好像失去了理智，跑到每辆车前叫嚣着、挑衅着。每辆车被她双手一拍，车头都猛地下沉。车里的猎手似乎都被她癫狂的表现所震慑，不敢下车。当然，更合理的解释是李南枝、贺摇光以及摄像头的威胁。

李南枝发现，贺摇光注视赵仙迪的目光里，居然第一次充满了赞许。加油完毕，三人一起回到车上。

"走。"

"那这些人……"

"你开开看。"赵仙迪一笑。

卡车缓缓起步，四周顿时响起一片发动机徒劳的嚓嚓声，几乎所有的车都原地不动。庞砺石恍然大悟，坏笑着朝赵仙迪伸出大拇指。李南枝也明白了——她假装发怒，弄坏了他们的发动机。

贺摇光叉着双臂，微微点头。李南枝突然发现，胸中的恐惧已经不知去向。他伸出右拳，赵仙迪微笑着跟他碰拳。

"你怎么不挤眼了？"她忽然对他左看右看。

还真是。李南枝蓦地发现，这个困扰了自己十几年的老毛病莫名地消失了，如同它莫名地出现。

"全速前进，"贺摇光意气风发，"前边的二十公里，咱们大干一场！"

李南枝跟着车上的人一起呼啸。在这一瞬间，他忽然觉得自己不再孤单，不需要害怕。因为自己身边有这个世上最强大、最值得信赖的队友。

03

月朗星稀，涛声不绝。卡车静静地停在泥土路中间。不远处，五个人影凑在一起，紧张地筹划着。

"我第一次来，是十几年前。那时候这里是个砖厂，后来关掉了……"贺摇光在地上画了个草图，飞快地介绍着地形。

李南枝抬起头，看着四周山上零星的窑洞、山下破败的砖房，觉得鬼气森森。唯一一条土路，蜿蜒在山丘和房屋中间，是绝佳的伏击地点。而山丘的另一边靠着黄河，没有后顾之忧。

"他们大部分车坏了，能跟上来的人不多。到时候在这里一起动手，只要20人以下，我看都有机会……"贺摇光在地图上画了个圈。

"不行。要分开。"

赵仙迪沉思了片刻，坚决地摇了摇头。她的布置相对复杂一些：她和萧北河在村口埋伏。贺摇光和李南枝躲在山的另一边，靠着黄河的"大后方"。

"你在我们后边，卡住上山的路。"她指着庞砺石，"你一定要确保没有人能翻过山去找到他们俩。一旦不顺利，我会发信号，你带着他们俩逃命。"

"要不，我也帮帮忙？"李南枝觉得当个保姆脸上挂不住。

"不，"赵仙迪把一个东西塞进他手里，"你要做的，比我们都重要得多。"

李南枝看到，手心里的东西有点像车钥匙，上面有两个按钮，一个画着钥匙，一个画着闪电。

"这是电脉锁的控制器，"赵仙迪郑重地叮嘱着，"两个按钮，一个是释放，一个是处决！不要搞错了！"

李南枝呼吸一下子急促起来。

"贺摇光比我们每个人都重要！决不能让他落在银盾手里！这决定着战争会不会爆发！"赵仙迪拍了拍他的脸，让他看着自己，"万不得已的情况下，我授权你全权处理——只带着他的头离开！你明白了吗？"

李南枝身子一颤，失魂落魄地点点头。赵仙迪放过他，跟贺摇光对视。两人脸上都很平静。李南枝以最快的速度把遥控器装进裤兜，好像那玩意儿烫手。他还想说什么，却被贺摇光冷笑着一把拉走。赵仙迪看着两人的背影，朝庞砺石做了个"请"的手势。后者立刻跟了上去。空旷的路上，只剩她和萧北河。

"各就各位吧，"两人互相点了点头，"好运！"

发动机的声音由远而近。泥土路被车灯照亮。三辆摩托车停在村口。他们显然是很有经验的斥候猎手，没有贸然跟进山坳，而是停下车，反复观察、倾听。不一会儿，随着几条刺眼的光柱，几辆汽车开了过来。

三辆车。大概十五个人……

离他们不过20米的残垣断壁后边，赵仙迪在默默观察着。她朝路对面的林子望去。萧北河藏得确实严实，即使知道他的位置也根本看不到他。

为首的一辆奥迪闪了两下前灯。摩托车手们相互点点头，依次出发。

"别动手……千万别动手……"

赵仙迪知道这还是探路，心里默默祈祷着庞砺石不要冲动。

没多久，三辆摩托车开了回来。为首的在奥迪窗边停下，朝村里指着，说着什么。赵仙迪知道，他们发现了那辆被抛弃在路上的卡车。李南枝把前车盖打开，造成抛锚的假象，同时挡住了大半条路面，让汽车无法通行。

车窗关上了，车没有动。夜间的空气随着发动机的轰鸣颤抖着。赵仙迪死死盯着车灯。上不上当，就看这几秒钟了。

车灯熄灭了，下车的人都戴着护目镜和深绿色的护颌，显然是坤甸派的正规军。他们身上穿的护甲很厚，像是羽绒坎肩。

"惰性护甲……"

这是一种介于主动护甲和刚性护甲之间的软甲，它不会主动探测对手的频率，却能在受到打击的时候中和敌人的掌力。

要用叠频攻击……

赵仙迪心里有了数。

突突声中，一辆摩托车在前开路，两辆殿后，所有人开始移动。赵仙迪屏住呼吸，缓缓移动到墙的豁口旁蹲下。脚步声越来越近，她的心越跳越快。最前面的人贴着墙走了过去。她甚至能感到，有人越过豁口朝院子里看了几眼……

嗖！

殿后的一个摩托车手头盔破碎，惨叫着掉下车。所有人都朝着树林望去。赵仙迪手一撑，跃出矮墙。她面前，只有两个背对她的人。

砰的一声，左边那人像被击中的高尔夫球一样飞了出去。右边的被惨叫声吓得一激灵，低头一看，胸侧已经贴上了五根雪白的手指。次声波大锤般打在胸口。他身上穿着的高级惰性护甲中和了三重掌力，七八根肋骨却依然被后边的几重一起震断。

"有埋伏！"

赵仙迪转身挥掌，凌空打出一记次声炮。四五个狂奔过来的敌人砰地仰面倒地。她扭头狂奔，冲过拐角、穿过砖房，钻进狭窄的胡同。脚步声和呐喊声紧追不舍，始终在她身后不远处。终于，前面出现了一堵墙。她停下来，转身面对狂呼而来的追兵。

嗖嗖声破空而至。念珠像子弹一样呼啸而来。惨叫声、呼喝声不绝于耳。最前边几人大腿被打了个对穿，剩下的人潮水般退去。赵仙迪翻上墙头，和萧北河互相伸出大拇指，然后扭头跑向下一个位置。

她跳进另一条胡同，摸着墙角飞速前进，藏在靠近路边的屋角屏息等待。窸窣的脚步声开始出现，越来越清晰。

五步……四步……三……二……

她猛地从角落蹿出，迎面一掌。四名银盾猎手大叫着跌倒。她扭头就跑，左拐右拐，爬上了一间瓦房的屋顶。还没站稳，萧北河不知从什么地方现身，抬手一个念珠朝她身后打去。

"啊！"一个敌人滚下房去。

"他们在那里！"有人喊了一句，随即藏匿在黑暗中。赵仙迪和萧北河一言不发，伏在房顶，观察着下面。这里是山坳的最窄处，距离庞砺石的防线只有200米。对方至少还有十几人。

赵仙迪突然朝下方挥出一掌，有人被次声炮震倒。寂静又被尖厉的破空之声打破。萧北河的念珠连环发射，打得下面的胡同里火星四溅。如是再三，再也看不见人影。他们像孤城的守军，扼守着最后的堡垒。

一切像月光一样静，配上隐约传来的水声，让她觉得此时此刻是如此之美，根本不适合厮杀。然而脚步声终于还是从四面八方逼近，水一样从房子四周流过。他们被包围了。两人互相看了一眼——敌人要把房子震塌。

"我说神父，"赵仙迪突然嚼着口香糖笑起来，"你不是处男吧？"

"这只是武器，"萧北河被这没头没脑的问题搞得莫名其妙，但还是举起念珠老实回答，"我其实不是天主教的……"

"那就好！"她伸出右拳，"你要是今天被我连累死了，我就不会太内疚。"

两人对视片刻，欣然碰了碰拳头。他们再次成了彼此依赖的队友。没有人记得，几个小时前两人还打算生死相搏。

"准备好了吗。"萧北河伸出手，跟她紧紧相握。

赵仙迪伸手捂住了眼鼻，为即将到来的灰尘浴做准备。

"当然！"

一切开始晃动。烟尘冲天，两人随着房顶一起落了下去。

04

夜风吹拂着山林，发出一阵阵低吼。屋顶塌了一半的砖房里，李南枝坐卧不安，焦急地走来走去，不时把三指搭在耳后，用刚学会不久的技巧缓缓放电。

"开始了！开始了！"每过几十秒，他就随着听到的咚咚声叫一次。可是那声音总是转瞬即逝，容不得他对战局做出任何判断。

"你消停一会儿行不行？"几次之后，在墙角打坐的贺摇光受不了了，"我被这么多人追杀了这么多年，有人来我会听不见？"

李南枝不好意思地笑了。

"接着！"

手心一阵冰凉，是葡萄。他这才发现，有野葡萄藤从早已没有窗户的窗框里爬进来。

"沉住气，有机会就吃好喝好。"贺摇光悠然自得地把葡萄扔进嘴里，"逃亡路上，保持体力最重要……"

李南枝勉强坐下，但是这么干坐着担惊受怕更难受，于是又开始听脉冲。

咚咚！咚咚！

这回的脉冲格外清晰。

会不会是离我们很近？

他抬起头，想问问贺摇光，却发现墙角是空的。忽然，他的脖子被勒住，嘴被一只大手捂得严严实实。

"嘘！"

笃笃笃笃……

即使不用电，这声音依然清晰地在耳边响着。

这不是脉冲！

这是马达的声音！

他猛地跑到窗边。黄河上，一艘汽艇正飞速驶来。

05

飞机在气流中颠簸着。郑天权靠着椅背，正在闭目养神。忽然，嘟嘟声把他吵醒。

"天权先生，"电话里边传来秘书钱上丞焦急的声音，"事情不对！"

"怎么了？"

"各大派的掌门人，都动了！"

"消息准确吗？"

"我派去监视的人亲眼看到的。至少二十个门派，总部全都空了！"

郑天权心中一凛。这绝不可能是巧合。

"你不要急，"越是紧急，他的语气越是冷静和温和，"你慢慢说，都有哪些门派，具体是什么时间……"

钱上丞刚说了几个，电话断了。然后，那个令人讨厌的铃声响了起来。郑天权凝神片刻，接通了视频电话。

"天权先生，"韦宗正的脸出现在屏幕上，"听说你要来，怎么不事先跟我说一声？"

"宗正兄弟，"郑天权微笑以对，"你串联了那么多门派的老弟兄，也没跟我说一声啊。"

韦宗正慢慢点着雪茄。

"我可不是私下串联，"他吐了个烟圈，"我有会长的签字。"

郑天权一愣，然后马上意识到这一切早就策划好了：这么多年，他的人几乎每天都在岳天玑病房里驻守。唯一的例外就是早些时候听证会那几个小时……

"你到底想干什么？"郑天权不再绕圈子，"这个关键时刻，你让那么多掌门人离开自己的门派，可是非常危险啊……"

"很简单，我们要召开联席扩大会议！"

郑天权眉头皱了起来。所谓联席扩大会议，就是各门派正副掌门人、高级干部都可以参加的会议，一般需要 70% 的门派同意才可以召开。这种会议讨论的议题非常重要，又由于与会者众多，投票结果变数很大。

"会议要讨论什么？需要这么多人？"

"一个关系到银盾生死存亡的议题。"韦宗正跷起腿，"你赶不及吗？"

"我来得及，我只是不明白：这种会议，需要至少 6 个创始门派的发起才能召开……"

"七大门派，有 6 个同意发起。"

"还需要……"

两人就程序问题针锋相对，以友好而克制的方式交锋了几次，郑天权终于明白，事情已经无法挽回了。

"好，最后一个程序上的问题，"郑天权让了步，"作为常务执事，会议的地点应当由我决定。这一条，我决不能让步。"

韦宗正抽着雪茄，十几秒没说话。

"好！恭候大驾！"

06

汽艇靠岸了，下来八个人。他们站定不动，一言不发地望向不同的方向，然后默契地两两成组，走上不同的小路。借着汽艇的灯光，能够清楚地看到他们的血红色的护颌上，都画着一颗骷髅，跟之前在山洞里见过的一模一样。

"血爪？！血爪怎么也来了？"李南枝背靠着墙，满头大汗，手脚冰凉。这回，贺摇光可没法帮忙。

"跟着我。"肩膀忽然被拍了一下。顺着贺摇光的手指，他看到了窗外高耸的烟囱。两人松鼠一样翻出窗户，跑到对面的砖窑下。烟囱上有一排钢筋做的简易爬梯，两人轻手轻脚爬上去，半路跳到窑顶上，匍匐着向下观察。月光下，供机动三轮行驶的泥土路像散乱的绳子，绕过随意搭建的砖房，在远方靠河的地方结成一束。两个人一前一后，正沿着其中一条向这里走来。

他不敢再看了，刚想缩头，领子却被贺摇光揪住。只见他两指并拢，枪管似的朝那两人轻轻一点。

李南枝露出乞求的神色：咱们就不能这么躲着吗？！

贺摇光指了指后方。李南枝的心一下子沉了下去。赵仙迪对这个方向毫无防备，否则不会把贺摇光安置在这里。一旦这些人出其不意地从后方袭击……

他不敢想。

必须打。

可是……我一个人对八个？这跟自杀有什么区别。

贺摇光看出了他的想法，用手在面前的尘土上写出一行字。

"他们也没有防备。"

乌云随风流转，月光时亮时暗。李南枝匍匐着，眼睛瞪到最大。贺摇光的判断是对的，敌人没有防备，似乎急着去前后夹击，小组间的距离越拉越大。朝砖窑走来的两人，前边的是个矮个秃头，后边的是个短发瘦子。

贺摇光伸出两根手指，然后手掌冲天，再向下一翻。李南枝心领神会：从高处袭击，打后边那个。他眯着眼睛，估算对方的身高体重，推算振频应该是多少。算来算去得不出答案，很没出息地想掏出书查表。

贺摇光恨铁不成钢地直接用手势告诉了他。李南枝有点怀疑他目测的准确性，又说服自己把疑问压了下去。

他要是都测不准，那就是命了……

秃头越来越近。李南枝摒弃杂念，调整呼吸，活动腹肌，为接下来的一锤子买卖做准备。世上有人信气功，有人不信。但是他可以证明，运气的时候，精神真的可以达到空前的集中程度。他甚至连对方的皮鞋碾碎了几块土块都能听清。

意料不到的事情发生了。秃头走到砖窑前，停了下来。李南枝的心猛地往上一提。他屏住呼吸，一动也不敢动。

他发现了？

怎么办？

打？

不行！我一站起来就会被后边那家伙看见！我在空中就会被震死！

好在秃头停留了片刻，又继续前行。一口气刚松下来，又被提起——他的同伴跟上来了。李南枝全神贯注，看着他一步步接近，直到护颌上的花纹清晰可辨。

不准犹豫……不准犹豫……不准犹豫……

他在心里命令着自己，同时默默倒数着。

三步、两步、一步……

李南枝双脚一蹬，牙关紧咬，扑了下去！

风声在耳边呼啸，鲜血在血管里沸腾，电流在体内成倍升压。李南枝觉得身体里有火在烧、心脏疯狂地砸着胸腔，好像要把自己炼成铁和钢，变成一件兵器、一颗子弹，把对方刺穿！

公平地说，对方并非庸手。在这样的近距离遭遇突袭，依然及时做出了招架动作。然而李南枝用的是劈拳。正所谓"劈拳如推山"，形意五行拳中，它最为刚猛霸道，讲究调动每一块肌肉，凝聚整个身体的劲力，连同体重一起加在手上。

砰的一声，李南枝的手掌像大斧一样砍开对方的招架，结结实实地打中他的肩膀。次声频率瞬间从 4 赫兹滑动到 6 赫兹。李南枝看到对方的头开始猛地摇晃，就像女儿用零花钱买的那个车载摇头娃娃，然后一声不吭，口鼻流血，倒地不起。

李南枝重重摔在地上，却感觉不到疼痛。他的脑中一片空白，耳中一片寂静。唯一能听见的，只有内心难以置信的欢呼：成功了！

"回头！22！"

喊声好像起床号，他来不及想，也来不及看，他能做的，只有无条件地信任贺摇光！

基础频率22赫兹！

他缩身扭腰，用曼谷流的"湄南九曲"继续升压，一记钻拳朝着对方打去。

形意五拳，钻拳最巧。它无迹无形、无孔不入，而且发力时手臂遍布螺旋暗劲，如漩涡险滩。砰的一声，光头的手臂被螺丝劲崩开，次声掌力直接命中腹部，他整个人被震得双脚离地，狠狠摔在地上，吐血不止。李南枝喘着粗气，难以置信地看着自己的双手。

"怎么又没打死？！"贺摇光从窑顶跳下来，拉着他就跑。他们穿过几栋破房子，来到小广场，钻进一条奇怪的长廊。这东西像是由一个个相连的拱门构成，之前躲着没事干的时候李南枝瞥见过这里，却没猜出是干什么用的。现在他能够确定，应该是临时仓库——地上到处散落着破碎的石棉瓦和防雨布。

远处一阵嘈杂，然后归于沉寂。对方显然也是经验丰富的好手，他们知道，黑暗和静默是公平的。谁利用得好，谁就能变成捕猎者。

时间一分一秒地过去，风一阵紧过一阵。李南枝藏在柱子后边，什么也听不到、什么也看不到。他开始纠结起来：要不要换个地方？

他扭头征求贺摇光的意见，却发现他在朝上指。乌云被暂时吹散，月光复明，地上赫然出现了一个人影——有人在屋顶上！

李南枝一动也不敢动。屋顶上的人也是一样。他像鹰隼一样占据制高点，扫视四方，始终不肯离去。远处，开始响起脚步声。

他把同伴叫来了？！

他发现了我们！

然而明白这一点也无济于事。跑没法跑，不跑就是等死！李南枝焦急地再次望向贺摇光，却见他握起拳头，向左手掌心一捶，然后忽地跳了出去。李南枝目瞪口呆。一阵风声，黑影从屋顶一跃而下，扑向贺摇光。

"这是诱敌！"

他终于明白过来，来不及准备，挥掌朝黑影打过去。对方显然没料到还有一个，身在空中，无法躲避，只好大喝一声，背部鼓起，硬接这一掌。落地声与中掌声同时响起，敌人却毫发未伤——李南枝慌乱中动作紊乱，升压断掉了！

完了！

他脑中一片空白。

忽然，一团黑影卡车般从眼前掠过挡在李南枝身前。惨叫声中，对手的掌力反射回去，把自己震得吐血。对手倒地，李南枝爆发出劫后余生的大笑。

"庞砺石！你终于来了！"

07

黄河奔流不息，把吞噬的一切咀嚼成细沙，吐在两岸。平原般广阔的河滩上，庞砺石手持盾牌，护住李南枝和贺摇光。对面，剩下的 5 个敌人都已赶来，步步紧逼，借助黄河形成一个包围圈。

"你这矮子，动作可真慢！"贺摇光明明很高兴，嘴上却毫无感激之意，"早就看见你了，这么半天才跑过来，差点害死老南。"

"放屁！"庞砺石果然生气了，"明明是你沉不住气，时机把握不好！"

"有道理，"贺摇光煞有介事地点点头，"就像那天你们一起来抓我，你失踪的时机就把握得很好……"

"放屁！"庞砺石脏话储备显然不是很丰富，"你能赢那是因为我不在！"

李南枝想笑，却又笑不出来。眼前不到 10 米，站着 5 个沉默的对手。

"血爪的杂种？！"庞砺石终于跟贺摇光斗完了嘴，开始正确使用自己的嘲讽能力，"银盾请你们来的？自己不会咬人，就花钱买狗？真是笑死我了！"

对方没有任何回应，他们的目光都集中在贺摇光身上。即使隔着这么远，李南枝都能感到其中的戒备。他终于意识到一个问题：这些人，未必知道贺摇光扎着电脉锁。也许，这就是他们没有贸然动手的原因。

"对面是血爪的哪路朋友？"贺摇光背着手，器宇轩昂地走到前边，"'五恶人'？'五骑士'？还是什么'五大人斩'？"

没有人回答。

"哎呀，你看我这记性，"贺摇光夸张地一拍额头，"他们都被我埋在南美了啊！"

李南枝不明白，自己现在为什么总是需要他本人亲口提醒，才会想起他是个杀人狂。贺摇光大笑一阵，傲然转身，大摇大摆地向后走。经过李南枝身边时，还问他要了根烟。

敌人动了。

"贺先生，你把'五大人斩'埋在哪里了？"说话的人声音尖细，听着让人很难受。

"忘了，"贺摇光抬头吐了个烟圈，"亚马孙雨林那么大，随手埋的——怎么，是你亲戚？"

李南枝还发现他不知何时忙里偷闲捡了两块石棉瓦，此时垫在潮湿的河滩上，坐得很舒服。

"那倒不是，"那人切齿一笑，"物竞天择，优胜劣汰。我那几个徒弟，技不如人，死了也是活该。我对贺先生仰慕已久，今天有机会领教高招，真是莫大的荣幸。"

风势骤然转急，吹得李南枝不自觉地裹紧衣裳。他费力地咽了口唾沫，差点开口求贺摇光少说两句：大哥你装得爽了，后果都是我们来承受啊！

"好!"贺摇光说出了一句更吓人的话,"这两个,是我徒弟。你们打赢了他们,我就跟你过两招。"

李南枝一哆嗦,跟庞砺石一起回头看着他。

"你他……"庞砺石刚骂了两个字就住嘴了。他虽然冲动,却并不傻。他也意识到如果对方忌惮贺摇光,己方就增加了一个重磅砝码,说不定能坚持到赵仙迪和萧北河来支援。

"一言为定。"

"好。"贺摇光把烟头一弹,装模作样地盘膝打坐,"那咱俩就先准备着,待会儿决出个胜负。"

贺摇光略施小计,就让对方最厉害的人暂时袖手旁观,但是李南枝却高兴不起来。

对面四个"血爪"慢慢压了上来,其中三人排成一排,逼近庞砺石。另外一个原地没动,似乎是预备队。

庞砺石上前一步,把盾牌横在身前,大吼一声,须发皆张。这吼声好像发令枪,对方猛地开始加速,瞬间完成多级升压,掌力动地而来。庞砺石盾牌一横,次声波被盾牌的凹面反射回去,把两人震得身子一颤。他抓住这个空当,朝着第三人迎面一拳。

惊天动地的一声巨响,在场所有人被震得心惊肉跳。拳头在空气中拖曳着白色的尾焰,把对方格挡的右臂和脸一起砸扁。

"音爆拳!"观战的人脱口而出。

李南枝目瞪口呆。他再次明白,比武切磋和生死相搏是不同的。假如不锁住电胆功率,庞砺石使出这招,自己一点办法都没有。

"别愣着!你也上啊!"贺摇光的吼声传来,李南枝赶紧朝着对手冲了过去。一记次声炮迎面打来。李南枝感觉皮肤麻痒、呼吸不畅,立刻身子一歪,斜步前冲,一记形意崩拳笼罩了对方的面门直到膻中。

简单的一个动作,他已经完成了四级升压——"十三孤星"第五层、"湄南九曲"第六层、"三神宫"第二层，最后接曼谷流的"哈努曼之怒"。哈努曼，是曼谷玉佛寺守门巨像中的猴神，四面八臂，神通广大。可想而知，以此为名的升压法，绝非等闲——电压和能量暴升，次声隐含在掌心，眼看就要发出。对手显然也是经验丰富，当即向后疾退，一招"五湖波光"，守得稳如泰山。

"芝加哥防御？"贺摇光心头一宽。这是一种在鱼鹰和银盾都非常流行的基础开局，几乎人人都会。此人用这个，显然修为不高。然而几招过后，无论李南枝怎么打，对方始终用"芝加哥防御"来应对，贺摇光渐渐皱起眉头：有点刻意了，他是不是不想暴露自己的真实武功流派？

渐渐地，两人都感觉到对方出掌十有八九没有次声波，换言之，是虚招。他们都心知肚明：双方的电压已经积累到一个惊人的高度，都在等待一个机会释放。

突然，对手抓住了机会——李南枝双臂同时高举，胸前成了空当——三级升压间不容发，掌心带着高能次声闪电般打向胸口。电光石火之间，李南枝身子一侧，躲开来掌，上扬的双手相握成拳，顺势向下狠狠砸来。

"霸王折江！"贺摇光差点叫出声来。把招式学得完美无缺是一回事，但是生死相搏，见招拆招，并且在一瞬间找到最优解，需要的是天赋。

这一招是绝对的最优解！这个人，真的是武学天才！

啪的一声，对手右臂被砸得向下摆去。李南枝左臂借着反弹力上抬，同时升压法又接上一级——15世纪，闪电击中清莱的一座佛塔，废墟中，泰国国宝玉佛就此现世——这，就是清莱派的招牌内功"玉佛雷鸣"！

崩拳如箭似雷，弹开对手仓促回防的手臂，正中上腹。多层护甲一起破碎，对手像喝醉了一样连连后退，鲜血从嘴里喷出来。

"你怎么回事？！"贺摇光兴奋地跳起来，嘴上却依然骂骂咧咧，"你胳膊肘再拐一点，不就能再升一倍了吗？！"

李南枝不好意思地回头看着他："不熟练，保守了……"

"小心！"

李南枝猛一回头，发现对手竟然又扑了上来。一拳打来，平地起惊雷。李南枝觉得自己仿佛身在一口正在轰鸣的大铜钟里，所有的思维都消失了，只剩一个惊叹号：这不是庞砺石的招数吗？！他怎么也会？！

08

黑影闪过。李南枝发现自己还活着，而对手却消失了。眼前，庞砺石正把那人压在地上，抬起右手，想打，却又没有动手。

对方的护颌被震碎了。李南枝惊讶地看到，后面的那张脸是如此年轻，看样子甚至可能还不到 20 岁。

"是你？！"庞砺石浑身发抖，指着那人不停后退。对方默默地爬了起来，低着头，叫了一声"师父"。

李南枝惊呆了：他徒弟不是死了吗？

"原来你真的投奔了血爪……"庞砺石咬牙切齿，"那么多人跟我说，我还不信……"

年轻人一言不发。

"他们给你多少钱？！"庞砺石怒吼起来。

还是没有回应。

庞砺石失去了耐心，上去一个耳光把他抽倒在地。

"悉楠！你这个混账东西！我把所有武功教给你们兄弟俩，还指望着有一天，你们兄弟来振兴古晋派！可是你！为了一点臭钱……你……你对得起你哥哥吗？！"

悉楠慢慢从地上爬起来。这一次，他抬起了头。

"不是钱！我不是为了钱！"他也吼起来，"你不准提我哥！"

出人意料，庞砺石没有继续发火。他指着悉楠，几次想说什么，却都没说出口。最后，他走上前去，看着那张年轻的脸。

"跟我回去！"

"我不回去！"悉楠反而更加生气，"我想不通！10年了，死了那么多兄弟，怎么说句停战，所有的就算了？！难道他们都白死了？难道我哥白死了？！"

庞砺石的胡子颤抖着，双手抓着徒弟的脸庞，似乎是捧着一件舍不得摔碎又无比烫手的瓷器。

"你听我说，又要打仗了！你跟我回去，我把没教完的本事全教给你！咱们接着收拾银盾的兔崽子！咱们一起给你哥报仇，给所有人报仇！"

"要是再停战呢？"悉楠冷静地抬头看着他，好像庞砺石反倒是个冲动幼稚的半大孩子。

"这次不会。"

"上次你也是这么说的！"

庞砺石无言以对。悉楠缓缓抬起双手，把那双比自己脸还要大的手掰开，放下。然后，他缓缓后退。

"师父，我不回去。鱼鹰、血爪，真的有区别吗？你以为我们是怎么找到你们的？你们被自己人卖了！"

他又吐了几口血，颓然朝着相反的方向缓缓挪步。庞砺石看着他的背影，徒然喘着粗气，却说不出一句话来挽留他。

掌声响起，对方的首领从黑暗中走了出来。

"一直听人说，古晋派有'惊雷拳'这门绝技，"他对李南枝视而不见，"利用超声波，使手的震动速度超过声速，产生音爆，把对手震晕，瓦解防守。就算明知你要用，可还是防不住。佩服！佩服！"

"血爪的狗，你不配跟我说话！"庞砺石把全部的火气都撒在对方身上。

"庞先生在生孽徒的气？"那人微微一笑，"都是当师父的，你的心情我很理解。这样吧……"

他的右手突然在空中一扬。身后一米开外，悉楠身子一僵，停在了原地。烟从他的头发里冒了出来。紧接着，是火苗。李南枝眼睁睁看着他的脑袋炸开。

庞砺石嘶吼着冲了出去。那人静静地站在原地，远远空挥一掌。庞砺石捂着肩膀纵声惨呼，向后跳开。又是一掌，烟雾和火苗从庞砺石的袖口、领口冒出来。空气中弥漫着类似烧烤的味道。

"住手！"李南枝以最快的速度完成升压，冲上前去。

迫使他战胜恐惧的是仅存的理智：要是庞砺石完了，大家就都完了！

剧痛突然狠狠在肚子上咬了一口，他一头栽倒在地，捂着肚子开始打滚。疼痛越来越剧烈，仿佛有只老鼠在皮肤下面钻来钻去。他再也忍受不住，跳起来朝着黄河跑去，好像只有冷水才能把这灼烧的剧痛浇灭。可是转眼间，双腿也开始火烧一般疼。他抱着腿摔倒在河滩上，跟庞砺石一样惨叫不止……

扭曲的视线里，他看到贺摇光站了起来。

"跑啊！快跑！你能干什么？！"他喘得像一条被剥掉皮的狗，嘴一张一闭，无声地呐喊着。

"你是宁权星吧？"贺摇光慢慢走上前来。

"贺先生好眼力。"那人降下护领，笑了笑又再次戴上。

"9月14日，在缅甸，埋伏我的人是你吧？"

"是15日。"宁权星慢条斯理地走到李南枝身边，踩住他的背，"跟踪了贺先生大半天，结果最后关头跟丢了，见笑见笑。"

"我贺某人能让'火德星君'惦记上，真是三生有幸。"

"中文代号总是有点夸大其词，"宁权星大笑，"其实英文就是'微波炉'。天赋不行，只会这一点雕虫小技，跟贺先生无所不通的全才相比，不值一提……"

疼痛稍稍减弱。李南枝恢复了思考的能力，毫不犹豫地把手伸向口袋。

遥控器！贺摇光，是最后的希望！

然而他从未想到，掏个口袋原来要用到那么多的肌群，每移动一毫米都会带来钻心的疼痛。

"不能这么说，"贺摇光神情依旧轻松，"练微波流的人，我都不会小瞧。毕竟，要把电转化成电磁波，还要把频率加到千兆赫兹，可不是那么容易。第一次听说有人做到的时候，我都不相信……"

"贺先生褒奖一句，足慰平生。"

"我的徒弟没教好，"贺摇光指着他脚下的李南枝，"让你见笑了。咱们不管他们，到河边好好较量一下如何？"

几乎把牙咬碎之后，李南枝的手终于挪到腿边，碰到了裤子。

"加把劲……加油！"他鼓励着自己，把手伸向裤兜，"遥控器！遥控器！"

"恭敬不如从命。"宁权星点了点头，抬手就要打李南枝的脑袋。

"宁先生，"贺摇光哈哈大笑，"你何必急着浪费电能打死一个小辈新手？是不是信心不足，待会儿输了，准备以电力不足为借口？"

"贺先生，你这么说，我可就伤心了……"宁权星嘴上不服输，却也没有动手。贺摇光的话提醒了他，两人这种一流高手，不知道要打多少回合。

死里逃生的李南枝把手插进裤兜，像个即将溺水的人在努力去够一根木头。指尖碰到遥控器的时候，他几乎忍不住叫出声来。然而马上，他就傻了——他不记得按钮的位置了。

哪个是解除？！哪个是处决？！

"废话少说！"贺摇光朝着河边做了个请的手势，"要打，就跟我来！"

宁权星没动。他犹豫的每一秒，对李南枝来说都像一年那么长。

"好吧，算你走运。"终于，他的声音飘过来，"我需要个见证人。"

一阵剧痛，胳膊好像在燃烧。李南枝惨叫着在地上翻滚。宁权星大笑着走向贺摇光。疼痛终于消退，命也暂时保住，然而李南枝的心却又坠入万丈深渊：遥控器被甩出去了！

09

天已经被乌云彻底遮住，汽艇已经随波逐流漂了很远。汽艇的灯光被涟漪分隔成无数的小块，照出两个在河边对峙的人影。李南枝像疯了一样在沙子里翻

着，可是那个该死的遥控器却死活也找不到。

天边亮光一闪，宁权星的笑容显露出来。

"贺先生，你也别演了——你是没法用电了吧？"

闷雷滚滚而来，压碎了李南枝最后的心理防线。身体里的肾上腺激素已经失效。他一动不动地趴在沙滩上，连眼皮都快睁不开了。

一切都完了。

"对，没错！"贺摇光微笑着朝宁权星招手，"来啊，试一下不就行了？"

"从你约我决斗起，我就开始怀疑，你的电胆可能报废了。"宁权星似乎不受影响，"要不然，我身边多几个废物，对你来说有什么区别？贺先生，我要是猜不出这一点，又怎么敢跟你一对一决斗？"

天边又是一亮。李南枝看到贺摇光依旧气定神闲，不禁暗暗佩服这种心理素质。可是他又沮丧地意识到，这种厚脸皮对救命没什么帮助。然而宁权星的表情变了，把迈出去的右脚又收了回来。原因很简单：护目镜上，贺摇光的指数刚才红了一下。

"怎么样？测到电压没有？"贺摇光笑着问道，"够不够资格跟你交手？"

李南枝目瞪口呆，手指猛地插进沙子里。指尖一阵刺痛，他低下头，捻起一块东西，摸了半天，心里忽然一动。这是石棉瓦。这是贺摇光刚才坐过的地方……

贺摇光从没打算跟着赵仙迪去投案。从被电脉锁困住起，他就利用一切机会筹划着逃跑。离开山里，他几乎不吃东西。在烧烤店又故意滥饮不食，狂吐不止。没多久，他的腰围已经瘦了一圈。他刚才趁着观战的时候，偷偷把在仓库里找到的石棉瓦捏成几片，小心地垫在电脉锁腰带里。石棉瓦是绝缘材料，所以他刚才打开电胆，也没被当场电死。不过石棉瓦毕竟还有缺口。电弧打在皮肤上，刀割一样疼。

戴着这玩意儿打架是指望不上了……

贺摇光的牙齿咬得咯咯作响，脸上却还保持着微笑。宁权星严肃起来，缓缓屈膝，右脚向前，双臂环绕，摆出一个怪异的起手式，僵持几秒，猛地朝贺摇光扑过去。

李南枝的手再次抓进沙子。河水反射的灯光中，两个高手的身影只剩东鳞西爪。脚步声、格挡声和闷叫声刚刚响起，突然亮光一闪，两人又各自后退分开。

"这是什么武功？"宁权星捂着右手，气息有些不稳。

"你看看伤口，"贺摇光哈哈大笑，双手背在身后，"还猜不出来吗？"

微弱的亮光下，右手的伤口焦黑，散发着刺鼻的臭味，无疑是高温造成的。

"等离子剑？"宁权星的声音颤抖着。

河水拍岸，没人回答。

当气态物质获得大量能量，以至于离子化时，就会变成固态、液态和气态之外的第四种物质形态——等离子态。一般来说，这种能量就是超高压电。

"不可能……"他不停摇头，"等离子流只是南特派提出的概念而已，我不信有人能练成……"

话虽这么说，可是再看看伤口，他又想不出别的可能性。巨大的无力感和贺摇光凶残毒辣的传说一起涌进脑海里。宁权星眉头紧皱，变得更加谨慎。

贺摇光紧咬牙关，忍住剧痛。宁权星刚才用微波打中了他的右手。但是天太黑，没人看清他手指间夹了两颗早先藏身时摘的葡萄。

他摘葡萄本来只是为了跑进山里之后补充水分，但是认出宁权星之后，就想到了另一个用途：微波炉不能加热两颗相邻的葡萄，否则它们之间的空气会被电离形成等离子束，放出火焰——既然微波炉不行，那么微波流的武功也不行！于是他凭借着高超的身法和胆量，冒着失去一只手的危险，把右手伸到宁权星掌边，用那不到五厘米的等离子体割伤了他的手。

接下来，他要做的就是赌。

现在看来，要赌赢，还需要加把劲。

"宁权星，你真的是那些个什么人斩的师父吗？"他突然开口叫道，"我杀他们之前，连家里马桶的颜色都问出来了，怎么就没人提过你？"

远方的天空再次被闪电点燃。宁权星抬起头，恶狠狠地看着贺摇光。

"哦，我明白了，是不是你武功太差，他们不愿意承认？"贺摇光还在继续挑衅，"无所谓，你的徒弟们武功不行，体格还可以。我用他们试验了十几招武功。我后来能杀那么多人，你这个当师父的也有贡献。今天，轮到你了……"

"贺摇光！"宁权星右手高举指天，身体猛地一抖，一掌打了过去。贺摇光迅速闪开。原先站立的地方，沙粒被能量巨大的微波加热、电离，火焰冒了出来。

"别跑！"又是一掌。贺摇光再次纵身躲开。他身后的黄河河面沸腾了片刻。李南枝惊呆了。他这才知道，原来猎手可以可怕到什么程度。

闷雷一个接着一个。贺摇光迅捷如电，微波掌全部落空。宁权星浑身冒着热气，头发直立，两眼放光，如同恶鬼。终于，贺摇光低吼一声，就地一滚，把衣服上冒出的火苗熄灭。再次站起来时，他忽然一停，就像有人在水下抱住了他的后腿。

坏了！

李南枝心里咯噔一下。他知道，黄河泥沙奇软，脚踩进去，会被紧紧裹住。个别泥层下还有暗坑和流沙，能把人活活吞噬。

"你死定了！"宁权星大叫着，右手高高举起。李南枝绝望地看到，贺摇光没有躲闪！他真的被陷住了！

电闪雷鸣，宁权星的脸上露出狞笑。击杀江湖第二通缉犯的荣耀，属于他了！

满眼白光。

一道数万米长剑凌空劈下。宁全星的身体被炸到半空中。落下来时，剩下的只有冒着黑烟的一团焦炭。

一时间，无人能发出一声。旷野中只剩黄河的呜咽。

"哈哈哈哈哈……"贺摇光的狂笑打破了宁静。他指着宁权星的尸体，一屁股坐在河滩上，笑得浑身抽筋一般乱颤。李南枝张着大嘴，说不出话来。他觉得自己再也无法当一个无神论者——都他妈能召唤闪电了，不是神仙是什么？

"打雷天，空地、河边，体内他妈20多万伏的电压，不劈你劈谁啊！哎呀笑死我了……"

李南枝终于能发出声音了。他跟贺摇光遥遥相望，一起笑得前仰后合。他们像猴子一样尖声呼啸，仰面躺在河滩上，躺在河水中，任由终于降落的雨水冲刷着自己的脸。

良久，贺摇光首先恢复了站立的能力，蹒跚着走到李南枝身边，想把他搀起来。然而一个闪电过后，两人同时愣了一下。他们看到，那个该死的遥控器，就在两人中间。

李南枝忽然很害怕抬头。可是就像身处噩梦，明知道照镜子会看见鬼脸，却身不由己地要往镜子里看。他的目光慢慢移动到贺摇光脸上。果不其然，那双眼睛里，现出熟悉的光彩。如果狼会冬眠，那么它在春天醒来看到第一只猎物时，就会是这种眼神。

两人就这么对视着，一时间谁也没动。

强光从身后袭来，李南枝触电一样回头。开车的一个急刹，停在不远处。两个人影下了车。在心脏病发作之前，他听到了一个熟悉的声音。

"天哪，你居然还没死？！"

赵仙迪跑上来，当胸就是一拳。李南枝像根木头一样倒地。

他仰天大笑，又无比地想哭，爬起来趔趄着走上前去，一把抱住她。她看他这个没出息的样子，想调侃两句。话到嘴边，却又改变了主意，抿着嘴拍了拍他的背。刚才，她跟萧北河拼死一战，打垮了所有追兵之后，也差点喜极而泣。

然后，她的目光停留在贺摇光身上。李南枝去拥抱萧北河的时候，她缓缓走过去，慢慢蹲下，捡起地上的遥控器。

"那是怎么回事？"她指着远处的尸体。

"他运气不好，被雷劈了。"

她检查了一下电脉锁。然而石棉瓦早被贺摇光扔掉了。

"快走吧。"萧北河和李南枝架起庞砺石，慢慢走过来，"他可能要植皮。"

"去你的，要不要给我做个面膜？"庞砺石吐了口带血的唾沫，甩开搀扶自己的两人，"妈的，神经烧断了，不疼了……"

"走吧。"赵仙迪放过了贺摇光，转身朝卡车走去，却发现李南枝木木痴痴地站在原地不动。

"你怎么了？"

李南枝充耳不闻。一个回忆的细节像闪电般劈进脑子。

"9 月 15 日……"

宁权星在缅甸伏击贺摇光。

这一点，他绝不会说谎。

正是日本案发的那天！

那件事，真的不是贺摇光干的！

第十九章　抉择

这次任务的目的很简单——不让任何一个人从这里活着走出去！

01

9 月 25 日　周日

距离移植最后期限还有 2 天

距离最后通牒到期还有 30 个小时

经费缺额 66210 元

黑暗中，绿色的光点一再重复。良久，一只手按下通话键。

"情况跟你说的有点出入啊……"话筒里传来的话语中满含克制的愤怒。

接电话的人没有立刻回答。咔嚓，她点燃了一支香烟。

"什么出入？"

"你说，你的人控制着贺摇光。你说，你的人会把贺摇光交给你。既然这样，你为什么宣布紧急状态，还对她颁布叛道令？"

"你听谁说的？"

"厉夫人，咱们就不用这样了吧？不要装得你没有在渗透我们一样——她到底是不是你的人？"

厉司危吐了好几口烟雾才懒洋洋地一笑。

"叛道令，就像捕鲸炮。鲸鱼受惊了，彻底潜入了水下，才会绝对安全。她现在带着贺摇光彻底隐身，没有任何人能找到她，连我也不可能。想要贺摇光，只有等……"

"你为什么要这样做？"

"一来，为了防止总会插手。二来，防止有的人沉不住气，做出一些蠢事——你派人去拦截了对不对？结果如何？"

韦宗正被噎得一时说不出话来。

"韦兄，你也是个做大事的人，只是有时候心太急，"厉司危语气透着掩饰不住的傲慢，"我再说一遍，你到时候来我这里拿贺摇光的人头就行了。不要再派一些不中用的废物多事——就像太行山的血爪、云台山的突击队和……天知道这次你又派了谁……"

"你的人，真的会把贺摇光带到你那里？"韦宗正忍下了侮辱，又确认了一句。

"那是自然。她父亲是赵天璇。"

韦宗正略一思索，随即大笑。

"还是你狠，甘拜下风！不过，我用血爪，也是权宜之计。"韦宗正还是忍不住解释了一句，"我的精锐要留在会场，对付郑天权……"

"好了好了，完全理解。"厉司危深呼吸了一下，舒缓了语气，"对付郑天权这种老狐狸，要小心小心再小心……"

"厉夫人，你尽管放心，再过几个小时，他就会被送到西伯利亚软禁。"

"然后呢？"

电话里是心照不宣的沉默。

"好！那一切照计划。让我们一起结束郑天权的时代！"

02

驾驶室里一片喧闹，携手取得这样一场胜利，大家心中充满了劫后余生的喜悦和自豪。更妙的是，之前搬到车上的那箱啤酒还没喝完。这使得此时的气氛如同一场派对。庞砺石和赵仙迪一个提着酒瓶一个叼着雪茄，讲述着自己一夫当关万夫莫开的壮举。

"都是你打死的？"赵仙迪带着醉意，乐不可支地调戏庞砺石，"我怎么听说你晕过去了？"

"胡说八道！我正准备报仇，那家伙被雷劈死了，我有什么办法？"

"不管怎么说，你徒弟可是输给我徒弟了！"赵仙迪笑得直拍大腿。

"那小子，是我教过的最差的徒弟！我的本事，他一成也没学到呢……"

提到这个，庞砺石真火了。可是过了不到一秒，他脸上的神情就变成了惋惜和悲痛。

"一成还没学到呢……一成都……"

"嘿，你怎么样？吓尿裤子了？"赵仙迪觉得很扫兴，转而去惹李南枝。他上车以来一直很沉默，抽烟喝酒，就是不说话。大家都以为是吓的，其实不是。他一直在考虑一件事。

贺摇光和宁权星9月15日在缅甸交过手。那种场合下，他俩没有理由说谎。这么说来，那天贺摇光绝对不可能在日本……

贺摇光是冤枉的？

那还要把他交上去送给银盾吗？

按理说，贺摇光对他有传艺、救命之恩，李南枝应该毫不犹豫地说出真相。可是另一种本能却告诫他，这不是个合适的时机。他嗅到了某种气味，意识到一件最怕的事也许即将发生。

"下一步打算怎么办？"

此言一出，李南枝耳朵竖了起来。

"我建议走满洲里，取道俄罗斯，飞新加坡。在那里我们可以联合东南亚几大门派，公开把事情说清楚。"萧北河显然早就想好了。

"太麻烦了！"庞砺石大摇其头，"直接南下，飞印尼！到了我们古晋派的地盘，我看谁敢撒野……"

李南枝如遭雷击。他最怕的就是这个——大家忌惮叛道令，直接回家不干了。虽说应该也会把贺摇光交给鱼鹰，但是天知道什么时候才能拿到钱。

"你们开什么玩笑？"赵仙迪的声音好像救星，"我们要去白城！"

"对对，"李南枝忍不住出声附和，"也不远是吧？"

一阵沉默。

"白城在蒙古国，"萧北河平静地提醒两人，"即使我们不再遇到追兵和阻击，按时赶到也非常非常勉强。"

蒙古？！好好一个中国地名，怎么会在蒙古？！

这个消息对李南枝来说如同晴天霹雳。他并不知道，白城不是地名，而是猎手术语，指的是一场行动中我方的主基地。

"来得及吗？"他的手心全是汗，"开心只剩两天了啊！"

"所以我们不能浪费时间，"赵仙迪拿出车上的旅游地图册，"我们必须从这里……"

"我们俩是无所谓——厉司危需要东陵派和古晋派干活，我们的叛道令取不取消，她也不敢怎么样。但是你——"庞砺石像是在看傻子，"你晚一分钟，厉司危就可以弄死你。就算你不迟到，她也可以见面二话不说就弄死你。哪怕允许你说话，那张汇款单解释不清楚，她一样可以弄死你……"

"至……至于吗？"李南枝忍不住插嘴问道。他不理解：把贺摇光交上去，误会不就解释清楚了吗？

"你是完全不清楚鱼鹰内部的关系啊！"贺摇光呵呵一笑，"旭川派实力上已经跟总会不相上下，厉司危早就想取代总会，执掌鱼鹰。她不会放过任何一个打压总会威望的机会。而她，就是一个送上门的机会！"

贺摇光指着赵仙迪："这个级别的猎手，不给辩解机会就开除，没有这样的先例和道理……"

"哇哦，看看是谁在说话——"赵仙迪很不耐烦地打断他，"'年度心理最健康猎手'？还是'集团最合群员工'？说完了吗？说完了就听我的！我还是这次行动的最高指挥！我决定，去白城！"

后排传来贺摇光的嗤笑声和庞砺石的嚷嚷声。

"旭川派和总会的烂事，我当然知道……"赵仙迪的声音压过每一个人，目光扫视着每一张脸，"但我相信，厉司危不是那样的人。她跟我一样，首先是个猎手。她知道，鱼鹰的存在比其他一切都重要……"

李南枝松了一口气。终于，希望又回来了。现在要做的就是开车去蒙古，见到厉司危，把贺摇光交给她，然后，800万……

然而他发现，这个数字越来越无法让自己像之前那样兴奋。

我这是不是有点拿她冒险的意思？

他下意识地握紧方向盘，强迫自己想些重要的细节：蒙古……两天……

突然，手机铃声响了。李南枝一惊——计划外的来电，一般不是好事。接通一看，是刘姐。

"小李啊，我说个事你可别受不了……"

<h1 style="text-align:center">03</h1>

车轮发出尖叫，卡车停在了紧急车道。手机里传出的是李开心震天响的哭声。

"爸爸，你骗我！捐赠骨髓的人是不是反悔了？！"

事情很快就搞清楚了——护士误以为她睡着了，跟刘姐闲聊时说漏了嘴。

"开心，你听我说，这事还有希望……"

然而李开心根本不听。她一直装得像个大人，可毕竟不是。长久以来的希望

被击得粉碎，她再也受不了了。她尖着嗓子，从白血病这个缺德的病开始，从医院到用药、从医生到护士，最后是抛弃自己的母亲，全都骂了一遍。

李南枝手足无措，心如刀绞，还没想好是该疏导还是让她闭嘴，李开心已经骂累了。她呜咽着伏在床单上，像个半夜寻找母亲的婴儿。

"爸爸，我不想死……我不想死……"

眼泪大滴地掉下来，李南枝哽住了，一个字也说不出来。

"爸爸……"开心抬起头，双眼通红地祈求着，"我求求你，你去跟医生说说，救救我……我不想死，我还要长大，去当飞行员……我想回家，我想睡在自己床上，我想去上学……我还没吃够麦当劳，我也没去过迪士尼呢……我以前说不去，是想省钱，可我真的想去啊……"

他伸手想去摸屏幕上女儿的脸，可是手却颤抖着，怎么也够不到。

"开心……"过了不知多久，他才能说出完整的句子，"你别怕，爸爸正在……挣钱，我们一定……能……能……"

"爸爸，你以为我小，可我不傻……"李开心听上去已经虚脱了，气若游丝，"我知道你在骗我。我早就算过——纸箱每斤卖七毛，废铁每斤卖八毛五，什么时候能凑够那么多钱啊……"

她又抽泣起来。

"可是……可是我多希望，你说的那些希望、奇迹，还有你讲的那些故事里的好人，都是真的啊……"

李南枝心如刀绞。手几乎要把方向盘握断。噩梦成真了。他只能眼睁睁地看着女儿的心过早地被丑恶的真实碾碎。

"开心，我说的，都是真的……"他擦着眼泪，垂死挣扎。

"爸，你别说了，"开心看上去疲惫至极，"我过一会儿就好了……"

"开心，真的有希望，真的有奇迹！这个世上，也真的有大侠！我跟你说，我认识了好多朋友……"

"爸，我其实早就发现了，"开心的眼睛里充满了与年龄不相符的成熟和怜悯，"你跟我一样，一个朋友都没有……"

一只手忽然伸过来，把手机抢走。

"你是李开心？Hi！我是赵仙迪。"

李南枝目瞪口呆地看着她——猎手绝不能泄露身份，不是你说的吗？

"哇，姐姐你好，"李开心完全没预料到这一幕，张大嘴巴好久才能继续说话，"你好漂亮啊……"

"谢谢！你看看人家多会说话！"她得意地大笑，顺便批评了李南枝一句，"谁说你爸爸没朋友？我就是他的朋友。而且我可以证明，他说的故事……很多都是真的。"

赵仙迪做了一件令同车人都惊诧不已的事：她五指伸开，任由电火花在指尖跳动。李开心的眼睛瞪得有乒乓球那么大。

"姐姐，这是……"她几乎从病床上跳起来，"这么说，你就是……"

"鱼鹰侠女。"赵仙迪一边说一边撇嘴，显然是嫌李南枝的文学品位太土，"武功真的存在哦——你想不想学？"

"想！想！想！"

隔着这么远李南枝都觉得耳膜疼。

"那你要坚强，等到你爸爸回去救你，你能不能做到？"

"能！"

全车的人都笑了。李南枝感激地看着赵仙迪，紧咬着嘴唇，下巴不停地颤抖着。

"该你了！"赵仙迪笑着把手机指向萧北河。

后者还没说话，李开心先叫了起来。

"哇！好帅！你是不是那个……那个'小李飞刀'？！"她的音量完全不像个身患绝症的人，"爸爸你好讨厌，这么帅的大哥哥你为什么要把他说死？！"

李南枝一直没说两人死而复生的事——从文学创作角度来说，太麻烦了。

"他说我死了？一定是嫉妒！"李南枝没想到萧北河还有点幽默感，"小妹妹，

362

想不想看看我的绝招？”

萧北河挑了一颗最小的念珠放在手心，缓缓运起超声，然后分开双手，念珠飘在了两掌之间。

“该我了！该我了！”庞砺石早已按捺不住，抢过手机。

“叔叔，你……你的胡子真好玩！”这回纵使李开心也没能第一时间想出夸人好看的词。

“就这？我胡子底下是什么？脸你就不评价两句吗？”庞砺石假装生气，大家一起笑了起来。

“叔叔，你一定是那个‘大力尊者’吧？你的绝招是什么？”

庞砺石嘿一声，慢慢张开五指，猛地一甩。在超声波的加成下，手指速度突破了音障，凭空发出白色的烟。

嘭！

整个驾驶室的玻璃都差点被震碎。

李开心在另一头捂住了耳朵。

“太神奇了！我也要学！”

“老庞你悠着点！”李南枝笑骂了一句，一如多年前在球场吼一个传错球的好友。

“那个叔叔是谁？”

李开心终于还是看到了画面边缘的贺摇光。后者极不情愿地看了一眼屏幕，挤出一个笑容，又把头别了过去。

“你是不是那个……‘追命阎罗’？”李开心的声音明显有点害怕，“你真的……”

“行啦，看他干吗？”庞砺石把手机对准了自己，“来，再露一手让你瞧瞧……”

然而贺摇光出人意料地把手机夺了过去。他看着李开心，想说什么，却又没说出来。最终只是尽量温和地一笑，拿起一个空啤酒瓶，微微一晃，电弧在啤酒瓶里跳跃，化为一盏耀眼的彩灯。李开心的欢呼声中，他的笑容在微弱的光芒下久久不散，似乎回到了那个他永远错过的夜晚。

手机在大家手中传递着。每个人都在表演一些无伤大雅的绝活。画面里，李开心在鼓掌、大笑，讨价还价地要求拜师，逼着每个人赌咒发誓要把绝技倾囊相授。笑声充满了小小的驾驶室。这一刻，大家忘却了失败、伤痛、悲伤和未卜的前途。每个人都用本来是杀人的技术，来逗一个孩子开心。

李南枝边看边笑，十几年来从未这么开心。然而笑着笑着，他不得不抓住每个别人看不到的机会擦着眼角，不让自己泪流满面。

通话结束了，李开心幸福地睡去。李南枝胸膛起伏着，却始终没有发动汽车。

"日本的案子，不是老贺做的！"话不受控制地脱口而出。

04

巨大的轮胎砸在跑道上。飞机减速、滑行，最终停稳。舱门打开，郑天权拄着拐杖，一步步走下舷梯。

"天权先生！一路辛苦！"坤甸派副掌门朱长垣迎了上来，拱手行礼。

"韦宗正在哪里？"陈阁道脸色很不好看。

"韦掌门正在准备会议。"

"连迎接一下都做不到吗？"陈阁道大怒。

"没事，没事，"郑天权指了指不远处的加长轿车，"路上说。"

"长垣，我记得你们蒙古办事处有直升机啊……"上了车，郑天权忽然笑呵呵地问。

"不巧，坏了。"朱长垣尴尬地一笑。

"都坏了？"陈阁道也听出了不对。

"别提了，前几天又跟古晋派发生了一点摩擦……"朱长垣滔滔不绝，把一场冲突讲得绘声绘色。

郑天权掏出雪茄，切开，慢慢用打火机烤着。朱长垣说的，他一个字都不信。要在这个江湖搞政治，第一准则就是记住，没有巧合：什么直升机坏了，分明是要拖时间，好让他的铁杆赶到会场！

他使了个眼色。

"朱兄弟，"陈阁道领会了意思，"这次会议，韦掌门叫了多少门派？"

"21 个，"朱长垣恭敬地回答，"完全符合章程。"

"都有哪些门派呢？"

"这个……"朱长垣扶了扶眼镜，"具体细节都是韦掌门亲自负责的，我也不大清楚……"

"哦，"陈阁道的手放在他肩头，"那麻烦你再想想。我们想知道，一些老朋友到了没有……"

每说一个字，他的手就拍一下，令朱长垣的五脏六腑都在若有若无地震动。这是一种很微妙的情景。一般来说，它出现在师徒或者好友之间——师父会用低能次声来考较徒弟的内功，朋友之间会用低能超声来开玩笑；但是另一些时候，它是一种赤裸裸的威胁。

他开始报门派名。所有支持韦宗正的门派都到了。态度不明的寥寥无几。而郑天权的铁杆，一个都没有。

陈阁道和郑天权对视了一眼。

"天权先生，"他用眼神祈求着，"不能去啊……"

然而郑天权却缓缓摇了摇头。他伸手把陈阁道的手从朱长垣肩膀上拉下来。

"放心吧，我会为银盾，把责任尽到底。"

车子启动了，朝着西北方疾驰而去。

<h1 style="text-align:center">05</h1>

驾驶室里一片寂静。李南枝把自己听到的和盘托出，大家面面相觑。

"你确定？"赵仙迪面色严肃，"这可不是闹着玩的。"

"千真万确，"李南枝郑重地回应，"我以脑袋担保。"

赵仙迪沉默不语。贺摇光冷笑起来，"我说了，你就是不信……"他伸了个懒腰。

"OK，我们先说清楚，特蕾莎修女，"赵仙迪被他的态度激怒了，"就算那不是你做的，我也要把你交上去——你杀的人数少了几个，那又怎么样？"

"这事有点奇怪……"萧北河皱着眉头，"银盾为什么一口咬定是他？"

"搞错了呗，"庞砺石不以为然，"那帮人，笨得像猪一样……"

"不，"萧北河摇了摇头，"15日案发，银盾拖了三天才下了最后通牒。他们一定做了大量的调查。或者……"

"或者就是故意陷害！"庞砺石一拍大腿，"我就说嘛，那帮……"

"可是，为什么安在他头上？"赵仙迪不理他，开始只跟萧北河对话。

"第一，他比较难抓，这等于故意提出了一个不可能的条件，力求开战。"刚说到这儿，他又自己推翻了这个理论，"不对，可是银盾又告诉我们，他在中国。"

"这么一想，整件事都很古怪！"庞砺石终于贡献了一点有用的信息，"你们在庙里干了银盾突击队，没几个小时鱼鹰就把我们开除了……"

"还有，联络点附近怎么会有人等着？银盾就算能估计出我们的大概位置，也不可能算得那么准。"萧北河接上他的思路，"我查过，联络点都是内战之后才布置的，所以银盾肯定不知道。没人告密的话……"

大家都开始冥思苦想。

"和尚，"庞砺石一动脑子就累，不停地挠头，"你们不是侦察型猎手吗？就没有点别的情报渠道吗？"

"有是有，但不太好动用。"

"怎么？"

"他们是卧底。"萧北河面露难色，"我们花了好几年才安排人打入银盾，所以有规定，不到万不得已，不能……"

"都到啥时候了，"庞砺石对这种古板大摇其头，"现在就是万不得已！"

联络说起来容易，实际上大费周折。李南枝开车到了最近的城市，萧北河只身进城，买了一台笔记本电脑和其他设备，埋头调试了半天，终于上了一个网站。

"交友网站？"庞砺石光看图片就看出是什么。

"猎手的特制手机，都是一个萝卜一个坑，被屏蔽了就没有别的办法。"萧北河填写着登录信息，"咱们只能用这个了——我写邮件，存在草稿箱里。卧底收到提醒，就来查看。"

他飞快地写完邮件，然后抱着双臂等待。经过漫长的半个小时，草稿箱里的邮件数变成了 2。萧北河赶紧打开，草草读完，合上了电脑。

"怎么样？"赵仙迪关心地转过身来。

"叛道的罪证，那笔银行转账记录，是被坤甸派截获的。"

"韦宗正？"

大家都震惊了：韦宗正偷到的东西，怎么会这么快落在厉司危手里？

"那杀人的证据呢？"

"没有任何监控图像、血迹、DNA，只有一枚指纹……"

笑声忽然从后排爆发，李南枝被吓了一跳。

"他们可能忘了一件事情，"贺摇光伸出双手，"我脱离鱼鹰那年，就把指纹磨平了。"

"那能够接触到你的指纹资料的，"萧北河的额头上第一次出现了汗珠，"只有鱼鹰大洲级的总部……"

大家脸色都变了——案发地是旭川。

"难怪我徒弟跟我说，我们被卖了！"庞砺石勃然大怒。

"这绝不可能！"赵仙迪连连摇头，"厉司危的旭川派和韦宗正的坤甸派是死敌啊……"

"朽木不可雕也……"贺摇光又是一声冷笑。

"就是说你笨……"李南枝翻译完了才意识到也许不该开口。

"那你说说！"

"证据都摆在眼前了，你们还看不出是怎么回事吗？厉司危要的，不只是鱼鹰会！她要的，是战争！"

驾驶室里的空气好像凝固了一样。

"她……她图什么啊？"李南枝结结巴巴地追问——不管怎么听，鱼鹰都不像胜券在握的样子。

"就一个字，钱！"贺摇光满脸鄙夷和嘲讽，"停战对旭川派来说，百害而无一利。和平年代，各派都是自负盈亏。一旦再次开战，实行统一拨款，全球各派的钱都会收上来进行再分配。分得最多的是谁？当然是交战最多、实力最强的旭川派！对韦宗正来说，也是一样！"

"她肯定和韦宗正做了交易。一旦再次开战，他们要做的第一件事不是真打，而是夺权！"贺摇光指着赵仙迪和李南枝，"正好你们给了她一个绝好的机会！事到如今，她绝不会让你把我交给银盾！"

李南枝说不出话。一个美丽的肥皂泡在心中破碎了，美丽的五彩光影一去不复返：为什么鱼鹰会这样的组织，还会有这种钩心斗角、互相倾轧？而这一切的原因，竟然跟世上别的肮脏勾当一样，是钱？！

他的心情就像小时候第一次看到世界地图，震撼之余，更多的是幻灭：仙境和童话之国，在现实中终究没有落脚之地。世上有的，只有丑陋和冷酷。

"还犹豫什么？！"庞砺石嚷嚷着，"赶紧往南！"

"不，"萧北河望着赵仙迪的背影，"听指挥的。"

她雕塑般一动不动，仿佛连带着周围的空气也一起慢慢凝固。李南枝觉得自己要窒息了。

"停车！"她终于说话了。

"啊……哦……"李南枝支吾着，心里万念俱灰。他知道，这种事情上自己说什么都白搭。可是这一停，开心唯一的一线希望也就没了。

"我让你停车！"

咆哮声中，卡车停在了紧急车道。赵仙迪猛地回头，秀目圆睁。

"去白城！就算你们说的都是真的，我也要去白城！就算我真的会死，我也要去白城！"

大家都被她的气势镇住了，一言不发。

"我死不死，无所谓。但是只要有千分之一的希望，我也要把贺摇光交上去，阻止战争，挽救鱼鹰！不想跟着我的，现在就可以下车！"

06

无边无际的蒙古草原上，一条细线在飞快地移动、延伸，犹如利刃划破绸缎。车队掠过的地面由碧绿变成浅黄，最终变成近乎白色。

车停了下来。车门缓缓打开，刺眼的日光射进来。旭川派猎手身着标志性的白色护甲，跟在厉司危后面，大步走出集装箱指挥室。风把所有人的头发吹乱，裹挟着的沙子打得脸生疼。举目四望，低矮的丘陵仿佛半埋在沙子里的巨大乌龟，连绵不绝。这里是草原的边际。再往前，就是无边的沙漠。

"白城，到了。"

一个丘陵的山体上缓缓打开暗门。上百人从巨大的洞口里走出来，一起向厉司危鞠躬行礼。他们早已在此挥汗如雨了好几周。

"各位辛苦了！"厉司危鞠了一躬。一个首领模样的人走了上来。

"土质比我们预想的松软些，所以从日本运来一些设备，预算多花了……"

厉司危拍了拍那人的肩，中止了他战战兢兢的汇报。

"我理解你们的难处。你们已经做得很好了。这里，是鱼鹰历史上建设最快、最完备的白城！"

一片欢呼。

"战力汇报！"

"二级猎手32人，三级猎手89人，四级猎手……"

厉司危的目光从每一个人脸上划过。这差不多就是旭川派的所有家当。车队最后边的卡车车厢打开，一群人搬下几个大箱子，小心地抬进山洞。

"这是什么？"长友进好奇地问。

"最后的保险。"厉司危看看他，神秘地一笑。

"到时候你就明白了。你只需记住，这次任务的目的很简单——不让任何一个人从这里活着走出去！"

<h1 style="text-align:center">07</h1>

"快点，再快点！只剩不到20个小时了！"步话机里，赵仙迪催促得越来越频繁。尽管去白城有点一意孤行的意思，但她也不是蛮干。她让萧北河吩咐卧底散布消息，让整个江湖都知道，他们在押着贺摇光去送给厉司危。这样一来，厉司危就很难杀人灭口，假装没收到这么个人。但是这也使得中途遭遇拦截的可能性大大增加。于是大家商量决定，增加侦察力度：两个人找牧民买了二手摩托车，骑着在前边探路，万一有情况，后车可以灵活应对。

"你觉得来得及吗？"李南枝被时限搞得心神不宁，不停地抽烟。

"照这个速度，差不多刚刚能赶到。"庞砺石摸着胡子，"但是路上不能再停了。"

"那就好……"李南枝琢磨着，草原上估计也不会堵车，应该差不离。

"坏了！"忽然，他一拍大腿。

"怎么了？"

"我刚想起来——我没有护照！"

庞砺石哈哈大笑。

"咱们猎手，最拿手的除了抓人，就是跨越边境——放心吧，除了三八线有点难度，其他的，你就别操心了……"

话虽这么说，可李南枝还是不放心。毕竟庞砺石这个人不是很有说服力——就好比去参加奥运会，负责机票、食宿安排的是举重队教练，谁也不可能放心。

"对了，你到时候帮我个忙。"庞砺石忽然想起了什么，"等见了厉司危，你得作个证：我徒弟没有正式加入血爪。"

李南枝没反应过来，狐疑地看着他。

"当初他走的时候，没有声明脱籍。在黄河边上，他还不是血爪的正式成员，又死在血爪手下，完全符合抚恤标准——你看见了，我说的对吧？"

李南枝发现自己没理解错——庞砺石在要求自己撒谎。

"为什么？"

"抚恤金啊——每个在籍猎手阵亡，都有5万美元的抚恤金。虽然不多，对家属总是个安慰……"

他叹了口气。

"5万？"李南枝忍不住跟着重复。

"对，5万……"庞砺石叹了口气，"这么好的年轻人，5万……"

突然，步话机里传来赵仙迪的声音："减速！沙尘暴！"

李南枝猛地抬头时，一堵高达上千米的黄色沙墙已经滚滚而来。

08

李开心5岁那年，一度沉迷于捉蚂蚱。那年夏天正好生意不好，李南枝业余时间充裕，于是经常被逼着去抓。他记得最高纪录是一下午上百只，装了十几个玻璃罐，摆在家里蔚为壮观。

当然，站在蚂蚱的角度，这件事可能就不算什么美好的回忆——李南枝现在也理解了这一点。车窗外面，全是一片黄褐色，能见度连一百米都不到，完全与世隔绝、听天由命。更何况沙砾打在玻璃上的声音，跟那些绝望的虫子不停撞击玻璃罐的声音简直一模一样。

"稳住方向，继续向前！"步话机里，赵仙迪声嘶力竭地指示着方向。有了她和萧北河的指示，李南枝觉得自己不会走丢，但是同时心里很清楚，这样的速度很难按时赶到外蒙古。

"老庞，"他快急疯了，不得不寻求外来的安慰，"你说，要是咱们晚了……会怎么样？"

然而庞砺石却莫名地看着黄沙走神，一声不吭。

"跟银盾开打呗，还能怎么样？"贺摇光呵呵一笑，"不过你放心，你的钱应该能拿到。"

"我是说他们，会怎么样？"

"他和萧北河应该没事，"贺摇光指着庞砺石，"东陵派、古晋派，厉司危还是要争取一下。八成会给他俩恢复名誉，讨好一下他们掌门。"

"那……赵仙迪呢？"

"厉司危既然要扳倒总会，她必死无疑。"

"也……也不一定非要杀人吧……"根据李南枝的社会经验，旭川派想打击总会，朝赵仙迪身上泼点脏水就足够了。

"人死了，才不会辩解，"贺摇光哼了一声，"才能做成铁案。"

李南枝心里一股怒气冲上来：大家同是鱼鹰的人，居然真的说弄死一个人就弄死。这比黑社会还狠啊。

"钱？"李南枝的脸涨得通红，"厉司危做这一切，真的只是为了钱？！"

"老弟，"贺摇光拍了拍椅背，"旭川派惦记的，可是每年几亿美元。我就问你，别说几亿——一百多万美元放在你面前，你不动心吗？"

李南枝双眼直愣愣地望着前方，久久不能说话。

"小心！"贺摇光的喊声中，李南枝才发现，一条黑色的长蛇横亘在前方。

火车！

他拼命踩下刹车。沙土令路面变得很滑。卡车飞快地朝着火车滑过去！

李南枝下意识地紧握方向盘，用尽浑身力气把刹车踩到底。所有人猛地向前一冲，然后又被惯性抛回椅背上。车停了。李南枝大口喘息着，发现自己离火车只有不到两米。

一眼看不到头的车皮呼啸而过。

"这里他妈的怎么会有火车？！"骂完了，李南枝这才记起在哪里读到过，中国最长的火车从头到尾有好几公里长。没准儿就是这辆。

"老南！回话！回话！"步话机里，赵仙迪焦急地问着。

"听到了！"李南枝浑身都虚脱了，说话有气无力。

"刚才怎么不回答？！"

"可能是……沙尘暴影响通信信号……"

"我们看到有铁轨，能见度不好，你们要小心，注意看着火车。"

"看见了，"李南枝点了一根烟，"我他妈差点撞上……"

"哈哈哈哈……"

听着这没心没肺的笑声，李南枝心里更不好受。他听得出来，赵仙迪在给自己减压，同时试图保持队伍的士气。她不可能算不出，时间来不及了。也不可能算不出，自己很可能会死。但是她不在乎。除了鱼鹰，她什么都不在乎。

然而李南枝却发现自己做不到这一点——此刻能想起来的，全是她的好。他悲哀地发现，她救了自己那么多次，而自己，却很可能要眼睁睁地看着她去死……

火车的车轮摩擦着铁轨，开始减速——沙尘暴太大了，继续原速行驶有脱轨的危险。几乎刺破耳膜的尖叫声中，火车停了。黄沙飞舞，遮蔽了天和地。驾驶室里一片死寂。所有人都进退不得。一切侥幸都破灭了，李南枝愣愣地看着前方，想哭又哭不出来。

"真像啊……"过了不知多久，庞砺石好像终于从冬眠中醒来，说了这么一句，他入神地看着漫天黄沙，自言自语，"像我跟他们家认识的那天。"

李南枝不知道他在说什么，只知道马来西亚应该没有沙尘暴。

"那是个建筑工地。警察用挖掘机挖出几吨沙子，才把尸体挖出来……他是个好警察，当地的黑帮头子送钱，他不收，也不给他办事。结果……事情很快搞清楚了，可是上上下下都在扯皮、拖延，眼睁睁看着幕后元凶逃走、躲起来……"

梦呓般的声音越来越低。就在李南枝以为他要睡着了的时候，他忽然又继续说了下去。

"葬礼之后，我去他们家里看了看。破房子，什么都没有，只剩他老婆带着两个孩子。我问他的大儿子想不想报仇。他说想。我就收了他做徒弟……"

"你说的是……"李南枝恍然大悟，"跟我交手的那个悉楠……"

"不是，"庞砺石哑然失笑，"要是他，你早死了……

"他叫白丹。当时只有 17 岁。我收他，派里还有人有意见，因为他不是华裔。"庞砺石脸上浮现出笑意，似乎昨日的画面就在眼前，"可是后来，这些人都闭嘴了。那孩子的天赋太好了，只不过 3 年时间，已经成为古晋派的一线高手……他是悉楠的哥哥。"

"那他弟弟的事……你准备怎么跟他说？"内疚之余，李南枝开始有点害怕。

"不用说了。"庞砺石摇着头，"白丹早死了——好几年前，他中了坤甸派的埋伏，跟 5 个同伴一起丧命。"

李南枝没有思想准备，怔住了。

"我们跟银盾的坤甸派是邻居，也是死敌，这类血债很多。悉楠找到我，非得拜我为师，要亲手为哥哥报仇。我本来不想收他——他成独子了嘛——可是他意志非常坚决，磨了我好几个月，我没办法，只好收了……

"但是他的天赋，比他哥哥可差远了。别人一遍就能学会的东西，他得练五遍。但是这孩子能吃苦，为了报仇，他没日没夜地练功。五遍学不会，就练十遍、五十遍。几年过去，他勉强有了白丹小一半的实力。但这也够了——上战场，用不着成为绝顶高手，有时候配合更重要。终于，他的机会来了……"

李南枝发现自己完全被这个故事吸引了，屏住呼吸，等待着复仇的结局。

"他加入鱼鹰的第三年，我们找到了他仇人的下落。我亲自制定了计划，挑

选人马，残酷训练了一个月。那些天，悉楠的眼神就像饿狼，谁拦住他，他就要把谁撕碎。看着这个眼神，我明白，我错了——他并不差，他跟他哥哥一样，都是当猎手的材料。武功不好可以练，但是这种与生俱来的杀气和嗜血，是练不出来的……

"行动的前一天晚上，我们都一夜没睡。我跟他坐在餐厅，他说了很多往事：小时候兄弟俩跟父亲一起去钓鱼、上学时两人一起偷偷干的坏事、父亲死后哥哥怎么当顶梁柱支撑一家的生活、哥哥死后母亲怎么伤心欲绝……我们一根一根地抽烟，最后，好像把血都点着了。我们就等着时间一到，立刻出发，把坤甸派的杂种一个个碾碎，给白丹报仇！给所有战友报仇……"

"你们成功了没有？！"李南枝终于感受到了女儿催更的痛苦，忍不住出声问道。庞砺石哈哈大笑，持续时间之长，让人觉得此人胸膛里长的不是肺，而是个风箱。

"就在那天早晨，停战协议生效了！"他笑出了眼泪，好像天下最好笑的事无过于此，"战争，结束了。报仇，再也不可能了……"

李南枝愕然失语。他万万没想到，事情会这么发展。

庞砺石的笑声慢慢消失。

"没几天，悉楠就失踪了。他想不通，为什么自己亲哥哥的仇不能报，还要把辛辛苦苦抢来的势力范围还给坤甸派？"他抬头用血红的双眼看着李南枝，"你能给我讲出个道理来吗？！"

09

庞砺石胸口起伏，须发直立，目光令李南枝哪怕隔着后视镜也不敢对视。由于赵仙迪的缘故，他一直坚信继续打下去不是好事，可是此刻，他又动摇了：难道这么多人以前的血和泪，就统统白流了？难道这样的惨剧，就真的只能算了？

"道理？"贺摇光听到这里，冷笑着插话，"这个世上，就没有讲道理的地方。

什么天地良心，什么法律规则，说到底，都是假的。谁的拳头大，谁就不吃亏；谁老实听话，谁就倒霉。就这么简单。不明白这个道理，会被这个瞎眼的老天玩死的……"

"你没杀过我们古晋派的人吧？"庞砺石若有所思地问。

"没有，"贺摇光不屑地一笑，"你们这群乡巴佬整天在林子里，藏得太深了……"

庞砺石哈哈一笑，掏出雪茄递过去。李南枝想起了什么，打开储物箱东摸西摸，竟然找到了最后三瓶啤酒。三人一起大笑，开瓶痛饮。

"可惜啊可惜，"庞砺石亲自给贺摇光点火，"实话实说，咱俩是一样的人。换个时间、场合，咱们可能还能成为朋友。你为了你老婆孩子杀人，我理解！一想起我那些死去的兄弟，我也想选跟你一样的路！"

贺摇光哈哈大笑，"生在这个世上，又有哪一步是我们自己能选择的呢？"

这话说得李南枝心里一阵悲凉，同时又有一阵热气升腾。那是一种天生的不服：不管事态如何发展，贺摇光的命运是最稳定的。他必死无疑。然而残害他妻子女儿的凶手，却能够活下去。

凭什么？这一切都是凭什么？

"护法求仁"？无数猎手豁出性命维护的法律，难道就是这种东西？

难道这个世界，就该靠这个东西运转？

"来！"李南枝越想越难受，"为了这个狗日的世界，干一个！"

酒很快喝完了，谁也没有醉。他们个个若有所思。

"你们哭丧着脸干什么？"贺摇光吐了个烟圈，"我是什么好东西吗？我不需要你们的同情！我报不了仇了，可是我不恨任何人，也不恨我自己。我尽了最大努力，做了一切我能做的事。只是，这老天，不站在我这边……"

他苦笑着闭上了眼睛。李南枝看着那张脸，上面的戾气奇迹般地不见了。此刻坐在那里的，只是一个可怜人，一个救过他性命的可怜人……

"老贺，还有什么我能帮你做的吗？"他低声问。

"你能做什么……"贺摇光嗤笑一声。不过抽了一会儿烟，他又改变了主意。

"让我再看看你女儿行吗？"他嗫嚅着，似乎鼓足了勇气才把话说出口。

李南枝把手机递过去。贺摇光一张张翻着照片，越翻越慢，最后手指停在李开心的脸上，舍不得点下去。李南枝发现，他的眼眶湿润了，却没有勇气指出来。他只好跟庞砺石一样，假装没看见。

"你就让孩子住这房间？"他忽然眉头皱了起来，摇头不止。

"是破了点……"李南枝有点不好意思，"家里有点困难……"

"你这回分到了奖金，一定别乱花。"贺摇光把手机还给李南枝，语重心长，仿佛在说一笔跟自己无关的贷款，"给孩子治好了病，先换个房子。你看看，墙都黑了，让一个小女孩住，不像话。房间你得装修装修……"

贺摇光居然真的开始教导李南枝，怎么布置一个小女孩的房间。他越说越来劲，就像带着盲人逛迪士尼乐园，把一个公主房间描述得栩栩如生，连最小的细节都不放过。

李南枝一开始还连连点头称是，但是越听越觉得不是味。贺摇光双手在空中比画着，不时带着笑容望向前方，仿佛看到了世上最美的海市蜃楼，又好像一个能工巧匠在炫耀自己设计过的最好的作品。

李南枝听不下去了，他想求他停下，可是现在没有人能帮他。他想向庞砺石求助，却发现他低着头，一动不动。

突然，就像被剪断，贺摇光的声音消失了。突如其来的寂静令李南枝开始起鸡皮疙瘩。他怕贺摇光又要发疯了。然而他却只是像个被中途惊醒的梦游者，手停在空中，不知该往哪里去。过了几秒钟，凝固的表情终于活了。他轻笑一声，身子塌了下来，把头扭向窗外，再也不吭声。

心里的火苗蹿得越来越高，烧得李南枝疼痛难当。回过神来之后，他发现自己的手指已经插进裤兜，放在了遥控器上面。他触电一样把手缩了回来。

你要干什么？！他被自己吓着了。

一阵金属摩擦声传来。火车慢慢开始启动。铁轨的另一边，就是广阔无垠的蒙古草原。最后的旅程要开始了。阳光穿过车厢间隙，缓缓移动，在每个人脸上掠过。

"老贺，"李南枝系上了安全带，"咱们……要上路了……"

"是啊，上路，"贺摇光闭着眼睛，倚在椅背上，"该上路了……我要见到她们娘儿俩……还会见到那个狗日的老天爷……"

他忽然嘿嘿笑了起来。

"你们说，我该跟那个王八蛋说些什么？"

李南枝无法回答。他此刻也在想同样的问题。

"还能说什么？"庞砺石抢过雪茄，吸了一口，"都到人家地盘了，你还能不低头？说点好话，说不定下辈子投胎，还能有个好命……"

"不！"贺摇光忽然大吼，像是一声闷雷，把大家吓了一跳，"我不服！"

"你！"他满脸通红，像是酒劲上来了，又好像疯魔了一般，指着窗外的天空，"你算什么东西！你有什么脸骑在所有人的头上！你善恶不分！你颠倒黑白！你不让好人有好下场，你不让坏人得到报应！你说，我凭什么服你？！你说，你凭什么这么对我？！你到底祸害了多少人啊？！"

李南枝眼含热泪望着他，却没有力气劝阻他。他快被一个问题憋死了。这个问题无关贺摇光，也无关赵仙迪，完全是为了他自己。

为了他最后的信仰，活下去的唯一勇气。

"老贺，"他的嘴唇颤抖着，"真的没有天理吗？"

"真的没有啊……"贺摇光的声音像倾泻而下的黄沙，"这老天，就没长眼……"

李南枝的视线模糊了。

窗外，火车渐渐加速，带着无数的沙尘和他信仰的最后碎片，奔向未知的远方。贺摇光浑身颤抖着，双拳攥得紧紧的，喉咙里发出呜呜的低吼声，好像一只困兽在挣脱绳索。

终于，他把头猛地抬了起来。

"我就是不信！"

咚的一声，他一拳把庞砺石打晕，推开车门，朝着火车走去！

"老贺！"李南枝惊慌失措，跟着下了车，"你干什么？！"

他哆嗦着掏出遥控器，指着贺摇光的背影。贺摇光慢慢回过身来，看了他一眼，又转了回去。

"你要杀，就杀吧。"他朝着火车走去，"反正我要再试一次！"

"你站住！"李南枝嘶吼着，听起来却像是在祈求。火车拉起汽笛，加速驶离。震耳欲聋的噪声中，他浑身颤抖，脑子里一片空白，按钮却始终按不下去。

"老贺！"他声嘶力竭地吼着，仿佛这样就可以听不见内心恐惧的尖叫。贺摇光再不回头，飞身扒住火车，跟它一起消失在风沙里。

啪。遥控器掉在地上。李南枝大口喘息着，看着火车消失在远方。良久，他一屁股坐在地上，看看遥控器，又看看火车，好像刚从一场噩梦里醒来。

就在这时，噪声从左耳传进来。扭过头，他看到两辆摩托车拉着滚滚烟尘，从火车道的另一边朝这边飞驰而来。

赵仙迪来了。

第二十章 审判

你能什么都不信地活着，我做不到。

01

9月25日　周日

距离移植最后期限还有 2 天

距离最后通牒到期还有 17 小时

经费缺额 66490 元

"哟，你这是干吗呢？"

隔着玻璃，护士就看到李开心在忙活。她把自己的衣服从柜子里拿出来，叠得整整齐齐。书和手机充电器也塞进了书包里。

"准备出院。"她哼着歌回答。

"谁说的？"查房医生有点吃惊。

"我爸！"李开心得意异常，"我爸给我发了个消息，说是就快回来了，而且，他挣到了很多很多钱！"

"真的啊？"护士愣了一下，立刻满脸堆笑。

"真的！"李开心盘腿坐在床上，"我以前还以为他骗我，可是现在我再也不怀疑了！我爸真的有好多朋友，他们个个都会武功！很高很高，就像他讲的故事里那些大侠一样……"

李开心眉飞色舞，把李南枝的历险记娓娓道来。最后，还附上了她的许愿清单。

"我们以后要每年都去迪士尼乐园。对了，他还说要买个大房子，给我装修个新房间。我们要养一只宠物，可是还没商量好——我想养猫，他说狗好……"

对未来的憧憬使那张笑脸蒙上了久违的红润。在场的所有医生护士的眼圈也是一样。

"好，好，挺好……"护士长忍住眼泪，"可是啊，移植完了之后，你不能立刻出院啊，还要住几天。"

"啊？"李开心失望异常，"几天？"

"没几天，再说，你爸买房子，也需要时间对不对？"

离开病房，护士长径直走进张主任的办公室。

"她还有几天？"

"最多两天。"张主任抬头看看她，摘下了老花镜，"你见识过很多次类似情况了吧？要有心理准备。"

"我是见过很多孩子……"护士长忍不住眼泪，"可是李开心……她的情况不一样！她不是没有救，而是被人为耽误了！更可怜的是，就剩一个亲人，最后，还不在身边……"

"还是有点信心，还有两天呢……"张主任过了好一阵才开口。

"张主任，她爸，靠得住吗？"

张主任站起来，转身面对窗户，沉默不语。

门关上的声音从背后传来，他才长长地叹了一口气。

"李南枝，你关键时刻，可别再掉链子了！"

02

李南枝醒来时，眼前的黑暗让他以为自己死了。然而稍微一动，胸口和后脑的疼痛又告诉他还没有。手不小心碰到腰间，一道寒意从手指传到心窝：电脉锁。他终于想起发生了什么：赵仙迪愤怒地冲过来，一脚把自己踹晕。

"醒了？"赵仙迪的声音突然出现，把他吓了一哆嗦。他终于恢复了思考能力，意识到自己都干了些什么：贺摇光跑了，战争要爆发了，赵仙迪的叛道罪名不可能洗清，开心也……

"对不起……"他痛苦地揪着自己的头发，"我搞砸了……"

"你是故意的吗？"赵仙迪的声音冰冷。

"不是……"他声音小到自己都听不清。

"你骗谁？！"赵仙迪像鬼一样到了眼前，手指一弹，拉出电弧，用那双大眼睛瞪着他，"他开车门、跳车、扒火车，就算这几秒你反应不过来，遥控器的有效范围一百多米，火车开出去要好几秒，你也反应不过来？！你当我傻吗？！"

"你……你说得没错……"李南枝不敢看她，"遥控器，就在我手里捏着……"

赵仙迪一把掐住他的脖子，把他推到车厢上。

"为什么？！"她双眼通红，狼一样怒吼着，"我相信了你！我从来没相信过别人！你为什么要这么对我？！"

李南枝感觉除了喉咙，五脏六腑也被一只大手攥住，越捏越紧。他知道，赵仙迪只要内力一吐，自己就会化为一摊肉泥。然而就在要断气的前一刻，赵仙迪松了手。他趴在地上，不停咳嗽。

车厢里又被寂静笼罩。她不说话，他也不敢说。李南枝蜷缩着，像个被突然回家的主人堵在床底的贼，想变个姿势，却又不敢发出任何声音。过了不知多久，他终于受不了了。

"咱们这是在哪儿？"他只知道自己在卡车的车厢里。

"蒙古。"

"你……"李南枝瞪起了眼睛，"你还要去白城？！"

"我的任务就在那里。"赵仙迪冷冰冰地回答。

"你会死的！"李南枝急了，"你快跑吧！"

"住口！"赵仙迪厉声怒喝，"我把贺摇光弄丢了，自己再逃跑，总会的脸往哪搁？厉司危会直接扳倒总会，拿下整个鱼鹰。我要去说清楚！"

"可……可是她会杀了你！"

"你听好，王八蛋！"赵仙迪一把推过来，他的背再次响亮地撞在车厢上，"战争即使再次爆发，只要鱼鹰还是总会在执掌、银盾还有郑天权，我们还可以和谈。但如果让厉司危这种人说了算，这场仗就永远完不了！鱼鹰和银盾就会同归于尽！哪怕有一丝希望，我也要挽救鱼鹰！鱼鹰需要我死，那我就去死！"

"鱼鹰值得吗？"一种说不清的怜悯和内疚令李南枝口不择言。

"你说什么？！"赵仙迪竟然没有发火，而是惊愕地反问。

"我的意思是……我是说……"反复几次，急火攻心，李南枝失去了小心说话的耐性，"鱼鹰会，根本不像你说的那么好啊！你想想，你为鱼鹰牺牲，可是鱼鹰怎么从来没你做过什么？他们把你派过来，除了一个空头衔，什么都不给。你被贺摇光抓了，他们连救都不救！我们自己打败了银盾，叛道令倒是第一时间就批下来了！"

"那是因为……"赵仙迪被说愣了，居然老实辩解起来。

"我知道，派系斗争！可是为什么会有这种东西？为什么会有厉司危这种人？我看，就是因为鱼鹰会拿猎手不当人！'明心守道'？它的道，到底是什么？我看就是自私！它从来不为猎手牺牲，只会叫别人去牺牲！它不牺牲贺摇光，贺摇光会变成今天这样子吗？它还要再牺牲你？牺牲来牺牲去，剩下的都是些什么人？它跟银盾、血爪还有什么区别？你为这么个东西死，值得吗？！"

说完这一长串，李南枝能量耗尽，气喘吁吁地等着劈头盖脸的喝骂。然而，她却没有发火。

"你这种叛徒，"赵仙迪一字一顿地说，"是不会明白的……"

李南枝本以为自己被摔打出来的涵养早已能够忍受一切羞辱，然而事实证明，冤枉还是不行。

"我不是叛徒！我根本就没加入过你们！"

03

有些话就像刀子，一旦亮出来，就如同生死相搏。两人都瞪着血红的眼睛看着对方。

"不是我要当猎手的！是有人给我装上电胆，让我成了猎手！从来没人问过我愿不愿意！你们的规矩，我从来就没有搞懂过！我想打人，你说要守法；我想守法，你又要我杀人？！妈的，你到底要我怎么样？！你们都跟这个老天一样，不讲道理！"

"你混账！"赵仙迪被他的理直气壮惊呆了。

"杀贺摇光？告诉你，我做不到！他干过多少坏事，我没见过！你让我杀一个我认识的人，教过我武功的人，跟我一起喝过酒、跟我女儿聊过天的人，我就是做不到！

"再说，他干的那些事，我能理解！我要是遇到那种事，我也要报仇！谁拦着我我就干谁！报不了仇，我死也不甘心！"

"你……"赵仙迪气得浑身哆嗦，"你怎么变得跟贺摇光一样了……"

"因为他说得对！护什么法、守什么道？都是假的！那些东西，我相信过，可你看看我是什么下场！我坐牢、赔钱，毁了自己一辈子！不识字的人都知道对错的，它反而分辨不出来，你说这东西有什么用？"

李南枝终于意识到，原来自己从未服过。只是无情的现实像一根鞭子，把他活活抽得丝毫不敢表现出来。

"还'求仁'？仁在哪里？我相信人有良心，可是十年了，那个我救下的人，

她在哪里？我知道你害怕，可我只求你回来替我说句话！就一句话……很难吗？这是我的一辈子啊！"

说到这里，他的瞳仁里冒着火，眼帘却在下着雨。

"你们猎手，跟我一样，都是傻子！维护法律、维护正义？这个世界，就没有公平、没有正义！"他发出古怪的笑声，"现在想想，我真是傻啊——害了自己、害了父母，甚至害了孩子，我还是没开窍。因为我觉得，老天爷那里总能讲理！可是结果呢？我他妈沦落到捡垃圾！我翻啊、找啊，我在这个大垃圾堆里就死活找不到一点证据，能证明这老天爷不是个不讲理的混蛋！"

李南枝早已意识到自己并不是在跟赵仙迪说这些。可是他控制不住。压在心里十几年的委屈早已跟眼泪一样抑制不住。终于，他抱着头号啕大哭。洪水般的情绪倾泻出来。哭泣声中，赵仙迪没有说话。两个人都如同行尸走肉，双眼无神地盯着黑暗的虚空，随着车辆的颠簸而晃动。

04

直升机带着巨大的噪声缓缓降落。舱门打开，停机坪上几十个身穿高档西装的人一同行礼。韦宗正走下飞机，环视四周。

一座座巨大的厂房上爬满了藤蔓，布满裂纹的柏油路四通八达，令他不禁想起自己第一次来这里的情形。那时候他还是个新手，跟在大队人马后边，来考察这个新买下的地产。他记得这里是个苏联援建的矿场，90 年代废弃后，长期无人问津。在郑天权主张下，银盾以极低的价格买下来，从此拥有了第一个海外基地……

"各位，事情紧急，安排不周，见谅见谅！"韦宗正笑容可掬，与欢迎的人群寒暄起来。这些人都是各派的副手、参谋、常务执事，个个圆滑精明，所以他也应付得格外热情。几辆代步车开了过来，他辞而不坐，号召大家一起徒步前行。他们边走边聊，所到之处，到处都是身穿各色护甲的各派门人鞠躬行礼。韦宗正默数着人数，心里不时暗笑。

自作聪明……

郑天权临时要求把会场定在这里——荒凉偏僻，火车都不通的蒙古大漠——本意肯定是防止可能的埋伏，却导致除了拥有大量直升机的坤甸派，别的门派能够出席的人数大大受限。如今，他可以确信，这次会议不会出现任何差错。即便有，在场的200手下足以应付任何局面。

会场位于一栋难看的五层苏式大楼里。大门前，他的侍卫队和各派掌门及其保镖早已列队等待。

韦宗正微笑着跟各大掌门施礼，心情越来越放松——少壮派铁杆全来了，连温和派的那几个老东西也来了。只要投票，郑天权必输无疑。

他笑容可掬地走到大门口，把手放在掌纹识别仪上，同时把脸凑近摄像头，提供虹膜验证。绿灯亮了。沉重的不锈钢滑门缓缓打开。他第一个走进去，引导大家乘坐电梯进入地下二层。会议大厅足有半个篮球馆那么大，空气中掺杂着新鲜的涂料味道和些许霉味。巨大的橄榄形的长桌上，摆满了各种高档烈酒、古巴雪茄、精美糕点。大家开始放松下来，有说有笑，气氛变得像一场鸡尾酒会。

侍从长走上来，俯身耳语。

"还没清理完？"韦宗正有点不高兴。

"设施太老了，除了墙里的装甲层和各种管道，其他的都要重新搭建。所以有些地方，实在来不及……"

侍从长拿出地图，指出还没有清理完毕的地下建筑所在。那是位于矿场边缘的几座建筑，距离这里足有一两公里。韦宗正摆了摆手，"武装押运队到哪里了？"

"装甲车报告说道路出了一点问题，估计晚上才能到。"侍从长有些紧张。

韦宗正瞪起眼。再三演习过的关键环节，到头来还是出了纰漏。

"这里原先是座二级白城，有自己的禁闭室，就在这儿。"侍从长急忙指着地图，"可以先把人关在里边，等待装甲车。但是需要七级权限才能打开。"

"哦?"韦宗正笑了,"那好,到时候就让郑天权亲手打开自己的监狱……"

侍从长松了一口气,附和着笑了起来。

忽然,一个侍从快步走来,打断了两人的交谈。

"来了!"

大门打开,郑天权大步流星地走了进来。在场的人反应泾渭分明:少部分急忙起立整理衣装,大部分眼神漠然、交头接耳。郑天权远远朝韦宗正一拱手,然后坐在长桌的另一头。

侍卫们收起了各种杂物,退出了房间,与会者纷纷落座。鸦雀无声中,郑天权与韦宗正对视着。两人都明白,接下来进行的,将是一场不流血、不用电却直接决定生死的战斗。

"好了,"郑天权微笑着敲了敲桌子,"开始吧!"

05

车厢摇晃着。发泄完满腹情绪的李南枝觉得浑身脱力,一动都不想动。时间一久,他开始觉得自己刚才说得有点过分了。正要道歉,角落里传来了赵仙迪的叹息声。

"是啊,你也跟他们一样,觉得这个世界不需要猎手,不需要鱼鹰……我不怪你。一开始,我也是这么想的。直到我看到了那些数字……"

她的声音跟说话内容并不匹配,听起来极度疲惫而丧气,让李南枝不忍心再反驳。

"光是美国,每年就有多少逃犯你知道吗?"赵仙迪背靠着车厢,打着响指。电弧的光芒中,李南枝看到她仰头望着车顶。

"6万——一个国家,每年。"她缓缓地摇着头,似乎是不肯相信这个世界有多荒谬,"虽然不是每个身上都有人命——就算每十个吧——那就是至少6000人。6000个被毁掉一生的人、6000个破碎的家庭……"

李南枝说不出话。

"你说法律没用，你说老天没眼，这些东西我也想过。可是想来想去，我觉得不能像个婊子一样抱怨个没完。"深沉了不到十秒，她说话的风格又拐回来了，"我总是问自己一个问题：那些人、那些家庭，法律帮不了他们，上帝好像也忘了他们，他们还能指望谁？只有我们这样的人。"

说到这里，她笑了。

"你说鱼鹰没用，倒是真的，"她像个醉汉一样笑弯了腰，"以前，鱼鹰每年能抓回一万多，现在，那个数字我都不敢查。我们要跟银盾打、要跟血爪打。我们不抓坏人，却能拿出那么多钱来改进装备、改进杀人技术，因为我们早就开始开公司、抵押贷款、投资、融资……妈的，你说得对，我们越来越像银盾那群混蛋……我也知道，我们不能这样下去……可是我一点办法都没有……"

"我真羡慕你，"她看着李南枝，"你能什么都不信地活着，我做不到。喝酒，我其实本来也不喜欢。可是每天醒来看着鱼鹰的样子，想着我手里那些没有时间去了结的案子，我宁愿醉着……"

她的声音渐渐低了下去，话语却像涟漪，一次次撞击着李南枝的心，让他忽然觉得，贺摇光说的，似乎也不全是真理。

她忽然捂着嘴开始抽泣。

"你……你……你怎么了？"一听女人哭，李南枝就慌了，"你你你……别生气，我就胡说两句……"

然而这无用的话语只能使她哭得更厉害。

"我等了这么多年，机会还是溜走了……也许，我们注定要失败……"她呜咽着，"也许，本来就不是个机会，只有我这么觉得。就像你说的，我是傻子……也许这就是命。我们注定就这样自相残杀下去，直到死光，被人遗忘。以后的人永远也不会记得，曾存在我们这样一群怪人……"

李南枝觉得她的语气听起来就像当年得知妈妈再也不会回来那个夜晚的李开心。内疚感再一次碾压过来，把李南枝好不容易构筑的可怜掩体砸得粉碎。他捂

着胸口，好像能感觉到内心被一口口啃噬。

电弧熄灭，两人都陷入了沉默。

"不，还有机会！"忽然，李南枝大声说道。

赵仙迪以为他是安慰自己，强笑了一声，没有回答。

"你说的，我有的懂，有的不懂。但是如果真像你说的，有那么多需要鱼鹰的人，那么它就值得抢救一下。你帮过我这么多，现在，轮到我来帮你了！"

"你在说什么？"

"你不用牺牲，"他正色望着赵仙迪，用有生以来最庄重的声音说道，"我来！"

06

"……总之，他们不但纵容贺摇光，还跟他暗中合作，设置埋伏，杀害了第十一突击队！鉴于这种情况，我正式提出动议：停战协议立刻作废！向鱼鹰，宣战！"

韦宗正讲完，会场响起一阵嗡嗡声，又渐渐静了下来。大家都把目光投向郑天权。所有内心深处不想再打的掌门人都眼巴巴地看着这个创造了无数奇迹的老人，希望他能再次力挽狂澜。

"各位兄弟，咱们好久没聚了。看着大家，我就想起了当年，我们一起决定脱离鱼鹰、创建银盾的那个晚上……"

郑天权声音不高，语调亲切，一步步带着大家回顾银盾的辉煌。所有人，不管他们对现在的政策看法如何，心里都不得不承认，正是在他的领导下，大家才得以成为百万富翁。

"生意人！我对自己的定位、对大家的期许，就是这么简单。"郑天权语气诚恳至极，"我们能取得以前的成就，根本原因就是我们立足于做好合法生意……"

他继续侃侃而谈。大堆的数字信手拈来，有理有据地论证，内战期间大家的收入降低了多少，本来可以达到多少，一反一正，大家实际损失了多少。每个数字都令人不得不心动。讲完这一段，他停了一下，扫视着大家，心里有了底。

"我希望，今天大家可以拿出当年同样的智慧和理智，让我处理好这次危机。让我再跟他们谈一次吧——只有和平，才能让大家的日子越过越好。也只有和平，才值得我们做出这样的努力。诸位，再给我十年，我可以保证，银盾将成为下一个黑水、下一个雷神，甚至下一个波音！而这一切，穿着带血的夹克，是做不到的！"

"兄弟们啊，"郑天权眼中泛着泪光，"再给我一次机会，再相信我一次！我对银盾的未来有完备的计划，每个细节，都尽善尽美！站在这里，我已经能看到，甚至能摸到——那是金色的未来！我只求你们相信自己的理智，跟我一起，带着银盾，起飞！"

演讲结束了。一片寂静。片刻之后，孤单的掌声响了起来。紧接着，又有第二个、第三个、第四个……

所有的中间派都激动地站起来鼓掌。甚至少壮派也有人被拉了过去。毕竟，郑天权的本事是人人都佩服的。他说能做到，就是能做到。面对成为亿万富翁的诱惑，很少有人能不动心。

郑天权平静地坐在座位上。韦宗正不动声色，心里却波涛汹涌。他没料到，此人在这种形势下还有这样蛊惑人心的能力。

"如果大家没有异议的话，"郑天权趁热打铁，"大家简单举手表决一下吧——同意给我一天时间跟鱼鹰再谈谈的兄弟，请……"

"等等！"韦宗正板着脸站了起来，"天权先生，我要再讲两句！"

07

"你就说，我是无门无派、来历不明的野猎手，我是跟着陈文昌混进来的。你根本不知道我的底细。结果我看管不力，放走贺摇光，还想逃跑，你亲手把我抓住。"李南枝克服了巨大的恐惧，一字一顿，"这样，厉司危赖不到总会头上，

谁也不用死……"

"你傻啊！那样你得死！"赵仙迪断然拒绝，"你女儿怎么办？"

"抚恤金，"李南枝低头叹息，"足够救她的命了。"

"只有5万！"她明白了他的计划，顿时急了，"以后呢？"

"我没有办法，"他苦笑一声，"我不是一直这样吗？想不出办法，挣不到钱，孩子跟着我，除了受穷就是受罪……我没本事……她去福利院也比跟着我强……当然了，还是拜托你管一下她。我信得过你……"

"她需要的不只是钱，不只是衣服和吃的！"赵仙迪反而更生气，"她需要你的陪伴，需要你这个父亲，她是个人，不是……"

"我也是个人啊……"李南枝的声音像木炭摩擦着地板，"我也想要尊严，想要休息，想要停下来喘口气，可我没那个命……我真的累了……真的……再也走不动了……"

他掏出一根烟，做了个手势。赵仙迪无奈地打出电弧，他把烟凑了上去。

"这个世界，从来不需要我。"抽了一口，他喝醉了似的开始呵呵傻笑，"但是它需要你！"

"我？"赵仙迪愣了，"为什么是我？"

"我小时候，我爸告诉我有一种人叫作侠客。那时候，我以为做侠客，最重要的是武功。可是这些天总觉得不对劲——你说老贺、厉司危，还有银盾、血爪那帮人，哪个武功不高？他们算侠吗？"

"那你说是什么？"赵仙迪皱起了眉头。

"是善良——善良就是在别人的痛苦面前，没法转过头去。"他觉得自己顿悟了，明明是刚想出来的道理，却无比地坚信，"这，才是侠的根本。没有同情，就不会把武功用来帮助别人。武功不用来帮人，就只会用来利己。那样产生的，就不是侠，而是各种各样的怪物！而你，是我见过的最有同情心的人！"

烟头的火星一亮一灭，照着赵仙迪的脸。她望着李南枝，眼神复杂。

卡车忽然猛地刹住，两人都滚在地上。

"我们被拦截了，"耳机里传来萧北河的声音，"是旭川派。"

赵仙迪没有回答。她盯着李南枝，眼中有泪水在翻滚。

"你有没有想过，也许我不值得你牺牲？"她的声音打战，"我也是人，而且是个一团糟的人。说不定哪一天，我会变得跟他们一样……"

"行啦，"李南枝不耐烦地摆着手，"再怎么样，也比我这个球样强。我这辈子反正废了，索性废物利用。你一定要活下去，一定要改变鱼鹰，实现你的梦想。开心总问我，大侠是不是没有了。我不知道怎么回答。我希望你以后能告诉我，我是错的……"

他的声音变得虚无缥缈，越来越慢。

"快回话！"庞砺石不耐烦地催促着，"要不要抵抗？"

"不要抵抗……"赵仙迪缓缓站起来，"我们跟他们走。"

嘈杂声传了进来。后门开了一条缝。李南枝不想让人以为自己吓得站不起来，强撑着走到后门。结果门一开，差点被风吹个跟头。黄沙遍地，前方不远处是云集的车辆和银光闪闪的集装箱。

"那就是白城？"他歪头问赵仙迪。

她点了点头。

"再帮我点一根吧……"他哆哆嗦嗦掏出一根香烟，"妈的，说实话，还真有点怕……"

然而一根烟都快抽完了，他还是没迈动一步。赵仙迪这才注意到，他的腿在剧烈地发抖。她点了点头，握住他的手。他感到她似乎比自己还要紧张，手冰凉，全是汗。

"准备好了吗？"

"我要是说没有，你能放我走吗？"

疾风劲吹，黄沙扑面。两人相视而笑，一起大步走出车厢。前方，一座由集装箱拼成的钢铁之城在烈日下闪着银光。

"你一定要坚持住，"他望着那座刺眼的城市，哆嗦着咧嘴一笑，"这条路，

我失败了，你一定要成功。”

08

“天权先生说，银盾，就是生意。”韦宗正扫视着在座的所有银盾高层，平静地开口，“这句话说得很好。在这一点上，我们的看法没有什么不同……”

所有等着他上来就对郑天权猛烈攻击的人有些茫然。

“既然这样，我也来谈谈生意上的事。”韦宗正话锋一转，开始列举数字。听完后，人人都发觉银盾的利润早已停止增长，扣除通货膨胀的影响，根本就是在下跌。他又举出很多名字，这些人为银盾战斗，成了残废，抚恤金却按照受伤前的一半发放，扣除医药费，很多人穷困潦倒。

“为什么会这样？为什么？”韦宗正摊开双臂，大声发问，“我们明明都在拼命干活，人人都忙得不可开交。张老、陈老，明明是一派掌门，却要自己亲自参加安保工作！于兄、郎兄、桑兄，因为预算不足，连续五年没有招收新人，门派不断缩水，战斗中损失惨重！而这，竟成了目前银盾各门派司空见惯的一幕！”

终究还是来了。郑天权端起茶杯，慢慢啜饮，手丝毫不抖。

“大家想想，那年在墨西哥的大项目——几大毒枭的秘密会议——是谁搅黄的？还有那年在马来西亚，连续 17 个客户被人抓走，损失 20 多个兄弟，是谁干的？”

他一连举了十几个例子，所有人的脸开始慢慢变红，脖子上青筋暴露。

“鱼鹰！”终于有人愤怒地喊了出来。

“是鱼鹰！”

“就是他们！”

附和声不绝于耳。韦宗正享受地听着这些背景噪声，皮笑肉不笑地望向郑天权。

“干安保这一行，最宝贵的，就是名誉！失败一次，就会有人再也不相信你！而鱼鹰，破坏了我们多少次名声？只要他们存在一天，我们就绝不可能越做越好！我们跟他们，决不能共存！"

"对！"

"没错，就是这么回事！"

会场一片喧嚣。大家纷纷破口大骂。韦宗正的目光片刻不离郑天权的脸。后者涵养极好，根本没有任何情绪波动。

"钱的问题，我说完了。"韦宗正趁热打铁，从口袋里掏出一张纸，"但是，我跟天权先生的确是有很大的分歧。我们最大的不同，就是我，不止看钱！"

他开始慢慢朗读。全都是人名。一开始还有人不明白这是什么，可到了后来，每个人都低下了头，双拳紧握。

"这些……"韦宗正声音低沉，缓缓收起纸条，贴胸放进口袋，"全是死在鱼鹰手里的弟兄。他们的命，又是多少钱能买的呢？"

会场一片沉默。

片刻之后，有人站了起来。

"报仇！"

"报仇！"

"报仇！"

09

虽然早就活腻了，可是真到了命在旦夕的地步，李南枝还是怕。从车里下来，几百米路程，几次趔趄，都仗着赵仙迪拉着，才没有摔个狗啃泥。

"镇定，镇定！好不容易死一次，可不能让人看扁了……"

他强迫自己转移注意力，去观察周围的一切。

旭川派简直像是一支军队，训练有素、分工严密，有的在高处警戒，有的在地上巡逻。他们的护甲分成几种颜色，护领上画着不同的图案，标志着自己的分

队，露出的眼睛警惕地盯着这四个囚徒。

很快，山体的阴影笼罩了大家。走进山洞时，眼前猛地一黑。坑道挖得又宽又高，每隔十米左右，都会有一个近乎九十度的拐弯。稍微一琢磨，就明白是为了防御各种声波攻击。又走了几分钟，一个巨大的地下大厅终于出现在眼前。走进去，就是长达二十多米的长厅。长厅尽头，厉司危坐在长桌后，面目竟然看不清楚。

她就像一个假人，纹丝不动，一声不出。时间一分一秒地过去，李南枝越来越紧张，满头都是汗。一扭头，他才猛然发现，萧北河和庞砺石没有被押进来。

他们怎么……

这时，厉司危动了。她伸出手臂，从烟筒里拿出一支香烟，慢慢点燃。

"贺摇光呢？"嘶哑的声音传来。

李南枝深吸一口气——终于到时间了。

赵仙迪松开了一直跟他相握的手，上前一步。

"跑了。"

片刻的沉默过后，笑声如夜半鸦啼，回荡不绝。

"你知道这意味着什么？"充满杀气的声音使得空气和地面一起微微发抖。

赵仙迪的胸口起伏着。

"第九条第五款，"旁边有白衣侍从站了出来，"疏忽导致人犯逃跑，造成重大危害者，死罪！"

最后两个字像两颗子弹，令李南枝身子猛地一颤。不过晃了几晃，他又觉得这事自己能挺过去。他深呼吸几次，终于克服了胸闷。他微微侧头，看着身旁那张英姿飒爽的脸。他这才意识到，自己一路上视为师长的人是这么年轻。他发现，一想到她未来的日子还那么长、可能性还那么多，自己就感到由衷地欣慰。

"你来告诉我，"厉司危语气森然，"是谁该死？！"

就这样吧……

他闭上了眼睛。

四周变得很静，每下心跳都听得一清二楚。生命中重要的时刻像慢动作一样在脑海中滑过。他忽然很想对赵仙迪说句什么，却又想不出什么好听的词。

"你好好活吧，"最后，他放弃了，"以后说话办事可长点心……"

终于，赵仙迪开口了。然而她说出的，却不是李南枝这三个字。

"是我！"

10

呼喊声一次次在会场里回荡，越来越响亮。

韦宗正腮边的肌肉抽搐着，等待着它的分贝达到最高点。"对，报仇！我们要报仇！这些年我一直主张报仇！可是，这可能吗？"他终于说出了最想说的话，爽得浑身发抖，"不可能！我告诉你们，兄弟们，不可能！只要天权先生掌权，我们就不可能跟鱼鹰算账！为什么？因为天权先生根本不把自己看成是银盾的人！内心深处，他还把自己当成是鱼鹰的元老！"

此言一出，漂亮话算是到头了。

"是谁，在伯明翰惨案之后，禁止我们报复？"韦宗正怒发冲冠，言语振聋发聩，"是谁，在楚格峰之后决定收缩战线，不再主动进攻？是谁，三番两次给鱼鹰机会，在我们马上要赢得最终胜利之前，跟他们谈判，签下耻辱的停战条约？你们告诉我，这都是谁做的？！"

所有人都把眼光投向郑天权。

韦宗正现在确信，自己要胜利了。只差最后一击。他一伸手，随从递上一个信封。打开来，里边是一张张的照片。

"这，是达默先生。"韦宗正拿起第一张，展示着上面惨不忍睹的尸体，"这，是他的夫人。这，是我们札幌派的一些外围队员。这是负责人，横山勇，当年放弃了东京的高薪聘请，加入银盾。这，是他的副手高田，20岁，刚刚结婚。这，是吉村……"

他像回忆老朋友一样，一个个介绍着当天遇难的银盾成员，令听众的头越来越低。最后，他把一张照片高举过头。

"这是达默先生的儿子。这个孩子，才7岁！"他的手颤抖着，"你们告诉我，能对一个孩子干出这种事的人，他还能算人吗？！"

"不算！"

"贺摇光就是个畜生！"

大家群情激愤。会场的气氛沸腾了。

"现在，鱼鹰要包庇这个畜生。而有的人，却要我们不要因为这件事惩罚鱼鹰。我问大家，这个人，他是为了银盾吗？"

"不是！"

山呼海啸的喊声中，韦宗正观察着郑天权，像一个欣赏世界名画的游客。

"我提议，马上进行投票。不是宣战，而是不信任案！我韦宗正，提议弹劾郑天权！"

11

"你干什么？！你们听我说……"李南枝挣扎着，直到被白衣侍从拖出去。门关上了。大厅里只剩下两个女人。她们一言不发，互相瞪视，直到赵仙迪笑出声来。

"你笑什么？"厉司危歪着头端详着她。

"贺摇光跑了，对你来说，就像圣诞节提前了，对不对？"她一如既往地嚼着口香糖，歪着嘴笑着，满脸嘲讽，"你杀了我，再用这事攻击总会。就算一次扳不倒总会，你也可以得到战争，每年几亿美元的资金流进你的腰包。我都替你高兴……"

"你就是这么看我的？你爸爸当年，也是这么说我的？"厉司危冷笑一声，弹了弹烟灰，"自己办事不力，居然赖我处罚太严？"

"你要是光在这儿等着我送死，也算堂堂正正地把握机会，"赵仙迪收敛笑容，"我只是没想到，你居然这么不择手段。你把贺摇光的指纹给了韦宗正！把联络点的位置给了韦宗正！坤甸的韦宗正！"

厉司危面无表情地看着她。

"你知道我有多么伤心吗？"赵仙迪一边说一边摇头，"以前我那么仰慕你，因为你证明了女人不但可以成为顶尖猎手，还能领导一个门派。我梦想着有一天能成为你这样的人，即使……"

她说不下去了，用充满恨意的眼神瞪着对方。

"即使，我害得你父母离婚？"厉司危的声音里带着调侃和不屑。

"你不要提我父亲！"赵仙迪激动起来，"你没有资格！他把你看得那么好，其实你根本就没人性！韦宗正杀了你们旭川派多少人？！你丈夫都是死在他手下！你居然为了钱……"

"嗡"的一声，大厅里的灯光一起变暗，厉司危站了起来，目光阴沉。

"你动手吧，"赵仙迪理了理嘴边的乱发，"这回我拖累总会，死了活该。我没有亲人了，我的抚恤金，麻烦你交给李南枝，就是刚才那个人。他什么都不懂，别难为他……另外，我死之前，想问你一件事。"

厉司危缓缓地点了点头。

"你们当年……"她每次开口都好像需要千钧之力，"到底……到底有没有……是不是真的……"

听到这里，厉司危已经明白了问题是什么，哈哈一笑。

"我当然爱过赵天璇，"她重新坐下，点燃一根烟，"可是后来又一想，世上的男人千千万，我爱上一个就要离次婚，也太麻烦了……"

赵仙迪的脸一下子变得通红，脖子上青筋暴露。她看着地面，不停摇头。

"怎么，失望吗？你本以为提这个，可以求我饶你一命？"

"我确实想求你看在我父亲的面上……澄清一下，我没有收贺摇光的钱。"她自嘲地一笑，"你以渎职罪杀了我，已经足够打击总会的了，没必要把事情做得那么绝……可是，我在说什么傻话呢？你是个根本没有心的人……"

厉司危再次起身，慢慢走到她面前。赵仙迪面无惧色，与她四目相对。

"等什么呢？"她平静地一笑，"动手吧。"

厉司危看着她，慢慢把一根烟抽完，然后发泄似的把烟蒂朝远处狠狠一扔，抬手朝赵仙迪拍下来！

第二十一章 死战

你们给了我信任。而我，将给你们战争！

01

9月25日　周日

距离移植最后期限还有 2 天

距离最后通牒到期还有 13 小时

经费缺额 66490 元

啪。

手掌狠狠拍在肩膀上。赵仙迪睁开眼睛，看到的却是厉司危似笑非笑的脸。

"你这个傻孩子啊——干得还不赖！"

接下来的几分钟里，赵仙迪目瞪口呆地站在原地，听着厉司危的独白，却完全不知道她在说什么。

"三年了，我跟韦宗正接触有三年了。我用尽了一切办法，又是情报交换，又是互相试探，又是出卖、牺牲……可是，我始终不能赢得他的信任。他连面都

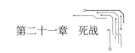

不肯露一次……"

厉司危摇着头走来走去，眉头紧皱，好像一个退休老人在讲述钓鱼有多么不容易。

"终于，机会来了！"她转过身，眼睛里放着光彩，"达默一家出事了。韦宗正主动来找我，要我验证一下，现场的指纹到底是谁的！"

"你……指纹不是你给他的？"赵仙迪终于想起插话。

"当然不是。"厉司危对她事先的推断嗤之以鼻，"你以为我是什么人？会做那种事？"

"可是贺摇光的指纹早就……"

"我知道。可是韦宗正给我的指纹，的确跟系统里的贺摇光的指纹匹配——大概是很早以前采集的吧……"

"是谁给他的？达默一家到底是谁杀的？到底是谁，想栽在贺摇光头上？"

"我猜，八成是银盾内部斗争——我不知道，也不关心——我只知道，韦宗正这下一定会跟我合作！不光是因为贺摇光杀了他的亲弟弟，还因为这是他夺权的天赐良机！搞掉郑天权容易。但是如果无法合法化，银盾自己就面临着内战。他只有拿到贺摇光的人头，才可以名正言顺地开战，然后清算上次的和平协议和郑天权的所有政策，彻底掌握银盾！他果然上钩了！我告诉他，我的最终目的是永远掌握鱼鹰最高权力。为此，我不惜跟他合作，发起战争。当然，我们不会真的打，而是要利用战争，剪除异己，永远地控制两个派别……"

赵仙迪下意识地开始点头。毕竟，这才是她印象中的厉司危会干的事。

"其实，你，根本不在我的计划之内，贺摇光也不在。"厉司危看着她，大笑起来，"我根本不需要贺摇光——我手里有他的毛发、血液样本、DNA 样本，可以用很多种办法把韦宗正骗过来。所以我根本就没安排人去抓他——可是没想到，总会把你派来了……"

赵仙迪用难以置信的眼光看着她，不知道谜底到底将通向何处。

"你不但来了，还发现了贺摇光，闹得尽人皆知。我只好修改计划，派崔敏孝去传话。我给你们俩的绝密命令你也看到了——如果成功，立刻带贺摇光来这里。如果失败，就用弗林·达默的名字把他引到这里。不出意外，你们失败了。那倒也没什么。我当着银盾观察团的面，把这个计划告诉了李千帆。我当然知道，所谓观察团，都是韦宗正的人……"

赵仙迪脸上怒容浮现——李千帆的死，厉司危也有责任。

"一切好不容易重回正轨，贺摇光下落不明，韦宗正依然得来找我。可是那个李千帆，竟然把银盾突击队引到了贺摇光身边，差点坏了我的好事！好在你们居然消灭了突击队，你又带着贺摇光消失了。我骗韦宗正说，你是我的亲信，正带着贺摇光秘密来我这里。当时真的好险，离露馅只有一步之遥。好在，你们又打败了他的追兵。这样一来，我要做的，就是确保你们不露面，让我的假话看上去像真的……"

厉司危两眼放光，走来走去，双拳不停攥紧、再松开，好像又在经历当时成败悬于一发的情景。

"我真是一切办法都用了！叛道令，就是为了吓跑你！我还把话散布出去了！我派了多少人、去多少线人那里说，我要弄死你，为的是取代总会！我甚至还把黄河一线的联络点位置透露给韦宗正，让他把守黄河一线，防止你万一没听到消息傻乎乎来这里！"空旷的大厅里，厉司危恨铁不成钢地数落着，"可是为什么？！为什么你还要来送死？！你他妈是傻子吗？！"

说到这里，她打量着赵仙迪，古怪地大笑起来。

"可是你还是来了……你这个不怕死、为了目的不顾一切的劲头，跟赵天璇真是一模一样……"

赵仙迪回想着这一路的历程，忽然打了个寒战。她明白了什么。

"你这孩子，武功比我想象的好。更关键的是，运气也不错。你们怕我杀人灭口对不对？结果，你派人放出的消息歪打正着——人人都知道，贺摇光要被送到我这里来。韦宗正再也不怀疑，同意亲自来！"

"你……"赵仙迪其实已经隐约猜到，但是无论如何也不敢相信，"你到底要

干什么？"

"待会儿，韦宗正会来这里拿贺摇光的人头。"厉司危转过身来，表情凶狠而决绝，"而我，不会让他活着离开——我要消灭韦宗正和他的坤甸派！然后突袭会场，消灭参加会议的所有银盾主战派！"

02

咚的一声，赵仙迪被惊得连连后退，后背撞在墙上。即使是十年前，即使是内战最激烈的日子，即使最疯狂的冒险分子，也绝不敢制定这样的计划。

"怎么？"厉司危的目光恩威难测，"害怕了？"

赵仙迪不停地摇头，仿佛面对的是一个莫可名状的巨大怪物，一个字都说不出来。

"11 年内战，我们旭川派死了 182 人。其中……"她的声音忽然哑了一下，"还包括我的丈夫。你以为这一切，是一句'大家和好，好好赚钱'能了结的吗？

"银盾里，郑天权这样的老好人终究会老去，未来掌权的，必定是韦宗正这样的少壮派。躲过这次最后通牒，还会有下一次。战争早晚要爆发。他们财源滚滚，人越来越多。而我们……"厉司危望着隧道深处的黑暗，"总之，现在，是两派实力差距最小的时候！韦宗正这次召集来的人，是银盾里最凶狠好斗、战斗经验最丰富的一群人！抢先动手，除掉这批人，是鱼鹰唯一的生存机会！"

拳头在空中狠砸下去。她望着前方，神情凶狠，目光坚毅，犹如古典时代的战神雕塑。

咔嚓，赵仙迪腰间的电脉锁掉在地上。

"你，到底跟不跟我一起干这一场？！"厉司危抛下遥控器，傲然逼视。而赵仙迪却像见了鬼一样不敢向前。

"你……你……你不能这样啊！"声音终于冲破了喉咙里无形的阻碍，在大厅里回荡，"大家都会死的！"

"打仗，哪有不死人的？"厉司危森然地看着屋顶的吊灯，"我把整个旭川派动员起来，就没打算带他们回去！如果非要牺牲才能拯救鱼鹰，那就让我和旭川来牺牲！"

"银盾会报复的！"赵仙迪急得声音走了调。

"正因为如此，我们才要先动手！"厉司危严肃起来，"我早已派人到各大门派协调联系。12 个小时之内，只要我发出信号，各派的主战派将夺权，同时向银盾各大分部发起闪电战！"

"厉前辈！"

赵仙迪觉得脖子被一只大手扼住，拼了命才能发出一点点声音。

"千万不能这样啊！银盾会不择手段！无论是鱼鹰还是银盾，都会完蛋！"

即使是对银盾最痛恨的鱼鹰猎手也会承认，内战打得热闹，但都有分寸：谁也没有试图借助警察、政客或者军队除掉对方；战斗不管输赢，大家都会给对方时间，收殓尸体、消除痕迹，以免引来警方的关注；双方人员在参战前都会留下各种借口的告别信或者自杀遗书，以备家人向警方交代；双方都不约而同地避免在闹市和其他人多的地方挑起战斗……

正因为如此，这个以电驱动的江湖才没有暴露，得以存在至今。假如厉司危的计划成功，这一切都将成为历史。

"我知道，这听起来很疯狂，但是只有消灭银盾，才有可能把一切变得像以前一样……"

"如果我们做了这种事，就不可能像以前一样了！"赵仙迪带着哭腔，"我们不能再打了！再打，这个世上就没有猎手了！"

"你觉得我们不会赢？！"厉司危脸上怒气骤现，"散布失败主义言论，你可知道……"

"就算还有人活下来，就算我们能赢这一仗，那我们也不可能依然是猎手了！"赵仙迪声泪俱下，"前辈，你想过没有，我们跟银盾和血爪的区别在哪里？"

厉司危一愣。确实，很久没人问过这个问题了。

"猎手、保镖、杀手，都是收人钱，去抓人、杀人。不同的地方，不在我们身上，而在于他们！"赵仙迪指向大门，"我们的委托人，那些老实生活却成为牺牲品的普通老百姓！是沉默的大多数！是没法保护自己的普通人！"

"你年纪轻轻，跟我唱这种高调？"厉司危恨铁不成钢地打量着她，"普通老百姓？沉默的大多数？我告诉你，他们有另外一个名字，那就是乌合之众！他们最胆小、最自私、最无能！他们能干什么？他们帮得上什么忙？！"

"他们决定了我们是什么！他们决定了我们做这些，是为了钱，还是为了公平正义！如果没有了他们，我们会成为另一个银盾，另一个血爪！"

"那你去找他们，把你抓人的过程详细说一遍，看看有多少人会检举你！"厉司危满脸嘲讽，"大众？他们就知道做梦，有一群穿着紧身衣的超级英雄在荧幕上打来打去。身边真的出现一个，他们二话不说就会报警！你不看新闻吗？见义勇为，现在叫多管闲事；行侠仗义，现在叫不懂法律；路见不平，现在叫侵犯隐私！你怎么会这么糊涂，整天想着一群抛弃了我们的人？！"

"人们抛弃了我们，是因为我们先抛弃了他们！"赵仙迪吼了出来，"多少年了，我们把所有的精力都用在仇杀、内战、门派纠纷、各种恩怨上，却唯独忘了这个职业，本来是为了谁！我们每杀一个人，就离他们越远、离鱼鹰的本质越远。如果我们再走几步，就彻底失去他们，再也回不去了！"

她的话语在大厅里回荡。

"你这口气，真像赵天璇……"良久，厉司危低声自语。

"你不理解，没关系。但是总有一天，你会感谢我……"她的目光变得柔和起来，俯视着赵仙迪，"现实点吧：只有我们这一辈的恩仇都了结，你们这代人，才有可能重塑鱼鹰，去建设你想要的那个世界……"

大门忽然被推开。一个侍卫喘着粗气，朝厉司危点了点头。

韦宗正来了。

"前辈！"赵仙迪绝望地做着最后的努力，"我求求你，联系一下天权先生，或许还有希望！"

"孩子，"厉司危唏嘘不已，"你不明白——郑天权这时候，应该已经不在了……"

03

一个，两个，三个……

跟先进的装备比起来，银盾的投票方式很简单：两派意见领袖站在房间两头，同意谁就走到谁的那边去。这种方法最原始，但也最考验人的心理素质。前三个人都站在了韦宗正身边，陈阁道立刻接受不了了。

"你们这些忘恩负义的狗杂种！"

也不能怪他没风度。这三人代表的门派全是中间派。以前他们去向郑天权要钱要装备，从来都是要多少给多少。

接下来的两个门派走到了郑天权的身边。可还没等陈阁道松口气，连着四个投票的全是激进门派。他的拳头越攥越紧，看着下一个投票的人——孟买的马宗人——步履缓慢地走上前来。

"库马尔！"陈阁道亲热地招呼着。他没有叫代号，而是直接称呼本名，目的无非是要提醒对方，他不是华人，当初担任掌门有很大的阻力，是郑天权力排众议，把他扶上掌门之位的。

"天权先生……"马宗人低着头，不敢看他的眼睛，"假如我今天代表的是我个人，我绝对……可是，我们派八个理事，七个都……"

他说不下去了。郑天权微微点头，拍了拍他的肩膀。马宗人快速转身，走到了韦宗正一方。

几票之后，顺化的黎斛走上前来。陈阁道顿时放心了。此人当年亲生儿子被鱼鹰俘虏，郑天权亲自出面谈判，付出很大的代价才把人赎回来。欢迎会上，黎斛痛哭流涕下跪致谢的画面感动了不知多少银盾人。

"天权先生！"黎斛双眼血红，"不是我狼心狗肺，只是……您的路，我是想走，可是走不通啊！越南哪有什么安保业务……我也不喜欢打仗，可是假如没了战时赏金，我们真的没饭吃了！"

血花飞溅。黎斛把自己左手两根手指削了下来。

"你这又是何苦……"郑天权长叹一声。黎斛没敢看他，蹒跚着走到韦宗正一边。

只差一人，就到了半数。

"陶老！"陈阁道看到了开普敦的陶罚，忍不住泪眼模糊，"您也要走？"

陶罚在银盾年龄最高——他成为猎手时已经快 50 岁了——称得上德高望重。他这样的人也成了少壮派，简直是匪夷所思。

"天权兄，"陶罚犹豫了一下，走了过来，"听我一句劝：要认清大势啊……"

"你们这是背叛，什么大势？！"陈阁道忍不住出口斥责。当年陶罚曾经竞选第一执事，跟郑天权互相攻击得很激烈。最后郑天权顺利当选，任命他当副手，两人成了好友，也是一时佳话。然而今天两人却没有叙旧的时间。

"天权兄，"他压低声音，"你只要说一句，马上跟鱼鹰开战，我第一个跳出来，宣布重新投票，如何？"

陈阁道热切的目光中，郑天权却淡然一笑，摇了摇头。

"老陶啊，这次就算成了，还会有下次、下下次。我这次退一步，以后还能次次都有你这样的人来给我退路吗？"

陶罚叹了口气，跟郑天权点了点头，走到另一边。

结果出来了。会议以悬殊票数通过了对郑天权的不信任案：免去其第一执事的职务，由韦宗正代替。

门开了，几十名坤甸派高手涌进来，把郑天权团团围住。啪！郑天权手中的茶杯被震成碎片，把他的手划得鲜血淋漓。

"天权先生……"陈阁道被四个人挟持，只能含泪凝望。韦宗正亲自掏出手帕，让侍从递了过去。郑天权视而不见，接过电脉锁，系在腰间，大步离开了会议室。临出门前，他带血的手掌"啪"地拍在墙上。这是迄今为止，他唯一一次表达了些许愤怒。

房间里静得可怕。人人都意识到，一个时代结束了。

"韦兄，"马宗人的声音颤抖着，"我们的投票结果，如果天权先生的嫡系都不认，你打算怎么办？"

"各位，请放心。"韦宗正坐在了郑天权刚才的位置，心潮澎湃，意气风发，"你们给了我信任。而我，将给你们战争！"

04

"护甲、护目镜、战靴、绝缘衣，还缺什么？"

李南枝捧着一堆领到的东西，目瞪口呆。半小时前，他以为自己必死无疑。15分钟前，他以为赵仙迪必死无疑。结果到头来谁也不用死，大家火线入伍，计划变成了干掉韦宗正。

对于这个结果，庞砺石欣喜若狂。

"哈哈，终于等到这一天了！"

他擦拭着心爱的盾牌，不时跟身边经过的旭川派人马打招呼、碰拳。没多少人有空理他。地道里，大家来来往往，忙着穿戴装备，擦拭武器，还不时去墙边，把背靠在坐垫似的东西上，闭目养神。

"和尚，你怎么这么平静？"他不解地看着面沉似水的萧北河。

"'你们要将一切的忧虑卸给神，因为他顾念你们。'"后者微微一笑。

"什么意思？"

"意思就是我们只要尽自己的全力就好。命运到底是什么，到时候自然会揭晓。"

"你过来，充点电……"赵仙迪拉着李南枝走到墙边，靠在那排"坐垫"上。

"韦宗正……好对付吗？"他神情恍惚。

"他是银盾八大高手之一，按理说武功跟贺摇光差不多。但我担心的不是这个……"

"他真的会来吗？他会带多少人？他的人万一在外边等着怎么办？"

赵仙迪没有回答，缓缓呼了一口气，闭上了眼睛。

"只剩 2 天了！我没时间陪她打一场仗了！"李南枝忽然抓住她的手，满脸绝望，"或者杀了我给我抚恤金，或者给我结算点钱，我要打给医院！我不能一分钱没挣到就死啊！"

"我们没得选择了……"赵仙迪拿开了他的手，"你放不放走贺摇光，都注定要这样——我们被困在这里了……"

橙色的灯忽然开始闪烁。厉司危在侍从的簇拥下走了过来。她不时用手朝某个猎手一指，被选中的人立刻鞠躬，跟在她身后。出乎意料的是，她在李南枝面前停了下来。

"给。"她把一个信封塞到李南枝手里。他哆嗦着打开，发现是一叠美元。

"厉前辈……"赵仙迪意外地看着她。

"你这个做派啊，早晚得死，"厉司危冷笑一下，"这算是预支的。"

"我……我能走了？"这么多天来，听了那么多许诺，这是第一回见到真钱。李南枝的手哆嗦着。

"还不行，"厉司危歪着头打量了他几眼，"你跟我来……"

李南枝不敢说话，老老实实跟着朝外走去。

风沙扑面，阳光刺眼。脑子清醒了一点，他开始左看右看，纳闷为什么被选中的不是矮子就是瘦子，一个比一个猥琐。

"你们笑一笑，"厉司危头也不回地下着命令，"选中你们，不是让你们来逞威风，是为了让韦宗正放松警惕。不要跟门神一样。放松点！"

忽然有人叫了一声。抬头一看，萧北河早就登上了基地中央的天线塔尖，充当瞭望员。大家调节护目镜，随着他手指的方向望过去。李南枝不知道怎么调，手搭凉棚看了好一阵，才发现一个小黑点正在朝这边快速移动。

"车型、颜色、涂装，都符合事先约定。"厉司危微微一笑，"是他。"

李南枝激动起来，但又隐约有些担心：

跟贺摇光一样厉害的人，有那么容易抓住吗……

他费力地咽了口唾沫，跟其他人一样，揪心地看着那辆车离自己越来越近。

"我觉得有点问题。"萧北河忽然在通信频道里说，"他怎么不减速？"

05

所有人的心都在往上提。确实，那辆车越开越快。一会儿工夫，前脸已经可以看得一清二楚。每个人都想到了一个可怕的可能性，却又不敢说。大家一起望向厉司危。她面色不改，纹丝不动，睥睨着飞速驶来的汽车。

"前辈！"萧北河忍不住大喊起来。

尘土飞扬，车轮在沙土上画出深深的痕迹，在离她只有几米远的地方停了下来。

还好，不是炸弹……

李南枝松了一口气。

"注意，注意，"厉司危轻声叮嘱着，"一定等我信号再动手……"

她整理了一下西装，轻松地走上前去。李南枝的心怦怦跳着。他不禁开始想象，韦宗正的武功施展出来是不是也像贺摇光那么吓人。

咔嚓。车门自己打开了。厉司危停了下来。

"韦兄，"她拱手一笑，"你来晚了。"

没有回应，也没有人出来。

"会不会……"李南枝终于说出了自己的猜想，"是定时炸弹？"

咚的一声，心惊肉跳。一个浑身是血的人像条麻袋似的从车里滚出来，摔在地上。猎手们一拥而上，要保护厉司危，却被她抬手制止。她缓缓走上前去，俯身抱住那人的肩膀，把他拉了起来。

"韦……韦宗正？"她的声音第一次出现了颤抖。

李南枝蒙了：

这是怎么回事？

紧接着，有人惊叫起来。

"全是尸体！"

车门全部打开，露出起码四具残缺不全的尸体。最前面的那个胸口塌陷，显然是被次声掌力震毙的。

突然，韦宗正睁开眼睛，抓着厉司危的领口。他表情痛苦，拼命吸气。

"急救包！"厉司危大叫着，"这是怎么回事？"

"血……血……"韦宗正用尽浑身力气，却始终说不完这句话。手一松，他昏了过去。

所有人都呆立在原地，不知是怎么回事，也不知如何是好。只有厉司危猛地站起来，望向东北方。

"你们看！"几乎同时，萧北河叫了起来。车来的方向，地平线上出现了一个个黑点，向这里飞驰。

"升起城墙！"厉司危咬牙下令。

耳膜被金属摩擦的尖锐噪声刺得生疼。李南枝目瞪口呆地看到，四面银光闪闪的钢制城墙正从地下升起，把这里变成一个小堡垒。他终于明白，厉司危本来打算靠什么困住韦宗正和他的部队。

升降式城墙有两三米高，将近一尺厚。胸墙、宇墙一应俱全，顶上还有一道一米多宽的折叠式平台，供守军登墙防守。猎手们从洞里涌出来，身着黄色护甲的地勤人员默契地分成小队，娴熟地从地下掘出巨大的不锈钢柱，一端斜插入地面，另一端支撑墙体。

"跟我来！"赵仙迪拉着李南枝跟其他人一起登墙。胸墙外，敌人的大军正裹着黄沙一起滚滚碾来。

"隐蔽！"耳机里，命令一遍遍重复着，"蹲下！不要露头！"

"你说，这到底是怎么回事？！"他给赵仙迪讲了发生的事，低声问她。

"看来我们被抢先了，"她看上去倒是轻松了一些，"韦宗正半路上遇到了血爪，被追到这里来。"

"这么巧？！"

这个问题赵仙迪无法回答。她肯定知道这不是，但又无法解释。

血爪的车队越来越近，也越来越慢，最后在距离城墙数百米的地方停了下来。城墙内外，数百人对峙着。没有一个人说话，只有近百台发动机一起轰鸣着，令空气和大地一起微微震动。

一个人影大摇大摆地走上城墙顶，不屑地看着城下的敌人。是厉司危。

"你不是让我们蹲着吗？"李南枝偷偷探出头，向远处张望着。对面一辆车开了过来，在距离城墙几十米远处停下。一个人下了车，手持扩音器，朝这边喊话。

"交出韦宗正！"

李南枝望向厉司危，只见她站立不动，突然抽出腰上的日本刀扔了出去。刀像一道闪电，在超声的作用下直飞几十米，擦着喊话的人插进了卡车的车头。李南枝正要喝彩，忽然被巨响吓了一跳。他一开始还以为是谁的车胎爆了，第二个念头才反应过来。

是枪声！

不是一声，而是连续不断的扫射。厉司危双掌凌空拍打。无数弹头烟花般炸裂。失去动能的铜屑下雨似的落在城墙外。

枪声停了，厉司危毫发无伤。白城上下欢呼起来。那辆车开了回去。城外静了下来。大部分汽车的发动机停了。车门开关的声音连成一片，然后响起了气急败坏的长啸声。

"杀！"

怒吼声中，大地微微震动。

血爪从四面八方向白城发起了总攻。

06

几个小时前。

灯光昏暗，空气难闻。10名坤甸派猎手押着郑天权，走在地下通道里。这栋建筑没来得及翻修，不知多久没人来过了，灯泡早已全部失灵。大家打着手电，缓缓前行。

"小心脚下，"郑天权依然保持着风度，"这里我记得有块地砖没铺好……"

话音刚落，领头的猎手就绊了个趔趄，幸亏郑天权一把揪住他的衣襟他才没有摔倒。那人回头看了看，点头表示感谢，同时命令9个同伴把贴在郑天权身上的手撤掉。

"你加入银盾多少年了？"气氛缓和了一些，两人开始边走边聊。

"8年了。"

"哪里人？"

"坤甸。"

"哦，宗正的同乡？"

"他是我的远房长辈。"

郑天权露出了笑容。韦宗正生性多疑，任人唯亲是出了名的。

"你叫什么名字？"

"狄从宫。"那人犹豫了一下，还是如实回答。

"星官名？你也是从鱼鹰过来的？"

"不是，"狄从宫尽量让自己的话听起来不带感情，"是宗正先生帮我申请的。他说有个这种名字，不会被老人瞧不起。"

"论资排辈的风气的确不好。银盾始终不能团结，这也是原因之一……"郑天权摇着头，"回想起来，我早就该重视起来。可惜，现在想改，太晚了……"

狄从宫没有接话。但是郑天权依旧有一句没一句地说着旧事。渐渐地，他发现郑天权并不像韦宗正说的那样狡猾而冷酷。相反，面对他，感觉就像面对自己的隔代长辈，不自觉地就想亲近。在他即将受不了的时候，队伍终于停了下来。前方的通道陡然收窄，尽头出现了一扇不锈钢制成的小门。根据建筑图纸显示，这里就是禁闭室。

"天权先生，"狄从宫尴尬地回过头，"还要麻烦您一下。"

郑天权坦然走上前去，摸索着门框四周的石壁。一块伪装成石头的水泥板掉了下来，露出一个密码键盘。

"居然还在这里，"他回头笑道，好像在跟晚辈介绍自己的故居，"当年还是我设计的……"

他开始输入密码。狄从宫低下了头。他也不明白，自己为什么会对这个老人产生如此强烈的同情。

"天权先生。"

郑天权停了下来，回头望着他。

"我只想让您知道，我对您没有什么看法……我只是奉命行事。"

"我明白，"郑天权温和地一笑，"我明白……"

他按下了开门键。

门开了。禁闭室里黑洞洞的，手电光射进去，居然也看不到任何东西。一阵阴风吹出来，大家忽然听到一种若有若无的怪声。仔细听时，又听不到。狄从宫上前一步，用手臂把郑天权护在身后。

"您稍等，我进去看一下……"犹豫了一两秒，他打着手电，迈过了门槛。他的同伴紧张地等待着。

"天权先生，"过了一会儿，他的声音从房间里传来，"您确定这里是……"

突然，一声巨响，他的声音断掉了。

"从宫！从宫！"

他的同伴大惊失色。之前消失的怪声再次出现，越来越强烈，直到地板也跟着震动起来。令人胆寒的尖啸中，黑影从门中扑面而来，卷住一个人，像章鱼进食一样把他拉了进去……

与此同时，会议室里，电话铃响了。

"车来了。"

"这么快？"

韦宗正走到监视器旁。屏幕上，一辆装甲车停在大门口，后边跟着六辆越野车。这正是事先安排用来押解郑天权的车队。一个门卫走上前去，敲着装甲车的门，却没有人下来。

"车队是谁负责的？"韦宗正隐约觉得有些异样，却又说不出是为什么。

忽然，门卫的脑袋砰地炸开。几乎同时，剩下的十几个卫兵全部被震成一堆血肉。一个影子从装甲车里走出，抬起头，静静地看着摄像头。

监控屏前，所有人浑身汗毛倒竖。

那张脸，那张在每个人噩梦中才会出现的狼脸面具，正在直勾勾地看着自己！

血狼子来了！

07

风声呼啸，战吼阵阵。几十辆集装箱卡车车尾朝前，慢慢朝城墙拱过来。剩下的人端着自动步枪，在卡车间慢慢推进。

"旭川派不是有钱吗？怎么这么抠？"李南枝死死抓着几根标枪似的铁棍抱怨着——这是他分到的唯一武器。赵仙迪没有回答。说实话，连这也不是厉司危准备的——鱼鹰战术手册里规定，每米城墙应配备五支标枪以备不测——她建造这座城完全不是为了防御。

当的一声，眼前冒起了火花，李南枝探头幅度稍大，差点被人一枪爆头。他并不是唯一一犯错的人。不远处，另一个猎手脑浆迸裂，栽下城去。

"用标枪！"有人在耳机里发布着命令。

"怎么用？"李南枝脸色苍白地晃着手里的标枪，"看谁没子弹了捅他吗？！"

这玩意儿完全是个铁棍，上面别说按钮，连条缝都找不着。

"用超声波，频率 5000 赫兹！"赵仙迪手一握，标枪头亮了起来，尾部咔嚓一声伸出四条尾翼。李南枝吓了一跳，赶紧有样学样。结果他的标枪头整个裂开，唰地变成了豪猪尾巴。赵仙迪眼疾手快，把他手臂一推。只听一阵嗡嗡声，七八十根钢针朝着敌人射了出去。

旁边的几个猎手显然也没经历过这种级别的战争，纷纷跟着他把标枪里的钢针射出去。几声惨叫过后，大部分钢针叮叮当当打在车上。

"这……这他妈是什么玩意儿？"李南枝目瞪口呆。

"5000 赫兹！你频率不对！"

旁边的庞砺石大吼一声，把标枪投下去。枪头像穿透纸板一样钻进集装箱。钢针迸出，在四壁之间反弹，反复穿刺。惨叫声和血浆一起从破洞里喷出来。

"看到了吗？要这么用！"庞砺石大笑着，又拿起一根，"再尝尝这个！"

一根根标枪戳透集装箱，一颗颗子弹呼啸着飞向城头，双方进行着激烈的交火。在胸墙的保护下，枪并不占优势，更何况很多猎手都有抵挡子弹的能力。而标枪似乎是专门为了对付猎手设计的，每根钢针大小轻重都差得很多，振频也就差得很远，根本无法防御。几轮下来，黑血浸透了黄沙。有些车已经抛锚，剩下的集装箱好像花洒一般喷洒着鲜血，依然慢慢推进到了城墙根上。

"他们要上城了！"厉司危在通信频道里镇定地发布命令，"留下最后一根标枪！"

"你他妈早说啊！"早已两手空空的李南枝刚骂完，集装箱门一起打开，"血爪"大叫着冲了出来。他们的护甲上画着骷髅、狼头，护颌和脸涂成各种颜色，看起来诡异而恐怖。他们的战吼尖厉刺耳，活像一群食人生番，不顾死活地要吞噬一切生物。

嗖！

领头的人额头上多了一个血洞，像被人抓着领子猛地往后一拽，仰面跌倒在地。早已转移到城墙上的萧北河攥着一把念珠，极其敏捷地探头、发射、下蹲，顷刻间连续打倒了 8 人。子弹似乎对他无可奈何。

"放！"猎手们一起把最后的标枪投下去。

无数钢针在没有车厢保护，也没有硬甲的人堆里爆开，直接把城墙根染成了红色。第一批冲出集装箱的人居然没有一个能摸到城墙。然而这依然无法抵消对方的人数优势。第二批"血爪"运起电磁力，壁虎似的沿着城墙飞速向上爬。这情景犹如踩了蟑螂窝，令人头皮发麻。

"Clear up！"厉司危的命令传入耳中。赵仙迪立刻按着李南枝，卧倒在墙顶平台上。触感告诉他，平台的材料似乎是塑胶之类的绝缘材料。然而还没来得及细想，就觉得一阵阴风从胸墙那边吹过来，令人皮肤紧绷。

高压电！

惨叫声掺杂着皮肉烧焦的味道蒸腾上来。爬墙的"血爪"像烧焦的苍蝇一样被弹了出去。

"哈哈，痛快！"趴在旁边的庞砺石哈哈大笑，似乎这种战斗对他来说，比任何游戏都要过瘾。李南枝此时已经吓得要吐，不过为了逞英雄，也想跟着笑笑。然而还没咧开嘴，忽然脸色苍白——黑影闪过，有些敌人已经高高跃起，飞上了墙头！

赵仙迪死死把他按在胸墙根上。他眼睁睁看着一个个敌人从头顶飞过，在眼前站定，用癫狂而嗜血的眼神四下搜寻着守军。

忽然，城中央那根旗杆上强光一闪。

"EMP（电磁脉冲）！"通信频道里传来呐喊。电磁脉冲霎时间覆盖了整个战场。所有主动护甲和电子元件同时失灵。

一声巨响，庞砺石打出惊雷拳。强光闪处，一具没了脑袋的尸体落入城墙下的人群中。

"上！"赵仙迪左右开弓，把两个敌人震下城墙。

双方在城头挤作一团。城下的敌人不再开枪，因为已经彻底分不出谁是谁。很多人明明是可以隔空伤人的高手，却在这狭窄的平台上用最血腥野蛮的方式贴身搏斗、厮杀。次声波、超声、电流像漩涡，把一切混在一起，拧成一团，榨出鲜血。

"前辈！"萧北河忽然指着远方喊道，"两点钟方向！"

刚刚一掌震死四人的厉司危转头眺望。不远处，又有两辆集装箱车开了过来。它们在距离城墙几十米处缓缓挪动，好像新手在学倒车，直到哐的一声，两个集装箱对接在一起，变成一个整体。正对着白城的车头缓缓上升、折叠，露出一根直径十几厘米的钢管。

"电磁炮！"

这是对方的计谋！他们牺牲自己人，把守军引到城头，然后用炮轰！

"离开城墙！"厉司危大声疾呼。

一声巨响。李南枝觉得自己变成了鸟，紧跟着，浑身的骨头都是一颤。耳朵里充斥着尖厉的噪声，眼前的世界成了一个修罗场，到处是残缺的尸体、零散的器官。不远处，高大的城墙好像深海里的潜艇，不断发出金属的哀鸣。下午的阳光直射过来，令他睁不开眼睛。

他这才明白发生了什么——城墙，被轰出了一个口子！

眼前十几米处，"血爪"们发出震天的欢呼，正在从缺口处涌进来！

08

仪器的嘀嘀声似乎永远不变。张主任看着报告上的各种指数，愁眉不展。三天以来已经昏迷了两次，虽然最终都醒了过来，但是他知道，这孩子已经快熬不下去了。

"张叔叔，"病床上，李开心忽然睁开了眼睛，"我是不是坚持不到我爸爸回来了？"

"你这孩子，不要瞎说！"他板起面孔，"你懂还是我懂？你要教我看病吗？"

李开心知道他是在开玩笑，可是没有力气笑出声来。

"开心啊，"张主任在床边坐了下来，"治病，就交给我。你的任务只有一样：不要瞎想，好好休息……"

"张叔叔，看病难吗？"李开心对他的话充耳不闻，若有所思地问。

"有的时候容易，有的时候嘛……"

"那我怎么就看不好呢？"

"有的病，康复需要的时间长一点，有的短一点……"张主任决定一有机会就赶紧走。

"张叔叔，当医生好玩吗？"

"好玩？"他被问愣了，不得不真的回忆了一下，"说起来，也挺好玩的。治好了病人，看着他们活蹦乱跳，那个高兴劲，别提了……"

"我爸爸以前老问我，长大了想干什么。我以前说是飞行员，但现在我想当医生……"

"当医生可要吃很多苦的。上学要上多少年你知道吗？还有，值班、加班，回不了家，你愿意吗？"

"哦，这样的话……"李开心认真地想了一会儿，"我还是不当你这样的医生了——我不敢自己睡在值班室里……"

"对喽，"张主任乐了，"你啊，等出了院好好学习……"

话说到这里，他忽然卡了一下，说不下去了。

"我要当医生里的科学家……"李开心望着屋顶，两眼充满憧憬，又有点不是很确定，"有这种东西吗？就是研究一个病，是怎么开始的，应该用什么药来治好它……"

"你说的好像是基础医学吧……"张主任扶了扶眼镜。

"我就要当这个，基础医生。"李开心也不管有没有这个词。

"你想好了？"张主任努力让自己想点能分神的东西，"要做很多实验的，穿那种宇航员一样的衣服，夏天不嫌热吗？"

"不嫌热，"李开心声音像羽毛一样轻，语气却坚定得像石头，"我要让我这样的孩子，可以不求人就活下来……"

说到这里，她又流下了眼泪。

"张叔叔，我要是坚持不到我爸爸回来……"

"你能见到……"张主任握住她的手，轻声安慰，"一定能见到……"

"要是见不到，你帮我告诉他几句话。"李开心似乎听不到外界的声音，自顾自地轻声说着，"他有时候晚上偷偷地哭，我都看见了。我想爬起来跟他说我会好起来，可我却在装睡。我也不知道为什么……我想说，这一次，我真的尽了最大的努力坚持了，就像那年的期末考试……那回我没考好，他说不怪我，可我知道，他还是挺失望的……我也不知道为什么会这样。我觉得我做好了一切准备，可是有些题，我真的没想到会出现在试卷上……爸爸，我真的尽了全力，当一个好孩子。我只希望，你不要再为我哭了……"

她的声音渐渐低了下去。张主任的手始终没有松开。等她睡过去之后，他走出隔离病房，摘下眼镜，望着天花板。身后，护士都说不出话来。由于职业原因，他们对人性从来都不抱绝对的希望——他们见过抛弃另一半的夫妻，见过让爸妈回家等死的儿女，见过扔下孩子不管的父母。但是这一次，他们希望这一幕不要重演。因为隔着玻璃，那是一颗谁也不忍心看见它破碎的心。

"李南枝，你一定要回来啊……"

09

李南枝半蹲在地面上，手脚冰冷，绝望地看着"血爪"潮水般朝自己冲过来。最前面的人举起了枪，他却连一根手指都动不了，只能眼睁睁地等着子弹射过来。

嗞啦！

巨大的电弧闪得他两眼生花。高压电弧沿着所有金属物体跳跃，所有步枪同时炸膛，子弹和枪支碎片在人群里乱飞。是赵仙迪！几乎同时，厉司危从她身旁越过，朝着缺口凌空出掌。啪啪声连成一片，好像无数只雨靴狠狠踩进泥坑里。第一批冲进缺口的敌人集体化为一摊血浆。

"后退就是死！"厉司危不顾一切地向缺口冲过去，"旭川派绝不会在今天灭亡！"

战吼声中，旭川猎手发起了反冲锋。他们不顾飞来的子弹，不顾不时倒毙在身边的战友，疯狂地向冲进来的敌人倾泻着次声波，或者手持雪亮的武士刀，直接朝敌人撞过去。缺口成了一个巨大的绞肉机。所有人都杀红了眼，他们像猫和狗、像两只饿狼、像两只决斗的刺猬，在互相冲击、穿刺、撕咬。他们没有退路，没有旁路，只有前方。

或者突破，或者死亡！

李南枝被衍射的次声和其他什么乱七八糟的东西震得几次跌倒、几次呕吐，直到身旁的猎手脑袋西瓜般炸裂，脑浆喷了他一脸，他才意识到自己已经身处最前线。咫尺之外，"血爪"已经朝他扑了过来！

李南枝大吼一声，把那具无头尸体拉到身前。敌人一掌打在尸体上，李南枝扭腰转臂，瞬间升压二十倍，一记形意横拳，结结实实地打在对方胸膛上。鲜血狂喷中，那人倒在地上，顷刻间被自己人踩进鲜血和沙土混成的泥里。

"轰！"

又是一声巨响，李南枝好不容易恢复的听力再次变成了尖锐的噪声。

他和几个对手一起被冲击波向后推出去，狠狠摔在地上。护甲搭扣被冲击波震断，怀里的五万美元化为碎片，蝴蝶般飞舞。

然而李南枝却连一声哀号都没发出。

因为他看到，左前方，又一块城墙被轰塌了！

10

风沙渐渐停了。一只筋疲力尽的百灵滑翔而下，落在好像刷了一层黄漆的草地上。它蹦蹦跳跳、停停走走，用嘴在沙子和草根之间寻找着草籽和蝗虫。忽然，它凝神不动，似乎听到了什么似的望向远方，最终再次振翅飞到空中。

"这就是最后的时刻！"厉司危高亢的声音在白城上方飘荡，"要么胜利，要么去死！上！"

白城里，到处是几人一组的厮杀。李南枝升压越来越快、调频越来越准，掌力伤害范围渐渐达到了十几米。掌风到处，敌人无不筋折骨断。他用上了几套武功的步法，从螳螂拳到猴拳到劈挂，移动快速坚决，神鬼莫测。连续几人倒在他掌下，竟没有一人能够碰到他。

一时的风光终于给他带来了坏处——5个敌人一起盯上了他，拳掌齐出，从各个角度一起进攻！

亮光一闪，一个飞碟似的物体飞到身前，几道次声掌力打在上面，全被反射，对面两个人被震飞。与此同时，强光凌空，血像下雨一样落下来。5个对手顷刻间变成尸体，一只手抓住李南枝衣领，把他拉了起来。

"你们在这儿呢！"李南枝看着赵仙迪和庞砺石，哈哈大笑。

"我的宝贝扔给你，你怎么不接住？"庞砺石捡起盾牌抱怨着。

"背靠背！"赵仙迪大喊着。三人背靠背互相掩护，好像用尖刺保护自己的海胆。敌人潮水般从身边涌过，却无法伤害他们一分一毫。

"电胆过热！"庞砺石一拳打出，毫无声息，急忙用盾牌掩护身体。赵仙迪想要掩护他，却已然来不及，眼睁睁看着那个"血爪"朝庞砺石的脑袋抓去。

唰的一声，对方半个身子凌空飞起。厉司危像一道白光从三人身边掠过，两个敌人变成四截。

"特攻队！"她运气大呼，声传数里。远处，黄沙从地表喷出，十几个白衣高手从藏身的地穴里一跃而出。厉司危亮出了底牌。他们是旭川派最精锐的高手，早就靠着氧气罐在此埋伏，为的就是从背后给敌人致命一击。

他们白衣如雪，利剑般朝着炮车直插过去，像一片电锯轮叶，把任何敢于靠近自己的物体全部撕碎。与此同时，厉司危单手持刀，在白城里飞快地游走，每

次停顿都像闪电一样短暂和致命，"血爪"们像被收割的庄稼一样倒下。

"加油！加油！"李南枝边打边在心里给他们鼓劲。环视四周，"血爪"的人数优势已经不再。只要特工队能够摧毁炮车，只要再坚持一下，也许……

然而就在这时，特攻队崩溃了。炮车里跳出一群身穿黑衣的"血爪"生力军，跟他们对冲起来。几秒之间，战阵之中再也不见一丝白色。

厉司危的心头在滴血——每一个成员，都是旭川派的精英，千锤百炼的战士。然而，已没有时间让她哀悼。敌军炮手们终于脱离了危险，飞快地跳回大炮旁，一起把手放在炮管上！

"炮击！"萧北河的声音忽然在通信频道响起。

轰隆一声，大地在震动。回过头来，萧北河和他栖身的那块城墙已经不知去向。眼前，城墙上出现了一个宽达几十米的缺口。缺口的另一边，整整齐齐地站着"血爪"的最后预备队。

11

阳光耀眼，微风吹过沙海，把神秘的黄色面纱揭去一层又一层。一片寂静中，"血爪"动了，上百精锐肩并肩朝白城推进。所有人的眼中，光芒在渐渐熄灭。鱼鹰这边还能站着的人，只有寥寥十几人。

一切都结束了。

赵仙迪看着李南枝，大口喘息着。

"谢谢你陪我走到这里。"她的呼吸平缓下来，"对不起，我……"

"都是命啊，"李南枝叹口气，摆了摆手，"这个狗日的世界，不待就不待了吧……"

"妈的，我是隐形的是吧？"庞砺石不满地叫起来，"就没人跟我告别吗？"

三人互相看了一眼，大笑着伸出手，紧紧相握。

"准备好了没有？"厉司危斗志昂扬地走上前来。她的身后，旭川派所有幸存者站成一线。

"每个人还分不到十个呢！我们多杀一个，以后鱼鹰的战友就少一个敌人！我们今天，为了鱼鹰而死！以后重生的鱼鹰，会记住我们！"

她的声音在空中回荡着，令每个人的心跳都急剧加速。大家热血沸腾，仰天长啸。李南枝也跟着叫得青筋暴露。

"听我命令：前进！"

十几个幸存者迈开大步，朝着十倍于自己的敌人进发！

"血爪"动了。他们两两成对，站成横列——差拍式次声远距离轰击准头不好，但是如果呈线列发射，绝对不会失手。

"冲锋！"厉司危发出命令。猎手们发出震耳欲聋的战吼，发起最后的冲锋。他们当然清楚，此时已经没有获胜的希望。但他们依旧不断加速，只求能在死之前拉上一个。

"准备——""血爪"的口令已经清晰可闻，"三……二……一！"

震耳欲聋的巨响中，眼前的世界狠狠地一晃，李南枝被冲击波掀翻。时间变得很慢，向后倒地的过程被拉得无限长，足够往日的一幕幕飞快地在眼前重现，使他得以确认一个论断：这辈子，真他妈的像场噩梦。

就这样吧，我尽力了……

他伸开双臂，浑身放松，微笑着等待后背着地的一瞬间，就像5岁时第一次欢笑着躺倒在家里买的席梦思床垫上……

不对！

火星忽然从脑中的什么角落冒出来，照亮了一切：死……也舒服过头了吧？

"咚"的一声，后脑勺着地的感觉着实不好受。他没有掉进天堂，而是挣扎在这屠戮场的烂泥里。

是风！

他坐起身来，感受着脸上的凉爽。

这是草……

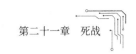

他看着自己的手。

这是……

各种声音涌入耳中，眼前的一切又恢复了色彩，活了起来。

"我没死！"熔岩突破地壳，在心中喷发，他几乎兴奋得大叫，"这怎么可能？！"

前方，"血爪"的方阵变成了一堆残肢断臂。

又是一炮。

残肢断臂飞到空中，沾血的黄沙撒了他一身。

打偏了？

李南枝不敢相信自己能有这样的运气。

"你看！"赵仙迪指着远处，大叫一声。李南枝循声望过去，震撼和惊喜的泪水顿时奔涌而出——电磁炮车周围，尸体遍地。巨大的炮口上，一个熟悉的身影傲然挺立，威风凛凛，犹如天神。

"哈哈……哈哈哈哈！"赵仙迪放声大笑。

"这个王八蛋！"庞砺石癫狂地捶地大叫，"他居然回来了！"

"你们啊，离了我，果然什么都不成！"

贺摇光大笑着跳下炮车，跨上一辆摩托，捡起一把武士刀扬在空中，风驰电掣般朝这边袭来。

12

李南枝四仰八叉躺在地上，一动都不想动，任凭烈日暴晒。

一个高大的身影挡住了太阳。

"你的运气还真是不错啊！"贺摇光哈哈大笑，伸出右手，"居然又活下来了！"

李南枝笑着握住他的手站了起来。贺摇光满脸满身都是血迹，看起来格外吓人，但是李南枝看到他，却有无比的安全感。在这个侏罗纪公园般恐怖的世界里，这是他最信任的霸王龙。

尸体遍布沙漠，好似红色的灌木丛。赵仙迪挂着武士刀向这边走来。她的身旁，庞砺石一瘸一拐地扶着萧北河——这家伙，竟然活下来了。五个人再次聚在一起。庞砺石伸出右手，跟贺摇光碰拳致意。然后是萧北河、李南枝。最后，在大家惊讶的目光中，赵仙迪也伸出了拳头，跟贺摇光的拳锋狠狠碰在一起。五人一起大笑。

"你怎么找到我们的？"李南枝喘着粗气问，"不对——你怎么回来了？"

"我没走多远，就发现了几个'血爪'的兔崽子在杀银盾的王八蛋。抓住一个一问，凑巧了……"贺摇光没有对自己的逃跑表现出丝毫歉意，也不肯承认自己救了大家有任何善意，"我琢磨着，总不能让那帮孙子太顺心了……"

不远处，厉司危盘腿坐在地上，看着遍地的尸体，默然不语。看到贺摇光走来，长友进和另一个侍卫警惕地站起身。

"不用了，"厉司危头也不回，"他要杀我的话，你们谁也拦不住。"

"老妹子，"贺摇光大咧咧地打着招呼，"听说你想见我？"

"找你的时候，你不来。"厉司危似笑非笑，"现在最不想见的就是你，你倒来了。"

"想当年，跟我较劲最狠的就是你……"贺摇光语气唏嘘起来，"这么多年，一晃就过去了……"

"那你应该知道，我最恨失败，"厉司危费力地站了起来，"尤其是被你见到我的失败。"

贺摇光看着满地尸体，明白鱼鹰亚太第一大派算是完了。

"司危，"他叹了口气，"我也不会劝人。但是一切从头再来，还不晚……"

"没法从头再来。我的计划失败了，是我葬送了他们的性命。"她摇着头，痛苦地自言自语，"我失败了。我败给了一个可怕的对手。去年有人提醒过我，可是我没有相信……"

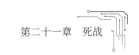

忽然，她剧烈地咳嗽起来，身子开始打晃。贺摇光急忙扶住她。所有人都围上来。萧北河伸手用超声波诊断了一下，脸色有些难看。

"是肝……"他小声跟长友进说，"必须尽快手术……"

"你们有没有直升机？"

赵仙迪急切地举目四望。忽然，她的目光在某个角度停住了。

天边，烟尘滚滚。又有一个车队来了。这支队伍毫无掩饰踪迹的顾虑，不但全力开动，还一起用释放脉冲示威。萧北河侧耳倾听，脸色顿时变得煞白。

"是死亡宣判——血狼子来了！"

李南枝觉得一股寒意从头顶迅速贯穿脚底。

这回是真的死定了。

"司危啊，"贺摇光笑着蹲在她身边，"有没有想到，有一天要跟我死在一起？"

他向她伸出手。

她微微一笑，用力握住。

"仙迪！"她伸出手，第一次和蔼地抚摸着她的头发和脸庞，好像在回忆一个老熟人，"我命令你，带着这些人，马上撤退……"

"一起走！"赵仙迪大声喊道，"我们有足够的车……"

"我不行了，浪费一个座位。再说，"厉司危无力地用手划了一圈，"你看看地形。拼速度，你们未必跑得了。你们需要诱饵，替你们争取时间。地道里，我早就准备好了炸药……长友进！"

长友进立刻半跪在她身边。

"把我扶到地道里去。你跟剩下的人都走。我一个人吓唬他们足够了……"

长友进像受了侮辱似的跳了起来。

"服从命令……"厉司危虚弱地看着他。

"明白！"他鞠了一躬，眼含热泪大声发令，"所有人，立刻撤离！但是我，要留下！"

一阵整齐的回应声，旭川派的幸存者没有一个离开。

厉司危欣慰而又心疼地闭上了眼睛。赵仙迪哭了出来。

"一切还没有完。"厉司危塞给她一样东西,"鱼鹰,还需要人去拯救。这个任务,就靠你了!到了安全的地方,打开这个,你会明白的!"

赵仙迪擦干眼泪,慢慢起身,却又被叫住。

"喂!"她嘴角含笑,声音压得很低,"赵天璇,到底有没有跟你提过我?"

赵仙迪愣了一下,含着眼泪笑了。

"他说,你是……"她哽咽着,"你是……"

"别说了,"厉司危微笑着制止了她,"这就够了。剩下的,我自己去问他……"

血红的夕阳照在残缺的城墙上,闪着银色和红色的光。卡车上,赵仙迪默默看着它在后视镜里越来越小,慢慢化为天边的一颗石子。尽管不可能,但是李南枝仍然觉得,自己依然能听到厉司危的战吼。

忽然,一阵强光把它吞没。然后,蘑菇云在戈壁上冉冉升起。

第二十二章　诀别

拿着钱回去，把她救活……

01

9 月 25 日　周日

距离移植最后期限还有 2 天

距离最后通牒到期还有 6 小时

经费缺额 66510 元

大雨滂沱。一辆卡车在黑暗中向着不远处的亮光飞驰，却在临近时慢慢减速，最终停在了路边。雨滴打在硕大的前车灯上，泪珠般缓缓滑落。李南枝茫然地看着雨刷，然后把头转向赵仙迪。事到如今，形势已经坏到不能再坏。他不知道，这条路将通向何方，但是他莫名地觉得，自己有义务跟这些一起经历过生死的伙伴走到底。

身边，关于下一步的争论仍在继续。萧北河提出大家各回各派，防御可能的进攻。庞砺石看法则正好相反：现在正是银盾最虚弱的时机，应该把握机会，干他们一下。两人相持不下，放在以前恐怕早打起来了。赵仙迪脸色苍白，一言不发，好像刚淋了雨。

"大家静一静，我有事要宣布。"过了不知多久，她忽然挺直身子，大声打断了他们的争论。

"你救过我们，也并不意味着你就不是鱼鹰通缉的人了……"她回身看着贺摇光。

"怎么，这个节骨眼上，还要再抓我一次？"后者斜着眼睛看着她。

"不，我要援引第十七条。"

"你要征召我？"贺摇光笑了起来。

"对。我宣布局部紧急状态。这种情况下，对你的通缉令暂时可以无视。"

李南枝看着赵仙迪。发现她的举止气质已经发生了改变，却说不上来到底哪里不一样。

"你先说说，"贺摇光却没有立刻表态，"你要征召我干什么？"

"我要你跟我们一起，"赵仙迪伸出手，掌心里，是厉司危给她的一块金属片，"去寻找最后的机会。"

厉司危的遗物在大家手中传阅着。这是半张名片，看起来跟普通的猎手名片没什么两样。但是萧北河敏锐地发觉，它要厚大约半毫米。

"里边有电路？"庞砺石立刻抢过来，放在手心，一再变换超声频率。卡片没有反应。萧北河接过去，又试了大部分常见的次声解锁频率，依然不行。最后这个谜题由贺摇光解决了。他想起很久以前鱼鹰用过的一种加密方法——以11伏的弱电解锁——卡片终于开始震动。

"为什么是11伏？"李南枝好奇地问。

"天枢的生日，四位相加，就是11。"贺摇光随口答了一句，又开始小心地放电，"这种老卡有些年没见过了，不知道是谁给她的……"

屏息等待中，绿光从一些肉眼看不见的小孔里射出来，在车顶形成了一行文字。跟以往不同，这回的信息不是坐标，而是一行文字。

"阿尔坦西里，三只骆驼……"庞砺石蒙文不错，当场拼读了出来，"联络点13号。"

02

夜风吹过草原。某个镇子边缘的烧烤店里，几个人围坐在墙角的桌边，心神不宁。赵仙迪愣愣地看着对面的庞砺石和贺摇光。他们早已风卷残云般地吃光了烩菜、羊肉、刀切酥，依然没有饱的迹象。

"走南闯北，"贺摇光大口喝着啤酒，"最爱吃的，还是蒙古菜——你们不再来点？"

厉司危留下的信息里，前边比较好理解——阿尔坦西里是地名——但后边两点就难了。首先，蒙古国只有 12 个联络点。不但没有计划建设第 13 个，这些年还荒废了四五个。第二，"三只骆驼"到底是什么？

"大侄女……"贺摇光拿着羊腿骨在啃。

"我说过了，别叫我这个。"赵仙迪无奈地托着腮。

"给你传授点当逃犯的经验：有饭，就往死里吃。下一顿不一定什么时候呢……"

"你确定没搞错？"赵仙迪懒得理他，直接问庞砺石。这个地方是他跟当地人打听出来的，按说错不了，可实在不合常理——从来没听说哪个联络点设在人来人往的饭店里。

"假如不是这里，"庞砺石用一根碎骨剔着牙，"那就要去找养骆驼的了。我觉得还是饭店合理一些……再来碗酸粥！"

"你们觉得呢？"赵仙迪低头捏着鼻梁。

萧北河默不作声。李南枝还在看着远处烤肉的老板出神。

"这个人怎么看着有点面熟……"李南枝自言自语。

"你这叫'cross-race effect'，跨……跨种族……反正就是说你看哪个蒙古人都长一个样。"赵仙迪打断了他，"我问你正经事呢……"

李南枝茫然摇头。他看不出这里有什么不对劲，除了对蒙古的烤肉串子尺寸有点震惊——将近一米的铁扦子，他吃了一串半就饱了。

"你们有没有发现，"萧北河压低了声音，"外面摊位的客人越来越少了……"

李南枝偷偷向窗外瞥去。果然，外面几张桌子已经空了，喧哗声也已经消失。看看表，才晚上10点。接着，他发现店里的客人也有些不对。旧客人不断起身离去，又不停有新人进来。十几分钟，每张桌子的人都换了一遍。店里喧闹声依旧，每个人却只喝酒，不点菜。

他觉得后背开始发凉。

"准备战斗！"赵仙迪沉着下令，面露喜色——她此时最怕的不是敌人，而是没有线索。李南枝点了点头，手却被贺摇光攥住。

"不要急着开电胆……"贺摇光用醉汉的语调低声说。

手被拉到墙上。李南枝心领神会，默默地用弱电测量了振频。赵仙迪也把手贴在另一面墙上。萧北河准备好了念珠。庞砺石的手伸到桌下，抚摸着一根牛腿骨。

端酒送菜的伙计在桌子间穿行。在炭火炉前挥汗如雨的老板的目光不时瞟过来。渐渐地，烧烤店里的喧哗声越来越小，最后，竟然没有一个人说话。

李南枝的额头上，汗水渐渐流下来。

他知道，动手的时刻到了。

滴答。

汗水滴在桌上。

老板猛然抬头，手中的铁签子由下而上一挥，一道无形的剑气劈开地砖飞速袭来。

"动手！"贺摇光的喊声响起的同时，五人一起四散跳开。

萧北河的念珠穿过被劈成两半的桌子飞了出去，霎时间打倒了两个伙计。庞砺石怒吼着暴起，手中的牛腿骨横扫着打断了两只攻来的手臂。李南枝和赵仙迪

一起动手，两面墙轰然倒地。里边的伏兵被屋顶压住。

五人一起冲出烧烤店。

烟尘渐渐散去，贺摇光扛着不省人事的老板，掀开瓦砾，走了出来。

"现在好办了，"他拍拍老板的头顶，"问他就全知道了。"

03

雨又下了起来。卡车从人烟稀少的街上开过，停在镇子边缘。车上下来几个人，朝破旧的居民区走去。走在最前边的人鼻青脸肿，步履蹒跚。他就是烧烤店老板。

"刚卓力格！站住！"听到身后那个疯子叫自己的名字，他停住了脚步。贺摇光低着头走到前边，朝电线杆空挥一掌，上边的监控摄像头顿时火花四溅。

"行了，"他抬起头朝后一招手，"继续。"

在车上，刚卓力格死不开口。赵仙迪给他看了那半张名片，他也毫无反应。最终贺摇光跟他"谈了谈"，他终于肯带大家去他的窝点。

"你说，到底是怎么回事？"李南枝紧跟着赵仙迪，小声问她。

"他不是'血爪'，也不像是银盾……"赵仙迪谨慎地打量着两旁的每一扇窗户，"大概是脱籍的猎手……"

"厉司危让咱们来见一个脱籍猎手，是为什么？"

"他们一般跟线人关系比较紧密，"赵仙迪皱着眉头，"可能是有什么重要情报可以给我们……"

刚卓力格停下了脚步。李南枝看到，面前是一栋老旧的居民楼，样式跟中国80年代的筒子楼一模一样。一楼有个门脸，挂着的牌子上画着三只骆驼，写着一堆不认识的字母。

"打印机配件销售公司？"庞砺石费力地拼出来，"人才啊——蒙古总共需要几台打印机？"

推开门，空无一人。贺摇光点了点头，刚卓力格穿过后门，走上楼梯。楼梯狭窄曲折，他捂着胸口不停咳嗽。打开二楼的防盗门，大家来到一间办公室。日光灯下，里边全是打印机。

"你们这掩护业务做得挺真啊……"庞砺石有些惊讶。

"你们用什么？通信球还是电话？"赵仙迪焦急地催问。

忽然，亮光在窗户上一闪。所有人都机警地蹲下。赵仙迪挪到窗边，向外望去。李南枝蹲在地上，脑子里一片混乱。他本来抱着一丝希望，以为这里会有鱼鹰的正规部队，可以给他结算一下工钱。结果又是一场空。

战争要爆发了……钱还没搞到……我该怎么办？

他的目光茫然地移到对面刚卓力格的脸上。然而回应他的，却是狼一般的目光。

"嘿呀！"

刚卓力格熊一样冲了过来。

"快上来！"他用蒙古语大喊着，"一共五个人！"

咚！

从没跟摔跤手交过手的李南枝连反应都来不及，便被沙包一样摔在地上。耳边嗡嗡直响，浑身散架一样疼。身子刹那间再次横在半空中。李南枝拼了老命，双手以最快的速度缠住他的胳膊，来不及变频升压，直接把电放了出去。

刚卓力格惨叫一声，两人一起摔倒在地。李南枝忍着疼痛抢先一步爬起来，一掌拍在他天灵盖上。他终于昏了过去。楼梯上脚步声下雨一样密集。转眼间，闪亮的蒙古刀草丛般从门口疯长出来。

"杀！"不知多少人正在涌进来。庞砺石朝门口凌空一掌，冲进来的人惨叫着飞了出去。

"窗户！"萧北河大吼。玻璃破碎，几个人影正要跳进来，脑门却被念珠打中，仰面摔下楼去。一个漏网之鱼举刀迎头劈来，李南枝闪身躲过。火花四溅，身后的打印机被劈为两半。

"超声流猎手！"李南枝闷声嘶吼，一掌出去，持刀人被打得五脏移位，昏了过去。扭头一看，旁边的赵仙迪脚下已经躺着三个人，然而还是不停地有人涌进来。

"用电！"赵仙迪的叫声提醒了大家——外边在下雨，这些人身上都是湿的。霎时间，白光刺眼，电弧在刀刃和湿衣之间延伸游走，像极了游戏里才能见到的连锁闪电法术。惨叫声过后，窗口和门口终于空了。

"烧死他们！"

一个燃烧瓶从窗户里飞了进来。火光满地，李南枝急忙掀翻桌子，压住火苗。可是汽油却顽强地从桌子和地板的缝隙里流出来，把火带向其他地方。他脱下外衣，拼命地扑打着火苗。

"跳下去！"贺摇光已经关闭了铁门，朝窗口冲了过来。

枪声响了。子弹把窗棂和玻璃打得粉碎，封住了跳楼的路。

"反猎手霰弹，"庞砺石看着弹孔，骂骂咧咧，"妈的，一定有行家在背后指点他们！"

对付猎手的关键不在于枪，而在于子弹。弹头里的钢珠材质、大小差别巨大，振频差得极远。这种子弹，没法用次声防御。

又是两个燃烧瓶飞了过来。

萧北河扔出念珠，贺摇光劈空一掌。燃烧瓶被凌空震碎，火焰和着雨水朝人群头上淋去。下面哭爹喊娘的声音响成一片。李南枝正想叫好，却发现贺摇光身上也着了火。把火扑灭后，他发现下边至少有二十个燃烧瓶就位。

"有把握吗？"赵仙迪看着下边，评估着跳楼的成功率。

"肯定能冲出去，"贺摇光面色严肃，"但是五个人不可能都活着。"

李南枝脸色苍白地看着他们，发现每个人也都在看着自己。

"我们下去，趁着乱，你赶紧逃命……"

李南枝想拒绝，却被赵仙迪推到一边。

"准备好了吗？"贺摇光大笑着，"让我们再跟这个狗日的老天爷赌一把！"

大家齐声低吼。这声音令李南枝觉得自己脑袋里有什么东西炸开了，浑身的血液沸腾。他上前站在赵仙迪身边。

"多一个人，子弹就分散一些，"他盯着窗外，不看她的脸，"谁也别劝我！"

"哈哈哈……"贺摇光狠狠往他后背上一拍，"万一跟你们死在一起，倒也配得上我的身份！来！"

贺摇光的手伸在空中。李南枝心中一阵激荡，把手放在他的手背上。

"我早就看出来了，你是个傻子……"她也不再犹豫，三只手紧紧握在一起。

然后是萧北河、庞砺石。

"好！"贺摇光仰天长啸，走向窗户，"破军星贺摇光，死在此地！"

五人同时朝窗户跃去！

滴答。滴答。

整个世界在一瞬间静了下来。只剩雨滴声清晰可辨。

几个人站在窗框上，愣愣地看着下方，如同雕塑。

楼下的人潮不知何时已被劈成两半，离楼最近的地方，空出一个直径几米的半圆。空地中央，一个身披黄色雨衣的人抬头向上望着。

"不用下来了！"他喊着，"我上去谈！"

贺摇光的表情如在梦中。良久，他才吐出一句话。

"陆……陆开阳？"

而李南枝的嘴唇则不停颤抖，脸色苍白，浑身都在颤抖。

因为他已经认出，这就是那天晚上买肾的老人！

04

雨越下越大。灯火通明的房间里，李南枝看着桌对面的老者出神。此人头发一根不剩，脸上皱纹纵横，瘦得像一具活骷髅。但从五官上还是能依稀认出，他就是那夜的老人。可是陆开阳对他却连看都不看，好像从未认识。

"老贺，别来无恙？"

"开阳！我以为你早就死了！"

久别重逢，众人退出去之后，两个老兄弟紧紧拥抱，好久才松开。

"你当年头发比我还多啊，"贺摇光大笑起来，"怎么这么快就秃了？"

"嘻——化疗着呢。"他好像在说不相干的人。

"什么癌？"贺摇光一惊。

"还不都一样……"陆开阳摆了摆手，完全没兴趣谈这个，"这是仙迪吧？都长这么大了……"

赵仙迪破天荒露出腼腆的笑容。在场的人中，她是贺摇光以外唯一见过陆开阳的人。那时候她还是个孩子。

"我听说你上了叛道令，到底怎么回事？你们又是怎么找到我的？"

大家的表情都暗淡下来。

"是厉司危让我们来找你的……"

"她终于肯信我了？"陆开阳呵呵一笑，"她撞了多少回南墙，终于知道回头了？"

"就是问她吃了什么亏……"李南枝一看赵仙迪表情就知道她没听懂。

"她死了……"赵仙迪咬着嘴唇，"整个旭川派也完了……"

大家你一言我一语，讲述了事情经过。房间里死一般寂静。事情发展到这一步，显然连陆开阳也没想到。

"司危居然在策划这么大的事……"陆开阳沉默良久，终于长叹一声，"她这个人啊，脑子、武功都是一流的，就是做事太绝，也太爱冒险……"

"韦宗正到底是怎么回事？"庞砺石最关心的就是谁杀了自己的大仇人。

"螳螂捕蝉，黄雀在后。韦宗正急火火地赤膊上阵，没想到还有更厉害的人利用了他的计划——我估计，所有来参加会议的银盾头头脑脑，恐怕都死了……"

"会不会是有人把开会地点泄露给了'血爪'——就像当年血狼子杀死彭右

弱那回一样？"赵仙迪说出了自己的判断，"韦宗正受伤后没有别的地方可去，只好逃往白城，结果把'血爪'引到了那里……"

"差不多。但是'血爪'恐怕也是受人指使的。"

这话令大家都有些吃惊。

"这个幕后主使到底是谁？"

陆开阳低头沉吟，好像在考虑该从何说起。然而抬起头来时，提起的却是另一个话头。

"你们知道我在这里干什么？"

"养病？"

"不。这里，是我的瞭望塔、我的哨所、我的岗位。"陆开阳看着大家的神色，严肃地点了点头，"没错，我在执行任务。我从来没有离开鱼鹰。"

05

"当年楚格峰一战，鱼鹰和银盾的第一代精英毁于一旦。表面看起来，大家损失差不多，但是时间一长，鱼鹰赢面很小……"

这话引起了庞砺石的反感，他不服气地哼了一声。

"赏金猎手这个生意，说到底是个冷门行业。美国是最大的市场，每年的保释金、通缉赏金加一块，二三十亿美元到头了。联邦法警能抓大概三分之一，剩下的，鱼鹰还要跟那些联盟以外的普通赏金猎手公司去抢……"说起这个，陆开阳依然显得很疲惫，"那些人没有电胆，抓的也净是些小毛贼。可是鱼鹰跟他们比起来，成本太高——电胆、电脉、护甲、纳米材料，哪样都贵得吓死人。这还没算研发费用、抚恤金、赔偿金……"

他不停地摇头。

"银盾就不同了。安保业务，全世界都吃得开，又能认识很多有钱有势的人。他们在研发上投入的资金越来越多，装备越来越先进，人手也越来越多……"

"可是后来……"赵仙迪忍不住提出疑问。

"后来银盾并没有大举进攻，对不对？没错，他们变得很消极。再后来，'血爪'又从银盾里分裂出来，我更觉得奇怪：银盾闹分家，是因为只想好好赚钱。为什么形势好了，他们不去赚钱，反倒自己又分裂了？"

大家都沉思起来。

"那时候，我们经常跟天权通话。一到关键问题上，他总是支支吾吾，不肯细说。我跟玉衡商量了好久，终于达成共识：我们决不能把自己的安全建立在别人的善心上。于是，我名义上退籍。但实际上，我并没有退休。我，成了鱼鹰的一枚暗子！"

震惊的目光中，大家都对这个老人肃然起敬。

"我有两个最重要的任务：第一，就是调查血爪，搞清楚他们的来龙去脉。血爪这个组织，非常奇怪。底层都是些下三滥，武功不高，全靠着不要脸和不怕死：要么纠结几十个人伏击一个，要么派人给你来个自杀性袭击。但高层却完全不一样：铁板一块，谁也渗透不进去。总之，我费了无数力气，用了好多年，才找到真相——血爪，根本不存在！"

"什么意思？"几个人被说得一头雾水。

陆开阳从口袋里掏出一个 U 盘似的东西。

"这是一个加密锁，生成随机密码，4 小时一换——我花了两年时间，锁定了一个戒备森严的秘密基地，好不容易才偷出来——它保护的那个数据库里存着的，是一家公司的财务数据。一家达默名下的公司！"

贺摇光顿时变色。

"报表上显示，这个公司每年都有一大笔钱被列为亏损。但是明细却经不起推敲。于是我算了算——这个金额能养活的猎手数目，恰好差不多就是我估计出的血爪人头数。我再追查一下去向，这些亏损，实际上是进了洗钱通道……"

"你是说，"赵仙迪有点不敢相信，"达默不光赞助银盾，还暗地里培养了血爪？"

"不，不是达默——这笔钱经过六次转手，最终去了哪里，他完全没法掌控。"

"那就是银盾？"庞砺石的猜测更说不通——血爪杀得最多的就是银盾的人。

"也不是银盾——钱最终进入了一个离岸公司的账户。这个公司跟银盾没有任何关系。"陆开阳手里晃动着密码锁，"而且保存这个东西的基地，里边工作的人也跟银盾没有任何瓜葛。所有的线索，都指向一个人——洗钱的经手人、那个账户的主人，以及秘密基地的实际拥有者。就是他，用达默的钱，培育了血爪。"

"谁？！"每个人都屏息等待着答案。

"郑天权。"

06

椅子咣当倒地，吓了李南枝一跳。赵仙迪站了起来，双眼圆睁。

"不不不，这不可能……"

"达默家族一开始是岳天玑的普通客户，"陆开阳一边说，一边拿出手机，把他保存的证据给大家看，"他和他的富豪朋友在海岛开派对，需要保安——根据邮件显示，他就在那时认识了郑天权，成了朋友……"

"血狼子是谁？"贺摇光看得懂里边的财务报表，但还是对这个问题百思不得其解——暗地里创建一个组织容易，但是一个绝世高手又是从哪里找的？

"他第一次出山，就杀了彭右弼，还差点打死郑天权，对吧？老彭可是郑天权的死党，他的武功比你还……"

"为了搞清楚这个问题，我花了5年时间……"陆开阳语气平静，表情却很是自得，"在每个血爪出现频繁的地点周围，我都建立了监视据点——这栋破楼，也是其中之一——哪里的用电量猛增，我就赶往哪里。"

这话让李南枝感到很不安全——周围有血爪的巢穴？

"大多数情况，要么白跑一趟，要么人数太多，混不进去。直到去年，我才终于走运了一回。那个据点在林子里，我潜伏了几天，都没有动静。就在我想撤离的前一晚，有一辆特别大的卡车开了进来。然后，我就监视到了强度前所未有的能量波动……"

"血狼子？"庞砺石已经等不及了。

"我当时孤身一人，本来不该冒险，但是我当时已经有了预感：我的身体，大概撑不了很久了。于是我狠下心，摸着黑就下了山……"

李南枝屏住呼吸，等待着故事的进展。

"那是一个特别大的废水处理厂。我从围墙翻过去，沿着废水池的边缘慢慢匍匐前进，终于潜入了办公楼。可是在里边转了几圈，也没找到什么。我自认倒霉，只好撤退。偏偏这时候，我的肚子忽然疼得要命。脚一歪，踩到了通风管。我知道，这下麻烦了。我从天花板的缝隙里朝下看去，结果就看到了一个狼头面具正直勾勾地看着我。紧接着，我们就交上了手！"

虽然陆开阳就活生生站在眼前，但大家还是屏息凝神，想听听他和天下第一高手的对决经过。然而陆开阳却偏偏让他们失望了。

"一共过了两招，我被打断了两根肋骨，连他的脸都没看清！"他哈哈一笑，"说实话，本来我必死无疑，可是血狼子不知出于什么目的，先把灯都打灭才出了第二掌。我死里逃生，事后到医院一查，发现自己患了结肠癌……"

贺摇光低着头，把手指掰得咔咔直响。

"不过这一切都是值得的！"说起这些，他无比高兴，"他打灭灯，是做贼心虚，不想让我看到他的真面目。可是已经太晚了。通过第一招，我已经知道他是谁了。"

"是谁？！"除了李南枝，其余人几乎异口同声。

"彭右弼！面具只能遮住他的脸。但是体形、运功升压的习惯动作，还有出掌的手法，绝不会错！"

众人的惊呼声中，赵仙迪瞠目结舌——彭右弼死于血狼子之手，唯一的见证人是郑天权。他秘密建立血爪，让死党彭右弼假死，创造出血狼子这么一个虚幻人物！他已经布局了 8 年！

07

"可是这……这不合理啊……"赵仙迪像梦游一样走来走去，"他……他要血爪干什么？"

"很简单，就是掌控整个银盾！"

"可他不已经是第一执事了吗……"

"不，他并没有实权。"陆开阳摇了摇头，"银盾跟鱼鹰不同，它更像一个松散的联盟，纪律性不是那么强。郑天权管事，大部分还是靠跟各派掌门商量。但是主战派的实力不断增长，又一直在找他麻烦，他随时可能被搞下去。他不得不找一个平衡实力的办法。这个办法，就是血爪……"

赵仙迪若有所思地沉默着。

"你看看血爪的受害者名单就会发现，他们都是不服从郑天权的少壮派。"陆开阳把目光投向贺摇光，"在天权眼里，其实没有主战派和主和派之分，只有听他话的和不听他话的。他正是借助血爪这把刀，掌权这么多年……"

他摇了摇头，好像是叹息当年自己识人不明，然后继续说下去。

"总之，我把郑天权的疑点告诉了厉司危。但是她不信。在她看来，我的这些都不算铁证。但是我猜，更大的原因应该是自负——她觉得就算郑天权有问题，她的计划也能一箭双雕，把他跟韦宗正一起搞掉。"陆开阳表情沉痛，"可是她不懂一个道理——你的牌面再霸道，人家直接把牌桌掀了，你怎么赢？天权表面上温文尔雅、风度翩翩，其实骨子里比谁都狠！想靠开个会就搞掉他？人家输了投票，直接调用血爪血洗会场！你怎么办？！"

"那……"赵仙迪的嘴唇哆嗦着，"他做这些，也算是被逼的……可他为什么要攻打厉前辈的白城？他不是一直倡导跟鱼鹰和平相处，因为这个，他才被主战派攻击……他这两年还偷偷来过总会两次，甚至提出，以后要把银盾和鱼鹰重新合并……"

一着急，她把机密说了出来。这些会议她虽然没有资格列席，但是私下里听

442

邱左辅说过。

"我不怀疑郑天权的这些话。但是，相比和平，他更爱权力！"陆开阳攥紧拳头，"你站在他的立场上想想——你不服投票结果，杀了银盾一半多掌门和高级干部——事到如今，该怎么收场？"

大家沉思片刻，纷纷恍然大悟。

"下策，那就是一不做二不休，跟银盾决裂，自立山头。"陆开阳摇着手指，"人人都知道，这是自杀。银盾和鱼鹰会毫不犹豫地吞掉他。"

"那……推到血爪头上！"庞砺石急不可耐地插嘴，"就说成是……像当年血狼子出山那次一样……"

"这个，只能算是中策。"陆开阳微笑一下，"第一，这种事在你身上发生两次？都这么巧，就你活下来了？很难取信。万一有个幸存者，就是万劫不复。第二，就算大家都相信了，你两次折在血狼子手中，威望何存？所以，这也是政治自杀。"

"那么……"赵仙迪眼神黯淡，剑眉紧皱，"嫁祸……"

"没错。上策就是嫁祸给厉司危！她的大部队出现在那么近的地方，就是送上门的替罪羊。他很可能早就知道了厉司危和韦宗正的合谋，所以预先准备好了血爪的部队。解决了会场，立刻调转枪口，攻击厉司危的白城，杀人灭口。他成功了，厉司危成了替罪羊，鱼鹰成了替罪羊。他，则成了不计前嫌为韦宗正报仇雪恨的大英雄。现在，银盾最大的反对派没有了，鱼鹰最强大的门派没有了。他只要再做一件事，就可以赢得银盾所有门派的人心，取代岳天玑，掌握世界上所有的猎手——那就是等到最后通牒到期，向鱼鹰开战！"

"打就打！"庞砺石激动起来，"没有旭川派，我们还赢不了了？"

"不，这次如果再打起来，没有赢家。"陆开阳面色苍白，微微摇头，"大家会同归于尽。"

李南枝惊恐地看着每个人，希望他们能给出个解释。

"猎户座之弓你们听说过吗？"

当电胆放电时，会发出电磁信号。每个电胆的信号频率都有细微的差别，如同指纹。一旦知道了这个频率，就可以用信号模拟阈值，使电胆全功率放电，烧毁整个电路。所谓猎户座之弓，就是鱼鹰开发的大规模释放欺骗信号的终极武器。搭载这种武器的，就是卫星。

"双方都在不停收集分析每次战斗的电磁信号，推测对方电胆的控制频率。我离开的时候，鱼鹰大概收集了一千多人。银盾应该也不会少到哪里去。现在，我估计双方都掌握着对方百分之七八十的人员的频率。靠着这个，鱼鹰和银盾才达成了威慑平衡。这件事，只有双方的最高领导人知道，所以才约束下属，都不敢使劲打。一旦再开战，双方都会毫不犹豫地动用卫星对轰。那样的话，就是猎手的末日，谁也活不了……"

房间里死一般寂静。要是换个人说出来，谁也不会相信。但陆开阳是何等身份，他的话不容置疑。李南枝看到赵仙迪是最震惊的一个。仔细想想，也不难理解。陆开阳、刘玉衡、邱左辅，都是她视为长辈的人。他们研究了一个可以杀死包括她在内猎手的武器，并且通过大家赚的钱换成卫星，发射到太空。

"既然两派都有这种武器，郑天权发起战争，就不怕大家都死掉吗？"赵仙迪嘴角紧绷，竭力抑制着伤心和幻灭。

"刘玉衡派我当暗子，还有一个任务，就是监控郑天权。"陆开阳说话时低着头，像是在端详自己的鞋子，"一旦发现他换了电胆，就要判断他是不是要放弃对鱼鹰的和平主张。如果是，我就把他击毙……"

尽管能够理解初衷，但李南枝还是再次被这个江湖的残酷和果决所震撼。

"郑天权换了电胆，对不对？"赵仙迪已经猜到了。

"没错。去年换的。可是，当时我判断不出他的意图，另外，我的病……也已经没法除掉他了。"陆开阳叹了口气，"总之，除了他自己，天权只需要听话的人。哪怕所有猎手死去百分之九十九，他也不会在乎。"

"为什么要等到最后通牒到期？"李南枝深思熟虑半天，终于提出了这个问题——郑天权明明有足够的理由立刻开战。

"他需要留出调查的时间，假装自己事先完全不知情一样。"萧北河笑了笑。

"还有一个原因，"陆开阳补充说，"卫星武器的启动装置，可不是电视遥控器，它需要一个操作基地。银盾最近的操作基地不在这里。他需要去机场，离开蒙古。"

"一个抓人、一个保人，这个矛盾不消除，谁也没法好好做生意……还是只有一个门派最好……"

想起郑天权在秘密会议上说过的这些话，赵仙迪不禁为此人的阴险和狠毒而胆战，更为自己政治上的幼稚而感到羞耻和自责：是啊，一个门派，他不是想合并，他是想只剩下一个门派！

"陆叔叔，我们该怎么办？"赵仙迪焦急地问。

"没有办法。"陆开阳同情地看着她，"只剩 4 个小时，最后通牒就到期了。千分之九百九十九，我们都要死了。你们快点找个地下掩体躲起来吧，至少撑过第一波卫星攻击……"

人人都脸色苍白。大家都明白，自己即将面对的，是一场超大规模的俄罗斯轮盘赌游戏。而且这张赌桌大到没有边际，无法逃脱，无法离席，每个人都只能等着命运的判决。

啪。突然，赵仙迪猛地一拍桌子。

"不！我决不认输！"

"你打算怎么办？"陆开阳同情地看着她。

"郑天权现在在哪里？你知道对不对？"

"他的电脉系统，是当年我亲手装的。所以即使换了电胆，我还是想出了一套办法，用电脉信号追踪他，"陆开阳点了点头，"他离这里不远，好几个小时没动了……"

"他要去机场，走哪条路，能查出来吗？"

"去机场，只有一条路……"

"好！我们活捉郑天权，让他向整个银盾坦白真相！"

08

房间里鸦雀无声。片刻之后，庞砺石笑出声来。

"你疯了？你知道他身边有多少人？这样活下去的概率还不如躲进山里大！"

"不会很多！"赵仙迪马上反应过来，飞快地心算，"银盾这么多高层来开会，护卫不可能少，所以郑天权的人攻打会场，肯定有不少损失。再加上他攻打白城，死了几百人；还被厉司危用炸药炸死了不少，所以……现在的他，就像刚刚破茧的虫子，正处于最脆弱的时候！这是我们唯一的机会！"

"到底多少人？"庞砺石还真有点动心了。

"我估计不会超过五十。"

庞砺石"扑哧"笑出声来。

"你冷静点，再想想别的办法……"李南枝也上来劝她。这明显是自杀性的孤注一掷。

"我很冷静，"赵仙迪不动声色地看着他，"躲进山里？这辈子提心吊胆，只敢趁着卫星活动间隙出来走动？谢了，我还是想拼一下运气。"

"你听我说——你不是要改变鱼鹰吗？你不是要帮助那些人吗？你死了怎么帮助别人？"

"我死了，还会有别的猎手去帮他们；而鱼鹰死了，就再也没有人做这些事了！"

李南枝看着她，哑口无言。

"拿出点胆子来！我们也不是没有机会！有贺摇光，还有陆前辈！"赵仙迪激动异常，"两大高手，再加上我们，可以拼一下啊！"

"我本来也是这么想的啊，"陆开阳仰面叹息，"可是我的肠子早就不行了。我的电胆，已经拆除了……"

大家吃惊地看着他。

"也别算上我！"沉默了很久的贺摇光忽然大喝一声。他的胸膛不停起伏，

显然在抑制怒火。

"你们，搞卫星，多长时间了？"

"从你出事，就在搞。"陆开阳坦然地看着他，"我们不能不搞。因为那时候，银盾已经发射了第一颗卫星——达默集团的主业，就是商用卫星！"

啪！桌子被贺摇光一掌拍裂。他终于明白，为什么银盾上下要护着达默。也明白了，鱼鹰为什么那段时间对银盾有求必应。

"摇光，我对不起你，我们对不起你。"陆开阳走到他身边，"本来只是缓兵之计。但是等我们的卫星上天，你已经杀了太多的人……"

贺摇光闭着眼睛，身体颤抖着。李南枝的心提到了嗓子眼儿，生怕他失去控制。好在过了一会儿，他还保持着理智。

"哈哈哈……"他仰天大笑，"报应！报应！你们这样对我，结果还是逃不脱灭亡的下场！我希望，银盾收集了百分之百的频率，把你们都送下地狱！就算我跟着死，我也愿意！"

"我对你的征召令还没有失效！"赵仙迪急了。

"那又怎么样？！"贺摇光摊开双臂，"你来试试看！"

"老贺，有件事，我在想，告不告诉你……"陆开阳犹豫着走过来，"有一个人的下落，可能只有郑天权知道……"

贺摇光慢慢扭头看着他，身体晃了晃。

"没错。弗林·达默出狱，是郑天权亲自接走的。他的下落，也只有他一个人知道……"

贺摇光缓缓走到窗边，久久没有说话。突然，他笑了起来。笑声跟头颅一起，从低垂到高扬，最后震耳欲聋。

"好！"他猛然转头，目眦欲裂，大步走到桌前，一巴掌拍在地图上。

"开阳，看在一起流过血的分上，我相信你不会骗我……"他的身体和声音一起颤抖着，"鱼鹰！我爱你一场，恨你一场，今天顺便，也为你死一回！"

他走到赵仙迪身边。然后是萧北河、庞砺石。李南枝觉得热血上头，也走了过去。

"但是，我有一个条件！"贺摇光伸手拦住了他，转头问陆开阳，"老陆，你有多少钱？"

"干吗？"陆开阳有点莫名其妙，"我可穷着呢……"

"8万，有吗？给我的小老弟，"贺摇光指着李南枝，"他女儿在等着他的救命钱呢！快给他，让他回家吧！"

李南枝的心猛地跳了一下。

陆开阳点了点头。

"这一趟九死一生！你有家有口，去干什么？！"贺摇光声色俱厉，"拿着钱，回家吧！"

"老贺……"李南枝喉头滚动，却说不下去了。一路走来，豁出命去，为的就是这个。可是现在却几乎高兴不起来。他不明白自己到底是怎么了。

"恭喜！"萧北河微笑着走上来，"你终于做到了！"

他伸出右手，李南枝木然地跟他握手。然后，他发现手心里多了一样东西。是一颗念珠。

"留个纪念吧。以后有机会，记得来……不，你可以去新加坡，把这个给我的战友们看……"

印象中，这是萧北河说话第一次需要更改。伤感的气氛还没消散，他已经被庞砺石挤到了一边。

"要做猎手，也要来古晋嘛！"他大咧咧地拍着李南枝的肩膀，跟他拥抱，"老弟，要是我们能活下来，一定去你家看看我侄女！"

李南枝赔着笑，心如乱麻，一步也迈不出。一条金光大道猛然出现在眼前，但是另一股力量却藏在狂喜背后，从另外的方向拉扯着自己。抬起头来时，赵仙迪已经站在眼前。她嘴角含笑，双眼里含着从未见过的温暖。他觉得此刻的她像太阳，灿烂夺目，自己却无法正视。

赵仙迪二话不说，张开双臂，把他狠狠抱住。她的体温像冷库里划着的火柴，令李南枝不忍离去。一想到这温度即将从这世界上消失，他就觉得她的长发好像变成了刺，扎得自己痛不欲生。

"走吧！"赵仙迪松开了他，用充满骄傲和欣赏的目光看着他，"你已经做得够多了。对了，以后你要是成了伟大的猎手，别忘了，第一个挖掘你的人是谁……"

李南枝紧绷着嘴唇，一个字也说不出来。

"老弟……"贺摇光搂着他的脖子，把他往门口拉。然而到了门口，他自己却停了下来。他扶着李南枝的双肩，欲言又止。

"拿着钱回去，把她救活……让她好好上学……以后，要是能出国上学，需要英文名，你能不能，能不能……"贺摇光把头转向旁边，深深地吸了好长一口气，好像接下来这一招需要十万伏的电压，"能不能给她起名叫……叫Emmy……"

贺摇光的尾音还是走了调。李南枝喉头上下滚动，眼眶红了。

"走吧，"终于，贺摇光露出苦涩的笑容，"我们失去了一个女儿……你替我们把她的人生找回来！"

第二十三章　伏击

我要是看着不行了，会亲手打爆你的头，免得你落在他们手里受罪……

01

9月26日　周一

距离移植最后期限还有1天

距离最后通牒到期还有3小时

月光下的草原一望无际。路边的一辆越野车里，几个人正在传阅着一些大幅航拍照片。照片来自陆开阳，上面拍的就是郑天权的所在——铜矿场及其周围的地形。这个矿场包括一个露天矿、两个精炼厂、一个萃取电积厂。每个厂都有好几栋大小不一的建筑。航拍照片看起来像一幅印象派油画，只能通过不同的色块看出大概哪里是坑，哪里是楼。

"怎么样？大家对截击地点有什么看法吗？"赵仙迪拿着地图转过身来。

"等了这么久还没出来，"贺摇光左右活动着脖子，"干脆，趁着天黑，冲到最大的那栋楼底下再说。"

"OK，我的错。"赵仙迪翻了个白眼，"下次选内衣的时候我再咨询你——萧北河？"

"没有别的选择，只能继续等。"萧北河摇了摇头，"就一条路，十几公里，两旁连棵树都没有，冲进去等于自杀。"

"想这么多干吗？"庞砺石又来插嘴，"油门踩到底，我不信……"

"你出不出来，我不在乎，"贺摇光先把脸一沉，"但我一定要见到郑天权，一定要问出那个畜生在哪里！"

"很好，先生们，很有帮助。"赵仙迪无奈地扶着额头，瞟着萧北河，"再检查一下信号吧……"

萧北河双手一摊。陆开阳用来监视郑天权的设备是一个类似手提箱的东西。里边有一台笔记本电脑、一个小型雷达天线和一堆焊得乱七八糟的电线。据陆开阳说，代表郑天权位置的光点几个小时前在铜矿场出现过一次。那之后，就踪迹全无。

"他还在里边吗？你确定？"距离谜底如此之近，焦虑使贺摇光有点失态——一路上，这个问题他问了无数遍。

"没看到他离开，我估计他可能待在类似地下掩体之类的地方……"萧北河托着下巴，"陆前辈说过，超过地下一米就探测不到了……"

"我试试！"庞砺石不死心，站起来抢设备。

"小心啊，别乱……唉！"

屏幕一黑，网格和地图全都不见了。

再次出现时，地图的比例尺变了。庞砺石按的大概是改变搜索范围之类的按钮，显示范围从只局限于铜矿场，变成了方圆几百公里。工厂外面几十公里处，一个亮点正在朝着这边移动。

车里鸦雀无声。只有贺摇光冷笑起来。

"我们被发现了，郑天权朝着我们来了！"

02

公路如同一条垂直的白线，劈开无垠的大地，直通星空。李南枝驾驶着卡车，回想着这些天的经历，恍若隔世。黑白相间的路杆一个个从视野边缘闪过、消失，就像那一张张熟悉的脸，赵仙迪、贺摇光、萧北河、庞砺石、林徇齐、李千帆……

它们在脑海里勾起不同色调的回忆，亲切、高傲、温暖、粗暴、感动、恐惧，然后统统消失在反光镜里。最终，停留不去的，是赵仙迪的眼泪。

他把手指插进头发里，狠命往后捋着。他忽然觉得，跟喧嚣烦扰的俗世相比，自己宁愿跟那些人在一起。此刻他感觉自己像个明明没有承诺什么、却为自己独自逃命而无颜见人的逃兵。

"怎么了？不舒服？"坐在副驾驶座上的陆开阳开口了。

"没事，没事……"李南枝尴尬地坐直身子。

"你早就认出我来了，对不对？"

李南枝这才意识到，出发以来只顾着走神了，还没跟陆开阳说过话。他不由得开始紧张、兴奋。他知道，陆开阳之前对自己视而不见，装作不认识，肯定是有意的。现在，谜底终于要揭开了。

"我以为你要问我，结果你还真沉得住气……"陆开阳笑着，"刚才跟他们在一起，一些事我不方便说，怕给你引来麻烦……"

"什么麻烦？"李南枝一愣。

"陆开阳的徒弟，这个名号有时候会保护你，有时候反而会害了你。为了避免你下半辈子总被人找上门比武，这事还是不让别人知道的好。"

李南枝心里喜忧参半，点了点头。

"不过……前辈，"他发现师父这个词还是叫不出口，"你到底为什么给我装上电胆？"

"很简单，我要死了。在那之前，我想收一个徒弟。"陆开阳淡淡一笑，"没

有征求你的意见，你恨我吗？"

　　李南枝几次想开口，却又什么都没说出来。他自己也不知道，到底对这位师父是什么感情。成为猎手，让他几次差点没命，却也让他的人生发生了巨大的变化。好在最终，女儿的救命钱还是搞到了。

　　"哪儿的话，"李南枝赶紧否认，"别的不说，电胆多贵啊，您老人家不收钱就给我……"

　　"其实也没花什么钱。"陆开阳大笑起来，"那是我的电胆。"

　　"什么？！"李南枝看看自己的肚子，又看看陆开阳，"你是说……你把你的……"

　　"没错，"陆开阳摆着手，似乎在说这没什么大不了的，"这副电胆，换上去没多久，我的肠子就毁了。不找个传人，就浪费了。猎手选材，从来都是找走投无路的人。当时时间紧迫，别的途径来不及，就选了买卖器官——这里边以前虽说没找到过什么好苗子，但是数量上一向是最多的。我本来的计划是等你复原了，去找你谈谈，从头教你。没想到，只晚了两天，你就不见了……"

　　李南枝大张着嘴，愣了半晌，最后不得不感慨造化弄人。

　　"你……你……你为什么要选择我？"他终于问出了这个埋藏在心里多时的问题。

　　"你不记得了？"陆开阳一笑，"就是因为你昏过去之前跟我说的那些话啊……"

　　"什么话？"

　　忽然，陆开阳脸色变得蜡黄，汗水霎时布满额头。

　　"没事……"他捂着肚子，浑身哆嗦，"经常这样，过一会儿就好了……"

　　李南枝把车停在路边。坐在后排的人递上一瓶药，陆开阳仰头吃了两粒，两人一起把他架到后排，让他躺着休息。

　　再次上路，李南枝觉得气氛有点尴尬。坐在副驾驶座上的不是别人，正是烧烤店老板刚卓力格。开出去几公里，两人一直一言不发。

"兄弟，"他递了根烟过去，讨好地一笑，"你怎么会说汉话？"

"本来就是中国人。"刚卓力格看了他一眼，接过烟，"我是内蒙古的。"

"你跟着陆老师几年了？"

"5年了。"刚卓力格抽着烟，靠在椅背上，"当猎手总共7年。"

"7年……"李南枝重复着，若有所思。

"我本来是个线人，在内蒙古。"一抽烟，人的话果然都会变多，"后来有个猎手死了，说电胆不能浪费，我就接手了……我的武功，都是以前没事的时候学的。那时候没上心，觉得也用不上，没想到转眼间就没人能接着教我了……蒙南原来有猎手9人，线人17人，现在就剩我一个……"

吞云吐雾中，刚卓力格苦笑不止。

"怎么没人了呢？"

"没钱呗，坚持不下去了。逃犯，你觉得一年能有几个？而且，往北逃的人越来越少了。再说国内悬赏金额也不高……"

"你呢？"李南枝长长吐了一口烟，"你是怎么坚持下来的？7年啊……"

"爸爸接电话了！爸爸接电话了！"手机忽然响了。李南枝一怔，然后脸色苍白。

"开心！"他像叫驴一样冲着电话吆喝着，"怎么了？！你说话啊！"

"你小点声！"对面传来的是张主任的声音，"她没事！我快被你吓死了！"

李南枝虚脱一样靠在椅背上。电话里张主任的训斥听起来从未如此悦耳。他发现，原来不缺钱的感觉比预想的要舒服十倍。这种感觉甚至使他恢复了理智，想明白郑天权的人根本不可能这么快赶到医院。

"哎哎，好好……钱收到了就好……您说得对……我说张主任，"他发现自己还是控制不住嗓门，"什么时候开始移植？"

"这个，我跟你说啊，捐赠者家属又来了……"张主任却迟疑起来，"他们有话要跟你说……"

话音未落，电话里换了人。

454

"大哥大姐，钱您收到了是吧？太好了太好了！您看，咱们什么时候……"

话明明从自己口中说出来，李南枝却觉得这种语气如此陌生。他觉得奇怪：明明自己过去十几年都用这种语气，可怎么跟猎手相处几天之后，就开始觉得这种言不由衷这么肉麻呢？

他感觉自己好像与世隔绝了好几天一样，一切都要重新适应。

电话里沉默了一下，然后传来一个意想不到的回应："我们觉得，低了……"

03

乌云不知从何处飘来，遮住残月。四下一片漆黑，草叶停止了晃动，似乎风也屏住了呼吸，期待着这场死战的开始。赵仙迪闭目打坐，心却总是静不下来。

"沉住气，"贺摇光的声音从背后传来，"你的心跳声都快吵得我也静不下来了。"

赵仙迪无奈地回头看着他。

"赵天璇对你训练不严啊，"贺摇光仍旧没睁开眼睛，"这个世界上，没有哪门内功可以嚼着口香糖练……"

"我爸没训练过我，"赵仙迪冷着脸，"他死后我才正式成为猎手的。"

"我就说嘛，"这下贺摇光笑了，"谁舍得自己的孩子干这一行呢？"

他伸了个懒腰，望着远处的地平线。

"我当年就想过，我那闺女长大了，得当医生、当律师、当画家……就是不能变成……"

他的声音低了下去，最终跟难得的笑容一起消失。赵仙迪忽然发现，每当他提起过往，自己就无法对他继续恨之入骨。

"就是别变成我这样是吧？"她接上话茬。贺摇光看着她，两人同时一笑。

"萧北河他们怎么还不回来？"贺摇光开始讨论正事，"郑天权真的没见过他们？"

发现郑天权行踪的时候，双方还有不到一个小时车程的距离。庞砺石建议直接迎上去打，但是赵仙迪嗤之以鼻——连对方有多少人都不知道。这时候，侦察经验丰富的萧北河提出了方案。

　　在前方大约 10 公里，有一个小镇——说是镇子，其实很勉强，它只不过是公路两旁的一片房子，像是血管上滋生的一个肿瘤。在那里，跟踪不会引起怀疑。于是两人开车去了，到现在还没有回音。

　　"肯定没有……"赵仙迪回答得很干脆，"他俩的作战记录我都清楚。郑天权也从来没来过亚洲督战，更别提上前线了。"

　　"别是看着郑天权人太多，跑了吧？"

　　"你的档案里'团队合作'那一栏的五星是不是你自己打的？"赵仙迪难以置信地看着他，"经历了这么多事，你居然还怀疑他们俩？"

　　"嘿嘿，"贺摇光摸着下巴，冷笑不止，"我这辈子，就是怀疑的人不够多，才成了这样……"

　　两人不再说话。赵仙迪依然静不下心，只好不停地揪下草叶，在手里把玩。

　　"害怕了？"贺摇光这话明明是要示好，语气却依然盛气凌人。

　　"我这辈子只害怕过一次，"赵仙迪"切"了一声，"那就是出生的时候怕那个娘娘腔医生抱不动我。"

　　贺摇光摇着头笑了。

　　"你说，我们能活下来吗？"她终究还是紧张。

　　"郑天权身边一般护卫至少二三十人。"贺摇光沉吟片刻，摇了摇头，"我没有必胜的把握……"

　　赵仙迪咬着嘴唇，点了点头。

　　"不过你放心，"贺摇光认真地抬起头，"我要是看着不行了，会亲手打爆你的头，免得你落在他们手里受罪……"

　　赵仙迪差点被口香糖卡住，咳嗽不止。

　　嘀嘀。通信器响了。

"天赐良机!"按下通话按钮,里边传来萧北河激动得发抖的声音,"上帝保佑!"

04

"什么低了?!"李南枝不由自主地怒喝,透着令自己都吃惊的凶狠。

"你叫唤什么?!"对方被吓了一跳,然后又以加倍的气势开始反扑,"反正8万低了!给你们家做出这么大的牺牲,多要点又怎么了?!我们要12万!反正你来钱又那么容易……"

"我容易?!"李南枝冲着手机吼了起来,"我他妈命都差点搭上了我容易?!再说这前不着村后不着店的地方我怎么给你汇钱?!"

"你这人怎么这么没礼貌呢……"

"你这人怎么这么孙子呢?!"他发现自己对屈辱和失望的忍耐能力大大降低,血忽地涌上了头,"人命关天,你说话不算话,你他妈这么大岁数怎么这么坏呢你……"

李南枝停下车,对着手机骂了大概有两三分钟才冷静下来。对方早挂了。他像愤怒的狮子,狠狠捶着自己的额头。

"你别急,"双方的嗓门都够大,把陆开阳都吵醒了,"4万块钱,我还是有的。只是手机支付我没法用,我这就打个电话,让他们汇款……"

陆开阳拨了个号码,却只听到话筒里的嘟嘟声。信号又没了。

"我不是因为钱……我只是不明白……"李南枝把头埋在双膝之间,像喝醉了一样喃喃自语,"都不容易……为什么有些人就不拿别人当人呢……"

他转身看着两人。

"赵仙迪怨我对鱼鹰不够忠诚,她没说错。因为我想不通。我试过,我也假装过,每次我差不多相信她那一套的时候,总有事让我没法继续相信!为了普通老百姓?"他指着手机,"我告诉你,我不敢!他们是谁?我认识他们吗?我为什么要惦记他们？他妈的，我这辈子，碰上的坏人都是老百姓！这些人从来没对我好过，我凭什么对他们好？！"

陆开阳看着他，没有回答。沉默中，李南枝发动汽车，一言不发地继续开着。路似乎永远没有尽头，黑夜也是。

"你问我，我是怎么坚持这么多年的……"出人意料地，刚卓力格突然说话了。

"对，"李南枝咬牙切齿，"我真的想知道，你是怎么做到的！怎么会有人能相信那些东西……"

"我跟你讲个事吧。我当猎手第二年，接到线报，说有个逃犯想越境逃到北边。我一路寻找，最后在靠近边境的地方凭运气发现了他。当时他车上有4个人，我挨了一枪，断了一根肋骨，回来的时候迷路，差点死在沙漠里。那一趟才挣了2万块钱，以及一面锦旗——'见义勇为'……"

他笑了起来。李南枝开始为自己的失态感到不好意思，又递给他一根烟。

"你可能觉得不值。但是把人交上去之后我才知道，那个家伙是搞非法集资的，光是他逃跑这段时间，被骗的人里边就有6个跳楼的。后来他的钱退回去一些，电视上有个老头给警察下跪，手里拿着根绳子跟记者说，教书育人一辈子，到老了被骗，儿子闺女都不认他，房子也没了，假如再晚一天追回这笔钱，他就要上吊……"

刚卓力格吐着烟圈，自豪而满足。李南枝失神一般看着他，陆开阳不得不提醒他看路。

"看着那个画面，我就想，我当猎手，一辈子能抓到很多人吗？恐怕不能。我能挣到很多钱吗？也不能。我武功不高，也没什么接国外案子的机会。我能保证，我帮过的人里没坏人吗？更不能。这个世上，并不是只有好人才倒霉。但是，"他用夹着烟的手指在空中虚点着，"但是，管他好人坏人，只要我救过一个，我这辈子，就值了。世上本事大的人多了，但是在我看来，他们并不比我强——因为不管你是谁，能耐再大、再了不起，你赚的不过是钱。而我，给这个世界带

来的，是一条命！"

05

大地如一望无际的黑纸。一辆白色奔驰像爬行的甲虫，越来越慢，直到停下。前方，一辆越野车横在路中央。奔驰车的发动机低声运转着，车灯直直地照向前方。想必车里的人已经明白，这不是一场巧合。

路左边的草丛里，贺摇光屏住呼吸，缓缓朝前爬着。萧北河传回来的情报说，对方只有两辆车，一辆越野一辆奔驰，最多七八个人。更妙的是，两辆车似乎还有分工——奔驰负责探路，总是开在越野车前边两三公里。

于是，一个各个击破的计划出笼了：萧北河埋伏在半路上，放奔驰过去，然后打爆越野车的轮胎。给三个同伴争取一个时间差，把奔驰车上的人歼灭。

草叶滑过脸庞，贺摇光尽量调动每一块肌肉，为接下来的雷霆一击进行热身。这一击的目标是油箱——只要能打破油箱，一颗电火花就能解决车上所有人。但考虑到对方是郑天权的贴身护卫，爬得太近也不现实。所以必须在一招之间把电压升到极高的水平，发出的次声才可能在这个距离摧毁油箱。

"至少要以大十五增九回路起手……"

赵仙迪趴在贺摇光身后，盯着几米之外的轿车，拳头越攥越紧。鱼鹰的生死成败，就取决于这个鱼鹰第一通缉犯。如果贺摇光不能一击成功，后果将不堪设想。

"上帝啊……"她在心里学着萧北河，默默祷告，"明天，抽烟、喝酒、骂人，你让我戒哪样，我一切都听你的。但是今晚，你成全我一回吧……"

车门忽然打开，砰砰声中，5个人走了下来。

"该死！"赵仙迪暗骂一声。

车灯照亮了其中一个人的脸。她认出此人是银盾著名高手蒋万霆。鱼鹰人人都知道他武功很高，但是具体有多高却谁也说不清楚。因为这个信息是通过战斗通话记录总结而来。亲眼见过的，没有人能活下来。

"其他几个人是谁？也跟他水平差不多吗？"

她的手心里全是汗。

一阵大笑。贺摇光竟然从草丛里站了起来。蒋万霆等人立刻背靠背组成战阵。赵仙迪目瞪口呆，捶了一下地，也跟着站了起来。

"看到熟人了，一激动，起来打个招呼！"贺摇光抱着双臂，"老蒋、老宁，还有……剩下三位不认识——好久不见……"

"原来是你！"蒋万霆冷笑一声。

"不错，是我。上次没分出胜负，这回相遇，是天意……"

贺摇光满脸微笑，如沐春风。对方却不敢跟他瞎扯，个个严阵以待。风变得越来越冷，赵仙迪的身体颤抖得越来越明显。她不敢贸然进攻，可是时间又不在自己这一边。

只剩不到 3 个小时了……

忽然，贺摇光大步朝着敌人走去。赵仙迪咬牙跟了上去。5 个银盾高手变成横队，举手对着两人，好像即将进行一场拿破仑时期的枪毙。赵仙迪呼吸越来越急促，她已经能看到蒋万霆脸上的汗珠。

"动手！"贺摇光忽然大吼一声。

惊雷般的巨响和强光中，庞砺石从路对面的草丛中一跃而出。惨叫声响起，离他最近的敌人胸腔炸开。血雾飞散在车灯射出的光柱里，好像红色的灰尘飞舞。

开始了！

06

刚卓力格的声音和烟雾一起慢慢消散在空气中。李南枝一动不动，除了偶尔转动方向盘，好像入了定，又像在思考着什么。

"差不多该有信号了，"过了不知多久，刚卓力格指着远处的灯火，"你再打个电话问问……"

李南枝停下车，掏出手机，手指在屏幕上悬停了好久，才按下去。

"你刚才怎么挂了？！"一接通，就是张主任的训斥声。

"我的错我的错，"李南枝努力控制着情绪，"那个……那家人还在吗？我给人道歉……"

"你不用道歉了，已经走了……"

李南枝疯狂地咬着自己的手背，好把脏话压下去。

"我说——移植明天早上开始。你能赶回来吗？你要是赶不回来，我可需要一个授权书……视频也行……"

"什么？"李南枝以为自己听错了，"她刚才不是说，要12万……"

"我知道！"张主任的声音里充满了疲惫和自豪，"凑齐了！"

李南枝说要出去挣钱的时候，张主任就觉得这事不靠谱。后来他终于放心不下，跟医生护士商量，弄了个捐款活动。得益于李开心的好人缘，这项提案顺利通过。不过这些人收入都不高，所以昨天之前，他们一共凑了不到一万。但是刚才，一切都变了。捐赠人坐地起价的事情传开之后，半小时之内，捐款就达到了4万元。

"张主任……谁……怎么……我……"李南枝觉得身体轻飘飘的，舌头又开始打结。

"我要为移植做准备去了……你自己听听吧……"

电话里换人了。

"老南啊……"一听声音，李南枝的眼泪便不由自主地掉了下来。

是老韩。

"我——捐了，咱们群的人都捐了……"老韩听起来好像喝了酒，"他妈的我们就不信，咱们这个大家庭，30多口子人，还斗不过一个老坏种……"

"老韩……"李南枝泣不成声，"韩哥……我……"

"老南，咱们一家人不说两家话，"老韩打了个饱嗝，哽咽了起来，"之前，是我不对……我真……有点嫉妒你。我当时钻了牛角尖，觉得天上应该有个管事的，我就问他：怎么老李家的孩子有人救，我们的孩子不行？可我现在想明白了——开心命好，就不能辜负了。她不只是你的孩子，还是咱们30多个家庭的孩子。她一定要活下来，她活下来，我们才有盼头……"

这个电话打了许久。李南枝始终捂着脸，久久没有动。终于，他擦干眼泪，回过头来。陆开阳发现，他的眼神从未如此坚定无畏。

"怎么了？"刚卓力格问。

"护法求仁……护法求仁……"他仰起头，无声地大笑，"我终于懂了……

"年轻的时候，我觉得世上到处是好人、到处可以讲道理。后来吃了亏，又觉得到处是陷阱和坏人，吓得自己走路都不敢直腰……"他侃侃而谈，"然后，遇到了赵仙迪和你们，我又看到了希望。我觉得你们应该是一群大侠、圣人，跟你们在一起，可以把世界变成我小时候希望的那个样子……可是再了解多一点，又觉得你们也不是那么完美。你们的信条，跟法律、规矩一样，都是骗人的……"

李南枝苦笑起来。陆开阳一言不发地看着他。

"现在，我才学会像个大人一样去看世界。天底下，哪有完美的东西？的确有很多损人利己的坏人、不要脸的小人、不讲理的浑人……可最多的，还是好人——像张主任和老韩这样的好人！像赵仙迪、刚卓力格和你这样的好人！哪怕哪天老天再把我抛弃了，我也不怕。因为我知道，他们不会抛弃我，你们也不会抛弃我！

"可是我不能只顾自个儿啊——万一以后其他好人遭了难呢？老天不管他们，你说，他们能靠谁？"他目光坚定，用食指指着陆开阳的胸膛，然后指着自己，"以前我不知道，现在我知道了……"

陆开阳静静地听着。

"再说了，好人坏人，恐怕也不是天生的。人怎么才能成为好人？那就是要相信世界上有正义公理。怎么才能相信？他在困难的时候，有人能帮把手，他就能相信。这样，他才能有能力去同情别人。这样，好人才能越来越多。要是任凭人遭难没人管，坏人只会越来越多。所以，鱼鹰，值得存在下去。猎手，必须存在下去。"他红着眼睛，"因为世上有那么多倒霉的好人，有一天会需要他们。而到了那一天，也只有我们这种傻子，才会帮他们……"

他看着远处的灯火，呼出一口长气，再次发动了汽车。

"我武功的确不行，可是去了，总能多一分力量，对吧？机会就大一分，对吧？总得试试……总得试试……"

"真的想好了？"陆开阳看着他。

"想好了。我受过的罪，不要有人再受。"

陆开阳双眼放着光，拍了拍他的肩膀。

"至少，跟你闺女说一声吧……"

忽然，身体往前猛地一蹿，手机飞了出去。四五辆车变魔术似的出现，把路堵死。几辆摩托车飞速从两翼包抄，把后路封住。四周全是刺眼的车灯，好像一根根长矛，把他们逼在当中。

他们被包围了。

07

战吼在草原上回荡。蜂鸣声大作，电光耀眼。除了一人回身去对付庞砺石，剩下3名银盾猎手朝着贺摇光和赵仙迪冲过来。5个高手相向奔跑，次声炮犬牙交错，轰向对面。这一击的目的不是伤人，而是打乱对方的阵型。赵仙迪一掌下去，对面两个人影已经相距甚远，失去了互相掩护的能力……

"等等！怎么少了一个？"

风声从上方袭来。一个黑影像捕食的猎鹰从天上扑下来！

炽热的掌风擦着赵仙迪的头发打了过去。地面上，青草瞬间变黄，火苗冒了起来。头发烧焦的味道在空中散发开来，转瞬间就被风吹散，恐惧却紧紧攫住心脏，不肯撒手。

"长滩流，'群山之火'！"赵仙迪心里一惊，"他是宁积薪！"

这一招显然得名自洛杉矶深受其害的森林大火，是热系武功里可怕的一种流派——它应用的是射频，而不是微波。据说宁积薪可以把一条冻在冰块里的鱼烤熟，而冰不融化。同样的道理，他也可以把人的内脏烧熟，皮肤却完好无损。

清亮的喊声在旷野里回荡。赵仙迪双掌如飞，呼吸之间，已经跟宁积薪互换了十余招。忽然，火苗从她后背冒了出来。她猛地跺地，向后飞出去。冰凉的草叶舔着她的脸，露水沾满衣襟。身上的火苗熄灭了，她惊恐地摸着浑身上下。没有皮肤脱落，没有哪个部位突然变红、从里往外冒烟。她知道，刚才对方的聚焦点太靠后了，否则……

沙沙声和恐惧一起追了上来。四周一片黑暗，目不见物。宁积薪可能在任何地方，甚至可能在她身后，随时可以把她活活烧死。她不敢起身，紧咬着牙关，不让自己叫出声来。眼前的一切如同一场噩梦，她的双手狠狠抓进土里，面部痉挛，瞪大双眼。

脚步声忽然接近。抬头一看，贺摇光脚步如飞，直奔这边而来。

"137！"他大吼着。

赵仙迪一愣，然后马上反应过来：这是鱼鹰战术代码！父亲他们那一代人用的！

她跳了起来，用最快的速度朝着贺摇光跑去。终于跟他背贴背。她从未想到，自己有朝一日能在这个杀人魔身上找到如此的安全感。她把全部的信任放在贺摇光身上，把自己当成一个严格按照战术要求行动的零件——刹那间，两人同时左转身。

"Pi-bak！"贺摇光又高呼一声，银盾三大高手都是一愣。只有赵仙迪心中一凛：这是第一代高手之间的通用语言——闽南话！意思是……闭眼！

她紧紧闭上双眼，用最大功率把右掌推了出去。强光瞬间亮起，草原上好像升起了一个太阳。

宁积薪眼前一花，强烈的掌风迎面扑来。

稍一犹豫，射频没有立刻发出。几乎同时，贺摇光的十二道次声掌力已经排山倒海般压了过来。

08

草原再次被黑暗笼罩。赵仙迪喘着粗气，看着对面的敌人。追着贺摇光的两人被她一掌逼退。车灯映照下，宁积薪身体僵直，晃了几晃，终于倒在地上。她愣愣地瞪着贺摇光，高举右手。两人第一次狠狠击掌。

"你怎么知道我爸教过我这些？"

"我不知道，"贺摇光笑起来好像蒸汽火车头，"我就是随便一试。你要是不会，死了就算了……"

"你装了假眼？"赵仙迪打量着他，"我们围攻你的时候你为什么不用？"

为了报仇，不惜挖出左眼换上发光电眼，这种狠劲令人敬佩的同时也令人胆寒。

"算了，"看到他不屑的神情，赵仙迪知道他说不出什么好话，"算我没问。"

眼前五米，剩下的两个敌人背手矗立。不远处，庞砺石躺在路边，不知死活。对付他的敌人——一个戴眼镜的矮子——闲庭信步般走到两个同伴身边。

"可以啊，"瘦高个冷笑一声，"不愧是久经沙场的老手！"

"承让！"贺摇光拱了拱手。

"你跟我交手的时候记住我的掌力模式，然后模仿我的掌力，他看不见，以为是我，真是卑鄙……"

"卑鄙？"贺摇光大笑起来，"成王败寇，本该如……"

赵仙迪觉得头顶一沉，已经被他按低了头。三个老江湖同时用电眼发光，四周变成一片惨白。

一声巨响，狂风平地而起。赵仙迪觉得自己像一片树叶，被狂怒的热风吹上天，然后重重地摔在地上。

"这是什么？！"

她拼命挣扎着坐起来。前方不远处，贺摇光衣衫破烂焦黑，想必自己也是一样。他在拼命大喊着什么，可是耳中除了尖锐的啸声，却什么也听不见。

刚才那是什么武功？！

眼前又是一道白光。空气像火一样流动，把两人枯枝似的吹得四散翻滚。眼前的世界晃动着，似乎要化为碎片。唯一能看清的是远处，蒋万霆站在高地上，像噩梦里的摩天大楼。

"是冲击波！"她一下子打了个冷战，"是闪电造成的冲击波！"

雷击能置人于死地，很多时候并不是靠电流本身，而是瞬间将周围空气加热到上万摄氏度引起爆炸，发出当量相当于数公斤 TNT 的冲击波。这，就是电系武功的顶峰。

惊天动地一声响，第三个炸雷劈了下来。两个黑影在掩护下直冲上来。

"跑！跑！"贺摇光上前挡住两人，"冲到他身边去……"

赵仙迪朝着蒋万霆冲过去。一道闪电劈在左前方。泥土四溅，她在地上滚了数米远，爬起来继续跑。她使出浑身解数，闪转腾挪、忽左忽右。高压电弧在空中形成一道道利剑，在地上划出一个个红炽的坑，草叶泥土四下纷飞。

我他妈怎么靠上去打？！

肩头一痛，她觉得好像被汽车撞了，一下子飞了出去。她沿着草坡滚到坡底。忍着浑身剧痛抬起头，坡顶出现了一个模糊的人影。蒋万霆来了。他像打量垂死的猎物一样望下来，享受着随时可以结束一条生命的权力感。

赵仙迪想爬起来，却动不了。她觉得自己的每一根骨头都被冲击波震断了。

不甘使她双手狠狠插进泥里。耳朵倒是渐渐恢复了听力。不过马上，她发现自己听到的是赵天璇的声音。

"爸爸！"她的眼中充满了泪水，"我要死了吗？"

眼前的父亲开口了。

他在说什么？

他的表情和口型那么熟悉。这话他以前一定在哪里跟我说过……

手忽然被扎了一下。缩回来时，一根银针在眼前闪闪发亮。她愣愣地看着那根银针，耳中父亲的话语蓦地清晰可辨。

"电，是最不可控的攻击方式……"

一声清啸，蒋万霆运起次声掌力，朝坡底凌空打出。嗡嗡声彼此叠加，最后变得像闷雷，一个接着一个。不知过了多久，轰鸣声渐渐停止。

"还活着吗？"他大笑不止，"活着就站起来！"

坡底不知何时起了一片白雾。沙沙轻响中，赵仙迪慢慢站起身来。

"你的命真大。"蒋万霆饶有兴趣地看着她，"不过可惜，我从不接受投降。"

月亮从云层中走出来，暗淡的白光下，四处雾气弥漫。赵仙迪缓缓向前走了两步。

"巧了，"她擦了一把嘴角的血迹，"我也不接受！"

09

车身的震动中，李南枝紧张地观察着窗外的形势。

"是银盾吗？还是血爪？"

陆开阳没有回答。车门打开，发动机轰鸣声和冷风一起灌了进来。刚卓力格回来了。

"是鱼鹰。"他气喘吁吁，看来刚才的谈判没少费口舌，"他们来抓他的。"

李南枝脑子嗡的一声：叛道令还没取消呢！

"他们怎么找到的？"陆开阳有些意外。

"在加油站的时候，那个骑摩托车的就盯上咱们了。"刚卓力格指着一个车手，"他看到了他的脸。"

陆开阳伸手推开了车门。

"你干什么？"刚卓力格和李南枝连忙拉住了他，"你没有电胆啊！"

"你们不嚷嚷，"陆开阳哑然失笑，"谁知道！"

车门开闭声此起彼伏，几十个人影挡在车灯前，围成一个很大的圈。车头正对面，一高一矮两个人影走上前来。

"叛道败类，见者有份！"他们在距离 10 米处停下，"拒不交人，同罪！"

李南枝额头冒汗，但是又觉得这事应该能解决——陆开阳的面子，应该谁都会给。没想到陆开阳摘下帽子走上前去，对面竟然全无反应。

"大家有点误会了吧？"

"叛道令，有什么误会？"对面的高个子大声呵斥，"你是谁？也是一伙的？快，报家门！"

报家门是鱼鹰的规矩，目的是通过对方的师承来判断对手的资历、敌友，以及武功传承是否合法。

"这位是戚左更的再传弟子，"矮个子显然类似跟班，指着高个子扬扬得意地介绍着，"张凌云的长徒，广西名家，曾桂林！"

陆开阳默默点头，明白问题出在哪儿了。戚左更是第三代猎手，武功已经不是自己亲授。至于他的徒孙，恐怕连自己的名字都没听说过。

"老头，该你报了！"

李南枝第一次见陆开阳露出为难的表情——他怎么报？鱼鹰除了个别元老，所有人都是他的传人。

"我是萨南风的徒弟，张朴出的徒孙，蒙南派掌门，刚卓力格！"好在刚卓力格顶了上去。他报完家门，对面几个人点了点头，表示听说过他。然而刚卓力格介绍陆开阳，只有寥寥几人表示听说过，但也仅限于听说过。

"什么祖师爷？！"曾桂林一口浓痰吐在地上，"我师父瘫痪请不起保姆的时候，他在哪里？今天谁也不能挡着我挣这笔钱！"

刚卓力格小心地走上前去，跟他们商量了半天，又悻悻地回来。他说，这帮人是在山西接到叛道令的，一路跟着到蒙古来还不撒手，显然都是离穷疯了不远的猎手。他们要么电胆快到期了，要么债台高筑，就是亲爹拦着也照打不误。

"我解释了多少都不管用，"刚卓力格气愤地望着那群人，"他们说必须按规矩办！"

"什么规矩？"

"十番擂！"

这里说的规矩，其实跟鱼鹰的规章制度没什么关系，而是各地区在长期的独立发展中自发形成的约定。今天被援引的这条很简单：双方就一个事实意见不一时，可以一对一车轮战，先胜十场者赢。

"你们有没有问题？"对面吆喝起来。

李南枝只想问他们是不是人：这边只有 3 个，他们有 40 多个。

"没问题！"陆开阳答应得很干脆，"我们出一个人就够了。"

"师父，你……"就算陆开阳武功再高，李南枝也不相信他不用电胆就能战胜猎手。

"别紧张，"陆开阳微微一笑，"不是我跟他们打。你上！"

10

嗒嗒嗒！

脚步声越来越快，赵仙迪全速朝着蒋万霆冲去。

"找死！"蒋万霆右手伸在半空，像大炮一样瞄着她。赵仙迪中途突然横跃，变成从右路逼近。这垂死挣扎令对手冷笑不止。

"你再快，快得过电吗？！"

惊人的高压电带着炫目的光从指间射出，刺向赵仙迪！

一阵热风忽然从左侧吹来，把蒋万霆冲了个趔趄。他惊讶地发现，电弧像有了生命一样，自作主张地劈向左边，在空中形成一张转瞬即逝的网。

一片烧焦的铝箔片落在脚边时，他心头一惊：这个女人刚才趴在地上，不光是在躲藏！她用超声掌力把草地的露水变成了水汽！

赵仙迪之前在地上摸到的，是蒋万霆暗暗扔下的钢针。她立刻意识到，电弧的走向并不好控制，所以对方不得不事先往目标附近撒金属暗器进行导引。也就是在这一刻，她还终于明白了想象中的父亲在跟自己说什么。

电流会自己选择电阻最小的路径传播！

她学着贺摇光之前的做法，在坡底造出一片白雾，然后以此为掩护，往空中撒了一把铝箔片。潮湿的空气、飘浮的铝箔片，电流立刻被引到了错误的方向！

闪念之间，赵仙迪已经冲到身前。蒋万霆怪叫着拼命转身出掌，然而她却不给他丝毫机会。嗡的一声，他被八道次声掌力穿透，滚下山坡！

"死吧！"赵仙迪大叫一声，然后以最快的速度回身跑去。

爬上土坡，瘦高个已经躺在地上，贺摇光跟矮子的搏斗好像进入了最后阶段。双方时拳时掌，每一招都像刀劈斧砍，声势骇人。她冲了上去。如此一来，这场战斗再无悬念。仅仅一招之后，两人同时击中对手！

矮子紧闭着嘴唇，忍着剧痛连连后退，坐在地上。他缓缓张开嘴，想说些什么，可是血却像瀑布一样从嘴里哗哗流出。他带着诡异的微笑仰面倒了下去。

"Yes！"赵仙迪握着双拳，弯腰大叫，然后高高跳起，"我们赢了！Yes！"

她伸手要跟贺摇光击掌，后者却晃了晃，颓然坐在地上。

"快坐下！"他声音虚弱，盘腿在地，"他……他是江腾蛇！"

赵仙迪只觉得心脏猛然一颤。江腾蛇是银盾最神秘的高手之一。大家只知道他是江湖很罕见的用毒猎手，善用肌肉麻痹毒剂，至于用什么手法下毒，却一无所知。

"他的手上涂着毒液……"贺摇光的声音断断续续，"动手的时候用超声波雾化……我尽量闭着气……可还是……"

赵仙迪感到四肢开始变得僵硬。她立刻坐下，运功放电，用电流刺激周身的肌群。

“持续刺激肌肉，不要停……”贺摇光尽量舒缓呼吸，“撑到毒性高峰过去，就有救了……”

风吹动草丛，发出沙沙的声音。月光下，两个人在盘腿打坐，身体微微发抖。

“集中精力，不要放弃……”贺摇光的声音开始变弱。

赵仙迪无暇回答。豆大的汗珠布满她的额头。麻木感正在沿着脊椎向上。她看了一眼不远处不省人事的庞砺石，心里更加焦急：就算我们能自救，庞砺石还有救吗？

忽然，两人不约而同地眺望着远方。一阵窸窸窣窣从草坡的另一边传来。贺摇光脸色严肃，一言不发。他能分辨出，这绝不是脚步声。

亮光出现在坡顶。那辆越野车开了过来。

“萧北河……一定是萧北河……”赵仙迪屏住呼吸，心里暗暗希望，萧北河总挂在嘴上的那个上帝是灵验的。车子停下，车门打开，先出来的却不是人，而是一条一寸粗的铁链，蜿蜒盘绕，好像一条巨蟒。接着，一个身高一米九以上的巨汉出现在车旁。

赵仙迪浑身一震，脸色变得煞白。

“是‘绞肉机’莫洛托夫……”贺摇光摇着头，“完了……”

人称“老莫”的莫洛托夫，血爪除了血狼子之外的第一高手。一般来说，这人来了，就意味着血狼子也在附近……

车灯的照射下，高大粗壮的人影朝着两人走来。铁索拖在身后，哗哗作响，宛如死神的笑声。赵仙迪咬牙要站起来，却发现自己腰部以下已然没了感觉，只能眼睁睁地看着死神一步步逼近……

忽然，她的手指感觉到了土地的震动。举目四望，所有的草投下的影子都在疯长、旋转。她猛地回头，一对硕大的车灯正从背后沿着公路飞速接近。

“是谁？”她和贺摇光对视一眼，然后同时摇头，“不……”

卡车停在土坡边，一个人影从车里跳了出来，自我感觉良好地竖起衣领，大步朝这边走来。

第二十四章　黄雀

不再妄想依赖什么神仙救星！死亡在所难免又何必躲避！

01

"这是我前两年鼓捣出来的，"卡车前，陆开阳拿着一件护甲往李南枝身上套，"半主动式，不用芯片，不能主动灭波，但是也不怕电磁脉冲。它有七层，每层的共振频率对应你的一个主要器官，关键时刻能救你一命……"

陆开阳从领子里抽出几根带贴片的电线，贴在他脖子上。几十秒之后，护甲频率适配完毕。这件装备正式成为他的了。

"你给点反应啊……"陆开阳看到李南枝还是一脸木然。

"我？！"他终于醒了过来，目瞪口呆地看着陆开阳，"我怎么行……"

"你怎么不行？"陆开阳不以为然，"赵仙迪、林徇齐、贺摇光都教过你。你跟血爪交过手，跟银盾突击队交过手，在白城之战中活了下来。你说说，你哪点不行？"

"可是，我打十个？"李南枝指着对面黑压压的人群。第一个对手已经就位，正在炫技——大喝一声，在地上踩出一个浅坑。四下叫好声四起。

"你以为，银盾不知道你是谁、叫什么、住哪里？"陆开阳正视他的目光，"我跟你说，如果郑天权赢了，就算你跑回家，银盾也会通缉你。你这一生，都会在追杀中度过！"

李南枝转头看着他，表情如遭雷击。

"这，就是一场考验！"陆开阳声色俱厉，指着对面的猎手，"你跟我说你要回去，帮赵仙迪和老贺。但是连这些人都怕，你回去有什么用？！"

李南枝低着头喘息片刻，猛醒过来，大步流星朝前走去。

"来啊！来啊！"对手一看他脚步身法没有升压动作，以为他是个新手，顿时兴奋异常，把招式舞得眼花缭乱，嗷嗷叫着，像一只猴子。李南枝径直走过去，隔着半米迎头一掌。壮汉整个人朝空中一跳，狠狠摔在地上，剧烈呕吐起来。

"没有一个动作是多余的。"陆开阳微微点头。在他眼中，李南枝的升压路线清晰可辨：小三度、正六度，最后大九增八。

"再来！"李南枝扫视着众人。

对面骚动起来。猎手们纷纷嘲笑队友连这都躲不开，白白浪费一次机会。但内心深处，他们都在犯嘀咕：这记次声炮，速度和功率都好高啊……

接下来，这些人见到了做梦都想不到的场面。不管是谁，不管采用什么流派的开局、变式，最多使出两招，就会被打断。而这个怪人用的招式，却谁都不认得。仅仅几分钟，地上已经躺着9个人。李南枝傲然挺立，威风凛凛。他回头看看陆开阳。在后者赞许、勉励的目光中，他终于意识到自己被这么多场生死搏斗锤炼到了什么程度。与此同时，他也完全理解了，为什么那么多人舍不得离开这个明明很危险的行当。武功不断取得进步的快感，令人欲罢不能。

"该我了！"关键的一局，对方第十人出场了。是曾桂林。

02

两人相隔三米对峙着。曾桂林身材高大,四肢奇长,双眼炯炯有神,面相不怒自威。李南枝认出他用的是罕见的珠江式开局,于是依照《纲要》的推荐,采用罗马式开局,外表架势却依旧是三体式。

唰的一声,曾桂林扑了上来。李南枝眼前全是手掌残影。要不是对珠江式开局的后招早有准备,当场就会被这招"八口分流"打死。眨眼间,双方攻防交换了三次,动作之快,令众人眼花缭乱。

"好快的速度!好大的力气!"

两人翻翻滚滚,缠斗不休。李南枝先用罗马流的"哈德良长墙",然后换成了芝加哥的"五湖波光",又换成费城流的"东州铁栅"。但无论何等精妙的招数,都被曾桂林的手臂横扫硬挡,无情弹开。他的力气实在太大了,李南枝万万没想到,招数竟然也可以用这样不讲理的办法破掉。小臂从疼痛到肿胀到麻木,李南枝越来越怕。他知道,对方的升压,自己一次也没能打断。身体接触这么多次,自己的振频已被测得一清二楚。只要被打中一次,必死无疑!

"你啊,"陆开阳声音很大,口气却气定神闲,"外功知道混着用,内功就不会了吗?!"

李南枝略一琢磨,如梦方醒:是啊,我何必拘泥于次声呢?!

他脚下一顿,整个人像卡车启动,撞向对手,打出一记形意钻拳。这种无视防守的行为正中曾桂林的下怀,右掌以泰山压顶之势拍过去——这一招同时催动三条升压回路,犹如西江、北江和东江汇入珠江,奔腾咆哮,正是该派最精妙复杂也最具威力的"三江入海"。他相信,无论李南枝如何挣扎、格挡,都决计躲不开这致命一击!

唰!

曾桂林觉得右臂好像插进了泥石流,被紧紧裹住,收不回来。同时,身子被一股旋转怪力猛地向左边拉扯,顿时一个趔趄。脑中一片空白,他停在原地,一

动也不敢动。因为李南枝已经绕到背后，用掌心抵着他的后背。

"孺子可教也……"陆开阳哈哈大笑。

李南枝发出超声，却不外放，反而作用于自己的双臂。形意拳的螺旋劲经过超声加持，黏若蛛丝、力逾千钧，把曾桂林像布娃娃一样缠住、拉扯、抖开。然后，他瞬间变频，把超声化为次声，给对手致命一击！

所有人屏息看着，等待着曾桂林突然吐血，或者肚破肠流。然而几秒钟过后，这一切都没有发生。李南枝突然撤开手掌，曾桂林一下子垮了下来，瘫坐在地上，半天起不来。

"还有谁？"李南枝大口喘息着，扫视着对面。死一般的沉寂。

他赢了。

03

李南枝欣喜若狂，跑回车旁，冲着陆开阳就跪了下来，心悦诚服地叫了一声"师父"。

"你是个好孩子，"陆开阳把他扶起来，看了又看，"真舍不得让你回去……"

"师父，你觉得我打不过那些人？"李南枝擦着汗。

"你可以说是少见的武学奇才，"陆开阳拍着他的肩膀，"但武学修炼是个日积月累的过程。几天内从零到二三流，这种事屡见不鲜。但一跃成为一流，从来没有过……"

"总不至于一点忙都帮不上吧？"李南枝现在自我感觉很好，不肯相信。

"郑天权身边，当然都是一流。"陆开阳笑了，"你跟他们交手，可能会出现这么一种情况：他用的招数，你不认识；你用的招式，他都能破。他比你快、内力比你强，升压的动作非常隐秘，你根本看不出他在升压……这时候，你怎么办？"

李南枝有点回到当年文化课考场的感觉——你明明知道我不是这块料，还考我干什么？

"很简单——"陆开阳攥起拳头，"用最大能量的次声，瞅准机会，从远处轰他娘的！"

李南枝心中一凛，不过马上惭愧地指出，自己做不到。

"对，你的内力不足。高级升压心法，你一时半会儿也学不会。"陆开阳看来很享受教学生的感觉，脸上神采飞扬，"但是，我们可以作弊。"

李南枝瞪大了眼睛。

"电胆并不是一个大电池，而更像一个电池组。比如我给你的电胆，就有四十八个单位。一个单位的电量用尽了，再调用下一个——我猜，这些已经有人跟你讲过了……如果我告诉你，有一种办法能够同时调用四十八个单位的电，你觉得再经过升压之后，你的内力能不能跟第一流高手过上几招？"

李南枝脑子嗡的一声。他数学再不好，也意识到那样的话，自己的掌力功率将达到一个天文数字。不过他马上又有了疑问：这么简单的办法，难道没有别人想出来过？

"这叫作'全功率心法'，是我在这副新电胆上进行的试验。"陆开阳指着他的肚子，"还在摸索阶段。有可能对身体造成很大损伤，甚至会折损电胆寿命，甚至你的寿命。你想好了再回答我：你要学吗？"

李南枝坚定地点了点头。

陆开阳摆开拳架，教给李南枝怎么运气、怎么调动电胆单位、怎么提升瞬时功率。李南枝跟着练了几遍，发现这对于有气功功底的他来说，并不复杂。

"关键是控制！全功率状态，不要超过 10 秒，否则内脏根本受不了，电胆也有可能受损——好了，你来试试！"

李南枝凝神运气，使出全功率心法，小腹内一阵灼热感升起，火焰好像沿着血管流遍全身。前所未有的力量和痛苦令他大叫起来。他来不及想，单腿跪地，大叫着一掌打在地面上。次声喷薄而出，尘土飞扬中，板结的地面像被烤干的油漆一样哀鸣着龟裂。

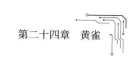

李南枝目瞪口呆，跪在地上，半晌没有动。同样震撼的，还有对面的猎手。几个人当场跳上摩托车，逃之夭夭。

"师父！"李南枝想不出怎么感激，只好又单膝跪地。

"先别急，"陆开阳伸手把他拉起来，"还有一件事——我那本破书呢？"

李南枝赶紧从储物箱里找出珍藏的《纲要》，递了过去。

"这本书，代表我十几年前的水平，"陆开阳快速地翻着，"很多东西恐怕已经过时了……不过……"

他从口袋里掏出一支圆珠笔，不顾李南枝心疼的表情，在上面写写画画。不一会儿，一张电脉图已经被涂改得面目全非。

"彭右弼武功虽高，但也不像传说中那么吓人。最关键的是，他的武功是我教的，我自然有克制他的办法——你看这里。"

李南枝看着电脉图，发现这套武功繁复无比。

"这就是彭右弼的看家本领，紫薇式开局。变招很多，升压难度很大。但是你看……"

陆开阳用笔在图上画了两条交叉的线，每条都是从肩膀到腰间。

"这，就是左垣线和右垣线——不管他怎么升压、用哪种变式，都离不开这两条线上的穴位。攻击这两条线，就能干扰他的升压、出招，诱导他犯错！这就是他武功的命门！"

李南枝激动得双手发抖，研究几遍，郑重地把书收了起来。

忽然，一阵咳嗽，陆开阳身子摇晃几下，李南枝急忙扶住他。

"行啦，我能教你的，也就这些。你要是这次能活下来，到时候我还没死，咱们可以再研究……"

"师父！"李南枝已经泪眼模糊。

"这些，都是我欠你的，"陆开阳拍着李南枝的手背，"我把你拖进这个江湖，今后你想退出，也是千难万难。我教你这些，不是想强迫你去做些什么——今天你该做什么选择，我没法告诉你。这世上很多东西的答案我都不知道。很多事情的意义，我更是说不明白……"

他的目光越过李南枝的肩头，饱含深情地看着一望无际的草原。

"真美啊，有点舍不得离开……天地如此之大，你我都像蚂蚁一样渺小。然而你我竭尽全力，奔跑一生，未必不能丈量这草原的长短……我希望你能活下来，活下去，用这一生余下的日子，去参悟更多……"

说完，他推开李南枝，摇摇晃晃地跟刚卓力格一起朝着远方的灯火走去。

"师父，你去哪？"李南枝连忙叫住他。

"车你开走吧，我家不远。我这辈子，承诺都给了鱼鹰，"陆开阳回过头来，笑容慈祥平静，"可最后一个承诺，给了我太太。她陪我吃了一辈子苦，我最后的日子，要陪她度过。我武功已失，废人一个，这点自由，你总该给我吧？"

说罢，他哈哈大笑，渐行渐远。

李南枝站在草原上，望着两个身影，怅然若失。

04

9月26日　周一
距离最后通牒到期还有 2.5 小时

风吹动着火，光照亮草原，人影在地上摇曳。李南枝走到赵仙迪和贺摇光身边，伸出手跟他们紧紧相握。

"怎么样？没我不行吧？"李南枝痞气地一笑。

"我们中毒了，"贺摇光摇摇头，"这个家伙，得你自己对付了……"

"你这个白痴……"赵仙迪的表情又像哭又像笑，眼中却泛着泪花，"你这是送死！快跑吧！"

"不！"李南枝觉得自己腰杆第一次挺得这么笔直，"你们才是我的同类！我绝不放弃你们！"

不远处，那个高大的身影站在前方，车灯从他背后照过来，令人不敢逼视。

"这家伙厉害吗？"

"我来介绍一下，"贺摇光伸手遥指，"这位，是血爪四大高手之一的'绞肉机'莫洛托夫！"

壮汉提起锁链，放在手里摩挲着。

"这位，是我们鱼鹰的后起之秀，"贺摇光看着李南枝，语气里没有丝毫往日的豪气干云，剩下的只有隐约的惋惜，"李南枝……"

李南枝呼吸急促，逼着自己上前一步，挺身面对。

"我就一句话：能不能放他俩走？"

"打败我，你们都可以走。"老莫的声音低沉得像一面大鼓，"否则，都得死。"

"行，那就没什么好说的了，"李南枝摆出拳架，"打吧……"

贺摇光思量再三，也想不出该怎么嘱咐他，最后只好说了句"小心"。

铁索锵锒，老莫迈开大步，朝他逼近。

"嘿！"吼声炸雷般响起，铁链在电磁的作用下化为一根铁棍，当头抡了下来。轰的一声，地上好像有颗炮弹炸开，泥土如墓园里受惊的乌鸦般纷飞。李南枝刚躲开这一击，铁链再次凝聚，长剑一般当胸刺来。李南枝半蹲半起，根本无法躲闪！

不到万不得已不能用？现在，就是万不得已！

嗡的一声，李南枝使出全功率心法，电胆四十八个单位同时启动；双臂前伸，五套升压电路前后衔接，把电压升到平生未见的高度，一咬牙，双手朝着那条黑蛇抓去！

"不要！"赵仙迪绝望地呼喊着。铁链上灌注着超声，这样去抓，会被活活切碎。然而她和贺摇光什么都做不了，只能眼睁睁等着血肉横飞的惨剧在眼前上演。

锵锒！

类似金属摩擦的刺耳声音中，锁链剧烈地一震，尖啸着飞到空中，落下来时，被李南枝稳稳抓在手里！

赵仙迪不敢相信自己的眼睛。

"是超声！"贺摇光恍然大悟，拍地叫绝。

李南枝刚才去抓锁链时，先放出高能超声，跟锁链上的超声叠加，一部分化为低频次声，使锁链发生剧烈共振，脱手而去。

所有人都惊呆了，好几秒钟没人说话。最终，首先打破沉默的是老莫。

"你是好样的……我低估了你，向你道歉！"

他朝着李南枝鞠了一躬，然后敛容正色，摆开拳架。

"接下来，我要使出全部本事，光明正大地杀死你！"

一声低吼，脚下的长草全部倒伏，微光从他周身发散出来。

"'天使之落'！"赵仙迪从未见过有人能把这套升压法用到如此境界。

"快跑！"她再次绝望地喊道。

然而已经太晚了。莫洛托夫大吼着，坦克一样朝着李南枝冲来！

四周忽然亮如白昼。一排车浩浩荡荡地飞驰而来。三十几个人跳蚤一样从车上跳下来，在李南枝身后排成一排。

"要杀他？先问问我们！"

这些人，正是曾桂林和他带领的穷兄弟。他们之所以在这里，是因为陆开阳走后，李南枝并没有立刻离开。他走到这群因为发财梦再次破灭而痛哭流涕的人面前，环视着每一个人。

"我了解你们的处境，因为我以前，也跟你们一样。走错了一步，这辈子就上了岔路，拐都拐不出来，想下跪求饶，都没人听。大老爷们儿，被几千块，有时候是几百块钱，逼得想死。每次我遇到这种情况，就恨我爸妈，为什么要把我生下来，受这份罪！"

只几句，他的演说已经吸引了每个人的注意力。

"每天被钱逼得低三下四，在家人面前抬不起头来；整天担心有人来抢自己的电胆，提心吊胆，躲躲藏藏！这叫活着吗？！"

他捶着自己的胸膛，眼眶也湿润了。

"我没法改变你们的过去，但是，我可以给你们一个机会，去改变未来！就在那边！那里，正在进行一场鱼鹰历史上最重要的抓捕！赏金，高达上千万美元！我问你们，你们想不想摆脱这种生活？你们愿不愿意抓住这个机会？你们是想这么混到老，孤苦伶仃地死去，还是想跟我去拼死一搏，用猪狗不如的下半辈子，赌上一回？！"

05

草原亮如白昼，三十多人气势汹汹地把老莫围住。然而李南枝知道，己方依旧没有任何优势，这帮人只能起个充数的作用。

"怎么才来？！"他强笑着问曾桂林。

"车胎爆了……"

"有主意吗？"他指指敌人。

"一起上，命好的话，应该有人能活下来！"

砰。

老莫身后，车门开了，两个人走了下来。

"萧北河……"赵仙迪瞪大了眼睛。

走在前面的，的确是萧北河。他嘴角血迹未干，身体像死人一样僵硬，显然是被点了穴位，正在承受电击之苦。他的身后一个人仍旧谨慎地寸步不离，用手掌顶着他的后心。

"郑天权！"贺摇光哈哈大笑，随即长叹一声，"终于找到你了！可惜，可惜……"

郑天权挟持着萧北河，慢慢走上前来。李南枝终于看清了这位传奇人物的长相。花白头发，五官棱角分明，两道剑眉依旧浓密，依稀可见年轻时的英俊儒雅。

郑天权经过老莫身边，轻轻说了句"住手"。老莫像机器人一样原地站立不动。这种忠心和纪律性令见惯了鱼鹰刺儿头的赵仙迪佩服不已，令李南枝不知所措。

一犹豫，郑天权已经走到了面前。

"武功不错……"郑天权打量着他。

李南枝谨慎地点了点头。曾桂林等人早已退到十米开外，令人怀疑动员这些人到底有没有用。郑天权把萧北河往他怀里一推。李南枝站立不稳，跟萧北河一起摔倒。

郑天权继续向前走着。他看到了宁积薪的尸体，轻轻摇了摇头。看到蒋万霆的尸体，疑惑地皱了皱眉。路过江腾蛇的尸体时，他"哦"了一声，然后从尸体怀里掏出什么。

最终，他走到贺摇光面前。

"天权，"贺摇光吐了口带血的唾沫，"要杀就杀吧，别废话。"

郑天权看着他，看看赵仙迪，又回头看看李南枝和那三十多个乌合之众，抿着嘴犹豫再三，最终仰头长叹，微微一笑。

啪。

一个小瓶子落在贺摇光脚下。

"这是解药。我要跟你谈谈。"

06

夜风吹拂，草原像一幅会动的油画。两个多年不见的老兄弟站在土坡顶上，遥遥相对。

"你们……你们把我想得太坏了吧？！"郑天权目瞪口呆，"我要消灭鱼鹰和银盾？我要用血爪统一整个猎手江湖？我……我有那个心，也没那个胆啊……"

"天权，跟我你就别来这套了吧？"贺摇光冷笑不止，"你干了什么，不用我重复一遍了吧？你的目的，还能是什么？！"

"老贺，我没杀你的小兄弟，对吧？"他指着远处的萧北河，"还给了你解药，这还不够表达诚意吗？怎么，难道你觉得刚才那三十多个废物能拦住我和老莫？"

"你？可信？"贺摇光目光冰冷，"当年，你他妈从露宿街头到加入鱼鹰，赚到第一个100万，才用了几年？你在鱼鹰掌管人事大权，可以说是天枢最信任的人，你整天说要把这辈子献给鱼鹰，你给了吗？你要跟着老三、老九一起退出鱼鹰，我和开阳流着眼泪挽留你，你说只是暂时的，等天玑冷静了，就劝他一起回来——你回来了吗？后来英国出了事，我去找你，你说小事情，开个会就解决了，打不起来——打起来了吗？再后来，我家里出了事，银盾派人来软禁我，你不知道？我逃出去，银盾对我几次围追堵截、设伏诱捕，这些计划，你没参与？"

"老贺，"郑天权低头干笑了几声，又抬起头来，摊开双手，"以前的事，我有做得不对的地方……我要解释，你也不会信。我只能说，银盾内部的事很复杂……"

"复杂？"贺摇光怒火中烧，上前两步，"不就是为了钱、为了权力吗？这有什么复杂的？！"

郑天权背着手，仰头看天。良久，他叹了口气。

"老贺，你会做噩梦吗？"他坦然地看着贺摇光，提出了一个怪问题。

"你觉得呢？！"贺摇光心中一酸，嘴唇哆嗦起来。

"我总在重复做着一个梦。"郑天权低头看着脚下的草，"梦见我又成了当年那个一无所有、无亲无故的穷光蛋。我又回到了街头，在汽油桶旁边烤火，在仓库里过夜，在超市的垃圾桶里捡过期食品，得了病不敢去医院，听见警笛声就吓得浑身哆嗦……"

他停了下来，抬头看着贺摇光的眼睛。

"老贺，我的家境你知道，我前半辈子过的什么生活，你也知道。那种生活，

20 年、20 年，终于让我得了一种病，不治之症——症状就是怕穷！哪怕账户里有 100 万，我还是觉得不够！我还是觉得，它可能一夜之间消失！我要有 500 万、1000 万！只有钱越来越多，我才能感到安全！"

他声音高亢，在空旷的草原上传得很远。贺摇光冷冷地看着他。

"于是，我就跟着岳天玑走了。我们白手起家，从零开始，一笔业务一笔业务地坚持了下来。银盾只用了几年工夫，就在收入上超过了鱼鹰。我终于真的有了 500 万、1000 万！我终于能睡得着了……"

郑天权的眼睛里放着光。贺摇光满脸讽刺的笑容，心里对郑天权的厌恶有增无减——假如不是亲身经历，他恐怕都要相信这是一个励志的故事。

"从零开始？"他啐了一口，"你从鱼鹰拉走了多少人？偷走了多少资料？没有这些，银盾能发展起来？你要不要脸？"

"没错，"郑天权毫无怒容，反而很欣慰，"你也承认了——人，是我拉的；业务，是我找的。岳天玑除了一个主意和开始的几个客户，什么都没有。可是成功了，天玑却变了……"

他激动地向前走了两步。贺摇光警觉地向后退着。

"这么多年，银盾的业务是我在拓展；各种门派冲突、内部矛盾，是我在和稀泥；法律上的麻烦，是我在擦屁股。可是我得到了什么？！"他愤愤不平地攥着双拳，"所有肥差、关键性岗位，都是他的徒弟、亲戚、老乡……他连一点股份都不给我。倒霉差事倒是非我莫属，什么接传票、上法庭，一件都少不了我！什么第一执事？我不过是打工！"

贺摇光依旧冷冷地看着他。

"你还记得邢三吗？"郑天权忽然问，"他死在了楚格峰。除了他，还有老刘、甄鹏、苏根步……"

贺摇光没有打断他——他好久没听人说起这些老熟人的真名了——他们都是郑天权从鱼鹰带过去的铁杆。

"你真不明白吗？"郑天权双眼里满含悲苦，"楚格峰上，死的全是我的人！

全是岳天玑安排的！"

他眼含热泪，朝着贺摇光踉跄几步。后者这次终于没有后退。

"他不停地挑动年轻一辈反对我——我终于看明白了，他用不到我了，想把我一脚踢开。于是，我就开始了自救。而第一步，就是拿到钱，重建我的队伍！"

"谁的钱？达默家族，对不对？"贺摇光又激动起来，指着郑天权的鼻子大骂，"达默那个小兔崽子，他对我干了什么，你不知道？！你他妈当年失业没地方住，是谁收留了你？谁介绍你加入鱼鹰？我老婆还给你做过饭！你怎么……怎么能……"

他再也控制不住，一把揪住郑天权的衣领，拳头高高举起。不远处的老莫一个箭步就要冲过来，却被郑天权用手势阻止。

"老贺，你要打死我，我绝不反抗。"郑天权居然掉下了眼泪，"我这辈子，都在为了银盾奋斗，我当然有私心，我想把它变成我自己的。可是现在，一切都没了，我还活个什么劲……"

贺摇光的手渐渐松开。

"韦宗正要把你轰下来，不是被你用血爪干掉了吗？你怎么就什么都没了？"

"我的确让彭右弼假死，装神弄鬼搞出血狼子这么个传说来铲除异己。我也的确调来血爪，杀了韦宗正和他的坤甸派——"郑天权的语速骤然加快，语气凶狠果决，"矿场的底下，就是血爪的秘密基地。罢免令一通过，我立刻发信号，让他们血洗了整个会场！"

"你还觉得自己不够坏？不够狠？！"贺摇光摇着头看着他。

"你不了解，我当时有多么心痛！"郑天权捶胸顿足，"岳天玑给我下绊子，我不在乎。我把一切献给了银盾，我全心全意为每一个人操劳，我为银盾设计了美好的明天，只要他们能放下那些无聊的江湖恩怨，跟着我继续前进，就能到达！可是他们呢……"

他的眼圈红了。

"我真的累了……"他仰头长叹，"银盾就像我的孩子，我为他付出一切，却没想到，他有一天要喝我的血。于是，我动用血爪，要把他毁掉。我不玩了。但是我没想到，血爪有一天会自己思考……"

他解开衣扣。胸前的护甲上，赫然有一个烧焦的手印。

"彭右弼，背叛了我！"

07

窗帘猛地被拉开，灰尘在晨光里飞舞。钱上丞站在窗边，望着一片正在下坠的叶子。它落在人行道上，跟其他落叶混在一起，让人无从知道，是否真有这么一片独一无二的叶子在这个世界上存在过。

他回头看了一眼病床上仍在昏迷的病人，心里一阵烦乱。以前也干过看守大本营的差事，却从没像这次这么失落。

"水……"病床上的人呻吟着。

钱上丞无奈地摇了摇头，倒了一杯矿泉水，半蹲在病床前："会长，水！"

岳天玑已经卧床多年。经常传出消息说他挺不过年底，可是下一年他还是活得好好的。当然，他的状态用活着来描述也不是很恰当。春夏两季他总是在疗养，秋冬两季总是在住院。今年是个例外。他有 5 个月的时间处于半昏迷状态，好不容易清醒了一个礼拜，偏偏赶上韦宗正的人来逼宫——5 个董事硬闯病房，根本拦不住。几分钟的工夫，岳天玑批准了召开紧急会议，然后又昏了过去。

你到底知不知道自己干了什么啊……

岳天玑呻吟着，一只眼睛微微睁开，嘴唇嚅动着，发出含混不清的声音。钱上丞按下按钮，病床上半截升了起来。水杯凑到岳天玑嘴边，他喝了一半，漏了一半。钱上丞连忙拿出纸巾，给他擦拭衣服。

不知那边会开得怎么样了？这么关键的时刻，我却一点忙都帮不上……

心乱如麻，他渐渐走神了。回过神来，才发现岳天玑在看着自己。

"还要……"

钱上丞连忙凑到他耳边解释，然而岳天玑根本听不进去。

"水……"

几次之后，他有些不耐烦了。

"医生说了，"他扯着嗓门吼着，"您不能喝太多水！"

吼完之后，他有些后悔。郑天权来看会长，从来都是和颜悦色，这么一比，自己简直不像话。他连忙转身去倒水。不过在这一瞬间，他意识到自己刚才的粗鲁并不完全是无意的。内心深处，一直有个声音在引导他怨恨会长：你为什么就不能帮天权先生一把呢？或者干脆让位？你身为会长，这么多年干过什么？卧床、吃药、输液……

忽然，他的脚步慢了下来。因为他意识到一件事：他一直在输液，怎么还会渴呢？

嗡的一声，病房屋顶上一片鲜红。钱上丞没了脑袋的尸体倒在地上。

病床上，岳天玑缓缓坐直，一根根扯下身上的各种管子。外边传来一阵短暂的打斗和惨叫声。门开了。一群身穿紫色护甲的侍卫闯了进来。

岳天玑站在病房中央，渊渟岳峙、气宇轩昂，全无平日里病入膏肓的模样。侍卫们一起鞠躬行礼。他大步流星朝外走去。

"跟我走，"他的眼光里透着快意和仇恨，"去把属于我们的夺回来！"

08

"岳天玑！"郑天权的手哆嗦着，"这家伙看到凭实力斗不过我，就装病！这么多年，我居然上当了！他早就知道所有人私底下在干什么！我、韦宗正和厉司危，所有人都被他利用了！我只是想不通，他用什么条件收买了彭右弼！"

郑天权双眼血红，像疯了一样走来走去，自言自语。

"我早就看出彭右弼不对劲！老莫说，他这两年装神弄鬼，在血爪内部也搞得很神秘，一般人根本见不到他……一年多的时间，他就推三阻四不见我，我居然没有怀疑！上个月我跟达默谈崩了，让他去日本干掉他，结果他却自作主张，杀了达默全家，我居然没有怀疑；他嫁祸给你，我居然没有怀疑……岳天玑这个蠢货！他根本不了解彭右弼！他的野心，比所有人都大！"

"怎么说？"贺摇光预感到有什么事不对劲。

"你知道我为什么要派他去杀达默？"

"为什么？"贺摇光恶狠狠地问。

"我发现，他在背着我们搞一些事情。"

"什么事？！"贺摇光不耐烦地喝问。

"科克波塔之门。"郑天权闭上了眼睛。

"那是什么？"

"卫星的后门程序。达默开发出来的。用它，就可以控制银盾的'楚格峰之矛'发起频率攻击！他想控制鱼鹰和银盾，我只能派人杀了他……彭右弼跟我说，达默家所有的电子设备都毁于大火，什么都没找到。"郑天权有点支支吾吾，"现在想想，恐怕不是真的……"

贺摇光心头一凛。1453 年，奥斯曼帝国就是从这扇没有关闭的小门突破，攻陷了君士坦丁堡，灭亡了延续千年的拜占庭帝国。如今，只要彭右弼那个疯子愿意，他就可以摧毁两大联盟。

"你是怎么逃出来的？"贺摇光终于得出结论，郑天权的故事大体可信。

"我也不是毫无准备，"郑天权用下巴指了一下老莫，"这个人，是我派到右弼身边的……

"我选择铜矿场作为开会的地址，早就让他藏在地下密室，结果阴差阳错，救了我一命。右弼真的把我打蒙了！你们拦住我的时候，我坐在车上，手脚冰凉，不管老莫怎么催我决断，我都说不出话来。那时候，可能是我这辈子第一次这么没出息……"

贺摇光皱着眉头回想了一下刚才交战的全过程，终于捕捉到了一些蛛丝马迹。一开始蒋万霆他们确实很低调，戴着帽子竖着衣领，似乎很不愿意挑战。看来是他们以为遇到追兵了……

"可是，老莫一句话把我惊醒了。他说，我们现在除了战斗，还能往哪里去？"往日踌躇满腹的神情又回到了郑天权脸上，"是啊，我还能往哪里去？我所有的心血，都倾注在了银盾。我所有的力量来源，就是血爪。我还能往哪里逃？就算我能逃出去，像无家的野狗一样活着，跟死了又有什么区别？！与其苟且偷生，不如孤注一掷！"

贺摇光反复打量着他，终于点了点头。

"老贺！跟我合作吧！"郑天权的双眼隐隐闪着光，如同当年身在赌场时那样，"我们杀回铜矿场，干掉彭右弼！然后公开跟岳天玑决裂，夺回银盾！到时候你要是不嫌累，你当会长！"

"我不感兴趣。"贺摇光闭目摇头。

"那里的金库里，现金、珠宝、债券，总价值 3.7 亿美元！"郑天权的手指微微发抖，"请你够不够？"

"少来这一套，"贺摇光冷笑着摇头，"我要的，你很清楚。"

"弗林·达默，"郑天权一拍脑袋，埋怨自己怎么把最简单的忘了，"这么多年一直由右弼亲自负责。具体关在哪里，只要问问他就知道。找出来，任你处置！"

贺摇光慢慢走到郑天权身前，伸出右手。十几年后，两人终于再次握手。

"成交！"

09

十几辆车围在一起，形成一个巨大的圆环。圆环中央，郑天权站在几口大箱子旁边，好像夜市的摊主，分发着最先进的猎手装备。

李南枝坐在不远处的卡车里看着这一幕，手指在方向盘上不安地打着拍子。

车门猛地打开，吓了他一跳。赵仙迪披挂整齐地上了车，坐在副驾驶位。

"你怎么没拿一件？"她往脸上抹着黑油彩。

"我师父给了我一件……"李南枝扯开领子给她看，结果手上没数，扯掉了三颗扣子。

"哦，你拿了啊……"她显然什么都没听进去。李南枝看出她也紧张，想逗能安慰她两句，却一个字都说不出来。

血狼子……天下第一……虽说是假扮的，可也不好对付吧……

车门又开了。这回上来的是萧北河。

"你的伤好了没有？"李南枝和赵仙迪同时回头，异口同声。两人愣了一下，终于笑了出来。

"我没事。他们出手很轻，明显不想杀了我。我估计那时候郑天权已经知道贺摇光在前边等他。"萧北河掏出《圣经》，吻了一下，"一切都是最好的安排。"

然后，他扭头看着车外，"你们该关心一下他。"

"你又说什么呢？"这回上来的是庞砺石。他浑身鼓鼓囊囊，看样子穿了两层甲。

"你的伤怎么样了？"萧北河面带微笑地看着他。

"我那不是伤，是小人暗算——中毒，能算伤吗？"庞砺石不屑地辩解着，"要不是我当时太累了，那家伙根本连放毒的机会都没有……"

"哟，无敌高手在这儿呢！"贺摇光弯腰钻了进来，"幸亏这趟你来了，要不然你跟血狼子谁是天下第一，还真不好说！"

笑声中，李南枝心中的恐惧消失得无影无踪。他这才发现，自己是多么渴望友情和安全感。能体验到这种感觉，即使是在最危险的时刻，也绝不后悔。

笑声戛然而止。

郑天权上了车，坐在贺摇光身边。

"出发吧！"

月光如水，照在车队留下的滚滚烟尘上。他们浩浩荡荡开出几公里，然后分道扬镳。按照计划，曾桂林将带领三十多名手下从铜矿场正门发起佯攻。与此同时，郑天权领着大家通过密道，进行斩首袭击。

"你们一定要准时！到时候，你们的信号，就是我们的信号！还有，务必保持距离，利用黑暗，不要让他们知道你们有多少人……"

郑天权在通信频道里事无巨细地交代着。他说了几分钟，终于挂断。然后，就跟车上其他人一样默默等着。沉默就像氧气，总能让恐惧的余烬复燃。李南枝又开始心神不宁。他盼着有人能说点什么。

终于，第一个沉不住气的，还是赵仙迪。

"你们信得过郑天权吗？"她把口香糖扔进嘴里，大嚼起来，"我总觉得这人干了那么多卑鄙无耻的事，很靠不住……"

贺摇光憋住了，但是其他人没有。

"我说大侄女，"郑天权无奈地摇着头，"我为了证明诚意，孤身一人坐到你们车里，你说我还能怎么再可信一点？"

"你怎么看？"赵仙迪故意假装没听见，望着李南枝。

"其实吧，"李南枝咽了口唾沫，若有所思，"我觉得，鱼鹰、银盾，一开始都不能算是坏人。你们的目标有分歧，但可以共存……"

"说得好！"郑天权赶紧一挑大拇指，"之前两家的关系时好时坏，完全是一些别有用心的激进派在搞鬼。现在，他们都不在了。只要我夺回银盾，绝对会跟鱼鹰好好相处。说不定，大家还可以再做战友、再做同行……"

"哦？"赵仙迪又忍不住开始讽刺，"我们跟你们，怎么做同行？你是说，一个人可以既是警察，又是小偷？既是猎手，又是杀手？既是男的，又是女的？"

萧北河扑哧一声，庞砺石直接哈哈大笑。郑天权面红耳赤，一时语塞。赵仙迪则幸灾乐祸地看着他。

"这个，其实真不难。"然而李南枝忽然没头没尾地替他解围。

"真的吗？"赵仙迪觉得他很不识相，"来，教教我，天才。"

"以前，我们家一个邻居，"李南枝点了一根烟，"天天打老婆，下手那个狠，我听着都觉得疼。我那时候想，让我管，我是不敢管；两口子的事，你报警，警察也不一定管——现在我想，银盾不能管这样的事吗？你们不是专门干保安的吗？保护谁不是保护？家庭妇女不是人吗？这事钱的确不可能很多，但是也费不了多少功夫，对不对？"

郑天权一愣，轻轻点了点头。

"我们家还有个邻居，孩子学习挺好，但太老实，在学校被欺负得不轻，到头来只好转学，听说考学也不理想——这种事，也属于你们的业务范围，对不对？"

这回萧北河也跟着赞许。

"还有我在网上看到的，外国的事。"李南枝吐了口烟，"一个小女孩，被一个变态糟蹋了，才他妈判了10年。这10年，小女孩家里提心吊胆，因为不知道什么时候那个变态就会提前释放。等到他真出来了，小女孩家里又要连夜搬家……我就想不明白了，这还有天理吗？怎么担惊受怕的反而成了受害人呢？为什么就没人主持公道？为什么没人能保护她？你说，这种事，银盾不是也可以管吗？"

李南枝滔滔不绝，说了无数生活中的例子。赵仙迪看着老南，若有所思。

"好，一语惊醒梦中人！"郑天权竖起大拇指，"兄弟你的见识确实不凡！我决定，以后，银盾要设立一个 pro bono——中文怎么说来着？对了，公益！公益指标。每年每个人都要无偿地去管你说的这种闲事！完不成指标的，降职！开除！"

"我们鱼鹰也要这样！"赵仙迪冷冷地哼了一声，"我们只会做得更好！"

"你们要是都能这样，这个世界，真的能变得好一点，"李南枝跟她相视一笑，"那样的话，咱们这趟冒着生命危险，也算没白忙……"

"行啦！"贺摇光终于再也忍受不了这些幼稚的想法，"先想想怎么对付彭右弱吧。"

10

郑天权从怀里拿出笔和小本子，开始画示意图。

"铜矿场的主楼下，有巨大的地堡……这里，是彭右弼的卧室。剩下的本来是副手、亲随住的房间。据老莫讲，这两年都空了。彭右弼当权已久，开始越发多疑，根本不许任何人跟他住在一层。4个副手，全都杀了。"郑天权兴奋起来，"你们看，头上这间是备用发电机室。彭右弼绝不会想到，那里有个密道出口！只要从这儿进去，我们面对的就是他一个人！"

"你怎么知道他在那里？"萧北河谨慎地问，"他不是要劫持卫星吗？不应该在控制中心吗？"

"老莫说过，彭右弼这些年好像患上了什么皮肤病，不喜欢在人前露面；血爪已经好多年不开会了，有什么决定都是他私下传达。所以我估计他不会在控制中心等着，顶多到了时间去亲自操作一下……"

"他还亲自干这活？"李南枝觉得挺新鲜的——记忆中，他们厂长从来不下车间。

"换成是你，"贺摇光被他的幼稚逗乐了，"你不怕有人偷偷输入你的电胆指纹吗？"

"所以，关键是要快！"郑天权根本不屑于理会这种学前班级别的问题，"我们越快，堵住他独自一人的机会就越大！"

李南枝觉得自己心中一阵激荡。有机会当然好，但是内心深处总有些什么在提醒着他，恐怕不会这么简单。

"他的武功到底怎么样？"庞砺石终于提出了这个大家最关心的问题。

郑天权沉默良久，才开口说话。

"以前，我总以为那些神乎其神的传说，不过是以讹传讹。但这次目睹，才发现是真的！"

郑天权当然不是孤身赴会。虽然事发紧急，他还是作了安排：20余名常年在韩国和西伯利亚备战的一流高手紧急集合，组成特别行动队，以备不测——宁积薪、蒋万霆等人就是这么来的。彭右弼翻脸动手，老莫立刻召集了别动队，把他救了出来。

"25个人，加上老莫，只剩下6个！"郑天权的脸上露出恐惧的神色，"其余的，都被他一招击毙！"

大家都不说话了。

前边的车辆忽然打起了双闪，然后向右拐去。李南枝跟了上去。他的左侧，5辆车呼啸着走上了另一条路。李南枝知道，曾桂林他们按计划去正门。这也意味着，快要到了。

"关掉车灯，"郑天权吩咐着，"还有不到半个小时。"

11

李南枝打开了护目镜的夜视模式，聚精会神地握着方向盘，紧跟老莫的车尾。一阵阵紧张袭来，令他觉得身体被紧紧捆住。头脑好像之前一直在休眠，此刻才想清楚，自己要去干一件多么疯狂的事。

群山已经出现在视野里，车越来越颠簸。手背上忽然传来一阵温暖，是赵仙迪把手放了上来。他觉得好受了一些，但是马上觉察出来，她这么做也是给自己壮胆。她手心全是汗。

他看了看表才意识到，过去15分钟里，没有人说一句话。通信频道一直通着，同样毫无动静。想想也可以理解。尽管郑天权已经尽力把希望说得很大，但绝大部分人都明白自己面对的是什么：不去，百分之七八十的可能性是等死。去了，百分之八九十的可能性是送死。

"老贺，"郑天权觉得这样下去士气就要崩溃了，"要不，你来给大家说两句？"

李南枝觉得这个要求莫名其妙——贺摇光口才虽好，但说的话听多了容易

抑郁。

他不知道，当年这人可是巴顿将军一样的动员大师。

"说个屁，反正都是死，说不动了……"贺摇光一口拒绝，"老南，放点歌吧。来点有劲的。"

李南枝拿出手机，连上音响，结果车猛地颠簸一下——路况太复杂，一下不盯着就差点翻车。没法选歌，只好推荐什么听什么。通信频道里热闹了起来。一群大老爷们儿开始了对网路歌曲的嘲骂，好像这样有助于消解恐惧。

"什么玩意儿！"

"太软了！"

"换！"

李南枝哭笑不得，只好指挥着赵仙迪切歌。可后者却对音乐档次毫不介意，坚持每首至少听一遍，后来干脆拿着手机当麦克风，夸张地跟着唱起来。这下通信频道里全是哀号。赵仙迪毫不介意，越发兴奋。头上下摆动，长发乱飞，左手指着不存在的台下歌迷，好像在开一场个人演唱会。她大笑大叫，弄得浑身大汗。

李南枝一开始担心她疯了，后来终于被她的情绪感染，也跟着笑起来。他终于想起，她虽然一直是自己师父一样的地位，可毕竟才二十来岁。她很可能都没去过一场真正的演唱会。

后视镜里，萧北河试图憋住笑，可总是忍不住；庞砺石捂着耳朵，不时从郑天权的本子上撕下纸来团成纸袋，扔向她的脑袋，赵仙迪笑骂着扔回去；郑天权和贺摇光从一开始皱着眉头，到相视而笑，好像两个看着晚辈胡闹的老人。

一阵阵久违的暖流在心头涌动。李南枝觉得自己不是在奔赴一场九死一生的战斗，而是在参加一场过年时的大家庭聚会。他当然知道这很奇怪——跟这些人认识明明只有几天而已。但是另一方面，他只希望这样的温度能像冬夜的烛光，一直维持不灭。

几声电吉他的嘶吼突如其来，差点刺破耳膜。系统终于推荐了一首摇滚。听众们也终于获得了一点安慰。

"就这个！"

"老妹儿别唱了！"

九月最后一天我辗转反侧

准备好了面具去应对场合……①

好像是为了配合歌词，赵仙迪的护颚唰地合了上来。庞砺石和萧北河扑哧笑出了声。然后，唰、唰，他们也打开了护颔。

通信频道里其他人大部分没有听清歌词，但还是跟着号叫起来。这歌是老式摇滚。重、失真，简单粗暴、节奏分明。就像劣质白酒，正是大家舍命一战之前需要的。

青春涅槃重生 / 到消失殆尽

活在这个时代 / 会感觉悲哀

所有道理梦想 / 敌不过现实

所有盖世英雄 / 他们偷偷哭泣

李南枝发现自己在苦笑。后视镜里，贺摇光的笑容几乎一模一样。通信频道里的喧闹低了下去。李南枝仿佛看到了那一张张曾经满怀梦想，最终却饱经毒打的脸。

欲望无边无际 / 遮住了眼睛

讲究绝对公平 / 却剥削正义

等待一场大雨 / 将灵魂洗涤

可恶的虚荣心 / 戒不掉的烟瘾

李南枝掏出了烟盒中最后一根烟。电弧一闪，赵仙迪默契地帮他点着。两人相视一笑。烟传到了后排。几个几天前还互不认识、互相仇恨的人，命运却在此刻被连在一起，他们传递着一根劣质香烟，好像这样，彼此的灵魂和力量就能随

---

① 感谢马野先生授权使用《蜂鸟》的歌词。

着烟雾融合在一起。

这时候，副歌炸响了。

就像一只蜂鸟／在低空飞行

死亡在所难免／也无处逃避

别再妄想依赖／什么神仙救星

生存如此艰难／又如何憩息

Say！

Say！

Say！

Say！

公平地说，这不是一首多么著名或者前卫的作品。但是每个猎手都被旋律或者歌词弄得血脉偾张。所有人抓住这句肯定学得会的词，抽风一样跟着唱起来。

"Say！"

"Say！"

"Say！"

"Say！"

不知不觉间，所有人都加入了合唱。庞砺石和萧北河搂着膀子，贺摇光和郑天权攥着拳头。他们唱着，摇晃着身体，就像回到了年轻的时候，一起去执行一次抓捕任务。歌声越来越大，如同次声，令李南枝的心也在共振，也令所有人慷慨激昂、热血沸腾、怒发冲冠。

不再妄想依赖／什么神仙救星！

死亡在所难免／又何必躲避！

第二十五章　魔王

诸君，我以与你们并肩作战为荣！

01

9 月 26 日　周一

距离最后通牒到期还有 2 小时

　　李南枝从未想到，郑天权所说的密道根本不是条路，而是一条直径一米多的钢管。闷热的空气中，气味刺鼻，令人不难猜出，这玩意儿本来可能是输送废水或者废料用的。半个多小时了，他们一直像几只老鼠似的沿着管子往前钻。腰直不起来，脚又要轻抬轻放，他觉得自己的腰都要断了。更糟的是，根本不知道还要钻多久。

　　队伍忽然停了下来。走在最前边的老莫侧头倾听，然后把手放在管道壁上感受着什么。不一会儿，郑天权的声音从耳机里传来。

　　"前边管子开始悬空了。挂着走。"

　　李南枝目瞪口呆地看着前边的人一个个蝙蝠似的倒吊在管子上方，慢慢朝前

爬去。他不会用电磁，没人教过。于是他不得不丢人地挂在赵仙迪背上——双臂抱着脖子，腰带把两人从腰间绑在一起。

管道底部有些地方腐蚀破损，形成一个个大洞。透过这些洞，能清楚地看到下面的情景。有的是灯火通明的走廊，有的是影影绰绰的泥土地，有的是昏暗的厂房、车间、机器，更多的是一片漆黑。他屏住呼吸，暗暗祈祷不要忽然从洞里看到一双向上看的眼睛。

几分钟后队伍终于停了下来。两人都累得满头大汗。

"你笑什么？"李南枝看到赵仙迪捂着嘴，直不起腰来。

"你就跟电视上的小猩猩一样……快叫妈！"

经过几天的出生入死、并肩作战，李南枝已经总结出，此人的不着调是有迹可循的——越是紧张，她就越爱捉弄人。

他毫不犹豫地给了她一拳。

"别说了！"贺摇光恼怒的声音从耳机里传来，"老四！这怎么回事？"

李南枝愣了一下才明白"老四"指的大概是郑天权。他带着不祥的预感伸长脖子，终于看清发生了什么：前方管道被碎石堵得严严实实。

他心里咯噔一声：难道，人家早就知道这条密道？难道这是个圈套？

怀有这样疑心的显然不仅是他自己。

"我没法说，这是不是故意堵上的。"郑天权的语气听起来总是那么诚恳，"但是你的怀疑绝对没有道理：假如这是个圈套，早动手不是更合理吗？"

"算了……现在怎么办？"

"只有一个办法……"郑天权的声音很沉着，"刚才有个岔口你记得吗？折回去，从那里拐，然后向上。从 T6 出口出来。"

"那里有人！"贺摇光发怒了。

地图被分享在护目镜的镜片上。放大之后，李南枝看清了 T6 的位置。它位于彭右弼密室的大门外，是六条走廊的交汇点。

"没错，一共六道门。"郑天权爽快地承认了，"每道门后边，都有一组侍卫。

每组四五个人。"

大家脸色顿时都不好看起来。无论贺摇光和郑天权如何神勇，也不可能在如此狭小的地方抵挡 30 多个一流高手的围攻。

"有没有办法各个击破？"萧北河问，"比如说，一次骗开一道门？"

"这些门是防水门，平时根本不关。只有地震的时候才会强行关闭，防止附近那条地下河把一切淹没。"

"这是死路！"贺摇光语气森然——任何人走到那里，都会直接面对六组侍卫的围攻。

"你听我说——不是没有办法！我们可以骗过系统！"

郑天权指出，传感器里最容易骗过的，就是震荡探测器。

"等曾桂林开始佯攻，系统就会进入警戒模式。这时候，我们就可以用掌力模拟地震，同时关闭六扇门。然后，我们可以任选一道门，输入应急密码，人脸验证，开门，各个击破……"

"人脸验证？"赵仙迪听糊涂了，"谁的脸能开门？"

"本来人脸对比是很快的。但是彭右弼疑心太重，不但要对比五官，还要对比虹膜、肤色、牙齿……总之，只要一张陌生的脸出现，就够它忙活几秒钟的。这时候，我当年留的后门就用上了……"

郑天权从口袋里掏出一个大号手机似的东西。

"15 秒之内，它可以让人脸识别强行成功。然后，我们解决门后的侍卫，就可以去找彭右弼！"

"那……谁去人脸验证呢？"李南枝一边费力地转身一边小心地提问。

"我们所有人的脸，都在血爪系统里存着，"郑天权哑然失笑，"能做这事的，当然是你。"

02

黑暗的空间里，所有人席地而坐，一言不发。李南枝发现这里似乎是个废料仓库，到处堆着生锈的零部件、破碎的护甲、机械假肢。亮光从门底的缝隙里透进来。

从密道里爬上来之后，大家已经依次走到门边，观察过了。外边的大厅看上去像一口直径二十几米的井。六道门分布在井壁上，发出淡淡的光。一个人影都没有。

"还有 3 分钟。全部调成夜视模式——应急系统激活后，灯会熄灭。"郑天权轻声说，"记住，1.4 赫兹，别弄错了——还有，老贺、老莫，待会儿功率把握一下，别把地板震塌了……"

时间一分一秒地过去。李南枝听得清自己每一次心跳。眼睛跟其他人一样，丝毫不离门底的那抹亮光。

"要是 15 秒过了，人脸识别失败会怎么样？"这三分钟比三年还难熬，他终于忍不住问郑天权。

"屋顶的激光装置就会把你锁定，将你活活烧死！"

一阵若有若无的响声传入耳中——是曾桂林！总攻开始了！

"动手！"

大家一起把手放在地上，施放次声。整个地面开始微微震动起来。紧接着，"咚咚咚"，巨响连绵，铁闸门全部落了下来。门缝里的亮光消失了。

"上！"郑天权一把推开房门，拉着李南枝冲了出来。李南枝耳朵里全是嗡嗡的鸣响，眼前全是墨绿的轮廓和线条。老莫跑到中间的门前，把手放到门旁的面板上。几点亮光出现——是一个键盘。他飞快地在上面输入着密码。他自己的当然不能用，但是潜伏多年，他早就偷偷记下了几个别人的密码。

"你！过来！"李南枝被一把推到门前。

"别做可疑的动作！说点什么请救兵之类的话！"郑天权手指运上超声指力，

扑哧戳进显示屏，扯出两根电线，跟一个大号手机似的东西连在一起。

"外边有人来了！"李南枝临场发挥着，"好多人！快去报告！派人到前门……"

"好了没有？！"在摄像头的盲区，贺摇光跟赵仙迪等人背靠背站成一圈，看着秒表，"六！五！四……"

郑天权一言不发，飞快地按着按钮。大家在黑暗中焦急地等待着。

"到底管不管用？"贺摇光焦急地看着四周的门。

郑天权满头大汗，依然在忙碌着。

"他们把漏洞补上了！"

李南枝觉得身体晃了晃，差点吓晕。他惊恐地抬头，想躲避即将喷出来的激光。

嘀！

郑天权手中的机器屏幕变绿了。门上的强光消失，显示灯变成绿色。李南枝抱着头，却发现激光没有射出来。刺耳的响声中，六扇门同时开始缓缓升起！

强光从四面八方射过来，把李南枝眼前照得一片空白。他想象不出三十几个一流高手同时扑过来会是什么情景。他只知道，这回真的没救了。他不由自主地大叫起来。似乎只有这样，才能暂时驱散恐惧。

"上！"贺摇光一个鱼跃朝前扑上去，滑向面前打开了一小半的门，"打腿！"

李南枝紧张得像根压到极限的弹簧，一听这话，立刻扑了上去。地板显然比他想象的滑。他一下子消失在门下。

"老南！"赵仙迪大叫一声。

一秒，两秒。

门全部升了起来。李南枝茫然趴在地上，抬头四下张望。

没有人。不止一扇门，所有门后都空空如也。

"这……这是怎么回事……"李南枝爬起来，回身望向赵仙迪，却发现她在朝自己指过来。

"你身上……"

　　一低头，他发现自己浑身是血。不止身上，满地都是血。六扇门后，没有一个人，只有满地的血迹。

　　"别浪费时间！"贺摇光大叫着。郑天权和老莫一跃而起，朝着走廊尽头飞奔。李南枝这才反应过来：彭右弼的密室！

　　这才是目标！

　　他三步并作两步跟了上去，紧跟着三个绝世高手狂奔。往前不远，就看到了那扇小门。传说中的血狼子——彭右弼，就在那扇门后！

　　三大高手同时出掌，门板瞬间化为碎片，所有的人冲了进去。密室里没亮灯，李南枝两眼一抹黑，什么都看不见。他心中一惊，同时觉得有些不对：当世顶尖高手的对决，怎么可能一点声音都没有？

　　终于，他的视力恢复了正常。他跟其他人一样，呆呆地站在那里。

　　这里跟外边一样，也是空空如也。彭右弼不在这里。

　　乌云一般的谜团笼罩在每个人头顶。诡异和恐怖像空气中的水汽，由不得你不吸进肺里。里边空空如也。偌大一个地堡，到处空无一人。假如不是不时出现的血迹，简直看不出有人曾在这里待过。

　　难道他们都走了？

　　难道鱼鹰或者银盾的大部队来过了？

　　空旷的走廊里，没有任何人说话。每个人都竖起耳朵，倾听着四周的声响。外面的爆炸声早就停止了。曾桂林也没有任何回报。他们不知道外面的形势，也不知道自己将在下一个拐角面对什么。他们就在令人窒息的静寂中一步步小心翼翼地推进着。

　　他们走过一个个拐角，走上一层层楼梯，始终没有见到一个人，只是血迹越来越多。忽然，走在最前面的老莫往下一蹲，右手攥拳，高高举起。所有人都蹲了下来。他的手指往右边指了指。那是一个半露在地面上的气窗。从气窗望出去，远远相望的另一栋楼，灯火通明。

03

喘息声、脚步声、心跳声，响个不停。早些时候，血爪冲进来时，大家就这样喘着。然后，每个人都晕了过去。他现在明白了，显然，有人在通风系统里做了手脚，释放了麻醉气体。

刚刚站定，膝盖后面便挨了一脚，他扑通跪倒。眼前的黑布被揭开，他向四周看了一眼，马上再次大口喘息起来。巨大的仓库里，各大门派的掌门和副手跪了一地。他们个个都跟自己一样，双手被铐在背后，腰上系着电脉锁。

"各位，休息得好吗？"

循声望去，一幅更加诡异的情景跃入眼帘。一米多高的高台上，跪着十几个人。看服色和护领的图案，竟然全是血爪的人。他们身后，一个高瘦的身影从阴影深处走了出来。

"彭右弼？！"几个老资格的银盾掌门已经失声叫了出来。

"好久不见。"软绵绵的声音清晰地传到仓库的每个角落，"我知道，你们还有很多问题。不过，让我先问——我的要求，你们考虑得怎么样了？"

之前在牢房里，所有人根本不相信自己听到的：向血爪效忠，可以保住性命。

鸦雀无声。片刻之后，爆发出一阵哄笑。

"加入血爪？"笑得最放肆的就是马宗人，"我们都是堂堂正正的人，加入你们这群收钱杀人的下三滥？！你以为我们都……"

他的脑袋凌空炸开，陈阁道闭上了眼。

"我没资格跟天权相提并论？"彭右弼微笑着，好像刚才出掌杀人的不是他。

"你也配？！"依然有人置生死于度外，"天权先生这么多年，为了银盾呕心沥血。我们大家虽然跟他在一些事上有分歧，但是要论对银盾的贡献，他是第二，谁也不敢自称第一！你又是什么东西？"

彭右弼哈哈大笑起来。

"郑天权？银盾的功臣？没错。但是我告诉你们，他还有一个身份……"

陈阁道脸色苍白，双拳紧攥。他不知道的是，十几米之外，另一个知情人也同样紧张。郑天权正从窗缝里看着这一幕，他这辈子最大的噩梦就要成真了。

"……他找到我，提出要跟我杀死所有与会者，然后假死。他资助我，帮助我招揽人手，建立了血爪。还是他，不停地给我生意！谁反对他，他就让我去杀了谁！哪个生意伙伴不听话，他就让我杀了谁！钱掌门、狄掌门、张掌门……"

他说了一长串名字，持续了好几分钟。李南枝和赵仙迪都把目光投向郑天权。一开始他还能镇定自若。可是越到后来，他的头就越低。仓库里鸦雀无声。下面的俘虏开始互相交换目光，震惊得不知如何是好。

"你胡说……"刚才那汉子又破口大骂，"天权先生这么多年，从来都没有对不起一个弟兄！大家有什么困难，只要找他，他从来没有不管的时候！他没家没口，他把咱们当家人！正因为如此，才有今天的银盾，大家才能从穷兮兮的赏金猎手，都变成了腰缠万贯的大富翁。你说他背叛银盾，我姓祝的第一个不信！"

"对！天权先生是光明磊落的好汉！绝不会干这种卑鄙的事！"

"天权先生把我从贫民窟找来，我才有今天！"

"没有天权先生的抚恤基金，我和我五个兄弟早就流落街头了！"

"对，我们不信！"

"污蔑天权先生！要不要脸？！"

怒吼声连成一片，俘虏们不顾命在旦夕，伸着脖子替郑天权辩驳。赵仙迪瞟了一眼郑天权，发现这老狐狸低着头，紧紧盯着地面，脸上红一阵白一阵，到了最后，眼中竟然闪动着泪花。

"就连你，也是天权先生带来的，你今天在这儿污蔑他，到底有没有……"

彭右弼身形一闪。祝掌门的头飞起来两米多高，鲜血喷泉一样喷出来。

郑天权双拳紧握，身体在微微颤抖。

"是啊，郑天权的确是很好。他无所不能，他人心所向！"彭右弼浑身是血，笑得不能自已，"那你们来听听，这又是谁……"

扩音器里发出一阵嚓啦声。然后，所有人都惊呆了。里边传出的声音无人不识。是岳天玑。

"老九，过一阵子，郑天权肯定会联系你。你要跟他合作……"

"这个、这个，不能杀。其他的随便。"

"这个人我要保，我会把他转移出去。"

郑天权汗如雨下，他从未想到，这么多年来，每一桩暗杀，居然都有岳天玑在背后批准。他从未想到，那个看起来刻薄寡恩、短视贪权的人，心机居然如此之深。最后一句录音放完，仓库里已经是鸦雀无声。

"很为难吧？"彭右弼笑着看着他们，"岳天玑、郑天权，必然有一个在说谎。到底是谁呢？"

终于有人啜泣起来。他们嘴上不承认，但是心里已经明白，到底是怎么回事。

"对不起各位，"彭右弼忽然彬彬有礼地道歉，"郑天权的卧底，我刚才在下面都杀完了。给你们看的，只有下半场……"

他信步走到面前那排跪着的人背后，手放在左边第一个人头顶上。

"说吧。我留下你们不杀，就是干这个用的……"

"我说！我说！"那人吓得涕泪横流，"我是岳会长派来的，我的任务是……监视彭先生……"

"我也是岳会长派来的……他把钱给了我父母，让我在血爪选人的那天，出现在彭先生面前……"

"岳会长安排我假装叛逃……"

"岳会长假装宣布我叛道……"

口供一个接一个。轮到最后一人时，大家的神经已经麻木了。

"岳会长让我传话，杀死郑天权和韦宗正之后，欢迎彭先生回归银盾，担任第一执事……"

终于没人说话了。回荡在空中的，只有彭右弼的大笑。

"第一执事……第一执事……我过了十年人不人鬼不鬼的日子，给我的，居然只有郑天权的剩饭？"他不停摇头，"我在你们眼里，就一直这么傻吗？让我往东，我就不敢往西。看我头脑简单，就都争着拿我当枪使——一声令下，我就抛弃了一切，等事情办完了，一个口哨，我又跑回去？可惜，人是会变的……"

砰砰砰。

人头一个个炸裂，岳天玑的卧底顷刻间尸横遍地。

大幕在彭右弼的身后拉开，墙上巨大的屏幕露了出来。屏幕分为四块，分别显示着卫星状态、各种参数，以及一行行的名字。屏幕下面，十几个技术人员在几台电脑前忙碌着。一个侍卫迈着小碎步上来，跟彭右弼耳语几句，把一个CD大小的盒子交到他手里。彭右弼小心翼翼地打开，端详着里边的红色按钮，嘿嘿笑了起来。

"岳天玑，你自认为聪明，就偏偏没想到，我也会往你身边派卧底吧？你平时再谨慎，吃了止疼药之后，还是会管不住嘴……"他大笑起来，神色如痴如狂，"郑天权让我去杀达默，我就觉得奇怪。听到他说达默在干什么，我就明白了——这是千载难逢的机会……"

笑声止住，他猛地转身。

"科克波塔之门……按下这个按钮，银盾的'楚格峰之矛'就会向鱼鹰发动袭击。然后，鱼鹰的'猎户座之弓'就会还击。根据达默的数据，双方百分之九十的猎手都会死……"

他目光如电，扫视着下面每一张苍白的面孔。

"鱼鹰和银盾，都将不复存在……这个屋檐底下的人，将会成为最后掌握电胆技术的人……"

陈阁道跟左右交换着眼神。他听出了弦外之音。

"我不杀你们，是惜才。我们的武功，用来做法庭的走狗、有钱人的保镖，都是愚蠢！是浪费！"彭右弼声嘶力竭，"我们应该用我们的本事，做一番大事业！"

手一挥，其中一个屏幕切换成一张中东人模样的脸。

"这个人，正在他的国家酝酿一场政变。目标是他的父亲和继承顺位排在他之前的十几个哥哥——政治谋杀！这才是我们的明天。"彭右弼声音洪亮，双手在空中挥舞着，"有谁，能轻轻握一下手，就能引起心肌梗死？有谁，能隔着一米远把动脉震断？有谁，能当着警察的面杀了人还不会引起怀疑？我们！只有我们！我们，天生就应该干这个！"

彭右弼的拳头往下一砸，踌躇满志。

"事成之后，报酬是一个独立的邦国——对，一个国家！不再受制于法律，不用再担心警察——我们可以拥有自己的法庭、自己的警察、自己的军队！至于钱，想要多少就有多少！这，才是我们应有的待遇！"

大厅里一片沉默，所有人都被这疯狂的计划震惊了。

"这样的计划，我需要帮手。"彭右弼微笑着望着台下，"我的手下损失很大。还有很多是奸细，必须清洗。你们算是赶上好时候了！"

彭右弼等待着，台下却没一个人出声。

"大好的机会，你们不要。"他冷笑不止，"好，你们就去给银盾陪葬吧！"

他按下了按钮。屏幕上，倒计时开始。所有人的脸色变得苍白——猎手的末日，就在眼前。与此同时，十几名侍卫朝着俘虏们走来，大屠杀就要开始了。

"天权先生！"年纪最大的陶罚仰着脖子大喊，"我后悔没有早点拥戴你执掌银盾！我糊涂！下辈子，再向你赔罪！"

"不用！"

大门洞开，郑天权大步走了进来。

04

圣盖博山的某个峰顶，灯光从钢筋水泥筑成的窗口射出来。巨大的指挥桌前，围着一圈身穿紫色护甲的人。桌面上，电子地图上无数亮点闪个不停。一个巨大的倒计时钟挂在墙上，距离归零还剩不到一个小时。

电话响了起来，为首的老者依旧闭目养神。

"天玑！"通话被直接放到了广播里，"这事我们能不能谈谈？"

所有紫衣侍卫的目光落在岳天玑脸上。

"玉衡，你们连表都买不起了吗？"岳天玑睁开眼睛，"最后通牒——哪个字你不认识？40分钟，交不出贺摇光，就没什么好商量的。"

会议室里所有人交换眼神，神色充满了紧张、兴奋和恐惧。

"天玑，这件事还有很多疑点，你连口供都不听就要决定吗？"刘玉衡语气很克制。

"你的人，杀了我们的人，你不给个交代，就是不行！"岳天玑扫视着房间里的每一个人，"以前行，现在绝对不行！"

"天玑，"刘玉衡叹了口气，"你让我跟天权谈一下行吗？"

岳天玑的手猛地拍在桌子上。

"创立银盾的是我！不是他！"他的声音尖厉刺耳，"从今往后，银盾的事，我说了算！"

说罢，他的手在空中猛地一挥。

片刻间，电话里一片杂音。

"天玑！"刘玉衡的声音急促起来，"你干了什么？！"

与此同时，手下紧张的声音在岳天玑耳机里响起。

"会长，卫星……卫星自己进入了发射准备状态！"

岳天玑闭上眼睛，入定一般沉思了几秒，站起身来，目光坚定地扫视着每一个手下。

"你这样，我们也别无选择！"

刘玉衡话音刚落，大屏幕上的红色警示灯闪烁起来。

"会长！鱼鹰的卫星也打开了发射罩！"

岳天玑依旧没有回答。

"天玑，你要赌，我们也不怕。你不知道，我们掌握了哪些人的电胆指纹。"

"我不知道，我也不想知道，"岳天玑哈哈一笑，"卫星对轰，任何人都可能死，也有可能是我。但是我要告诉你，最后胜利的，一定是我们银盾！"

电话挂了。

岳天玑马上被手下包围。

"会长，这是怎么回事？"

"又出了一个叛徒，"岳天玑不慌不忙，"没什么好担心的……"

"可是……"

"告诉我，"岳天玑忽然提高音量，"你们怕吗？！"

"不怕！"

所有人异口同声。战意如火焰，在室内熊熊燃烧。

"会长！"一个心腹走上来耳语，"快去地堡吧！"

他指的是地下几十米的工事。理论上，可以抵挡一切卫星信号。但银盾毕竟工事面积有限，只能容纳十个人左右。

"不，我要留下。有一个银盾的兄弟身处危险之中，我也不能走。"岳天玑大声拒绝，端坐回椅子里，手却伸进口袋里，紧紧攥住一个 U 盘，"诸君，我以与你们并肩作战为荣！"

05

扑通。

两个侍卫全身骨骼碎裂，瘫倒在郑天权脚下。他站在跪着的人当中，直视彭右弼。陈阁道的眼泪忍不住流了出来。差不多所有人都跟他一样。大家的感觉就像是被弃置于荒野的婴儿看到了母亲。

"大家……我来晚了，"郑天权想像以往那样开场，有些话却再也说不出来，"我对不起大家……"

"天权先生！"陶罚大声叫起来，"我们之前误会了你！"

"我就知道，你会来救我们！"

"快帮我解开！这混蛋满嘴胡说诬陷你，我要撕了他！"

一阵笑声震得窗户玻璃嗡嗡直响。

"天权，你的弱点，我早就总结出很多。"彭右弼看着郑天权，轻轻摇头，"只是没想到，蠢也是其中之一。"

"没错，"郑天权坦然面对他，"迷信武力、迷信金钱、迷信权力，而不信其他的一切。这种迷信，就是蠢。现在我醒了，你呢？"

"虚伪好名、自我感动，还是你的老毛病。"彭右弼不屑地打了个响指，四周的血爪侍卫朝他围了过来，"死之前，你还有什么想说的吗？"

"今天要死的，绝不是我！"郑天权面不改色，"我要把这些人救出来！"

"你是说，你要打败我所有的手下，"彭右弼笑得不能自已，"然后杀了我？"

"老九，你的武功比我高，我承认。但是你也忘了一点，"郑天权微笑着指着地面，"这里所有的一切，都是我盖的！"

一声巨响，烟尘弥漫。整个地板掉了下去，台下变成了一个巨大的黑洞。血爪侍卫从瓦砾堆里刚爬起一半，嗖的一声，脑门上中了暗器，仰面倒下去。紧接着，一个黑影如一条黑龙，所到之处，都是血喷如泉、惨叫连连。贺摇光瞬间撂倒了七八个血爪高手，纵身一跳，跳上台来，跟郑天权一起朝着彭右弼冲过去。

"老九！"他怒吼着，"把达默交出来！"

发现彭右弼在仓库的时候，郑天权立刻制定出了计划。他介绍，这个仓库地下还有一层。可是由于地基沉陷，所以地下室不得不用混凝土填死一半。

"彭右弼的脚下，是混凝土。银盾的人跪着的地方，下面是空的……我自己在上面分散他的注意力，你们一起发力，地板就能被震塌！解决了这些帮手，一起拿下彭右弼！"

一切都像他计划的那样，完美无缺。冒着尘土朝着对手冲击的时候，李南枝心里对郑天权佩服得五体投地。一切都在他的计划之内，一切都完美无缺，甚至地板承重点的位置都跟他说的一模一样。

贺摇光、陆开阳、郑天权，无论是智力、武功还是胆略，个个都是出类拔萃。可怎么他们凑在一起，却连和平共处都做不到呢？

"动手！"老莫的铁链在空中挥动。令人胆寒的风声中，几个试图去保护彭右弼的血爪像蚊子一样被从半空中打了下来。鲜血四溅中，李南枝看到一个血爪侍卫朝着自己冲来，立刻抢先出手。形意崩劲在超声加持下，如同砍刀劈向藤蔓。血爪侍卫格挡的双臂被震开，胸口中掌，飞了出去。

几秒之间，被摔得七荤八素的侍卫全部被解决。大家紧跟着老莫，从地下一层跳上去，围攻彭右弼。

"接着！"李南枝正要跟上去，却被萧北河叫住，"先救人！"

手里拿着的东西他一眼就认了出来——那是电脉锁的遥控器。一根根高压腰带掉在地上。憋了一肚子气的银盾掌门们高声呐喊，一个个跳了上去。

高台上，一场顶尖高手之间的对决正在展开。彭右弼被十几个人围住，依然困兽犹斗。贺摇光、郑天权、老莫等六名一流高手在最内圈，剩下的根本挤不进去，于是站在外围，不时堵一下彭右弼的走位，冷不丁上去挥一两掌。萧北河捏着念珠，根本没有机会发射。

可怕的是，即使这样，彭右弼依然没有败相。

天下第一，名副其实……

阴风扑面，彭右弼突然抓住机会，一掌震死两人，试图冲出包围圈。贺摇光飞速追了上去，才把他缠住。

李南枝脸色苍白，呼吸急促。一方面，刚才彭右弼一度离他只有不到两米的距离。另一方面，他终于发现，彭右弼的招式，跟陆开阳说的一模一样！

"左垣线和右垣线……这就是他武功的命门！"李南枝迅速运气升压，朝着战团靠近。高能次声不停震荡衍射，每一步走出，都觉得浑身剧烈震动。

一步，两步，三步……

呼吸越来越急促，心好像要从嗓子眼儿里跳出来，汗一层一层地出，顷刻间就把衣服全部湿透。他也说不清，自己是害怕天下第一高手还是更怕被己方掌力误伤。

忽然，包围圈出现了一个裂口。他清楚地看到，彭右弼再次使出了一个使用过的招式！

李南枝大叫一声，右掌画个半圆，朝着彭右弼的腹哀穴打了过去。

咚！

彭右弼被几道掌力逼住，没有腾挪空间，一身通天本领也无处施展，腹部被击中，飞了出去。

李南枝眼前的世界变成慢动作。一切声音都变成静音。他不知道自己那一掌是起了作用，还是没有。他只看到彭右弼狠狠撞在墙上，滑落下来，不再动弹。

"Yes！"赵仙迪大叫着跳到他背上，揪着他的头发。李南枝狂笑着转圈，结果两人一起摔倒。他们坐起来，狂喜地相对大吼。庞砺石和萧北河也扑了上来，大家抱在一起，大叫大笑，像一支刚刚获胜的年轻球队。

成功了！我们，居然打倒了天下第一高手！

"小心！"贺摇光的怒吼声打破了欢乐的气氛，生生把两人震醒。李南枝猛地回头，才发现事情不对。

彭右弼的"尸体"动了！

墙忽地打开了一个洞口，彭右弼一把抓起桌上的发射按钮盒，消失在洞中。

这里也有密道！

06

橙色的警报灯一闪一灭，三十多个人影缓缓前进。尽管大家都求战心切，但郑天权没有被胜利冲昏头脑，安排依旧周密妥当：他只允许掌门级的跟进去，武功更低的，去了也是添乱。他让副手留在大厅把守，以防血爪的追兵回来反攻。最后，他命令饶了所有血爪技术人员不死，逼他们立刻开始破解"科克波塔之门"。安排好这一切之后，他带领大家一个个钻进密道，开始了最后的狩猎。

密道狭窄曲折，差不多每十步就要转一个弯。老莫手持锁链走在最前边。郑天权紧随其后。赵仙迪和李南枝被安排殿后。

恼人的灯光里，四壁仿佛朝中间压过来，令李南枝觉得喘不过气来。按理说，身边是世上武功最高的三十多人，对手是个身受重伤的人，没什么好怕的。可是他却觉得空气中有些似曾相识的气味，令人不安。

忽然，前边惊叫传来，把他吓了一跳。

"对不起……天权先生……"道歉声传来，队伍再次前进。李南枝往前走了几十步，就明白刚才为什么有人会叫。拐角后边，墙上挂着一具烧焦的尸体。李南枝愣在那里，盯着尸体大张的嘴和漆黑的眼窝，直到赵仙迪推了他一把。

前边的人大概找到了什么开关，警报灯终于停止了闪烁。灯光变成灰暗的猩红色。这使得李南枝没有第一时间看出令他脚下发滑的液体是什么。又是十几步之后，这一点再也没有疑问。

到处是尸体，如同屠宰场。李南枝浑身微微战栗，机械地迈着脚步，忍不住想象，彭右弼不久前发起的那场清洗是何等惨烈。

突然，前边的人开始加速，个个都在奔跑。他心头一紧，赶紧快步跟上，仿佛是怕身后的尸体会活过来。

终于，密道到了尽头。李南枝发现，自己跟众人身处一个大厅中间。整个大厅足有几十米长、五六米高。到处是巨大的立方、圆柱和不规则物体，仿佛巨人使用的几何教具。

忽然，咔咔几声，日光灯依次打开。大家终于看清，原来两侧耸立的物体都是机器——这是间厂房。机器和厂房都有些年头了，锈迹斑斑，俄文铭牌几乎无法辨认。这幅场景令李南枝觉得莫名地亲切——这里的一切跟国内的那个老破厂太像了。

厂房尽头，彭右弼站在一扇红色的铁门旁，捂着肋骨，喘息不止。

"别打死，"贺摇光低声说，"我还要问他。"

郑天权点点头，两人并肩朝前走去。

"畜生！叛徒！"郑天权话里有话地边走边骂，"忘恩负义的东西！吃里扒外

的小人！看看你的下场！"

彭右弼低下头，身体颤抖着。

"老九，"贺摇光语气淡然，"看在往日的情分上，你告诉我达默在哪里，我保你不死。我说话算话。"

彭右弼抬起头，露出诡异的笑容。

"是啊，"他的笑声尖锐刺耳，"我永远听你们的、永远欠你们的。你们一直把我当成跟班、仆人，个个看不起我，以为我不知道吗……"

贺摇光和郑天权大惑不解地互相看了一眼。

"老九，"郑天权摇着头，"当年，咱俩一起逃债、偷渡。你妈死在蛇头手里，开阳收留咱们当猎手，咱们又一起练武、一起报仇——有谁对不起你？你这是哪里来的想法？"

"别提这个！"彭右弼厉声怒喝，"你们没一个好人！陆开阳假仁假义，不肯教我顶尖武功。梁天枢沽名钓誉；赵天璇眼高过顶，从来不正眼看我！至于你们俩，贺摇光，你替陆开阳教我入门武功，呼来喝去、拳打脚踢，你以为我没有尊严吗？郑天权，你跟岳天玑为了一己私利，让我放弃人生，变成见不得人的杀手，你们都是一路货色！你们有什么脸跟我谈恩情？！"

郑天权有些吃惊。他从未想到，这个整天言听计从的小老弟心里居然埋藏着这么大的怨念。贺摇光不屑地啐了一口，上前一步。

"老九，我严格，是看出你有天赋。可惜你心胸狭窄、急功近利，到底不成大器！'血狼子'？装神弄鬼，假装什么天下第一高手，无聊不无聊？可笑不可笑？到头来，你不过成了猎手江湖里最大的笑话！"

彭右弼一愣，癫狂地大笑起来。

"血狼子……血狼子……"他指着贺郑两人，"你们啊，自以为聪明，却不知自己被我玩弄于股掌之间！今天我就让你们知道，谁是真正的天下第一！"

刺耳的金属摩擦声中，铁门缓缓打开。赵仙迪捂着嘴，脸色惨白一片。她的身边，所有人都化为石像，一丝都不能移动。

一个人影从铁门里走了出来，他个头跟彭右弼差不多，消瘦挺拔。他身穿红黑相间的外衣，脚蹬黑色皮靴，脸上戴着那副血红色、令每个猎手都不寒而栗的面具。

　　李南枝觉得一条巨大的蛇从地上慢慢盘上来，缠住自己的双脚、双手、喉咙。窒息的恐惧中，一个可怕的事实像噩梦中的鬼脸一样无可逃避：

　　彭右弼不是血狼子！真正的血狼子，在这里！

第二十六章　噩梦

如果非要用生命来信任一个人一次，那么我只愿意选择她！

01

9月26日　周一

距离最后通牒到期还有30分钟

空气随着脚步微微震颤，那人缓缓走到彭右弼身边。

"孩子，上次你犯的错，我原谅你，"彭右弼气喘吁吁，指着众人，"今天，再给你一次机会，把这些人都杀掉！"

一片寂静中，郑天权的脸色变了又变，最终化为轻蔑的微笑。

"老九，一直以来，我都觉得你这人不一般——虽说有点自卑偏激，但意志力无人能比。我还以为任何人、任何事，都不能让你认怂。"他哈哈一笑，"没想到，死到临头，你也绝望得跟凡夫俗子一样，孤注一掷、不顾脸面……"

他猛地朝那人一指。

"我早就知道你有替身！想用这个唬住我？"他又朝身后一指，"唬住这些见多识广的老弟兄？你觉得这行得通？"

"右弼，"郑天权正色敛容，"告诉摇光他想知道的，自己了断吧。"

伤口作痛，彭右弼呻吟一声，沿着墙面慢慢滑坐在地上。戴着面具的人一动不动，仿佛石雕。

郑天权失去了耐心。他跟贺摇光对视一眼，后者打了个响指。嗖！一颗念珠从屋顶某个漆黑的角落飞了出来，打在那个令人闻风丧胆的面具上。那人的头猛地向后仰去。

这次笑声更大了。大家的表情就像从一个漫长的噩梦中醒来，忍不住嘲笑自己，居然曾被里边荒诞不经的细节吓到。

郑天权一个眼神，老莫大步向前，身后跟着三个急于立功的银盾掌门人。他把锁链抡在头顶，以雷霆万钧之势朝那人的脑袋抽了过去。

嗡的一声，亮光爆射，锁链应声而断。老莫想要转身变招，却管不住双腿，莫名其妙地一头撞在墙上。脸抢在地上，鲜血和泥土浸透了牙缝。他诧异地回过头去，却看见自己的下半身仍旧站在原地！

亮光又是一闪，三颗头颅飞向空中。这回大家终于看清了：一根光柱从戴面具的人手指上激射而出，像一把长剑当空横扫。

"等离子剑！等离子剑！"有人惊恐地叫着。

一声怪叫，如恶狼长啸、猎鹰扑食，那人冲进了人群。残肢断臂树枝般随着光剑纷飞，好像两辆满载木材的卡车相撞。狼头面具冲破血雨，挥手发出一道闪电。上万摄氏度的高温使空气瞬间爆炸，释放出相当于几千克 TNT 的能量。人像纸片般飞散。

高压电离空气形成等离子体，是电系武学理论上的顶峰——之所以说理论上，是因为从未有人练成——要么电压不够高，要么电磁力不足以把等离子体束缚成一定的体积和形状。而现在，目睹有人使用这一招，再也没有人有疑问了：

血狼子不是彭右弼，不是一个传说，不是一个骗局，他是一个活生生的人！

那些战无不胜的传言，都是真的！

天下第一杀手，就站在面前！

02

"重新组织！保持距离！"贺摇光拼命喊着。在场的毕竟是当世一等一的高手，大家瞬间就在血狼子身边空出一个两米多的圈子。李南枝看到，这些人一进一退，动作都不相同，显然是在用本门派的内功进行升压。他们几乎同时挥动手臂，准备发出平生威力最大的一击！

嗡的一声，光剑陡然变长，直接洞穿了一位掌门的脑袋——这个距离超过了次声掌力远程伤害的极限。血狼子左右开弓，仿佛手持两条刃长超过两米的巨大镰刀，划出一个血腥的圆圈。腥风血雨中，银盾的一流高手，像秸秆一样任人收割。

每个人的眼中都闪着恐惧的光，好像现代人忽然在丛林里发现了一头活着的霸王龙。所有人的脑中都在回响着同一句话：他不是人！他是妖怪！

李南枝觉得浑身的血液都结成了冰，手脚不听使唤，仿佛一穗小麦，眼睁睁看着收割机离自己越来越近。

忽然，砰砰声连绵不绝。念珠泼水般朝着血狼子打来。等离子剑横挥，念珠耐不住高温，爆豆般化为碎片。这为李南枝争取到了逃命的时间。赵仙迪拉着他扭头就跑。差不多所有人都抓住这个机会，一起朝后跑去。

"别跑！跑就是死路一条！"贺摇光恨铁不成钢地大叫，"打彭右弼！"

郑天权被吼醒了——不管血狼子是什么人、是什么东西，先制服他的主人肯定没错！

"回来！"

然而彭右弼打破了这个计划。一声呼喊，血狼子停止了杀戮，唰地跳了回去。

目光相碰，贺摇光和郑天权止住了脚步。

也许这是有生以来第一次，有人能用眼神同时吓住这两个人。

双方终于再次陷入了僵持。

"女士们，先生们，我不用正式介绍了吧？"彭右弼笑得肆无忌惮，"天权，你一直以为，血狼子是我，对不对？"

"你是怎么……怎么……"郑天权脸色苍白，一句话竟然说不完整。

彭右弼强撑着站起来，蹒跚着走到血狼子身边。后者依然像个机器人，纹丝不动。

"第一次见到他的时候，他还是个孩子，"彭右弼拍着血狼子的肩膀，"他抱着我的腿，求我保护他。他怕死。那时候，我真想一掌打死他……可是后来，我发现了他的天赋，他天生是当猎手的材料。更重要的是，我发现了他对杀人的喜爱和渴望。于是我收他为徒，严格地训练他，用最先进的技术武装他。终于，他成了整个猎手江湖的噩梦。我，一手制造了天下第一高手！

"他是我的徒弟，是我的武学理念的延伸，是我的替身，是我的延续。他才是我们应该进化的方向！"他指着郑天权，"为了今天，我策划了8年，忍耐了8年。你和天玑，都以为我是个没脑子的武疯子，都想利用我。结果呢？

"你们以为自己聪明？！"彭右弼忘却了疼痛，高举双手，"我培养他，用的都是你们给我的钱！你们俩互相提防、互相算计。岳天玑再也忍不了你，要跟你摊牌！而你，不愿失去权力，想用我借刀杀人！结果，我才是最后的赢家！"

彭右弼打开手提箱，拿出按钮。

"倒计时？"他摇摇头，"我看不用了。卫星对轰，直接开始吧！什么鱼鹰、银盾，今天都要灭亡！而我，将走到一个你们不敢想象的高度！"

所有人都知道他要干什么，却没有人有勇气去阻止。大家只能眼睁睁地看着他的手指缓缓向按钮按下去。

"住手！"赵仙迪疯了一样冲出去。她对血狼子视而不见，径直扑向彭右弼。李南枝想拉住她，却来不及。他觉得热血上头，两耳轰鸣，眼睛好像在透过女儿的玩具望远镜向外看，除了她的背影，四周全是漆黑的阴影。

她的轮廓镶上了一层红色的边。

血狼子的等离子剑激活了！

"赵仙迪!"李南枝叫得撕心裂肺,却什么也做不了。

唰!一条胳膊飞上天空。所有人目瞪口呆。

彭右弼身体一颤,眼神里全是迷惑,似乎不肯相信,血狼子拿在手里的是自己的右臂。他一声都没出,眼睁睁看着血狼子的手慢慢移动到眼前。

"别!"贺摇光惊呼。

轰!

彭右弼的脑袋化为碎片。尸体跟那只手臂一起掉在地上。

03

抛起,落下。

决定无数人命运的按钮,被血狼子像玩具一样在手中把玩着。李南枝疯了一样跑上去,把赵仙迪拽了回来。其他幸存者也反应过来,纷纷挡在郑天权身前。李南枝环视四周,发现只剩十来个人了。

"女士们、先生们……"这句中文语调生硬,古怪可笑。然而没有人笑。相反,每个音节都让人心头发颤。几秒之前,大家还在琢磨这个人到底是个什么怪物,而现在,这个怪物居然说话了。

"正式介绍一下,血狼子只是个讹传的名字,来自我的中名——SCHLANZ,"虽然口音很重,但血狼子说起话来跟动手时的样子完全不同——语气温和,动作优雅,就像在作一场学术报告,"S——C——H——L——A——N——Z。这是一个城堡的名字,在波兰。我的祖先祖祖辈辈生活在那里。二战结束后,波兰人忽然不再喜欢我们,我的爷爷就死在被赶回德国的路上。但是,他把贵族血脉遗传给了我——我想说的是,没有人能一直奴役一个贵族……"

汗水从每个人的额头上渗出。大家一动不动,看着传说中天下第一高手旁若无人地踱步,说着令人摸不着头脑的话。

"7年前,我被带到这里,成了彭右弼的犯人。他自称是我的师父?嘿嘿……其实他根本不把我当人看。我只是他的一个实验品——你以为他自己不想成为天下第一吗？当然想。可是要付出的代价，他没有勇气亲身试一下。"

血狼子忽然抬起手，所有人都不由自主地往后退了一步。他不屑地笑了笑，一根手指一根手指地摘下手套，露出深灰色的机械骨骼。血狼子不停地屈伸手指，好像在欣赏一幅难懂的油画。

"砍掉我的手，换成机械手。扒掉我的一部分皮，换成人工皮肤。至于手术，我都记不得有多少次——哦，对不起，"他优雅地道歉，"不是故意吓你们。只是待会儿我就要把你们杀光，要是不提醒你们我会点什么，那太不公平了……不过这都不是重点。我想说的是，我杀他，可不是为了这些以前的事……"

血狼子歪着头，端详着那个决定着大部分猎手生死的按钮。

"卫星对轰？那样就太没意思了……"笑声从面具后边传出来，"我以前觉得，这个世上，没有比扑通人更好玩的猎物……我错了！这些年，我杀了上百猎手之后，觉得你们才是最好玩的猎物！你们能反抗、有组织、有计谋、有胆子！相比之下，杀普通人根本没意思！待会儿，杀完你们，我就出去，什么鱼鹰、银盾，我要一个个把你们这些猎手都杀光！当然，那之后，我也不介意再开始杀普通人……"

他开始狂笑起来，令所有人都瑟瑟发抖。

"我倒要看看，你有没有这个本事……"一个人影缓缓走向血狼子。

"老贺！"李南枝焦急地呼喊着。

贺摇光没有回头，独自走到血狼子面前几米远处，跟他对视。

突然，光剑唰地直刺过来。贺摇光顿时矮了半截。李南枝觉得脊椎一凉，眼前的一切都慢了下来，似乎只等着贺摇光的脑袋掉在地上，才会再度快起来。好在他等来的，却是一连串的嗖嗖声。

萧北河的念珠形成一道弹幕，挡住了血狼子前进的步伐。一声天崩地裂般的巨响，贺摇光用尽平生所能，一掌打在地板上。裂缝延伸、爆裂，带着火花，裂成两半。

"这下公平了，"贺摇光闪电般退了回来，带着报复的笑容跟血狼子遥遥相

对，"你的充电器毁了。"

　　贺摇光早就看出了问题：血狼子的武功耗电量太大，绝不是目前技术所能支持的。他靠着可怕的三板斧，明明可以把在场的人都杀光，却又很奇怪地不肯乘胜追击，一直待在那个直径五米左右的圆环里。再结合这里异常的电波和磁场，他作出了一个大胆的猜测：血狼子的脚下，是一个巨大的无线充电装置。

　　他赌对了。

　　"你是贺摇光先生？"血狼子默认了他的判断，"你为什么来这里？"

　　"你，"他指着血狼子，"杀了一个对我来说很重要的人。"

　　"你们……"血狼子回头看了看彭右弼的尸体，"关系很好？"

　　"只有他知道我的仇人的下落。而你，把他杀了！"贺摇光咬牙切齿，"我不管你是不是天下第一，妨碍我报仇的人，我就要宰了你！"

　　血狼子哈哈大笑起来，震得人耳中嗡嗡作响。李南枝发觉赵仙迪在把自己往后拽。跟着退了几步，他明白了她的用意——贺摇光的手在背后不停地比画着。护目镜的某项功能自动启动了，他的手指被标注上一条条线段。紧接着，这些线条构成的隐语被翻译了出来。

　　是阵形。

　　贺摇光用废话作伪装，同时用鱼鹰和银盾两种手语系统布置阵形。李南枝发现，大家都在慢慢移动脚步，跟自己身边的同伴站成特定的角度和距离。郑天权也离开身边保护自己的人，走到贺摇光身边。

　　李南枝慢慢站到赵仙迪身后 45 度，相距半米——他们被分到同一个阵型里，鱼鹰的天蝎阵。他同时发现，郑天权上前也不是为了聊天——他跟贺摇光和黎斛组成了银盾的长矛阵。

　　这是一次巧妙策划、精心安排的战术。四组远程超声波，从各个角度攻击，血狼子绝不可能同时躲过。

　　"频率 2400 赫兹……"他开始准备调频。

　　他发现郑天权也开始在背后打手语——倒计时。

"十……九……八……"

李南枝眼睛连眨都不敢眨，死死盯着郑天权的手。

"七……六……"

"郑先生，你还活着？"血狼子出人意料地转换了对话对象。郑天权一愣，没有回答，上下打量着他。

"郑先生，当年，是你把我送到彭右弼身边的，你还记得吗？"血狼子忽然来了这么一句，令所有人都是一愣。

"这件事，对我来说是好事，我得谢谢你。"血狼子歪着脑袋打量着他，神似侏罗纪公园里的迅猛龙，"可我也得说你一句：你太不细心了。这么多年，居然没有亲自来看过我一次，看看彭右弼到底对我做了什么……"

郑天权脸色变了，双眼圆睁，好像见到了鬼。他的手语倒计时停了下来。

"不过，这也不能怪你——在我爸爸眼里，我永远是个错误。本来那次律师有信心让我不坐牢，可是他坚持要我进去反省一下。我出来之后，他连见我都不愿，就让你安置我……

"'永远别让我再见到那个畜生！'"血狼子把嗓音变粗，似乎在模仿着什么人，"对不对？他有没有这么说过？所以你就放心地把我扔给了彭右弼，根本就不关心他到底对我做了什么……你在意的，只是我爸爸的钱……"

贺摇光的脸色变了。他望向郑天权。后者满脸愧色，背后的双手再次开始倒计时，而且速度骤然加快。贺摇光明白了什么，猛地扭头，瞪着血狼子。

心咚咚地跳着，急促得令李南枝呼吸困难，根本无心去听血狼子在说什么。

"五！四！三！二！……"

忽然，血狼子动了。他抬起手，缓缓摘掉了面具。出乎所有人的意料，面具下遮掩的，居然是一张清秀英俊的脸。

"啊——"贺摇光撕心裂肺的吼声把李南枝吓得差点尿了裤子。

"各位，自我介绍一下。"血狼子像观察小白鼠一样盯着贺摇光的脸，"我的名字是弗林·达默。"

04

贺摇光像疯了一样挣扎着、咆哮着，却被郑天权和黎斛死死拉住。李南枝瞠目结舌。他万万没想到，那个传说中的人渣、毫无人性的恶魔，居然是他！

"贺先生，笑一笑嘛。不要记仇嘛……"血狼子露出顽童般的神情，"我可是这个世上唯一相信你的人——你没有在日本杀我父亲全家。他们都是我杀的。"

李南枝感到了彻骨的恐惧。这个家伙太不像个人了。

"我跟彭先生一起去日本，完成一个我等待多年的任务，那就是杀掉我爸爸。"他露出瘆人的微笑，"这件事我幻想过无数次，我想他看到我时的表情会是什么样，想他求饶时可能会怎么说，想他可能会撒谎，说他其实多么爱我……结果……我有了些意外的发现。你们知道，这些年我不在他们身边时，他们做了什么吗？他们生了一个儿子。你们明白这里边的关系吗？他们太恨我，后悔生了我，根本不想让我回家，急不可耐地用一个孩子来代替我……"

血狼子依旧笑着。可是李南枝却看到他脖子上青筋暴露。

"我还能怎么做呢？"他的声音像寒风中沙沙作响的树叶，"我只能当着他们的面杀了那个小杂种，然后再把他们一个个杀掉……"

连贺摇光都停止了狂怒的嘶吼，瞪大眼睛盯着这个怪物。

"对了，贺先生，咱们还有一个共同挂念的人——我杀我母亲的时候，突然想起一个人。那个让我爱上杀人的人。你知道是谁吗？"他顿了一下，然后像刚想起来似的打了个响指，"就是你太太。"

这下就是神也拉不住贺摇光。他一把甩开队友，双目血红，疯了一般嘶叫着，像失去理智的猛兽，朝着血狼子扑了过去。

战术被打乱了！

"打！"

三道能量巨大的次声波朝着血狼子轰过去。每道都聚集了二到四名高手的能量，排山倒海，无坚不摧。作为补充，郑天权和庞砺石紧随贺摇光，组成第四支利剑，朝着天下第一高手直刺过去！

突然，灯灭了。黑暗中，次声引起的震荡如同一列火车，隆隆而过。一声巨响，李南枝心脏骤然为之一停——打中了吗？

黑暗中，护目镜切换到夜视模式需要大约一秒。这是他人生中最难熬的一秒。终于，绿色的画面出现。血狼子原先站立的地方，已经变成了一片废墟。

"没有人！地上没有人！"耳机里传来萧北河的声音，"地上没有人！"

他藏在屋顶的一角，视野最好。然而就连他也看不见血狼子到底在哪里。他焦急地四下观察，直到视野边缘的一小块阴影令他把头扭了回来。

眼前，血狼子像只蝙蝠一样倒挂着！

嗡！

光剑穿腹而过。萧北河从屋顶掉了下来。

"他在上面！"

惊呼声中，血狼子像蜘蛛一样在屋顶飞速移动，然后跳下来，扎进还没解散的战阵中！

令人头皮发麻的震动声中，血狼子一掌打在庞砺石的盾牌上！钛合金制成的盾牌瓷器般化为纷飞的碎片，庞砺石大叫一声，狠狠撞在墙上。

"他在这里！"

应急灯开始闪烁。血狼子像鬼魂一般闪现。

灯亮。陶罚胸口中掌，连同身后的两人一起被震死。

灯灭。釜山的曹掌门在惨叫声中被砍成两截。

灯亮。人头随着微波砰砰地爆炸。

灯灭。黑暗和人体又被等离子光剑撕碎……

李南枝眼睁睁看着眼前这一幕，觉得自己身处一场最可怕的、无法醒来的噩梦。

不知什么时候，一切都安静了下来。李南枝发现自己趴在两个巨大的罐体中间。他完全不记得是怎么藏到这里的。他瑟瑟发抖，趴在地上，从罐体和地面的缝隙里望出去。应急灯已经停止了闪烁。昏暗的灯光洒在满是鲜血和残骸的地面上。

那个怪物在哪里……

突然，脚踝被一把抓住。李南枝浑身汗毛倒竖，眼球几乎从眼眶里蹦出来。他大张着嘴，拼命吸气，却还是得不到一丝氧气。心脏越跳越快，他终于明白，原来人是真的可以被吓死的。

好在他马上就看清楚，抓住自己的不是血狼子，而是萧北河。他以最快的速度和最谨慎的动作扶起萧北河，左手一摸，上面全是血。

"你坚持一下！"李南枝慌了，语无伦次，"你听我说，再坚持一下！你不能死，你要找的那个人，还没有落网……"

萧北河把牙咬得咯咯响，手紧紧抓着李南枝的衣领，双眼里最后一丝光芒死死不肯熄灭。

"老萧！"李南枝一瞬间忘了危险，抱着他痛哭起来，"那个人，我们会替你找！"

萧北河的脸上浮现出微笑，然后凝固了。李南枝用手合上他的眼皮，缓缓抬起头。果然，前方几米，血狼子已经站了在那里。他歪着头，带着孩子般天真的微笑望过来。

李南枝擦干眼泪，站了起来。这是他第一次敢于跟这个人对视。心里有个问题，促使他忘记了恐惧，非问不可。否则，简直比死了还难受。

"我说，你也是爹妈生爹妈养，"他看着那个满身是血的怪物，"你他妈怎么就能坏成这样？！"

巨响声中，庞砺石从天而降，唯一还能动的右臂夹着巨大的钢管朝血狼子横扫。血狼子像只抄水的燕子，迎着钢管飞去。亮光爆射，两支光剑交替，切菜般把钢管一截截削下来。噌噌几下，已经逼到了庞砺石面前，一剑把他当胸刺透，钉在钢罐上。

"老庞！"李南枝觉得头发一下子直立起来，大叫着冲着天下第一高手冲过去！

05

"趴下！"声音从背后传来。

李南枝立刻趴在地上。因为他听出，说话的是贺摇光。次声波像疾驰的列车蹭着他的后背飞驰而过。血狼子身影一晃，闪开的同时回敬一掌。令人耳膜撕裂般的巨响声中，两人隔着机器交换着次声炮，身后的巨罐先后破裂。他们之间的距离越来越近，大喝一声，就要近身相搏。

赵仙迪和郑天权从不同方向跳出来。三人同时进招，啪啪几声，又四散退开。赵仙迪护甲破裂，贺摇光嘴角流血。然而郑天权依旧站在血狼子身边。

"天权！"贺摇光的声音里带着愤怒和悲伤，一口血吐了出来。

扑哧，血狼子的手从郑天权的胸膛里抽了出来。他身子摇晃几下，趴在地上。

一代枭雄，就此殒命。

贺摇光愣在原地，双手颤抖着。这次没有计谋、没有陷阱、没有无限的电量、没有超长的等离子剑，完全是实打实的硬碰硬。这个家伙，不管是远程还是近身，根本就是超越所有人的存在，毫无争议的天下第一。

血狼子怪笑着反身朝赵仙迪走去。她脸色苍白，无力地倒退着。

"女人？"他饶有兴趣地看着她，"杀女人有意思……"

"住手！"贺摇光终于猛醒，扑了上来。可是已经来不及了。

忽然，一道黑影闪过，李南枝朝着血狼子的左腰打去！

李南枝刚才没出手，得以以旁观者的视角看清了血狼子的一举一动。再加上回忆之前看到的一鳞片爪，一个奇怪的疑问在脑中渐渐清晰起来：

每次出手，他躯干和四肢运动的先后顺序和角度都是一样的……这些升压动作，怎么跟彭右弼的招式那么像呢？

脑中好像有盏灯亮了起来，他恨不得打自己一耳光：他是彭右弼秘密培养的徒弟！没有人知道他的存在，当然也就不可能有别人教他！他很可能只会一套内功！

李南枝当即一掌打向血狼子的章门穴——这正是紫薇双垣线的起点。理论上，这是非常冒险的行为——既然贺摇光懂得那么多路武功，彭右弼应该也一样。他只教血狼子一种升压法不合常理。但是另一方面，李南枝有强烈的直觉，觉得自己没有猜错。

有些招数和升压诀根本不配套！身为天下第一高手，他不可能对效率这么不讲究！

他赌对了。血狼子的升压中断，次声掌力没有震死李南枝，急忙闪开。

这是绝望中的一簇火花，令所有人振奋起来。贺摇光和赵仙迪立刻冲到前面，把李南枝护在身后。

"你在后面！"

"对啊，陆开阳说过的！"李南枝恍然大悟，"跟在后边当大炮轰他娘的！"

遍布尸骸的厂房里出现了一幅奇妙的画面。赵仙迪和贺摇光像蝎子的两只钳子，死死顶住血狼子。李南枝在后边像毒针，一掌掌打向血狼子的要穴。

一招，两招，三招。一连十八招，血狼子升压屡屡被打断，连连后退，被动招架。彭右弼假如看到这一幕，不知会不会为自己因为多疑而在传艺时留了一手感到后悔。

前面三人动作快得惊人，肢体碰撞的啪啪声连成一片，李南枝觉得自己在看一部快放的武打片。忽然，血狼子被赵仙迪和李南枝的掌力逼住，贺摇光一掌打去。血狼子也不躲避，迎着他的手掌就是一剑。贺摇光置一万多摄氏度的高温于不顾，催动掌力，打在血狼子胸口！

光剑消失了，贺摇光手掌上多了一个洞。血狼子的外衣化为碎片，胸前的护甲一层层剥落。他踉跄两步，眼看就要撞在墙上。

"倒下去……倒下去……"赵仙迪自言自语，好像在盼着一场噩梦就此醒来。

咚！

血狼子的脚突然踏在墙上，手一举，借助电磁力朝着天花板飞上去。

"别跑！"贺摇光也运起电磁力，壁虎爬墙般追赶。然而血狼子在空中战斗机似的一个转折，便朝李南枝横飞过去！

他看出了李南枝的关键性，要首先解决他！

"不好！"赵仙迪和贺摇光拼命奔跑，朝着血狼子的后背打去。突然，次声波像一堵墙一样跟两人迎头相撞。两人像水珠一样被震了出去。

圈套！

血狼子利用李南枝作诱饵，转身偷袭赵仙迪和贺摇光，一举成功。

现在，他面前站着的，只剩李南枝一人！

呻吟声中，赵仙迪醒来了。视野恍惚，映着一幅奇异的画面。一个几天前才学会放电的人，正单独面对着天下第一高手。她想上去帮忙，爬起一半，却又头晕目眩，无力地跌倒，只能咬牙看着这绝望的一幕。

她明白，李南枝的机会只有一个——用最大功率远距离击中对手。

否则，万无生理！

眼前亮光一闪，血狼子动了！李南枝大喝一声，朝着他一掌打去！

"要打中啊！"她无声地尖叫着。

然而事与愿违。

血狼子脚步又撤了回来。他以一个假动作，骗得李南枝在射程外出掌。笑容像鲜血滴入水面，在血狼子脸上绽放开来。

"还真是个新手……"

突然，一种类似深海里船体被挤压的声音从身后传来。血狼子猛地回头，却看到钢梁正在扭曲、断裂。

他瞄准的是承重墙！

天崩地裂的巨响声中，半边屋顶整个塌了下来，把两人埋在底下。

06

赵仙迪目瞪口呆了好几秒，才猛然醒来，疯狂地扑到瓦砾堆里扒翻着。她好像回到了几天前，变成了那个绝望地在隧道口扒着碎石的女孩。

"你不能死……你给我出来……我命令你，你不能死！"

贺摇光跟跄着站起来，摔了三四个跟头，也上来帮忙。两人一言不发，拼命搬着石块、机器残骸。他们的手流了血，指甲脱落，依旧一刻不停。他们要救那个救了自己性命的兄弟，那个拯救了整个猎手世界的救世主！

突然，一只手从废墟底下伸了出来。赵仙迪惊呼一声，紧扒几下，终于看到了那颗熟悉的脑袋。两人把李南枝拽了出来。

"你这个混蛋！你吓死我了！"赵仙迪紧紧抱住他，弄得贺摇光只能隔着人跟他击掌。

"怎么样？"李南枝不停咳嗽，可还没忘了嘴上来两句，"没给你们丢人吧？"

"你打赢了天下第一高手！"赵仙迪泪眼婆娑地看着他。

"什么天下第一！"李南枝有点上头了，"没人能在厂房里打赢我！"

一进来的时候他就觉得这个厂房眼熟，后来想起，标准苏式援建老古董建筑，承重梁的位置都一样。生死关头，他急中生智，用最大功率的次声打在承重梁上，要跟血狼子同归于尽。没想到运气好，没被砸死。

"怎么没把那个混蛋留给我？"粗暴的声音传来。循声望去，庞砺石竟然还活着。他一只手抱着萧北河的尸体，吃力地走了过来。他把萧北河放下，跟幸存者依次拥抱，然后跟大家一起，虚弱地坐在地上。看着那张似乎只是睡着的英俊脸庞，谁也笑不出来。

李南枝忽然想起什么，把那本《圣经》从萧北河身上找出来。翻开扉页，那个逃犯的资料还在。

"我会找到他的，"他忍住眼泪，"你安息吧……"

"给我吧……"赵仙迪伸出手，"我去找，快一点……"

"你什么意思？"庞砺石劈手把《圣经》抢走，"你是说我们古晋派找人不行？我连好兄弟的遗愿都完成不了？"

"好好好，给你。"赵仙迪也不是好惹的，"等你下次被打晕，我再拿回来……"

嗤笑声中，李南枝觉得头很晕，于是捂着脑袋坐在地上。过了一会儿，他开始担心自己是不是脑震荡了，因为眼前全是金星，越来越多。

　　金色、白色、蓝色、红色……

　　他突然怔住了。因为他发现，红色的星星与众不同。它停留在废墟上，从不消失，反而越来越亮。

07

　　"小心！"庞砺石忽然大叫一声，挡在大家面前。

　　石块泥土下雨般落下。狼头面具冲破雨幕，一掌打在庞砺石身上。鲜血狂喷，他当场委顿于地。血狼子手指凌空一点，贺摇光大叫着，捂着膝盖摔倒在地。

　　在李南枝惊恐的目光中，血狼子转过身，朝这边走过来。他的护甲已经破得不成样子，脸上身上全是伤口和血迹，显得更加恐怖怪异。他自己也发现了这一点，不时用手往伤口四周一抹，伤口被高温熨平，流血停止了。

　　李南枝和赵仙迪的脸色变得煞白，心里不约而同地重复着一句话：他不是人，是妖怪！

　　血狼子在两人前方四米处站定，双手一伸，两条光剑垂向地面。

　　"这很疼，"双眉一挑，锋利的眼神直刺向李南枝，"我真的生气了……"

　　双剑在空中舞动，像一场绚丽而恐怖的激光表演。嗡嗡声中，李南枝心如死灰。他环顾四周，绝望地寻找着任何可能的救命稻草。然而黑暗中，只有钢柱、钢梁和机器在沉默着。

　　赵仙迪缓缓挡在李南枝身前。

　　"来吧！"她头发散乱，怒目圆睁，"死有什么可怕的！"

　　浑身的血都被点燃，挡在他前面，手直指着血狼子。

　　光剑停止了舞动。三人站成一线，静静对峙。时间好像凝固了，连赵仙迪的

头发都不再晃动。只有汗滴在睫毛上凝结，渐渐变大。

唰！寒光一闪，光剑已经穿透了赵仙迪的大腿，朝着李南枝的咽喉刺过来！

巨响、碰撞，李南枝飞了起来。他在空中看到，把自己撞开又被光剑刺穿的是贺摇光！

贺摇光锁骨附近多了一个黑洞。他双膝一软，跪在地上。

"贺先生，"血狼子又恢复了平静，"真不好意思，又伤到你了。"

一脚出去，贺摇光在地上滑行了很远，脑袋撞在废墟上。巨大的力道造成了一次小小的塌方。一根钢梁倒了下来，压住了他的腰。

"哎呀，你可别死……"血狼子夸张地捂着嘴，"我先料理那两个家伙，咱们等下再聊……"

他朝着李南枝和赵仙迪缓缓走来。恐怖的脚步声中，李南枝想爬起来。血狼子随手一指，他的左肩好像烧了起来。赵仙迪也惨叫着捂着大腿趴在地上。

是微波。

"你们准备好了吗……"血狼子狞笑着，"咱们可以玩的东西很多啊……"

忽然，他的脚步慢了下来。回过头，他发现贺摇光在拼命伸手，想去够远处的半截锁链。

"贺先生，我说过了，最后再杀你，你怎么就不领情呢？"

血狼子嗤笑一声，手指一点，贺摇光背上冒起一股青烟。他咬着牙，生生把惨叫憋住，手无力地抓起锁链，想朝老南扔过来。

当然，铁链动了一下，随即停止。

又是一股青烟冒出，贺摇光紧紧抓着铁链，仰起头，撕心裂肺地叫着。

李南枝看着这悲壮的一幕，眼泪流了下来。然而赵仙迪却明白了更多。

一截锁链，不可能对战局有任何帮助。

他想做的，是给我们发暗号——你们记得是怎么击落老莫的锁链的吗？

赵仙迪和李南枝对视一眼，顷刻间明白了这一点——超声叠加。

08

"你知道吗？"血狼子冷笑着朝李南枝和赵仙迪走来，却在说给贺摇光听，"闯进你家的时候，他们两个的确嗑了药，而我没有。你太太向我求饶，求我看在她肚子里的孩子分上不要杀了她，我也听得很清楚。没错，我在法庭上撒了谎，我一直是清醒的，因为我享受这一切……"

两人拼命朝对方爬过去，然而时间已经不够了。血狼子距离两人已经只有几步之遥。他们目光相碰，不约而同地笑了一下，继续相向爬去。人的本能使他们不想独自死去。他们只希望能在死之前握一下手。

咚！咚！血狼子的脚步声越来越近。

"迭戈！"远处，贺摇光忽然大声喊道。

这句话没头没尾，含义不明，李南枝还以为这是他临终前的呓语。然而血狼子的笑容却凝固了，猛地停了下来。

"你说什么？"他缓缓地把身子转向贺摇光。

虽然不明所以，但绝处逢生点燃了两人求生的火苗，他们拼命继续爬着。

"迭戈……桑托斯……德文……"贺摇光充耳不闻，含糊不清地喃喃自语，念着一个个含义不明的名字。

"我问你……"血狼子声音尖锐，好像触了电，"你在说什么？！"

他浑身颤抖。李南枝不明白，什么能使这个怪物如此激动。

"我没少说了谁吧……"贺摇光虚弱地抬起头，声音却一字一顿，清晰无比，"这都是一些蹲过监狱的朋友……没错，就是你蹲的那个监狱……"

两人终于爬到一起，双手相握，互相扶持着坐起来。

"往左一点，抬高一点……"

李南枝把自己当成一部机器，随着赵仙迪的指令调整着角度。两人的手臂以34度的角度，像两尊大炮，寻找着血狼子的身影。

"我去拜访了不少你的狱友……他们告诉我，你在里边很受欢迎……"贺摇光像喝醉了一样，左摇右晃，但是说得慢条斯理，"因为……在监狱里，最被人瞧不起的，就是强奸犯……还有杀过小孩的人……我猜，没出世的孩子也算是孩子吧……"

血狼子的眼睛慢慢瞪圆，满脸杀气。

"6000赫兹……"赵仙迪的声音断断续续。李南枝忍着疼痛，慢慢调整呼吸，稳定频率。说实话，他不知道这行不行得通——频率、角度，他都不会计算，他只知道差一点都不行。他索性闭上眼睛，全心全意地调整频率，不再睁开。

我什么也不懂，但是我相信，赵仙迪不会错！

如果非要用生命来信任一个人一次，那么我只愿意选择她！

"他们告诉我……每个人，每一天，都会去你的牢房……"贺摇光古怪地大笑起来，"每个人，每一个人，哈哈，哈哈，哈哈哈哈……"

"你……"血狼子的声音不再像个绝世高手，倒像个失控的女人，"你闭嘴！"

他似乎忘了自己可以一掌打死贺摇光，只顾歇斯底里地大叫。

"他们还说，"贺摇光笑得不能自已，"你的皮肤，比小姑娘还光滑……"

"去死！"血狼子用完全不似人类的声音嘶吼着，右手光剑朝着贺摇光的脑袋猛劈下来。

"现在！"赵仙迪大吼一声。两股频率不同的超声波冲撞、叠加，成为一体。低频声波带着巨大的能量穿过空气，像一只巨锤，狠狠砸在血狼子的背上！他的身影一顿，然后像个大号炮仗一样原地炸了起来。无数碎片乱飞，有的能看出是衣服，剩下的完全猜不出来。

"打中了？"两人目瞪口呆，对视着询问对方，似乎谁都不敢相信自己的眼睛。

"打中了……"赵仙迪迟疑地点点头，好像一个第一次看到迪士尼城堡的小女孩。

"打中了！"喜悦如山呼海啸，势不可当。两人喜极而泣，紧紧相拥。

不知过了几秒，李南枝才感觉到赵仙迪的身体渐渐变得僵硬。他立刻想到，自己大概抱得太紧了。想想也不奇怪，距离上次跟年轻姑娘拥抱，得有好多年了。

他赶紧不好意思地松开双臂，想说个笑话缓解一下尴尬的气氛，却发现赵仙迪脸色不对。她的双眼失去光彩，脸白得像纸。她的身体打摆子一样颤抖着，失去光彩的双眸死死地盯着背后的方向。

李南枝慢慢转过头。

血狼子倒下的位置，烟雾正在散去，一个人影正在慢慢地爬起来。他上半身的衣服和护甲已经不知所踪，露出布满缝线痕迹的躯体，活像一只甲壳虫的腹部。他的左脸上血肉模糊，半口白森森的牙齿毫无遮挡，好像随时要把人生生咬碎。

"啊——"他在号叫着，声音里充满了痛苦和愤怒。强大的次声波令地面都在震动。

手臂一痛，李南枝猛地回头，看到赵仙迪手持针管，扎了他一针。

"这是最后一管急救针，"她目光镇定，语气平和，"给你半管，你马上就能走路了——赶紧跑，不要回头……"

说着，她就要把剩下的半管打给自己。

"你呢？"李南枝抓住她的手腕。

"很抱歉，把你拖进这潭浑水里来。我会拖住他的……"赵仙迪淡然一笑，平静地看着他的眼睛，"记住我！"

她要挣脱，李南枝却不撒手。

"你打了也没用，"李南枝指着她腿上深可见骨的伤口，"让我赌一次吧……"

赵仙迪犹豫着。

"相信我！"李南枝坚定地跟她对视，"给我一个机会！"

咆哮声渐渐停止了。一道亮光——等离子剑从血狼子右手伸出来。他反复甩着左手，光剑才冒出来。发觉自己电路损伤，他的目光充满愤怒。

"你们，都要死……"他像疯子一样喃喃自语，像个醉汉一样，拖着左腿朝这边走来。

再也没有时间犹豫了。赵仙迪手指一推，剩下的半管针剂打进了李南枝的身体。心绪渐渐平静，世界似乎跟疼痛一起消失了。李南枝站起身来，向前两步，跟天下第一高手相向而立。

恍惚间，他觉得自己并非身处一个布满尸骸的工厂，而是赶上了那次本可以改变自己命运的决赛。只是这个演武场比以往任何一次都要大，大得无边无际，无法逃出。

一旦失败，等待自己的不是被等离子剑切成两半，就是被微波活活把脑子烤熟。而这次比赛的奖励——生命，也绝非以往任何一次可比。

自己的生命。

所有在乎的人的生命。

所有值得付出一切来维护的生命。

李南枝缓缓动作，使出全功率心法，摆出一个三体式，轻轻说了句"来吧"。

09

高压电噼啪声大作，光剑当头斜劈下来。李南枝使出浑身解数，左支右绌，狼狈闪躲。大地豆腐般被切开，混凝土块飞溅。两束光剑舞成一个光球，碾压过来。

"不能这样！必须反击！"李南枝逼着自己迎着高温和强光冲上去，右掌猛推。

"自由钟鸣！"赵仙迪两眼一亮。这是费城流威力最大，但也是最危险的一招——升压到极限，只攻不守，豪赌生死！

眼前一道白光，血狼子迎头一记突刺，险些把李南枝刺穿。招式中断，他不得不放弃进攻，身体向下一潜。头发烧焦的臭味中，光剑擦着头皮扫过。两人位置互换，回身再度近身搏杀。

"我还活着？我还活着！"巨大的恐惧和紧张过后，随之而来的是超强的兴奋感——呐喊如战鼓般在李南枝内心回荡，"他没法一招杀掉我！我能跟他周旋下去！"

嗡嗡声中，血狼子时而光剑、时而次声，招招声势骇人，却没有取得什么战果——伤痛令他的动作变慢了，不但没有命中李南枝，还被他招招进逼升压死穴，从头到尾都无法达到最大功率。此外，贺摇光毁掉充电器的举动终于得到了回报，他的电量已经不足以使用那些威力巨大的远距离伤害招式，光剑长度只剩二十来厘米。而李南枝的超声流形意拳则越来越纯熟，快如闪电，拧裹钻翻，每秒震动上万次的手臂带着各种崩劲、横劲、缠丝劲，总能弹开血狼子的手臂，转守为攻。

赵仙迪和贺摇光看得目瞪口呆。两人不敢相信，那个对猎手武功一无所知的门外汉、遇到敌人就吓得抽筋的新手、连电胆都不会使用的李南枝，居然跟天下第一高手打得有来有回！

十几招过去，几十人的牺牲、试错和努力，终于迎来了开花结果的时刻：血狼子再次攻过来，李南枝以螺丝钻拳回应。在超声加持下，手臂上遍布的缠丝劲勃发暴起，直接崩开了血狼子的手臂。

手掌如利箭穿物、闪电直击，正中胸口！

血狼子身上最后一层护甲也碎了，一口鲜血喷了出来！

贺摇光则心潮澎湃，抱着钢梁，用尽浑身力气要把它挪开。赵仙迪朝他爬过来，要助他一臂之力。三人心中的希望之火重燃。只要贺摇光脱困，两人联手，就一定能获胜。

忽然，李南枝浑身一阵剧痛，骨头好像在燃烧。

全功率不能开太长时间！电脉要撑不住了！

心神一乱，血狼子马上抓住机会，一掌劈了过来。李南枝不敢硬接，躲闪又慢了半拍，正中左肩。一阵剧痛，他向后连退十几步，摔倒在赵仙迪身边。最后一层护甲也碎了。

"你怎么样？"赵仙迪急忙扶住他。

"没死！"李南枝忍痛爬起来，运气升压。然而心中猛地一沉：电脉空空如也。他试了又试，电流却始终不能流到胸腔以上。

这下他真的慌了——电脉断了！

脑子飞速转动，他马上明白：长时间的全功率状态使得电脉被加热，比平时脆弱。刚才被血狼子的次声一震，断掉了……

他摸着中掌的部位，估算着是哪根电脉。对面，血狼子看出了李南枝的绝境。他再也不珍惜电量，双手射出光剑，慢慢走了过来。

"仙迪！有没有办法把等离子剑引到我的中府穴？"

"什么？"赵仙迪听迷糊了，"你要干什么？"

李南枝以不容置疑的语气低声命令："你回答就是！有没有？！"

她点了点头——等离子会受磁场影响。

"等我信号！"

血狼子已经狂奔起来。李南枝向右迈了一步站定，默默调动着几个穴位，盯着血狼子，目眦欲裂。

唰！光剑自上而下劈了过来。李南枝左手迎了上去。两人的手臂狠狠碰在一起。这次，血狼子的手臂没有被崩开。

果然，他身上没有电了！

"给我死！"血狼子双眼冒着嗜血的光芒，右臂一抬，朝着李南枝的左胸直刺过去！

"赵仙迪！"李南枝的大叫声中，她一指戳在李南枝肩胛骨附近。在强大电磁力的吸引下，等离子剑偏离，鬼使神差般刺中了李南枝左上胸的中府穴！

血狼子脸上浮现出笑容，忽然，眼前火花四射，他的右肩一阵刺痛。

这是电！圈套！

等离子，是绝佳的导体。李南枝无法自己接上电路，就想了个办法，让对手帮忙！

中府穴一通，整个电路就通了。电流瞬间沿着事先激活的电路运转，李南枝左臂以螺旋劲缠住血狼子，再次运行全功率心法，顺势一记费城派的"自由钟鸣"猛推出去！

次声波如排山倒海。血狼子惨叫一声，双臂骨骼寸断。次声波不肯停止，继续狂飙突进，正中胸部。血狼子连连后退，像一台失修的机器，嘶叫着，徒劳地抽动着。血像瀑布一样从他口中喷出，在地上聚成红色的水潭。

急救药剂似乎失效了，浑身的疼痛一起袭来，李南枝摔倒在地。但他不敢停留，摸索着捡起一块石头，朝着血狼子走过去。

"你这个妖怪……你这个妖怪……"他就像面对一只巨大的蟑螂，带着厌恶和恐惧要把它砸个稀巴烂。

"等等……"

赵仙迪扶着贺摇光从一旁走了过来。杀气顿时消退，他慢慢退到一旁。贺摇光走到血狼子身旁，看着这具扭曲的肉体，啐了一口。

"为了我妻子！"重重一掌打在血狼子后背，鲜血从他口中喷出半米远。

"为了我的女儿！"又是一掌，正中右胸。血狼子猛地向后摔倒。

天下第一高手，委顿于地。

贺摇光走到他身边，缓缓地把手放在他头上。他抬起头，看着上方的虚空。

"啊——"巨大的吼声如醒狮，如海啸，震耳欲聋，连绵不绝。吼声尽处，红白相间的液体从血狼子七窍中同时喷出。

那具躯体终于倒下了。

"这一掌，"贺摇光的声音像晚风吹动窗帘，"是为了我自己……"

强撑的一口气终于卸下，李南枝软绵绵地倒在地上。他想叫着贺摇光赶紧离开，却发现他背对自己，身体不停晃动。

双眼一热，他决定闭口不言。

他就这么立在一旁，静静地看着那个顶天立地的巨汉泣不成声。

第二十七章　天道

我们俩跟你出生入死，值不值这个约定？

01

9 月 26 日　周一

距离最后通牒到期还有 5 分钟

洞口的光越来越亮，直到让人无法直视。李南枝和赵仙迪不约而同地停下脚步，回头看看身后的黑暗。刚才发生的一切恍若隔世。两人相视一笑。

"老贺，出去之后，咱们去哪儿？"李南枝习惯性地征求智多星的意见，却没有得到回应。

"去哪儿？去哪儿？"贺摇光斜倚在墙上，两眼无神地重复着。他面色苍白，反应缓慢。李南枝还以为他受了致命伤，然而仔细一看，却发现他更像是半睡不醒。

"去哪里都行……"他的声音和脚步一样，再无往日的声势和活力，"我跟她回总会吧，我累了……"

说着，他像个梦游患者一样朝洞外走去。

看着他的背影，李南枝明白了什么。这十年，他完全是靠复仇撑下来的。如今大仇已报，他的精神支柱完全垮了。他就像个死而复生的木乃伊，在金字塔里转了几圈，终于发现自己的五脏六腑早已空空如也。

"等等！"赵仙迪拦住了他，有点吃惊他竟会这么糊涂，"不能就这么出去。外面，还有几十号银盾的干部。"

"那又怎么样？"李南枝现在活着都费劲，完全没精力在意这些。

"他们看到的是……"赵仙迪指着不远处的洞口，"一群银盾跟着几个鱼鹰进去抓彭右弼，半个多小时之后只出来三个鱼鹰。你觉得他们会怎么想？马上，鱼鹰和银盾的战争就要爆发了，你觉得他们会怎么做？"

李南枝不寒而栗。一场恶战，三人的状态比死人就多口气，几十米的密道相互扶持着都走了半天。随便来个阿猫阿狗也对付不了。

"打起精神来，别扶着……"赵仙迪略一思索，咬牙往两人背上拍了拍，让他们挺直腰杆，"出去之后，不要乱说话，看我眼色行事……"

"待会儿，"她一边帮他们整理衣服、掩饰伤势一边说，"万一要是他们动手，你不要管我，直接跑……"

"那怎么行？"李南枝急了，"你当我是什么人？"

"我当你是合格的好猎手。你活着，可以让鱼鹰变得更好……"她淡然一笑，把手伸到身前，"来吧，以防万一，咱们好好道个别！"

李南枝心中一阵激动，伸手跟她紧紧相握。然后，他惊讶地发现贺摇光也把手伸了出来。赵仙迪似笑非笑地握住了他的手。

"赵小姐，"贺摇光的声音依然无比虚弱，称呼倒是第一次这么正式，"立下大功，你该升六级了吧？新代号想好了吗？要是以后还能见面，到时候怎么称呼？"

"我想好了——还是叫赵仙迪，"她回以微笑，"我不想变。"

"与你们并肩作战，不胜荣幸！"

三人动容相视，最终慷慨而笑，大步朝洞口走去。

呼吸急促，眼前一片煞白。等到光渐渐变得柔和，李南枝看到了一幅怪异的画面——洞外，几十个没跟进去的银盾各派副手都还在。他们对三人走出来浑然不觉，向日葵一样齐齐望着左边的墙上。

"卫星……来不及了……"

屏幕上，倒计时只剩下2分钟。

鱼鹰，完了。

赵仙迪泪流满面。李南枝想安慰她，却不知该说些什么。

突然，一阵刺耳的噪声传来。

"有信息了！有信息了！"陈阁道欢呼着。他尝试了在场所有副手携带的加密通信器，终于有一部没有被银盾总部屏蔽。

信息清楚地映在墙上——是岳天玑。全然不同于往日，他再无病快快的样子，精神抖擞，意气风发。他沉痛宣布，郑天权已经壮烈殉职。凶手是勾结血爪的韦宗正及其党羽。他们杀死了郑天权的好友、银盾的忠实客户——达默先生一家，伪造证据，嫁祸贺摇光，意图挑起与鱼鹰的战争。在郑天权的不懈努力下，终于揭露了他们的阴谋。现在，两家已经澄清误会，保持和平……

接着，就是一长串的除籍叛道名单。在场的所有人几乎都在上面。所有人都震惊了。没有卫星对轰，没有宣战。到来的，竟然是清洗。

"这……这是怎么回事？"李南枝完全蒙了。回头看看赵仙迪，她也如同化作木雕。

"怎么回事？"

"大家都低估岳天玑了……"她终于把线索串起来了，"他应该一直知道一切——郑天权和彭右弼，郑天权和韦宗正，韦宗正和厉司危……"

"那卫星是怎么回事？他们又修好了？"

"什么科克波塔门，假的！"赵仙迪咬牙切齿，"岳天玑引诱拉拢彭右弼，激发他的野心，然后故意让他以为自己掌握了消灭鱼鹰和银盾的武器，让他以为自己等到了机会，于是向郑天权下手……他没想到，自己只是做了岳天玑的工具。岳天玑最头疼的两大派别——亲鱼鹰派和少壮派，都完了。银盾，从此姓岳了……"

"他……他搞了这么多事……杀了这么多人……"李南枝觉得头皮发麻，"就是为了掌握银盾？"

"银盾每年的合同价值 30 亿美元，"赵仙迪脸上全是疲惫，"谁会觉得不值呢？"

人声鼎沸，在场的人都炸锅了。他们身居高位，都不是简单人物，结合彭右弼之前说过的，自然很快就明白了是怎么回事。顿时义愤填膺，声泪俱下，痛骂岳天玑搞阴谋诡计，心狠手辣。

赵仙迪和李南枝看着这荒诞的一幕，再看看投影上岳天玑那张脸，不约而同地发出一声叹息。

"走吧……"

然而走着走着，四周渐渐静了下来。人群开始朝着三人聚拢，很快，前后左右都是人，再也走不动了。李南枝环视四周，发现全是不友善的眼神。贺摇光依旧魂不守舍，甚至懒得抬头察看当前的形势。

这回，真的没办法了。

"你记得我说过，"赵仙迪面露诡异微笑，忽然轻声说道，"为了鱼鹰，我什么都愿意做，对吧？"

李南枝面如白纸，勉强点了点头。

"要是我失败了，"她轻轻一笑，"不要笑我……"

说着，她往嘴里扔了一块口香糖，转身扫视着所有人，缓缓开口。

"各位，hi，大家好吗？"她面带微笑，语气轻快，"自我介绍一下。我是鱼鹰的特使，赵仙迪。那位是我的助手，李南枝。而这位，就是贺摇光……"

一阵骚动。有几个人号叫着要冲上来，还好被身旁的人拽住。李南枝觉得今

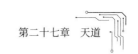

天肯定没法活着离开这里——贺摇光名声之臭显然仅次于血狼子。同时，他觉得奇怪：赵仙迪什么时候成了特使了？

赵仙迪不为所动，加快语速，把这次事件的所有细节、表象和阴谋全盘铺开，详细讲解。李南枝目瞪口呆。这是他第一次见她撒谎，而且是这么长篇大论地撒谎——她把厉司危、郑天权和韦宗正干过的缺德事全部扣在了岳天玑头上。渐渐地，噪声低了下去。刚才岳天玑的表演简直就是她的完美论据。这样一来，大家对郑天权的缅怀和对岳天玑、彭右弼的痛恨同时升温。

"鱼鹰的刘掌门、银盾的天权先生和韦宗正掌门早就看出，彭右弼的阴谋不只是祸害银盾，还妄图危害整个猎手江湖。"赵仙迪越说越来劲，不像身处险境，倒像是明星在开演唱会，"于是他们跟鱼鹰协商，派一个人隐姓埋名，调查真相。正因为如此，岳天玑视这个人为眼中钉、肉中刺，一而再再而三地把血爪杀的人栽赃到他头上。而这个人，就是贺摇光！"

李南枝终于明白，她做这些，并不是为了活命。说到底，还是为了鱼鹰——只有消解贺摇光的血仇，彻底把这些主战分子的仇恨转移到岳天玑头上，才能一劳永逸地给鱼鹰安全。

看着那个熟悉的身影，李南枝再次感到，自己对她的坚韧和执着还是低估了。她为了鱼鹰，真的是什么都愿意。

所有人不停地看看她，再看看贺摇光。他们眼中的厌恶逐渐消失了，取而代之的是尊敬和信任。

"天权先生呢？"有人喊道。

"刚刚，天权先生，和其他银盾、鱼鹰的战友，光荣战死。但是他们没有白死！"她快步走到贺摇光身边，一把把血狼面具从怀里掏出来，高高举起他的右臂，"彭右弼和血狼子已经被贺先生亲手击杀！"

贺摇光好像醒了一半的酒鬼，抬头看看自己被举起的右臂，又看看赵仙迪。四周一片沉默。李南枝捏着一把汗。今天能不能全身而退，就看这个半真半假的说辞能不能取信于人了。

啪！啪！

开始有人鼓掌。掌声渐渐散播开来，越来越响，如同暴雨打在湖面。最后，欢呼声如同惊雷，震耳欲聋。赵仙迪拉住李南枝的手，紧握了一下。

那个在每个人噩梦里都出现过的面具，不容置疑地证实了赵仙迪的话。欢呼声简直要把屋顶掀翻。不少跟血狼子有血海深仇的人互相拥抱，击掌，碰拳。连对贺摇光怀疑的人也在其中。因为每个人都清楚，面对杀死血狼子的人，真相根本没有意义。你不信也得信。

一片欢腾中，赵仙迪浑身虚脱，拉着李南枝和贺摇光，朝大门走去。李南枝越走越快，觉得就像从一场噩梦中醒来，迎接自己的，将是绚烂的朝霞。

"别走！"

02

大厅里渐渐静了下来。赵仙迪拉了拉李南枝的手，两人加快了脚步。

"各位留步！"一个人影出现在前方，挡住去路，"我有话说！"

大门只有几步之遥。然而李南枝明白，这最后一关过不去了。

"我来拦住他们，"忽然，一个高大的身影走上前来——贺摇光终于回到了现实世界，"你们不要回头。"

"老贺！"李南枝一着急，拉住了他的袖子。

"我不是说过了吗？"贺摇光看着他，又看看赵仙迪，闭目一笑，"自从那天起，我活着，只剩报仇这一个目的。现在，你让我活，我也受不了那份罪了……"

他甩开李南枝，大步朝那人走去。然而事实证明，他早已油尽灯枯。对方身形一晃，欺身上来，直接抓住了他的手腕！

完了……

李南枝闭上了眼睛。

然而接下来传来的，却不是厮杀和惨叫。那人拉着贺摇光，不由分说，来到人群中央的高台上。

"在下银盾总秘书长，陈阁道。各位兄弟，大家都听到、看到了，岳会长所作所为，实在是……"

陈阁道义愤填膺地骂了岳天玑足有二十多分钟，台下的人不停附和着。他越讲越起劲，后背却早已被汗水湿透。他是唯一幸存的郑天权的嫡系。面对一群韦宗正的余党，他必须转移矛盾才能活下去。

"所以，我们还要回银盾吗？去向那个人卑躬屈膝，乞求原谅？"陈阁道激动得声泪俱下，"不！我们绝不！"

台下群情激愤中，陈阁道高举右拳。

"我宣布，我在此脱离银盾，率领我门下所有猎手，独立创派！"

李南枝和赵仙迪都是一愣。这个转折太出乎意料了。台下静了一下，然后炸了。

"独立！独立！"所有人举拳叫喊。

陈阁道在众目睽睽中走到贺摇光面前。

"贺先生，"他拱手行礼，"我们门派草创，需要一个会长。愚见以为，除了您，谁也没有这个资格！"

李南枝万万没想到事情会这样发展。贺摇光仿佛化身石雕，浑身一僵。台下的听众也都傻了。

"岳天玑刻薄寡恩，任人唯亲，秘密创建血爪，暗杀自己的会众，简直骇人听闻。而贺先生为了两派的大局，忍辱负重，潜伏十年。试问，论忠、论信，谁能跟贺先生比？"

为了防止下面的人出言辩驳，陈阁道语速飞快，但字字清晰。

"岳天玑阴鸷狠毒，为了一己之私，不择手段，自毁栋梁。杀害韦宗正掌门、天权先生，还把我们全部抛弃。而贺先生一诺千金——天权先生一句话，他就带着两位……新手后辈，闯进这虎狼之穴，拯救大家——试问，论义、论仁，谁能跟贺先生比？！"

陈阁道拼命把贺摇光的所作所为跟郑天权以及大家的利益捆绑，收到了很好的回应。下面的人开始点头称是。还有人向贺摇光投来感激敬佩的目光。

"岳天玑心狠手辣、心胸狭窄。我们自立门户，他绝不会善罢甘休。我问大家，到时候，哪一位能站出来，说一句'我能打赢他'？"陈阁道终于说到了点子上，"但是贺先生能！"

"是谁，杀死了血爪首恶彭右弼？！"陈阁道猛地提高音量。

"贺摇光！"有人大声回答。

"是谁，勇闯龙潭，救出大家？"

"贺摇光！贺摇光！"附和的人变成了十几个。

"是谁，带领大家诛杀了当世第一魔王？！"

"贺摇光！贺摇光！"差不多所有人都加入了劝进大合唱。

"是谁，能够作为我们的领头人，领导我们，保护我们，永远不会再抛弃我们？！"

"贺摇光！贺摇光！贺摇光！"

大厅里沸腾了。呼喝声此起彼伏。李南枝偷偷看了看贺摇光，发现他竟然眼角湿润了。多年以来，他的生活只有被背叛、被诅咒、被追杀。今天猛地受到这样的肯定和赞扬，他觉得就像酒鬼遇到了假酒，尽管知道这东西不纯，但还是忍不住喝醉了。

"诸位，"他好像活了过来，脸上再次有了颜色，眼圈通红，"贺某人过去的确作恶太多……我已经与鱼鹰会赵小姐约定，要跟她回鱼鹰总部，忏悔往日的罪行……"

"不行！"这下大厅里炸了锅，无数人朝着赵仙迪围了过来。李南枝急忙把她护在身后。

"贺先生是诛杀血狼子和大叛徒的英雄！"

"鱼鹰算什么东西？！"

"杀了她！"

"听我说！"贺摇光一伸手，大厅内安静下来的速度之快，令他自己都有些震惊。他稳了稳情绪，缓缓开口。

"赵小姐，也是诛杀血狼子的功臣。我不愿留下，也是因为我自己跟银盾有些过节……"

他大致讲了自己的遭遇，只是隐去了达默的身份。讲完之后，大厅里鸦雀无声。不知谁先发出抽泣声，传染了身旁的人。一时间，大厅里哭声从低到高，最后竟然人人流泪。

这些高手身遭大变，此刻都露出普通人的一面，被集体的情绪裹挟，人人失声痛哭，好像故事中的悲惨遭遇就发生在自己身上。

"武功盖世，血海深仇！十年卧薪，一朝雪恨！"陈阁道第一个跳出来，振臂高呼，"贺先生不是英雄，谁是英雄？！我选贺先生！"

"我也选贺先生！"

"贺先生！"

"我们不能没有贺先生！"

身后的欢呼声山呼海啸中，李南枝也热泪盈眶。贺摇光遭受了那么大的痛苦，十年来出生入死，人人欲杀之而后快，此刻却成了万人之上的大英雄、大救星。这是何等的人生！

早年学到的一句话浮现在脑海，令他无比震撼，热血沸腾。

大丈夫生当如是！

贺摇光已经无法控制呼吸，胸口上下起伏，却始终下不了决心。

"你不会真要带他回去吧？"李南枝低声问赵仙迪。

"都这样了，"赵仙迪苦笑着，"就算我敢带，鱼鹰也不敢收啊……"

"我……"贺摇光声音嘶哑，"各位，你们对我贺某人的信赖，我感激不尽……只是……只是……"

他回身抱拳，喉头哽咽。

"我活着的这些年，只为了报仇……今天大仇已了，我已经……没什么……没什么……没……"

李南枝看到，他眼中竟闪现着泪花。他最终没有说完，转身又要走，只是这次脚下却没有迈出一步。每个人都用热切的目光望着他，但是没有人敢拦他，只有陈阁道又赶上前来。

"贺先生，"他压低声音，"您执意要走？"

贺摇光低着头不看他，快步朝大门走去。

"那您告诉我，您要去哪里？要去干什么？"

贺摇光停下了。他站在原地，用茫然的双眼看看李南枝，又看看陈阁道。他就像一个忘了复习的学生拿到考卷，面对着从未想过的问题发呆。

"是啊……"他的声音听起来就像在说梦话，"我无处可去……我也没有事好做……"

"其实，是有的——您的仇，真的报完了吗？"陈阁道胸有成竹，上前耳语几句，然后一步后退，单膝跪下，大厅中所有人都俯身，只剩三个人还站着。

"贺先生，您这样的大英雄，胸中抱负，不可能只有个人恩怨！"他压低声音，"只要您一点头，您就是亚太第一大猎手门派的掌门人！生杀予夺，全凭您一句话！您有什么抱负、什么雄心，我等门下内外上千人，都愿效犬马之劳！"

李南枝惊讶地看到，好像干枯的植物迎来当头一盆清水，贺摇光的脸上恢复了颜色。他身躯挺直，双目炯炯，早先那个百折不挠、顶天立地的一代怪杰，又回来了。

贺摇光猛地抬起头，哈哈大笑，转身朝大厅中央走去。李南枝和赵仙迪愣在原地，看着他被人群包围。

"新银盾！"

"新银盾！"

欢呼声中，贺摇光豪气万丈，双手指天，宛若接受朝拜的神祇，不可逼视。

03

李南枝这一觉睡了整整 15 个小时。醒来后，他看着装饰豪华的卧房，怎么都觉得有点不真实。房门忽然打开，几个干练的年轻人进来，不由分说把他架上轮椅，一路推到一扇大门前。李南枝隐约认出，这个地方当时郑天权讲解地形的时候提过，好像是会议大厅。

他想起了点什么：贺摇光接管新银盾后第一个命令就是让人给他和赵仙迪疗伤。洛桑派的名手在场的有好几个，一个小时不到就把两人的伤处理得七七八八……

然后呢？我是怎么睡过去的？还是没有醒？

一开门，他更感觉自己进入了美妙的梦境。灯光摇曳，觥筹交错，认识的不认识的猎手坐满了十几张圆桌。贺摇光坐在最豪华的桌上，高居主席，端着酒杯朝他招手。李南枝恍惚走过去，却被人一把拦住。

"大恩人啊！没有你，我们哪有今天！干！"啤酒不由分说浇了一脸，脑子终于清醒了。李南枝才看清，这一桌是曾桂林为首的那群穷鬼。他们个个喝得烂醉，每个口袋里都塞满了钞票。

这不是梦！大家都活下来了！他们发财了！

李南枝大笑起来，脚下轻飘飘的，好像年轻了十几岁，三步并作两步蹦到贺摇光身边。赵仙迪就坐在旁边，还破天荒地穿了条裙子。

"想好再说话，"她故作优雅、妩媚地冲他一点头，"说错话我杀了你！"

"好看，"李南枝笑了，"好看……"

"老弟！来！"贺摇光搂着李南枝的膀子，上来就连干三杯。洋酒喝得李南枝当时就有点上头。可看到赵仙迪也一杯一杯地痛饮，他也就跟着敞开了喝下去。贺摇光讲起三人不打不成交的过程，一桌人笑作一团。李南枝觉得久违的温度把自己包围，在这种温度里，他终于觉得安全，觉得又找到了家的氛围。

又是一轮喝罢，贺摇光招了招手，一群手下拎着几个旅行包走上前来。打开第一个，里边赫然是两个骨灰盒。

"这是萧北河和庞砺石……"贺摇光语气喟然，"你们带他们回去，好好安葬……"

他站起身来，高举酒杯："让我们为了这些英雄，干一杯！"

众人举杯饮酒，一言不发。庄严肃穆的气氛中，赵仙迪暗自垂泪。李南枝心如刀绞。再次落座，贺摇光收敛情绪，打开了另外几个包。里边全是钞票。

"你们俩，"贺摇光有些醉意，"每人300万美元。我让他们给你们把一半换成了人民币。够吗？不够再加！银盾还缺钱吗，哈哈哈……"

李南枝缓缓弯下腰去，抚摸着钞票。有生以来第一次见到这么多钱，他觉得心跳的速度堪比见到血狼子的时候。

"老贺……我……"他哽住了，泪眼婆娑。

贺摇光却没有听见。他站起身，用手指弹了弹杯子。清脆的声音传出，大厅里静了下来。

"各位，你们选我当会长，我推辞不过，那就要干好！"

下面一片掌声。只有赵仙迪看着那袋子钞票微微皱眉。

"我现在就宣布一下，我的第一个会长令！"

此言一出，大厅里鸦雀无声。所有眼光都投向贺摇光。

"银盾当初脱离鱼鹰，是出于理念不合。鱼鹰只认法，银盾只认钱。"贺摇光缓缓移步，声音洪亮，"我怎么看呢？我认为鱼鹰的理念是狗屁！一不能制止犯罪，二不能做到公平。用普通人看不懂的条文垄断了正义，用高昂的费用垄断了公平，试问在座的各位谁没有吃过它的亏？你们谁没有在它面前畏首畏尾？它凭什么？！"

"对，凭什么！"下面开始有人附和。

"但是，银盾的道路，也走不通——因为鱼鹰所维护的东西，归其根本，是权力！"贺摇光继续说着，"钱是好东西，但是它在权力面前，连擦屁股纸都不如！银盾很有钱，但是法庭传唤，你们有一个人敢不去吗？你们个个都是武功盖

世，却要穿上西装，站在法庭上，法官不让你说话，你就不敢说。你们被几个讼棍耍得团团转，末了还要给他们钱，我问你们，你们甘心吗？！"

"不甘心！"鼓噪的全是年轻人。有些老人开始面面相觑，不知道贺摇光要说什么。

"我们的武功，跟普通人比起来，就是超人！但是谁尊敬我们？你们这些年，得到过一点尊敬吗？你们的雇主，觉得你们是保镖，对你们呼来喝去。不管是鱼鹰还是银盾，都不敢在哪怕一个普通人面前使用武功。你们甘心一辈子这样活在地下吗？"

"不甘心！"所有的年轻一辈都站起来鼓掌。

"我跟老陈聊了一晚上，有些道理，他讲得很好！今后我们，首先要追求的，不再是钱！而是权力！是尊重！

"怎么赢得尊重？那就是要超越鱼鹰和银盾，比它们更进一步！银盾做的事，我们也要做。但我们绝不保护为富不仁的王八蛋、伤天害理的人渣！我们要去保护无罪的人！我们要做得比法律更好！"

"说得好！"

李南枝也跟着大家鼓起掌来。贺摇光的声音一下子拔高了，"鱼鹰做的事，我们要做！但我们要抓的，不只是法院已经定罪的人渣！有没有罪，我们来审判！恶贯满盈，就地正法！这才是正义！"

掌声顿了一下，然后变得更热烈。李南枝有点疑惑地看着赵仙迪，发现她眉头紧锁。

"你们可能发现了，"贺摇光指着身边一桌的人，"他们是谁？他们是血爪的人。他们向我投降，我接受了。银盾、鱼鹰、血爪，谁比谁好多少？我们是一个新的组织，人人都有权从头开始！"

掌声中开始夹杂着迟疑的眼神和窃窃私语。贺摇光眼神一扫，这些杂质都消失不见。

"既然收了血爪的人，那血爪做的事，我们做不做？"贺摇光抛出一个问题，底下鸦雀无声，"做！但是绝不能为了钱！我们要杀有罪的人。至于这个罪，要由我们自己来判断！"

他目光犀利，声音洪亮，大手一挥，仿佛天神降世。

"当初有个小子，杀了我妻子女儿，法官却只判他八年——这样的法官，比罪犯还可恶！这样的畜生，该不该杀？！"

"该杀！"山呼海啸般的呼声中，赵仙迪瞠目结舌。

"每天都有那么多律师，明知委托人有罪，还替他们辩护——比如说，当年替杀了我妻子的那三个小杂种辩护的律师——这样的讼棍，该不该杀？！"

"该杀！"李南枝看着周围如痴如狂的群众，瑟瑟发抖。

贺摇光林林总总，从律师、法官到警察，把那个案子的所有相关人员都说了个遍，最后结论都是该杀。

李南枝震惊得说不出话。就在此时，贺摇光双眼血红，猛然指着他。

"这位兄弟的孩子，需要骨髓移植，那家人答应了却又临时反悔，勒索钱财——这样的坏人，该不该杀？！"

"该杀！该杀！该杀！"

李南枝彻底傻了。他怎么也没想到，贺摇光一朝掌权，竟然变成了这样。

"我们，将去改造这个世界！不代表任何人的利益，我们代表的，将是终极的正义！我宣布，从今天起，这就是我们的新名字！"贺摇光手一指，一条巨大的条幅从洞顶垂了下来。上面只有银钩铁画的两个大字：天道！

04

贺摇光的吼声好似惊雷，在大厅里来回震荡。回应他的，是更加响亮的欢呼声和掌声。掌声经久不息，直到一个人走出来，站在当中。

"悉尼的张掌门？"贺摇光认出了他，"你有什么话要说？"

"会长，恕我直言，"张掌门一拱手，"这样做，跟血爪有什么区别？"

"大胆！"陈阁道怒喝起来。

张掌门不加理会，转身朝大门走去。身后五六个人也跟了上去。窃窃私语声响成一片。

"拦住他们！"门口几个人影闪进来，跟要走的人动上了手。贺摇光身形一晃，已经到了门边，一掌拍在张掌门的天灵盖上。尸体倒地，他缓缓走了回来。

李南枝看着他器宇轩昂的样子，心中充满了恐惧。他发现，自己对贺摇光根本就不了解。他就像一座拔地而起的高山，巍峨雄奇的背后，是无边的、永远也看不透的黑暗。

贺摇光回到座位上，端起一杯酒一饮而尽。酒杯啪地蹾在桌上，他抬起头，用阴森的眼神扫视众人。

"你们的意见呢？"

"同……同意……"一个声音颤抖着。

"同意！"

"赞成！"

大家开始纷纷附和，声音越来越响，到了最后，"天道"的喊声在大厅里回荡不绝。

"恭喜会长！"陈阁道单膝跪地，"天道会，正式成立了！"

"陈阁道，跟你长谈一夜，受益匪浅！我对自己，对这个世界，都有了全新的规划！"贺摇光狂笑着，"就按我们商量的——你明天去搜集我当年案子的卷宗，所有经手的法官、律师、检察官，都要查明姓名住址。你亲自带队，全部杀了！"

"是！"

"老南、仙迪，"他转过头来看着两人，"你们也别走了！什么鱼鹰，配不上你们的本事！留下来，当我的左膀右臂！你们是我最信任的人！咱们一起，把这个世界变得更好！"

说罢，贺摇光哈哈大笑。

"跟我作对的什么下场，血狼子可鉴！"

杀气腾腾的宣言传遍大厅。下面所有人不由自主地离席跪地。只剩贺摇光昂首挺立，宛若天神。

"不！"一个温柔而坚定的声音响起，所有人都惊讶地看过来。

赵仙迪站起身来，拱了拱手："我绝不加入！"

大厅里一下子静了下来。无数双眼睛盯着她。李南枝觉得事情坏了——要是私下拒绝，估计也没多大事。可是在大庭广众之下，在贺摇光急需立威取信的节骨眼上让他下不来台，肯定要出事。

"赵小姐喝多了……"陈阁道急忙出来打圆场，"快下去休息一下，明天咱们再……"

"不用了，我这就走！"赵仙迪拎起装着骨灰盒的包，斜背在肩上，挂着拐杖，一瘸一拐地离席而去。李南枝尴尬地站起身来，看了看贺摇光，又看了看她。犹豫了一会儿，他扭捏地点头致歉，慢慢地朝大门的方向挪过去。

"站住！"贺摇光一声怒喝，几个人影扑了上来，拳掌霎时间抵住赵仙迪的要害。

"老贺！你这是干什么……"李南枝也被制住，只好回头求救。

"你们一个也不能走！"贺摇光好像真的醉了，声音又恢复到两人初次见面时的阴狠霸道。

"老贺，"李南枝急了，"人各有志，我们又不是要跟你为敌。你还信不过我吗……"

"信？我发过誓，不再相信任何人——你们测过我的振频！我可不想一辈子穿着护甲度日……"

李南枝脑子里一片空白。他万万没想到，携手出生入死之后，竟然会闹到这个地步。

贺摇光拎着两袋钱走到两人面前。

"留下，这些钱都是你们的，以后还有更多。走……别逼我！"

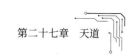

"绝不！"赵仙迪当即回绝，"我当初成为猎手，不是为了当杀手！"

"你这丫头，"贺摇光恨铁不成钢地怒骂，"怎么这么幼稚？！"

"这不是幼稚。我来告诉你为什么！"赵仙迪的声音发抖，却不像是因为害怕，"我不是赵天璇的亲生女儿，我是被收养的。别跟我说你不知道。"

贺摇光面无表情。

"那你知道他是怎么死的？"

"不就是心脏病吗？"贺摇光怒气未消。

"不，他是自杀的！"

此言一出，李南枝和贺摇光都愣了。

"我的亲生父亲姓黄，是一个典型的亚裔家庭的骄傲。他从小用功，读了医学院，成了医生。结婚，在郊区买房。我不记得他长什么样子，但是我爸爸——就是赵天璇告诉我，他曾是社区里最受人尊敬的人……"讲到这里，赵仙迪停顿了一下，"可是在我一岁那年，一切都变了。城郊发生了连环强奸杀人案。六个姑娘遇害。经过几个月的调查，警察根据一处案发现场的轮胎印迹，传唤了我生父……

"他拼命辩解，警察没有过硬证据，只能把他放了。他以为自己恢复了自由，却发现根本没人相信他。所有邻居都躲着他，车子、房子上被喷上'强奸犯'几个字，独自走路还会被打。他到处解释、发誓，可是没有人愿意听。更何况自从他被传唤，案子就再也没有发生过……"

"是他干的？"贺摇光不屑地冷笑。

"不是他。真凶9年后才落网——他因为别的案子被捕，出狱后再次作案时被抓的。可是我的亲生父亲，没能看到那一天。他被杀了。杀他的，不是别人，就是我的养父，赵天璇！"

李南枝张大了嘴，没想到事情会这么发展。

"这一切，都是赵天璇告诉我的。"赵仙迪眼里含着泪水，"他说，当时他痛恨法律无能，一心要为民除害，没有告诉任何人，在一个夜晚，把我亲生父亲一掌打得脑浆迸裂……那之后不到两个月，我的亲生母亲自杀了……

"因为我母亲的事，他觉得有愧，于是想办法收养了我。他对我真的很好，我不恨他。真凶落网后，他没有一天不受着良心的折磨，直到再也熬不下去……我今天说这些，只是想告诉你，贺先生，你不能这样决定一个人的生死！因为我们都只是人，不是神——我们，是有可能搞错的！我们，是会搞错的！我们只配生活在这个不完美的世界里。我们能做的，就是一点一点让它变得完美。而不是把它砸烂！跟你相比，我更愿意相信法律！我们这些凡人，也只能相信法律！否则，就只能把这个世界变成人间地狱！"

赵仙迪的声音像水中的涟漪，静静地扩散到每一个角落。大厅里一片寂静。再也没有好战的喧嚣。李南枝表情复杂地看着赵仙迪，想上去安慰她，却又不知该说什么好。

只有贺摇光，眼睛里依旧饱含愤怒和失望。

"你呢？"他脸色阴沉，望向李南枝。

李南枝呼吸急促，脸色发白。双方的目光令他左右为难、犹豫不决。过了不知多久，他终于如释重负般地抬起头，冲着贺摇光说了声"抱歉"。

贺摇光的脸渐渐变红。四周鸦雀无声。众人都噤若寒蝉，等待着他的雷霆之怒。李南枝明白，他是不可能发慈悲了。他看着赵仙迪眼中的泪水，作了一个决定。

"老贺，"他毫不畏惧地上前一步，"在云台山，你说我能接住你九招，就不杀我们。我记得，还剩三招吧？我们俩跟你出生入死，值不值这个约定？"

05

贺摇光的笑声在大厅里回荡。

"你？你也想接我三掌？"他笑得东倒西歪，撞翻了一张桌子，"你以为这一路下来，你的武功就能跟我相提并论了？"

"不敢，"李南枝摇了摇头，"但是逼到这分上，我只能赌一把。如果我赌

赢了……”

“你赢了，你们都可以走！”贺摇光咬着白森森的牙齿，“可是，你别指望我会手下留情！”

他双手一挥，大厅中间顿时空出一个圈子。

赵仙迪想拉住李南枝，却被他握住双手。

“这不光是为了你……”他淡然一笑，大步走到圈子中央。

贺摇光一言不发，伸手把一个酒瓶震碎，用碎玻璃把自己胳膊割破。

“第一掌，我先用超声流武功。”他把血涂在手上，“咱们一起流过的血，这一掌就还了！”

圈子又大了一倍。李南枝凝神运气，周身剧痛不止。左手几乎抬不起来，可事到如今，他没有别的选择。他看着赵仙迪，在她担忧和感激的目光中对她点了点头。

“动手！”贺摇光的怒吼声中，李南枝浑身一震，向前冲去。右掌快如闪电，直击贺摇光左胸。他知道，贺摇光的左肩被穿了一个洞，除非他是神仙，否则这会儿左手绝不可能用上。

啪！贺摇光右手一抬，已经荡开了李南枝的手臂，右掌推出，正中前胸。亮光一闪，李南枝胸中血气翻滚，向后飞了出去。

“起来！”贺摇光看着地上的李南枝，“我知道这一下打不死你。”

李南枝捂着胸口慢慢爬起来，剧烈地咳嗽着，吐出带血的痰。赵仙迪眼含热泪看着他。

“第二掌，我要用次声流武功。”贺摇光右手一伸，周身一阵亮光。李南枝这会儿也有点目测的能力了。据他估计，他此刻体内的电压至少三万伏。这一次如果挨上，必定是五脏六腑碎裂的下场。

他花了好长时间才稳住呼吸，运气升压，然后摆出三体式。周围有人开始窃窃私语：这人会的是上乘武功啊……这个起手式我都不认识……

“嘿！”贺摇光手掌眨眼间已到近前。

李南枝急速后退，速度之快，令旁边的众高手刮目相看。他避开掌风，然后闪电般向前滑步，直击贺摇光小腹。贺摇光此时还对手下怀有戒心，为了不让他们看出自己左肩的伤，故意把左手背在身后，好像让着李南枝。可这样一来，他出掌收掌都慢了半拍。李南枝因此得以支撑几招。两人你来我往，纠缠几下，贺摇光忽然步子一转，转到李南枝身后，一掌打在他后背上！

　　"老南！"赵仙迪尖叫起来。

　　"起来！你救过我，这一掌，也还上了！"

　　贺摇光语气依旧凶狠，心里却一阵酸楚——这是形意横拳。是李南枝启发下他才拿来用的。

　　果然，话音刚落，地上传来呻吟和咳嗽声。李南枝手脚抽动，痛苦地慢慢翻过身。爬起一半，他忽然身子一缩，呕吐了起来。吐出来的一半是血。

　　"你这又是何苦……"贺摇光轻轻摇着头。

　　"老贺，"李南枝吐完了，继续努力地撑起身体，"我不是恨你……也不是故意驳你面子……我只是觉得你说得不对。这个世上，不是每个都是你这样的超人。真的没有法律了，他们受了委屈、吃了亏，难道只有杀人这一个办法讨回公道吗？"

　　他终于站了起来，身子却东倒西歪。

　　"我也进过监狱，我也对法律有看法……可是我不恨那些把我送进去的人。他们不是坏人。即使有错，也不是他们的错……即使他们真的有错，也错不至死……"

　　大厅里的人都屏住呼吸。黑暗中，竟有人暗暗点头。

　　"你说够了没有……"贺摇光咬牙切齿。

　　"快了，还有几句，"李南枝终于站稳了脚跟，"老贺，我知道你为什么这样——你报了仇，不知道该靠什么活下去，我理解。可是，你的问题，武力解决不了，金钱解决不了，权力也解决不了……怎么解决，我不知道。但是，你不能靠仇恨活下去……"

　　"住嘴！"贺摇光当头断喝，声音杀气腾腾，"我不欠你什么了！这一招，要么你死，要么我亡！来吧！"

陈阁道识趣地把观众都轰了出去。他已看出，贺摇光重伤未愈。之前虽然打得很好看，但这一招要杀人，真实实力会暴露的。

偌大的大厅中央，两人静默对峙。李南枝拼命睁开眼睛，视野却一阵阵的模糊。他知道自己快撑不住了，必须马上进攻。可是面对贺摇光，却心存恐惧。以招数而言，贺摇光可称是当世第一。而此刻两人的内力之差，恐怕不亚于没受伤的自己和血狼子。

"你们不要打了……"赵仙迪泪流满面，哀求着。

"不……"李南枝摇着头，"你……是我见过的最值得敬佩的人……你坚持的东西，是对的……说实话，我不想死，我等不及看到，你怎么改造鱼鹰……但是如果非要流血才能换来那一天，就让我来流吧……"

"闭嘴！"贺摇光身体闪电般冲出，周围的空气被带动，猛然一震。李南枝迎着雷霆一击冲了上去，使出形意钻拳，直击贺摇光右胸。钻拳如水，无孔不入。贺摇光也不躲闪，咬牙催动内力。

两人同时击中对方的胸口！

"啊！"陈阁道和赵仙迪同时叫了起来。

两个男人面对面站着，手掌贴着对方的胸膛。李南枝的手掌偏了，擦着贺摇光的心脏位置打在他的左臂上。而贺摇光的掌心，则贴着李南枝的左胸！

贺摇光身体晃了晃，连退几步。李南枝倒了下去。泪水决堤一般流出，赵仙迪不顾一切地扑在他身上。贺摇光看着这一切，沉默不语。

"咳！咳！"忽然，李南枝咳嗽着醒来。在场三人全都吃惊地看着他。

"急救针！急救针你们有吗？！"赵仙迪喜出望外，扭头大叫。

贺摇光闭目点头。陈阁道急忙取来，给他打上。

李南枝的脸恢复了一丝血色。他的手指着自己的胸口，却伸不过去。

赵仙迪愣了一下，伸手一摸，从里边掏出一叠扑克牌。正在对视的两个男人同时热泪盈眶——那是贺摇光送给他的。

赵仙迪感激地回头看着贺摇光。这一掌他显然还是留了手，否则不管垫着什么，李南枝都必死无疑。

"放他们走，"贺摇光拿起一瓶酒，一饮而尽，"告诉外边的人，不愿跟我干的，也都给我走！以后再走，别怪我不客气！"

说罢，他转身朝内室走去。

"老贺……"李南枝看着那个离去的身影，百感交集。

贺摇光突然停步，却没有回头。

"你们说的话，我会想想……"他声音低沉，好像是不甘于这种刻骨的孤独，"但是以后，希望我们不要在战场上见面……"

说罢，他摇摇晃晃走向内室，身影消失在黑暗之中。

06

李南枝不知道自己是怎么离开的铜矿场，又怎么跨越的国境线。他一出大厅门就昏了过去。再次被叫醒，已经到了医院门口。赵仙迪扶着颤巍巍的他下了车，走向医院大门。李南枝回头看了看，发现开车的是曾桂林。他惊讶地发现，装钱的旅行包竟然还在身边。

这趟旅程终于到了终点，他感慨万千。他不知道，自己在这场复杂残酷的事件中，到底扮演了什么角色，起到了什么作用。也不知道猎手世界从双雄争霸到三足鼎立，算不算好事……他只知道，短时间内，他们不会再打全面战争了。除此之外，一切好像又回到了从前。

也许，大家真的可以好好干自己的事了。

从大门到电梯，短短几十米，两人走了好几分钟。电梯门一开，他迎面碰到了老韩。李南枝二话不说抱住他，颤巍巍地从旅行包里掏出几叠人民币，塞到他怀里。

"给咱们群的人用，都给……"

走开两步，他又转身回来。

"姓姚的那孙子，地址呢？"

"在……在……在我手机里……"

"发给我……"李南枝把目瞪口呆的老韩甩在身后。

"你怎么才……你这是怎么了？"张主任看到他的样子，大吃一惊。

"他出了车祸，"赵仙迪替他回答，"我是他朋友……"

"别……别管我……"李南枝制止了张主任对自己的抢救，坐在长椅上，"开心……开心她……"

张主任犹豫了一下，坐在他身旁。

"移植很成功，但是……"他叹了口气，李南枝的双唇开始颤抖。

"但是开心的底子很不好，所以移植之后，有点反应……她还在昏迷中……你别担心，她一定会醒来……"

李南枝闯进重症监护室，看着病床上昏迷不醒的女儿，看着她身上连着的管子，还有周围的各种监护仪器，泪流满面。

赵仙迪坐在他身旁，扶着他的肩膀，想说什么，却又不知从何说起。两人就这样沉默着，沉默着。

不知不觉中，李南枝觉得世上的一切都不存在了。他不知道赵仙迪离开没有，也不知道自己是站是坐。他觉得自己飘了起来，飘到病床边，飘到女儿的耳旁。

他开始讲述这个伟大故事的结尾。在故事里，侠客坚守着、抵抗着。他不屈不挠，打败了所有强敌、击败了所有的诱惑，用手中的剑，为这个古老而又崭新的江湖留下了新的传说。然后，他带着满身伤痕和骄傲，回到了故乡。家门打开了，迎接他的是亲人的拥抱和抚慰，以及他应得的幸福……

故事停下了。

李南枝觉得灵魂又回到了身体，自己又回到了这个世界。看着女儿，他忽然觉得心中的所有感觉一起涌上来，再也无法克制。这个男人把脸埋进双手，恸哭不止。而伴着哭声的，只有仪器单调而永恒不息的嘀嘀声……

尾声

在那样一个世界，真的有一个人能有安全感吗……

三个月前。

大雨如注，灯光昏暗。车厢里，老人不时看着瘫坐在旁边的男人。

"我的事……就是这样……"男人半睡半醒，却依然絮絮不止，"跟你说句老实话，我真不觉得我错了……我是个失败者，但我想问问那些赢了的人，那些各扫门前雪，还笑话别人多管闲事的人：你们用这个教孩子的时候，不脸红吗？你们到底要把世界变成什么样子？每个人都觉得英雄是傻子，每个人都变成吃喝拉撒、见死不救的东西……在那样一个世界，真的有一个人能有安全感吗……"

男人终于昏了过去。老人歪着头，回想着刚才听到的话，微微一笑。

夜幕中，车一直往前开。

它冲破雨幕，永不停止。